KB165427

한 권으로 읽는 밀레니엄 삼국지

三國志

한 권으로 읽는 **밀레니얼 삼국지**

초판 1쇄 발행 2021년 7월 15일
3쇄 발행 2024년 7월 20일

펴 낸 곳 | 해누리
펴 낸 이 | 김진용
지 은 이 | 나관중
평 역 | 이동진
기 획 | 서 희
편집주간 | 조종순
디 자 인 | 종달새
마 케 팅 | 김진용

등 록 | 1998년 9월 9일 (제16-1732호)
등록변경 | 2013년 12월 9일 (제2002-000398호)
주 소 | 서울시 영등포구 당산로 20길 13-1
전 화 | (02) 335-0414 팩스 | (02) 335-0416
전자우편 | haenuri0414@naver.com

ISBN 978-89-6226-118-9(03820)

三國志
한 권으로 읽는 밀레니얼 삼국지

나관중 지음 | 이동진 평역 | 서희 기획

해누리

CONTENTS

평역자의 말 • 8
등장인물 • 11

1장 불타는 제국

1. 황건적의 난 일어나다 • 14
2. 유비, 관우, 장비, 도원에서 의형제를 맺다 • 20
3. 황건적 토벌에 나서다 • 26
4. 십상시들과 대궐의 권력 투쟁 • 41
5. 십상시들의 최후 • 44
6. 동탁이 어린 황제 폐위를 음모하다 • 50
7. 동탁이 여포에게 적토마를 선물하다 • 53
8. 동탁이 권력을 장악하다 • 58
9. 칠보도 사건, 조조가 동탁을 해하다 • 62
10. 전국의 제후들이 함께 뜻을 모으다 • 67
11. 관우가 적군의 장수 화웅의 목을 베다 • 73

2장 낙양은 초토가 되다

1. 낙양성의 비극 • 80
2. 조조, 위기일발에서 살아나다 • 82
3. 원소와 공손찬의 결투 • 87
4. 손견의 비참한 죽음 • 94
5. 왕윤의 계책, 초선의 미인계 • 103
6. 여포의 반역으로 동탁이 최후를 맞이하다 • 117
7. 이각과 곽사의 난 • 124
8. 조조가 대권을 장악하다 • 135

CONTENTS

3장 소패왕

1. 어진 마음으로 집안의 재물을 지킨, 미축 • 142
2. 유비, 관우, 장비. 작은 고을 소패에 머무르다 • 145
3. 유비, 서주성의 태수가 되다 • 153
4. 조조는 팔 척의 장수 허저를 부하로 얻다 • 155
5. 유비의 덕망에 여포가 감동하다 • 160
6. 이각과 곽사에게 이간질의 묘수를 쓰다 • 164
7. 조조가 대권을 잡다 • 179
8. 호랑이에게 늑대를 먹게 하다 • 183
9. 의리 없는 여포 • 188
10. 소패왕이라 불리는 손책 • 198

4장 영웅호걸은 누구인가?

1. 원술이 황제를 자칭하다 • 208
2. 사돈관계 계략으로 상대를 노리다 • 215
3. 미녀에게 홀린 조조 • 225
4. 여포가 원술의 칠로군을 무찌르다 • 234
5. 수춘성 앞에서의 전투 • 239
6. 유비와 조조가 손을 잡다 • 246
7. 하비성의 마지막 날 • 256
8. 여포의 죽음 • 265
9. 영웅만이 영웅을 알아본다 • 272
10. 용이 바다로 들어가다 • 278

CONTENTS

5장 서주성의 맹주

1. 유비와 조조의 신경전 • 284
2. 삼형제 유비, 관우, 장비가 헤어지다 • 299
3. 천하 대장부, 관우의 충의 • 306
4. 삼형제의 재회 • 320
5. 손책의 죽음, 손권의 등장 • 338

6장 적벽에서의 대승리

1. 유비와 조조의 전투 • 344
2. 유비의 전략가, 서서 • 352
3. 유비가 제갈공명을 세 번 찾아가다 • 365
4. 유비가 백성들을 이끌고 강릉으로 향하다 • 376
5. 유비가 조조의 대군으로 전멸 위기에 빠지다 • 382
6. 적진의 포위망을 뚫고 달리는 조자룡 • 385
7. 죽을 위험에 닥친 유비 • 397
8. 제갈공명의 뛰어난 계책으로 화살을 얻다 • 402
9. 적벽대전 • 406
10. 조조가 황후를 시해하다 • 414
11. 한중왕이 된 유비 • 428
12. 손권이 조조와 손을 잡다 • 430

7장 소열 황제를 위하여

1. 관우 부자의 최후 • 434
2. 조조의 죽음과 위왕에 오른 조비 • 445
3. 유비가 소열 황제가 되다 • 448
4. 관우의 죽음에 통곡하는 장비 • 451
5. 장비의 죽음 • 453

CONTENTS

6. 유비의 마지막 날, 유언 • 461
7. 소열 황제의 칭호 • 463
8. 육손의 전략이 통하다 • 466
9. 조비가 오나라에 대패하다 • 468
10. 제갈량이 남만 정벌 길에 오르다 • 476
11. 노익장, 조자룡의 맹활약 • 493

8장 제갈공명의 마지막 날

1. 철저하게 가정(街亭)을 사수하라 • 502
2. 거문고를 타는 제갈공명 • 509
3. 조자룡의 죽음 • 523
4. 사마의, 제갈공명의 계략에 대패하다 • 529
5. 군량미를 나르는 호로곡의 목마 • 541
6. 큰 별 하나가 지다 • 545
7. 비단주머니 속의 작전 • 557
8. 사마의와 손권의 죽음 이후, 2세대로 교체되다 • 561

9장 삼국통일

1. 인과응보, 제갈각의 최후 • 570
2. 사마소가 대권을 장악하다 • 574
3. 사마소가 회남 땅을 모두 평정하다 • 576
4. 위나라의 대공격 • 579
5. 유비가 이룩한 촉나라가 멸망하다 • 583
6. 사마염의 진(晋) 건국 • 587
7. 오나라의 멸망 위기 • 593
8. 진(晋)의 통일로, 세 나라가 한 나라로 통일하다 • 600

평역자 연보 • 612

영웅호걸들의 의리와 음모, 배신, 정치, 군사, 외교 전략의 지혜와 비전을 보다

삼국지는 지금부터 6백 년 전인 14세기 말 중국의 나관중이 쓴 대하역사소설이다. 시대 배경은 서기 184년 중국의 후한 12대 영제 때부터 진 무제(晋武帝)가 천하를 통일할 때까지 97년간의 파란만장한 제국의 흥망사이다.

그 시기는 고구려 고국천왕 때부터 백제의 고이왕과 신라의 미추왕 때까지에 해당된다. 삼국지는 후한의 역사가 진수(陳壽)의 정사(正史)를 나관중이 소설화한 것으로, 그 후에도 여러 사람이 삼국지를 써서 중국에서만 해도 삼국지의 판본이 여러 종류인 것으로 알려져 있다. 우리나라에서도 김구용 · 박종화 · 이문열 · 황석영 씨 등의 여러 평역본들이 나와 있다.

일본의 중국계 작가 진순신(陳舜臣)판과 일본의 요시가와 에이지판, 기타카타 겐조판 평역본 등도 유명하지만, 그 원본은 어디까지나 나관중의 삼국지를 모태로 한 것이다.

이것은 음악에서도 작곡가의 곡을 여러 사람이 자기 식으로 해석해서 지휘, 연주하는 것처럼 소설에서는 유일하게 나관중의 삼국지를 놓고 많은 작가들이 자기 식의 문체와 구성으로 평역본들을 내놓고 있다.

그러나 누구의 작품이든 삼국지의 무대는 광활한 중국 대륙이고, 등장인물은 수백여 명에 이르며, 그 장대한 대하드라마 속에는 국가와 인간의 흥망성쇠가 거대한 벽화처럼 새겨져 있다는 점에서는 다를 바가 없다. 더구나 삼국지는 세계적으로 성경 다음으로 많은 사람들이 읽은 베스트셀러 소설이다.

그러나 삼국지의 마력은 단순히 많은 충신과 영웅호걸들의 음모와 배신, 전쟁의 피비린내 나는 비극에만 있는 것이 아니라 정치 · 군사 · 국방 · 외교 전략은 물론, 오늘날의 개인과 국가에 교과서 같은 지혜와 비전을 제시하고 있다는 데 있다.

따라서 한때 미 육사 웨스트포인트에서도 삼국지를 군사 전략의 교과서로 삼은 적이 있었다. 그럼에도 불구하고 아직도 삼국지를 완독하지 못한 사람들이 많다. 그런 까닭은 삼국지의 문체가 너무 고답적이고 도식적이며 이야기가 장황하기 때문이 아닌가 싶다.

그러므로 평역자는 지금 시대에 맞는 에센스 삼국지를 다시 쓰면서, 한문 투의 문체를 한글체로 대폭 바꾸고 사소한 등장인물을 과감히 잘라냈으며, 장황하고 난해한 장면을 쉽게 써서, 후반부로 갈수록 긴장감이 떨어지는 원본 삼국지의 약점을 보완하여 첫 장부터 끝 장까지 긴장감을 살려 재구성하였다.

지금의 문화는 인터넷, 유튜브, 페이스북, 인스타그램 등 질량과 속도가 압축되어 빠르게 전달되는 시대이다. 따라서 지식과 지혜도 합리적인 절약이 요구된다. 하나를 알면 열을 깨달을 수 있고, 한 송이 매화꽃이 핀 것을 보고 천지에 봄이 온 것을 깨달을 수 있듯이, 삼국지의 재미와 지혜는 반드시 열 권을 다 읽어야 얻을 수 있는 것은 아니다.

이런 뜻에서, 열 권 이상이 되는 정본(正本) 삼국지를 한 권의 에센스 삼국지로 평역하여 열 권의 재미와 지혜를 한 권으로 읽을 수 있도록 삼국지를 만들었다. 따라서 이미 열 권을 완독하신 분은 독서의 기억을 되살리기 위해서, 또 아직도 못 읽으신 분은 《한 권으로 읽는 밀레니얼 삼국지》가 좋은 대안이 되길 바란다.

이동진

등장인물

관우 자는 운장. 유비, 장비와 함께 황건적의 난 때 도원에서 의형제를 맺음
관흥 관우의 아들. 관우가 죽은 후 유비를 도움
공소찬 촉나라의 장군. 유비, 관우, 장비의 도움을 받음
노숙 오나라의 장군. 손권의 신임을 받았으며 제갈근을 추천함
동탁 후한의 대신. 초선을 이용한 왕윤의 모략에 걸려들어 여포에게 죽음
마초 촉나라의 장군. 서량태수 마등의 아들
맹획 남만의 왕. 촉나라의 익주를 침범했으나 제갈량에게 항복함
사마의 위나라 대신, 자는 중달. 황제 조비에게 신임을 받음
사마소 사마의의 둘째 아들. 위나라 황제를 죽이고 새 황제를 세움
사마염 사마소의 첫째 아들. 진(晋)을 세우고 황제가 됨
서서 자는 원직. 유비의 전략가. 후에 조조가 데려감. 유비에게 제갈량을 추천함
손견 황건적을 토벌한 후한의 명장. 오나라 황제 손권의 아버지
손책 손권의 형, 손견의 첫째 아들. 우길을 죽이고 환영에 시달리다가 죽음
손권 손견의 둘째 아들. 오나라 초대 황제. 제갈근을 전략가로 둠
여포 동탁의 수양아들. 동탁에게 적토마를 받은 후 정원을 죽임
나중에 동탁과 초선을 두고 싸우다가 동탁을 죽임
위연 촉나라의 장군. 유표의 장수였으나 유비에게로 들어옴
제갈량이 죽으면서 비단주머니 계략을 전하여 마대에게 죽임을 당함
유비 자는 현덕. 관우, 장비와 함께 황건적의 난 때 도원에서 의형제를 맺음
삼고초려 끝에 제갈량을 얻고, 촉나라 초대 황제가 됨
유선 촉나라 2대 황제. 유비의 첫째 아들. 위나라에 항복하고 촉나라를 멸망시킴
유표 한 황실의 종친. 유비에게 죽으면서 형주를 물려줌
육손 오나라의 명장. 손권의 두터운 신음을 받음
장비 자는 익덕. 유비, 관우와 함께 황건적의 난 때 도원에서 의형제를 맺음
장포 장비의 아들. 장비가 죽은 후에 유비를 도와 오나라를 공격함
제갈량 자는 공명, 와룡. 유비의 삼고초려로 유비의 모사(謀士)가 됨
조조 자는 맹덕. 황건적의 난을 진압하고 대권을 장악함
적과의 숱한 싸움을 이겨내고 위왕의 자리에 올라 병으로 죽음
조비 조조의 첫째 아들. 위나라 초대 황제.
조운 자는 자룡. 촉나라의 장수. 공손찬이 망한 뒤, 유비의 부하장수가 됨
유비의 아들 유선을 품에 안고 조조의 백만 대군 사이에서 빠져나옴
주유 오나라의 장군. 손책의 친구이자 동서. 손책이 죽은 후에 손권의 신임을 받음
초선 왕윤이 친딸처럼 아끼던 집안의 기녀
하후돈 위나라 장수. 조조를 도와 많은 공을 세움

*일러두기

촉(蜀)나라 = 촉한(蜀漢), 촉(蜀), 촉국(蜀國)
촉한(蜀漢, 221년~263년)은 중국 삼국 시대 현덕(玄德) 유비(劉備)가 지금의 사천성 지역에 세운 나라로 정식 국호는 한(漢)이나 역사상 구분을 위하여 촉(蜀) · 촉한이라고 부른다. 263년 위나라의 공격에 2대 황제 유선이 항복하여 멸망하였다.

위(魏)나라 = 위국(魏國) , 위(魏), 조위(曹魏)
위(魏, 220년~265년)는 중국 삼국 시대 세 나라 중 가장 강대했던 나라로 조조가 죽은 후 아들 조비는 후한의 마지막 황제인 헌제로부터 선양 받아 위나라를 세웠다. 그러나 권력을 잡은 사마의에게 정권을 내주고, 조환이 사마의의 손자인 사마염에게 제위마저 내주며 45년의 역사로 끝을 맺는다. 사마염은 진(晉)나라를 세우고 280년에 오(吳)나라를 평정하여 삼국을 통일하였다.

오(吳)나라 = 오국(吳國) , 오(吳), 동오(東吳), 손오(孫吳)
오(吳, 229년~280년)는 중국 삼국 시대 손권이 황제로 즉위하면서 성립된 왕조이며 4대 52년간 지속되었다가 진나라에 멸망되었다. 위 · 촉 · 오 삼국 가운데 가장 늦게 건국되었으나, 가장 오랫동안 존속하였고 가장 나중에 멸망하였다. 손견(孫堅)과 손책(孫策)의 맹활약으로 강동에 기반을 잡았고, 손권(孫權)을 통해 제국으로 발돋움했다.

1장
불타는 제국

1
황건적의 난 일어나다

무릇 국가가 흥하고 망하는 것은 하늘의 뜻에 달린 일. 세상에는 영원한 강국이란 없고, 영원한 약소국도 없는 법이다. 한번 홍한 나라는 곧 쇠약해지기 시작하는 것이며, 한때의 약소국도 때를 만나면 강대국이 되는 것은 우리가 역사를 통해서 잘 아는 세상의 이치다.

옛날 중국 땅 은(殷)나라와 주(周)나라 말년에 일곱 나라가 피비린내 나는 패권 전쟁을 벌인 끝에 진(秦)나라가 중원 천하를 통일하여 진 제국을 이루었다. 제국의 통일을 이룬 제왕은 다름 아닌 바로 만리장성을 쌓은 유명한 진 시황이며, 그때가 기원전 247년이다. 오늘날 중국을 차이나(China)라고 표기하기 시작한 것도 바로 진나라 때부터이다.

그러나 영원한 강국이란 없듯이 그처럼 막강하던 진 시황이 재위 37년 만에 죽자, 진 시황 측근 내시들이 농간을 부려 황태자를 밀어내고 무능한 둘째아들 호해를 후계자로 세워 국정을 마음대로 다스리면서 진 제국은 40년 만에 멸망의 길을 걷게 된다.

그 난세에 나타난 두 영웅호걸이 있었으니, 그들이 바로 그 유명한 초(楚)나라 항우(項羽)와 한(漢)나라 유방(劉邦)이다. 당시 항우는 뛰어난 용병술을 지닌 장군으로 4대에 걸쳐 권력의 중심에 있었던 귀족 세력이었고, 유방은 지방의 말단 관리에 불과한 위인이었다.

그러나 유방은 마침내 항우를 꺾고 대권을 잡아 한 제국의 고조가 된다. 한나라는 2백 년간 사직을 유지하면서 한때 왕망이라는 자에게 잠시 나라를 빼앗긴 적도 있었지만 중원을 다시 제패하여 광무 황제까지는 강력한 국가의 전성기를 누린다. 그 후 막강한 한나라도 현제 때부터 천하가 셋으로 갈려 차츰 패권 경쟁에 휘말리면서 기울어지기 시작한다. 이유는 황제가 궁궐의 간신배들에 둘러싸여 어진 충신들을 멀리하고 아첨꾼들과 모리배들을 가까이하면서 향락에 빠졌기 때문이다. 그쯤 되면 나라가, 기우는 배처럼 삽시간에 침몰하는 것은 시간문제다.

한나라는 현제가 죽자, 그 뒤를 이어 13세의 소년 영제(靈帝)가 황제가 되었다. 예로부터 어린 황제가 등극하면 대궐에는 외척과 내시 환관 세력이 득세하는 법. 영제가 어려 황제의 어머니인 전 황후 두(竇)씨가 권력을 장악하지만 다행히 황제의 외할아버지 무(武)는 보기 드물게 곧고 바른 사람이었다.

그는 영제가 즉위하자 대장군의 자리에 앉아 태부(太傅:천자의 교육담당관) 진번과 두무 등 깨끗하고 양심적인 청류파 관료를 등용하여 정치개혁을 하는 한편, 부패한 내시들을 척결해 나가기 시작한다. 드디어 청류파들이 환관들을 숙청할 최종 계획을 수립했을 때 그 비밀 거사 계획이 발각된다. 환관들이 그들을 가만둘 리가 없었다. 그들은 곧 진번과 두무 등 주모자 일족을 비롯한 1백여 명의 청류파 잔재를 남김없이 숙청하고, 태후 두씨도 모의에 가담했다는 이유로 남궁으로 쫓아내 버린다.

따라서 한나라 조정은 사실상 환관들이 정권을 완전히 장악하게 된다. 그들이 바로 환관 조절 · 장양 · 봉서 · 조충 · 단규 · 후람 · 곽승 · 건석 · 하운 · 정광 등 이른바 십상시(十常侍) 10명이다. 그로부터 정치개혁은 물 건너가고 한나라는 점차 멸망의 길을 걷게 된다.

그해 건녕 2년 4월 보름날.

천자가 온덕전 대궐에서 대신들을 모아놓고 어전회의를 하는 중에 갑자기 대궐 모퉁이에서 폭풍이 일어나며 큰 구렁이 한 마리가 대들보 위에서 내려와 어좌를 차지하고 똬리를 틀고 앉았다.

천자는 놀라 내전으로 피하고 대신들이 뱀을 잡으려 하자 뱀은 온데간데없이 사라지고 하늘에는 먹구름이 뒤덮이면서 뇌성벽력과 함께 억수 같은 비가 내렸다. 그로 인해 나라는 대홍수의 피해를 입는다.

이어 건녕 4년에는 서울 낙양(洛陽)에 지진과 해일이 일어나고, 광화 원년에는 암탉들이 수탉들로 변하는 이변이 발생하는 등, 수년 사이에 온갖 상서롭지 못한 천재지변들이 연이어 일어났다.

"도대체 이게 무슨 까닭이란 말이냐."

천자가 대신들에게 묻자 신하 채옹(蔡邕)이 상소를 올렸다.

폐하,

나라가 천재지변을 당하는 것은

궁궐에 간신 모리배들의 무리가 들끓어

황제의 권력을 마음대로 농락하니

하늘이 노한 까닭입니다.

어서 그들을 척결 하시옵소서.

채옹이 상소를 올렸지만 무력한 천자는 속수무책이었다. 환관 조절(曹節)을 비롯한 간신배들은 천자의 등 뒤에서 채옹의 상소를 듣고, 즉시 그를 참살해 버렸다. 채옹이 죽은 후로 다시는 어느 누구 하나 감히 나와서 천자에게 바른 말을 하는 신하가 없었다.

마침내 십상시들은 더욱더 국정을 좌지우지하고 나라의 관직을 돈으로 팔고 샀으며 개인의 사복을 채우기에 여념이 없었다. 전국의 관료들도 백성들을 못 살게 굴고 사리사욕에 어두워 부정부패가 만연하여 나라는 속으로 곪아 터지고 있었다. 그러자 백성들의 원성은 하늘을 찌를 듯 높았다. 특히 대궐에서는 천자조차 일개 환관인 장양을 높여서 '아버지'라고 부를 지경에 이르렀던 것이다.

이처럼 나라가 난장판이 되자 도처에 도둑들이 들끓었고, 살인 방화가 잇따랐으며 민심이 소란해졌다. 나라가 총체적인 난국에 빠지면 예언자나 민심을 현혹시키는 신흥 종교 세력이 기승을 부리게 되는 것은 당연한 순서였다.

이때 거록 땅에 장각(張角), 장보(張寶), 장량(張梁)이라는 세 형제가 살고 있었다. 장각은 산에서 약초를 캐는 사람으로 어느 날 산에서 한 노인을 만나 예언과 함께 책 세 권을 받게 된다.

"이 책의 이름은 태평요술이다. 네가 이것을 익혀 하늘을 대신하여 널리 세상 사람들을 구하거라. 그러나 만일 네가 흑심을 품는 날에는 반드시 재앙을 당할 것이니 명심하렷다."

장각이 놀라 절을 하고 이름을 물으니, 노인은 한 가닥의 바람으로 변해 사라져 버렸다. 장각은 밤낮없이 천서의 뜻을 깨우쳐 마침내 스스로 바람을 일으키고 비를 오게 하는 도술을 부릴 수 있는 능력을 갖추었다. 그는 자신을 스스로 '태평도인'이라 칭하고 사람들을 모으기 시작했다.

장각은 곧 제자 5백 명을 모아 부적을 나누어 주고 병을 고치게 하자 따르는 사람들이 날로 늘어났다. 장각은 그들을 삼십육방으로 나누었다. 대방은 1만여 명, 소방도 6, 7천 명이었다. 그리고 각 방마다 괴수를 두어 장군이라 부르게 하고, 요사스러운 시를 지어 세상에 널리 퍼뜨리고 다녔다.

푸른 하늘이 이미 죽었나니
누런 하늘이 마땅히 서리라
갑자년에는 천하가 대길하리라.

이 시는 바로 한나라가 망하고 누런 수건을 쓴 새로운 세력이 대권을 장악하게 된다는 천기누설이었다. 그들은 백성들에게 '갑자'라는 두 자를 각기 자기 집 대문에 흰 흙으로 써놓게 했다. 중평원년은 바로 갑자년(甲子年)이었다.

따라서 청주, 유주, 서주, 기주, 형주, 예주, 양주, 연주 등 여덟 고을 사람들은 모두 집집마다 '대현량사 장각'이라는 이름패를 받들어 모시지 않는 자가 없게 되었다. 장각은 부하 마원의(馬元義)

를 시켜서 금은보화를 비단에 싸가지고 '십상시'의 한 사람인 봉서와 가까이 접촉하게 하고 곧 장보, 장량 두 아우를 불러 일을 의논했다.

"참으로 얻기 어려운 것이 민심이다. 허나 이제부터 백성들이 모두 나를 따르니, 이때를 틈타서 천하를 얻지 않는다면 그야말로 애석한 일이 아니겠느냐."

두 아우도 형의 말에 따르기로 했다. 장각은 황색 기를 만들어 날을 정해 조정에 들어가 천자를 몰아내고 대권을 장악할 거사를 꾸미는 한편, 제자 당주를 시켜 밀서를 가지고 낙양으로 올라가 간신 봉서에게 전하게 했다.

그러나 당주는 도중에 마음이 변했다. 만일 이 같은 역적모의에 가담했다가 일이 실패로 돌아가는 날이면 온 집안이 사형을 당하는 화를 입을 것이 두려웠던 것이다. 당주는 차라리 조정에 밀고해서 상금을 타는 것이 낫겠다고 생각하고 천자에게 장각의 거사 계획을 밀고하고 말았다.

천자는 그 말을 듣고 크게 놀라 곧 대장군 하진(何進)에게 명령을 내려 성내에 잠복하고 있던 장각의 부하 마원의를 잡아 목을 베고 장각과 내통한 환관 봉서와 음모에 가담한 자들을 모조리 옥에 가두었다. 장각은 거사가 탄로 난 것을 알고 곧 군사 반란을 일으켰다.

장각은 자신을 천공 장군, 동생 장보는 지공 장군, 장량은 인공 장군이라는 칭호를 내린 후에 무리들에게 다음과 같이 호령했다.

"이제 한나라의 운세는 끝나고 이 땅에 큰 성인이 나왔으니, 너희들은 마땅히 하늘의 뜻을 받들어 태평세월을 즐기도록 하라."

장각의 말이 떨어지자 각처에서 탐관오리들에게 핍박을 받던 백성들이 일제히 호응하니 그 수가 4, 50만 명에 이르렀다. 그들이 바로 머리에 누런 수건을 두른 이른바 황건적들이었다. 그 기세가 너무 크고 강하여 황건적들이 가는 곳마다 부패한 관군들은 변변히 싸워 보지도 못한 채 패하여 달아났다.

천자는 대장군 하진에게 명령을 내려 각처의 방비를 더욱 엄중히 하고, 황건적들을 깨뜨려 공을 세우는 자들에게는 상금을 내리고, 다시 노식(盧植), 황보숭(皇甫嵩), 주전 등 세 장군들로 하여금 각기 군사를 이끌고 세 길로 나누어 황건적 토벌에 나서도록 했다. 바로 그때 장각의 황건적 무리가 이미 유주(幽州) 땅까지 침략해 왔다.

2
유비, 관우, 장비. 도원에서 의형제를 맺다

유주태수 유언(劉焉)은 강하 경릉 사람으로 한나라 노공왕의 후예였다. 그는 적병이 유주 경계선까지 이르자 즉시 군사 지휘관인 추정(鄒靖)을 불러 황건적의 소탕 방안을 물었다.

"황건적의 세력이 막강하니 어쩌면 좋겠소."

"황건적의 무리는 많고 관군은 적으니, 속히 의병을 모집하여 대비하는 도리밖에는 없습니다."

유언은 그 말을 듣고 즉시 거리마다 벽보를 써 붙여 의병을 모집했다. 바로 그때 탁현의 누상촌이라는 작은 고을에 한 청년이 살고 있었다. 그는 타고난 천성이 너그럽고 말이 적으며, 기쁘거나 화가 나거나 도무지 표정이 없는 덕성을 지녔으며, 일찍이 마음속에 큰 뜻을 품고 천하의 호걸들과 사귀어 온 젊은이였다. 그는 키가 팔 척에 이르고, 귀가 유난히 커서 어깨까지 늘어져 있고, 팔이 남달리 길어서 두 손이 무릎을 지나며, 얼굴은 미남이고, 입술은 연지를 칠한 듯 붉었다.

그가 바로 중산정왕(中山靖王) 유승의 후예로, 아버지가 벼슬에 있다가 일찍 세상을 떠난 유홍의 아들 유비(劉備)요, 자는 현덕(玄德)이다. 비록 태생은 한나라 황실과는 친척이었지만 어려서 아버지를 잃고 집안이 몹시 가난하여 돗자리를 짜서 생계를 유지하며 어머니를 지극한 정성으로 모시고 있었다.

유비가 사는 누상촌의 집 동남편에는 큰 뽕나무 하나가 있는데 높이가 다섯 길이 넘었다. 언젠가 한 나그네가 그 집 앞을 지나다가 유비의 집을 가리키며, '이 집에서 앞으로 반드시 귀한 인물이 나오겠다'고 말한 적이 있었다. 유비 역시 어린 시절에 동네 아이들과 함께 이 나무 아래서 놀면서 '내가 후에 천자가 될 테니 두고 보아라'고 장담을 하곤 했다.

그는 나이 15살에 당대의 높은 선비 정현과 노식에게 글을 배우고, 공손찬(公孫瓚) 등 선배와 우정을 나누는 사이였다. 유주태수 유언이 의병을 모집할 당시 유비의 나이는 28세의 청년이었다. 유비는 거리에 붙은 의병 모집 격문을 읽으면서 저도 모르게 긴 한숨을 내쉬었다. 나라가 황건적의 무리들에게 농락당하고 있는데 당장 의병을 지원하고 싶은 마음은 굴뚝같았지만 그에게는 먹여 살려야 할 노모가 있었다. 바로 그때 누군가 등 뒤에서 큰 소리로 말을 거는 남자가 있었다.

"사내대장부가 격문을 봤다면 힘을 낼 것이지 어찌 한숨을 쉬고 있습니까?"

유비는 깜짝 놀라 뒤를 돌아다보았다. 그 남자는 왠지 낯이 익었다. 나이는 고작 20살이나 되었을까? 키는 팔 척이고 표범의 머리에 고리눈과 제비턱과 범의 수염을 가진 그는 목소리가 우레 같고 기세는 마치 달리는 말과 같았다. '어디서 본 적이 있는데 누구더라.' 유비는 그가 퍽 호걸다운 모습이라고 속으로만 생각하고 있었다.

"공은 뉘시오."

"난 장익덕이라는 사람이외다."

그제서야 유비는 장비(張飛)라는 이름이 머리에 떠올랐다.

"그럼 그대가 바로 장비란 말이오?"

그때서야 유비는 무엇인가 깨달았다는 듯 호탕하게 웃었다.

"그렇소."

"이미 장비라는 이름을 익히 들어서 알고 있었으나 공이 장익덕인 줄은 몰랐소. 만나서 반갑습니다. 난 유비올시다."

"저 역시 공을 평소에 익히 알고 있었소만 인사를 못 드렸을 뿐이오. 저는 대대로 탁상촌에서 살면서 돼지 잡고 술을 팔고 살아왔소만 본래 천하 호걸들과 사귀기를 좋아하는 터에, 공을 한번 만나보고 싶었던 참이었습니다. 그래서 오늘은 인사를 나눌 겸 한마디 해 본 것이오."

"내가 한숨을 쉰 것은 도적을 쳐서 백성들을 편안하게 할 생각은 간절하지만 혼자의 힘만으로는 모자라기 짝이 없다는 생각에 나도 모르게 한숨을 지었던 것이오."

"허나 이 어지러운 천하를 보고 사나이로서 어찌 한숨이나 쉬고 그냥 눈을 감고 볼 수가 있겠소. 마침내 때가 왔다는 생각이 듭니다. 내게 약간의 돈이 있으니 우리 고을의 장정들을 뽑아 함께 황건적 소탕에 나서는 것이 어떻겠소?"

유비는 그의 말을 듣고 용기가 났다. 두 사람은 그 길로 즉시 주막을 찾아가서 술잔을 마주 들었다. 두 사람이 앞날을 의논하며 막 몇 잔 술을 나누고 있을 때, 수레 한 채가 주막 문 앞에 와 서더니, 한 남자가 내려 뚜벅뚜벅 주막 안으로 걸어 들어오며 주인을 보고 말했다.

"술 한 잔 빨리 주시오."

주인이 그를 보고 물었다.

"어디를 그리 바쁘게 가십니까?"

"의병을 모집한다는 격문을 보고 지원하러 가는 길이오."

그의 말에 유비와 장비는 동시에 고개를 돌려 그 남자를 바라보았다. 구 척 장신의 당당한 체구에 수염이 두 자는 길어 보였다. 얼굴은 무르익은 대춧빛이었고, 입술은 연지를 칠한 듯 붉었으며, 봉의 눈에 누에눈썹을 가진 위풍이 늠름한 남자였다. 유비가 곧 그에게 말을 건네었다.

"격문을 보고 성으로 들어가시는 분이라면 우리도 뜻이 같으니 통성명이나 하시게. 합석하시지오."

그 남자는 두 사람의 얼굴을 살펴보다가 자리를 옮겨 앉으며 자기소개를 했다.

"관우(關羽)라고 하오. 고향은 하동 해량입니다."

"반갑소. 나는 유비라는 사람이고, 이분은 장비요. 고향이 하동 해량인데 탁상촌에는 웬일이오."

"고향에서 나쁜 놈 하나를 보다 못해 때려죽이고 오륙 년을 발 가는 대로 피해 다니다가 이곳에서 의병을 모집한다는 말을 듣고 일부러 찾아온 길이오."

"그렇다면 우리와 아주 잘 만났소. 우리 역시 벽보를 읽고 장정을 뽑아 함께 일을 도모해 보자는 의논을 하던 참이었소. 혼자 성내로 들어가느니 공도 우리와 함께 군사를 모아 태수를 찾아가는 게 어떻겠소?"

"좋은 말씀이오."

관우(관운장)도 기뻐하였다. 세 사람이 쉽사리 합의를 보자 장비는 자기 집으로 들어가서 일을 자세히 의논하자고 제의했다. 두 사람은 장비를 따라 그의 집 장원으로 들어갔다. 장비는 자리를 권하고 나서 말했다.

"우리 집 후원에 복숭아밭이 있소. 지금 한창 꽃이 만발했으니 그곳에 가서 세 사람이 함께 천지께 제사를 지내고 생사고락을 함께 할 형제 결의를 한 후에 대사를 도모함이 어떻겠소."

"좋소."

유비와 관우는 그의 말에 따랐다. 장비는 즉시 집안사람들에게 일러 제물을 마련하고 잔칫상을 차려, 온 고을에 소식을 전하여 장정들을 불러 모았다.

다음 날 세 사람은 함께 도원으로 갔다. 그들은 복숭아밭 가운데 단을 모으고 흰 말과 검은 소를 잡아 분향재배하고 함께 의형제가 되기를 맹세했다.

"우리 세 사람은 비록 성은 다르나 형제로 맹세했으니, 위로는 나라를 구하고 아래로는 백성들을 편안케 하되, 한날한시에 태어나지는 못했으나 한날한시에 죽기를 원하오니 하늘과 땅의 신은 이 세 사람의 마음을 굽어 살피시어, 만일 우리가 의리를 배반하고 은혜를 저버리거든 하늘과 사람에게 함께 베임을 당하게 하소서."

그때 그들의 나이는 유비가 28살, 관우가 23살, 장비가 18살이었다. 하늘에 맹세를 마치자 관우는 유비에게 절하여 둘째가 되고, 장비는 유비와 관우에게 차례로 절하여 아우가 되었다.

며칠 사이에 모여든 고을 장정들 가운데서 특별히 뽑은 의병이 5백 명이었다. 세 사람은 소를 잡고 술을 걸러 그들과 함께 취하도록 마시고, 다음 날 무기들을 준비했다. 칼과 창과 활 등은 대강 고을 안에서 구할 수 있었으나, 타고 나설 말이 없는 것이 문제였다.

'어디 가서 말을 구하나.'

세 명이 한참 궁리를 하고 있을 때 길손 두 명이 수많은 말들을 거느리고 왔다. 유비는 '이야말로 하늘이 도우시는 것이다'고 믿고 관우, 장비와 함께 나가서 그들을 만났다. 그 두 사람은 소쌍과 장세평으로 해마다 북방으로 가서 말을 파는 말 장수였다. 그러나 이번에는 황건적의 난리로 길이 막혀 도중에서 되돌아오는 길이었다.

유비는 관우, 장비와 함께 두 사람에게 황건적을 퇴치하는 데 말이 필요하다고 말했다. 그러자 그들은 말 50마리와 금은 5백 량, 빈철 1천 근을 내 주며, 의병의 뜻을 크게 높이는 데 써 달라고 부탁했다.

세 사람은 장인에게 부탁하여 유비는 쌍고검(雙股劍), 관우는 청룡언월도(靑龍偃月刀), 장비는 장팔사모(丈八蛇矛)를 각기 만들어 갖고, 용사 5백여 명을 거느리고 태수 유언을 찾아갔다.

3
황건적 토벌에 나서다

며칠 후 황건적의 두목 정원지(程遠志)가 군사 5만 명을 거느리고 탁현군을 침범했다. 이에 유주태수 유언은 유비, 관우, 장비 세 사람을 추정의 휘하에 넣어 병력 5백 명을 거느리고 적을 토벌토록 했다. 관군 5백 명으로 황건적 5만 명을 격퇴하려면, 관군 한 명당 적군 1백 명을 상대해야 하는 일당백의 실력을 갖추어야 한다.

그러나 세 사람은 조금도 두려워하는 기색 없이 추정의 지휘를 받아 군사를 이끌고 성서로 나가 대흥산 아래서 황건적과 대치했다. 유비는 추정의 공격 명령을 받고 관우와 장비를 좌우로 거느리고 적진으로 돌진했다. 적장 정원지가 나타나자 유비는 곧 채찍을 들어 그를 가리키며 소리를 가다듬어 꾸짖었다.

"나라를 배반한 역적놈아, 어찌 빨리 항복을 하지 않느냐."

정원지는 크게 화가 나서 부하 등무를 내보냈다. 이를 보자 장비가 벽력같이 호통을 치고 내달아, 미처 등무가 손을 쓸 겨를도 없이 창을 번쩍 들어 그의 가슴을 찔렀다. 등무가 그대로 말등에서 거꾸로 떨어졌다. 그것을 본 정원지는 화가 나서 쌍칼을 휘두르며 나왔다. 장비가 장팔사모를 잡고 다시 그를 공격하려 하자, 그보다 먼저 관우가 청룡언월도를 휘두르며 달려갔다. 정원지는 그 기세에 놀라 겁을 먹고 말 머리를 돌려 달아났고, 관우는 그를 추격했다. 청룡언월도가 허공에서 한 번 번쩍 빛나는가 싶더니 두 동강이 난 정원지가 말에서 떨어졌다. 그 꼴을 보고 질겁한 황건적의 무리들은 앞을 다투어 달아나기 시작했다.

유비는 때를 놓치지 않고 군사를 휘몰아 급히 몰아쳤다. 그와 함께 황건적 5만 명은 대부분 황망히 칼과 창을 던지고 항복했다. 첫 전투에서 큰 승리를 거둔 세 사람은 항복한 도적들을 포로로 앞세우고 개선했다. 태수 유언은 크게 기뻐하며 친히 성문 밖까지 나와 영접하고 군사들에게 후한 상금을 내렸다.

이때 청주(靑州)태수가 또 다른 황건적의 무리에게 성을 포위당하고 구원병을 요청했다. 유비 일행은 다시 추정의 지휘를 받으며 청주로 돌진해서 황건적을 물리치고 청주를 지켜 주었다.

두 번의 출전에서 유비는 실질적인 지휘관으로서 사실상 큰 승리를 거두는 공을 세웠지만 조정의 정식 임명을 받은 장군이 아닌 의병에 지나지 않았다. 유비는 앞으로의 전투를 위해서는 조정에서 내리는 어떤 지위나 직위를 가질 필요성을 느꼈다. 당시 유비에게 직위를 줄 사람은 옛 스승이었던 노식(盧植) 선생밖에 없었다. 당시 노식은 천자의 명령을 받고 광종(廣宗) 땅에서 황건적을 토벌하고 있는 관군 지휘관이었다.

유비 일행은 청주 싸움을 끝으로 추정의 지휘에서 벗어나 노식 장군을 찾아갔다. 노식은 옛 제자 유비가 의병을 거느리고 오자 크게 기뻐하며 관군 1천 명과 의병 5백 명을 주면서 영천의 황건적을 소탕하라는 명령을 내렸다. 비록 조정에서 정식으로 발령을 받은 것은 아니었지만 유비는 지휘관이 되어 영천 땅으로 향했다.

그때 영천(潁川)에서는 황보숭(皇甫嵩)과 주전이 황건적을 맞아 싸우는 중이었다. 황건적 장보, 장량은 관군과의 불리한 상황에서 무리들을 이끌고 장사라는 곳으로 퇴각한 후에 수풀 속에 진을 치고 있었다. 이에 황보숭은 화공 작전을 펴 적진은 삽시간에 불길에 휩싸였다. 황건적들은 아무 방비가 없다가 기습을 당해 뿔뿔이 달아나기 시작했다.

날이 밝을 무렵까지 한편으로는 싸우고 한편으로는 퇴각을 계속하면서 장보와 장량은 남은 군사를 이끌고 어떻게든 전선에서 빠져나갈 길을 찾으려 발버둥을 치고 있었다. 그런데 문득 난데없는 한 떼의 군마와 함께 앞장 서 달려 나오는 장군이 있었다.

그가 바로 패(沛)국 초현(지금의 안휘성) 사람 조조(曹操)이다. 조조는 조정의 주류파 환관 조숭(曹嵩)의 아들로, 어려서부터 내시 태생이라는 열등감 속에서 살았지만 젊은 시절에는 훗날 천하의 패권을 다투게 되는 원소(袁紹)와 자주 어울려 놀았다.

그때마다 조조는 협객을 자처했는데, 기질은 기발하고 뛰어난 지혜를 갖춘 무뢰한으로 알려졌다. 그는 매 사냥과 개 경주를 좋아하고, 잡기와 주사위 놀이를 즐겼으며, 나이 스무 살에 과거에 급제해 누구에게도 지배받지 않으려는 두목 기질을 발휘했다.

조조는 당시 효도가 지극한 사람을 뽑는 효렴(孝廉)이라는 벼슬에 뽑혀 낙양에서 여러 관리 생활을 하다가 이번에 황건적 난리가 나자, 기병대 장교가 되어 군마와 보병부대 5천 명을 거느리고 영천으로 구원군이 되어 가는 길에, 마침 패잔병들을 이끌고 퇴각하는 장보, 장량의 무리를 만나게 된 것이다. 조조는 그들을 맞아 황건적 만여 명을 무찌르는 큰 전적을 올렸다. 장보, 장량은 조조를 만나 크게 패하고 간신히 목숨을 건져 도주했다.

바로 그때 유비 일행은 옛 스승 노식 장군의 명령으로 관군 1천여 명과 의병 5백 명을 거느리고 영천 쪽으로 오다가 산 너머에서 함성이 크게 들리고 불꽃이 하늘을 찌르는 것을 목격했다. 그들은 바삐 군사를 몰아 산을 넘었다. 그들이 작전지역에 도착했을 때 황건적의 잔당은 이미 조조에게 크게 패하여 도주하고 싸움은 관군의 승리로 끝난 후였다.

유비는 황보숭과 주전을 만나 예의를 갖추고 스승 노식 장군의 뜻을 전하자 황보숭이 말했다.

"장보, 장량은 이번 싸움에 대패하여 형 장각과 합세했을 것이오. 여긴 이제 싸움이 끝났으니 어서 노식 장군에게 돌아가시오. 그곳이 어려운 처지가 될 겁니다."

유비는 그의 말대로 군사를 되돌려 노식 장군이 있는 광종 땅으로 향했다. 광종에 거의 다 도착했을 때 한 떼의 군마가 수레 하나를 호송하고 있었다. 죄인을 호송하는 중이었다. 유비가 이상히 여겨 살펴보니 수레 속에는 뜻밖에도 스승 노식 장군이 묶인 채 호송되고 있었다. 유비가 깜짝 놀라 관우, 장비와 함께 황망히 말에서 뛰어 내려 수레 곁으로 달려가 스승에 대한 예를 갖추었다.

"아니, 스승님. 이게 어찌된 일입니까?"

노식은 그를 보자 처연한 표정으로 대답했다.

"자네를 영천으로 파견한 후 여러 차례 장각을 공격했으나 장각의 요술에 빠져 제대로 섬멸을 하지 못했네. 조정에 관군을 요청했더니 구원군으로 파견된 감독관 좌풍(左豊)이 내게 장각을 퇴치시키지 못한 사실을 눈감아 주겠다면서 뇌물을 요구하네그려. 허나 군량도 부족한 터에 그들에게 줄 돈이 어디 있겠는가. 그랬더니 좌풍이 조정에 돌아가서 내가 황건적이 두려워 고의로 싸우지 않고 태만히 했다고 보고를 했던 모양이네. 천자께서 크게 노하시어 내 휘하의 군사들을 중랑장 동탁(董卓)에게 맡기고 내 죄를 물으려고 이렇게 낙양으로 압송하고 있네."

그 말을 곁에서 듣고 있던 장비는 크게 노했다.

"천하에 이런 법이 어디 있소. 형님, 여러 말 할 것 없이 놈들을 모조리 처치하고 노장군을 구해 냅시다."

장비는 말을 마치자 곧 허리에 찬 칼을 뽑아 들었다. 순간 유비가 놀라 황망히 그의 팔을 잡았다.

"조정에도 공론이 있을 터인데 네가 어찌 함부로 이러는 것이냐. 어서 칼을 내려라."

그러나 장비는 막무가내였다. 유비가 장비의 팔을 잡고 말리는 사이에 호송군들은 급히 수레를 몰아 그 자리를 떠나버렸다. 유비 일행은 먼지를 일으키며 사라지는 호송 수레를 물끄러미 바라볼 수밖에 없었다. 그때 잠자코 있던 관우가 입을 열었다.

"노중랑 선생이 저렇게 잡혀가고, 동탁이라는 자가 광종에서 군사를 통솔하고 있는데 지금 우리가 그곳에 가면 뭘 합니까. 애초에 우리는 노식 장군을 도우러 떠나지 않았습니까. 우선 탁군으로 돌아가 다시 앞날을 논의하는 것이 좋겠소."

유비는 실의에 빠져 관우의 말대로 다시 군사를 이끌고 북쪽 탁군을 향해 길을 떠났다. 그로부터 사흘째 되는 날, 산모퉁이를 지나는데 갑자기 고개 너머에서 큰 함성이 들렸다.

세 사람은 급히 높은 언덕 위로 올라갔다. 눈앞에는 뜻밖의 사태가 벌어져 있었다. 관군들이 황건적에게 쫓기는 중이었다. 그들 황건적 깃발 중에는 천공 장군(天公將軍)이라는 깃발이 휘날리고 있었다. 황건적 장각이 관군을 쫓고 있었다. 관군의 장수는 노식 장군의 후임 동탁이었다.

"장각이다. 어서 가서 놈들을 처치하자."

유비가 관우와 장비를 돌아보며 소리치더니 곧 군사를 휘몰아 산 아래로 내려가 난군 속에 뛰어들었다. 북소리, 제금 소리, 울부짖는 소리들이 처절하게 산야를 덮었다. 세 사람은 범처럼 달리고 이리처럼 대들어 황건적의 무리들을 좌우로 공격하며 내달렸다.

쌍고검, 청룡언월도, 장팔사모가 이리 번득 저리 번득거리면서 무수한 도적들의 무리를 쓰러뜨렸다. 날랜 장수 밑에 약한 군졸이 있을 수 없다. 유비 수하의 군사들도 모두가 날랜 군사들이었다. 한바탕 큰 싸움이 어지럽게 시작되면서 황건적 천공 장군의 도적 무리들은 약세를 깨닫고 50여 리 밖으로 달아났다. 세 사람은 관군 대장 동탁을 구하여 진지로 돌아왔다. 다 죽은 목숨이었던 동탁은 본부가 있는 진영에 돌아오자 유비를 맞이했다.

"세 분은 지금 무슨 벼슬에 있소."

동탁이 거만하게 물었다.

"우린 모두 계급 없는 의병일 뿐입니다."

순간 동탁의 얼굴에는 경멸의 빛이 떠올랐다.

"의병 따위라면 어서 내 앞에서 꺼져라."

동탁은 목숨을 건져 준 은혜도 잊고 유비에게 비웃는 듯 한마디 내던지더니 손을 저어 물러가라고 했다. 동탁은 농서군 임조 사람이다. 그의 관직은 하동태수로, 본래 천성이 오만불손하기로 유명한 사람이었다. 유비가 무색하여 밖으로 나왔다. 그러자 장비가 화를 벌컥 냈다.

"우리가 저를 위해 죽기로 싸워 목숨을 구해 주었는데, 어찌 우리에게 그처럼 무례하게 군단 말이오. 내 동탁이란 자를 당장 죽여 없애야 분이 풀리겠소."

장비가 곧 칼을 빼들고 장막 안으로 뛰어 들어가자 유비와 관우가 좌우에서 그의 팔을 잡고 말렸다.

"저자는 조정의 관리인데 우리가 함부로 죽일 수 있느냐."

유비와 관우가 장비를 말렸다.

"그럼 저놈을 살려두고 우리가 부하가 되어야 옳단 말이오? 두 분 형님이 정 그런 식으로 나오면 난 가버리겠소."

장비가 분을 풀지 못해서 씩씩거렸다.

"무슨 소리냐. 우린 죽고 살기를 같이하기로 천지에 맹세했거늘, 이런 일로 이제 와서 헤어지다니 그게 할 소리냐. 우리 모두 여기를 떠나 다른 데로 가자."

세 사람은 곧 그곳을 떠나 밤새워 주전의 군대가 있는 진중을 찾았다. 적은 군사로 적과 대치하고 있던 주전은 그들이 찾아오자 몹시 기뻐했다. 주전은 세 사람을 후하게 대접하고 군사를 한 곳에 모아 앞으로 황건적 '지공 장군 장보'를 섬멸할 작전을 짜기 시작했다. 그때 장보는 무리 8-9만 명의 병력을 거느리고 산 뒤에 진을 치고 있었다. 그 형세가 실로 만만치가 않았다.

주전의 명령으로 유비는 돌격대의 선봉이 되었다. 적진에서 북소리가 한 차례 높이 울리며 한 장수가 급히 말을 몰고 나왔다. 그는 부장 고승(高昇)이었다. 유비는 곧 장비에게 출격 명령을 내렸다.

"네가 나가거라."

유비의 말이 떨어지자 장비는 장팔사모를 움켜잡고 말을 몰아 고승을 맞아 싸웠다. 한 자루 큰 칼과 한 자루의 긴 창이 서로 어울려 세 번을 겨룬 끝에, 칼이 창을 당해 내지 못하고 부장은 겁을 먹고 몸을 빼쳐 달아나기 시작했다. 그러나 장비는 그를 놓치지 않고 와아, 하는 호통 소리와 함께 고승의 등에 창을 박았다. 고승은 말 아래로 거꾸러지고 말았다.

"이때다. 모두 나가 도적 떼를 쳐라!"

유비가 채찍을 들어올리며 큰 소리로 명령을 내리자, 군사들은 곧 아우성치며 내달았다. 그 형세가 단숨에 적진을 무력화시킬 듯했다. 그 순간 괴이한 일이 벌어졌다. 세 사람이 군사를 급히 몰아 거의 적진 앞까지 이르렀을 때 문득 '지공 장군 장보'가 말 위에서 미리를 풀고 칼을 잡아 요사스러운 술법을 쓴 것이다.

그러자 난데없는 강풍이 산에서 불며 마른하늘에 우레 소리가 크게 울리며 한 줄기의 검은 기운이 내려오는데, 그 속에서 무수한 사람들과 말이 쏟아져 나와 달려들었다. 유비의 군사는 큰 혼란 속에 빠져 패하고 진지로 퇴각할 수밖에 없었다.

유비가 패병을 수습하고 다시 진을 친 다음, 사태를 주전에게 보고했다. 주전이 그 말을 듣고 한 가지 계교를 일러 주었다.

"나도 도술을 쓰겠다. 내일 돼지와 양과 개를 잡고 그 피를 지닌 군사들을 언덕 위에 매복시켰다가 적이 뒤따라 올 때 높은 곳에서 뿌리면 장각의 술법을 깰 수 있을 것이다."

유비는 주전의 말을 따랐다. 다음 날 장보가 깃발을 휘날리며 북을 치고 군사를 거느리고 와서 싸움을 청했다. 유비가 몸소 춤추듯이 쌍고검을 흔들며 나가 그를 맞아 싸우려 할 때, 장보가 다시 어제처럼 말 위에서 요사한 술법을 쓰자 갑자기 광풍과 우레가 일어났다. 모래가 날리고 돌이 날아왔다. 하늘에 검은 기운이 가득 차고 그 속에서 무수한 인마가 달려오고 있었다.

유비는 곧 말머리를 돌려 달아났다. 그 뒤로 장보가 군사를 휘몰아 급히 쫓았다. 유비가 적에게 쫓겨서 막 산모퉁이를 돌 때, 매복해 있던 관우와 장비의 군사가 고함을 치며 내달아 미리 마련해 두었던 짐승의 피를 일시에 끼얹었다. 순간 종이로 만든 사람과 풀로 만든 말들이 분분히 땅 위에 떨어지면서 광풍과 우레가 멎고 모래와 돌들이 날지 않았다. 장각의 마술이 깨진 것이다.

그러자 장보는 곧 군사를 돌려 달아나려고 했다. 그러나 그보다 먼저 관우와 장비가 좌우에서 나오고 또 등 뒤에서 유비와 주전이 함께 쫓아왔다. 황건적의 무리들은 크게 패했고, 장보는 겨우 달아났다.

유비는 어지러운 가운데 '지공 장군' 깃발을 보고 말을 급히 몰아 뒤를 쫓아 달리는 말 위에서 활에 살을 먹여 들고 장보의 등 한복판을 겨누었다. 시위 소리가 높이 울리며 화살이 유성처럼 날았다. 장보는 미처 몸을 피할 사이 없이 왼편 팔에 화살을 맞은 채 양성(陽城)으로 달아나 성문을 굳게 닫고 나오지 않았다. 주전은 양성을 철통같이 에워싸는 한편, 사람을 보내어 황보숭의 소식을 알아오게 했다.

며칠 만에 연락병이 돌아와 사태를 보고했다. 황보숭은 번번히 적과 싸워 이겼으나 동탁은 싸움마다 패하여 마침내 조정에서는 동탁의 군사를 황보숭이 관할하도록 했다는 것이다. 황보숭의 공격으로 장각은 이미 죽었으며 '인공 장군 장량'이 그 무리들을 이끌고 관군에 저항했으나 일곱 번의 격전 끝에 황보숭의 승리로 끝나 마침내 곡양에서 장량의 목을 베고, 다시 무덤을 파헤쳐 장각의 시체를 꺼내 머리를 베어 낙양에 올려 보냈다.

조정에서는 황보숭의 벼슬을 높여 거기(車騎)장군으로 삼고 기주목(冀州牧)을 맡도록 했다. 황보숭은 또 노식 장군의 공을 크게 치하하고 죄가 없음을 극력 변호하자 천자는 노식에게 다시 본래의 벼슬인 중랑장의 직위를 내려 주었다.

이제 남은 황건적은 양성의 장보뿐이었다. 황보숭은 더욱 군사를 재촉하여 밤낮을 가리지 않고 성 공격에 나섰다. 그러자 형세가 매우 위급한 것을 깨달은 적의 장군 엄정(嚴政)이 제 손으로 장보를 죽이고, 그 머리를 베어 들고 나와서 항복을 했다. 주전은 두어 고을의 도적들을 모두 소탕하고 조정에 승전 소식을 알렸다.

따라서 천하를 어지럽히던 황건적의 핵심 세력인 장각, 장보, 장량은 모두 죽었다. 그러나 아직도 황건적의 남은 무리가 있었다. 조홍(趙弘), 한충(韓忠), 손중(孫仲) 세 도적은 수만의 무리를 거느리고 각처로 다니며 분탕질과 노략질을 마음대로 하면서 '대현량사 장각'의 원수를 갚겠다고 외치고 다녔다. 조정에서는 주전에게 그들을 무찌르도록 했다. 주전은 곧 천자의 명령을 받들어 유비, 관우, 장비 등 세 사람과 함께 군사를 거느리고 황건적 잔당 소탕 작전에 들어갔다.

그때 황건적 한충은 완성(宛城)을 점거하고 있었다. 주전은 유비를 보내어 성의 서남쪽을 치게 했다. 한충이 군사를 모두 이끌고나와 유비를 맞아 싸웠다. 이것을 본 주전은 몸소 기마병 2천명을 거느리고 성내의 동북쪽을 공격해 들어갔다.

한충은 유비의 군사를 맞아 싸우다가 그 소식을 듣고, 크게 놀라 군사를 돌려 달아났다. 유비는 관우, 장비와 함께 그를 놓치지 않고 추격했다. 한충과 그 무리들이 싸움에 크게 패하고 성안으로 도주해 들어가자 주전은 즉시 군사를 나누어 성의 사면을 철통같이 에워쌌다.

그러나 열흘이 미처 못 되어 성안에는 식량이 떨어졌다. 한충은 사람을 보내 항복을 청했다. 주전은 이를 허락하지 않았다. 이것을 보고 유비가 말했다.

"옛날 고조께서 천하를 얻으신 것이, 대체로 항복하여 귀순한 무리들을 잘 받아들였기 때문입니다. 헌데, 장군께서는 어찌하여 한충의 항복을 받아 주지 않으십니까?"

그러자 주전이 대답했다.

"지금과 그때는 경우가 다릅니다. 그 당시로 말하면, 천하가 크게 어지러워 백성들이 정한 군주가 없던 때였으므로 처음에는 항복한 자들을 받아들여 민심을 수습했지만 지금은 나라가 통일이 되어 천하에 걱정이 없는 터에, 오직 황건적의 무리가 난리를 일으키고 있습니다. 만약에 그들이 항복한다고 해서 그대로 모두 용납한다면 무엇으로 착한 것을 권하며 악한 것을 징계한단 말이오. 그렇게 하면 도적들은 자기들이 이로울 때는 못된 짓들을 하다가 형세가 불리하면 또 항복할 것입니다. 그러므로 이는 도적의 마음을 길러 주는 일이라, 결코 좋은 정책이 아닌 것입니다."

유비는 그 말을 듣고 다시 말했다.

"장군의 말씀이 옳습니다. 허나, 지금 우리가 철통같이 성을 에워싸고 있고, 적이 항복하겠다는데 들어 주지 않으면 도적들은 죽을 각오로 싸우려들 것이며, 우리 또한 큰 피해를 입을 수밖에 없지 않겠습니까. 적이 힘을 합쳐 우리에게 항거를 계속하는 한, 성을 공략하기는 용이한 일이 아닐 것입니다. 제 생각 같아서는 군사를 거두어 동문과 남문은 터주고 서문과 북문만 지키면 놈들은 필연코 성을 버리고 달아날 것입니다. 그때 군사를 휘몰아서 치면 한충을 사로잡기 쉬울 듯합니다."

"으음, 그 계책이 좋을 듯하오."

주전은 유비의 말을 받아들여 곧 동쪽, 남쪽 두 곳의 군사를 거두고 서쪽, 북쪽만을 급히 공격했다. 한충은 군사들과 성을 버리고 달아나기 시작했다. 주전은 곧 유비, 관우, 장비 세 장수와 함께 삼군을 휘몰아 그의 뒤를 급히 쳤다. 한충이 마침내 화살에 맞아 죽고 나머지 무리들은 각각 사방으로 흩어져 도주했으나 관군들은 용서하지 않고 그들을 뒤쫓았다.

바로 그때 황건적의 잔당인 조홍과 손중이 군사 수만 명을 이끌고 달려왔다. 이들을 맞아 주전이 군사를 지휘하여 싸웠으나 도적의 형세가 워낙 강하여 쉽게 깨뜨리지 못하고 주전은 군사를 퇴각시켰다. 조홍은 승세를 타자 다시 완성을 빼앗으려 들었다. 성에서 10리쯤 떨어진 곳에 주둔하고 다시 군마를 정돈하여 성을 공격할 때 갑자기 동편에서 한 떼의 군마가 도착했다. 인솔 장군은 오나라 부춘 사람 손견(孫堅)이었다.

손견은 나이 열일곱 살 때 부친과 함께 전당호(湖)에 갔다가 해적 10여 명이 상인의 재물을 약탈하는 것을 보고 아버지에게 '제가 저자들을 잡아보겠습니다'라고 말한 다음, 소리 높여 동서로 번쩍 번쩍 오가면서 마치 수많은 군사들을 지휘하는 것처럼 보였다. 그러자 도적들은 관병의 무리가 잡으러 온 줄 알고 재물을 모조리 놔둔 채 달아났다. 손견이 그 뒤를 쫓아가 도적 하나를 죽였다.

그 소문이 고을 안에 퍼지면서 그는 교위 벼슬을 얻었고, 후에 회계 땅의 요적 허창이 반역하여 수만의 무리를 거느리고 자칭 '양명 황제'라 일컫자, 손견은 군의 사마(司馬)와 함께 용사 1천여 명을 모아 허창과 그 아들 허소를 베었다. 태수가 그의 공적을 조정에 올리자 조정에서는 손견에게 염독승이라는 직책을 내리고 다시 우이승, 하비승을 내렸는데, 이번에 손견은 황건적의 잔당들이 횡포를 부리자 회수, 사수 땅의 정병 1천 5백 명을 거느리고 완성에서 그들과 만나게 되었던 것이다.

조정에서는 싸움에 공을 세운 주전을 거기장군(車騎將軍)에 임명하고 하남윤(河南尹)의 자리를 주었다. 이미 정계에 등장한 손견에게도 특별 전투사단 지휘관에 해당하는 별군사마(別軍司馬)의 벼슬을 내려 금의환향했지만, 유비에게는 이렇다 할 벼슬이 내려지지 않아 낙양에서 허송세월을 보내다가 겨우 정주의 작은 고을 안희현(安喜縣)에 현위(縣尉)라는 치안 책임자의 벼슬을 얻었다. 그나마 유비가 황건적을 토벌한 전공으로 처음 얻은 벼슬이었다.

유비는 가까운 사람 20여 명을 데리고 관우, 장비와 함께 안희현에 부임했다. 정직하고 마음씨 고운 유비는 고을 백성들의 존경을 받았다. 특히 세 의형제의 정분은 날로 두터워졌다. 관우와 장비는 유비를 존경하면서 언제나 그의 양편에서 호위했다.

유비가 부임해 온 지 4개월 만에 중앙관서에서 주로 현리의 비리를 살피는 감독관 직책인 독우(督郵)가 감사를 나왔다. 독우가 안희현에 오는 날 유비는 몸소 성 밖에 나가 맞아들이고 독우에게 정중히 인사를 드렸다. 독우는 관가에 와서도 관청 안의 높은 자리에 앉았고, 유비는 계단 아래 서 있었다.

"유 현위는 무슨 출신인고?"

유비가 대답했다.

"소인은 중산정왕의 후예로 탁현에서 군사를 일으켜 황건적을 토벌한 공로를 세웠기에, 이곳 현위 벼슬을 받았습니다."

그러나 유비의 말이 채 끝나기도 전에 독우가 호통을 쳤다.

"네 이놈, 네가 어찌 황제의 인척임을 자칭하느냐. 조정에서는 바로 너 같은 탐관오리를 척결하라는 칙령을 내렸다."

유비는 머리를 수그린 채 그 자리에서 물러나왔다. 유비는 자기의 처소로 돌아와서 현리를 불러들여 어떻게 하면 좋을지 의견을 물었다. 그런 일에 경험이 풍부한 현리는 독우가 노발대발하는 것은 뇌물을 주지 않은 까닭이라고 말했다.

"허나 내가 어떻게 그자에게 뇌물을 준단 말인가?"

그 소문을 들은 장비는 눈을 부릅뜨고 관청으로 들어가 독우를 말뚝에 묶어놓고 버드나무 가지 열 개가 부러지도록 팼다. 집 안에서 걱정에 싸여 있던 유비는 밖에서 떠드는 소리가 들려 뛰쳐나갔다가 깜짝 놀랐다.

"이 따위 도적놈을 죽이지 않고 어디에 쓰겠소?"

그 말에 독우는 애걸을 했다.

"현덕 공, 제발 날 살려 주시오."

본래 마음이 어진 유비는 장비를 꾸짖어 물리쳤다. 이때 관우가 곁으로 와서 말했다.

"형님께서 큰 공을 세웠는데도 현리라는 하잘 것 없는 벼슬자리밖에 얻지 못했는데, 저 따위 더러운 놈한테 괄시받게 되었으니 얼마나 억울한 일이오. 가시덤불 속은 워낙 봉황이 깃들 자리가 아니니, 저 녀석을 죽이고 벼슬을 버리고 고향으로 돌아가 다시 장래를 도모하는 것이 어떻겠소?"

관우의 말을 듣고 유비는 관가로 들어가 독우를 크게 꾸짖었다.

"네놈이 지은 죄를 보면 당장 죽여도 마땅하겠지만, 오늘은 잠시 네놈의 목숨을 살려 준다."

유비는 그 말을 남긴 채 장비, 관우와 함께 안희현을 떠나 대주태수(代州太守) 유회를 찾아가 몸을 숨겼다. 정부 감독관을 구타했다는 죄목으로 전국에 지명 수배를 받은 것이다. 그때 조정에서는 유주목사(幽州牧使) 유우에게 어양 땅에서 천자를 사칭하고 반기를 든 장거(張擧)를 진압하도록 했다.

대주태수 유회는 유우에게 자신이 숨겨두고 있는 유비, 관우,

장비로 하여금 장거를 격퇴할 수 있는 기회를 주도록 했다. 절호의 기회를 맞은 유비 일행은 역적 장거를 완전 섬멸하고 큰 승리를 거두게 된다.

그러자 유주목사 유우는 조정에 유비의 공적을 보고했고, 접수를 받은 조정에서는 중앙 감독관 독우를 구타한 유비의 죄를 사면해 주었으며, 북평태수 공손찬의 천거로 다시 평원현령의 직책까지 얻게 되었다.

이렇게 정계에 복권한 유비는 땅이 넓고 비옥한 평야에서 다시 힘을 길렀다. 관우는 마궁수가 되고, 장비는 보궁수가 되어 밤낮으로 무예를 닦으면서 때를 기다렸다.

4
십상시들과 대궐의 권력 투쟁

그즈음 대궐에서는 십상시들이 권력을 잡아 조정 대신들은 기를 못 펴고 있는 상황이었다. 전국에 걸쳐 반란이 일어났지만 십상시들은 그 사실을 숨기고 천자에게 알리지 않았다.

중평 6년 4월에 황제 영제가 깊은 병이 들어 대장군 하진(何進)을 궁중으로 불러들였다. 하진은 본래 소나 돼지를 잡던 백정 출신이었으나, 누이동생이 환관들의 추천을 받아 후궁이 되어 황자 변(辯)을 낳고 황후가 되면서 천자의 사랑을 받아 외척으로 대장군의 벼슬까지 오른 인물이었다.

하 황후(何皇后)는 질투가 심한 여자였다. 그녀는 황제 영제가 다른 후궁인 왕 미인(王美人)을 총애하여 황자 협(協)을 낳자 질투심으로 왕 미인을 독살해 버렸다. 따라서 어머니를 잃은 황자 협은 영제의 모친인 할머니 동 태후가 길렀다.

동 태후는 변 황자보다는 협 황자를 더 사랑하여 황태자로 세우고 싶어 했다. 황제 영제 역시 모친의 뜻에 따라 협을 황태자로 세울 계획을 하던 차에 중병으로 자리에 눕게 된 것이다. 그때 환관의 우두머리인 건석(蹇碩)이 영제의 마음을 눈치 채고 말했다.

"황자 협을 황태자로 세우시려면 먼저 하진을 제거하여 후환을 없애야 합니다."

황제 영제가 하진을 궁중에 부른 것은 바로 하진을 없애기 위해서였다. 천자의 부름을 받고 대장군 하진이 궁중으로 들어가려는 순간, 궁문 앞에서 사마 반은(潘隱)이 앞을 막았다.

"궁에 들어가지 마시오. 건석이 음모를 꾸미고 있습니다."

하진은 크게 놀라 집으로 돌아오는 즉시, 대신을 모아놓고 환관의 무리들을 처치할 작전을 논의했다. 그때 조정의 하급 장교에 불과한 전군교위(典軍校尉) 조조가 나서서 말했다.

"환관들의 세력이 워낙 커서 모조리 숙청하기는 어려울 것이오. 더구나 이 일이 누설되면 큰 화를 입을 것이니 신중히 생각해야 할 것입니다."

하진이 결단을 내리지 못하고 망설이고 있을 때 반은이 들어와, 천자가 죽고 건석이 십상시 무리들과 짜고 거짓 명령을 내려, 대장군 하진을 궁중으로 불러들여 후환을 없앤 다음, 왕자 협을 즉위시키려 한다는 보고를 했다. 반은이 미처 말을 마치기도 전에 조조가 불쑥 나서서 말했다.

"장군님, 어서 군사를 동원하여 역적들을 퇴치시키십시오."

그러자 하진이 결단을 내렸다.

"누가 나를 도와 궁중의 내시들을 쓸어버리겠는가."

그때 한 사람이 나섰다.

"원소(袁紹)가 여기 있습니다. 제게 정병 5천 명을 주시면 장군을 모시고 궐내로 들어가 환관들의 무리를 소탕하고 새 천자를 옹립하는 데 힘을 다 하겠습니다."

원소는 명문 집안의 출신으로 대궐의 종들을 다스리는 직위에 있었다. 하진은 곧 원소에게 정예병 5천 명을 거느리고 하옹, 순유, 정태 등 대신 30여 명과 함께 궁중에 들어가, 태자 변을 천자로 옹립하도록 했다.

원소는 궁중으로 쳐들어가 내시를 닥치는 대로 처치하고 내시 건석을 찾았다. 건석은 원소의 급습에 다급하여 궐내에서 허둥지둥 숨을 곳을 찾다가 같은 내시였던 곽승(郭勝)의 손에 죽었다. 이어 건석의 휘하에 있던 대궐 호위군들이 원소에게 모두 투항했다. 원소는 하진에게 이 기회에 궁중 내시들의 씨를 뽑아야 한다고 주장했다.

사태가 위급해지자 살아남은 내시 장양은 급히 내전으로 달려가 하 태후에게 목숨을 살려달라고 애원했다.

"처음 대장군 하진을 배반하려 했던 자는 건석 한 사람뿐이었고, 저희들은 모르는 일이었습니다. 이제 대장군께서 원소의 말만 듣고 소신들을 모두 죽이려 하십니다. 부디 저희들의 목숨을 살려 주시옵소서."

하 태후는 본래 내시들의 소개로 궁궐에 발을 들여놓게 되고 태후까지 오르게 된 은혜를 입고 있어서 장양의 애원을 뿌리칠 수가 없었다. 곧 이어 하 태후는 장양에게 말했다.

"너희들의 목숨은 보전할 것이니 염려 말라."

하 태후는 곧 하진을 불러 말했다.

"오라버니와 나는 본래 미천한 출신이었거늘 오늘날 이처럼 부귀를 누리게 된 것은 장양의 무리들 덕분이 아니오. 건석을 죽여 이미 죄를 다스렸으니 원소의 말을 듣고 다른 환관들까지 모두 죄로 몰아서는 안 될 것입니다."

그리하여 하진은 하 태후의 말에, 풀을 베고 뿌리를 없애지 않으면 후환이 있을 것이라는 원소의 말을 끝내 듣지 않았다.

5
십상시들의 최후

한편 죽은 영제의 어머니 동 태후는 살아남은 장양의 무리들을 궁중으로 은밀히 불러들여 앞날을 의논했다.

"협 황자를 천자로 세우려던 계획이 실패로 돌아가고, 지금 대궐의 대신들은 모두 하진의 심복이 되었으니 어쩌면 좋겠소."

그때 장양이 계교를 말했다.

"태후께서 조정에서 수렴청정을 하셔야 할 테니 협 황자를 천자로 삼고, 왕의 장인어른 동중(董重)의 관직을 높여 군사 지휘권을 맡게 하신 다음, 저희에게 각처의 벼슬자리를 맡기시면 큰일을 해낼 수 있을 것입니다."

동 태후는 그 말을 듣고 크게 기뻐하며 다음 날 대신들을 모아 놓고 황자 협을 진류왕에 봉하고, 왕의 장인 동중에게 표기장군을 내리고 또 장양의 무리들을 국정에 참여시켰다. 그러자 하 태후가 동 태후 앞에 나가 두 번 절하고 말했다.

"부녀자들이 정치에 간여하는 것은 사리에 맞지 않습니다. 옛날 여후(呂后:한고조의 왕후)도 권력을 쥐고 있다가 그 가문 1천여 명이 모두 죽음을 면치 못한 일이 있습니다. 여자들은 궁중에 깊이 앉아 있고, 조정의 정치는 대신과 원로들에게 맡기시는 것이 나라를 위해서 좋은 일이니 그렇게 하십시오."

하 태후의 말을 듣고 동 태후는 크게 화를 냈다.

"네가 질투로 죄 없는 왕 미인을 독살하더니 이제는 네 소생이 황자가 되고, 네 오빠가 권력을 잡았다 하여, 그것을 믿고 감히 내 앞에서 못된 말을 늘어놓는구나. 네 오빠가 비록 권력을 잡고 있다고 하지만, 내가 표기장군에게 명령하여 오라버니의 목을 베면 그것으로 끝장인 줄을 왜 모르느냐."

그 말을 들은 하 태후도 몹시 화가 났다.

"제가 충고의 말씀을 올리는 터에 그런 말씀을 하시는 것은 무슨 뜻이오."

하 태후는 그 자리에서 물러나와 그날 밤 하진과 사태를 의논했다. 하진은 곧 행정의 최고위직인 삼공(三公)을 불러 논의하여 동

태후를 하간이라는 벽촌으로 쫓아내었다. 동 태후는 하간에 가는 도중 하진이 보낸 자객에 의해 독살되었다.

그러자 십상시 장양과 단규의 무리들은 자신들에게 화가 미칠 것이 두려워 대장군 하진의 어리석은 동생 하묘(何苗)와 하진의 모친 무양군에게 사람을 보내서, 자신들이 목숨을 보존할 수 있도록 하 태후에게 부탁해 달라고 애걸했다. 그러자 원소는 하진에게 십상시의 무리들을 척결할 것을 주장했으나 또다시 거부되고, 하진은 십상시들의 목숨을 살려두게 된다. 그로 인해 조정에서는 십상시 세력들이 커져서 다시 하진 세력과 대치하게 된다.

그리하여 조정이 하진파와 십상시파로 갈려 세력 다툼을 하자, 원소와 조조, 노식 등은 하진의 힘만으로는 십상시 세력을 척결할 수 없다고 판단하여, 지방의 각 태수들에게 군사력을 요청하게 된다. 황건적의 난에서 아무런 공을 세우지 못하고 십상시들에게 뇌물을 써서 지위를 보존하고 있던 서량(西凉)태수 동탁 역시, 하진으로부터 낙양으로 올라오라는 통보를 받게 된다. 동탁은 그동안 계속 조정의 힘 있는 대신들을 뇌물로 결탁하여, 여러 차례 승진을 거듭하여 그 관직이 전장군 어향후 서량태수에 올라 있었다.

동탁은 대군 20만 명을 거느리고 있던 중 하진의 명령을 받고 은근히 기뻐했다. 그는 그의 둘째사위 중랑장 우보(牛輔)를 자신의 근거지인 서량에 남겨 성을 지키게 하고, 자신은 이각, 곽사, 장제, 번주 등 장수를 앞세워 낙양으로 향했다. 서량태수 동탁이 대병력을 인솔하고 낙양에 입성한다는 소문을 들은 사법 관리의 직위인 시어사(侍御史) 정태(鄭泰)가 하진에게 말했다.

"동탁은 승냥이처럼 위험한 자입니다."

그러나 하진은 그의 말을 듣지 않았다.

"그렇게 의심이 많아서야 어떻게 큰일을 해내겠소."

그러자 노식이 다시 나서서 말했다.

"내가 동탁이라는 위인을 잘 압니다. 정공의 말씀이 옳습니다. 그자를 곁에 두면 반드시 화를 입을 것이오."

그러나 하진이 말을 안 듣자 정태와 노식 장군을 비롯한 조정의 대신들은 벼슬을 버리고 대부분 고향으로 돌아가 버렸다. 동탁과는 뜻을 같이할 수 없다는 이유 때문이었다. 하진은 사람을 보내서 동탁을 맞이했다. 동탁은 낙양까지 왔지만 군사들을 밖에 둔 채 성안으로 들어오지 않았다. 동탁의 사위이자 심복이며 작전참모인 이유(李儒)의 뜻에 따라 군사를 이동시키기 않고 조정의 동정을 살핀 것이다.

한편 장양 이하 십상시의 무리들은 동탁의 군대가 낙양에 왔다는 소식을 듣고, 그것은 곧 하진이 반란을 일으킬 것이라고 예측했다. 십상시들은 곧 하진을 제거할 계략을 세워 장락궁 가덕문에 매복병들을 숨겨놓고 하 태후를 만났다.

"대장군 하진께서 군사를 불러들여 저희들을 모두 죽이려 하고 있습니다. 태후께서 저희들의 목숨을 구해 주지 않으시면, 저희들은 이 자리에서 죽겠습니다."

십상시들이 애걸하자 하 태후는 곧 사람을 보내 하진을 불렀다. 하진이 태후의 부름을 받고 궁중에 들어가려 하자, 주부 진림(陣琳)이 앞을 가로막으며 말했다.

"태후가 이번에 부르시는 것은 필시 십상시들이 계략을 꾸민 함정일 것입니다. 입궐하시면 안 됩니다."

그러나 하진이 그의 말을 듣지 않으려고 하자 원소가 나서서 말렸다. 그래도 하진은 하 태후의 부르심을 의심하는 기색이 없었다. 그러자 이번에는 조조가 나섰다.

"장군이 꼭 입궐하시겠다면 먼저 십상시들을 밖으로 불러내신 후에 가십시오."

그러나 하진은 도리어 조조의 말을 비웃었다.

"공들은 무슨 어린애 같은 말들을 하는 거요. 권력이 내 손에 있는데 감히 십상시 따위들이 나를 어쩌겠다니, 왜들 그렇게 겁들이 많소."

그러자 대신들이 대책을 내놓았다.

"장군께서 정 입궐하시겠다면 저희들이 호위병을 거느리고 함께 가겠습니다."

하진은 이를 허락했다. 원소와 조조는 각기 정예병 5백 명을 뽑아내어 원소의 아우 원술에게 인솔케 했다. 원술은 갑옷을 입고 투구를 쓰고 호위병들을 청쇄문 밖에 지키게 하고, 원소와 조조는 함께 칼을 차고 좌우에 서서 대장군 하진을 호위했다.

하진이 장락궁(長樂宮) 앞에 도착했을 때 환관이 나와 마중하면서 하 태후가 호위병들을 함부로 궁궐 내에 들어오지 못하게 하고, 하진만 혼자 들어오라 했다는 명령을 전했다. 원소와 조조는 할 수 없이 호위병들과 함께 궁궐문 앞에 머물렀고, 하진은 혼자 장군의 위풍을 자랑하며 대궐문 안으로 들어섰다. 하진이 가덕전(嘉德殿) 앞에 이르렀을 때 십상시 장양과 단규가 허리를 굽혀 하진을 맞는 척 하더니 갑자기 좌우에서 그에게 달려들었다.

"동 태후께 무슨 죄가 있기에 네놈이 감히 독약 사발을 올렸단 말이냐. 네놈은 본래 푸줏간에서 자라난 비천한 놈이었거늘, 우리가 천자께 추천하여 네놈의 누이를 태후로 모셔 오늘날의 영화를 누리게 했건만, 그 은혜를 갚을 생각은 않고 도리어 음모와 협잡을 일삼아 우리들을 해치려 하니 도대체 네놈은 누구냐."

십상시의 꾸짖는 소리를 듣고 하진은 황겁히 몸을 돌려 나오려 했으나 궁문은 모두 굳게 잠긴 뒤였다. 이윽고 좌우로 매복병들이 고함치며 내달아 칼과 도끼를 어지럽게 내리쳐 하진은 그 자리에서 무참히 참살을 당하고 말았다.

그때 궁 밖에 있던 원소는, 하진이 좀처럼 나오지 않자 불안하여 궁문을 향해 크게 외쳤다.

"장군은 어서 나와 수레에 오르시오."

장양의 무리들은 안에서 그 말을 듣고, 곧 하진의 자른 머리를 담 너머로 내던지면서 말했다.

"하진은 역적질을 음모한 죄로 죽었으니 네놈들이 우리말을 따르면 용서하겠다."

원소는 소리를 가다듬어 크게 부르짖었다.

"한낱 환관 내시들이 조정의 대신을 죽이다니 어서 저 악당 패거리들을 쳐 없애자."

그 말에 하진의 부장 오광(吳匡)은 곧 청쇄문에 불을 질렀다. 원술은 군사를 이끌고 궁정으로 뛰어들어 남녀노소를 가리지 않고 환관들을 모조리 죽였고, 원소와 조조도 함께 궐내로 처들어가 십상시 가운데서 조충, 정광, 하운, 곽승 등 4명을 취화루(翠花樓) 아래서 목을 베었다. 궁중은 삽시간에 불길에 휩싸여 화염이 하늘을 붉게 물들였다. 그때 십상시 장양, 단규, 조절, 후람은 하 태후와 천자와 진류왕을 협박하여 뒷길 북궁으로 달아났다.

그때 노식은 비록 벼슬은 버렸으나 낙양을 떠나지 않고 있다가 마침 궁중에 변란이 나자 무기를 들고 달려왔다. 그 순간 궁궐에서 여자의 비명이 들렸다. 노식이 창을 다시 잡고 섬돌 위로 뛰어올라가 보니 십상시 단규가 하 태후를 협박하여 밖으로 끌어내고 있었다. 노식은 소리를 가다듬어 외쳤다.

"네 이놈, 역적이 어디 감히 태후를 납치하려 하느냐."

그가 큰 소리로 꾸짖고 전각(殿閣) 위로 뛰어올라가자 단규는 깜짝 놀라 몸을 돌려 달아나고, 하 태후는 창에서 황망히 뛰쳐나와 겨우 위기를 모면했다. 원소는 군사를 사방에 풀어 십상시의 가족들은 남녀노소를 가리지 않고 모두 베어 버렸다. 그 바람에 내시가 아니지만 수염이 없는 자들도 억울하게 많이 죽었다.

한편 조조는 궁중의 불길을 잡고, 하 태후를 모셔 대궐을 다스리게 하고, 군사를 풀어 도주한 장양의 무리를 뒤쫓으며 진류왕의 행방을 찾았다.

6
동탁이 어린 황제 폐위를 음모하다

천자와 진류왕이 대궐로 돌아오자 하 태후는 천자를 끌어안고 눈물을 흘렸다. 죽은 줄 알았던 천자가 돌아온 것이 너무나 기뻤던 것이다. 이어 동탁은 낙양성 밖에 10만 명의 군사를 주둔시킨 다음, 자신은 매일 1천여 기의 기마병을 거느리고 성내로 들어와 누비고 다녀 백성들을 불안에 떨게 했다.

어느 날 후군교위 포신(鮑信)이 원소를 찾아와 동탁의 동향이 수상하니 동탁을 없애는 것이 어떻겠느냐고 물었다. 그러나 원소는 정국이 이제 겨우 평온을 되찾았는데 군란을 일으키는 것은 옳지 않다고 거절했다. 포신은 다시 사도 왕윤(王允)을 찾아가 동탁을 제거하자는 제의를 했다.

왕윤 역시 지금은 때가 아니니 천천히 생각해 보자고 말했다. 포신은 마음대로 안 되자 본부 군마를 이끌고 낙양을 떠나 태산으로 떠나버렸다.

그때 동탁은 하진 장군의 휘하에 있던 군사들을 모두 소집해 놓고 사위이자 전략가인 이유를 불러 은밀히 자기 심중을 털어놓았다.

"내가 이제 황제를 폐하고 진류왕을 내세울까 하는데 자네 생각은 어떤가."

이유가 그 말을 듣고 말했다.

"내일 온명원(溫明園)에 문무백관들을 소집하여 넌지시 그 의견을 떠보십시오. 만약 장군의 말에 이의를 제기하는 자가 있으면, 즉각 처단하여 반론을 잠재워야 할 것이오."

동탁은 마침내 결단을 내리고, 다음 날 온명원에서 큰 잔치를 베풀어 많은 사람들을 초청했다. 사람들은 동탁을 두려워하여 모두 정한 시간에 만찬에 참석했다.

동탁은 백관들이 다 모이자 칼을 차고 도착했다. 연회가 한창 무르익어 갈 무렵 술잔들이 오가고 있을 때, 그는 문득 풍악과 술잔을 멈추게 한 다음, 목청을 가다듬어 입을 열었다. 모두가 그를 향해 주목했다.

"대개 천자는 영명하신 분이어야 종묘사직을 맡을 수가 있는 법인데 불행하게도 우리 천자께서는 나약한 분이어서 나는 그 점을 항상 걱정해 왔소. 내가 보기에 진류왕이야말로 총명하시고, 학문을 좋아하시고, 천품이 영특하신 분입니다. 그러니 천자를 폐하고 진류왕을 천거 옹립해야 한다는 것이 내 생각이오. 제공들의 의향은 어떤지 말씀들을 해 보시오."

백관들은 동탁의 뜻밖의 말에 안색이 변했다. 그러나 어느 누구 하나 감히 말을 못하고 있었다. 그때 한 사람이 용기 있게 자리를 박차고 일어나 소리쳤다.

"지금 천자께서 무슨 흠이 있다고 그런 말을 하는 거요. 신하된 도리로 감히 천자의 자리를 놓고 어찌 그런 무엄한 말을 할 수가 있단 말이오!"

모두들 놀라 돌아보았다. 그는 형주태수 정원(丁原)이었다. 그는 분노에 찬 눈으로 동탁을 노려보며 말했다.

"뭐라구?"

"네가 누군데 이 자리에서 감히 폐립의 망발을 하는 거냐!"

그러자 동탁은 크게 노했다.

"입 닥치지 못할까. 내 말에 거역하는 자는 죽음이 있을 뿐이라는 것을 모르느냐."

동탁은 자리를 차고 일어나 칼을 빼어 즉각 정원을 치려했다.

바로 그때 이유가 바라보니 정원의 등 뒤에 한 장수가 버티고 서 있었다. 그 장수는 방천화극이라는 무기를 들고 눈을 부릅뜬 채 동탁을 노려보고 있었다. 이유는 그의 기세가 당당하고 위풍이 늠름한 것을 보고, 곧 동탁의 팔을 잡았다.

"오늘같이 즐거운 연회에서 나라의 정사를 논하는 것은 옳지 않으니, 내일 도당에서 다시 의논하도록 하시는 것이 좋겠습니다."

동탁이 이유의 충고를 받아들여 화를 억누르고 자리로 돌아와 앉자 사람들은 곧 정원에게 먼저 물러가도록 했다.

7
동탁이 여포에게 적토마를 선물하다

그 다음 날, 뜻밖에도 전날 밤 잔치에서 동탁의 말에 정면으로 반박했던 형주태수 정원이 군사를 거느리고 동탁의 진영을 급습했다. 동탁은 황급히 군사를 이끌고 이유와 함께 정원의 군대와 대치했다. 북소리가 크게 울리더니 정원과 그의 장수 여포가 머리에 황금 투구를 쓰고, 사자 갑옷을 입고, 손에는 방천화극을 들고 임전 태세를 갖추고 있었다. 동탁이 말을 타고 나서자, 정원은 곧 손을 들어 그를 가리키며 큰 소리를 가다듬어 꾸짖었다.

"십상시들의 권력 횡포로 오랫동안 백성들이 토탄에 빠졌는데 아무런 공도 없는 너 같은 놈이 어찌 감히 황제 폐위를 운운하며 다시 조정을 어지럽히려 든단 말이냐."

동탁이 미처 대답도 하기 전에, 여포가 그대로 말을 달려 진격해 왔고, 정원이 군사를 휘몰아 그 뒤를 따랐다. 말굽 아래 자욱이 먼지가 일면서 아우성이 들판을 덮었다. 한바탕 큰 싸움이 벌어진 후에, 동탁은 크게 패하여 30여 리를 후퇴했다.

"여포는 정말 놀라운 장수구나. 내가 그런 장수 한 사람만 얻는다면 천하에 두려울 것이 없겠는데……."

동탁의 말에 한 사람이 앞으로 나서며 말했다.

"주공께서는 아무 염려 마십시오. 여포는 본래 저와 한 고향 사람입니다. 그자는 용맹은 있지만 꾀가 없고, 이득을 위해서는 의리를 저버리는 위인입니다. 저를 그자에게 보내 주시면, 곧 여포를 포섭하여 주공의 장수로 만들겠습니다."

동탁이 그 자를 보니 호분중랑장이라는 직책을 가진 이숙(李肅)이었다.

"무슨 계책이 있느냐?"

"주공께서 아끼시는 적토마 한 필과 황금 한 주머니만 제게 주신다면 여포를 포섭하는 일은 어렵지 않습니다."

동탁은 즉각 이숙에게 황금 1천 냥과 명주 수십 필, 그리고 옥으로 만든 띠 한 개와 함께 하루에 천리를 달린다는 적토마를 내주었다.

이숙은 그 길로 예물을 가지고 여포가 있는 진지로 찾아 갔다. 5리 밖에 이르자, 사방에서 복병들이 달려 나와 그를 에워쌌다.

"나는 여포 장군을 만나러 온 사람이오. 어서 장군께 가서 이숙이 찾아왔다고 전하시오."

그러자 군사 두 명이 앞장서서 그를 여포에게 안내했다. 진지에 도착하자 이숙은 자못 거만한 태도로 여포를 만났다. 여포는 이숙을 보자 반갑게 맞았다.

"오랫동안 뵙지 못했는데 지금은 어디 계십니까?"

"나는 지금 호분중랑장 벼슬에 있네. 언젠가 현제(賢弟)께서 사직을 되찾겠다는 말을 듣고 내 기쁨을 이기지 못하여 말 한 필을 가지고 가는 길이네. 내가 가진 말은 하루에 천 리를 달리며 물을 건너거나 산에 오르기를 마치 평지 밟듯 하는데 이름은 '적토'라네."

천리마라는 말을 들은 여포는, 곧 이숙을 따라 밖으로 나와서 적토마를 살펴보았다. 말의 온몸은 그대로 활활 타오르는 시뻘건 불빛 같고, 한 올의 잡털도 안 섞인 명마였다. 말의 머리부터 꼬리까지 몸체가 늠름하고 굽에서 목까지 키가 팔 척으로, 한 번 입을 벌려 소리치니 그대로 하늘로 뛰어오르고 바다에도 뛰어들 듯싶었다. 명장은 명마를 사랑한다. 여포는 말을 보자 침을 삼켰다.

"내가 이 말을 자네에게 주겠네."

이숙의 말에 여포의 눈빛은 기쁨으로 날아오를 듯했다.

"형이 이런 훌륭한 말을 주시니 제가 무엇으로 이 은혜를 갚아야 옳단 말이오."

여포가 사례하자, 이숙은 말했다.

"내 오직 의리를 위해 왔는데 어찌 갚기를 바라겠나."

여포는 이숙에게 술을 청했다. 주거니 받거니 술기운이 오르자 이숙은 문득 생각난 듯이 한마디 했다.

"여포, 자네 같은 천하 영웅이 여기서 썩고 있는 걸 생각하니 애석하기 그지없네그려."

그 말에 여포의 얼굴이 왈칵 붉어졌다.

"제가 여기서 몸을 의탁하고 있는 것은 아직 진짜 주인을 못 만난 탓입니다."

이숙이 그 틈을 타서 재빨리 말했다.

"옛말에도 꾀 있는 새는 나무를 가려 앉고, 어진 신하는 주인을 가리어 섬긴다 했네."

"형이 보시기에, 지금 조정에서 당대의 영웅이라 할 사람이 누구 같소?"

이숙은 잡았던 술잔을 내려놓으며 정색하고 말했다.

"내가 아무리 주위를 둘러보아도 동탁 장군만한 인물은 없었네. 그분은 지혜로운 자를 공경하고, 상벌이 분명하여, 끝내 대업을 이루고야 말 것이네."

여포는 그 말을 듣고 저도 모르게 한숨을 지었다.

"내 그를 따르고 싶어도 길이 없는 게 한입니다."

여포의 말에 이숙은, 곧 하인을 불러 금주와 옥대를 가져와 탁자위에 벌여 놓았다. 여포는 깜짝 놀랐다.

"아니, 이게 웬 물건들이오?"

여포가 손짓하여 호위병을 물리자 이숙이 은밀히 말했다.

"동탁 공이 자네의 높은 이름을 일찍이 듣고 오래 전부터 흠모하여 특별히 날더러 갖다 드리라 한 것이네. 아까의 그 적토마도 사실은 동탁 공이 보낸 것이네."

그 말을 듣자 여포의 얼굴에는 감격의 빛이 역력히 나타났다.

"동탁 공이 이렇듯이 나를 사랑하시니 내 장차 이 은혜를 어떻게 갚아야 좋을지를 모르겠구료."

"나같이 재주 없는 사람도 그분 밑에서 호분중랑장의 벼슬을 하고 있네. 만약 자네가 동탁 공께로 가면 부귀영화야 말해서 무엇 하겠나."

"허나 내가 아무런 공도 세운 것이 없는데 무엇으로 동탁 공에 대한 예의를 차린단 말이오."

이숙은 입가에 보일 듯 말 듯한 웃음을 띄우며 말했다.

"공을 세우려면 손바닥을 뒤집기보다 더 쉽겠지만, 다만 자네가 그 일을 하지 않을 것이네만……."

그 말에 여포는 잠시 생각에 잠겼다가 마침내 입을 열었다.

"내가 정원을 죽이고 군사를 몰아 동탁 공께로 가면 어떻겠소?"

이숙은 고개를 한 번 크게 끄덕이고 말했다.

"자네가 그렇게만 한다면 그보다 더 큰 공이 어디 있겠나. 일이 늦어지면 다른 변이 생길지 모르니 빨리 하게."

이숙이 돌아간 그날 밤에, 여포는 칼을 들고 정원의 진영으로 들어갔다. 정원은 마침 등촉을 밝히고 책을 읽고 있다가 여포를 바라보았다.

"이 밤에 무슨 일이라도 생긴 게냐?"

여포는 눈을 부릅뜨고 그를 보며 큰 소리로 외쳤다.

"내가 당당한 사내대장부로서 어찌 네 자식 노릇만 하고 있어야 한단 말이냐."

여포는 한마디 외치며 한칼에 그의 목을 베었다. 그때 밖에서 지키고 있던 군사들이 안으로 달려 들어오자 여포는 손에 피 묻은 칼과 피가 뚝뚝 떨어지는 정원의 머리를 들고 서 있었다.

“나를 따를 자는 남아 있고 따르지 않을 자는 가라.”

그의 말이 떨어지자 행장을 수습하여 돌아가는 군사가 많았다. 이튿날 여포는 정원의 머리를 목갑에 담아 부하에게 들린 채 남은 군사를 이끌고 이숙을 찾아갔다. 여포가 귀순했다는 말을 들은 동탁은 너무 기뻐 몸소 여포를 맞아들였다. 여포는 동탁 앞에서 두 번 절하고 말했다.

“주공께옵서 저를 버리지 않으신다면 삼가 주공을 의부로 모실까 합니다. 받아 주십시오.”

어제까지 정원의 의붓아들이었던 여포는 자기 손으로 의부를 죽이고 새롭게 동탁의 의붓아들을 자처하고 나선 것이다.

동탁이 여포를 부하 장수로 만든 후에는 그의 위세가 더욱 커졌다. 그는 스스로 영전 장군사가 되고, 아우 동민을 좌장군 호후로 삼고, 여포를 기도위 중랑장 도정후로 삼았다.

8
동탁이 권력을 장악하다

여포를 얻은 동탁은 이제 세상에 무서울 것이 없었다. 동탁의 참모 이유는 다시 동탁에게 권하여 빨리 천자를 폐위시키고 진류왕을 옹립하라고 청했다.

동탁은 곧 진영에서 잔치를 베풀고 대신들을 초청했다. 여포가 군사 1천여 명을 거느리고 좌우를 시위하자, 그날 각 지역의 태수와 백관들이 모두 자리에 나왔다. 잔치가 무르익을 무렵 동탁은 칼을 들고 외쳤다.

"지금의 황제는 덕망과 위엄이 없어 더 이상 천하를 다스릴 수 없다. 나는 이제 이윤, 곽광의 옛 고사를 본받아 황제를 폐위하여 홍농왕(弘農王)을 삼고, 하 태후는 영안궁에 가두고 진류왕을 우리의 천자로 모시겠으니, 만약 좌중에 이의가 있는 자는 당장 이 칼로 목을 벨 것이니라."

연회에 참가한 모든 사람들이 두려워서 감히 입을 열지 못할 때, 중군교위 원소가 분연히 자리를 차고 일어났다.

"닥쳐라, 역적아! 금상께서 즉위하신 지 얼마 안 되시며, 또한 덕망을 잃지 않으셨는데 도대체 누가 네게 대권을 주었기에 천자의 폐위를 운운한단 말이냐. 이는 곧 역모가 아니고 무엇이냐."

그 순간 동탁의 얼굴빛이 완연히 변했다.

"어허! 네놈이 주제넘게 누구의 말을 감히 거역하려느냐. 내 칼이 날카로운 줄을 모르는구나."

동탁이 칼을 빼들고 자리에서 일어나자 원소 또한 칼을 뽑아 들고 외쳤다.

"네 칼만 날카로운 줄 아느냐. 내 칼도 날카롭다."

동탁이 크게 노하여 칼을 높이 들고 나서자 좌우에 시위하고 있던 무사들이 모두 칼자루에 손을 대고 원소를 노려보고 있었다. 이때 문득 이유가 손을 들어 사태를 진정시켰다.

"큰일을 정하기도 전에 서로 싸우는 것은 옳지 않습니다. 어서 칼들을 거두시오."

동탁이 손을 멈추자 원소 역시 칼을 칼집에 꽂으며 백관들에게 작별을 고하고 밖으로 나갔다. 원소는 그 길로 낙양을 떠나 기주(冀州)로 가버렸다. 원소가 간 후에 동탁은 각 지방의 태수들을 돌아보며 말했다.

"자아, 대의를 막는 자가 또 있다면 군법으로 다스리겠소."

그 말에 아무도 입을 열지 못했다. 잔치가 끝나자 동탁은 좌우에 남아 있는 시중 주비와 교위 오경(伍瓊)을 돌아보며 물었다.

"원소가 갔으니 어찌하면 좋겠는가?"

그때 시중 주비가 말했다.

"원소가 노기등등하여 가버렸으니, 만약 급히 잡으려 들면 반드시 변이 있을 것입니다. 더구나 원소는 오랫동안 사람들에게 은혜를 베풀어 그 문하생들이 천하에 깔려 있는 터라, 저들이 만약 널리 호걸을 거두어들여 무리를 거느리고 일어선다면, 공은 산동(山東)을 유지하지 못할 것입니다. 빨리 원소의 죄를 사하시고 태수 자리라도 내려주는 것이 좋을 것입니다. 원소가 죄를 면하게 되면 필시 딴 흑심은 품지 않을 것입니다."

동탁이 오경을 돌아보자 그가 입을 열었다.

"원소는 꾀가 있으나 결단력이 없는 사람입니다. 크게 근심하실 것이 없습니다. 한번 태수 자리를 하나 시켜 보시지요. 곧 민심을 수습하게 될 것입니다."

한 사람은 원소를 높이 평가하고, 다른 한 사람은 그를 낮게 평가하지만 원소에게 벼슬을 내려 마음을 위로하는 것이 좋으리라는 데는 의견이 같았다. 동탁은 곧 그들의 의견을 받아들여, 사람을 보내서 원소를 발해(渤海)태수로 임명했다.

9월 초하룻날, 동탁은 황제를 가덕전에 모신 다음 문무백관을 모아놓고 칼을 빼든 채 입을 열었다.

“천자가 이제는 천하를 다스리실 수 없기에 이제 천자를 폐하여 홍농왕을 삼고 진류왕을 받들어 대통을 잇겠소.”

동탁이 이유에게 책문을 읽게 한 다음, 황제를 전각 아래로 끌어내리고 또 하 태후를 불러내자 어린 황제와 황후는 마주 붙들고 통곡하기 시작했다. 그 모습을 보는 사람들은 모두 눈물을 흘렸다. 그 순간 계단 아래서 한 대신이 큰 소리를 가다듬어 꾸짖었다.

“역적 동탁아. 네놈이 감히 하늘을 속이려 하는구나.”

그는 곧 전각 위로 뛰어올라, 들고 있던 상아 막대를 휘둘러 동탁을 쳤다. 그가 곧 상서 벼슬에 있는 정관(丁管)이었다. 동탁은 곧 그를 끌어내 목을 베었다. 정관은 죽으면서도 동탁을 꾸짖으며 표정이 조금도 변하지 않았다.

동탁은 이어 진류왕을 불러들여 가덕전에 오르게 하고 문무백관들로 하여금 예를 바치게 했다. 이어 즉시 하 태후와 홍농왕과 폐제(廢帝) 당비(唐妃)를 영안궁에 가두고 궁문을 굳게 닫아 백관들의 출입을 금했다.

이로써 4월에 즉위한 어린 황제는 9월에 동탁에 의해 폐위되고, 동탁이 세운 진류왕 협(協)이 황제에 올랐다. 그가 곧 한나라 헌제로, 그의 나이 열 아홉 살이었다.

9
칠보도 사건, 조조가 동탁을 해하다

백성들이 명절이 되어 가장 좋은 새 옷을 입고 삼삼오오 짝을 지어 놀이에 나섰다. 동탁은 남들이 즐겁게 노는 모양을 보고 심사가 뒤틀렸다. 지금 세상은 동탁의 절대 권력하에 놓여 있었다. 동탁은 밤마다 궁중에 들어가 궁녀를 마음대로 간음하고, 잠은 용상에서 자고, 출입 때는 늘 호위병을 거느리고 다녔다. 어느 누구도 동탁의 무법을 제지할 수가 없었다.

"여봐라. 놈들은 모조리 목을 베고, 계집들은 하나도 남기지 말고 사로잡아 오너라."

동탁은 군사들에게 명령을 내렸다. 흥겹던 놀이터는 순식간에 수라장으로 변했다. 사내들의 마지막 비명 소리와 계집들의 애절한 곡성이 산과 들에 메아리쳤다. 그날 서양녘에 동탁은 사로잡은 여자들과 노략질한 재물을 수레마다 가득 싣고, 수레에는 사내들의 머리 천여 개를 주렁주렁 달고 낙양으로 돌아왔다. 그는 군사를 시켜 성 안팎에 크게 외치게 했다.

"양성 가서 대적패를 모조리 잡아 죽이고 오는 길이다."

동탁은 시골에서 붙잡아온 부녀자들과 재물은 모두 군사들에게 나누어 주고 베어온 머리는 동문 밖에서 모조리 불에 태워버렸다. 그 광경은 너무 처참했고, 그 냄새는 한 달이 지나도록 가시지 않았다. 왕윤은 깊은 생각 끝에 하루는, 동탁의 심복들이 없는 틈을 타서 옛 신하들에게 조용히 말했다.

"오늘이 바로 제 생일입니다. 차린 것은 없으나 밤에 저의 집으로 와 주셨으면 하오.”

왕윤은 집으로 돌아와 후당에 잔칫상을 차렸다. 밤이 되어 대신들이 모였다. 왕윤은 그들을 정중히 맞아들였다. 술이 두어 순배 돌자 왕윤은 문득 두 손으로 낯을 가리고 통곡을 했다. 자리를 채운 빈객들이 뜻밖의 일에 놀라 물었다.

“경사로운 생신날에 왜 그처럼 우십니까?”

왕윤은 울음을 멈추고 말했다.

“사실 오늘은 내 생일이 아니오. 조용히 여러분을 모시고 여쭐 말씀이 있지만 동탁이 의심할까 싶어 생일을 빙자해서 모이게 한 것이오. 여러분도 잘 아다시피 지금 동탁은 황제를 속이고 권력을 희롱하고 있어 종묘사직을 보존키 어렵게 되었소. 생각해 보면 고황제께옵서 힘들여 얻은 천하가 오늘 동탁의 손에 놀아나게 될 줄을 누가 알았겠소.”

왕윤이 말을 마치고 다시 통곡하자 대신들도 모두 따라 울었다. 한동안 후당 안에 곡성이 가득 찼을 때 문득 한 사람이 말했다.

“그렇게 울기만 하면 동탁이 저절로 죽습니까?”

그가 한마디 말하고 웃었다. 모두들 놀라 눈을 들어 보니 효기교위의 벼슬에 있는 조조였다. 왕윤은 조조의 말에 크게 노했다.

“맹덕도 한나라 녹을 먹고 있는 터에, 보답할 마음은커녕 되레 대신들을 비웃고 있으니 말이 되오?”

조조는 정색을 하고 말했다.

“달리 웃는 것이 아니오. 만조 공경들이 이렇게 모여 앉아 누구 한 사람 동탁을 처치할 계책을 내놓지 못하는 것이 딱해서 그런 것이오. 저는 비록 재주가 없으나 동탁의 머리를 베어 도성 문에 높이 걸고 천하에 사죄토록 하겠습니다."

왕윤은 자리를 옮겨 앉으며 물었다.

"어떤 계략이 있는지 말해 보오."

"제가 요즈음 자존심을 죽이고 몸을 굽혀 동탁을 섬기고 아부를 일삼는 것은 오직 기회를 엿보아 동탁을 없애기 위해섭니다. 듣자니, 사도께는 칠보도(七寶刀)가 있으시다니 잠시 제게 그 칼을 빌려주시면 단칼에 동탁의 머리를 베어 가지고 돌아오겠소."

"공이 그런 생각을 하다니 정말 다행이오."

왕윤은 친히 술을 따라 주고 조조에게 칠보도를 주었다. 조조는 곧 칼을 몸에 간직하고 돌아갔다.

그 다음 날, 조조는 칠보도를 차고 상부에 들어갔다. 동탁은 침대에 앉아 있고 그 옆에 여포가 서 있었다. 조조를 보자 동탁이 물었다.

"오늘은 왜 이리 늦었는가?"

"늙은 말이라 걸음이 늦습니다."

그 말을 들은 동탁이 여포를 돌아보며 명령했다.

"지난번 서량에서 올려 보낸 좋은 말이 있지 않느냐. 네가 가서 한 필 골라다 맹덕에게 주어라."

여포가 밖으로 나가자 조조는 혼자 속으로 생각했다.

'네놈이 죽을 때가 되었구나…….'

조조는 즉시 칼을 빼어 동탁을 찌르고 싶었으나 그가 힘이 센 것을 알고 잠시 주저하고 있었다. 동탁은 남달리 몸이 둔해서 오래 앉아 있지 못했다. 이윽고 그는 조조에게 등을 돌리고 누웠다.

'이제 네놈은 진짜 죽었구나.'

조조가 급히 칠보도를 빼들고 마악 동탁의 등을 찌르려는 순간, 공교롭게도 동탁이 돌아누운 벽에 큰 거울 하나가 걸려 있었다. 동탁은 조조가 칼을 빼드는 것을 거울에서 보고 황망히 몸을 일으키며 물었다.

"뭘 하려는 참이었는가?"

그때 마침 밖에서 인기척과 함께 말굽 소리가 들렸다. 여포가 돌아온 것이다. 조조는 곧 칼을 두 손으로 받들고 공손히 꿇어앉아 말했다.

"제게 귀한 칠보도가 있기에 승상께 바칩니다."

동탁이 칠보도를 받고 감탄했다. 그때 여포가 들어왔다. 동탁이 칠보도를 여포에게 건네주자, 조조는 곧 허리에서 칼집을 풀어 여포에게 주었다.

"말을 보러 나가세."

동탁은 몸을 일으켜 밖으로 나갔다. 조조는 여포의 뒤를 따라 나가면서 동탁에게 말했다.

"시험 삼아 한 번 타 봐도 되겠소?"

동탁이 조조에게 고개를 끄덕거렸다. 조조는 말을 끌고 상부를 나서자, 곧 말 위에 뛰어올라 동남편 쪽으로 마구 내달렸다. 조조가 떠난 후에 여포가 동탁에게 물었다.

"아무래도 조조의 거동이 수상합니다. 저놈이 딴 뜻을 품고 왔다가 일이 여의치 못하자 짐짓 칼을 바친 것이 아닐까요?"

그 말을 듣고 보니 동탁 역시 그런 의혹이 들었다.

"글쎄, 나도 그렇게 생각을 하던 참이었다."

바로 그 이야기를 하는 중에 이유가 들어왔다. 동탁이 이유에게 그 말을 하자, 이유가 말했다.

"조조는 식구들을 모두 시골로 내려 보내고 지금 혼자 삽니다. 곧 사람을 처소로 보내 보시지오. 그래서 놈이 바로 오면 정말 칠보도를 바친 것이고, 만약 오지 않으면 음모를 꾸민 것이 분명하니, 즉시 잡아다 문초를 하도록 하십시오."

동탁은 그의 말대로 즉시 옥졸 네 명을 보내어 조조를 불러 오게 했다. 그런데 간 지 오랜 시간이 지나서야 옥졸들이 돌아와 보고했다.

"조조의 집에 가 보니 아침에 나간 후 돌아오지 않았다 합니다. 여기저기 알아보니 조조는 말을 타고 동문으로 갔는데 경비병 말이 급한 일로 승상의 분부를 받고 가는 길이라고 하면서 뒤도 안 돌아보고 달려가더랍니다."

그 말을 듣고 나자 이유가 말했다.

"그놈이 공을 해치러 왔던 것이 분명합니다."

동탁은 그 말을 듣고 크게 노했다.

"내가 저를 그처럼 아꼈건만 나를 해치려 든단 말이냐."

이유가 말했다.

"이번 일에는 반드시 공모자가 있을 것입니다. 조조만 잡으면 곧 알게 될 것입니다."

동탁은 즉시 영을 내려 각처로 문서와 화상(畵像)을 돌려 조조를 사로잡는 자는 천금의 상을 내리고, 만약 숨겨 두는 자가 있으면 같은 죄로 다스릴 것이라는 엄명을 내렸다.

10
전국의 제후들이 함께 뜻을 모으다

밤을 틈타 진류(陳留)에 도착한 조조는 곧 아버지를 찾아보고 지난 일을 얘기한 다음, 형편이 나쁘니 집안의 재산을 모두 팔아서 의병을 모집하여 대처해야겠다고 말했다. 그러자 조조 아버지가 아들에게 말했다.

"이번 일은 적은 돈으로는 어림없는 일이다. 이 고을에 손꼽히는 부자 효렴 위홍(衛弘)이라는 자가 있는데 그 사람은 의리를 중하게 여기고 재물은 우습게 아는 사람이다. 내 생각에는 그 사람의 도움을 받는 것이 좋을 것 같다."

위홍은 실제로 하남 땅에서 둘째가라면 서러워할 재산가였다. 조조는 곧 집에서 잔치를 베풀고 위홍을 집으로 초대했다. 얼마쯤 술이 오르자 조조는 위홍에게 말했다.

"지금 한나라 조정에는 황제가 없고, 동탁이 권력을 장악하고 백성을 해치고 있어 천하가 모두 이를 갈고 분통을 터뜨리고 있습니다. 제가 목숨을 바쳐 사직을 바로잡으려고 합니다만 힘이 모자라 한입니다. 공이 충의를 높이 받드는 분이라는 말을 듣고 감히 청하니, 거절하지 마시고 저를 도와주십시오."

그 말을 들은 위홍이 정색을 했다.

"나도 공과 같은 생각을 한 지 꽤 오랩니다. 다만 영웅을 만나지 못한 것이 한이었을 뿐이었소. 맹덕께서 그런 큰 뜻이 있다면 제가 어찌 재물을 아끼겠습니까."

조조는 위홍의 말을 듣고 크게 기뻐했다. 조조는 우선 각 고을에 의병을 모집한다는 벽보를 써 붙였으며, 백기 하나를 만들어 높이 세우고 그 위에 충의(忠義)라는 두 글자를 새겼다.

조조가 동탁을 치기 위해 의병을 모집한다는 소문이 퍼지자, 며칠 만에 지원병들이 구름같이 몰려들었다. 그 가운데 가장 먼저 찾아온 사람은 위국(衛國) 태생 악진(樂進)과 산양 거록 사람 이전(李典)이었다.

조조는 두 사람을 장군으로 받아들였다. 그리고 그 다음 날, 패국 초군 사람 하후돈(夏侯惇)이 그의 동생 하후연(夏侯淵)과 함께 부하 1천여 명을 이끌고 찾아왔다. 하후돈은 어려서부터 창 쓰는 무술을 익혀, 나이 14살에 스승을 따라다니며 무예를 배웠다. 그는 한때 스승을 욕되게 한 사람을 죽이고 피해 다니다가 조조가 군사를 모집한다는 말을 듣고 아우 하후연과 함께 찾아온 것이다.

두 사람은 본래 조조와는 형제지간이었다. 조조의 아버지 조숭은 본래 하후 씨였으나 조씨 집안에 양자로 들어가 성씨가 바뀌었던 것이다. 따라서 두 집안은 원래 같은 피였다. 하후돈, 하우연이 찾아온 지 며칠이 지나, 조조의 동생뻘 되는 조인(曹仁)과 조홍(曹洪)이 각기 군사 1천여 명을 거느리고 찾아왔다.

두 사람은 모두 병마에 능하고 무예가 정통한 장수들이었다. 조조는 크게 기뻐, 그들에게 군마를 조련하는 책임을 맡겼다. 이어 위홍이 집안의 재산을 털어 기마병을 마련했으며, 여기저기에서 군량을 보내와 풍족하게 되었다.

그때 발해에 있던 옛 친구 원소(袁紹)는 조조가 의병을 모집한다는 말을 듣고 동탁을 치겠다는 오랜 뜻을 이룰 기회가 드디어

왔다 생각하고 휘하에 군사 3만 병력을 거느리고 발해를 떠나 조조의 진영에 합류했다. 조조는 곧 격문을 지어 각 고을로 내려 보냈다.

"조조는 삼가 대의명분을 걸어 천하에 고하노라. 지금 낙양의 동탁이 하늘을 속이고 땅을 속이며, 나라를 멸하고 황제를 죽였을 뿐 아니라, 궁궐을 어지럽히고 사람의 목숨을 마구 도살하여 그 죄가 실로 하늘까지 뻗쳤기에, 이제 천자의 은밀한 명령을 받들어 크게 의병을 모아 맹세코 천하를 평정하고 도적 떼들을 척결하려 하노니, 전국의 의병들은 총분기하여 황실을 되찾고 도탄에 빠진 백성을 구하도록 하라."

격문이 돌자 각 지방의 제후들이 모두 군사를 일으켜 이에 호응했다. 제1진은 후장군 남양태수 원술(袁術), 제2진은 기주자사 한복(韓馥), 제3진은 예주자사 공주, 제4진은 연주자사 유대(劉岱), 제5진은 하내태수 왕광(王匡), 제6진은 진류태수 장막(張邈), 제7진은 동군태수 교모(喬瑁), 제8진은 산양태수 유유(劉遺), 제9진은 제북상 포신(鮑信), 제10진은 북해태수 공융(孔融), 제11진은 광릉태수 장초(張超), 제12진은 서주자사 도겸(陶謙), 제13진은 서량태수 마등(馬騰), 제14진은 북평태수 공손찬(孔孫瓚), 제15진은 상당태수 장양(張楊), 제16진은 오정후 장사태수 손견(孫堅), 제17진은 기향후 발해태수 원소(袁紹)로 모두 군마와 군사들을 이끌고 낙양을 향해 출전을 서둘렀다.

이때 북평태수 공손찬은 정예병 1만 5천 명을 통솔하고 북평을 떠나오는 길에 덕주 평원현(平原縣:현 산동성)을 지났다. 그때 뽕

나무 숲속에서 은은한 황색 깃발들이 나부끼며 말 탄 장수 5-6명이 다가왔다. 공손찬이 말을 멈추고 보니 앞장 선 사람은 바로 유현덕이었다. 그는 반가워 앞서 나가 물었다.

"자네가 여긴 어떻게 왔나?"

유비가 대답했다.

"오래 전 형님이 추천해 준 덕에 평원현령이 되어 오늘까지 살았는데 이제 형님의 군사가 우리 고을을 지나가신다기에 뵈러 나온 길입니다. 잠깐 쉬어 가시는 것이 어떻습니까?"

공손찬은 유비의 뒤에 있는 관우, 장비를 가리키며 물었다.

"이 사람들은 누군가?"

"이들은 관우와 장비로 저와는 의형제들입니다."

"그럼 동생과 함께 황건적을 물리친 장수들인가?"

"두 사람의 힘이 컸지요."

"그래, 지금은 무슨 벼슬들을 하고 있소."

"관우는 마궁수(馬弓手)요, 장비는 보궁수(步弓手)랍니다."

마궁수나 보궁수는 모두 활을 쏘거나 관리하는 사수라는 뜻으로, 군사의 구별로 보면 오늘날의 보병에 해당하는 직책이었다. 공손찬은 그 말을 듣고 나서 마궁수, 보궁수라니 영웅들이 이렇게 썩어서야 어쩌나, 하며 한탄했다.

"동탁의 농락으로 천하의 제후들이 함께 나서서 치기로 하여 나도 군사를 거느리고 가는 길이니, 자네도 나와 함께 동탁을 치고 한나라의 황실을 바로잡는 것이 어떤가."

"형님 말씀대로 하겠습니다."

유비가 대답하자, 잠자코 있던 장비가 나서며 말했다.

"그때, 내가 동탁이란 놈을 죽이게 내버려 두었다면 오늘날 이런 일이 없지 않았겠소?"

유비는 관우, 장비와 군사 두어 명을 데리고 공손찬을 따라 나섰다. 조조의 진영에 이르자 각 지방의 제후들이 모두 모여들어 군사 진영이 3백여 리에 달했다. 조조는 곧 소와 말을 잡아 제후들을 접대하고 동탁을 칠 작전 계획을 수립했다. 그때 제5진의 하내태수 왕광이 나섰다.

"이제 대의를 받들어 동탁을 치기로 하고 이렇게 각지에서 대군들이 모였으니, 최고 지휘관 맹주 한 분을 뽑아 작전 계획을 수립한 후에 출병하는 것이 가한 줄로 압니다."

조조가 말했다.

"그렇다면 발해태수 원소를 추천하는 바이오. 원공은 휘하에 군사가 가장 많고 또한 한나라 조정에 계시던 재상의 후손이니, 우리 맹주로 받들기에 모자람이 없습니다."

그러자 모든 사람들이 조조의 말에 찬성했다. 발해태수 원소는 여러 번 사양하다가 마침내 이를 승낙했다.

이튿날 연합부대는 대열을 모으고 두루 오방 깃발을 벌려 꽂고, 위에는 얼룩소의 꼬리로 장식을 단 지휘기, 금장식 도끼를 세우고, 군사를 일으키는 표적과 장군들의 관인을 건 다음에, 모든 제후는 원소를 청하여 단에 오르게 했다.

원소는 의관을 바로잡고 허리에 칼을 차고 단에 올라 분향재배하고 하늘에 맹세한 다음, 놋쇠 그릇을 들어 피를 마시고, 이를 모든 제후에게 차례로 돌렸다. 그러자 모두들 눈물을 뿌렸다. 피의 맹세를 마치자 모든 제후들은 원소를 이끌어 중군장으로 들어가

지위와 나이에 따라 앉아서 잔을 들었다. 술이 두어 차례 돌고난 후에 조조가 잔을 잡고 말했다.

"오늘, 이렇듯 맹주를 세우고 명령을 들어 함께 동탁을 치기로 한 이상, 제후들은 서로 다른 작전이나 계략을 가져서는 안 됩니다. 작전은 사령부 한 곳에서만 나올 것이오."

원소가 큰기침을 하더니 입을 열었다.

"소인은 비록 재주가 없으나 이미 여러 제후들의 추대로 지휘권을 가진 이상, 전쟁에 공을 세운 자는 반드시 상을 주고 죄가 있는 자는 반드시 벌을 줄 것이오. 나라에는 형법이 있고 군대에는 군의 기율이 있는 법이니, 각기 준수하여 위반하는 일이 없도록 해야 할 것이오."

그러자 여러 제후들이 원소에게 말했다.

"어서 명령을 내리십시오."

이어 원소가 입을 열었다.

"내 아우 원술이 군사를 통솔할 텐데 누가 선봉에 나서겠소."

그때 장사태수 손견이 나섰다.

"제가 비록 재주는 없으나 선봉에 서겠소."

손견은 선발대가 되어 군마를 거느리고 사수관을 향해 출병했다.

11
관우가 적군의 장수 화웅의 목을 베다

사수관을 지키던 동탁의 군대는 손견이 군사를 거느리고 쳐들어오자, 즉시 낙양의 승상(丞相:재상)에게 급보를 알렸다. 그때 동탁은 매일 술과 여자에 빠져 쾌락을 일삼다가 이유로부터 동맹군이 공격해 온다는 말을 듣고 깜짝 놀라 급히 모든 장수들을 모아 의논했다. 잠시 후 여포가 앞으로 나서며 말했다.

"승상께서는 아무 염려 마십시오. 시골 제후들의 군사들이란 한낱 초개들로 보잘 것 없습니다. 제게 군사를 주시면 나가서 제후들의 목을 모조리 베어 성문에 걸어놓겠습니다."

동탁은 그 말을 듣고 크게 기뻐했다.

"나에게 여포가 있으니 무슨 근심이 있겠느냐."

막 여포가 출정을 서두르자 여포 휘하의 한 장수가 소리를 높여 말했다.

"닭을 잡는 데 구태여 쇠칼을 쓸 것이 없지 않습니까. 여 장군께서 몸소 출정하실 것 없소이다. 제가 나가서 제후들의 머리를 모조리 베어 바치겠습니다."

동탁이 눈을 들어 보니 키가 구 척에 위풍이 늠름한 관서 사람 화웅(華雄)이었다. 그의 휘하에는 맹장 십복이 있었다. 동탁은 곧 화웅을 효기교위로 삼아 군사 5만 명을 주고, 이숙, 호진, 조잠과 함께 밤에 사수관으로 출병시켰다.

그때 제후들 가운데 제9진 제북상 포신은, 손견에게 공을 빼앗기게 된 것을 억울하게 여기고, 아우 포충에게 3천 명의 군사를 주며 지름길로 달려가 보란 듯이 먼저 공을 세우라고 일렀다. 허나, 포충의 군사들은 철기 5백을 가진 화웅에게는 어림도 없었다.

휘하에 네 장수를 거느리고 사수관에 도착한 선봉장 손견 역시, 크게 패하고 말았다.

원소는 손견의 패전 소식을 듣고 크게 놀랐다. 막강한 손견의 군대가 첫 전투에서 동탁의 장군 화웅에게 패한 것은 불길한 징조였다.

"손견이 패하다니 정말 뜻밖이구나."

곧 모든 제후들이 모여 작전회의를 시작했다. 다른 사람은 모두 모였으나 공손찬이 늦게 들어왔다. 모든 제후가 한결같이 입을 다물고 말이 없었다. 그때 원소가 눈을 들어 좌중을 둘러보다가 한 곳에 시선을 멈추었다.

북평태수 공손찬 등 뒤에 낯선 장수 세 명이 서서 냉소의 빛을 띤 채 서 있었다. 그들의 기풍이 당당했다. 유비 일행은 공손찬 장군의 휘하에 따라왔으므로 제후들의 자리에 낄 수가 없어서 그들이 앉을 자리가 없었다.

원소가 공손찬에게 물었다.

"공손 태수, 등 뒤에 서 있는 자들은 누구요?"

공손찬은 곧 유비를 앞으로 대령시키며 좌중에게 소개했다.

"나와 동문수학한 평원령 유비요."

조조가 물었다.

"그대가 바로 황건적을 친 유현덕이오?"

"그렇소."

공손찬은 유비(유현덕)을 여러 제후들에게 인사를 시킨 다음, 그의 공로와 출신을 자세히 소개했다. 그리고 나서 원소가 좌중을 돌아보며 말했다.

"누가 나가 싸우겠느냐."

원소의 말이 미처 끝나기도 전에 한 사람이 소리를 높여 말했다.

"소장이 나가서 화웅의 머리를 베어 바치겠소."

제후들이 모두 고개를 돌려 보니 그는 키가 구 척에 수염 길이가 두 자가 넘고, 봉의 눈과 눈썹에 얼굴은 무르익은 대춧빛이었으며, 소리는 마치 큰 쇠북처럼 울렸다.

원소가 물었다.

"저 장수는 누구요?"

공손찬이 대신 대답했다.

"유비의 의형제 관우요."

"지금 무슨 벼슬에 있소?"

"마궁수요."

공손찬의 대답이 미처 끝나기도 전에 왼쪽에 앉아 있던 원술이 관우(관운장)을 내려다보며 소리를 가다듬어 꾸짖었다.

"네가, 우리 제후들에게 장수가 없다고 업신여기는 것이냐. 어찌 한낱 궁수 따위가 함부로 출정하겠다고 입을 놀리느냐. 어서 서놈을 밖으로 끌어내라."

그러자 조조는 곧 손을 들어 멈추고 말했다.

"공께서 그리 노여워하지 마시오. 저 사람이 그렇게 큰소리치는 이유가 분명 있을 것이오. 시험 삼아 내보내서 만약 이기지 못하거든 그때 책망해도 늦지 않을 것입니다."

그러자 원소가 말했다.

"일개 궁수 따위를 내보냈다가 화웅이 웃지나 않겠소?"

"저 사람의 의기로운 표정은 그리 속되어 보이지 않으니 화웅이 한낱 궁수인 줄을 어떻게 알겠습니까."

조조가 곧 더운 술을 한 잔 따라 관우에게 주려고 하자 관우가 손을 들어 멈추고 말했다.

"그냥 두십시오. 화웅의 목을 베고 와서 그 술을 마시겠소."

관우는 말을 마치자 청룡언월도를 들고 달려 나갔다. 잠시 후에 성에서 북소리와 아우성이 천지를 진동했다. 그때 말 방울소리를 요란하게 울리면서 관우가 들어와 화웅의 머리를 땅 위에 내던졌다. 모든 제후들이 크게 놀라 자리에서 일어났다. 조조가 따라놓은 술이 아직 식지도 않았을 때였다. 조조가 크게 기뻐할 때, 유비의 등 뒤에 선 장비가 큰 소리로 외쳤다.

"우리 형님이 화웅을 베었는데 이때를 타서 성을 치고 들어가 동탁을 사로잡지 않고 어느 때를 기다리겠다는 것이오."

원술은 그 말에 크게 노했다.

"일개 현령의 휘하 졸개가 방자하게 어디서 감히 저 따위 망발을 한단 말이냐. 저놈들을 모조리 내몰아라."

그러자 조조가 다시 원술을 말렸다.

"공이 있는 자는 상을 주는 법인데 어찌 여기서 벼슬의 귀천을 따진단 말이오."

그 말에 원술은 자리를 박차고 일어났다.

"공들이 이처럼 일개 현령을 나보다 중하게 여긴다면, 나는 여기서 이만 물러가겠소."

조조는 음성을 부드럽게 말했다.

"어찌, 말 한마디로 큰일을 그르치려 하시오."

조조는 곧 공손찬에게 권하여 유비와 관우, 장비를 데리고 진영으로 돌아가게 한 다음, 그날 밤 남 몰래 술과 고기를 보내어 유비 등 세 사람을 위로했다.

2장

낙양은 초토가 되다

1
낙양성의 비극

화웅이 죽었다는 보고를 받은 동탁은 크게 놀라 이각과 곽사에게 군사 5만 명을 주어 사수관에 원군을 보내고, 자신은 여포와 함께 군사 15만 명을 이끌고 호로관으로 나갔다.

원소는 동탁의 동향을 보고받자 즉시 손견에게 공격 명령을 내렸다. 손견은 출전하기 전에 부하 장수 정보, 황개와 함께 원술을 찾아갔다. 원술은 손견의 군량미 요청을 거절한 것이 맘에 걸려 만나고 싶지 않았지만 어쩔 수 없이 그를 진지에서 맞을 수밖에 없었다. 손견은 분이 풀리지 않은 채 말했다.

"동탁은 본래 나와 원수진 일이 없는데도 내가 죽음을 각오하고 싸움에 나선 것은 국가를 위하고 장군의 원수를 갚아 주기 위해서였소. 그런데 장군은 남의 비방만 듣고 군량미 보급을 차단해서 내게 큰 참패를 안겨줬으니 천하에 이런 법도가 어디 있단 말이오."

원술은 한마디 대꾸도 못 하다가 마침내 손견에게 자신의 생각이 깊지 못했음을 사죄했다. 그때 마침 부하 장수가 들어와 관상에서 웬 장수 한 사람이 손견을 찾아왔다는 말을 전하자 그는 곧 본부 진영으로 되돌아갔다.

손견이 본부에 도착해 보니 찾아온 사람은 뜻밖에도 동탁의 부하 장수 이각이었다. 손견은 괴이한 생각이 들었다.

"네놈은 동탁 휘하의 장군이거늘, 무슨 일로 날 찾아왔단 말이냐?"

그러자 이각이 예를 갖추어 정중히 말했다.

"동 승상께서는 장군님을 오래 전부터 공경해 마지않고 있었습니다. 승상께서 저를 보낸 이유는 승상의 따님을 장군의 아드님과 혼인시켰으면 하십니다. 저는 단지 그 말씀을 전하기 위해서 왔을 뿐입니다. 제게 장군의 의향을 전해 주시기 바랍니다."

손견은 그 말을 듣고 크게 노하여 꾸짖었다.

"네 이놈! 역적 동탁이 황실을 범하더니 이제는 나보고 역적의 사돈이 되라는 말이냐. 그게 어디 천하에 말이나 되는 소리냐. 내 당장 네놈의 목을 베고 싶다만 목숨만은 살려 줄 테니 어서 동탁에게 돌아가 내 말을 전하여라. '네놈이 지금이라도 무릎을 꿇고 항복을 한다면 목숨만은 살려 주겠으나 그렇지 않으면 뼈 하나도 추리지 못할 줄 알라'고 전하라."

이각은 손견의 호통에 끽 소리도 못하고 그대로 돌아가 동탁에게 손견의 뜻을 고스란히 전했다. 동탁은 그 말을 듣고 크게 노하여 이유를 불러 앞날을 논의했다.

"화웅이 패한 후 군사들이 더 이상 싸울 기운을 잃었으니 우리는 곧 낙양으로 돌아가 천자를 장안으로 옮겨 모시는 것이 좋을 듯싶습니다."

동탁은 그 말을 듣고 크게 기뻐하며 즉시 군사를 거두어 밤새워 낙양으로 돌아갔다. 동탁은 낙양에 도착하자 문무백관을 모아놓고 나라의 도읍지를 옮길 것을 명령했다.

"한나라가 낙양에 도읍한 지 2백여 년 만에 국력이 쇠약해졌으므로 이제 나는 새 도읍지를 장안으로 옮기겠다. 제공들은 속히 수행토록 하라."

동탁은 장안으로 떠나기에 앞서 낙양의 재산가 수천여 명을 체포하여 재물을 모조리 뺏고 머리 위에 '반역자'라고 쓴 기를 꽂아 모조리 성 밖으로 끌어내 참살해 버렸다.

이각과 곽사 역시 낙양을 떠나면서 군사들로 하여금 수많은 부녀자들을 마구 겁탈케 하고 재물과 식량을 마구 약탈하여 백성들의 울부짖는 소리가 천지를 진동했으며, 각 성문과 민가와 종묘관부에 불을 질러 불길이 하늘로 치솟았다.

동탁은 여포에게 황제들과 황후들의 묘를 파헤쳐 진기한 보물과 금은보화들을 도굴케 했는데, 그 바람에 군사들은 기세가 올라 일반 관민들의 무덤까지 모두 파헤치는 만행을 저질렀다. 따라서 동탁은 금은보화 수천 수레를 나누어 싣고 어린 천자와 황후들을 협박하여 강제로 장안으로 떠났다. 그로 인해 낙양은 초토가 되고 폐허의 땅으로 변하고 말았다.

2
조조, 위기일발에서 살아나다

동탁이 낙양을 떠나 장안으로 향했다는 정보를 입수한 조조는 맹주 원소에게 말했다.

"동탁이 서쪽으로 떠났다는데 승세를 몰아 곧바로 뒤쫓지 않음은 때를 놓치는 것이오. 그런데 군사를 끼고 앉아 움직이지 않는 이유가 대체 무엇이오?"

원소가 대답했다.

"군마가 모두 지쳐서 그런 것 같소."

그러자 조조가 여러 제후들을 돌아보며 말했다.

"동탁이 황실을 불태우고 천자를 앞세워 도읍지를 옮기고 있는 중이오. 지금 모든 백성들이 어찌할 바를 모르고 당황해하는 이때, 우리가 나서서 동탁을 쳐야 하는데 제공들이 지금 움직이지 않는 이유가 무엇이오."

그러나 제후들은 서로 돌아보며 말했다.

"지금 경망하게 움직이는 것은 옳지 않소."

제후들이 모두 똑같이 말하자 조조는 크게 화가 났다. 조조는 스스로 군사 1만여 명을 거느리고 하후돈, 하후연, 조인, 조홍, 이전, 악진 등 부하 장수들과 함께 밤을 새워 동탁의 뒤를 쫓았다.

한편 동탁은 천자를 앞세우고 수백만 명의 백성들을 끌고 형양(滎陽)지방에 이르렀다. 형양태수 서영(徐榮)이 군사를 거느리고 나와서 동탁을 영접하자 이유가 서영에게 명령했다.

"우리 승상께서 낙양을 버리고 오셨으니 반드시 추격병들이 따라올 것이오. 태수께서는 형양 성 밖 언덕 아래 군사를 매복했다가 추격병이 오거든 그대로 지나치도록 놔두고 대열이 중간쯤 오게 되면 적의 허리를 끊으시오."

이유는 다시 여포를 시켜 정예병으로 적군의 후미를 공격토록 했다. 여포가 명령대로 군사를 이끌고 가자, 한낮이 지나 갑자기 등 뒤에서 함성이 일어나면서 한 떼의 군사들이 달려들었다. 여포가 말을 멈추고 뒤돌아보니 바람에 나부끼는 깃발은 분명 조조였다. 여포는 크게 웃고 곧 군마를 벌려 세우고 조조를 맞았다. 이윽고 조조가 크게 외쳤다.

"역적의 무리들아, 황제와 백성을 어디로 끌고 가느냐."

그때 여포가 마주 꾸짖었다.

"주인을 배반한 도적이 무슨 말을 지껄이느냐!"

조조는 크게 노하여 좌우를 돌아보고 외쳤다.

"누가 나가서 저놈을 사로잡겠느냐."

조조가 말을 마치기도 전에 하후돈이 창을 높이 쳐들고 달려 나갔다. 하후돈이 여포와 두어 번 맞서자, 돌연 산 왼편에서 북소리가 크게 울리며 한 떼의 군사들이 아우성을 치며 나왔다. 이각의 군사였다. 조조는 급히 하후연을 이각과 맞서 싸우게 했다. 그러자 이번에는 오른쪽에서 큰 함성이 일어나면서 군사들이 달려들자 조조는 급히 조인을 내세웠다.

북소리, 고함 소리, 어지러운 말굽 아래 티끌과 먼지가 자욱이 일어나고, 무수한 칼날들이 저녁 햇빛을 받아 동에 번쩍 서에 번쩍 하면서 칼날과 창끝들이 무수히 부딪쳤다. 하우돈이 여포와 겨우 십여 번 맞섰다가 더 이상 견디지 못하고 도망가기 시작했다. 여포는 그대로 철기를 몰아 덮쳐들었다.

왼편은 이각, 오른편은 곽사, 조조의 군사들도 날랬지만 세 방면에서 밀려드는 동탁군의 험한 기세를 당할 길이 없었다. 조조는 크게 패하여 형양 쪽으로 달아났다. 해가 지고 밤이 되어 달이 떴다. 조조는 산모퉁이에 이르러 가쁜 숨을 돌리고 남은 군사를 수습했다.

이경(二更:밤 10시 전후)쯤 되었을까? 달빛이 대낮처럼 밝았다. 조조가 군사들에게 냄비를 걸고 밥을 짓게 하려 할 때, 난데없는 함성이 산을 울리면서 사방에서 복병들이 공격해 왔다.

조조가 다시 황망히 달아나는데 앞을 가로막는 장수가 있었다. 형양태수 서영이었다. 조조는 소스라쳐 놀라 말 머리를 돌려 달아났다. 그때 문득 등 뒤에서 활 당기는 시위 소리가 들렸다. 조조는 몸을 피할 겨를도 없이 어깨에 화살을 맞았다. 조조는 화살을 맞은 채 그대로 말을 달렸다.

얼마나 달렸을까? 사람도 지치고 말도 기운이 빠졌다. 조조가 허덕거리며 산 언덕을 넘어갈 때 양쪽 풀 숲속에서 창 두 개가 번개같이 날아왔다. 하나는 말의 왼쪽 볼기에 맞고 또 다른 하나는 오른쪽 배에 맞았다. 말은 크게 울며 머리를 치켜들고 조조를 땅에 떨어뜨린 채 쓰러졌다.

"이놈 꼼짝 마라."

조조의 양쪽에서 군사들이 달려들고 있었다. 조조는 말에서 떨어지면서 허리를 다쳐 일어날 수가 없었다. 군사 둘이 달려와 억센 팔로 조조의 양쪽을 잡아 일으켰다. 조조는 '이제 죽었구나' 하고 눈을 감아버렸다. 바로 그때 말발굽 소리와 함께 달려오는 장수가 있었다. 조홍이었다. 적군들은 조홍의 칼에 순식간에 쓰러졌다.

"얼마나 놀라셨습니까."

조홍은 조조의 팔을 잡아 일으켰다. 조조는 그때서야 조홍을 알아보고 다시 눈을 감으며 말했다.

"적병들이 온다. 어서 너만이라도 피해라."

"저는 죽어 없어도 그만이지만 공은 죽어서는 안 됩니다."

조홍의 말에 조조는 눈물이 핑 돌았다.

"내가 만약 여기서 살아난다면 그것은 오직 네 공덕이다."

조조는 기운을 차려 조홍과 함께 말에 올랐다. 조홍은 갑옷과 투구를 벗어버리고 칼을 쥔 채 말 뒤를 따라 언덕 아래로 내려갔다. 들을 지나고 다시 산을 넘고, 어느 덧 4경(四更:밤 2시 전후)이었다. 큰 강에 도착했을 때 뒤에서 함성이 점점 가까이 다가오고 있었다. 조조의 입에서 한숨이 나왔다.

"앞은 강이오, 뒤는 적병이니 이젠 꼼짝없이 당했구나."

"아닙니다. 아직 낙심하지 마십시오."

조홍은 급히 조조를 말에서 부축해 내린 후에 갑옷을 벗긴 채 조조를 들쳐 업고 그대로 물속으로 뛰어들었다. 그들은 몇 차례 물속에 휩쓸렸으나 간신히 헤엄쳐 강을 건넜다.

그때 뒤쫓아 온 적들이 어지럽게 활을 쏘았다. 조홍은 조조를 부축하고 내달렸다. 잠시 후에 날이 환히 밝았다. 두 사람은 천근처럼 무거운 다리를 질질 끌며 30여 리를 달렸다.

그들은 너무 지쳐서 작은 모래 언덕 아래에서 더는 걷지 못하고 누워버리고 말았다. 바로 그때 오른쪽에서 와아 하는 함성과 함께 한 떼의 군사가 달려들었다. 형양태수 서영이 강 상류를 건너 추격해 온 것이다. 조홍이 칼을 잡고 일어섰으나 두 다리를 버티고 설 힘도 없었다. 서영의 군사가 2백여 보 앞에 왔을 때 조조는 하늘을 우러러 탄식했다.

'내가 기어코 여기서 죽는구나.'

바로 그때였다. 맞은편 숲속에서 말굽 소리가 어지럽게 들리면서 달려오는 사람이 있었다. 놀랍게도 10여 기의 기마병을 거느린 하후돈, 하후연 형제였다. 서영이 가까이 오는 것을 보자 하후돈이 적 앞에 다가섰다.

"서영아! 게 섰거라."

서영이 말 머리를 돌려 하후돈을 맞았다. 하후돈은 서영이 미처 손 놀릴 틈도 없이 창을 들어 서영을 말 아래 떨어뜨리고, 그의 장수 대여섯 명을 계속 베었다. 그러자 남은 무리들은 모두 달아났다. 조조는 긴 안도의 숨을 몰아쉬었다. 위기일발의 순간에 살아난 것이 기적 같았다. 조조는 패잔병들을 수습하고 조인, 이전, 악진과 함께 낙양을 향해 떠났다.

3
원소와 공손찬의 결투

원소는 낙양에서 하내(河內)로 돌아와 있었다. 그는 군량미가 부족한 것이 늘 걱정이었다. 그동안 군량미는 그의 휘하에 있던 기주성(冀州城)의 한복(韓馥)이 도와주어 지금까지 견디어 왔다. 하루는 원소의 참모 봉기(逢紀)가 말했다.

"대장부가 어찌 턱을 괴고 앉아서 남이 밥 갖다 주기만을 기다린단 말이오. 기주는 쌀이 풍부한 곳이니 아예 기주를 차지해 버리는 것이 어떻습니까."

봉기의 말을 듣고 있던 원소는 고개를 끄덕였다.

"나도 그런 생각은 하고 있었지만 좋은 작전이 떠오르지 않았소."

그러자 봉기가 앞으로 나와 계교를 말했다.

"공손찬에게 사람을 보내어 함께 기주를 쳐서 땅을 나누어 갖자고 해 보십시오. 공손찬이 기주를 치면 한복은 미련해서 반드시 장군께 구원을 청할 것입니다. 그 기회에 기주를 손에 넣는 겁니다."

"그야말로 좋은 생각이오."

원소는 크게 기뻐하며 즉시 공손찬에게 밀서를 보냈다. 공손찬은 그것이 원소의 간사한 계교라는 것을 모르고, 기주를 쳐서 땅을 나누자는 말에 귀가 솔깃하여 즉시 기주를 치기로 결정했다. 공손찬이 공격한다는 말을 들은 한복은 깜짝 놀라 작전 참모들을 불러 모았다.

"공손찬을 무슨 수로 막겠습니까. 우리는 원소 장군에게 구원을 청하는 길밖에 없습니다. 원소 장군이면 군사력이 막강하니 공손찬쯤은 쉽게 물리칠 수 있을 것입니다."

"글쎄, 나 역시 달리 방법은 없네."

한복은 참모의 의견대로 관순을 파견하여 즉각 원소에게 구원을 청하기로 했다. 그러자 장사(長史)로 있는 경무(耿武)가 나서서 말했다.

"그것은 안 됩니다. 원소는 지금 배고픈 군대들을 거느리고 있습니다. 그들은 마치 갓난애가 어머니 품에 안겨 있듯이 우리 식량만 엿보고 있는 형편입니다. 따라서 그들에게 구원을 청한다는 것은 곧 양 떼들 속에 호랑이를 끌어들이는 것과 같습니다."

그러나 한복은 달리 뾰족한 대책이 없었다.

"나는 본래 원소의 휘하에 있었던 사람입니다. 옛말에도 재주 없는 사람은 현명한 사람을 구하라 했으니, 원소에게 도움을 청하는 길이 상책이라는 생각이 듭니다."

한복의 말을 듣고 경무는 밖으로 나와 '기주도 이제는 끝났구나' 하고 하늘을 보고 탄식했다.

한편 원소는 기주에서 사람이 와서 구원을 청하자 자기들의 계교가 들어맞는 것을 은근히 기뻐하고, 곧 군사를 거느리고 기주에 입성했다. 원소가 막 기주성으로 들어갈 무렵, 길 양쪽에 늘어섰던 군중들을 제치고 좌우편에서 두 명의 자객이 동시에 달려들었다. 그들은 장사 경무와 관순이었다.

"이놈! 원소야. 어디를 들어오려 하느냐."

두 자객은 목이 터져라 외쳤다. 그러나 관순이 휘두른 칼은, 원소가 탄 말 잔등에 약간 상처를 주었을 뿐이었다. 그때 원소는 경무가 휘두른 칼에, 맞은 말이 놀라 앞발을 번쩍 들고 뛰는 바람에 말에서 떨어졌다.

"웬놈들이냐?"

원소가 호통치며 번개같이 허리에 찬 칼을 빼려는 순간, 두 자객들은 이미 원소 부하 안량과 문추의 칼에 쓰러졌다. 원소는 마중 나온 한복을 따라 관청에 들어가자마자 숨 돌릴 틈도 없이 한복을 분위장군으로 삼는 한편 전풍, 저수(沮授), 허유(許攸), 봉기(逢紀) 등 참모들에게 성을 통치케 하여 한복의 권력을 모조리 박탈해 버렸다. 한복은 뒤늦게 경무의 충고가 떠올랐으나 그때는 이미 늦었다. 한복은 그날 밤 처자를 버리고 성에서 빠져나가 진류태수 장막(張邈)에게 몸을 의탁했다.

그때 공손찬은 원소의 말대로 군사를 몰고 기주로 왔으나 기주는 이미 원소가 점령한 후였다. 공손찬은 어이가 없어 곧 아우 공손월을 보내어 약속대로 땅을 나누자고 했다.

그러나 원소는 공손월에게 협상을 원하는 척하면서 그가 돌아가는 길에 복병을 매복시켰다가 죽이고, 동탁의 군사가 습격한 것처럼 위장을 했다. 기습에서 구사일생으로 살아난 군졸이 그 사실을 공손찬에게 보고했다.

"원소가 나를 속여 기주성을 치게 했을 뿐만 아니라 이번에는 또 동탁의 짓이라 위장하여 내 아우를 죽였으니 내가 어찌 원수를 갚지 않을 수 있으랴."

마침내 공손찬은 본부 병마를 모조리 동원하여 원소 공격에 나섰다. 원소 역시 군사를 거느리고 마주 나와 양군은 반하(磐河)에서 대치했다. 원소가 반하교 동편에 진을 치자 공손찬은 물 건너 반하교 서편에 진을 친 다음, 말을 몰아 다리 위에서 큰 소리를 질렀다.

"네 이놈 원소야. 어서 나오너라."

원소가 말을 타고 다리 위로 나와서 대답했다.

"한복이 내게 기주를 넘겨 준 것인데 네가 무슨 상관이란 말이냐."

공손찬은 소리를 가다듬어 꾸짖었다.

"전에는 네놈이 충의가 있는 놈이라고 생각하여 맹주로 추대했는데, 이제 보니 네놈의 마음은 이리 떼요, 행실은 개 같은 놈이로구나. 네놈이 무슨 면목으로 세상을 다스리려 하느냐!"

원소가 그 말을 듣고 크게 노하여 좌우를 돌아보고 외쳤다.

"누가 나가서 저놈을 사로잡겠느냐?"

원소의 말이 미처 끝나기도 전에 문추(文醜)가 창을 들고 다리를 건너갔다. 공손찬은 다리에서 문추를 맞았다. 그러나 공손찬은 문추의 적수가 아니었다. 서로가 십여 차례 칼과 창이 맞선 끝에 공손찬은 패하여 달아났다. 문추는 공손찬을 추격하여 진중까지 깊숙이 들어왔다.

그 순간 공손찬 휘하의 장군 건장을 비롯한 여러 장수들이 칼을 휘두르며 그를 에워쌌다. 그러나 문추는 조금도 겁내지 않고 그들을 맞아 십여 차례 맞서 싸웠다. 그때 건장이 문추의 공격에 쓰러지자 남은 장수 세 명은 그대로 말 머리를 돌려 달아났다. 문추는 다시 공손찬에게 달려들었다. 형세가 너무 급하게 되자 아무도 문추를 제지하는 자가 없었다. 공손찬은 그대로 산골짜기를 향해 달아났다. 문추는 그 뒤를 계속 쫓아가며 외쳤다.

"어서 말을 멈추고 항복하지 못하겠느냐."

공손찬은 사력을 다해 겨우 언덕 위까지 올라갔을 때였다. 갑자기 말이 앞발굽을 꿇으며 모로 나가떨어졌다. 그 순간 공손찬은 외마디 소리를 지르며 언덕 아래로 굴러 떨어지고 말았다. 공손찬의 목숨은 바람 앞의 등불이었다.

바로 그때 어디서 나타났는지 갑자기 한 소년 장군이 창을 들고 나는 듯 말을 달려 다가와 문추 앞을 가로막았다. 그 틈에 공손찬은 허겁지겁 언덕 위로 기어 올라갔다. 소년의 키는 팔 척에, 눈은 부리부리하게 크고, 눈썹은 짙으며, 위풍이 당당했다. 소년 장군은 하북의 명장으로 손꼽히는 문추와 오륙십 번을 맞서 싸웠지만 좀처럼 승부가 나지 않았다. 공손찬은 속으로 감탄했다.

이윽고 잠시 후에는 문추가 말 머리를 돌려 도망하기 시작했다. 공손찬은 언덕 밑으로 뛰어내려 소년 장군의 손을 덥석 잡으며 물었다.

"장군은 뉘시오?"

소년은 공손찬에게 예를 베풀고 말했다.

"소장은 상산 진정 사람으로 이름은 조운(趙雲)이요, 자는 자룡(子龍)입니다. 본래 원소의 부하였으나 그에게 천자에 대한 충성과 백성에 대한 애정이 없는 것을 보고 장군을 찾아뵈러 가는 길인데, 여기서 뵙게 된 것입니다."

공손찬은 크게 기뻐하며 조운과 함께 진지로 돌아와 군사를 정돈했다.

한편 원소는 이보다 앞서 연락병을 보내어 정세를 살폈다. 문추가 달아나는 공손찬을 쫓아갔다는 보고였다. 원소는 안심하고 참모 전풍과 장하의 군사 수백 명과 함께 궁수 수십 명을 거느리고 진지에 나와 공손찬의 무능을 한참동안 비웃고 있었다.

바로 그때 조운이 홀연히 그들 앞에 나타났다. 궁수들이 황급히 활에 시위을 먹여 쏘려는 순간, 조운은 번개같이 그들 앞에 뛰어들어 연속 4~5명을 쓰러뜨렸다. 다른 무리들이 모두 화살을 버리고 도망갈 때, 뒤에서 다시 공손찬이 대군을 휘몰아 구름같이 덮쳐들었다. 전풍이 급하게 원소에게 말했다.

"형세가 급합니다. 주공은 어서 저 빈집 담 안에 들어가 몸을 숨기십시오."

원소는 투구를 내던지고 큰 소리로 외쳤다.

"대장부는 싸우다 죽는 것이다. 내가 어찌 구차하게 담 뒤로 숨어 목숨을 구걸한단 말이냐."

그 모습을 보자 군사들이 감격하여 죽기로 싸웠다. 조운이 좌충우돌 적을 쳤으나 쉽게 돌파하지 못하고 있을 때, 원소의 군사가 떼를 지어 달려오고 또 한편으로는 문추와 함께 하북의 명장이라는 안량(顔良)이 군사를 몰고 들어와 좌우로 끼고 쳤다.

조운은 공손찬을 보호하여 반하교까지 진출했으나 원소가 군사를 급히 몰아치는 바람에 다리를 건너지 못하고 물에 떨어져 죽는 자가 너무 많았다.

원소가 기세를 올리며 앞장서서 뒤쫓고 있을 때 갑자기 산 뒤에서 함성이 크게 일어나며 달려오는 군사들이 있었다. 앞장 선 세 대장은 곧 유비, 관우, 장비였다. 세 사람은 평원에 있다가 공손찬이 원소와 싸운다는 말을 듣고 달려온 것이다. 세 사람이 말을 타고 무섭게 달려들자 원소는 혼백이 빠져 칼을 떨어뜨리고 말 머리를 돌려 달아나기 시작했다.

군사들이 원소를 구하여 반하교로 건너가자 공손찬은 군사를 거두어 본부로 돌아와 유비, 관우, 장비에게 말했다.

"세 분이 구해 주지 않았다면 크게 낭패할 뻔했소."

공손찬은 세 사람을 치하하고 이어 조운을 불러 차례로 소개했다. 유비는 조운을 한 번 보더니 그의 인물됨을 높이 평가하여 그를 평생 버리지 않을 것을 마음속에 다짐했다.

그날 싸움에서 한 번 패한 후부터 원소는 진영을 지킨 채 다시 나오지 않았다. 원소는 공손찬과 대치한 채 한 달을 보냈다.

동탁은 장안에서 그 소문을 듣고 이유에게 자문을 청했다.

"원소와 공손찬은 둘 다 당대의 호걸들인데 지금 반하에서 싸우고 있으니, 태사께서 천자의 지시로 사신을 보내어 두 사람을 화해시키면 모두 태사께 귀순할 것입니다."

"네 말이 그럴 듯하다."

동탁은 이유의 말대로, 다음 날 천자의 지시를 받은 태부 마일제와 태복 조기를 반하에 파견했다.

4
손견의 비참한 죽음

이때 원술은 남양(南陽)에 있다가 형 원소가 기주를 점령했다는 말을 듣고, 즉시 사람을 보내어 말 1천 필을 보내 달라고 요구했다. 그러나 원소는 그 청을 들어 주지 않았다. 그 후로 원술은 앙심을 품었다.

원술은 다시 형주(荊州)태수 유표에게 식량을 빌려 달라고 했지만 거절당했다. 원술은 한을 품고 강동의 손견에게 편지를 써 보냈다.

전에 유표가 손공의 길을 끊은 것은 원소의 권유 때문이었습니다.
그러나 이제 원소가 유표와 밀통하여 강동을 공격하려 하니,
공이 유표를 치겠다면 나는 원소를 치겠소.
공은 형주를 갖고, 나는 기주를 갖겠소.

손견은 그렇지않아도 예전에 유표가, 자기가 돌아오는 길을 끊어 곤욕을 치렀던 원한을 풀어 보려고 벼르던 참이었다. 손견은 원술의 밀서를 보자 정보, 황개, 한당을 불러 모아 그 일을 상의했다.

"원술은 믿을 수 없는 사람이라 곧이곧대로 받아들여서는 안 됩니다."

그러자 손견이 말했다.

"내가 원수를 갚으려는 것이지 원술 따위의 힘을 빌리자는 것이 아니다."

손견은 곧 황개를 강변에 파견하여 전선을 수습하고 무기와 군량을 싣고 싸울 준비를 시작했다. 그때 강동의 첩자가 그 일을 알고 재빨리 유표에게 전했다. 유표가 크게 놀라 급히 장수들을 모았다. 그때 장수 괴량이 나서서 말했다.

"황조(黃祖)는 강에서 군사를 거느려 공격의 선봉에 서게 하고 주공께서는 형주와 양양의 무리를 거느려 후방을 치시면 제 아무

리 손견이라도 멀리 강을 건너와 공격할 엄두를 못 낼 것입니다."

유표는 그 말이 이치에 옳다고 여겨 황조에게 선봉에 서게 하는 한편, 대군을 일으켰다.

본래 손견에게는 아들 네 형제가 있었다. 아들은 모두 오 부인의 소생으로 맏아들은 손책(孫策), 둘째 아들은 손권(孫權), 셋째 아들은 손익(孫翊), 넷째 아들은 손광(孫匡)이다. 또한 손견의 둘째 아내는 오 부인의 동생으로 아들 하나와 딸 하나를 두었는데, 아들의 이름은 손낭(孫郎)이고 딸의 이름은 손인(孫仁)이다. 첩 유씨에게도 손소(孫韶)라는 아들이 있었다. 손견이 유표를 치러 떠날 때 손견의 아우 손정이 조카들을 말 앞에 세우고 옷깃을 여미며 말했다.

"지금 동탁이 권력을 장악하고 천자께서 힘이 없어 나라가 어지러운 때에 작은 원한으로 대군을 동원하는 것은 옳은 일이 아닌 줄로 압니다. 형님께서는 부디 이번 일을 깊이 생각하셔서 결정하시기를 바랍니다."

그러나 손견은 동생의 말을 듣지 않았다.

"내 장차 천하를 다스리려는 야심을 펼치려는 터에 어찌 원수를 놔둘 수 있겠느냐."

그러자 큰아들 손책이 앞으로 나섰다.

"아버님께서 기어코 가시겠다면 제가 모시고 가겠습니다."

손견은 아들과 함께 배를 타고 번성으로 향했다.

이때 황조는 궁수들을 강변에 매복시켰다가 강동의 적들이 가까이 이르자, 즉시 활을 어지럽게 쏘아대기 시작했다. 손견은 각

배에 명령을 내려 군사들을 모두 배 안에 엎드리게 한 후, 배를 뒤로 후퇴시켰다가 다시 전진시켰다.

손견은 배를 그렇게 사흘 동안 수십여 차례나 전진과 후퇴를 계속 시켰다. 황조는 적의 배가 가까이 올 때마다 사흘째 계속해서 어지럽게 활을 쏘았다. 그 활이 마침내 수십만 개에 달했다. 손견은 그때마다 배에 꽂힌 화살을 거두어들인 다음, 나흘째는 순풍에 돛을 달고 강 언덕을 향해 전진하면서 어지럽게 활을 쏘게 했다. 그러자 황조의 군사는 진영을 버리고 모두 달아났다.

손견은 육지에 상륙하자 정보, 황개, 한당을 이끌고 군사를 휘몰아 황조를 급히 쫓았다. 황조는 크게 패하여 번성을 버리고 등성으로 달아났다.

손견은 황개에게 성을 지키게 하고 몸소 군사를 인솔하고 진격을 계속했다. 그때 황조는 군사를 이끌고 성 밖에 나와 진을 치고 기다리고 있었다. 손견도 마주 진을 친 다음, 공격 선봉에 섰다. 황조 역시 장호와 진생 두 장수를 거느리고 손견과 대치했다. 황조가 이윽고 손견에게 외쳤다.

"네놈이 어찌 감히 황실의 종친 경계를 침범하느냐."

황조는 곧 장호를 싸움터에 내보냈다. 손견은 한당을 내보냈다. 두 장수가 서로 어울려 삼십여 차례나 맞섰을 때 장호는 점차 기력이 떨어지고 있었다. 그러자 진생이 그를 도우러 말을 타고 달려 나왔다.

그때 손견과 함께 대결을 지켜보던 손책은 곧 화살에 시위를 먹여 싸움판에 뛰어드는 진생을 향해 쏘았다. 진생은 양 미간에 화살을 맞고 그대로 곤두박질하여 말에서 떨어졌다. 진생이 죽는 것을 본 장호가 깜짝 놀라 미처 손을 못 놀리는 순간, 한당의 칼이 그의 머리를 두 쪽으로 찍어 버렸다. 그때를 놓치지 않고 정보가 말을 몰며 크게 외쳤다.

"황조를 잡아라."

그러자 황조는 황급히 말에서 뛰어내려 투구를 벗어 던지고 군사들 속으로 숨어버렸다. 손견은 황개의 뒤를 바짝 추격하는 한편, 황개더러 모든 군사들과 함께 강을 건너가게 했다. 황조가 패군을 이끌고 양양성으로 돌아가자, 유표는 손견의 군사력이 의외로 강력한 것을 알고 놀라서 괴량에게 전략을 물었다.

"황조가 크게 패하여 군사들의 사기가 떨어졌으니 도랑을 깊이 파고 진을 높이 쳐서 예봉을 피하고, 지연작전을 쓰면서 원소에게 은밀히 사람을 보내어 구원을 청하십시오."

그때 곁에서 듣고 있던 채모가 비웃으며 말했다.

"무슨 작전이 그렇게 옹졸하단 말이오. 군사는 성 아래 둔 채 적에게 손을 묶어 달래서야 되겠소? 내가 비록 재주는 없지만 군사를 거느리고 나가서 한번 싸워 보겠소."

유표는 곧 채모에게 군사 1만여 명을 붙여 주었다. 채모가 말을 타고 나서자 손견이 휘하 장수들에게 말했다.

"저 사람이 바로 유표의 처남인데 누가 가서 잡아 오겠느냐."

손견의 말이 떨어지자마자 정보가 철척사모를 빼들고 출전했다. 정보와 두어 차례 접전 끝에 채모가 패하여 달아났다. 손견은 대군을 몰아 급히 그 뒤를 쳤다. 삽시간에 들에는 적의 시체가 깔렸다. 채모가 대부분의 군사를 잃고 양양성으로 도망해 들어가자, 괴량이 유표에게 말했다.

"채모가 내 작전을 듣지 않고 나가 참패를 당했으니 군법에 따라 참형에 처해야 합니다."

그러나 유표는 그의 누이인 부인을 봐서 형벌을 가하지 않았다. 손견이 군사를 사방으로 나누어 양양성을 에워싸고 닷새째 공격하고 있을 때 난데없이 심한 바람이 불더니 중군의 깃대 중간이 뚝 부러졌다. 그것을 보고 한당이 말했다.

"아무래도 이것은 길조가 아니니 군사를 거두어 돌아가시도록 하시지오."

그러나 손견은 고개를 흔들었다.

"내가 여러 차례 싸움에 이기고 양양 함락을 목전에 두고 있는데 깃대가 바람에 부러졌다고 군사를 거두란 말인가."

손견은 삼군에 명령을 내려 더욱더 치열하게 성 공격을 감행했다. 그때 성안의 괴량이 유표에게 말했다.

"제가 어젯밤에 하늘을 보니 긴 별 하나가 떨어지기에, 자세히 다시 보니 그게 바로 손견이었습니다. 주공은 속히 원소에게 글을 보내시어 구원을 청하도록 하십시오."

유표는 곧 원소에게 지원병을 요청하는 글을 쓰고 난 후 좌우를 돌아보며 물었다.

"누가 적진을 뚫고 원소에게 가겠는가."

그때 장군 여공(呂公)이 큰 소리로 대답했다.

"소장이 가오리다."

괴량이 그에게 계교를 일러 주었다.

"네가 가겠다면 내 말을 잘 듣거라. 내가 군사 5백 명을 줄 것이니 활 잘 쏘는 궁사들을 많이 데리고 나가 현산 쪽을 향해 가거라.

적들이 추격해 오면 군사를 넷으로 나누어 백여 명은 산 위로 가서 돌을 준비하고, 백 명은 숲속에 매복시켰다가 적이 오면 숲속으로 유인하도록 하라. 너희들이 접전하면서 호포를 불면 성내에서 지원군을 보내겠다. 하지만 만약 추격병이 없으면 호포를 불지 말고, 곧장 기주로 가서 구원을 청하도록 하라. 오늘 밤은 달이 늦게 뜰 것이니 황혼녘에 성에서 출발하도록 하라."

작전 지시를 받은 여공이 군마를 단속하고 석양을 기다려 은밀히 동문을 열고 나갔다.

손견이 진중에서 성을 공격할 작전을 구상하고 있을 때 문득 난데없는 함성이 밖에서 들렸다. 그가 급히 군마 30여 기를 거느리고 진지 밖으로 뛰어나가자 경비병들이 말했다.

"군마 하나가 성에서 빠져나와 현산 쪽을 향해 갔습니다."

손견은 장수들에게 알리지 않고 30여 기만 거느린 채 급히 뒤를 좇았다. 이때 여공은 이미 산의 수풀이 울창한 곳에 매복병을 숨겨놓은 후였다.

손견의 말은 빨라서 30여 기의 군사들보다 훨씬 앞서 달렸다. 멀리 보니 아까 성에서 나왔다는 한 명의 적병 모습이 보였다. 손견은 더욱 말을 급히 몰며 큰 소리로 외쳤다.

"이놈, 게 서지 못할까!"

여공은 그 말을 듣자 말 머리를 돌려 손견과 대치했다. 그러나 여공은 손견과 단 한 차례 맞선 후에 말을 돌려 숲속으로 달아나버렸다. 손견은 그 뒤를 급히 좇았다. 그러나 여공은 숲에서 사라지고 없었다.

손견이 사방을 두리번거리다가 산 위를 바라보았을 때 갑자기 어디선가 바람 소리가 크게 들리면서 돌들이 어지럽게 굴러 내리고, 숲속에서는 화살이 빗발치듯 쏟아졌다. 손견은 결국 꼼짝도 못하고 돌과 화살에 맞아 현산에서 비참한 최후를 마쳤다. 그때 그의 나이 서른일곱이었다. 여공은 군사를 몰아 손견이 거느리고 온 30여 기의 군사를 순식간에 처치한 다음, 약속대로 연주 호포를 불었다.

현산에서 호포 소리가 들리자 양양 성내에서 북소리가 크게 일어나며 황조, 괴월, 채모 세 장수가 동문, 북문, 서문을 일시에 열고 나왔다. 손견이 없는 강동 군사들은 일시에 대혼란에 빠지고 말았다. 그때 강변에 있던 황개는 함성이 천지를 진동하자 즉시 수군을 이끌고 달려왔다. 양양성 밖에는 일대 혼전이 벌어져 있었다. 황개가 난군 속에 뛰어드는 순간 큰 고함 소리와 함께 앞을 가로막는 장수가 있었다.

"적장은 어디로 가려느냐!"

그가 곧 황조였다. 황개는 곧 그와 네댓 번 맞선 끝에 황조의 팔을 잘랐다. 황조가 비명을 지르며 손에 든 칼을 떨어뜨렸다. 그 순간 황개는 번개같이 그의 목덜미를 잡아 말 아래로 거꾸러뜨렸다.

"이놈을 빨리 묶어라."

군사들이 황조에게 달려들었다.

한편 정보는 손책을 보호하며 어둠 속을 가다가 여공을 만나 단칼에 죽였다. 양군은 밤을 새워 싸우다가 날이 환히 밝을 때에야 각기 군사를 거두었다. 유표 군사가 성으로 몰려 들어가자 손책은 정보와 더불어 한수로 돌아왔다. 그때서야 손책은 아버지가 현산에서 매복병들에 의해 전사했다는 것을 알고 목놓아 울었다. 강동의 군사들 사이에는 울음소리가 가득 찼다. 이때 정보가 손책의 울음을 멈추게 하고 말했다.

"한시 바삐 철군해야 합니다."

그러나 손책은 머리를 가로 흔들었다.

"아버님의 시신을 놈들이 성내로 모셔 갔다는데 내가 어찌 이대로 돌아간단 말이오."

그때 황개가 한마디 했다.

"우리가 황조를 사로잡았으니 유표에게 사람을 보내어 황조와 주공의 시신을 바꾸도록 합시다."

"놈들이 그 말을 듣겠소?"

손책이 고개를 갸웃거릴 때 군리 환해가 앞으로 나섰다.

"소인이 유표와 안면이 있으니 사자로 보내 주시면 성에 들어가서 주공의 시체를 뫼시고 돌아오겠습니다."

손책은 환해의 말을 허락했다. 환해가 성으로 들어가 유표에게 손책의 뜻을 전하자 유표가 말했다.

"손공의 시신은 내가 이미 관목에 모셔놨으니 황조를 속히 돌려보내시오. 그리고 양측이 모두 군사를 해산하고 다시는 우리 땅에 침범하지 말라고 하시오."

환해가 사례하고 물러 나오려 할 때 괴량이 나섰다.

"그건 안 됩니다. 이제 손견이 죽고 그 아들들은 모두 어립니다. 이때를 틈타 우리는 강동을 장악해야 합니다. 만약 손견의 시신을 돌려보내고 군사를 거두면, 우리는 적의 힘을 길러 줄 것이며 앞으로 형주에는 큰 화근이 미칠 것입니다."

유표가 듣고 나서 말했다.

"하지만 우리가 어떻게 황조를 버린단 말이오."

유표는 괴량의 말을 듣지 않고 손견의 시신을 돌려 보냈다.

5
왕윤의 계책, 초선의 미인계

어느 날 동탁이 성으로 백관들을 불러 모아 잔치를 벌였다. 술이 두어 차례 돌았을 때 문득 밖에서 여포가 황급히 들어왔다. 사람들은 먹던 손을 멈추고 일제히 여포를 지켜보았다. 여포는 동탁 곁으로 가서 귀에 대고 몇 마디 소곤거렸다. 동탁의 입가에는 웃음이 스몄다.

"곧 그놈을 잡아오너라."

동탁이 한마디 하고 태연히 술잔을 들었다. 누구를 잡아오라는 것인지 모두 죄도 없으면서 놀라고 떨리는 가슴으로 여포의 동정을 살폈다. 그때 여포는 사공(司公:토지와 민사 담당 관직) 장온(張溫)의 뒤로 뚜벅뚜벅 걸어가더니 장온의 목덜미를 잡아 끌고 밖으로 나갔다. 잠시 후에 시종이 붉은 소반에 피가 뚝뚝 떨어지는 장온의 머리를 받쳐 들고 들어왔다. 백관이 모두 새파랗게 질려 어찌할 바를 모르고 있을 때 동탁이 좌중을 둘러보고 웃으며 말했다.

"여러분들은 놀라지 마시오. 장온이 원술과 결탁하여 나를 해치려다가 발각되었기에 천벌을 받은 것이오. 제공들은 아무 죄가 없으니 조금도 불안해하지 말기 바라오."

백관들은 모두 그 앞에서 허리를 굽신거릴 뿐이었다.

그날 사도(司徒) 왕윤(王允)은 집에 돌아와서도 마음이 편치 못했다. 밤이 깊고 달이 밝자 그는 혼자 지팡이를 들고 뒤뜰로 갔다. 한동안 이리저리 거닐다가 걸음을 멈추고 하늘을 보면서 도둑 떼들에게 농락당하는 나라를 생각하니 눈물이 앞을 가렸다.

그때 문득 인기척이 들렸다. 귀 기울여 들으니 누군가 한숨짓는 소리였다. 왕윤은 괴이한 생각이 들어 발소리를 죽여 가까이 다가갔다. 뜻밖에도 자기가 친딸처럼 여기고 있는 초선(貂蟬)이였다. 초선은 어려서 집안에 뽑혀 들어와 손님이 오면 춤과 노래로 시중을 드는 여종으로 젊은 나이에 재색을 겸비한 처녀였다. 왕윤은 소리쳐 꾸짖었다.

"어린 네가 무슨 일로 우느냐."

초선이 소스라쳐 놀라 무릎을 꿇고 아뢰었다.

"소녀가 우는 사연을 말씀드려도 좋을지 모르겠습니다."

"어서 말해 보아라."

"대인께서 소녀를 길러 노래와 춤을 가르쳐 주시고 예의로써 대해주시니 소녀는 그 은혜를 만분의 일도 갚을 수 없습니다. 최근 대인께서 늘 근심이 깊으셔서 필시 그 걱정이 국가의 대사인 줄은 잘 아오나 감히 여쭈어 보지 못하고 있었습니다만, 오늘 밤 대인께서 더욱 불안해하시는 것을 보니 저도 모르게 한숨이 나온 것입니다. 만약에 소녀가 도와드릴 일이 있다면 만 번을 죽어도 사양하지 않겠습니다."

왕윤은 그 말을 듣고 지팡이로 땅을 치며 말했다.

"그래, 한나라 천하가 네 수중에 있을 줄 누가 감히 생각이나 했겠느냐. 어서 안으로 들어가자."

왕윤은 초선을 데리고 방으로 들어가 다른 여자들을 모두 내보내고 그녀를 높은 자리에 앉힌 다음 두 번 큰절을 올렸다. 초선은 너무나 놀랍고 황공하여 곧 마룻바닥에 엎드렸다.

"대인께서 왜 이러십니까?"

왕윤이 초선에게 말했다.

"부디 이 나라를 불쌍히 여겨 다오."

그는 말을 마치고 울었다. 초선은 그에게 다시 말했다.

"소첩이 힘이 된다면 만 번 죽어도 사양하지 않겠다고 이미 말씀드렸사옵니다. 어서 분부하시옵소서."

그러자 왕윤이 마침내 입을 열었다.

"나라를 바로잡고 백성을 구할 사람은 정말 너밖에 없구나. 역적 동탁이 황제의 옥좌를 노리고 있건만 만조의 백관들이 오직 부질없는 한숨만 쉬고 있을 따름이다. 내가 보기에 동탁과 여포는 모두 여색에 빠져 있는 호색한들이다. 내가 이제 너를, 먼저 여포에게 보내기로 했다가 다시 동탁에게 보낼 것이니, 너는 그 사이에 저들 부자간을 이간질하여 여포를 시켜 동탁을 죽이게끔 하여라. 만약 이 일이 성공하여 한나라 사직이 다시 서고 백성들이 편안하다면 그것은 모두 네 공이 될 것이니라. 네 생각은 어떠냐."

그 말을 듣고 난 초선이 조용히 입을 열었다.

"소녀 만 번의 죽음도 사양하지 않겠다고 맹서한 터에, 어찌 그만한 일을 싫다고 하겠습니까. 저를 그에게 보내 주시면 맹세코 일을 이루어 대인의 깊은 은혜에 만분의 일이나마 갚겠습니다."

"만일 이 일이 누설되는 날에는 우리 가족은 멸족을 당한다는 것을 아느냐."

"조금도 심려 마십시오. 소인이 만약 대의를 갚지 못하면 일만 번을 칼날에 맞아 죽을 것이옵니다."

왕윤은 눈물을 머금고 다시 초선에게 절을 했다.

그 이튿날 왕윤은 가장 아끼는 명주 두 필을 장인(匠人)에게 주어 아름다운 금관을 꾸미게 했다. 며칠이 지나 금관이 완성되었다. 왕윤은 이것을 은밀히 여포에게 보냈다. 여포는 기대치도 않았던 선물에 크게 기뻐하며 고마움을 사례하기 위해 왕윤의 집에 찾아왔다. 왕윤은 미리 잔칫상을 준비했다가 그를 후당으로 맞아 들였다. 여포가 황공하여 한마디 먼저 했다.

"저로 말하면 나라의 한 장수에 지나지 않고 사도께서는 조정의 대신이온데 어찌 저를 이처럼 환대하십니까. 참으로 송구스러워 몸 둘 바를 모르겠습니다."

왕윤이 말했다.

"천하에 영웅이 없는 터에 유독 장군 한 분이 계실 뿐이니, 제가 장군의 직함을 중히 여겨서 그러는 것이 아니라 사실은 장군의 재주를 공경하여 이러는 것입니다."

여포는 그 말을 듣고 은근히 기뻐했다. 왕윤은 곧 술을 내어 권하며 말끝마다 동탁과 여포의 덕을 칭송했다. 여포는 입이 함박

만하게 벌어져 크게 웃고 계속 술잔을 기울였다. 술기운이 얼마쯤 오르자 왕윤은 문득 곁에서 시중들고 있는 여자에게 분부를 내렸다.

"초선이를 들여보내라."

이윽고 안에서 푸른 옷을 입은 어린아이 두 명이 곱게 단장한 초선을 안내하여 나왔다. 여포가 놀라서 물었다.

"이분이 대체 누굽니까?"

왕윤이 대답했다.

"제 딸 초선입니다. 저와 장군의 사이가 지친과 다를 바 없기에 불러서 뵙게 하는 것이오."

왕윤은 말을 마치자 이번에는 초선에게 분부했다.

"이 어른이 당대의 영웅 여포 장군이시다. 네가 술잔을 올려야 하지 않겠느냐?"

여포는 첫눈에 초선을 보고 이미 마음이 황홀해져 버렸다. 그는 초선이 따르는 술잔을 받으며 앉기를 청했다. 초선은 짐짓 몸을 일으켜 안으로 들어갈 듯했다. 그러자 왕윤이 말했다.

"여 장군은 나와는 막역한 친구라, 네가 자리에 있어주면 좀 어떻겠느냐."

초선은 비로소 자리에 앉아 다시 여포에게 술을 권했다. 여포는 넋을 잃고 오직 초선의 얼굴만 바라볼 뿐이었다. 그 모습을 곁눈으로 보던 왕윤은 술기운이 오르자 초선을 가리키며 여포에게 말했다.

"미천한 딸자식이지만 여 장군께서 버리지 않으신다면 첩으로 드릴까 합니다. 장군께서는 의향이 어떤지요?"

여포는 감히 그런 말을 청하지도 못할 처지에서 그 말을 들으니 넋이 나갈 정도였다. 여포는 자리에서 일어나 사례했다.

"그렇게 해 주신다면 이 여포는 사도를 위해 무슨 일이든 마다하지 않겠습니다."

왕윤이 말했다.

"그럼 제가 좋은 날을 택해서 댁으로 보내겠습니다."

여포는 그 말에 기쁨을 참을 수가 없었다. 그가 눈을 들어 초선을 바라보자 초선이 또한 그에게 잔잔한 추파(秋波)를 보냈다. 밤이 깊어 술자리가 끝나자 왕윤이 말했다.

"장군을 묵어가시게 하고 싶으나 태사께서 아실까 두려워 못하니 그리 아시오."

여포는 여러 차례 감사를 표하고 돌아갔다.

그로부터 며칠이 지났다. 왕윤은 대궐에서, 여포가 없는 틈을 타 동탁을 향해 땅에 엎드려 절했다.

"태사(台司:황제의 고문)를 내일 제 집에 모시어 작은 잔치를 베풀까 하는데 오시겠는지요."

동탁이 말했다.

"사도께서 초청하시는데 내가 왜 안 가겠소."

왕윤은 사례하고 집으로 돌아와 대청에 큰 상을 차리고, 산과 바다에서 나는 온갖 맛있고 값진 음식을 만들고, 땅에는 비단을 깔고, 안팎에 화려한 차일을 치고 휘장을 둘러 모든 준비를 마쳤다. 이튿날 동탁이 수레를 타고 왕윤의 집에 찾아왔다.

왕윤은 예복을 갖추어 입고 문밖까지 나가서 지극한 예를 갖추어 그를 영접했다. 동탁이 수레에서 내리자 무장 경호원 1백여 명이 좌우로 그를 호위했다. 방에 들어가 동탁이 자리에 앉자 왕윤은 대청 아래서 절을 올렸다. 동탁이 시종을 시켜 그를 부축하여 대청에 오르게 하고 자기 곁에 앉게 하자, 왕윤은 여러 번 사양하다가 공손히 말했다.

"태사께서는 참으로 성덕이 높으시어 어느 누구도 능히 미치지 못할 것입니다."

동탁은 그 말을 듣고 은근히 기뻐했다. 왕윤은 풍악을 울리고 계속 동탁에게 술을 권했다. 어느덧 날이 저물고 동탁은 거나하게 취해 버렸다.

"태사, 후당으로 드시지요."

왕윤이 청하자 동탁은 무장 경호원들을 보내고 후당에 들었다. 왕윤은 새로 상을 차려 술을 권하며 또 청했다.

"제가 어릴 때 천문을 배워 주역을 보았더니 한나라는 이미 기운이 쇠진했습니다. 이제 태사의 공덕이 천하에 떨쳤으니 만약 순(洵)나라가 요(僥)나라를 받듯이 태사께서도 한나라의 뒤를 잇는다면, 지금이야말로 하늘과 백성의 뜻이 맞지 않을까 생각합니다."

동탁이 말했다.

"그야 어찌 내가 감히 바랄 수 있는 일이겠소."

왕윤은 다시 말했다.

"예부터, 도(道) 있는 이가 도 없는 이를 치고, 덕 없는 이가 덕 있는 이에게 사양하는 법이니, 어찌 태사께서 과분하다 하실 것이 있겠습니까."

동탁이 웃으며 말했다.

"사도 말씀처럼 만일 내게도 하늘에서 운을 내린다면 사도께서는 마땅히 그 공을 받을 것이오."

왕윤은 그에게 절을 한 다음, 곧 시녀에게 후당에 불을 밝히고 방에는 발을 내리게 했다. 동탁이 막 잔을 들 때 문득 발 밖에서 생황(笙篁:관악기) 소리가 들렸다. 눈을 들어 보니 문 너머로 소리에 맞추어 너울너울 춤추는 미녀의 자태가 그림처럼 아름다웠다. 춤이 끝나기를 기다렸다가 동탁은 왕윤을 돌아보고 말했다.

"누군지 좀 들어오게 하시오."

왕윤이 곧 분부를 내렸다.

"들어와서 태사께 인사를 드려라."

춤추던 미녀가 조심스럽게 발 안으로 들어와 절을 했다. 동탁은 그녀의 자태가 너무 아름다운 것을 보고 다시 왕윤에게 물었다.

"이 소녀는 누구요?"

"저의 집에 머물고 있는 기생 초선입니다."

"소리도 할 줄 아느냐."

왕윤은 곧 초선에게 노래를 하도록 분부했다. 초선은 노래하며 장단을 맞추는 데 쓰는 단판(檀板)을 잡고 한 곡조 나직이 불렀다. 동탁이 칭찬하자 왕윤은 초선에게 태사의 술잔을 따르게 했다. 동탁이 잔을 받고 한마디 물었다.

"올해 몇 살이냐?"

초선이 말했다.

"소첩의 나이 올해 열여섯입니다."

동탁이 빙그레 웃었다.

"참으로 선녀 같구나."

왕윤은 동탁의 마음이 초선에게 사로잡힌 것을 보자 자리에서 일어나며 말했다.

"소첩을 태사께 바칠까 하는데 받아 주시겠는지요?"

동탁의 입이 딱 벌어졌다.

"황공하오. 사도의 덕을 무엇으로 갚아야 옳단 말이오."

"저의 집 기생이 태사를 모신다면 그보다 더한 영광이 어디 있겠습니까."

왕윤은 즉시 초선을 마차에 태워 동탁의 집으로 보냈다. 그러자 동탁도 자리에서 일어났다. 왕윤은 동탁을 그의 집까지 배웅했다.

왕윤이 말을 타고 밤길에 혼자 집으로 돌아오는데 갑자기 등 뒤에서 말굽 소리가 요란히 들려왔다. 고개를 돌려 바라보니 마치 한 쌍의 붉은 등을 앞세우고 달려오는 듯 불타는 눈길을 한 여포가 손에 방천화극을 비껴 잡은 채 달려와 섰다.

"여 장군이 아니시오?"

왕윤은 말을 멈추고 반갑게 맞았다. 여포는 대꾸도 없이 달려들어 왕윤의 옷깃을 덥석 잡고 꾸짖었다.

"사도가 이미 초선이를 내게 허락했으면서 이제 또 태사에게 보내니 무슨 짓이오."

왕윤은 급히 손을 들어 막고 말했다.

"길에서 말씀드릴 일이 아니니, 잠깐 가십시다."

여포가 잡은 옷깃을 놓고 왕윤을 따라갔다. 왕윤은 집에 오자 즉시 그를 후당으로 안내하고 입을 열었다.

“장군은 어찌하여 그런 말씀을 하셨습니까?”

여포가 말했다.

“조금 전, 누가 와서 일러 주는데 사도께서 초선이를 태사에게 보냈다는 말을 들었소. 도대체 일이 어찌된 것인지 사도의 말씀을 좀 들어봅시다.”

왕윤은 조용히 입을 열었다.

“내가 자세히 말씀을 드리겠소. 어제 태사께서 제게 할 말이 있다기에 태사를 초대하여 잔치를 베풀었던 것이오. 태사께서 약주를 드시다가 누구한테 들으셨는지 초선이 말씀을 꺼내시면서 한 번 초선을 보고 싶다고 하시기에 인사를 드리게 했더니, 태사께서 기뻐하시면서 하시는 말씀이, 오늘은 좋은 날이니 내가 초선이를 직접 데리고 가서 여 장군과 혼례식을 올려 주겠다고 하셨습니다. 태사께서 그렇게 말씀하시는데 제가 무슨 수로 거절한단 말이오. 그래서 초선이를 보냈던 것이오.”

그 말을 듣고 나자 여포는 황공하여 사죄를 했다.

“제가 아무것도 모르고 사도께 죽을죄를 졌습니다. 내일 다시 와서 사죄 말씀을 여쭙겠습니다.”

왕윤이 말했다.

“그 애가 가지고 갈 경대는 초선이가 장군의 집에 들어가는 대로 곧 보내겠소.”

여포는 깊은 고마움을 표시하고 돌아갔다.

그 다음 날, 여포는 초선의 소식을 기다렸으나 끝내 기별이 없었다. 여포는 기다리다 못해 바로 중당으로 들어가서 시녀에게 초선의 소식을 물었다.

"간밤에 태사께서 초선이와 동침하여 아직 일어나지 않았습니다."

여포는 화가 머리끝까지 뻗쳤다. 방 안의 동정을 살피자 초선이 잠에서 깨어 머리를 빗고 있었다. 초선의 뺨에는 눈물이 흐르고 있었다. 여포가 방문을 열고 초선을 불러내자 그녀는 여포에게 울면서 말했다.

"사도께서 나를 친딸처럼 사랑하시어 장군과 짝을 지어 주시기에 평생의 소원을 이루었다고 생각했는데, 태사께서 이렇게 저를 농락하실 줄 누가 알았겠습니까. 그 자리에서 자결할까 했으나 장군을 만나 가슴에 쌓인 원한을 말씀드려야겠다고 생각하고 참았습니다. 바라건대 죽어서라도 후생에 다시 만나기를 기약합니다."

여포는 초선의 하소연을 듣고 가슴이 아팠다. 그러나 지금 당장은 어쩔 도리가 없었다.

"내가 너를 아내로 못 삼고 어찌 영웅이라 하겠느냐. 허나 지금은 형편이 이러니 오늘은 속히 돌아가야겠다."

그러자 초선이 여포의 옷소매를 부여잡았다.

"장군께서 이처럼 저 노인네를 두려워하시는 것을 보니, 소첩은 밝은 하늘에 봄날이 없겠습니다. 제가 듣기로 장군은 당세의 영웅이라 하더니, 지금 보니 도리어 남의 충성된 부하인 줄을 어찌 알았겠습니까. 어서 저를 데려가시옵소서."

여포는 그 말을 듣고 얼굴을 붉히며 그 자리를 떠났다.

그런 일이 있고 며칠 후에 왕윤은 여포를 우연히 만난 것처럼 꾸몄다. 여포의 안색은 별로 좋지 않았다.

"장군은 왜 한숨만 쉬고 계시오."

여포가 돌아보니 사도 왕윤이었다. 그는 다시 한번 긴 한숨을 쉬면서 힘없이 말했다.

"초선이 탓입니다. 동탁이 초선이를 내놓지 않습니다."

왕윤은 짐짓 크게 놀라며 말했다.

"아니! 그럼 초선이가 아직도 장군께 가지 않았단 말이오?"

"사도께서는 모르시고 묻는 말씀입니까?"

왕윤은 정색하고 말했다.

"내가 뭘 알겠소. 나는 그때 장군을 만난 후로는 우연히 병을 얻어 출입을 못 했다가 이제야 겨우 나왔습니다. 정말 초선이가 아직도 여 장군의 곁에 못 갔다니 세상에 이런 일이 어디 있단 말이오."

여포의 입에서 다시 한숨이 나왔다.

"늙은 동탁이 초선이에게 너무 반한 모양입니다."

왕윤은 어이가 없는 듯 입을 딱 벌리고 잠깐 여포의 얼굴을 쳐다보다가 고개를 설레설레 내저었다.

"어찌 그런 일이 있을 수가 있단 말이오."

여포는 왕윤에게 그간 있었던 일을 낱낱이 말하며 하소연을 하는 것이었다. 왕윤은 여포의 말을 들으며 발을 굴렀다.

"태사가 그처럼 야비할 줄은 정말 몰랐습니다."

왕윤은 여포를 밀실로 안내하고 정성을 들여 술대접을 했다. 그러자 여포는 초선이를 처음 만나던 일을 기억해 내면서 울분을 참지 못했다.

왕윤이 입맛을 쩝쩝 다시며 말했다.

"태사가 내 딸을 욕보이고 여 장군의 아내를 빼앗았으니 이는 참으로 천하가 비웃을 일입니다. 태사를 비웃는단 말이 아니라 이 왕윤과 여 장군을 비웃는다는 말씀입니다. 그렇지만 저는 본래 무능한 몸이라 그런 말을 들어도 백 번 싸지만, 여 장군께서는 천하의 영웅으로 그런 모욕을 당하신 것이니 어찌 한탄할 일이 아니겠습니까."

그 말을 듣자 여포는 노기가 넘쳐 주먹을 들어 상을 치며 소리를 버럭 질렀다. 왕윤은 손을 들어 급히 멈추었다.

"이 늙은 사람이 취중에 실언을 했습니다. 장군께서는 부디 고정하십시오."

그러자 여포가 힘주어 말했다.

"내 맹세코 이 늙은 도둑을 죽여서 한을 풀고야 말 것이오."

왕윤은 급히 손을 들어 그의 입을 막으며 말했다.

"함부로 그런 말씀하지 마시오. 지금 하신 말씀이 태사의 귀에 들어가면 나까지 멸족의 죄를 받을 것입니다."

그래도 여포는 입을 다물지 않았다.

"대장부가 천지간에 태어나서 어찌 남의 아래서 이런 모욕만 받으며 살겠습니까."

왕윤은 은밀히 여포의 말을 부추기며 곁들였다.

"말이야 바른 말이지. 장군 같은 분이 동 태사 밑에서 부하로 지낸다는 것은 너무 아깝지요."

"내 기어코 이놈을 죽이고야 말리라."

여포는 주먹을 들어 다시 한번 상을 쳤다. 그러나 잠시 후에 그는 낮은 한숨을 내쉬며 조용히 말했다.

"허나, 태사와 나는 부자지간의 정을 맺었는데 내가 태사를 죽인다면 사람들이 뭐라겠소. 단지 사람들의 뒷공론이 무서울 뿐이오."

그 말에 왕윤은 입가에 웃음을 띄웠다.

"장군의 성은 여씨요. 태사는 동씨입니다. 더구나 아버지라는 분이 장군의 아내를 취했다는 것은 부자간의 정을 이미 버린 행동이나 마찬가지가 아니겠습니까."

여포는 그 말을 듣고 무릎을 치며 말했다.

"아아! 그렇군요. 내가 사도의 말씀을 안 들었다면 그것을 깨닫지 못할 뻔했습니다."

왕윤은 여포가 이미 뜻을 굳힌 것을 보고 표정을 바꾸어 말했다.

"장군께서 만일 이 기회에 한나라의 왕조를 다시 붙들어 세우신다면 그것은 충신이니, 역사에 오래 기록되어 그 이름이 백세 동안 명예와 존경을 받을 것입니다. 그렇지만 만약 장군께서 동탁의 밑에 이대로 계속 계신다면 그것은 바로 역적이니, 사가(史家)들의 붓에 올라 장군의 더러운 행적은 만 년까지 욕되게 남을 것입니다."

그 말을 듣던 여포는 자리에서 일어나 왕윤에게 큰절을 올렸다.

"내 결심은 이미 섰습니다."

"그러나 만일 일을 이루지 못할 때는 도리어 큰 화가 미칠 것이 걱정되어서 그럽니다."

여포는 허리에 찬 칼을 빼어 곧 왼팔을 찔러 피를 냈다. 그것은 결코 두 마음을 품지 않기로 한 맹세였다. 그것을 보고 왕윤은 자리에서 일어나 그 앞에 공손히 무릎을 꿇고 사례했다.

"한나라의 사직은 오직 장군의 손에 달렸습니다. 함부로 입 밖에 내지 마시고 지극히 은밀하게 일을 도모하십시오."

6
여포의 반역으로 동탁이 최후를 맞이하다

왕윤은 지체 없이 대궐의 원로 충신들을 자기 집으로 불러 모아 동탁을 제거할 지혜를 짜내기 시작했다. 그때 재상급에 속하는 대신 복야사(僕射士) 손서(孫瑞)가 말했다.

"말솜씨가 뛰어난 사람을 한 명 뽑아 미오(眉塢)로 보내어 천자께서 동탁을 부르신다고 이르고, 한편으로는 천자께서 은밀히 하명을 내려 여포로 하여금 군사를 성문 안에 매복시켰다가 동탁이 들어올 때 단칼에 베는 것이 상책입니다."

왕윤이 고개를 끄덕이자 황완(黃琬)이 손서에게 물었다.

"미오로 보낼 사람은 누가 마땅하겠소?"

"글쎄요, 내 생각에는 이숙을 보내면 어떨까 하오."

"이숙은 바로 여포를 꾀어낸 동탁의 심복이 아니오?"

"지금은 아닙니다. 최근에 동탁이 그를 승진시키지 않아 은근히 원한을 품고 있는 것을 내가 잘 알고 있소. 아무래도 그 사람이 적임일 것 같습니다.”

왕윤은 다시 고개를 끄덕였다.

“이숙이 여포와 친하니 여포를 불러 의논하기로 합시다.”

왕윤은 곧 여포를 불러 이숙을 동탁이 있는 미오로 보내는 것이 어떻겠느냐고 물었다.

“그자는 전에 나로 하여금 정건양(丁建陽)을 죽이게 한 장본인입니다. 이숙이 만약 거절한다면 그자부터 처치할 것이오.”

왕윤은 곧 사람을 보내서 이숙을 불렀다. 그러자 여포가 이숙에게 말했다.

“들으시오. 지금 동탁은 위로 천자를 속이고 아래로 백성을 해쳐, 그 죄가 천지에 가득 차고 백성들의 원망이 이루 말할 수가 없습니다. 따라서 나는 사도와 함께 동탁을 칠 계획을 세웠습니다. 공은 미오에 가서 천자의 말씀을 동탁에게 전하고, 대궐로 불러들여 황실에 충성을 바칠 마음이 있습니까?”

그 말을 듣고 이숙이 말했다.

“나 역시 동탁을 치기로 마음먹은 지 오래였으나 함께 일을 도모할 자가 없어서 지금까지 있었소. 여 장군의 말씀을 들으니 이 일은 곧 하늘의 뜻이라 내가 어찌 그 일을 사양하겠소. 염려 마시오.”

여포와 이숙은 곧 화살을 잡아 부러뜨려 딴 마음이 없음을 맹서했다. 그것을 보고 왕윤은 좋은 말로 위로했다.

“공이 만약 이번 일을 잘 주선하시면 황제께서 반드시 큰 자리를 약속하실 것이오.”

이숙은 곧 사례하고 물러갔다.

역신 동탁을 처단할 만반의 작전을 마친 왕윤은, 이숙에게 천자의 명령을 주었다. 이숙이 군마 수십여 기를 거느리고 미오로 가서 동탁에게 천자의 하명을 받들어 왔다고 말했다.

"천자께서 무슨 말씀이 계신고?"

"천자께서 문무백관을 모아놓고 앞으로 태사를 천자로 옹립하실 의향을 논의하시는 것 같습니다."

그 말에 동탁의 얼굴에는 기쁨이 가득했다.

"왕윤은 그걸 어떻게 생각하는가?"

"왕 사도께서도 이미 만반의 준비를 갖추어 놓고 주공께서 오시기만을 고대하고 있습니다."

그 말을 듣고 동탁은 크게 기뻤다.

"내 간밤에 용 한 마리가 내 몸을 휘감는 꿈을 꾸었더니, 오늘 과연 이 기쁜 소식을 듣는구나."

동탁은 즉시 심복 이각, 곽사, 장제, 번주 네 장수로 하여금 비웅군(飛熊軍) 3천 명을 지휘하여 미오를 지키게 하고, 자기는 그날로 행차를 꾸며 장안으로 올라갈 작정을 했다. 그는 떠나기에 앞서 이숙에게 집금오(執金吾)의 벼슬을 약속했다. 동탁이 떠날 준비를 마치고 어머니에게 하직 인사를 할 때 90세의 노모가 물었다.

"무슨 일로 장안에 가느냐?"

"천자께서 저를 뵙자고 하십니다. 이제 어머님께서는 며칠 후에는 대궐의 태후가 되실 것입니다."

그러자 그의 어머니는 그 말에도 기뻐하지 않았다.

"내가 요즘은 까닭 없이 살이 자꾸 떨리고 마음이 놀라니, 아무래도 길조는 아닐 성싶구나."

동탁은 그 말에 웃으며 대답했다.

"장차 어머니께서 국모가 되실 터인데 어찌 미리 그런 징조가 없겠습니까."

그는 곁에 있던 초선을 보고 말했다.

"내가 천자가 되면 너는 귀비(貴妃)로 삼으마."

그때 초선은 왕 사도의 계교가 마침내 뜻을 이루게 된 것이라고 짐작했다. 그녀는 만면에 웃음을 띄우고 동탁에게 절을 했다. 동탁은 마침내 수레에 올라 미오를 떠났다.

미오에서 장안까지는 1백5십 리 길이었다. 동탁은 1천여 명의 호위병을 거느리고 40여 리를 못 갔는데 수레의 앞바퀴 하나가 빠지고 말았다. 동탁은 크게 노하여 수레꾼을 목 베어 죽이고 말에 올랐다. 이숙이 말을 타고 그의 뒤를 따르고 있었다. 그러나 동탁이 탄 말은 10리를 못가서 앞발을 번쩍 들고 소리 높여 울더니 고삐를 끊었다. 동탁은 마음이 언짢아서 이숙에게 물었다.

"수레바퀴가 빠지고 말이 고삐를 끊으니 이게 도대체 무슨 조짐인가?"

이숙이 천연스럽게 대답했다.

"앞으로 옛것들을 모두 버리고 새로운 천자의 황금 안장에 오르실 조짐이 아니겠습니까?"

동탁은 고개를 끄덕이며 기쁨을 감추지 못했다. 그날 동탁은 말을 바꿔 타고 다시 길을 가는데, 문득 거센 바람이 불었다. 그러자 동탁이 다시 이숙에게 물었다.

"이것은 또 무슨 조짐인가?"

"주공께서 앞으로 천자가 되시기 때문에 하늘이 위엄을 장식하는 것입니다."

동탁은 이숙의 말을 조금도 의심하지 않았다. 날이 저물어 성 밖에 이르자 문무백관이 모두 나와 태사를 영접했다. 그러나 그때 동탁의 참모 이유는 병이 나서 마중 나오지 못했다. 동탁이 대궐로 들어가자 여포가 나와서 맞았다. 동탁은 여포를 보고 말했다.

"이제 너에게 천하의 군사를 통솔하도록 하겠다."

"황공하오이다."

여포는 머리를 숙이고 물러나갔다.

다음 날 동탁이 시종을 거느리고 나가자 사람들이 모두 늘어서서 그의 행차를 구경했다. 동탁이 수레 위에 높이 앉아 그들을 내려다보고 있을 때 갑자기 군중들 틈에서 흰 두건을 쓰고 푸른 도포를 입은 한 도인이 손에 긴 막대기를 잡고 서 있었다. 막대기에는 베 한 폭을 붙들어 매었는데 거기에는 '입 구(口)'자 두 개가 크게 씌어 있었다. 입 구가 둘이면 곧 여포(呂布)라는 말로, 그것은 여포를 조심하라는 경계의 의미였지만 동탁이 그 뜻을 알 리가 없었다.

"저 사람은 왜 저러고 서 있느냐?"

동탁이 묻자 이숙은 대수롭지 않게 대답했다.

"미친놈입니다."

그러자 동탁은 경호원에게 그자를 멀리 쫓아버리도록 했다. 다시 수레를 타고 가는데 대신들이 모두 장례 때 입는 옷을 입고 나와 그를 맞이했다. 이숙은 수레에서 뛰어내려 칼을 잡고 수레를 따라 걸었다. 북액문이었다. 이숙은 경호원들을 모두 문밖에 세워 놓고 수레꾼 20명 만을 데리고 들어갔다.

동탁이 북액문을 바라보니 사도 왕윤 이하 조정의 원로대신들이 모두 나와 있었다. 자세히 보니 그들은 모두 손에 칼을 들고 서 있었다. 동탁이 의심이 들어 이숙에게 물었다.

"대신들이 칼을 들고 서 있는 이유는 무엇인가?"

이숙은 이번에는 동탁의 질문에 아무런 대꾸도 하지 않고 그대로 수레를 몰아 문안으로 들어갔다. 문앞에 가까이 가자 왕윤이 갑자기 큰 소리로 외치기 시작했다.

"반역자 동탁이 여기 왔는데 무엇들을 하느냐!"

그 소리와 함께 양쪽에서 무사 백여 명이 달려 나와 일제히 창을 들어 동탁을 마구 찔렀다. 그러나 동탁의 갑옷은 워낙 두꺼워서 창이 꽂히지 않고 겨우 팔이 다쳤을 뿐이었다. 그때 동탁은 황급히 수레에서 땅으로 굴러 떨어지며 큰 소리로 부르짖었다.

"여포야, 어디 있느냐! 어서 나를 구하라."

동탁의 말이 끝나기도 전에 수레 뒤에서 여포가 뛰쳐나왔다.

"천자의 명을 받아 도적을 베노라!"

여포는 크게 외치고 방천화극을 들어 단칼에 동탁의 목을 쳤다. 동탁은 외마디 소리도 못 지르고 뒤로 나자빠지고 말았다. 그러자 이숙이 곧 그의 목을 싹둑 베어 손에 높이 쳐들었다. 여포가 무기를 들고 크게 외쳤다.

"천자의 명을 받아 역적 동탁의 목을 베었으니 나머지 무리들은 그 죄를 묻지 않을 것이다."

여포의 말에 모든 대신들이 소리 높여 만세를 불렀다.

여포는 다시 큰 소리로 외쳤다.

"동탁의 곁에서 온갖 악독한 짓을 저지른 놈은 이유다. 누가 가서 이유를 사로잡아 오겠느냐."

"내가 가겠다."

이숙이 나섰을 때 갑자기 문밖에서 요란한 소리가 나며 사람들이 들어섰다. 이유의 집안 하인들이 그를 묶어 바친 것이다. 왕윤은 곧 이유를 참형에 처하고, 다시 동탁의 머리를 거리에 내버리도록 했다. 군사들은 살이 찐 동탁의 배꼽에 심지를 박고 불을 붙여 밤에 등불을 켰더니 기름이 땅에 흥건히 흘렀다. 백성들이 그의 시체 앞을 지나가며 발로 차지 않는 사람이 없었다.

왕윤은 여포에게 명령을 내려 황보숭과 이숙을 데리고 군사 5만 명과 함께 미오에 가서 동탁의 재산을 몰수하고 부하들을 잡아오게 했다. 그러자 미오를 지키고 있던 이각, 곽사, 장제, 번주의 무리들은 동탁이 죽고 여포가 군사를 거느리고 온다는 말을 듣자 양주로 달아났다.

여포는 미오에서 꿈에 그리던 초선을 만났고, 황보숭은 미오의 양갓집 자녀들은 모두 석방시켰다. 그리고 동탁의 가족들은 노모를 위시하여 남녀노소를 가리지 않고 모두 잡아 죽였다. 동탁의 아우 좌장군 호후 동민과 조카 시중 동황은 참수를 당했다.

동탁의 재산은 황금 수십만 근, 백금 수백만 근 등 그 수효가 이루 헤아릴 수 없이 많았다. 여포와 이숙이 돌아오자 왕윤은 군사들에게 상금을 내리고 대궐에서 잔치를 베풀고 문무백관을 모았다.

7
이각과 곽사의 난

왕윤의 계략과 여포의 반역으로 동탁이 죽자 그의 심복 이각, 곽사, 장제, 번주의 무리들은 장안을 탈출하여 섬서(陝西)에 가 있다가, 천자가 대사면령을 내렸다는 소문을 듣고 행여나 천자가 은혜를 베풀까 싶어 대궐에 사신을 보내어 용서를 빌었으나, 왕윤은 사자에게 호령을 했다.

"역적 동탁이 폭정을 한 것은 모두 이각의 무리 네 명이 저지른 일이거늘 비록 천자께서 대사면령을 내렸다고는 하나, 너희 네 명만은 용서할 수 없다. 너는 이각에게 돌아가 일러 어서 대궐로 들어와 죄의 대가를 받도록 하라."

사신이 돌아가서 이각에게 왕윤의 말을 전하자 그들의 실망과 비탄이 컸다.

"저들이 우리를 사면하지 않겠다니 어쩌면 좋겠소."

이각의 말에 모두들 한숨만 쉴 뿐 속수무책이었다. 오랜 침묵 끝에 이각이 다시 입을 열었다.

"왕윤은 우리가 자수하지 않으면 군사를 보낼 것입니다. 지금 우리에게는 3천 명의 병력이 있지만 군사들도 우리가 조정의 사면을 받지 못한 것을 알면 반란을 일으켜 관군에 잡히기 전에 먼저 죽을지도 모를 일입니다."

이각이 말을 잠깐 끊고 좌중을 둘러보자 곽사가 말했다.

"그러니 어떻게 하자는 말씀이오?"

"이젠 각자 살 도리를 강구할 수밖에 없습니다. 넷이 모여 있으면 위험하니 뿔뿔이 헤어져 종적을 감추는 것이 상책일 듯싶소."

이각은 말을 맺고 잠깐 세 사람의 표정을 살폈다. 그러자 한동안 잠자코 있던 가후가 의견을 내놓았다.

"우리가 뿔뿔이 헤어져서는 안 됩니다. 그나마 군사를 해산하면 끝장입니다. 이판사판이라면 섬서 사람과 함께 마지막으로 힘을 합쳐 장안을 공격하여 동탁 태사의 원수를 갚으면 천하를 휘어잡게 되지 않겠소? 만약 실패한다 하더라도 그때 뿔뿔이 달아나도 늦지 않을 줄로 압니다."

그 말을 듣고 곽사, 장제, 번주 세 사람은 고개를 끄덕였다. 가후는 네 사람과 머리를 맞대고 계교를 짜기 시작했다.

그 후 며칠이 지나자 누구의 입에서 나온 말인지 서량주 일대에 무서운 소문이 나돌았다. 사도 왕윤이 앞으로 서량주 백성들을 모조리 잡아 죽인다는 소문이었다.

"아니! 왕윤이 우리와 무슨 원수가 졌다는 겁니까?"

사람들이 서로 그 소문에 대해서 쑤근거렸다.

"들리는 말에는, 역적 동탁이 우리 고을 원님을 지냈다는 이유로, 고을 백성들까지 아예 씨를 말리겠답니다."

"동탁의 죄가 우리와 무슨 상관이 있어 그런 말을 한단 말이오."

이각의 무리들이 퍼뜨린 소문은 온 성내에 퍼져서 민심을 소란케 했다. 소문으로는 관군들이 벌써 서량주 토벌에 나섰다는 말이 들렸고, 관군들이 벌써 백 리 밖에 와 있다고도 했다. 그러자 이젠 모두 죽었다고 울부짖는 아녀자들이 나타나고 피난 보따리를 꾸리는 사람들도 있었다. 이것을 보고 이각의 무리들은 곧 군사를 풀어 이 마을 저 마을 다니며 마지막 항전을 외치고 다녔다.

"한나라 조정에서 아무 죄 없는 우리 서량주 백성들을 몰살시킨다는 것은 있을 수 없는 일이다. 우리 이각 장군과 곽사 장군께서 장안을 쳐 나라를 바로잡으려 하신다. 모두 의병으로 참가하자."

그러자 많은 젊은이들이 무리를 지어 의병에 참가했다. 그 수가 10만 명이 넘었다. 이각은 곧 군사를 넷으로 나누어 섬서를 떠나 장안 공격에 나섰다. 그들이 이틀째 행군을 계속하고 있을 때 서북 편에서 한 떼의 군마가 나타났다. 그들은 동탁의 둘째 사위 우보였다. 우보는 장인의 원수를 갚기 위해 5천여 명의 군사를 거느리고 장안으로 가는 중이었다. 이각은 즉시 우보의 군사와 합류하여 행군을 계속했다.

그때 조정에서는 이각의 무리가 반기를 들고 장안으로 쳐들어온다는 소문이 퍼졌다. 사도 왕윤은 곧 여포를 불러 상의했다. 여포는 비웃음을 띠며 대수롭지 않게 말했다.

"사도께서는 아무 염려 마십시오. 쥐새끼 같은 무리들이 아무리 많이 와도 우리는 끄떡도 없습니다."

여포는 곧 이숙과 함께 군사를 거느리고 성 밖으로 나갔다. 장안성 2백 리 밖에서 관군의 선봉 이숙과 역적의 선봉 우보(牛輔)가 대결했다. 그들은 서로 진을 친 다음, 이숙이 창을 잡고 적진을 향해 다가가 크게 꾸짖었다.

"역적은 어서 나와 죽음을 받아라!"

우보가 쌍칼을 휘두르며 맞섰다. 한 자루의 창과 두 자루 칼이 서로 어우러져 치고 박고 열 번을 맞선 끝에, 마침내 우보가 왼 팔목에 창을 맞고 칼을 떨어뜨리며 그대로 말 머리를 돌려 달아났다. 이숙이 군사를 휘몰아 그 뒤를 급히 따랐다.

싸움에 이기고 돌아온 이숙은 진지로 돌아와 여포에게 승전보를 올린 다음, 소를 잡고 술을 걸러 군사들과 승리를 자축했다. 이숙이 아무런 방비도 없이 승전에 취해 있던 밤 이경(二更:밤 10시 전후)쯤, 우보는 다시 군사를 이끌고 이숙의 진지에 은밀히 다가왔다. 우보는 군사를 둘로 나누어 동시에 앞뒤로 기습해온 것이다.

그 시간은 막 취침령이 내려졌던 터라, 이숙의 군사들은 소스라쳐 놀라 자리를 박차고 밖으로 뛰쳐나왔다. 달도 없는 어두운 밤이었다. 북소리, 꽹과리 소리, 군사들의 아우성이 천지를 진동했다. 도대체 얼마나 많은 적군이 왔는지 알 수가 없었다. 이숙의 군사는 황급하게 달아날 뿐이었다. 이숙은 군사를 반이나 잃고 30여 리를 퇴각했다. 날이 밝을 무렵 그는 겨우 여포의 진영에 도착했다. 여포는 이숙이 패하여 돌아오자 크게 노했다.

"네놈이 관군의 예봉을 아예 꺾어놓았구나."

여포는 곧 이숙의 머리를 베어 군문에 높이 단 다음, 즉시 군사를 거느리고 우보를 공격했다. 우보는 여포와 맞섰으나 적수가 아니었다. 우보는 단지 두 번 맞선 끝에 그대로 말 머리를 돌려 달아났다. 여포는 그 뒤를 쫓아 적진에 뛰어들어 양 떼들 속에 뛰어든 호랑이처럼 전후좌우로 적들을 쓰러뜨렸다. 우보는 참패를 당하고 겨우 목숨을 구해 50여 리나 달아났다. 여포의 군사가 추격하지 않자 우보는 놀란 가슴을 진정하며 패잔병을 수습해 보니 겨우 2백여 명이었다.

그때 마침 이각이 군사를 거느리고 우보에게 왔다. 이각은 우보가 여포에게 당한 것을 보고 생각해 보니 아무래도 곽사, 장제, 번주가 모두 여포의 적수가 아니었다. 이각에게 10여만 명의 군사가 있다고 하나 글자 그대로 오합지졸들이었다. 우보는 그날 밤 심복 호적아(胡赤兒)를 불러 어떻게 할 것인지 상의했다.

"우리가 무슨 수로 여포를 당해 낸단 말이냐. 다시 나가 싸웠다가는 속절없이 목숨만 잃고 말 것이다. 그러니 우리는 이각 모르게 황금과 주옥을 훔쳐 도망치는 것이 상책이다."

우보와 호적아는 의견 일치를 보았다. 우보는 군사가 잠든 틈에 몰래 황금과 주옥을 훔쳐 심복 서너 명만 데리고 진영에서 빠져나갔다. 그들이 수십 리 길을 달아났을 때 먼동이 텄다. 그러나 호적아는 지친 일행이 냇가에서 잠시 쉬고 있는 순간 마음이 변했다.

'우보를 따라가야 무슨 좋은 수가 있으랴.'

이젠 관군에게 잡혀도 죽고 이각의 군사를 만나도 목숨을 부지할 수가 없게 되었다. 저 황금 보화만 있으면 평생 기를 펴고 살 수 있을 것이다. 여기서 우보를 죽이고 재물을 뺏은 다음, 우보의 머리를 베어 들고 여포를 찾아가면 후한 상을 받을 것이다.

호적아는 마침내 결단을 내리고 우보가 말에 오르려고 할 때 은밀히 뒤로 가서 번개같이 단칼에 우보의 등을 쳤다. 이어 두 번째 칼로 그의 목을 도려냈다. 너무나 뜻밖의 일에 부하들은 얼이 빠져버렸다. 호적아는 그들을 노려보았다.

"평생 우보를 따라다니면 무슨 뾰족한 수가 있을 것 같으냐. 이제 나는 이놈의 목을 가지고 여포 장군을 찾아가겠다. 나를 따르겠다면 모르지만 내 말을 안 듣겠다면 너희들도 모조리 죽여 버리겠다. 어서 대답하라."

그들은 모두 두려워서 호적아가 하자는 대로 따랐다.

호적아는 즉시 말을 몰아 여포의 진영으로 갔다. 여포는 그를 보자 부하들에게 호적아가 무슨 연유로 우보를 죽였는지 물었다. 부하들은 여포가 무서워 우보를 죽인 경위를 솔직히 고백했다. 그러자 여포가 크게 소리쳤다.

"네놈이 재물을 탐내어 상관을 죽이다니 천지간에 용납 못 할 놈이로구나."

여포는 곧 도부수에게 명하여 호적아의 목을 베게 한 다음, 군사를 거느리고 진격을 계속했다.

그는 잠시 후에 이각의 군사와 대치했다. 여포 군사가 오자 이각은 곧 군사를 멈추고 진을 치게 했다. 그러나 여포는 그가 진을 치기를 기다리지 않고 공격을 서둘렀다.

여포은 주력 무기인 방천화극을 잡고, 적토마를 급히 몰아 적진으로 뛰어들었다. 이각의 군사들은 그를 당해 내지 못하고 50여 리를 후퇴해서야 진영을 갖추었다. 이어 이각은 곽사, 장제, 번주 세 장수와 작전을 의논했다.

"이대로는 도저히 여포를 못 당할 것 같소."

곽사가 물었다.

"그러니 어쩌면 좋단 말이오."

이각은 좌중을 한번 둘러본 다음에 입을 열었다.

"여포는 무술이 뛰어나지만 본래 머리가 없으니 이렇게 합시다. 일부는 군사를 거느리고 이곳을 지킨 채 매일 지연작전을 쓰고, 일부는 여포의 후방을 칩시다. 팽월이 초나라 군사를 놀리던 식으로 징이 울리면 공격하고, 북이 울리면 후퇴하는 치고 빠지는 작전입니다. 여포를 여기 묶어두는 동안 우리는 군사를 나누어 직접 장안을 공격하겠습니다.”

이각은 곧 여포를 묶어두는 한편, 군사를 몰아 장안을 공격하자 동탁의 잔당들이던 이몽과 왕방이 이각과 내통하여 성문을 열어 주었다. 적병들은 물밀 듯 장안을 쉽게 점령하고 말았다. 이각, 곽사의 무리들은 장안에 들어가자, 즉시 군사를 풀어 마음대로 노략질하게 두었다. 아우성과 울부짖는 소리가 거리마다 들끓었다. 도적의 손에 죽은 무고한 백성들의 수가 수천에 이르렀다.

이때 태상경 충불, 태복 노규, 대홍려 주환, 성문교위 최열, 월기교위 왕기 등 조정의 대신들이 목숨을 잃었다. 이각, 곽사의 무리들은 군사를 지휘하여 마침내 조정을 에워쌌다. 신하가 황급히 대전으로 달려가 천자께 아뢰었다.

“형세가 급하니 폐하께서는 친히 선평문에 납시어 도적의 무리에게 유지를 내리시고 난리를 멈추게 하소서.”

헌제는 그의 말대로 선평문(宣平門) 위로 나갔다. 이각의 무리는 문밖에 있다가 천자가 나타나자 군사들을 진정시켰다. 헌제는 기둥에 의지하고 물었다.

“경은 어찌하여 짐의 명령도 없이 함부로 군사를 이끌어 장안에 들어왔는가?”

이각이 황제를 바라보고 말했다.

“동 태사로 말씀드리면 폐하의 사직을 지키는 신하였는데 왕윤의 모략으로 죽었습니다. 우리는 동 태사의 복수를 하러 온 것이지 모반하러 온 것이 아닙니다. 왕윤을 내 주시면 신은 곧 군사를 거두어 물러나겠습니다.”

그때 사도 왕윤은 바로 천자 옆에 서 있었다. 도적의 입에서 그 말이 떨어지자 그는 곧 어전에 엎드려 아뢰었다.

"폐하, 형세가 이 지경이 되었으니 폐하께서는 저 하나 때문에 대사를 그르치지 마옵소서. 제가 스스로 나가서 도적을 만나겠습니다. 폐하께서는 부디 만수무강을 누리소서."

헌제의 두 뺨에는 눈물이 흘러내렸다. 왕윤은 천자와 하직한 후, 곧 몸을 날려 선평문 아래로 뛰어내렸다. 그는 다리를 접질려 쓰러졌으나 이를 악물고 일어나서 이각을 향해 크게 외쳤다.

"왕윤이 예 있다."

이각, 곽사가 칼을 빼들고 그 앞에 나서며 소리쳤다.

"동 태사가 무슨 죄가 있어 네놈이 죽였느냐."

왕윤은 마주 대고 꾸짖었다.

"역적 동탁의 죄는 천하가 다 알고 있는 터에 너희들만 모르고 있었단 말이냐. 역적이 죽은 날 장안의 모든 백성들이 기뻐해 마지않은 것을 네놈들은 몰랐단 말이냐."

이각, 곽사는 말문이 막혀 잠깐 얼굴을 마주 바라보았으나 이각이 다시 입을 열어 꾸짖었다.

"동 태사는 죄가 있어 죽었다고 하지만 우리는 무슨 죄가 있다고 네놈은 끝끝내 사면을 내리지 않았느냐."

왕윤은 눈을 부릅뜨고 외쳤다.

"역적이 무슨 말이 그리 많으냐."

그러자 이각과 곽사가 나서서 단칼에 왕윤의 목을 잘랐다. 두 사람은 이미 목숨이 끊어진 그의 몸에 다시 칼로 난도질했다. 왕윤을 죽인 이각, 곽사는 부하들에게 명령했다.

"이 길로 군사 백 명을 거느리고 왕윤의 집에 가서 그 종족은 남녀노소를 가리지 말고 모두 베어라."

헌제는 충신이 도적들의 손에 참혹하게 죽는 것을 보고 가슴을 칼로 베는 듯 아팠다. 그러나 도적의 무리들은 왕윤을 베고도 좀처럼 물러설 기미를 보이지 않았다. 천자는 문루 위에서 저들을 향하여 다시 말했다.

"왕윤에게 복수했거늘, 너희들은 왜 물러가지 않는가."

이각, 곽사가 헌제에게 아뢰었다.

"신들은 황실에 공을 세웠는데 아직 관작을 내리지 않으셨으니 군사를 물리지 못하겠습니다."

"경들은 무슨 관직을 원하는고?"

이각, 곽사, 장제, 번주 네 도적은 한동안 머리를 모아 쑥덕거리더니 각기 자기들이 원하는 관직을 써서 올렸다. 헌제는 그들의 말을 들어 줄 도리밖에 없었다. 마침내 이각은 거기(車騎)장군, 곽사는 후(後)장군을 받고, 번주는 우(右)장군, 장제는 표기(標旗)장군의 관직을 받아 군사를 거느리고 홍농에 주둔했다.

대권을 잡은 이각의 무리는 먼저 동탁의 뼈를 찾아 향목으로 형체를 깎아 큰 제사를 지내고 왕자의 의관과 관곽(棺廓)을 써서 좋은 날을 택하여 미오에 안장했다. 그러나 하늘이 노했는지 장례를 치르는 날에는 뇌성벽력과 함께 큰 비가 내려 홍수가 났으며 번개가 동탁의 관을 깨뜨렸다.

이각은 날이 개어 다시 장례를 치르려고 했으나 그날 밤에 또다시 큰 비와 뇌성벽력이 있었다. 세 번째 장례를 치르려고 했을 때도 똑같은 일이 일어났는데 겨우 주워 모은 동탁의 뼈마저도 모두 벼락을 맞아 흔적도 없이 사라지고 말았다.

나라의 정사는 다시 어지러워졌고 백성의 원망은 더욱 컸다. 이각, 곽사의 무리는 대권을 잡은 후에 백성들을 못살게 구는 한편, 심복들로 하여금 천자를 좌우에 모시게 하여 동정을 염탐했으며 조정 관리들의 인사권을 마음대로 휘둘렀다.

그때 서량태수 마등(馬騰)과 병주자사 한수(韓遂)는 이각과 곽사가 황실을 좌지우지한다는 말을 듣고 군사 40만 명을 동원하여 장안을 공격해 왔다. 이각, 곽사, 장제, 번주는 곧 대책을 의논했다. 그때 참모 가후가 나섰다.

"적이 멀리 두 곳에서 오고 있으니 우리는 방어할 준비만 하고 있다가, 싸움을 청하더라도 응하지 않으면 백 일이 못되어 군량미가 떨어져 물러갈 것입니다. 그때 공격하면 마등과 한수를 사로잡을 수 있을 것입니다."

가후의 말이 끝나기도 전에 이몽과 왕방이 나섰다.

"나가서 맞서 싸우지 않고 적이 스스로 물러가기를 기다리자니, 그것이 무슨 계교란 말씀이오. 소장에게 정병 1만 명만 주시면 마등과 한수의 머리를 베어 오겠소."

그러나 가후가 고개를 가로저었다.

"맞서 싸우면 반드시 패합니다."

이몽과 왕방이 화를 벌컥 냈다.

"우리가 패하면 목을 베시오. 그 대신 이기면 가후의 머리를 베겠습니다."

가후는 그들의 말에 아무 대꾸도 하지 않고 이각과 곽사에게 말했다.

“장안 서쪽으로 2백 리 밖에 있는 산은 험준하니 장제와 번주 두 장군이 맡으시고 진영을 굳게 지키게 한 다음 이몽, 왕방에게 공격하도록 하시는 것이 좋습니다.”

이각, 곽사는 이몽과 왕방에게 군사 1만 5천 명을 주었다. 두 사람은 의기롭게 장안을 떠나 2백 80리 길에 나가 진영을 세웠다. 이틀이 지나자 마등과 한수의 군사가 공격해 왔다. 이몽과 왕방이 군사를 이끌고 나가자, 마등과 한수는 말 머리를 가지런히 하고 크게 외쳤다.

“누가 도적놈들을 사로잡겠는가?”

마등의 명령이 떨어지자 진중에서 한 소년 장군이 손에 긴 창을 잡고 준마에 올라 적진을 향해 내달렸다. 소년 장군의 얼굴은 예쁘장했다. 눈은 샛별처럼 빛났지만 표범의 몸체에 잔나비 팔과 이리의 허리를 가진 마등의 아들 마초(馬超)로 이제 나이 17살에 불과했다.

왕방은 적장의 나이가 어리자 그를 우습게 보고 칼을 휘두르며 마초에게 달려들었으나, 서른 번 맞선 끝에 왼편 허리로 번개같이 들어오는 마초의 창끝을 막지 못하고 그대로 말 아래로 거꾸러져 죽었다. 마초는 아무 일도 없었던 듯 태연한 얼굴로 말 머리를 돌려 진영으로 돌아왔다. 왕방이 속절없이 당하자 이몽은 철창을 잡고 말을 급히 몰아 뒤쫓았다.

마초는 서서히 말을 몰아 돌아오고 있는 중이었다. 그때 이몽은 이미 그의 등 뒤에 바짝 다가와 있었다. 진중에 서서 싸움을 지켜보고 있던 마등이 깜짝 놀라 크게 외쳤다.

"등 뒤에 따라오는 놈이 있다."

마등의 말이 미처 끝나기도 전에 이몽의 창이 마초의 등을 겨냥한 채 다가오고 있었다. 누가 봐도 마초는 그의 창날에 죽을 수밖에 없는 위기였다. 일촉즉발의 위기에 마초는 마치 기다렸던 것처럼 번개같이 몸을 돌려 들어오는 창을 피하고, 이몽의 말이 그와 나란히 서자 곧 팔을 들어 이몽을 말 위에서 사로잡아 버렸다. 마초는 이미 이몽의 추격을 알고도 가까이 올 때까지 짐짓 모른 체했던 것이다.

왕방과 이몽을 잃은 군사들은 앞을 다투어 도망가기 시작했다. 마등과 한수는 첫 싸움에서 기선을 잡고 그 뒤를 몰아쳐 적을 격파한 다음, 사로잡은 이몽의 목을 베어 군사들의 사기를 높였다.

이각과 곽사는 이몽, 왕방이 마초에게 패하여 죽자 당황하여 본래 가후의 계략대로 나가서 맞서 싸우지 않고 성을 굳게 닫아걸고 방비만 했다. 그러자 가후의 예측대로 마등과 한수의 군사들은 군량이 떨어지자 자진 회군했다.

8
조조가 대권을 장악하다

그때 조조의 부친 조숭은 진류에서 난을 피하여 낭야에 숨어 살고 있었다. 조조는 태산태수 응소를 보내 아버지를 모셔오도록 했다. 조숭은 동생 조덕과 함께 가족 40여 명과 하인 1백여 명을 데리고 수레 1백 대를 동원하여 아들 조조가 있는 연주를 향해 떠났다.

일행이 서주(徐州)를 지나고 있을 때 서주태수 도겸(陶謙)은 일찍이 조조가 천하의 영웅이라는 것을 알고 사귀고 싶었으나 길이 없던 차에, 마침 조조의 아버지가 서주를 지난다는 소문을 듣고 맞아들여 크게 잔치를 베풀고 이틀 동안을 환대했다.

도겸은 조숭이 떠날 때 성 밖까지 몸소 나가 배웅하고 특별히 사랑하는 부하 장개에게 군사 5백 명을 주어 일행을 호송하게 했다. 조숭이 가족들을 거느리고 화비(華費) 땅에 도착했을 때는 마침 이른 가을인데도 아침나절까지 멀쩡하던 하늘에서 갑자기 큰 비가 내렸다. 조숭은 가까운 산 중턱에 있는 낡은 절을 찾아가 하룻밤 묵어가기를 청했다.

그러자 사찰의 스님이 조숭을 접대했다. 조숭 일행은 여장을 풀고 장개는 군마를 진지에 정돈했다. 큰 비를 맞은 군사들은 군복과 장비가 흠뻑 젖었다. 부하 장병들은 은근히 원망의 목소리를 높였다. 장개는 즉시 장교들을 조용한 곳으로 불러 상의했다.

"우리들은 본래 황건당으로 마지못해 도겸 밑에 귀순하여 별 뾰족한 수가 없이 살아왔다. 그런데 지금 보니 조조의 가족들이 가진 재산이 생각보다 많지 않느냐. 오늘 밤 삼경(三更:밤 12시 전후)에 조숭의 일행을 모조리 죽이고 재물을 빼앗아 산속에 숨어 편히 사는 것이 상책이다. 너희들 생각은 어떠냐."

그 말에 모두들 찬성이었다. 그날 밤 바람이 불고 비가 억수같이 쏟아졌다. 조숭이 잠을 못 이루고 등촉을 밝히고 앉아 있는데 사찰 안팎에서 큰 함성이 일어났다.

조숭은 옆방에서 자는 아우 조덕을 흔들어 깨웠다. 줄기차게 퍼붓는 빗소리, 바람 소리, 절간은 어둠이 깊은데 어디선가 아우성이 어지럽게 들려왔다. 사람들이 뛰는 발소리, 무엇인가 깨뜨리는 소리며 울부짖는 소리와 여자들의 비명이 들렸다.

"아무래도 무슨 변고가 났다. 네가 나가 보아라."

조숭은 아우에게 소리쳤다. 조덕이 칼을 집어 들고 허둥지둥 밖으로 뛰어나간 후에 늙은 종이 방으로 뛰어 들어왔다.

"영감마님, 얼른 피하십시오. 군사들이 반란을 일으켜 절을 때려 부수고 닥치는 대로 사람을 죽입니다."

조숭은 빗속을 뚫고 어둠 속을 더듬어 방장 뒤로 돌아가 절의 뒷담을 넘었다. 그러나 거기에는 두목 장개가 기다리고 있었다. 장개는 조숭을 비롯한 조조의 가족들을 모조리 죽이고 재물을 빼앗고 절을 불태운 후 회남(淮南)으로 달아나 버렸다.

조조의 명령으로 낭야로 가서 조숭을 맞아 화비까지 함께 오던 태산태수 응소는 변란이 일어나자 남보다 먼저 절에서 빠져나가 겨우 목숨은 건졌으나 조조를 대할 낯이 없자 원소에게 붙어버렸고, 그 부하들이 그 참혹한 소식을 조조에게 전했다. 부친을 위시하여 가족을 모두 잃은 조조는 그대로 땅에 쓰러져 기절해 버렸다. 사람들이 달려들어 잠시 후에 깨어난 조조는 이를 갈며 외쳤다.

"서주태수 도겸이 음모를 꾸며 우리 가족들을 몰살했으니 내가 어찌 이 원수를 갚지 않을쏘냐. 곧 대군을 일으켜 서주를 점령하여 백성들을 씨도 남기지 말고 모조리 죽여서 내 한을 풀 것이다."

조조는 곧 순욱과 정욱에게 군사 3만 명을 주어 견성, 범현, 동아 세 고을을 지키게 한 다음 나머지 군사를 거느리고 하후돈, 우금을 선봉에 세워 서주 공략에 나섰다. 그때 조조는 정보 하나를 입수했다. 본래 서주태수 도겸과 친분이 두터운 구강태수 변양이 서주가 위급하다는 말을 듣자 스스로 군사 5천 명을 거느리고 서주를 도우러 길을 떠났다는 소식이었다.

조조는 그 말을 듣고 크게 노하여 곧 하후돈을 보내 도중에서 변양을 죽였다. 그때 도겸과 교분이 두터운 진궁(陳宮) 역시 조조가 군사를 일으켜 서주를 친다는 말을 듣고 밤새워 조조에게 왔다. 진궁은 본래 전에 조조의 목숨을 구해 준 사람이지만, 오래 전 조조가 아무 죄 없는 여백사 일가족을 몰살하는 잔인성을 보고 질려서 떠난 사람이었다. 진궁은 조조의 일가족이 몰살당한 것이 어쩌면 그가 전에 여백사 일가족을 몰살시킨 천벌을 이제야 받는 것이라고 생각했다.

조조는 그가 도겸과 친분이 두터운 것을 알고 만나지 않으려고 했으나 전에 은혜를 입은 적이 있어서 그대로 쫓아보낼 수가 없었다. 조조는 결국 진궁을 맞아들였다. 진궁은 자리에 앉자 곧 입을 열었다.

"지금 명공께서 대군을 거느리고 서주를 쳐서 아버지의 원수를 갚는다기에 한 말씀 드리러 왔소이다. 서주태수 도겸은 인품이 높고 도량이 큰 군자로, 결코 경거망동하거나 의리를 저버리는 자가 아닙니다. 이번에 영존께서 해를 입으신 것은 장개란 놈이 혼자 저지른 일이지, 결단코 도겸의 죄가 아니며 더구나 서주 백성들이야말로 명공과 무슨 원수가 있겠습니까. 어서 군사를 거두십시오."

그 말에 조조는 노기를 띄며 말했다.

"공이 전에 날 버리고 가더니 오늘은 무슨 면목으로 나를 찾아 왔소. 이제 나와 도겸은 천지의 대원수가 되었소. 내 맹세코 도겸을 죽여 원한을 풀겠소. 어서 돌아가시오."

진궁은 그 말을 듣고 얼굴색이 변했다. 진궁은 조조 설득에 실패하자 서주로 가지 못하고 진류태수 장막에게 가서 몸을 의탁했다.

조조는 서주를 향해 공격을 서둘렀으며 조조의 군사는 가는 곳마다 죄 없는 백성들을 살육하고 함부로 무덤을 파헤치는 만행을 저질렀다.

3장
소패왕

1
어진 마음으로 집안의 재물을 지킨, 미축

도겸은 서주에서 그 소식을 듣고 하늘을 우러러 목놓아 울었다. 조숭에게 베푼 은혜가 장개라는 도적에 의해 큰 원한이 되어 돌아온 것이었다.

"내 죄로 무고한 서주 백성들이 큰 환란을 받게 되었으니 장차 이를 어찌하면 좋으랴!"

그러나 사태는 급했다. 조조의 대군이 공격을 개시해 온 것이다. 도겸은 급히 무리들을 모아 상의하는 도중에 조조의 대군이 이미 10리 밖에 왔다는 보고가 들어왔다. 그때 장군 조표(曺豹)가 나섰다.

"조조의 군사가 성 밖에 왔는데 어찌 손을 묶고 죽음을 기다릴 수가 있겠습니까. 제가 비록 재주는 없으나 나가 싸우겠습니다."

도겸은 할 수 없이 군사를 거느리고 성 밖으로 나갔다. 멀리 바라보니 조조의 군사들은 10리까지 뻗어 있고, 무수한 깃발과 창검이 바람에 휘날리면서 햇빛에 번쩍거려 눈을 혼란케 했다. 중군의 큰 백기에는 '원한을 씻어 갚으마'라는 글자가 씌어 있었다. 조조는 백색 갑옷에 은투구를 쓰고 말을 달려 채찍을 들고 크게 외쳤다.

"네 이놈 도겸아, 나오거라."

도겸은 곧 말을 타고 나서서 예의를 갖추어 말했다.

"명공께서는 들으시오. 나는 본래 명공의 명성을 잘 아는 터에 공과 교분을 맺고자 하여 장개를 시켜 명공의 부친을 호송시켰더니, 뜻밖에 장개가 도적으로 변해서 그런 무모한 일을 저질렀던 거요. 이는 내가 간여한 일이 아니니, 바라건대 명공께서는 깊이 살피시기를 바라오."

조조는 그 말을 듣고 소리를 가다듬어 꾸짖었다.

"늙은 놈이 우리 부친을 장개와 음모하여 죽이고 어디서 주둥이를 놀려 발뺌을 하려 드느냐. 누가 나가서 저 늙은 도적놈을 사로잡아 오겠느냐?"

조조의 말이 떨어지자 하후돈이 창을 잡고 말을 달려나갔다. 도겸이 황망히 말 머리를 돌려 진중으로 돌아가자 조표가 창을 들고 말을 달려 하후돈을 맞았다. 두 장수가 서로 어우러져 서너 번 맞섰을 때 돌연 광풍이 크게 일어나 모래와 돌들이 날렸다. 양측이 모두 더 이상 싸우지 못하고 각기 군사를 거두고 말았다.

도겸은 성으로 들어가 다시 의논했다.

"조조의 군사력이 너무 커서 대적할 길이 없으니 내가 스스로 몸을 묶고 조조의 진영으로 가서 목숨을 버리면 서주 백성들은 위기를 면하지 않을까 생각하는데 어떻소."

도겸의 말이 끝나기 전에 한 사람이 앞으로 나섰다.

"공께서 오랫동안 서주를 다스리시어 백성들이 모두 그 은혜를 느껴온 터에, 비록 조조의 군사가 많다고 하지만 우리 서주성을 깨뜨리지는 못할 것이오. 이제부터는 군사와 백성을 굳게 지키고 성 밖에 나가 응대하지 마십시오. 제가 비록 재주는 없으나 계책을 세워 조조가 죽어서도 몸 묻힐 곳이 없도록 하겠습니다."

그는 곧 별가종사(別駕從事)라는 벼슬에 있는 미축이었다. 미축은 동해 구현 사람이다. 그에게 다음과 같은 이야기가 전해지고 있다.

그는 원래 큰 부자로, 일찍이 낙양에 가서 물건을 팔고 수레를 몰아 집으로 돌아오는 길에 젊고 아름다운 부인을 만났다. 부인이 먼저 미축에게 수레에 태워 주기를 청했다. 미축은 부인을 수레에 태우고 자기는 걸어가려고 했으나 부인이 함께 타기를 청했다.

미축은 함께 수레를 탔으나 몸을 단정히 하고 한 번도 부인에게 곁눈질을 하지 않았다. 얼마쯤 가서 부인은 수레에서 내려 미축에게 고맙다는 인사를 하고 떠나면서 말했다.

"나는 남방의 화덕성군(火德聖君)이오. 옥황상제의 명을 받들어 그대 집에 불을 지르러 가는 길인데, 그대가 나를 예의로 지켜 주시는 것이 고마워 미리 알려드리는 것이니, 속히 돌아가서 집 안의 재물을 모두 밖으로 끌어내도록 하세요. 내가 다시 밤에 가겠어요."

부인은 말을 마치자 어디론가 사라졌다. 미축은 깜짝 놀라 급히 집에 와서 집 안의 재산을 말끔히 밖으로 내놨다.

그날 밤 과연 아무도 없는 빈집 부엌에서 불이 나 큰 집을 고스란히 태우고 말았다. 미축은 그 일로 크게 느낀 바 있어, 그 후로는 재물을 털어 가난한 사람들을 도왔다.

후에 도겸은 그의 어진 마음을 알고 그를 불러 별가종사 벼슬을 주었다.

도겸이 미축에게 물었다.

"무슨 계책이 있소?"

"계책이래야 다른 것이 아닙니다. 제가 북해군에 가서 공손찬에게 구원을 청하겠으니 또 한 사람은 청주로 가서 전해(田楷)에게 원병을 청하십시오. 만약 두 곳 군사만 도와주면 조조는 반드시 돌아갈 수밖에 없을 것입니다."

도겸은 좌우를 둘러보며 물었다.

"청주에는 누가 갔다 오겠소."

"제가 가겠습니다."

청주에 가겠다고 나선 사람은 광릉 사람 진등이었다. 도겸은 곧 두 통의 편지를 써서 먼저 진등을 청주로 보내고, 부하 장군 미축은 북해에 있는 공자의 20대 손자인 공융(孔融)에게 보내고, 자신은 군사와 백성을 거느리고 굳게 성을 지켰다.

2
유비, 관우, 장비, 작은 고을 소패에 머무르다

유비는 북평태수 공손찬의 휘하에 있었다. 서주성 장군 미축이 도겸의 친서를 가져와 구원을 청하자 유비는 도겸을 돕겠다고 자청했다. 그러자 공손찬이 유비에게 말했다.

"자네는 조조와 원수진 일이 없는데 왜 남의 일에 나서서 조조와 싸우려는가."

유비는 공손찬에게 말했다.

"허나, 서주가 조조의 손에 함락당하는 것을 손 놓고 볼 수는 없지 않겠습니까?"

공손찬은 유비의 결의를 보고 말릴 수가 없었다.

"그렇다면 조운과 병력 3천 명을 줄 테니 도겸을 도와주게나."

공손찬의 허락을 받은 유비는 관우, 장비와 함께 본부 병력 3천 명을 거느리고 조운의 2천 병력을 후군으로 삼아 서주로 향했다.

한편 미축은 먼저 서주로 돌아가 도겸에게 공손찬이 유비를 원군으로 보낸다는 보고를 했다.

이윽고 그 다음 날 진등이 돌아와 청주태수 전해가 군사를 이끌고 오겠다는 보고를 듣고 도겸은 비로소 한시름을 놓았다.

이틀이 지나자 유비군과 전해의 군사가 서주에서 만났다. 그러나 조조의 군사력이 워낙 강해서 유비와 전해 연합군은 감히 나서지 못하고 있었다.

조조는 도겸의 구원병이 온 것을 알고 군사를 둘로 나누어 대책을 세웠지만 역시 감히 서주성 공격에 나서지는 못했다. 양군은 서로 팽팽하게 맞서고 있을 뿐이었다. 그때 도겸을 돕기 위해 북해에서 온 공융이 유비에게 말했다.

"조조군이 워낙 강한데다가 용병술이 뛰어나니 가볍게 여겨서는 안 될 것입니다. 좀 더 동정을 살핀 후에 작전을 개시하는 것이 좋을 것입니다."

그러나 유비는 생각이 달랐다.

"허나, 지금 서주성은 그동안 고립되어 식량이 떨어졌을 것입니다. 이대로 버티고만 있을 수 없습니다. 운장과 자룡에게 군사 4천 명을 주고, 저는 장비와 함께 1천 명의 군을 거느리고 서주성으로 가서 도겸 태수와 성을 사수하겠습니다."

"그게 좋겠소."

이어 관우와 조자룡이 각기 군사를 거느리고 조조와 접전을 시도하기로 했다.

유비는 장비와 함께 군사를 거느리고 서주성으로 가는 중에 조조의 군사와 마주쳤다. 순간 조조의 진영에서 북소리가 크게 울리며 군사들이 물밀 듯 몰려나왔다. 조조의 선봉장은 우금이었다.

"어디서 온 미친놈들이냐."

장비는 우금을 보자 장팔사모를 휘두르며 맞섰다. 두 장수가 어우러져 단 두 번 맞섰을 때 유비가 쌍고검을 빼든 채 군사를 휘몰아 오자, 우금은 견디지 못하고 말 머리를 돌려 달아났다. 장비는 그 뒤를 쫓아 서주성 아래까지 따라갔다.

도겸이 성 위에서 바라보니 바람에 나부끼는 붉은 기에는 '평원 유현덕'이라는 다섯 글자가 씌어 있었다. 도겸은 급히 군사를 시켜 성문을 열어 유비를 맞아들였다. 도겸은 곧 잔칫상을 마련하여 유비를 환대하고 군사들을 대접했다.

도겸은 유비가 믿음직스럽고 말솜씨 또한 활달한 것을 보고 크게 기뻐하며, 곧 부하 장군 미축에게 서주성 패인(牌印:성주가 갖는 도장)을 가져오게 하여 유비 앞에 내놓았다. 유비에게 서주성을 아예 맡기겠다는 뜻이었다. 유비는 뜻밖의 일에 당황하고 놀랐다.

"이게 무슨 뜻이오니까?"

유비가 묻자 도겸이 대답했다.

"천하가 어지럽고 한나라 황실이 쇠약한 이때, 공은 한실의 종친이시며 당세의 영웅이시라, 바라건대 이 늙고 무능한 사람을 대신해서 우리 서주를 맡아 주시오. 제가 곧 천자께 상소문을 올리겠습니다."

유비는 그 말을 듣고 자리에서 일어나 절하며 말했다.

"제가 비록 한실의 종친이기는 하나 공이 적고 덕이 없어 평원의 작은 고을 하나도 감당하지 못하는 터입니다. 그러면서도 이곳에 온 것은 대의를 위해 태수를 도우러 온 것일 뿐입니다. 그런데 공이 이처럼 말씀하시는 것은 혹시 제가 서주를 욕심내어 온 것이 아닌가 의심받을 수 있습니다. 만약 제가 털끝만치라도 그런 뜻을 품었다면 하늘이 돕지 않을 것이오."

"의심이라니 천만의 말씀이오. 이는 제 진정(眞正)이니 공은 부디 사양하지 말아 주시오."

도겸이 유비에게 재차 서주를 맡아 달라고 청했다. 그러나 유비는 계속 사양했다. 그러자 곁에서 그 광경을 지켜보고 있던 미축이 입을 열었다.

"지금 적병이 성 아래 있는데 우선 적을 물리칠 계책을 의논하는 일이 급하니, 그 일은 훗날로 미루시는 것이 좋겠습니다."

이어 도겸은 유비에게 작전을 물었다. 그러자 유비는 우선 조조에게 편지를 보내어 화해를 청한 후에도 말을 듣지 않으면 그때 싸워도 늦지 않다고 말했다. 유비는 곧 삼군에 격문을 써서 군사를 움직이지 못하게 하고, 조조에게 아래와 같은 편지를 써 보냈다.

유비가 아뢰오.
제가 오래 전에 공을 한 번 뵌 후로는
멀리 떨어져서 쉽게 뵙지 못했습니다.
최근 존부(尊父:조조의 아버지 조숭)께서 해를 당하신 것은
장개의 개인적인 사심에서 그렇게 된 것이지,
결코 도겸 공의 죄가 아니었다는 것을 말씀드립니다.
지금 밖으로는 황건적 잔당들이 나라를 어지럽히고
조정에서는 동탁의 잔당들이 천자를 농락하고 있는 이때,
명공께서는 먼저 대의명분을 살려 나라를 구하시고
사사로운 원한은 뒤로 하여 서주를 에워싼 군사를 거두어
난국을 피하면, 서주는 다행이오, 천하 역시 평온할 것입니다.

조조는 유비가 보내온 편지를 읽고 큰 소리로 꾸짖었다.

"유비, 네놈이 도대체 누구기에 내게 이런 방자한 글을 보내는고. 어서 편지를 가져온 놈의 목을 베거라."

그러자 곽사가 급히 나서서 말했다.

"유비가 멀리서 왔으니 먼저 예를 청하고 공격은 뒤로 미루는 것이 옳습니다. 공은 먼저 좋은 말로 답장을 보내서 유비의 마음을 진정시키고, 그 다음에 성을 쳐도 늦지는 않을 것입니다."

조조는 곽사의 말대로 유비의 사자를 관대하게 대하고 답장을 쓰려고 할 때 유성마가 급보를 전했다. 여포가 연주를 치고 복양

까지 점령했다는 소식이었다.

원래 여포는 이각, 곽사와 맞서 싸우다가 장안을 함락당한 후에, 무관으로 도주하여 회남의 원술을 찾아갔다. 그러나 원술이 그를 받아 주지 않았다. 여포는 그 길로 원소를 찾아가 그를 받들어 함께 군사를 이끌고 상산에서 크게 이겨 큰 공을 세웠던 것이다.

여포는 전승의 공로로 우쭐대며 원소의 부하 장수들을 경멸하고 얕보기 시작했다. 그러자 원소가 노하여 그를 죽이려 했다. 그로 인해 여포는 원소 밑에서도 오래 붙어 있지 못하고, 다시 장양(張楊)에게로 가서 몸을 의탁했다.

그때 여포와 교분이 두터웠던 방서가 장안에 남아 있었다. 방서는 여포가 장양에 가 있는 것을 알고 몰래 내통했으나 그 일이 곧 이각과 곽사에게 들통이 나고 말았다. 이각과 곽사는 크게 노하여 방서를 잡아 죽이고, 즉시 장양에게 글을 보내어 여포를 죽이라는 명령을 내렸다.

여포는 다시 장양을 떠나 진류의 장막을 찾아갔다. 때마침 조조의 미움을 산 진궁이 장막에게 은신하고 있었다. 진궁은 여포가 온 것을 알고 장막에게 은밀히 말했다.

"지금 천하가 어지러워 영웅들이 각지에서 벌 떼처럼 일어나는 터에, 공은 휘하에 막강한 군사를 거느리고 있으면서 왜 남의 신하 노릇을 하는지 참으로 딱하십니다. 이제 조조가 군사를 일으켜 동쪽으로 서주를 치러 갔으니 연주는 지금 비어 있습니다. 여포는 대단한 장수입니다. 저와 함께 연주를 치면 천하를 제패할 기회가 올 것입니다."

장막은 진궁의 말을 듣고 크게 기뻐하며 여포에게 군사를 주었다. 여포는 연주를 친 다음 복양마저 점령해 버렸다. 그나마 견성, 동아, 범현 세 고을은 순욱과 정욱이 완강히 지켰지만 나머지는 모두 여포에게 빼앗기고 말았다. 조인은 여포와 여러 차례 싸웠으나 번번이 실패하자 할 수 없이 조조의 진영에 연주를 빼앗겼다는 급보를 알렸다. 그러자 조조는 그 말을 듣고 크게 놀랐다.

"연주를 잃었다면 이제 우리는 어디로 간단 말이냐."

조조가 깊은 생각에 빠져 있을 때 곽사가 나섰다.

"마침 유비로부터 온 사자가 아직 머물러 있으니 좋은 답장을 써 보내서서 그를 안심시킨 후에, 즉시 군사를 일으켜 연주를 회복하십시오."

조조는 곽사의 말대로, 즉시 유비의 사자에게 좋은 말로 답장을 써 보내 서주성을 안심시킨 후에, 진영에서 군사를 빼내 연주 공략에 나섰다.

죽을 줄 알았던 유비의 사자는 서주로 돌아가서 도겸에게 조조의 답장을 올리고 조조의 군사가 서주 진영에서 물러갔음을 보고했다.

도겸은 그 말을 듣고 너무 기뻐서 즉시 성 밖으로 사람을 보내어 전해, 관우, 조운 등 장수들을 초청해 큰 잔치를 베풀었다. 이윽고 잔치가 끝나자 도겸은 유비를 상좌에 오르게 한 다음, 여러 사람 앞에서 정중하게 말했다.

"여러분, 나는 이미 늙었고 슬하에 있는 두 아들도 재주가 없어 국가의 중책을 감당할 처지가 못 됩니다. 우리 유공으로 말씀드리면 황실의 지친으로 덕망이 높고 재주가 많으신 분이시기에, 내가 서주를 맡아 다스려 달라고 간곡히 청하겠습니다. 공은 부디 제 말을 거절하지 마시기 바랍니다."

그 말을 듣고 유비가 말했다.

"공손찬 어른께서 제게 서주를 구하라고 하신 것은 오직 의리를 위해서인데 제가 갑자기 서주태수를 맡으면 천하가 앞으로 저를 의리 없는 사람으로 볼 것입니다. 저는 도공의 청을 결코 받아들일 수 없습니다."

그러자 미축이 옆에서 입을 열었다.

"이제 한나라 황실은 쇠약해지고 천하가 뒤집어지는 판국이니 공덕을 세우는 것은 지금부터입니다. 서주는 강력한 성이고 인구가 백만 명에 이르니, 유공께서는 도공의 청을 사양하지 마시고 받으시기 바랍니다."

"말씀은 감사하오나 저는 결단코 사양하겠습니다."

그러자 진등도 유비에게 말했다.

"도공께서 나이가 많으시고 병도 많아 정치가 힘드신 형편이오니 명공께서는 사양하지 마십시오."

유비는 그 말에 다시 고개를 흔들었다.

"원술은 천하가 모두 우러러보는 분인데 서주를 물려주지 않으시는 까닭이 뭡니까?"

"원술은 안 되오. 오늘 일은 하늘이 내리시는 일이니, 만일 사양하시면 후에 크게 후회할 것입니다."

유비가 그래도 고집하고 듣지 않자 도겸은 눈물을 흘리며 다시 청했다.

"굳이 나를 버리고 가신다면 내 죽어도 눈을 못 감겠소."

그러자 그때까지 잠자코 있던 관우가 한마디 했다.

"도공께서 이렇듯 간절히 청하시는 터이니, 형님은 잠시 서주를 맡으시는 것이 도리가 아니겠습니까?

장비도 나섰다.

"형님, 우리가 서주를 억지로 뺏는 것도 아니고 도공께서 그처럼 호의로 말씀하시는데, 그렇게 마다할 것은 없지 않겠습니까?"

유비는 못마땅한 듯 관우와 장비를 돌아보았다.

"너희들이 나를 불의에 빠뜨리려고 그런 말을 하느냐."

다시 도겸이 아무리 사정을 해도 유비는 마음이 변하지 않았다. 그러자 도겸이 다시 말했다.

"유공께서 그처럼 사양하시니 정 그러시다면 이곳 가까이 소패라는 작은 고을이 있습니다. 군사를 주둔할 만한 곳이지요. 부디 그곳에 잠시 머물러 우리 서주성을 보호하여 주시면 어떻겠습니까."

유비는 여러 사람이 모두 나서서 권하는 바람에, 마침내 소패성에 머물러 있기로 했다.

3
유비, 서주성의 태수가 되다

한편 서주태수 도겸은 병상에서 신음하고 있었다. 갑작스레 찾아든 병이 약효가 없어 나날이 깊어갈 뿐이었다. 나이 이미 예순

셋, 자기의 목숨이 다한 것을 짐작한 그는 미축과 진등의 무리와 함께 훗날을 상의했다.

"전에 조조의 군사가 물러간 것은 여포가 연주를 차지했기 때문이었습니다. 이제 흉년이 들어 여포와의 싸움도 쉬고 있으나 내년 봄에는 반드시 다시 올 것입니다. 지난번 유비에게 서주를 넘기시려 하실 때는 태수께서 건강하셨던 까닭에 받아들이지 않았지만 이제 이렇듯 병환이 위중하시니 이번에는 사양하지 않을 것입니다. 서주를 맡을 사람은, 지금은 유공밖에 없습니다."

미축의 말을 듣고 도겸은 크게 기뻐하여 즉시 사람을 소패성에 보내어 유비를 모셔오도록 했다. 유비가 관우, 장비와 함께 군사 십여 기를 거느리고 도착하자 도겸은 곧 유비를 방으로 모셨다. 유비의 문안 인사가 끝나자 도겸이 말했다.

"유공을 이렇게 모신 것은 다른 일이 아니올시다. 보시다시피 제 병세가 위독하여 언제 죽을지 모르게 되었습니다. 부디 명공께서는 서주를 귀중하게 여기시고 패인을 받아 주시면 저는 죽어도 편히 눈을 감겠소이다."

"공에게 형제와 아드님이 있으니 유지를 받들도록 하시는 것이 좋을 듯싶습니다."

"큰아들 상과 작은아들 응은 서주를 다스릴 힘이 없으니 제가 죽은 후에도 명공께서 부디 그들에게 일을 맡겨서는 안 됩니다."

"그렇지만 제가 어찌 그런 큰 책임을 감당하겠습니까?"

"제가 유공을 보좌할 사람을 추천하겠습니다. 북해 사람 손건(孫乾)을 종사로 삼으시면 좋을 것입니다."

도겸은 다시 미축을 돌아보고 당부했다.

"유공은 당대의 인걸이시니 부디 잘 섬기시오."

그래도 유비는 끝내 서주의 패인을 받으려 하지 않았다. 도겸은 여러 번 권하다가 마지막으로 손을 들어 자기의 가슴을 가리키며 세상을 떠났다. 유비는 서주의 유지들과 함께 도겸의 장례를 성대히 치러 주었다.

장례가 끝나자 미축은 곧 서주의 패인을 받들어 유비에게 보냈다. 그래도 유비는 굳이 사양하여 받지 않았다. 그 소문이 서주성 내에 돌자 백성들은 모두 아이들을 데리고 유비 앞에 모여들어 땅에 엎드려 울면서 애원했다.

"유 사군(劉使君)께서 이 고을을 맡아 주시지 않는다면 우리들은 하루라도 편안히 살날이 없을 것이오."

관우와 장비가 보다 못해 유비에게 서주를 맡을 것을 권했다. 그때서야 유비는 서주를 맡기로 하고 손건과 미축을 종사로 삼고, 진등을 군사령관으로 삼은 다음, 소패에 있던 병력을 서주로 주둔시키고 제사를 마치자, 도겸의 유표(遺表)를 장안으로 올려 보내 조정에 신고토록 했다.

4
조조는 팔 척의 장수 허저를 부하로 얻다

조조는 서주태수 도겸이 이미 죽고, 유비가 서주에서 태수가 되었다는 말을 듣고 크게 노했다.

"내가 원수를 아직도 못 갚았는데 놈은 화살 한 개 안 쏘고 가만히 앉아서 서주를 얻었단 말이냐! 내 반드시 유비부터 먼저 죽이고 다음에 도겸의 시체를 관에서 끌어내어 목을 잘라 우리 아버지의 원혼을 위로하리라."

조조가 곧 진영에 서주 공격 명령을 내리자 참모 순욱이 들어와서 말했다.

"옛날 한나라 고조께서는 관중(關中)을 지키고 후한의 광무제께서도 하내(河內)를 견고하게 하신 후에 천하 평정에 나섰으며 여러 차례 어려움이 있었으나 끝내는 대업을 이루셨습니다. 지금 연주와 하제 땅은 천하의 요지이고 옛날로 치면 관중이나 하내와 다를 바 없는데, 지금 연주를 버리고 서주 정벌마저 성공하지 못하시면 어쩌시려고 그러십니까. 비록 도겸이 죽었다고는 하나, 서주는 이미 유비가 지키고 있고 서주 백성들은 유비를 믿고 따르는 터에 명공께서 연주를 버리고 서주를 취하려 하시는 것은, 곧 큰 것을 버리고 적은 것을 구하는 것입니다. 부디 세 번 생각하시고 결정을 내리십시오."

조조는 순욱의 말이 옳다는 생각이 들었다. 그는 말없이 고개를 끄덕이다가 한마디 물었다.

"그러나 올해처럼 흉년이 들어 군량이 넉넉지 못한 터에 이대로 앉아 성만 지키자는 것은 너무 안이한 생각이 아니오?"

순욱이 다시 말했다.

"여남, 영주 등지에서 황건적 패거리에 하의(何儀), 황소의 무리가 있는데 이웃 마을을 휩쓸어 금은과 식량이 풍부하다는 말이 있습니다. 놈들을 쳐서 식량을 뺏으면 좋지 않겠습니까?"

조조는 그의 말을 듣고 기운이 나서 하후돈, 조인에게 성을 지키게 하고 자기는 스스로 군사를 거느리고 여남, 영주로 향했다. 황건적 하의와 황소는 양산에서 조조의 군사들을 맞았다.

조조가 바라보니 도적 떼는 수만 명이나 될 뿐 오합지졸들이었다. 그는 전위를 선봉장으로 내세워 군사를 휘몰아 양산의 저지선을 뚫고 공격을 계속했다. 다음 날 하의와 황소가 무리들을 이끌고 맞섰다. 그때 한 장수가 말도 안 타고 걸어 나왔다. 머리에는 황건을 두르고 철봉을 들고 소리 높여 외쳤다.

"나는 하만(何曼)이다. 누가 나와 겨루겠느냐."

조홍이 이를 보자 큰 소리를 치고 말에서 내려 칼을 들고 나섰다. 서로 어우러져 네다섯 차례 맞섰지만 좀처럼 승부가 나지 않았다. 조홍은 갑자기 거짓으로 패한 채 달아났다. 그 뒤를 하만이 철봉을 휘두르며 급히 쫓아갔다. 조홍은 그가 가까이 오기를 기다리다가 갑자기 몸을 번개같이 돌려 단칼로 하만의 어깻죽지를 찍고, 두 번째로 배를 찔러 쓰러뜨렸다. 그때 이전이 적진으로 뛰어들어가 황소를 생포했다.

조조는 적진에서 많은 재물과 식량을 약탈할 수 있었다. 하만이 죽은 후 하의는 부하들과 갈파(葛坡) 쪽으로 달아났다. 한참 달아나는 중에 산 뒤에서 난데없는 군사 떼가 달려 나오며 한 장수가 길을 막고 섰다. 키가 팔 척에 허리통이 절구통인데다가 큰 칼을 빼들고 서 있었다. 하의는 곧 창을 잡고 대들었으나 단 한 번 맞선 끝에 말 아래로 거꾸러졌다.

도적들은 그것을 보고 다투어 말에서 뛰어내려 순순히 결박을 받았다. 장수는 도적들을 모두 끌고 산속으로 들어가 버렸다. 그때 하의를 쫓던 전위는 갈파까지 갔으나 도적의 무리들이 보이지 않자 언덕 위에 말을 세우고 두리번거리며 살피고 있을 때 갑자기 한 장수가 군사들을 거느리고 앞으로 나왔다. 전위는 소리쳐 물었다.

"네놈도 황건적이냐?"

장수가 대답했다.

"네놈은 황건적을 찾느냐? 내가 놈들을 모두 산골 속에 잡아 가두었다."

"그럼 어서 놈들을 내게 내놓아라."

"네가 내 칼을 뺏는다면 도적들을 내 주마."

전위는 쌍철극을 휘두르며 달려들었다. 장수 또한 큰 칼을 휘두르며 나와 맞섰다. 그들은 수십여 차례 맞섰으나 좀처럼 승부가 나지 않았다.

"좀 쉬었다 싸우자."

전위가 외쳤다.

"좋다."

두 사람은 각자 진영으로 돌아가 땀을 닦았다. 잠시 후에 장수가 다시 말을 타고 나오며 승부를 내자고 외쳤다. 전위는 다시 나가 싸웠으나 큰 칼과 두 개의 철극이 아무리 맞서도 해가 지고 황혼이 되도록 역시 승부가 나지 않았다.

말들이 지쳐서 더 싸울 수가 없었다. 마침내 그들은 서로 싸움을 그치고 돌아갔다. 그 말이 조조의 귀에 들어가자 조조는 크게 놀라 황급히 장수들을 거느리고 갈파로 왔다. 그 다음 날 전위와 싸우던 장수가 다시 싸움을 청했을 때 조조가 보니 과연 그 장수의 위풍이 당당하고 늠름했다. 조조는 전위에게 거짓 패한 척하라고 지시했다. 전위가 명을 받고 나가 다시 맞섰다. 조조가 보니 장수의 무예는 전위와 견줄 만한 솜씨였다.

조조는 밤에 몰래 군사를 시켜 함정을 파놓고 구슬을 깔아 놓았다. 다음 날 아침 조조는 다시 전위를 시켜 나가 싸우게 했다. 전위가 겨우 두어 번 맞서 싸우다가 말 머리를 돌려 달아났다. 장수는 칼을 휘두르며 전위의 뒤를 쫓다가 함정에 빠지고 말았다.

장수들이 달려가 그를 묶어 사로잡았다. 조조는 장수가 끌려 들어오자 곧 계단으로 내려가 군사들을 꾸짖어 물리친 다음, 친히 그의 포승줄을 풀어 주고 이름을 물었다.

"나는 초국 초현 사람 허저입니다. 황건적의 난리 때 토성을 쌓고 도적을 돌로 막았습니다. 하지만 우리는 식량이 떨어져서 도적들과 화해하고 소와 쌀을 바꾸었습니다. 놈들이 쌀을 가져와서 대신 소를 몰고 갔는데, 소들이 놈들에게 끌려가다가 모두 길길이 뛰며 우리에게 다시 돌아왔습니다. 그래서 제가 달려나가 한 손에 쇠꼬리를 붙잡고 백여 보를 뒷걸음쳤더니 그것을 보고 도적들이 모두 놀라 소들을 놓아 둔 채 도망쳤습니다. 그 소문 때문인지 그 뒤로는 다시 오는 놈들이 없어서 그간 무사히 지내고 있었지요."

조조는 그 말을 듣고 말했다.

"허저의 이름은 나도 들은 지 오래요. 내 휘하로 들어오지 않겠소?"

"분부대로 따르겠습니다."

허저는 곧 자기 부하 수백 명을 데리고 와서 조조의 군사에 편입했다. 조조는 허저를 도위(徒尉)로 삼고 상금을 후하게 내린 다음 사로잡은 하의와 황소의 목을 베었다. 그로써 여남과 영주 지경에서는 황건적의 그림자를 찾아볼 수가 없었다.

5
유비의 덕망에 여포가 감동하다

이윽고 여포는 여러 차례 격돌한 끝에 마침내 조조에게 크게 패하여 연주성을 버리고 해변까지 달아날 수밖에 없었다. 여포는 바닷가에서 패잔병들을 겨우 수습했다. 잠시 후에는 진궁과 고순을 포함한 여러 장수들이 하나씩 여포의 곁으로 돌아왔다. 여포가 다시 조조와 결전을 준비하자 진궁이 나서서 말렸다.

"지금 조조의 군사는 기세가 강해서 우리가 당해 내기 어렵습니다. 우선 안주할 곳을 구한 다음에 훗날을 도모하는 것이 좋습니다. 서두르지 마십시오."

여포는 형편이 몰락한 터에 진궁의 말을 듣지 않을 수가 없었다.

"그럽시다. 허나, 우리가 안심하고 머무를 곳이 어디 있겠소. 내 생각에는 지금 우리가 찾아가서 의탁할 곳이라고는 원소 장군밖에 없는데 당신 생각은 어떻소?"

"글쎄요. 원소 장군이 우리가 안심하고 의탁할 만한 곳인지는 알 수 없습니다. 먼저 사람을 기주로 보내어 자세한 소식을 알아보신 다음에 결정하는 것이 어떨까요."

여포는 곧 첩자를 기주에 보내어 소식을 알아 오게 했다.

한편 기주에 있는 원소는 조조와 여포가 오랫동안 싸우고 있다는 것을 알고 있었다. 그때 원소는 참모인 심배(審配)의 말대로 여포가 연주를 탈환한 후에는 반드시 기주를 칠 것이니, 먼저 조조를 도와 여포를 치기로 결정을 내린 때였다. 원소는 먼저 안량(顔良)에게 군사 5만 명을 주어 조조를 지원하도록 했다.

여포의 부하 첩자는 원소가 조조에게 지원군을 보냈다는 보고를 전했다. 여포는 크게 놀라고 낙담하며 말했다.

"일이 이렇게 되었으니 어쩌면 좋겠소?"

진궁이 깊은 생각 끝에 묘안을 짜냈다.

"유비가 서주태수가 되었으니 그곳이 어떻습니까."

여포는 진궁의 말을 듣고 군사를 거느리고 서주로 향했다.

유비는 여포가 서주에 온다는 말을 전해 듣고 좌우를 돌아보며 말했다.

"여포는 당세의 영웅이니 받아들이도록 합시다."

그러나 미축은 유비의 말을 별로 탐탁하게 여기지 않았다.

"여포는 범이나 이리 같은 놈이라 받아들이면 훗날 반드시 후회하실 것입니다."

그러나 유비의 생각은 달랐다.

"아니오. 전에 여포가 연주를 점령하지 않았더라면 조조가 반드시 서주를 공격했을 것입니다. 조조는 연주를 치느라 서주를 뒤로 미룬 것이므로, 우린 여포의 덕을 톡톡히 본 셈입니다. 이제 여포가 형편이 어려워져서 우리에게 구원의 손을 내미는데 어찌 거절할 수가 있단 말이오. 지금 여포는 딴 뜻이 없을 것입니다."

유비는 마침내 성 밖 30리나 나가 여포의 일행을 영접하여 성으로 돌아왔다. 유비는 잔치를 베풀어 주인과 손님의 예의를 갖추고 자리를 나누어 앉았다. 여포가 마침내 자기의 딱한 신세를 하소연했다.

"제가 사도 왕윤과 동탁의 세력을 꺾은 후에 뜻밖에도 이각과 곽사가 변란을 일으켰습니다. 놈들의 함정에 빠져 몸둘 곳이 없었을 때 관동의 제후들이 한 사람도 저를 받아 주지 않았습니다. 최근 들어 조조가 서주를 공격했을 때 유공께서는 군사를 일으켜 도겸을 구하셨고, 저는 연주를 점령하여 세력을 나누던 중에 뜻밖에도 제가 조조의 간계에 빠져 이같이 처량한 신세가 되고 말았습니다. 이제 저는 유공과 손을 잡고 천하를 평정하는 데 일조를 하겠다는 생각입니다만 유공께서는 생각이 어떤지요?"

그러자 유비가 말했다.

"도겸께서 세상을 뜨시고 아무도 서주를 맡아서 다스릴 분이 없어 제가 이곳을 잠시 다스리고 있는 터에 다행히 여 장군께서 오셨으니 서주는 마땅히 장군께서 맡기를 바랍니다."

유비는 말을 마치자 곧 서주 패인을 꺼내 여포에게 내밀었다. 여포는 유비의 제안이 뜻밖이라 놀랍고 기뻐서 문득 손을 내밀어 패인을 받으려고 했다. 그러나 유비의 등 뒤에는 관우, 장비 두 사람이 노기를 띠고 노려보고 있었다. 여포는 곧 얼굴에 웃음을 지으며 말했다.

"허허, 제가 어찌 서주를 맡겠습니까."

여포는 내밀었던 손을 휘휘 내저으며 이내 사양했다.

“장군께서 받아 주시지 않으면 서주를 맡을 사람이 없습니다. 부디 받아 주십시오.”

그때 여포의 뒤에 있던 진궁이 나섰다.

“사군께서는 아무런 의심을 마시기 바랍니다.”

유비는 그때서야 서주 패인을 거두며 연회를 베풀었고, 그들에게 각자 처소를 내주며 편안하게 있게 했다.

이튿날 여포가 자기 사저에 유비를 초청했다. 유비는 관우, 장비를 대동하고 함께 갔다. 얼마 동안 술자리가 무르익자 여포는 유비를 후당으로 데리고 갔다. 그때 관우, 장비가 따라서 들어가자 여포가 처녀를 불러내어 유비의 시중을 들게 했다. 유비가 여포의 호의를 겸손하게 사양하자 여포가 유비에게 은근히 말했다.

“아우께서는 너무 겸손하실 필요가 없네.”

여포의 말에, 곁에 있던 장비가 고리눈을 부릅뜨고 소리를 가다듬어 꾸짖었다.

“여봐라, 여포야. 네놈을 두고 보니 눈꼴이 시어 못 보겠구나. 우리 형님이 어떤 분인데 네놈이 어찌 감히 아우라 부르느냐. 칼 빼들고 나오너라. 네놈을 박살내겠다.”

유비가 깜짝 놀라 장비를 꾸짖었다.

“너, 여 장군께 무슨 짓이냐. 해야 할 말이 있고 안 해야 할 말이 따로 있는데 예절을 몰라도 분수가 있어야지.”

관우가 장비를 꾸짖어 내보낸 후에, 유비는 여포에게 예의를 갖추어 다시 사과했다.

“미련한 제 아우가 취중에 함부로 한 소리를 행여나 고깝게 듣지 마시기 바랍니다."

여포는 입을 다물고 한동안 말이 없다가 잠시 후에 술자리가 끝나자 유비를 배웅하며 문밖까지 나왔다. 그때 한편에서 말발굽 소리가 요란하게 들리더니 장비가 장팔사모를 잡고 벽력같은 소리로 외쳤다.

"여포야, 어서 나오지 못하겠느냐."

유비는 급히 관우를 시켜서 장비를 돌아가도록 했다. 그 다음날 여포는 유비를 찾아와 하직 인사를 했다.

"사군께서는 절 붙잡아 두시려고 하시지만 다른 형제들이 절 용납하지 않으니 다른 곳으로 가 볼까 합니다."

그러자 유비가 말했다.

"여 장군께서 다른 곳으로 가시면 제 죄가 더 커집니다. 가까운 소패성은 제가 전에 주둔하던 곳이니 여 장군께서 그곳에 가 계시는 것이 어떤지요. 군량과 군수품은 넉넉히 보내드리겠습니다."

여포는 유비에게 깊이 사례한 후, 군사를 거느리고 소패로 갔다.

6
이각과 곽사에게 이간질의 묘수를 쓰다

나라의 기강은 날로 무너져 내리기만 했다. 동탁의 뒤를 이어서 조정의 실권을 휘어잡은 것은 이각과 곽사였다. 이제 겁날 것이 없는 이각이 국방장관 격인 대사마, 곽사가 대장군의 지위를 스스로 차지하고는 독재 권력을 휘둘러 그 횡포가 이만저만 심하지 않았다. 그러나 조정에서는 누구 하나 감히 대항해서 바른 말을 못하고, 나라를 걱정하는 신하들은 한숨만 푹푹 내쉬는 것이 고작이었다.

그 무렵, 산동지방을 무력으로 평정하여 질서를 바로잡았다는 조조의 보고서가 조정에 도착했다. 조정에서는 그 공로를 인정하여 조조에게 건덕장군(建德將軍)의 직책과 비정후(費亭侯)라는 벼슬을 내려 주었다. 하루는 국무총리 격인 태위(台位) 양표(楊彪)와 역사 기록을 담당하는 태사 주전(朱雋)이, 이각과 곽사의 눈을 피하여 몰래 황제를 찾아뵙고 건의했다.

"지금 조조가 20여 만 명의 대군을 거느리고 산동에서 주둔 중이라고 합니다. 전술의 대가들과 훌륭한 무사들도 그 휘하에 20여 명이 넘는다고 합니다. 이제 조조의 협조만 확보한다면 무도한 간신들의 목을 모조리 베어버리고 황실의 사직을 든든히 보존할 수 있습니다. 폐하, 이보다 더 기쁜 소식이 어디 있겠습니까?"

그 말을 듣자 헌제(獻帝)의 두 눈에서 뜨거운 눈물이 흘렀다.

"이각과 곽사의 횡포가 동탁보다 더 극심하니, 저들을 처치할 수만 있다면 얼마나 좋겠는가?"

양표가 나직한 어조로 자기 의견을 올렸다.

"제가 한 가지 묘수를 써서 먼저 저 두 도적이 서로 싸우게 만들겠습니다. 폐하께서는 적절한 시기를 기다렸다가 군사를 일으켜 도적들을 소탕하라는 특명을 비밀리에 조조에게 내리시기만 하면 됩니다."

"어떤 묘수가 있단 말이오?"

"제가 듣기에는 곽사의 아내가 유난히도 질투심이 강하다고 합니다. 제 집사람을 그 계집에게 보내서 이간질이라는 묘수를 사용한다면 두 도적끼리 서로 죽이려 달려들 것입니다."

헌제가 비밀 지시를 양표에게 내렸다.

대궐에서 물러나 집으로 돌아오자마자 양표는 즉시 자기 아내를 불렀다. 그리고 조용히 묘수를 가르쳐 주었다. 양표의 아내가 적당한 구실을 들어서 곽사의 아내를 찾아가 이런 저런 이야기 끝에 지나가는 말인 척하면서 슬쩍 한마디를 던졌다.

"요사이 묘한 소문이 떠돌던데……, 댁의 곽 대장군께서 젊은 미인으로 소문난 이 대사마 부인과 보통 사이가 아니라는군요. 이런 일을 이 대사마께서 알게 되면, 큰일이 아니겠어요? 부디 사모님께서 잘 유념하시고 앞으로는 서로 왕래가 없도록 하시는 게 좋겠다 싶어요."

곽사의 아내는 어느새 눈이 샐쭉해지고, 분에 못이겨 입술을 바르르 떨었다.

"흥! 어쩐지 얼마 전부터 외박하는 경우가 부쩍 늘어서 이상하다 했지요. 뻔뻔스럽게도 짐승만도 못한 짓을 하고 다닐 줄 누가 알았겠어요? 부인께서 알려 주시지 않았더라면 나만 바보처럼 모르고 지낼 뻔했군요. 정말 고마워요."

그 후, 곽사의 아내는 질투심이 더욱 불타올라 남편을 한층 더 철저하게 감시했다. 하루는 대사마 이각이 사람을 보내서 대장군 곽사를 자기 집의 술자리에 초청했다. 기꺼이 응하여 곽사가 떠날 채비를 하자 그 아내가 단호하게 말렸다.

"사람들이 그러는데, 이 대사마는 속이 까매서 무슨 짓을 할는지 모른대요. 더욱이 두 영웅은 사이좋게 나란히 살 수가 없는 법이지요. 만일 이 대사마가 음식에 독을 섞어서 당신을 대접한다면, 나만 처량한 과부 신세가 되지 않겠어요?"

"쓸데없는 걱정은 집어치워. 이 대사마가 감히 나한테 그럴 리가 없어."

곽사가 아내의 말을 가볍게 웃어넘기고 따르려 하지 않았다. 그러나 아내가 하도 두 번 세 번 심하게 말리는 바람에, 곽사도 어쩔 수가 없어 그날은 이 대사마 저택의 파티에 참석하지 않았다.

그러자 이각이 곽사의 저택에 음식을 선물로 보냈다. 음식을 먼저 받아 본 곽사의 아내가 남몰래 거기다가 독을 섞었다. 그리고 하녀에게 그 음식을 들려서 남편에게 나아갔다. 곽사가 젓가락으로 음식을 집어서 입에 대려고 할 때, 부인이 갑자기 남편의 손을 잡았다.

"남이 보낸 음식을 어떻게 믿고 그냥 들겠다는 거예요?"

곽사가 껄껄 소리내어 웃으며 대꾸했다.

"또 의심하는군."

부인은 아랑곳하지 않은 채, 즉시 고기 한 점을 집어서 그 집에서 기르던 개에게 던져 주었다. 개가 받아먹고는 피를 토하고 즉사해 버렸다.

"저걸 보세요."

곽사는 얼굴이 새파랗게 질렸을 뿐 아무 대꾸도 못했다. 이윽고 곽사의 마음속에서 이각에 대한 의심이 싹트기 시작했다.

며칠이 지났다. 이각이 여러 번 초청하는데도 번번이 거절하기가 어려워진 곽사가 한 번은 그 저택에 가서 함께 술을 마신 뒤 밤 늦게 집으로 돌아왔다.

"어디서 술을 마셨는데 이렇게 취한 거예요?"

"이각 대감 저택에서 한 잔 했지."

"아니, 조심하라고 그렇게 신신당부를 했는데도 또 그 댁에 갔단 말예요?"

"글쎄 아무 일도 없다니까 그러네."

"요전에 개가 즉사하는 걸 직접 눈으로 보았잖아요!"

"걱정도 팔자군."

곽사가 대수롭지 않은 듯이 대꾸한 다음, 부인과 하인이 거들어 주는 데로 옷을 갈아입었다. 그런데 공교롭게도 배가 쥐어뜯는 것처럼 아프지 않은가!

"아니, 왜 이러세요? 어디가 편찮은가요?"

"음, 배가 갑자기 아프네."

"그거 보세요. 내가 뭐랬어요? 이걸 어쩌나."

즉시 똥물을 거른 뒤, 부인은 좋은 약이라 속이고 곽사에게 먹이자 먹은 음식을 모조리 토했다. 그러고 나서야 비로소 속이 편안해졌다.

"음식에 독을 섞은 게 틀림없어요."

부인의 말을 듣자, 곽사는 화가 머리끝까지 뻗쳤다.

"이각과 나는 생사를 걸고 협력하여 천하를 함께 주무르는 사이가 아닌가! 그런데 이제 와서 아무 이유도 없이 그놈이 나를 해치려 들다니! 선수를 쓰지 않으면 반드시 그놈의 악랄한 계략에 걸려 내가 먼저 쓰러지고 말겠군."

곽사는 그날 밤 즉시 휘하 장병을 소집하여 이각을 치려고 했다. 비밀리에 추진한 일이지만 어찌된 셈인지 비밀이 새고 말았다. 이각은 뜻밖의 소식을 듣고 화를 벌컥 냈다.

"맙소사! 나한테 곽사가 이럴 수가 있단 말이냐?"

이각도 순식간에 부하들을 소집하여 대적했다. 수만 명에 이르는 양쪽 군사가 장안성 밖에서 어우러져 혈전을 벌였다. 그 기회를 악용해서 민가를 약탈하기도 했다. 날이면 날마다 전투가 벌어졌지만 쉽사리 승부는 나지 않고 성 밖의 백성들만 죽을 지경이었다.

한편, 이각은 조카 이섬에게 천자를 자기 진영으로 끌어오라고 지시했다. 이섬이 곧 군사를 거느리고 성으로 들어가 왕궁을 포위했다. 그리고 천자와 복 황후를 수레에 따로따로 태운 다음, 가후와 좌령을 호위로 삼아 후재문을 나서니, 신하와 내시들이 모두 걸어서 뒤를 따랐다. 대문을 나서자마자 그 소식을 듣고 달려온 곽사의 군사와 마주쳤다.

곽사의 군사는 황제의 수레도 깔본 채, 마구 화살을 쏘아댔다. 수많은 신하와 내시들이 쓰러져 죽었다. 이각이 급보를 받고 군사를 휘몰아 달려오니 그제서야 곽사의 군사가 물러갔다. 이각이 황제와 황후의 수레를 호위하여 성을 나서서 자기 진영으로 돌아갔다.

이 틈을 타서 군사를 몰고 성내로 들어간 곽사는 대궐을 침범하여 후궁과 시녀들을 자기 진영으로 보낸 뒤, 대궐을 모두 태워 버렸다. 장안성 안팎의 민심이 어지러울 대로 어지러워졌다.

다음 날, 곽사가 다시 군사를 이끌고 이각의 진영으로 쳐들어갔다. 이각이 군사를 몰고 나와 맞아 싸웠다. 창과 칼이 부딪치는 쇳소리가 천지를 뒤흔들었다. 이각의 진영에 갇힌 헌제와 복 황후는 온몸이 후들후들 떨려서 차라리 죽고 싶은 심정이었다. 형세가 불리해진 곽사가 군사를 거두어 물러갔다.

그러자 이각이 헌제를 미오성으로 옮겨 별실에 유폐시켰다. 이각의 조카 이섬이 미오성의 성문을 굳게 지킨 채 출입을 금지하고 음식조차 제대로 공급해주지 않았다. 좌우의 신하들이 모두 얼굴에 굶주린 빛을 띠우고 있는 것을 보고, 헌제가 이각에게 전령을 보내 쌀과 고기를 요청했다.

이각이 화를 벌컥 내며 소리쳤다.

"밥이나 먹여 주면 됐지, 고기까지 달라는 거냐?"

고약한 심사가 치솟은 이각이 상한 고기와 썩은 쌀을 내 주었다. 헌제가 그것이나마 신하들이 먹고 허기라도 면하도록 했다. 그러나 구역질이 나서 아무도 먹지 못했다. 헌제는 더 이상 참지 못하고 역정을 냈다.

"역적놈이 정말 이럴 수가 있단 말이냐?"

옆에서 모시고 있던 시중 양표가 황급히 만류했다.

"이각의 성질이 잔인하고 난폭하여 무슨 짓을 저지를지 모르니 폐하께서는 부디 참으셔야 합니다."

헌제가 고개를 떨구고 입을 다물었다. 흐르는 눈물이 곤룡포 자락을 적셨다. 신하들이 모두 소리 없이 눈물만 흘렸다. 그때 한 사람이 들어와서 보고했다. 성 밖에서 기병대가 당당히 달려오는데 헌제를 구원하러 오는 군사로 보인다는 것이었다.

"구원병이라고? 대체 누구인지 알아보도록 하라."

헌제의 지시를 받고 측근의 신하가 나가더니, 얼마 후 돌아와서 힘없이 보고했다.

"곽사의 군사입니다."

혹시나 하던 기대가 무너지자 헌제의 실망은 한층 더했다. 그때 성 밖에서 함성이 크게 일어났다. 이각이 군사를 거느리고 나가서 곽사와 대적한 것이다. 이각이 말을 몰고 나가 채찍을 들어 곽사를 가리키며 크게 꾸짖었다.

"내가 너를 극진히 대접해 왔는데 감히 나를 죽이려고 달려든단 말이냐?"

곽사가 지지 않고 소리쳐 꾸짖었다.

"너는 역적이다. 그러니 어찌 너를 죽이지 않겠느냐?"

"이놈! 황제를 보호하고 있는 내가 역적이라니, 말도 안 되는 소린 집어치워라."

"보호는 무슨 얼어 죽을 보호냐? 넌 황제를 포로로 삼고 있다. 잔소리 말고 일대 일로 결판을 내서 이긴 쪽이 천자를 모시기로 하자."

"좋다. 내가 너한테 질 줄 아냐?"

이각과 곽사 두 도적이 칼을 휘두르면서 말을 몰아 앞으로 나아가 어우러져 싸웠다. 양쪽 군사가 북을 치고 고함을 질러 각각 응원에 열을 올렸다. 열 차례에 걸쳐서 접전하였으나 승부가 나지 않았다. 그러자 시중 양표가 말을 몰고 성에서 나와 큰 소리로 외쳤다.

"두 분 장군은 잠시 칼을 거두시오. 이 늙은이가 화해를 붙이려고 나왔소."

이각과 곽사가 싸움을 그치고 각각 자기 진영으로 돌아갔다. 얼마 후 양표가 대사농 주전을 비롯한 신하와 궁수 등 60여 명을 거느리고 먼저 곽사의 진영을 찾아갔다. 그러자 곽사는 일행을 모조리 굴비처럼 엮어 옥에 가두라고 호통쳤다. 양표가 소스라치게 놀라서 외쳤다.

"우리는 두 분을 화해시키려는 좋은 뜻으로 찾아왔는데 대접이 도대체 이럴 수가 있단 말이오?"

입가에 싸늘한 냉소를 띄운 채 곽사가 대꾸했다.

"이각 그놈이 천자마저도 우습게 알고 인질로 잡아 가두었는데 나라고 해서 신하 따위를 감옥에 못 집어넣을 줄 알았느냐?"

양표가 정색을 하고 대들었다.

"한쪽에서는 천자를 유폐하고 또 다른 한편에서는 신하들을 가둔다면 앞으로 나라꼴이 하나라도 제대로 될 리가 있겠소? 아아, 하늘도 무심하구나!"

화가 머리끝까지 뻗친 곽사가 번개같이 칼을 빼어 들고는 즉시 양표의 목을 벨 기세였다.

"진정하십시오."

그렇게 큰 소리로 제지하고 나선 사람은 곽사의 심복인 중랑장 양밀(楊密)이었다.

"이각을 굴복시키지 못한 채 이제 조정의 원로대신들을 처치한다면, 우리 군사들에게 좋지 않은 영향을 미칠 우려가 있습니다."

그 말을 그럴 듯하게 생각한 곽사가 칼을 거둔 뒤, 양표와 주전 두 사람만 놓아 보내고 나머지는 모조리 자기 진영 안에 감금했다. 진영 밖으로 쫓겨난 양표가 주전에게 말했다.

"사직을 받드는 신하의 몸으로 황제를 구원하지 못한 채 이렇게 헛된 목숨을 유지한들 무슨 소용이 있겠소?"

두 사람이 서로 부둥켜안고 통곡하다가 마침내 기절하여 쓰러지고 말았다. 그날 주전은 집으로 돌아가자마자 병이 들어 눕더니, 채 며칠이 지나지 않아 세상을 하직했다.

그 후, 한 도적은 천자를 인질로 삼고 또 한 도적은 신하들을 가두어 놓은 채 날마다 싸우기를 오십여 일이나 계속하니, 산과 들 그리고 거리가 시체로 뒤덮였다.

섬서지방의 장제가 대군을 이끌고 달려와서 중재하는 바람에, 그 위세에 눌린 이각과 곽사는 마지못해 타협했다.

여러 번 위기를 넘기고 온갖 고생 끝에 황제가 드디어 낙양으로 돌아갔다. 그러나 이미 예전의 낙양은 아니었다. 대궐은 불에 타서 잿더미로 변했고, 성안에는 민가도 별로 남은 것이 없었다. 잡초가 무성한 허허벌판만 시야에 들어왔다. 양봉이 우선 급한 대로 작은 별궁을 한 채 건축하여 천자의 임시 거처로 삼게 하니, 신하들은 머리만 수그리고 있을 뿐이었다.

연호를 고쳐서 건안(建安)으로 삼았다.

그해에도 또 흉년이 들었다. 낙양의 백성들은 모두 성 밖으로 나가서 나무껍질을 벗기고 풀뿌리를 캐어서 목숨을 이어나갔다. 조정 신하 중에도 상서랑 이하는 모두 나서서 땔나무를 마련했는데, 담과 벽이 무너지는 바람에 거기 깔려 죽은 숫자도 적지 않았다. 한나라의 국운이 이토록 기울어진 적이 또 있었던가? 태위 양표가 천자께 건의했다.

"지금 조조가 산동에서 우수한 장수와 전략가들을 모으고 수십만 명의 군사를 기르고 있다고 합니다. 곧 조정으로 들어오라는 특명을 내려 황실을 지키도록 하는 것이 좋겠습니다."

헌제가 그 건의를 즉시 받아들였다.

"특사를 파견해서 조조를 불러오도록 하라."

양표의 지시를 받은 특사가 즉시 산동으로 출발했다.

그때 조조는 황제가 낙양으로 귀환했다는 소식을 이미 들어서 알고 있었다. 그래서 휘하의 전략가들을 모아놓고 회의 중이었다. 순욱(荀彧)이 나서서 말했다.

"진나라의 문공(文公)은 주 왕실을 받들었기 때문에 다른 제후들을 누르고 천하의 민심을 얻었습니다. 그러므로 천자께서 간악한 도적들에게 시달리는 이 시기에, 장군이 의병을 거느리고 일어나 천자를 받들어서 백성들의 민심을 확보하는 것이 최고의 지략입니다. 만일 우물쭈물한다면 다른 사람에게 선수를 빼앗길 것입니다."

바로 조조가 고대하던 말이었다. 크게 기뻐한 나머지, 바야흐로 군사를 정돈하여 떠나려 할 때 천자의 특사가 도착했다는 보고가 들어왔다. 조조는 삼가 특명을 받은 뒤, 그날로 대군을 몰아서 낙양을 향하여 출발했다.

한편 낙양의 헌제는 허물어진 성곽마저 고치지 못한 채 오로지 산동에서 좋은 소식만 오기를 학수고대하고 있는데, 이각과 곽사 두 도적이 군사를 합쳐서 다시 낙양을 침범하려 한다는 급한 보고가 들어왔다. 천자가 크게 놀라 태위 양표의 의견을 물었다.

"산동에서 아직 특사는 돌아오지 않고, 도적의 무리는 또 군사를 휘몰아 쳐들어온다고 하니, 이를 어찌하면 좋겠는가?"

양표가 미처 입을 열기도 전에 양봉과 한섬이 앞으로 나섰다.

"저희들이 나가서 목숨을 걸고 한번 싸워 보겠습니다."

그러나 동승(董承)이 반대했다.

"성곽도 허물어지고 군사도 별로 없는데 도적들에게 패배한다면 어찌하겠단 말입니까? 폐하를 모시고 산동으로 피하는 것이 상책입니다."

헌제는 그 말에 따라 그날로 산동을 향해서 떠났다. 신하들은 타고 갈 말이 없어 걸어서 황제의 수레 뒤를 따랐다. 그러나 낙양을 나서서 50리도 미처 못 갔을 때 갑자기 자욱하게 솟는 먼지가 해를 가리고 징과 북소리가 하늘을 뒤흔들며 무수한 기병이 마주 달려왔다.

천자와 황후는 공포에 질려서 아무 말도 하지 못했다. 그때 기병대보다 먼저 말 한 필이 나는 듯이 접근했는데 산동에 파견되었던 특사였다. 황제의 수레 앞에 이르자 특사가 말에서 내려 무릎을 꿇고 보고했다.

"조조 장군이 폐하의 부르심을 받들어 산동의 군사를 모조리 일으켜 진군하다가 이각과 곽사의 무리가 낙양을 침범하려고 한다는 소식을 듣고, 하후돈에게 맹장 열 명과 정예부대 오만 명을 이끌고 먼저 와서 폐하의 수레를 호위토록 한 것입니다."

헌제가 비로소 안심했다. 이윽고 하후돈이 허저와 전위를 거느리고 와서 천자에게 예의바르게 인사했다. 헌제가 먼 길을 달려온 노고를 치하하고 났을 때 동쪽에서 다른 대군이 달려오고 있다는 급보가 들어왔다. 헌제가 누구의 군사인지 알아보도록 하후돈에게 지시했다. 얼마 후 하후돈이 돌아와 말했다.

"조조 장군의 동생 조홍이 이끄는 보병부대입니다."

이윽고 조홍이 이전과 악진을 거느리고 황제의 수레 앞에 이르러 상황을 설명했다.

"적병이 가까이 이르렀다는 말을 듣고 조조 장군은 하후돈을 지원하라고 저를 이렇게 보냈습니다."

헌제가 감탄하고 조조를 황실의 사직을 지키는 충신이라고 칭찬했다. 바로 그때, 기병이 달려와서 급히 보고했다.

"이각과 곽사의 대군이 도착했습니다."

하후돈과 조홍이 즉시 좌익과 우익으로 나뉘어서 기병대가 앞장서서 달리고 보병부대가 그 뒤를 따르면서 적군을 공격했다. 사기가 하늘을 찌르고 훈련이 잘 된 조조의 군사와 마주친 도적의 무리는 여지없이 패하여 달아났다.

하후돈과 조홍은 도적 1만여 명의 머리를 벤 뒤에, 황제의 수레를 호위하여 다시 낙양으로 돌아가 성 밖에서 주둔했다.

다음 날 아침 대군을 거느리고 도착한 조조가 부대별로 진영을 설치한 뒤, 성안으로 들어가 천자에게 정식으로 도착 보고를 올렸다.

"나라의 은혜에 보답하기로 평소부터 굳게 결심하고 있었으니 이제 이각과 곽사 두 도적의 머리를 베어 천하를 편안하게 하겠습니다. 저의 정예부대 20여만 명을 움직여 하늘의 뜻을 따르고 역적을 토벌한다면 반드시 승리를 거둘 것입니다. 폐하께서는 옥체를 보존하시고 태평성대의 광명을 천하에 밝혀 주십시오."

헌제는 조조에게 영사례교위 가절월 녹상서사의 직위를 내렸다.

한편 이각과 곽사는 조조의 군사가 먼 지방에서 달려왔기 때문에 모두 지쳐 있을 것이라고 판단하여, 즉시 대결하자는 방침을 세웠다. 이에 전략가 가후가 충고했다.

"다시 싸워 본들 우리에게 승산이 없습니다. 조조의 군사는 막강한 정예부대일 뿐 아니라 장수들도 매우 뛰어나니 차라리 항복해서 역적의 죄나 면하는 것이 마땅하다고 봅니다."

그 말에 이각이 불같이 화를 냈다.

"네 이놈! 싸우기도 전에 사기부터 꺾으려 들다니!"

즉시 칼을 빼 죽이려 하자 여러 부하 장수들이 나서서 말렸다. 그날 밤 가후는 홀로 진영을 탈출하여 고향으로 돌아가 버렸다.

다음 날 이각이 군사를 거느리고 나아가서 조조에게 싸움을 걸었다. 조조는 먼저 허저, 조인, 전위에게 삼백 명의 기병을 거느리고 적의 선봉을 치게 했다. 북소리가 울리자 이각의 조카인 이섬과 이별이 말 머리를 가지런히 하여 달려 나왔다.

이를 본 허저가 번개같이 말을 달려 나가서 이섬이 미처 손을 놀려 볼 새도 없이 한칼에 그 목을 베어 버렸다. 혼비백산한 이별이 달아나려고 할 때 허저가 그의 머리마저 단칼에 날려버렸다. 그리고 두 장수의 목을 든 채 서서히 말 머리를 돌려 진영으로 돌아갔다. 조조가 허저의 등을 두드리며 칭찬했다.

"역시 자네는 천하에 아무도 대적할 수 없는 번쾌로군."

하후돈에게 왼쪽을 조인에게 오른쪽을 맡기고, 조조 자신은 중앙 부대를 지휘하여 세 갈래의 군사가 산을 무너뜨릴 듯 고함을 치면서 일제히 진격했다. 도적의 무리가 도저히 견디지 못하고 정신없이 도망쳤다. 조조는 보검을 휘두르며 군사를 휘몰아 사정없이 추격했다.

넓은 들판에는 문자 그대로 시체가 쌓여 산을 이루고 붉은 피가 흘러 개천을 이룰 지경이었다. 부하 장병의 대부분이 전멸당한 이각과 곽사가 목숨이나 건지려고 서쪽을 향하여 줄행랑을 쳤다. 그 초라한 꼴이 소나기 맞은 개나 다름없었다.

천지가 아무리 넓다고 해도 의지할 곳이 하나도 없게 된 두 도적은 드디어 산속으로 들어가서 숨어버렸다. 대승을 거둔 조조가 군사를 거두러 돌아와서 낙양성 밖에 주둔하자, 이를 살펴본 양봉과 한섬 두 장수가 은밀히 의논했다.

“조조가 큰 공을 이루었으니 앞으로 대권을 휘어잡을 게 뻔합니다.”

“그 다음에 우리 따위는 무시할 거요.”

“빨리 여기를 떠나는 게 상책 아닐까 하는데…….”

결심을 굳힌 두 사람이 대궐에 들어가 헌제에게 건의했다.

“이각과 곽사가 산속에 숨어 있다고 합니다. 저희 둘이 추격해서 그 머리를 베어 버려 훗날의 화근을 없애는 것이 좋겠습니다.”

헌제가 이를 허가했다. 두 사람은 곧 성내의 군사를 거느리고 대량으로 가서 주둔했다.

7
조조가 대권을 잡다

낙양에서 허도(許都)로 수도를 옮긴 뒤, 조조는 자기 마음대로 휘하의 가신과 장수들을 승진시켰다. 자신은 대장군 무평후(大將軍武平侯)라는 고위관직을 차지했다. 그런 뒤 대궐 뒤뜰에 거창한 술자리를 마련하고 가신들과 장수들을 모아놓고 회의를 했다.

"여포가 서주의 유비에게 가서 몸을 의탁하고 있다는 말이 들린다. 만일 두 사람이 손을 잡고 군사를 일으켜 쳐들어온다면, 어미 뱃속에 든 살모사와 같다. 묘한 계책이 없겠는가?"

서슴지 않고 허저가 나섰다.

"정예부대 5만 명만 주시면 유비와 여포의 머리를 당장 베어다 바치겠습니다."

순욱이 웃으면서 한마디 던졌다.

"장군의 용맹은 그 누구보다도 뛰어나지만, 어찌 계책을 쓸 줄 모르시오."

그런 다음 조조에게 말했다.

"수도를 옮긴 지 얼마 되지 않아 민심이 안정되지 못한 판국에 군사 동원이란 부적절합니다. 제게 두 마리의 호랑이가 서로 다투어 잡아먹게 만드는 묘수가 있습니다. 유비가 비록 서주를 점령하고는 있지만 조정의 정식 발령은 받지 못한 상태지요. 그러니까 승상이 천자께 건의하여 유비를 서주태수로 임명하는 한편, 여포를 죽이라는 별도의 비밀 지시를 내리십시오. 유비가 여포를 없앤다면 자기 세력만 매우 약해질 것이고, 만약 실패한다면 여포가 반드시 유비를 죽이고 말 것입니다."

조조가 즉시 천자께 건의하여 유비를 정동장군 의성정후 영서주목으로 임명하고, 특사에게 별도의 비밀 서신을 주어 서주로 파견했다.

이때 유비는 헌제가 허도에 자리잡았다는 소식에, 바야흐로 경하의 뜻을 표하는 보고서를 올리려던 참이었다. 그런데 특사가 도착한 것이다. 유비가 성 밖까지 나가서 영접했다. 본부로 돌아와서 황제의 특명을 삼가 받은 뒤, 곧 술자리를 마련하여 성대하게 대접했다. 그 자리에서 특사가 유비에게 말을 건넸다.

"장군께서 정식 발령을 받은 것이 누구 때문인 줄 아십니까? 사실은 조조 장군께서 적극적으로 건의한 덕분입니다."

유비가 자리에서 일어나 고맙다고 하자, 특사가 주머니에서 비밀 서신을 꺼내 전해 주었다.

"잘 알겠습니다."

유비는 다시 잔을 들어 특사에게 술을 권했다. 잔치가 끝나고 특사를 숙소로 인도하여 편히 쉬게 한 뒤, 유비가 곧 측근들을 소집하여 의견을 물었다. 여포를 죽이라는 비밀 서신을 조조가 보냈다는 말을 듣자, 장비가 나서서 한마디 했다.

"여포는 원래부터 의리가 없는 놈이니까 죽여도 아무 상관없어요."

그러나 유비가 찬성하지 않았다.

"형편이 어려워서 나를 믿고 의지하려고 찾아왔는데 그런 사람을 죽인다면 의롭지 못한 일이 아니겠느냐?"

"형님은 마음씨가 너무 착해서 탈입니다. 그런 놈은 백 번 죽어도 싸요."

장비가 거듭 권고했지만 유비는 한사코 거절했다.

다음 날 여포가 유비를 찾아와서 축하했다.

"장군께서 조정의 정식 발령을 받았다니 축하드립니다."

유비가 자리에서 일어나 답례를 할 때 장비가 갑자기 칼을 빼어 들고 단상으로 뛰어올라 여포를 치려고 했다. 깜짝 놀란 유비가 허겁지겁 앞으로 나서서 장비의 팔을 움켜쥐고는 목소리를 가다듬어 꾸짖었다.

"네 이놈! 이게 무슨 짓이냐?"

얼떨결에 벌떡 일어나 뒤로 한 걸음 물러선 여포는 놀라기보다 오히려 어찌된 영문인지 몰라서 두 사람의 얼굴을 번갈아 쳐다보며 물었다.

"아니, 유 공이 어찌하여 나를 죽이려는 거요?"

유비가 우물쭈물하는데, 장비는 소리를 버럭 지르며 곧이곧대로 대꾸했다.

"네가 의리 없는 놈이라서 조조가 우리 형님더러 잡아 죽이라고 한 거야."

유비가 장비에게 고함쳤다.

"듣기 싫다! 어서 물러가! 썩 나가지 못해?"

그리고는 여포를 인도하여 뒤채의 별실로 들어갔다. 자리를 잡고 앉자, 여포가 곧 입을 열어 물었다.

"도대체 어떻게 된 일입니까? 조조가 나를……."

유비는 손을 들어 그의 말을 막았다.

"사실대로 말하지요. 이번 특사 편에 조조가 비밀 서신을 보내왔는데, 거기 장군을 처치하라는 내용이 적혀 있지요. 자, 이걸 보시지요."

유비가 내민 비밀 서신을 읽고 난 여포의 얼굴이 붉으락푸르락해졌다. 먹구름이 끼는 듯 불안과 공포를 억제하지 못한 여포가 물었다. 목소리마저 떨렸다.

"현덕 공은, 그래, 나를 죽일 생각인가요?"

"죽일 작정이라면 내가 장군에게 이 서신을 보여 주겠습니까?"

여포가 유비의 두 손을 마주 잡았다.

"이건, 조조란 놈이 우리 사이를 갈라놓으려는 계책이지요."

유비가 여포를 위로했다.

"조금도 염려하지 말아요. 조조가 이런 글을 보냈다고 해도 불의를 저지를 유비는 맹세코 아니니까요."

"현덕 공! 그 말은 진심에서 우러나오는 것이겠지요?"

"무엇 때문에 내가 여기서 마음에도 없는 말을 하겠습니까?"

유비가 거듭거듭 굳게 다짐하자 여포는 비로소 마음속의 불안과 의심을 지우고는 엎드려 사례했다. 유비는 술자리를 베풀어 대접했다. 날이 저물어 여포가 소패로 돌아간 뒤, 관우와 장비가 들어와서 물었다.

"형님은 왜 여포를 살려두려는 거지요?"

"이건, 내가 여포와 힘을 합쳐서 자기를 치지나 않을까 겁이 나서 조조가 꾸며낸 함정이야. 우리 둘이 서로 싸우게 만들고 자기는 중간에서 어부지리(漁夫之利)를 취하자 이건데, 내가 그따위 꾀에나 넘어갈 바보인 줄 알았느냐?"

그 말에 관우가 비로소 고개를 끄덕이며 탄복했다.

"과연 형님 말씀이 옳습니다."

그러나 장비는 여전히 막무가내였다.

"아무리 그래도 난 저 도적놈을 죽여서 후환을 아예 없애 버리겠다 이거요."

유비가 다시금 조용히 타일렀다.

"그런 짓 하면 못 써. 그건 대장부가 할 짓이 아니니다."

다음 날 특사가 허도로 돌아갈 때 유비가 조조에게 보내는 답장을 건넨 뒤에 한마디 덧붙였다.

"좀 더 시기를 기다려 달라고 전해주시기 바랍니다."

8
호랑이에게 늑대를 먹게 하다

허도로 돌아간 특사가 조조에게 보고했다. 유비가 여포를 죽이지 않았다는 말이었다. 그러자 조조가 순욱의 의견을 다시 물었다.

"우리 계책이 틀린 모양이니, 어찌하면 좋겠는가?"

"더 좋은 수가 있지요."

"더 좋은 수라……."

"원술에게 밀사를 보내시지요. 유비가 조정에 몰래 보고한 뒤

남군을 공격할 계획이라고 알려 주면, 화가 뻗친 원술이 반드시 군사를 일으켜 유비를 칠 것입니다. 그때 승상께서는 원술을 치라는 조정의 명령을 유비에게 내리는 겁니다. 유비와 원술이 서로 잡아먹으려고 싸우면, 여포가 그 틈을 타서 딴 마음을 먹게 될 것입니다. 이것이 바로 호랑이를 시켜서 늑대를 잡아먹게 하는 계책입니다."

'구호탐랑계'라는 그 계책을 듣고 조조는 크게 기뻐했다.

그리하여 조조는 밀사를 먼저 원술에게 보낸 다음, 천자 명의의 거짓 명령서를 조작하여 다시 특사를 서주로 파견했다.

이때 유비는 천자의 명령서를 전달하기 위해 특사가 다시 내려왔다는 보고를 받고 급히 성 밖으로 나가서 특사를 맞아들였다. 곧 군사를 일으켜 원술을 치라는 내용의 명령서를 뜯어 본 뒤 특사를 돌려보냈다. 유비가 즉시 군사를 동원하려고 하자 미축이 충고했다.

"이 역시 조조의 계책입니다. 나가지 마십시오."

그러나 유비는 그의 말을 듣지 않았다.

"그런 줄은 나도 아네. 그러나 지난번에 조조가 보낸 개인 서신과는 달리, 이것은 천자의 특명 형식으로 지시하는 것이니 거역할 도리가 없지 않겠나?"

손건이 한마디 거들었다.

"천자의 명령은 거역할 수 없지요. 그러니 군사를 어쩔 수 없이 일으킨다고 해도 뒤에 남아서 이 성을 지킬 사람은 먼저 정해 놓으시고 떠나십시오."

유비가 관우와 장비를 돌아보고 물었다.

"둘 중에 누가 남아서 성을 지키겠느냐?"

관우가 먼저 대답했다.

"제가 지키지요."

유비는 잠깐 그의 얼굴을 물끄러미 바라보다가 말했다.

"네게 맡기면 내가 안심이 되지. 그렇지만 앞으로 매사를 너와 반드시 의논할 필요가 있으니, 너를 남겨두고 갈 수는 없다."

장비가 나섰다.

"그럼 내가 남아서 지키겠소."

그러나 유비는 고개를 가로저었다.

"그건 안 되지. 너에게 성을 맡길 수 없는 두 가지 이유가 있어. 우선 너는 술이 취하기만 하면 공연히 화를 내고 군사들을 매질하기가 일쑤 아닌가? 게다가 성질이 차분하지 못해서 일을 경솔히 처리하고, 또 다른 사람의 충고는 들을 생각도 안 해. 그러니까 내가 마음을 놓을 수가 없다 이거야."

장비가 주먹으로 자기 가슴을 한 번 쾅 치고는 맹세했다.

"형님! 조금도 염려할 거 없습니다. 오늘부터는 술을 입에 대지도 않고, 부하들을 때리지 않고, 또 모든 일을 다른 사람과 상의해서 처리하겠습니다. 맹세하지요."

곁에서 미축이 한마디 던졌다.

"말이야 그럴 듯하지만 믿을 수가 있어야지요."

장비가 화를 버럭 냈다.

"형님을 모신 뒤로 난 한 번도 약속을 어긴 적이 없어. 그런데 네가 나를 우습게 여긴단 말이냐?"

"그래, 알았다. 하지만 마음이 도통 놓이질 않아."

그렇게 말한 뒤에 유비가 진등(陳登)에게 부탁했다.

"내가 없는 동안 진등이 아우를 도와 성을 잘 지켜 주시오. 아우가 과음만 안 한다면 큰 실수는 없을 거요."

진등이 그 임무를 수락했다. 필요한 지시를 마친 유비는 기병과 보병 3천 명을 거느리고 서주를 떠나 남양으로 진군했다.

한편 유비가 몰래 천자께 건의한 뒤에 자기 땅으로 쳐들어온다는 보고를 받은 원술은 그것이 조조의 계책인 줄도 모르고 화를 벌컥 냈다.

"아니, 유비 놈이 감히 이럴 수가 있어? 짚신이나 삼아서 팔던 촌놈이 갑자기 대군을 거느리고 우리 제후와 어깨를 겨누는 꼴이 괘씸해서 내가 먼저 혼을 내 줄 참이었지. 그런데 이놈이 도리어 나한테 덤벼들어? 고약한 놈 같으니!"

원술은 상장 기령(紀靈)에게 10만 대군을 주어 서주로 출발시켰다. 양쪽 군대가 드디어 우이에서 마주쳤다. 유비는 군사가 적기 때문에 산을 의지하고 물가에 진을 쳤다. 산동 출신의 기령은 삼첨도(장검)를 잘 쓰는데, 자기 진영 앞으로 말을 몰고 나와서 큰 소리로 꾸짖었다.

"촌놈 유비는 들어라. 하룻강아지 범 무서운 줄 모른다더니 어찌 감히 네놈이 우리를 친단 말이냐?"

유비가 역시 말을 몰고 나가서 마주 꾸짖었다.

"천자의 특명을 받들어서 역적을 치려는데 주제넘게 대항하다니! 네 죄가 얼마나 무거운지 알겠느냐?"

화가 뻗친 기령이 장검을 휘두르며 곧장 달려 나와 유비와 대결하려고 했다.

"네 이놈! 이런 법이 어디 있느냐?"

관우가 크게 외치고 쏜살같이 나가서 기령과 맞붙었다. 밀고 밀리고, 치고 막고, 쇳소리가 요란했다. 서른 번이나 맞부딪쳐 싸웠지만 승부가 나지 않자, 기령이 문득 큰 소리로 외쳤다.

"잠깐 쉬었다가 싸우자."

관우가 곧 말 머리를 돌려 진으로 돌아갔다.

얼마 후, 다시 나가서 기령이 나오기를 기다렸더니 기령이 부장 순정을 대신 내보냈다. 관우는 굵은 목소리로 한마디 던졌다.

"너는 빨리 돌아가고 기령이 다시 나와 승부를 결정하자고 일러라."

순정이 오히려 관우를 꾸짖었다.

"이름도 없는 너 따위는 기령 장군의 적수가 못 된다. 알겠느냐?"

관우가 격노했다. 봉황의 눈을 부릅뜬 채 긴 수염을 휘날리고 청룡언월도를 휘두르며 말을 몰아 급히 달렸다. 그리고 단칼에 순정의 허리를 베어 말 아래 떨어뜨린 뒤, 곧장 적진 한가운데로 파고들었다.

유비가 군사를 휘몰아 공격했다. 참패를 당한 기령이 회음(淮陰) 하구까지 후퇴하고는 성을 굳게 지키기만 할 뿐 감히 나와서 접전할 엄두를 내지 못했다.

9
이리 없는 여포

한편 장비는 서주성의 행정과 살림살이를 진등에게 맡기고 자신은 군사를 지휘 감독하는 일에 전념했다. 처음 며칠 동안은 술을 입에 대지 않고 잘 버티었다. 그러나 참는 것도 한계가 있는 법. 드디어 하루는 거창하게 잔칫상을 마련하고는 장수와 관리들을 초청했다. 모두 자리를 잡자 장비가 입을 열었다.

"형님이 떠나실 때, 나더러 술을 삼가라고 한 것은 혹시나 실수할까 걱정해서 그런 거요. 그러니 딱 오늘만 마시고 내일부터는 우리가 서로 경계해서 술이라고는 단 한 방울도 입에 대지 말도록 합시다."

장비는 말을 마치자 자리에서 일어나 몸소 술을 권했다. 그러나 조표는 잔을 들지 않았다.

"나는 금주하기로 하늘에 맹세했소."

장비가 두 눈을 부릅떴다.

"건방진 놈! 기어이 한 잔 먹이고야 말겠다."

조표가 그 이상 버티지 못하고 마지못해 한 잔을 받아 마셨다. 장비는 장수와 관리에게 차례로 한 잔을 권하고 난 뒤, 자기 잔은 특별히 큰 것을 가져오게 하여 수십 잔을 물마시듯이 들이켰다.

그러자 자기도 모르는 사이에 만취해 버렸다. 다시 몸을 일으켜 한 바퀴 돌면서 술을 권했다. 그러나 조표가 잔을 다시금 거절했다. 장비가 벌컥 화를 냈다.

"네 이놈! 어째 또 안 마시겠다는 거냐?"

"금주를 하늘에 맹세했기 때문이오."

"그럼 아까는 왜 먹었느냐?"

"누가 먹고 싶어 먹었습니까?"

"정 못 마시겠다 이거지?"

"그렇소."

술이 취하기만 하면 대수롭지 않은 일에도 불끈 성내는 것이 장비의 악습이었다. 아무리 권해도 조표는 잔을 들지 않았다.

"감히 장군의 명령을 어기겠단 말이냐?"

벼락 치듯 소리를 내지르더니, 즉시 군졸에게 지시했다.

"저놈을 잡아내려 곤장 백 대만 쳐라."

진등이 나서서 말렸다.

"장군! 진정하시오. 현덕 공이 떠날 때 뭐라고 했습니까?"

그러나 장비는 막무가내였다.

"듣기 싫다! 너희 문신은 문신의 업무나 처리할 것이지, 장수가 하는 일에는 참견하지 마라."

그리고는 다시 군사를 꾸짖었다.

"뭣들 하고 있느냐? 이놈을 당장 끌어내리지 못하느냐?"

장비가 미친 듯이 호령하는 바람에 겁을 집어먹은 조표가 장비에게 애원했다.

"제발 우리 사위의 체면 때문에라도 너그럽게 봐 주시오."

장비가 의아한 표정으로 물었다.

"사위라니, 도대체 누구냐?"

"우리 사위는 봉선이오."

그 말에 장비는 더욱 더 화가 머리끝까지 뻗쳐올랐다.

"뭐야? 여포가 네 사위라구? 흥! 이거 아주 잘 됐다. 사실은 곤장 치고 싶지 않았지만 여포를 들먹여서 나를 위협하려 드는 판이니, 이제는 내가 물러설 수 없지. 너를 곤장으로 치는 건 바로 여포를 때리는 거나 마찬가지야."

참석한 사람이 모두 일어나서 말렸다.

"장군, 왜 이러십니까?"

"장군, 참으십시오."

"별것도 아닌 일을 가지고 이러시면 안 됩니다."

제각기 한마디씩 하면서 만류했으나 장비는 들은 척도 하지 않았다. 기어이 조표를 끌어내 가혹하게 다루었다. 곤장 오십 대에 살가죽이 터지고 상처마다 시뻘건 피가 줄줄 흘러내렸다. 보다 못한 사람들이 다시 나서서 말렸다. 그제야 화가 가라앉은 장비가 매질을 계속하라는 지시를 내리지 않았다. 잔치의 흥이 완전히 깨지고 모두 흩어졌다.

집으로 돌아간 뒤 조표는 분을 참지 못했다. 즉시 부하에게 편지를 주어 소패에 있는 여포에게 파견했다. 먼저 장비의 무례함을 비난하는 한편, 유비가 이미 회남으로 떠났고, 장비는 술에 곤드레만드레가 된 이 기회를 놓치지 말고, 즉시 군사를 이끌고 와서 서주를 차지하라는 내용의 편지였다.

여포가 곧 진궁을 불러서 의논했다. 진궁이 충고했다.

"소패는 원래 오래 머물러 있을 곳이 못 됩니다. 마침 이렇게 좋은 기회가 있다니, 곧 가서 서주를 점령하십시오. 이때를 놓치면 후회가 막심할 거요."

사실은 여포도 군침을 흘리며 속으로 은근히 넘보던 서주가 아닌가? 즉시 무장을 갖추고 말에 오른 여포는 기병 오백 기의 선두에서 먼저 떠나고, 진궁에게 군사를 지휘하여 뒤를 잇게 하고, 고순이 별도의 부대를 거느리고 응원하도록 조치했다.

소패와 서주는 겨우 40리 남짓밖에 떨어져 있지 않은 터라, 말을 달린 여포는 삽시간에 서주성에 이르렀다. 4경 무렵이라 달이 대낮처럼 밝았다. 성 밖에 기병대가 도착했는데도 성벽 위에서는 아무것도 모르고 있었다. 여포가 크게 외쳤다.

"현덕 공이 급한 기밀을 전하라고 보낸 특사요. 성문을 여시오."

마침 조표의 부하가 성벽 위에 있다가 나는 듯이 들어가서 보고했다. 조표가 부하들을 시켜 성문을 활짝 열었다. 여포의 군사가 밀물처럼 밀고 들어가면서 고함쳤다. 그때 장비는 만취한 채 바닥에 누워서 세상모르고 코를 골고 있었다.

"장군!"

여러 차례 불러 보았으나 여전히 드르렁드르렁 코고는 소리뿐이었다. 여럿이 양쪽에서 달려들어 외치며 흔들어댔다.

"어서 일어나십시오."

"장군! 큰일났습니다."

이윽고 눈을 뜬 장비가 불쾌하다는 듯 쏘아붙였다.

"왜들 귀찮게 호들갑을 떠느냐?"

"장군, 저 소리도 안 들립니까?"

잠이 덜 깬 그 귀에도 바깥에서 점점 가까이 다가오는 함성은 들렸다.

"아니, 밖이 왜 저렇게 소란하냐?"

"큰일났습니다. 여포가 군사를 몰아 쳐들어온 것입니다."

"무엇이? 여포가?"

여포라는 말을 듣자마자 자리를 박차고 벌떡 일어나는 장비가 허겁지겁 갑옷을 걸치고 투구를 쓰면서 물었다.

"그래, 그놈이 성 밖에 도착했느냐?"

"성 밖이라니요? 이미 안으로 쏟아져 들어왔습니다."

"어떻게 들어왔단 말이냐?"

"조표가 내통했다 합니다."

장팔사모를 꼬나 쥔 장비가 이를 부드득 갈았다.

"음, 조표 그놈이……."

북문 밖으로 뛰어나갔다. 겨우 말에 뛰어올랐을까말까 했을 때 저쪽에서 아우성과 함께 여포의 군사가 몰려왔다. 장비는 아직 술이 완전히 깨지 않은 상태였다. 달려오는 여포와 대여섯 차례 부딪쳐 보았으나 힘에 부치고 머리도 어질어질했다. 더 이상 버티지 않고 말 머리를 돌렸다. 여포도 장비의 뛰어난 무술 실력을 잘 알고 있었기 때문에 굳이 추격하지 않고 내버려 두었다. 겨우 기병 십여 기만을 거느린 채, 장비는 동문으로 내달렸다. 유비의 가족이 성안의 관사에 머물러 있었지만 돌봐 줄 겨를이 없었다.

동문을 나서자마자, 문득 뒤에서 함성이 크게 일어나고 추격부대가 급속도로 달려들었다. 돌아다보니 적의 기병이 백여 기였는데 앞장을 선 장수는 다른 사람이 아니라 바로 조표였다.

조표는 장비가 여전히 술에 취한 채, 고작해야 십여 기에 불과한 기병을 거느리고 성을 빠져나가는 것을 보자, 즉시 창을 꼬나 쥐고 뒤를 추격한 것이다.

조표를 보자 장비가 격노했다. 말 배때기를 박차로 걷어차고 달려들자 조표도 자신만만하게 맞아 싸웠다. 그러나 조표가 어찌 장비의 적수가 되겠는가? 술에 취했다고 우습게 보고 달려들었으나 고작 세 번 접전해 본 뒤, 더 견디지 못해서 말 머리를 돌려 달아났다. 화가 뻗친 장비가 그 뒤를 쫓아 강가에 이르렀을 때 천둥 치듯 호령했다.

"이 도적놈아!"

그리고 장팔사모를 번쩍 들어 조표의 등 한복판을 푹 찔렀다.

"으악!"

외마디 비명과 더불어 조표가 말을 탄 채 그대로 강물 속으로 떨어져 죽어 버렸다. 장비는 간신히 도망쳐 나온 부하들을 수습하여 회남을 향해 밤길을 달렸다.

손쉽게 서주를 얻은 여포는 성안에 들어가 백성들을 안심시키는 한편, 유비의 가족이 머무는 관사 주위에 군사 1백 명을 별도로 배치하고, 지위의 높고 낮음을 불문하고 함부로 출입을 하지 못하게 감시했다.

기령과 우이에서 대치하고 있던 유비는 뜻밖에 초라한 꼴로 찾아온 장비를 보자, 서주에서 뭔가 일이 잘못되었다고 미리 짐작했다. 조표가 여포와 야합하여 밤에 서주를 기습한 자초지종을 장비가 자세히 보고했다. 듣는 사람의 안색이 모두 순식간에 창백해졌다. 그러나 유비는 가만히 한숨을 내쉬고 한마디 했을 뿐이다.

"서주를 얻었다고 해서 기쁠 것도 없고, 잃었다고 해서 슬퍼할 것도 없다."

그때까지 말없이 장비를 노려보기만 하던 관우가 물었다.

"그래, 형수님은 어디 계시냐?"

"성안에 계십니다."

"뭐가 어째?"

관우가 발을 동동 굴렀다.

"뒤에 남아서 성을 지키겠다고 할 때 넌 뭐라고 맹세했지? 형님께서 또 얼마나 단단히 다짐을 받고 성을 맡겼냐? 서주성을 잃었을 뿐 아니라 두 형수님마저 구출하지 못했다니! 이게 말이나 되는 소리냐?"

그 말에 장비는 쥐구멍이라도 찾아 들어가고 싶은 심정이었다. 얼이 빠진 듯 잠시 하늘을 멍하니 쳐다보다가 갑자기 허리에 찬 칼을 빼어서 자기 목을 찌르려 했다. 깜짝 놀란 유비가 달려들어서 칼을 뺏어 땅에 던졌다.

"형제는 손발과 같고 처자식은 옷과 같다는 옛 사람의 말이 있다. 옷이란 찢어지면 기울 수가 있지만 손발이란 한번 끊어지면 다시 이을 방법이 없지 않느냐? 우리 셋이 복숭아밭에서 형제의 결의를 할 때, 한날 한시에 태어나지는 못했으나 같은 날 죽기를 간절히 바랐는데, 네가 이것을 벌써 잊었단 말이냐? 비록 성과 가족을 잃었다고 해서 네가 나를 버리고 간다면 이제부터 나더러 어찌하라는 것이냐? 더구나 서주성은 원래부터 내 것도 아니다. 그리고 내 생각에는 여포가 우리 가족을 해치지는 않을 것으로 본다. 오히려 앞으로 구출해 낼 방안을 궁리해야 할 판인데, 한때의 잘못을 가지고 목숨까지 버리려 들 건 없지 않느냐?"

말을 마친 유비가 통곡을 하자 관우와 장비도 따라서 눈물을 뿌렸다.

한편 여포가 서주를 차지했다는 소식을 들은 원술은 밤에 전령을 서주로 보냈다. 그리고 질이 좋은 쌀 10만 가마, 군마 5백 필, 금과 은 1만 량, 채색비단 1천 필을 주기로 약속하는 대신, 여포에게 즉시 부대를 움직여 유비를 치도록 했다. 의리 없는 여포가 크게 기뻐하더니 그 길로 고순에게 군사 5만 명을 내 주어 유비의 뒤를 공격하도록 지시했다. 이 소식을 듣자 유비는 우이를 떠나 광릉(廣陵)을 취할 생각으로 동쪽을 향해 나아갔다.

고순이 군사를 이끌고 도착했을 때 유비는 이미 멀리 달아난 뒤였다. 기령과 만나서 약속한 물품을 요구하니 기령이 임기응변으로 대꾸했다.

"장군은 일단 돌아가시오. 내가 윗분과 상의해서 선처하지요."

서주로 돌아간 고순이 기령의 말을 여포에게 전했다.

"약속한 물건을 보내면 그만이지, 상의해서 선처한다는 건 무슨 말인가?"

여포가 바야흐로 의심을 품기 시작할 때 원술이 보낸 서신이 올라왔다.

고순이 군사를 거느리고 오기는 했지만 유비를 아직 처치하지는 못했다. 그러니까 유비를 없애버린 뒤에 약속한 물품을 보내겠다는 내용이었다. 여포는 화가 뻗쳤다. 원술에게 속은 것이 원통하여, 곧 군사를 일으켜서 원술을 치려고 했다. 그러나 진궁이 충고했다.

"수춘성(壽春城)에 웅거한 원술은 군대가 강하고 군량도 풍족하니, 당장 대결하면 우리에게 불리할 것입니다. 그러니까 유비를 달래서 소패에 두고 우리 편으로 삼으십시오. 적절한 시기에 유비를 선봉으로 내세워 먼저 원술을 꺾고 그 다음에 원소를 벤다면 천하를 쉽게 도모할 수 있을 겁니다."

여포가 그 말에 고개를 끄덕이고는 즉시 유비에게 전령을 파견했다. 그때 유비는 동쪽의 광릉을 손에 넣으려다가 오히려 원술에게 자기 진영을 유린당하고 절반 이상의 군사를 잃고 돌아오던 중이었다. 여포의 서신을 받아보고 기뻐서 곧장 서주로 향하려 할 때, 관우와 장비가 말렸다.

"여포는 의리를 모르는 놈인데 그 말을 어떻게 믿는단 말입니까?"

"저쪽에서 모처럼 베푸는 호의를 거절하는 것은 사람된 도리가 아니다."

그리하여 유비가 서주로 갔다. 여포는 유비가 의심을 품을까 염려하여 유비의 가족을 먼저 내보냈다. 감 부인과 미 부인이 유비를 만나서 그동안의 일을 설명했다.

"우리 저택에 아무도 침입하지 못하도록 여포가 잘 지켜 주고 또 식량도 넉넉히 대 주었어요."

유비가 관우와 장비를 돌아보고 말했다.

"내가 뭐랬나? 우리 가족을 해치지는 않을 거라고 했잖아."

그는 곧 여포를 만나러 성안으로 들어갔다. 여포라면 이를 가는 장비는 유비의 뒤를 따르지 않은 채, 두 분 형수를 모시고 바로 소패로 가버렸다. 감 부인은 첫째 부인이고, 종사 미축의 누나인 미 부인은 유비가 서주에서 둘째 부인으로 맞은 것이다. 유비가 관우를 데리고 여포를 만나 사례하니, 여포가 극진히 대접하며 말했다.

"내가 고의로 성을 뺏으려 해서 이렇게 된 것은 아니오. 장비가 술에 취하여 사람을 죽인다는 소식을 듣고 돌이킬 수 없는 실수나 저지르지 않을까 염려해서 그런 거요. 현덕 공이 귀환할 때까지 성을 대신 지켜 주려고 한 것뿐이니 조금도 오해 말기 바라오."

유비는 다시 사례하고 말했다.

"오해라니 별말씀을! 저는 오래 전부터 장군에게 서주를 양보하려고 생각했지요. 장군이 처음 여기 왔을 때 내가 이 성을 맡아 달라고 말하지 않았소?"

여포가 얼굴을 붉혔다. 어색한 표정으로 잠시 둘러보다가 헛기침을 하고 소리쳤다.

"여봐라! 패인을 가져오너라."

유비가 물었다.

"패인은 내다가 뭘 하시려는 거요?"

"이 성의 주인이 돌아오셨으니 맡았던 물건을 돌려주고 나는 물러가야지요."

"천만의 말씀! 소패에 잠시 의지하게 해 준 것만도 저에게는 과분한 처사지요."

"난 진심에서 하는 말이오."

"글쎄, 이러지 마십시오."

유비는 끝내 패인을 사양한 채 소패로 돌아갔다. 관우와 장비는 내내 불만이 가득한 반면, 유비는 껄껄 웃으며 말했다.

"겸허한 자세로 분수를 지키면서 하늘의 때를 기다릴 줄도 알아야 되는 거야.”

10
소패왕이라 불리는 손책

유표와 싸우다가 곡아에서 전사한 손견의 아들 손책은 어느새 21세의 늠름한 청년으로 성장했다. 손책은 원술이 탐내던 천자의 옥새를 원술에게 바치고, 그 대신 군사 3천 명을 얻어 역양(歷陽)에 이르렀을 때 반대편에서 한 떼의 기병대가 나타났다.

그러나 선두의 젊은 장수는 손책을 보자 급히 말에서 내려 절했다. 자세히 보니 여강 서성 출신인 주유(周瑜)로, 자는 공근(公瑾)이었다. 둘은 동갑내기로 어렸을 때부터 친구이자 의형제가 된 사이였다. 주유는 자기보다 두 달 먼저 태어난 손책을 형으로 모셨다.

때마침 삼촌인 주상을 만나러 단양으로 가는 길이었는데 뜻밖에도 손책과 마주친 것이다. 손책이 크게 기뻐하여 즉시 자기 속마음을 털어놓았다. 그러자 주유가 말했다.

“형님이 이미 결심했다니, 이 아우도 목숨을 걸고 대업에 협력하겠습니다.”

“공근을 얻은 내가 이제 무슨 걱정이 있겠는가?”

이어서 주치와 여범에게 주유를 소개했다. 그 자리에서 주유가 다시 입을 열었다.

"우리 형님이 대업을 성취하려면 유능한 인재를 얻어야만 하는데, 강동의 두 장수를 아십니까?"

"두 장수라니?"

"한 사람은 팽성 사람 장소이고, 또 한 사람은 광릉 사람 장굉입니다. 둘이 모두 남달리 탁월한 재주가 있으면서도 난리를 피해 여기 숨어살고 있지요."

손책이 즉시 부하 장수에게 예물을 가지고 찾아보도록 했다. 그러나 부하들은 사양했다. 드디어 손책이 몸소 그 집을 예방하고 솔직한 대화를 나눈 뒤에 협조를 재삼 부탁했다. 두 사람이 마침내 응낙하자 손책은 장소를 장사 겸 무군중랑장으로 삼고, 장굉을 참모 정의교위로 삼아서 유요를 칠 계책을 상의했다.

유요는 동래 모평 출신으로 한실의 혈통을 이어받았고 태위 유총(劉寵)의 조카이자, 연주태수 유대(劉岱)의 동생이었다. 양주태수가 되어 수춘에 주둔하고 있다가 원술에게 쫓겨 강동으로 건너와 곡아에 머물고 있는데, 손책이 군사를 거느리고 왔다는 첩보를 받자 장수들을 모아 놓고 대책을 협의했다. 부장 장영(張英)이 나서서 말했다.

"제가 장강의 요새인 우저(牛渚)를 굳게 지킨다면 백만 대군이라도 통과하지 못할 겁니다."

그러자 맨 끝자리에 있던 장수가 나서서 크게 외쳤다.

"제가 선봉에 서겠습니다."

모두 돌아다보니 동래 황현 출신인 태사자(太史慈)였다. 북해의 포위를 뚫고 공융을 구출한 뒤, 유요를 찾아와서 섬기는 30세의 젊은 장수였다. 그러나 유요는 무시해 버렸다.

"자넨 대장 직책을 맡을 나이가 아직 아냐. 내 옆에서 거들기나 해."

태사자가 입을 꾹 다물고 물러났다.

장영이 군사를 거느리고 우저에 들어가서 군량 20만 가마를 곡간에 쌓아둔 채 손책의 군대를 기다렸다. 손책이 진영 앞으로 나서자 장영이 마주 나서서 크게 꾸짖었다. 손책의 진영에서 황개가 말을 달려 나와 장영과 두어 차례 접전했을 때, 갑자기 장영의 진영이 크게 어지러워졌다.

우저 성안에서 누군가 불을 질렀다는 소리가 들렸다. 장영이 놀라서 급히 군사를 돌이켰으나 손책이 승세를 몰아 매섭게 추격했다. 드디어 장영이 우저를 버리고 달아났다.

장영의 성채에 불을 지른 것은 구강 수춘 출신인 장흠과 구강 하채 출신인 주태였다. 세상이 어지러워지자 심양호를 근거지로 삼고 주로 양자강을 오가는 배들을 습격해 왔는데, 손책이 호걸임을 알아보고는 부하 3백여 명을 이끌고 찾아온 것이다.

손책이 이들을 거전교위(車前校尉)로 삼았다. 그리고 우저와 저각의 군량미와 무기 그리고 항복한 보병 4천여 명을 거두어 신정산(神亭山)으로 가 북쪽에 진을 쳤다.

한편 장영이 패잔병을 수습하여 곡아로 돌아가자 유요가 불같이 화를 냈다.

"큰소리를 뻥뻥 치고 가더니 이제 무슨 낯짝으로 돌아왔느냐?"

즉시 끌어내다가 목을 베라고 호령했다. 전략가 설례가 있는 힘을 다해 말렸다. 이윽고 유요는 장영에게 영릉성을 맡기고, 자기는 몸소 대군을 지휘하여 신정산 남쪽에다 진을 쳤다.

다음 날 손책이 동네 사람들을 불러서 물었다.

"이 근처에 혹시 광무제의 사당이 없느냐?"

"광무제의 사당이면 바로 신정산 위에 있습니다."

손책이 좌우를 둘러보고 말했다.

"내가 지난 밤 꿈에 광무제를 똑똑히 보았으니, 아무래도 가서 제사를 바쳐야겠소."

장소가 말렸다.

"안 됩니다. 신정산 남쪽에 유요가 진을 치고 있는데 만약 복병이라도 숨어 있으면 큰일 아닙니까?"

손책이 너털웃음을 터뜨렸다.

"신령께서 나를 돕는데 뭐가 두렵겠는가?"

기어이 손책은 정보, 황개, 한당, 장흠, 주태 등 12명만 거느린 채, 신정산으로 올라갔다. 광무제의 사당에 이르자 손책은 말에서 내려 사당에 분향하고 꿇어앉아 축원을 올렸다.

"만일 제가 강동을 평정하여 돌아가신 선친의 유업을 이어받게 된다면 반드시 사당을 수리하고 철따라 제사를 바치겠습니다."

그린 뒤에, 손책이 다시 말에 올라 장수들에게 말했다.

"이왕 여기까지 왔으니 고개 너머 유요의 진영을 정탐하고 가자."

"위험합니다."

"그냥 내려가시지요."

"복병이라도 만나면 낭패입니다."

아무리 충고해도 듣지 않고 손책이 고개를 넘어 중턱까지 내려갔다. 마침 숲속에 숨어 있던 소규모의 복병이 나는 듯이 가서 유요에게 보고했다.

"손책이 우리를 유인하는 계책을 쓰는 것이 분명해. 섣불리 쫓아가다가는 큰코 다칠 거야."

한 장수가 선뜻 나서며 큰 소리로 외쳤다.

"이번에 손책을 잡지 않고, 다시 어느 때를 기다린단 말입니까?"

놀라서 바라보니 동래의 태사자였다. 창을 잡고 말에 오른 태사자가 다시금 소리쳤다.

"대담한 용사는 내 뒤를 따르라!"

모든 장수들이 껄껄대며 비웃었다.

손책이 유요의 진영을 한참 동안 살펴본 뒤, 말 머리를 돌려 언덕을 내려가려던 참인데 갑자기 위에서 큰 소리가 들렸다.

"손책은 달아나지 마라!"

고개를 돌리자 두 장수가 나는 듯이 말을 달려 언덕을 내려오고 있었다. 손책은 부하 장수들을 일자로 벌려 세우고 기다렸다. 태사자가 큰 소리로 물었다.

"누가 손책이냐?"

손책이 반문했다.

"너는 누구냐?"

"나는 동래의 태사자다. 손책을 잡으러 왔다."

손책이 빙그레 웃으면서 말했다.

"내가 바로 손책이다. 너희 둘이 한꺼번에 달려들어라. 너희 따위를 겁낼 내가 아니다."

태사자도 지지 않고 말했다.

"너희 열셋이 모두 덤벼도 난 문제없다."

태사자가 즉시 창을 빗겨 잡고 말을 몰아 손책과 맞붙었다. 한 쌍의 창이 서로 부딪쳐 불똥을 튀기는가 하면, 네 쌍 말굽이 뽀얗게 먼지를 피워 올렸다. 평생 닦은 신묘한 무술을 발휘하여 오십 번에 걸쳐서 대결했는데도 좀처럼 승부가 가려지지 않았다.

이를 바라보는 장수들은 자기도 모르는 사이에 손에 땀을 쥐고 속으로 탄복했다. 태사자는 손책의 창 다루는 솜씨가 너무나 탁월한 것을 깨닫고는 일부러 지는 척하고 달아났다. 손책이 그 뒤를 추격했다. 태사자는 오던 길을 피하여 산 뒤쪽으로 말을 몰았다. 손책이 급히 뒤를 좇으며 목소리를 가다듬어 꾸짖었다.

"대장부가 비겁하게 달아나느냐?"

태사자는 대꾸하지 않은 채, 말을 달리며 속으로 궁리했다.

'저쪽은 장수가 열둘이나 되니 내가 손책을 사로잡는다 해도 곧 뺏기고 말 테지. 좀 더 멀리 유인해서 승부를 겨루어 보자.'

그렇게 작정한 태사자는 돌아서서 한두 차례 싸우고, 싸우다가는 다시 말 머리를 돌리어 달아나기를 거듭했다. 드디어 숲을 벗어나 넓은 벌판에 이르자, 태사자가 말을 돌려 다시 손책과 어우러져 싸웠다. 오십여 차례나 접전했으나 역시 승부가 나지 않았다.

손책이 있는 힘을 다하여 번개같이 내지르는 창끝을 태사자가 몸을 휙 비틀어 한 옆으로 흘리며, 즉시 그 창의 자루를 꽉 움켜잡았다. 그리고 이번에는 자기 창을 손책의 등까지 꿰뚫을 듯이 가슴 한복판을 겨누고 내질렀다. 손책이 번개같이 몸을 틀면서 눈

깜짝할 사이에 그 창의 자루를 움켜쥐었다.

둘이 창을 서로 잡은 채, 밀고 당기고 한참이나 승강이를 하다가 약속이나 한 듯 함께 말에서 뛰어내렸다. 성가신 짐을 벗어버리기나 한 듯 말들이 뿔뿔이 자취를 감추고 말았다. 드디어 둘은 동시에 창을 내던지고 맨주먹으로 싸우기 시작했다.

어느 새 전포가 갈가리 찢어졌다. 손책이 재빠르게 손을 놀려 태사자가 등에 지고 있던 단검을 빼어들자 태사자는 손책의 투구를 잡아챘다. 손책이 단검으로 찌르면 태사자는 투구로 그 칼을 막았다. 그때 뒤에서 갑자기 함성이 크게 일어나면서 유요의 군사 천여 명이 달려왔다.

"아뿔싸! 큰일났구나."

대담하기 짝이 없는 손책도 초조해졌다. 말굽 소리가 요란히 들리는가 싶더니 정보 일행이 앞을 다투어 몰려왔다. 손책과 태사자는 그제야 서로 떨어졌다. 그리고 태사자는 자기편에게서 말 한 필을 얻어 타고 창을 들고 다시 나왔다.

정보가 잡아서 끌고 온 자기 말에 오르자 손책도 창을 잡았다. 유요의 1천여 명 군사와 손책 이하 열두 장수가 치열하게 싸우면서 신정산 아래로 몰려갔을 때, 다시 함성이 크게 일어나면서 주유의 응원군이 도착했다. 그러자 북소리를 울리며 유요가 몸소 군사를 몰아 달려왔다. 일대 혼전이 벌어졌으나 이미 해가 저물었다. 게다가 갑자기 거센 바람이 일어나고 비가 퍼부어 양쪽이 모두 군사를 거두었다.

다음 날, 손책이 군사를 거느리고 유요의 진영 앞으로 나가자 유요도 군사를 이끌고 마주 나왔다. 양군이 대열을 진열하고 있을 때 손책이 부하에게 긴 창끝에다 어제 태사자에게서 빼앗은 단검을 매단 채 나서서 일제히 고함치게 했다.

"태사자가 재빨리 도망쳤으니 살았지, 이 단검에 맞아 죽었을 것이다!"

이를 본 태사자는 즉시 부하에게 손책의 투구를 들고 나가 외치게 했다.

"손책의 머리가 여기 있다!"

양군의 고함 소리가 한창 어지러울 때 태사자가 말을 타고 나와서 큰 소리로 외쳤다.

"손책은 이리 나와 오늘 이 자리에서 승부를 결정하자."

화가 뻗친 손책이 내달으려 하자 곁에서 정보가 말렸다.

"장군은 더 큰일을 도모할 몸입니다. 제가 사로잡겠습니다."

철척사모 창을 잡고 말을 탄 정보를 태사자가 꾸짖었다.

"너 따위는 내 적수가 못된다. 돌아가서 손책을 내어 보내라."

정보가 곧바로 태사자에게 달려들었다. 두 장수가 서른 번쯤 어우러져 싸우고 있을 때 무슨 영문인지 유요가 갑자기 북을 쳐서 군사를 거두었다. 태사자가 정보를 버리고 급히 말을 달려 진영으로 돌아와 이유를 따졌다.

"방금 급한 보고가 들어왔어. 주유가 기병대로 곡아(曲阿)를 습격하여 장수 진무(陳武)가 대적했다는데 곡아를 빼앗겼다면 내가 돌아갈 곳이 없지 않은가? 빨리 말릉으로 가서 수습해야겠다."

유요는 퇴군 명령을 내렸다. 손책은 그 뒤를 굳이 추격하려고 하지 않았다. 그러나 장소가 충고했다.

"주유가 곡아를 공격해서 지금 유주의 군사들이 전의를 상실한 상태가 분명하니, 오늘 적진을 야습하면 반드시 대승할 겁니다."

손책이 그 말을 받아들여, 그날 밤 군사를 다섯 방향으로 나누어 진군했다. 유요의 군사는 처참하게 패배하여 제각기 줄행랑치기에 바빴다. 태사자가 비록 용장이기는 하지만 혼자 힘만으로는 손책의 대군을 감당할 길이 없어, 결국 십여 기의 기병을 거느린 채 밤새껏 경현을 향하여 말을 달렸다. 사람들은 손책을 강동의 손랑(孫郞) 또는 소패왕(小霸王)이라고 부르며 두려워했다.

4장
영웅호걸은 누구인가?

1
원술이 황제를 자칭하다

원술은 손책으로부터 황제의 옥새를 받고 난 뒤 황제가 될 마음을 은근히 품고 있었다. 그런데 손책이 옥새를 반환하라는 서신을 보내자 원술은 격노했다.

'당초에 내가 군사를 빌려주지 않았더라면 오늘 제가 강동 땅을 장악하고 있지도 못할 게 아닌가? 옥새만 되돌려 달라니 은혜도 모르는 괘씸한 놈이다.'

원술이 장사 양대장, 도독 장훈, 기령, 교유, 상장 뇌박, 진란 등 삼십여 명을 불러 모아 손책을 정벌할 방안을 논의했다. 장사 양대장이 먼저 입을 열었다.

"손책은 장강의 요충지들을 점령하고 정예부대들을 거느리는 데다가 군량미도 넉넉하니, 단시일 내에 타도하기는 곤란합니다. 그러니까 유비를 우선 쳐서 지난번에 아무 까닭도 없이 우리를 공격한 그 원수부터 갚은 다음, 기회를 봐서 손책을 서서히 도모하는 것이 순서입니다."

"유비를 먼저 친다? 흠……."

"다만 한 가지 염려되는 것은 여포지요. 전에 여포에게 군량미와 금은을 약속하고 우리가 주지 않았으니, 여포가 유비를 지원한다면 낭패지요. 그러니 우선 군량미로 여포의 환심을 사서 군사를 동원하지 못하게 만들고는, 유비부터 사로잡고 그 다음에 여포를 친다면 서주를 거뜬히 손아귀에 넣을 수 있습니다."

"그거 참 멋진 계책이다."

원술이 곧 40만 가마의 조를 서주로 보내면서 호송 책임자 한윤 편에 여포에게 전할 비밀 서신을 맡겼다.

막대한 군량을 받고 기쁨에 넘친 여포가 한윤을 극진하게 대접했다. 한윤이 돌아와서 사실 그대로 보고하자, 원술이 드디어 기령을 대장으로 뇌박과 진란을 부장에 임명하고 군사 10만 명을 거느리고 가서 소패를 공격하게 했다.

이 소식을 들은 유비는 부하들과 상의했다. 장비가 나서서 말했다.

"쥐새끼 따위는 겁낼 것 없지요. 내가 나가서 처치하겠소."

그러나 손건이 반대 의견을 피력했다.

"익덕은 적을 우습게 보지만, 우리 소패성에는 군량도 얼마 없고 군사도 숫자가 적으니, 10만 대군과 대적하기는 어려운 일이오. 아무래도 여포의 지원을 요청하는 것이 상책입니다."

"흥! 여포 놈이 우릴 도와 줄 것 같소?"

장비가 벌레 씹은 표정을 지었지만 유비는 생각이 달랐다.

"손건의 말이 옳다."

유비가 말을 마치자, 곧 다음과 같이 여포에게 보내는 서신을 작성했다.

장군의 후한 배려로 유비가 소패에 머물러 있으니,

한없이 감사할 따름입니다.

이제 원술이 개인적 원한으로 대군을 이끌고

소패로 쳐들어오니,

유비가 이 재난에서 벗어나기가 어려운 처지입니다.

부디 군사를 내어 유비의 위급한 지경을 모면케 해 준다면

죽어도 그 은혜를 잊지 않겠습니다.

서신을 읽고 난 여포가 진궁에게 말했다.

"얼마 전에 원술이 군량을 보내고 밀서를 전하면서 나한테 유비를 지원하지 말도록 했는데, 이제 유비가 구원을 요청하고 있소. 유비가 소패에 주둔해도 내게 불리할 건 하나도 없지만, 만일 원술이 유비를 격파하고 나면, 다음에는 반드시 동쪽 태산의 여러 장수와 힘을 합하여 나를 칠 게 뻔하오. 그렇게 되면 내가 어찌 두 다리를 뻗고 잠을 편하게 자겠소? 유비를 구해 주는 게 상책이라 보오."

이렇듯 결심이 선 여포가 군사를 일으켜 서주성을 떠났다.

그 무렵, 기령이 10만 대군을 거느리고 패현 동남쪽에 이르러 진을 쳤다. 그리고 낮에는 군기와 창검을 사방에 전시하여 보는 사람의 눈을 어지럽게 만드는가 하면, 밤에는 무수한 횃불을 밝히고 북을 요란하게 울려서 들판이 대낮처럼 밝고 천지가 진동했다.

소패성에는 5천여 명의 군사뿐이었다. 그 수가 적은 줄을 잘 알면서도 달리 방도가 없는 유비가 관우, 장비와 함께 군사를 이끌고 성 밖으로 나아갔다. 기령이 군사를 휘몰아 단숨에 유비의 진

영을 짓밟으려고 할 때 척후병이 달려와 보고했다. 여포가 소패 서남쪽에 진을 쳤다는 것이다.

'여포가 왔다면 유비를 지원할 속셈이 아닌가?'

기령은 내심 놀라는 한편, 화가 치밀어 부하를 여포의 진영에 보내어 겉과 속이 다른 처사를 꾸짖었다.

여포는 한 계책을 꾸며내어 유비와 기령을 자기 진영으로 초청했다. 유비는 여포의 초청을 받고 즉시 수락했다. 그러자 관우와 장비가 간곡하게 말렸다.

"형님! 경솔하게 갈 일이 아닙니다."

"여포 놈이 무슨 흉계를 꾸밀 줄 알고!"

그래도 유비가 굽히지 않았다.

"내가 박대한 적이 없으니 여포도 나를 해칠 리가 없다."

유비는 곧 말을 타고 여포의 진영으로 갔다. 관우와 장비가 그 뒤를 따랐다. 여포가 유비의 손을 덥석 잡고 말했다.

"오늘 장군이 위급한 사태를 벗어나도록 도울 테니, 먼 훗날 뜻을 이루면 잊지나 마시오."

"어찌 잊을 리가 있겠소? 장군의 은혜는 꼭 갚겠소."

여포가 유비에게 의자를 권했다. 관우와 장비가 칼집을 쥔 채 유비 뒤에 섰다. 그때 군사가 들어와서 보고했다.

"기령 장군이 도착했습니다."

의외의 사태에 깜짝 놀란 유비가 벌떡 일어나 피하려 하자, 여포가 손을 들어 말렸다.

"두 분을 초청하여 의논할 일이 있으니 안심하시오."

유비는 여포의 의도를 도무지 짐작조차 할 수가 없어서 바늘방석에 앉은 기분이었다. 그러나 자리에 앉은 채 지켜볼 수밖에 없었다. 놀라고 불안해진 것은 오히려 기령이 더했다.

기령은 말에서 내려 무심히 진영으로 들어서다가 천만 뜻밖에도 의자에 앉은 유비를 보고는 혼비백산했다. 그 길로 몸을 돌려 밖으로 나가려 했다.

"왜 돌아가는 거요? 그러지 말고 이리 올라오시오."

여포가 소리쳐 부르고 다른 장수들이 붙들었지만 기령은 뿌리치고 나갔다. 그러자 여포는 단상에서 뛰어 내려가 한 손으로 그의 허리를 덥석 끌어안고는 어린애 다루듯 번쩍 들어 단상으로 돌아왔다. 기령이 허둥대며 외쳤다.

"장군은 나를 죽일 생각이오?"

"천만의 말씀!"

"그렇다면, 저 귀 큰 장수를 죽이려는 겁니까?"

"그것도 아니오."

"도대체 어쩌겠다는 말입니까?"

"유비는 나하고 형제 사이요. 이제 장군의 위협을 받고 있으니 구해 주려는 거요."

"그건 나를 죽이겠단 말이군요."

"그럴 리가 있겠소? 홍정은 붙이고 싸움은 말리라고 하지 않았소? 난 두 장군 사이에서 화해를 붙이려는 거요."

"어떻게 화해를 붙이겠다는 건지 궁금합니다."

"묘안이 있으니 나한테 맡기시오."

여포가 가운데 자리를 잡고 기령을 왼쪽에 유비를 오른쪽에 앉힌 다음, 술상을 차려오게 했다. 술이 두세 잔 돌아간 뒤 여포가 둘을 번갈아 쳐다보면서 말했다.

"내 체면을 보아 두 장군은 모두 군사를 거두시오."

유비는 말이 없었지만 기령은 화가 뻗쳐서 대꾸했다.

"내가 상부의 지시로 유비를 잡으러 왔는데 어떻게 빈손으로 회군하란 말이오?"

장비도 화를 버럭 냈다. 즉시 칼을 빼어 들고 기령을 꾸짖었다.

"우리 군사가 비록 숫자는 적지만, 너희 따위는 지푸라기만도 못하게 본다. 십만 대군, 십만 대군 하지만, 백만 황건적에 비하면 아무것도 아니다."

머리카락이 곤두선 그 기세가 기령을 칼로 내려칠 듯했다. 관우가 급히 손을 들어 말렸다.

"여 장군의 의향과 그 결과를 본 뒤, 각기 진영으로 돌아가서 결전을 해도 늦을 것이 없지 않느냐?"

여포가 한마디 던졌다.

"난 화해시키려는 것이지 결전을 부추기는 게 아니다."

그러나 왼쪽의 기령은 분을 참지 못하여 씩씩거리고 오른쪽의 장비는 연방 게거품을 뿜는데 까딱하면 칼을 휘두를 판이었다. 여포가 격노하여 좌우를 돌아보고 큰 소리로 말했다.

"내 화극을 이리 가져오너라."

군사가 즉시 방천화극을 여포에게 바쳤다. 화극을 잡은 여포가 다시금 기령과 유비를 돌아보자, 두 사람의 안색이 하얗게 변했다.

"나는 두 장군에게 화해를 권유했소. 둘이 화해하든 결전하든 모두 하늘에 달려 있는 것이니 운명을 하늘에 맡깁시다."

여포는 말을 마치고는 군사에게 지시했다.

"이 방천화극을 원문 밖 저 멀리 옮겨다 꽂아 놓아라."

여포의 의도를 아무도 짐작하지 못했다.

"여기서 저 원문까지는 1백5십 보의 거리요. 내가 이제 활을 쏘아 저 방천화극의 작은 가지를 한 살에 맞춘다면 두 장군은 모두 회군하시오. 만일 화살이 빗나간다면 서로 죽이든 말든 마음대로 하시오. 그러나 내 말에 따르지 않으면, 내가 먼저 군사를 몰아 칠 테니 그리 아시오."

기령이 속으로 궁리했다.

'1백5십 보 떨어진 화극의 가지를 맞힌다는 건 어림도 없다. 우선은 여포의 말에 따른다고 해 두자. 화살이 빗나가면 그때 가서 유비를 쳐도 그만이지.'

기령이 선선히 응낙하자 유비도 불안한 마음에서 거절할 도리가 없었다. 여포가 두 사람과 함께 다시 술을 한 잔씩 나눈 뒤에 자기 활을 가져오라고 지시했다.

유비는 마음속으로 간절히 바랐다.

'제발 적중하기를!'

여포가 천천히 소맷자락을 걷어 올렸다. 활시위를 먹여 힘껏 당긴 뒤, 힘차게 한마디 내지르며 손을 탁 떼자 시위를 떠난 화살은 유성이 곧장 땅으로 떨어지는 모습이었다.

한 치도 어김없이 바로 방천화극의 작은 가지에 적중했다. 꽹과리와 북소리가 동시에 울리고 장수와 군졸들이 일제히 함성을 내지르며 박수갈채를 보냈다.

여포가 호탕하게 웃으면서 활을 땅에 던진 다음, 기령과 유비의 손을 잡고 말했다.

"이것은 하늘이 시키시는 일이니, 두 장군은 즉시 군사를 거두어 돌아가시오."

다시 술을 내어 오게 한 여포가 큰 잔에 가득 부어 두 사람에게 차례로 권했다.

유비는 천만다행으로 여겨 마음이 한결 놓이는 반면, 기령은 한참이나 묵묵히 앉아 있다가 입을 열었다.

"장군의 말씀을 거역할 수는 없소. 그러나 이대로 회군하면 나를 파견한 원술 장군의 의심을 받을 일이 난감하오."

여포가 웃으면서 대답했다.

"내가 자초지종을 서신에 적어 보낼 테니 전달하면 되지 않겠소?"

기령도 그 이상 시비를 걸 수가 없어 여포의 서신을 받고 먼저 돌아가자, 여포가 유비에게 한마디 덧붙였다.

"내가 아니었다면 장군은 참으로 위태로운 지경에 빠졌을 거요."

유비가 거듭 감사의 뜻을 표한 뒤, 관우와 장비를 데리고 돌아갔다. 그리고 다음 날 세 군데의 군사가 모두 그 자리를 떠났다.

2
사돈관계 계략으로 상대를 노리다

수춘으로 돌아간 기령이 전후 사정을 자세히 보고하고 여포의 서신을 원술에게 바치자 원술은 화를 참지 못했다.

"내가 막대한 군량을 보내 주었는데도 불구하고 여포가 유치한 장난으로 유비 편만 들다니! 그렇다면 내가 나서서 유비와 여포를 한꺼번에 처치할 수밖엔 없다."

그러나 기령이 만류했다.

"여포가 원래 뛰어난 용장인데다 서주성을 차지하고 있으니, 유비와 손을 잡는다면 간단히 격파할 상대는 아닙니다. 여포의 딸이 혼기가 찼다고 하는데 장군께서 그 딸을 며느리로 삼겠다고 청혼하면 어떨까 합니다. 만약 여포가 딸을 장군께 보낸다면 그 뒤로는 장군의 지시를 절대로 거역하지 못하고 유비마저도 죽일 것이오."

원술이 그 말에 고개를 끄덕이고는 즉시, 한윤을 중매쟁이로 삼아 예물과 함께 서주로 파견했다. 여포는 부인이 둘이고 첩이 하나였다. 먼저 엄씨를 본처로 삼고, 그 뒤에 초선을 첩으로 맞아들였다가, 소패에 있을 때 조표의 딸을 후처로 들였다.

후처는 자녀를 낳지 못한 채 먼저 죽었고, 첩인 초선도 아이를 낳지 못했다. 오직 본처 엄씨가 딸 하나를 낳았을 뿐이다. 그래서 여포는 그 딸을 가장 아꼈다.

원술로부터 청혼을 받은 여포가 안채에서 부인과 의논하니, 엄씨가 물었다.

"회남을 지배하는 원술이 대군을 거느리고 군량미도 넉넉하며 머지않아 천자가 될 것이라는 말이 있지요. 만약 원술이 대사를 성취한다면 우리 딸은 앞으로 황후가 될 수 있지 않겠어요? 그런데 아들이 몇 명이지요?"

"하나뿐이오."

"그렇다면 청혼을 즉시 승낙하세요. 우리 딸이 황후가 못되는 경우라 해도, 여기 서주는 아무 염려가 없지 않겠어요?"

"내 생각도 그렇소."

여포가 드디어 결심하고는 원술의 청혼을 받아들였다.

한윤이 돌아가서 원술에게 보고하자 은근히 기뻐했다. 즉시 초빙의 예의를 갖추어서 한윤을 다시 서주로 보냈다. 한윤이 예물을 신붓집에 전달하고 숙소에 머물러 있을 때 손님이 찾아왔다. 여포의 전략가 진궁이었다.

모두가 자리를 잡고 앉자, 한윤이 무슨 일로 찾아왔는지 묻기도 전에 진궁이 좌우의 사람들을 꾸짖어 물리친 뒤, 먼저 입을 열었다.

"도대체 누가 이런 계책으로 원술 공과 여포를 사돈 관계로 묶은 다음에, 유비의 머리를 노리게 했소?"

한윤이 깜짝 놀라 손을 내저으며 말했다.

"제발 누설하지는 마십시오."

진궁이 대꾸했다.

"내가 뭣 때문에 누설하겠소? 그러나 이 일을 오래 끌다가 남들이 눈치 채게 되면 불상사가 발생할까 걱정이 돼서 그러지요."

"그럼, 좋은 묘책이라도 있나요?"

"내일 당장 신부를 원술 공에게 보내도록 내가 여포를 설득하면 어떻소?"

그러자 기쁨에 넘친 한윤이 자리에서 일어나 깊이 절했다.

"그렇게만 된다면, 원술 공도 공의 은덕을 결코 잊지 않을 거요."

"알겠소."

진궁이 그 길로 여포를 만나서 말했다.

"따님 혼사가 결정되었으니 대단한 경사지요. 식은 언제쯤 올릴 생각인지요?"

"앞으로 의논해서 결정하겠소."

"예물을 받은 뒤 성혼하기까지 각각 정해진 기한이 있지요. 천자는 1년, 제후는 6개월, 대부는 3개월, 일반 서민은 한 달입니다."

"원술은 하늘로부터 옥새를 받아 머지않아 황제가 될 테니, 천자의 예를 따르는 것이 옳지 않겠소?"

"아닙니다."

"그럼 제후의 예를 좇는 수밖에 없겠군."

"그것도 아닙니다."

"그럼 대부의 예를 따른다?"

"그것도 옳지 않습니다."

여포는 어이가 없어서 웃고 말았다.

"서민의 예를 따르란 말이오?"

"그건 더욱 아닙니다."

"그럼 도대체 어떻게 하란 말이오?"

진궁이 정색을 한 채 대답했다.

"천하의 제후들이 세력 다툼에 골몰하고 있는 이때에, 장군이 원술과 사돈이 된다는 소문이 퍼지면 제후들이 시기 질투할 건 뻔한 이치지요. 그런데도 오랫동안 택일을 미룬다면 막상 결혼식을 올리려 할 때 누군가가 복병을 풀어 신부를 납치해 갈지도 모릅니다. 성혼을 시키지 않을 작정이라면 별문제지만, 이왕 혼인을 허락한 바에는 다른 제후들이 아직 모르고 있을 때 따님을 당장 수춘으로 보내서 별관에 머물러 있게 한 다음, 나중에 길일을 택해서 식을 올린다면 실패가 없을 겁니다."

여포는 얘기를 듣고 보니 매우 그럴싸했다.

"하긴 그 말이 옳소."

여포가 곧 안채로 들어가 엄씨 부인에게 설명하고 딸을 수춘으로 떠나보낼 차비를 시켰다. 그리고 송헌과 위속에게 신부의 가마를 호위하여 한윤과 함께 떠나라고 지시했다.

그때 진궁의 부친 진규가 병석에 누워 있었는데 길거리에서 나는 요란한 풍악 소리를 듣고 주위 사람에게 까닭을 물어 보았다. 여포가 원술의 아들에게 딸을 보낸다는 것이다. 진규가 침대에서 벌떡 일어났다.

'이것은 간계다. 유비가 위태롭구나.'

병든 몸을 이끌고 진규가 여포의 저택으로 찾아가서 만나자, 여포가 물었다.

"대부는 무슨 일로 오셨소?"

"장군이 돌아가셨다는 말을 듣고 삼가 문상하러 왔소."

여포는 깜짝 놀랐다.

"무슨 말을 그렇게 하는 거요?"

진규가 차분한 어조로 대답했다.

"얼마 전에 원술이 장군에게 군량을 보낸 것은 유현덕을 죽일 목적이었는데, 장군이 원문의 화극을 활로 쏘아 유비를 위기에서 구해 주었지요. 그런데 이번에는 원술이 갑자기 청혼해 왔으니 이것은 장군의 따님을 인질로 삼아 유비를 치고 소패를 점령하려는 거요. 소패가 망하면 서주가 위태롭게 됩니다. 그게 아니라고 해도 군량이나 군사를 빌려 달라는 귀찮은 요청을 해 오면 장군은 어찌하겠소? 일일이 응낙하면 다른 사람들의 원한을 살 것이고, 거절한다면 사돈 사이가 벌어져서 드디어 무력 대결로 발전할 게 아니겠소? 더욱이 원술은 황제를 자칭할 작정이라던데, 이것은 대역죄를 짓는 일이오. 원술이 조정에 반기를 드는 날에는 장군은 바로 역적의 인척이 되니, 앞으로 천하 어디에 몸을 두겠소?"

여포가 크게 놀랐다.

"진궁의 말만 믿고 한 노릇인데 큰일 날 뻔했소."

여포는 즉시 장요에게 명령하여 멀리 30리 밖까지 쫓아가서 신부의 일행을 성내로 데려오게 한 다음, 한윤은 옥에 가두고 원술에게는 별도로 전령을 보내어 신부의 나이가 아직 어려서 보낼 수 없다고 통고했다.

진규는 여포에게 한윤을 묶어서 수도인 허도로 올려 보내라고 다시 권고했다. 그러나 여포가 주저하여 결단을 내리지 못하고 있을 때, 급하게 보고가 들어왔다.

"유비가 소패에서 군사를 계속 소집하고 군마를 사들이고 있습니다."

여포가 웃으면서 말했다.

"장수라면 당연히 할 일인데 뭐가 이상하단 말이냐?"

대화가 끝나기도 전에 송헌과 위속이 들어와서 보고했다.

"저희 둘이 장군의 지시를 받들고 산동에 가서 말 3백 필을 산 뒤, 귀로에 소패 근처를 지나려는데 난데없는 도적 떼가 튀어나왔지요. 워낙 중과부적(衆寡不敵)이라 말 절반을 빼앗기고 말았습니다. 그런데 자세히 알아보니, 유비의 동생인 장비가 산적으로 가장하여 말을 탈취한 것이지요. 이런 괘씸하고 분한 일이 어디 있겠습니까?"

여포가 발끈했다. 즉시 군사를 거느리고 소패로 쳐들어갔다.

유비가 크게 놀라 급히 군사를 이끌고 성에서 나왔다. 양편 군사가 진을 치고 나자, 유비가 말을 몰아 진영 앞으로 나서서 여포에게 한마디 물었다.

"장군은 무슨 까닭으로 군사를 이끌고 이곳에 오셨소?"

여포는 손을 들어 유비를 가리키면서 꾸짖었다.

"내가 원문의 화극을 쏘아 맞혀 너를 절박한 위기에서 구출해 주었는데 은혜를 갚기는커녕 도리어 나의 군마를 약탈하다니, 이것이 사람의 도리란 말이냐?"

유비는 뜻밖의 말을 듣고 의아한 생각을 떨치지 못했다.

"말이 부족하여 최근에 부하들을 사방에 보내서 사 온 일은 있지만, 장군의 군마를 도적질할 리가 있겠소?"

여포가 다시금 언성을 높여 꾸짖었다.

"네가 장비를 시켜 내 말 1백5십 필을 탈취해 갔으면서도 시치미를 떼느냐?"

그 말이 미처 끝나기도 전에 유비의 등 뒤에서 장비가 말을 달려 나오며 큰 소리로 외쳤다.

"그래, 내가 말을 뺏었다. 어쩔 테냐?"

여포가 장비를 매섭게 꾸짖었다.

"이 고리눈 도적놈아! 번번이 날 깔보다니!"

장비가 지지 않고 마주 대고 호통쳤다.

"네 이놈! 내가 말을 빼앗았다고 앙탈부리겠다면 네가 우리 형님의 서주를 뺏은 것에 대해서는 왜 꿀 먹은 벙어리냐?"

격노한 여포가 곧 방천화극을 꼬나 잡고 적토마를 급하게 몰아 내달렸다. 장비가 장팔사모를 휘두르며 맞아 싸웠다. 백 번이 넘도록 접전했지만 승부가 나지 않았다.

유비는 혹시 장비가 실수할까 염려해서 제금을 쳐서 군사를 거두어 성으로 들어갔다. 여포가 군사를 나누어 성을 철통같이 포위했다. 유비가 장비를 앞으로 불러내서 크게 꾸짖었다.

"네가 남의 말을 탈취해서 쓸데없는 충돌을 일으켰다. 말은 어디다 두었느냐?"

얼굴을 찡그리면서 장비가 마지못해 대답했다.

"여러 절에 맡겨 놓았소."

유비가 즉시 전령을 여포의 진영으로 보내서 말을 모두 돌려보낼 테니 군사를 거두어 돌아가 달라고 요청했다. 여포가 요청을 수락해서 군사를 거두려 할 때 진궁이 반대했다.

"이 기회에 유비를 아주 죽여 없애지 않으면 뒷날 반드시 화근이 됩니다."

여포가 그 말에 따라 유비의 요청을 물리치고 한층 맹렬하게 공격했다.

유비는 미축과 손건을 불러 상의했다. 손건이 입을 열었다.

"이대로 눌러앉아서 성을 지킬 도리는 없소. 아무래도 다른 방안을 찾아야하오. 여포를 제일 미워하는 사람은 조조니까, 곧 성을 버리고 허도로 가서 우선 조조에게 몸을 의탁한 다음, 군사를 빌어 여포를 치는 것이 상책이오."

유비가 좌우를 돌아보고 물었다.

"누가 선두에서 포위망을 뚫고 탈출로를 열겠소?"

장비가 선뜻 나섰다.

"내가 하겠소."

유비는 장비를 앞세우고, 관우를 뒤에 서게 하고, 자기는 중간에 서서 노인과 아이들을 보호하여 달빛을 틈타 북문으로 내달렸다. 북소리가 울리는가 하면, 송헌과 위곡이 군사를 몰고 나와 앞을 가로막았다. 장비가 고리눈을 부릅뜬 채 벼락치듯 고함지르면서 번개처럼 적진으로 달려들자 아무도 그 앞에 나서지 못했다.

어둠을 뚫고 유비가 장비와 더불어 노인과 아이들을 보호하여 전진할 때, 뒤에서 큰 함성이 일면서 한 떼의 군사가 쫓아왔다. 여포 휘하의 맹장인 장료였다. 그러나 관우가 청룡언월도를 들고 일행의 밤길을 도왔다.

여포는 유비가 성을 버리고 떠난 것을 알자, 멀리 추격하지 않고 즉시 군사를 거느려 성으로 들어가, 고순에게 소패의 수비를 맡긴 뒤 서주로 돌아갔다.

허도에 도착한 유비는 성 밖에 머물면서 먼저 손건을 조조에게 보내 자기가 멀리서 찾아온 뜻을 알렸다. 조조가 유비를 기꺼이 성안으로 초청했다.

다음 날, 유비가 관우와 장비를 성 밖에 남겨둔 채, 손건과 미축을 데리고 성으로 들어가 조조와 대면했다.

조조가 극진하게 예를 갖추어 유비를 맞아들였다. 유비가 여포에게 당한 억울한 일을 낱낱이 설명하고 호소했다. 그러자 조조가 부드러운 어조로 위로했다.

"여포는 원래부터 의리가 없는 놈이오. 내가 현덕 공과 힘을 합쳐서 그놈을 없애버리겠소."

조조가 즉시 술자리를 마련해서 정성껏 대접했다. 날이 저물어 유비가 돌아간 뒤, 순욱이 들어와서 조조에게 말했다.

"유비는 당대의 영웅입니다. 일찌감치 없애지 않는다면 훗날 반드시 화근이 될 거요."

조조는 입을 다문 채 깊은 생각에 잠겼다. 순욱이 돌아가자 이번에는 곽가가 들어왔다. 조조가 물었다.

"순욱이 유비를 처치하라는데, 어찌하면 좋겠소."

"그건 안 되지요. 장군께서 의병을 일으켜 나라를 바로잡고 백성을 편안케 하려는 지금, 오로지 신의를 내세워서 천하의 호걸과 인재들을 불러 모아도 호응이 있을지 어떨지 모르는 판이 아닙니까? 유비는 일찍부터 명망이 대단한 영웅입니다. 궁색한 형편 때문에 장군에게 의지하려 찾아온 그를 없앤다면, 작은 것이 탐나서 큰 것을 잃는 소탐대실(小貪大失)의 실수를 저지르는 짓이지요. 만일 유비를 없앴다는 소문이 퍼지면, 천하의 영웅호걸들이 장군을 외면할 테니, 장차 누구와 손을 잡고 천하를 평정하려는 겁니까? 화근 하나를 덜기 위해 무수한 인재를 잃는 일을 장군은 피하는 것이 마땅하오."

그 말에 조조가 크게 기뻐서 호탕하게 웃었다.

"어쩌면 그렇게도 내 생각과 똑같을 수가 있소?"

다음 날, 조조가 유비에게 주목의 벼슬을 내렸다. 그러자 순욱이 다시 나서서 충고했다.

"유비는 남의 명령만 끝까지 받을 인물이 아닙니다. 없애버리는 것이 상책이오."

그러나 조조가 그 말을 듣지 않았다.

"지금은 우리에게 영웅호걸이 필요할 때요. 한 사람을 죽여서 천하의 민심을 잃는 것은 내가 원하지 않소. 곽가도 나와 같은 의견이니 그리 아시오."

조조가 군사 3천 명과 군량미 2만 가마를 유비에게 내 주고, 예주로 가서 부임하도록 했다. 그리고 유비에게 흩어진 군사를 불러 모아 여포를 치도록 지시하고, 자기도 곧 군사를 거느리고 지원하겠다고 말했다.

3
미녀에게 홀린 조조

조조가 바야흐로 군사를 일으켜 유비와 손을 잡고 여포를 치려 할 때였다. 급히 말 한 필이 나는 듯이 달려와 보고했다.

"장제(張濟)가 관중에서 나와 남양을 치다가 화살에 맞아 죽었는데, 그의 조카 장수(張繡)가 대신 군사를 지휘하고 가후를 전략가로 삼아 형주(荊州)의 유표(劉表)와 손을 잡은 뒤, 지금 완성(宛城)에 주둔하면서 허도를 호시탐탐 노리고 있습니다."

이 소식을 듣고 조조가 격노했다.

'하찮은 놈이 감히 허도를 넘보다니!'

조조는 당장 군사를 동원하여 장수를 치려했으나 그 틈을 타서 여포가 허도를 침범할까 걱정이 되어 순욱에게 계책을 물었다.

"그리 어려운 일이 아닙니다. 미련한 여포는 작은 이익만 얻어도 기뻐할 테니 여포의 벼슬을 높이고 상을 내리는 한편, 현덕과 화해하라고 권고하시지요. 그러면 딴 마음을 품지 않을 것입니다."

조조는 그 계교를 받아들여 왕칙(王則)에게 여포의 승진 임명장과 화해 권고 서신을 전달하라고 명령하여 서주로 파견한 뒤, 하후돈을 선봉으로 삼고 기병대와 보병 15만 명을 세 갈래로 편성하여 하남성 남양 부근의 육수에 이르렀다.

가후가 이를 보고 장수에게 권했다.

"조조의 군사력이 너무 강성해서 우리가 대적하기는 어렵습니다. 항복하는 것이 상책이오."

장수는 그 말에 고개를 끄덕이고는 가후를 조조의 진영으로 보냈다. 조조는 가후를 만나보자 마음에 들어 자기 부하로 삼으려 했다. 그러나 가후가 사양했다.

"저는 이각의 무리로서 죄인일 뿐 아니라 지금은 장수의 부하입니다. 장수가 제 말과 계략을 모두 그대로 따르는 터이니, 어찌 배반할 수 있겠습니까?"

가후가 조조에게 하직 인사를 하고 돌아갔다가, 다음 날 장수를 이끌고 다시 왔다. 조조가 두 사람을 후하게 대접한 다음, 군사를 이끌고 완성으로 들어가 진을 치고 남은 군사들은 성 밖에 주둔시켰다.

며칠이 지나자 장수가 잔치를 베풀고 조조를 초청했다. 술에 취하여 숙소로 돌아온 조조가 좌우를 돌아보며 장수에게 물었다.

"이 성안에 혹시 기생이 없느냐?"

조조의 조카 조안민이 그 속마음을 짐작하고 나직이 대답했다.

"어젯밤 제가 고관 저택을 지나다가 안을 엿보니 빼어난 미인이 있더군요. 누군가 알아 봤더니 장수의 삼촌 장제의 처였습니다."

조조는 조카를 앞세워 군사 50여 명을 거느리고 가서 보니, 과연 절세의 미인이었다. 그래서 여인을 가까이 불러 물었다.

"부인은 성씨가 뭐요."

부인이 고개를 숙이며 대답했다.

"죽은 장제의 처, 추씨(鄒氏)입니다."

여인의 목소리가 너무나도 맑고 고왔다. 조조가 빙긋이 웃으며 다시 말했다.

"내가 누군지 아시오?"

"승상의 존함은 잘 알고 있었지만, 오늘 밤 이렇게 뵙게 될 줄은 미처 몰랐습니다."

"내가 부인을 만났고 장수 또한 항복했으니, 이제 장씨는 온 가족들이 화를 면할 수 있게 됐소."

그러자 추씨가 몸을 일으켜 예의를 갖추었다.

"목숨을 살려 주신 승상의 크신 은덕을 무엇으로 갚아야 할지 모르겠습니다."

“그렇다면 오늘 밤 나와 침실을 같이 쓰고 내일은 나를 따라 허도로 가서 부귀영화를 누리는 것이 어떻겠소?”

결국, 추씨는 그날 밤 조조에게 몸을 허락했다. 그리고 베갯머리에서 조조의 귀에 대고 속삭였다.

“제가 성안에 계속 머물러 있으면 장수가 눈치 챌 테고, 사람들의 구설수에 오르면 일이 시끄러워질 거예요.”

다음 날, 조조가 추씨를 성 밖으로 데리고 나가 별채를 마련해 준 뒤에, 경비병을 붙여 다른 사람들의 출입을 엄격하게 통제했다. 이제 조조는 추씨의 미색에 홀려서 돌아갈 생각을 하지 않았다. 그러자 누군가 장수에게 고자질했다. 장수가 격노했다.

‘조조 놈이 나에게 이런 모욕을 주다니!’

즉시 가후에게 이 일을 어떻게 처리할지 물었다. 가후가 한 가지 계교를 일러 주었다. 다음 날 장수는 조조가 나오기를 기다렸다가 말했다.

“요즘 새로 항복해 온 군사들 가운데 탈영하는 자들이 많으니 주력부대와 따로 주둔시키는 것이 어떨까요?”

“좋도록 하시오.”

조조가 하품을 하면서 허락했다.

장수가 부하를 주력부대에 잠입시켜서 거사 일자를 정하고 기회를 노렸지만, 조조의 호위병들이 워낙 강해서 손을 쓰기가 어려웠다. 그때 5백 근을 등에 질 정도로 힘이 세고, 또 하루에 7백 리를 달리는 용장 호거아(胡車兒)가 장수에게 계책을 일러 주었다.

“조조를 처치하려 해도 두려운 것은 본부를 지키고 있는 전위(典韋)이고, 전위를 먼저 없애려 해도 두려운 것은 그가 쓰는 창이

지요. 장군께서 내일 전위를 초청하여 만취시킨 뒤 돌려보내십시오. 그러면 제가 그 부하들 틈에 끼여 적진으로 들어가 몰래 창을 훔쳐내겠습니다. 자기 창이 없는 전위 따위는 두려울 게 못되지요."

장수가 그 계교를 좇아 가후를 시켜 전위를 만취하도록 술대접을 해서 보내게 하는 한편, 비밀리에 부하 군사들에게 지령을 내려 궁수와 기병대를 준비하여, 때가 이르면 즉시 거사하기로 작정했다.

그날 밤도 여느 때와 마찬가지로 조조가 본부에서 추씨를 데리고 술을 마시고 있었다. 그러자 문득 장막 밖에서 사람들이 떠드는 소리와 말 울음소리가 시끄러웠다. 무슨 일인가 알아보라고 했더니 장수의 부하들이 야간 순찰 중이라는 보고였다. 그래서 별다른 의심을 하지 않은 채 술잔을 거듭 기울였다.

2경쯤 되었을 때 갑자기 진영 뒤에서 난데없는 아우성이 들리는가 하면, 군마의 여물을 실은 수레에 불이 붙었다는 보고가 들어왔다. 조조는 대수롭지 않게 여기고 한마디 던졌다.

"군사들이 실수로 불을 냈겠지. 놀라지 말라고 해라."

그러자 그 말이 미처 끝나기도 전에 함성이 더욱 가까이 크게 들렸다. 사방이 불바다가 되었다는 급한 보고가 들어왔다. 그제야 다급해진 조조가 비로소 자리를 차고 일어나면서 소리쳤다.

"전위야! 전위는 어디 있느냐?"

곤드레만드레 술이 취해서 세상모르게 모로 쓰러져 자던 전위가 제금 소리, 북소리, 고함 소리, 비명 등으로 하늘이 무너질 듯 진동하자 크게 놀라서 벌떡 일어났다. 그러나 아무리 둘러보아도 쌍철극이 안 보였다. 적의 수많은 기병대가 입구에서 달려 들어왔다.

전위가 부하의 칼을 빼앗아 순식간에 20여 명을 베어버리자 기병대가 퇴각했다. 그런데 이번에는 보병이 아우성치면서 밀려왔다. 여러 명을 쓰러뜨렸으나 갑옷도 못 입은 전위도 여러 차례 창에 찔려 피투성이가 되었다. 무디어진 칼을 적군을 향하여 내던지고, 적군 두 명을 양손에 하나씩 멱살을 잡아 번쩍 들어 좌우로 휘둘렀다.

보병이 뒤로 물러서자, 궁수들이 멀리서 일제히 활을 쏘아댔다. 온몸에 화살을 맞아 전위는 고슴도치 꼴이 되었는데도 계속 버티었다. 그때 뒷문으로 쳐들어온 적군의 창이 전위의 등을 관통해버리고 말았다.

한편 조조는 재빨리 뒷문으로 빠져나갔다. 추씨를 돌볼 경황도 없었다. 말을 몰아 줄행랑을 치는데 뒤따르는 부하라고는 말도 타지 못한 채 뛰어오는 조카 조안민뿐이었다. 사방이 불바다인데다가 여기저기서 비명 소리만 요란했다. 적이 쏜 화살이 조조의 오른팔에 꽂혔다. 말도 볼기와 뒷다리에 세 군데나 화살을 맞았지만 그대로 내달려 마침내 육수 강변에 이르렀다. 추격군의 함성이 점점 가깝게 들렸다. 말을 몰아 강을 건너려던 조조가 퍼뜩 생각이 나서 뒤를 향해 소리쳤다.

"안민아! 안민아!"

그러나 조안민은 이미 적군에게 피살된 뒤였다.

조조가 강물 속으로 말을 몰았다. 화살이 마구 날아왔다. 간신히 강을 건너 언덕에 이르렀을 때, 한 화살이 말의 왼쪽 눈에 박히고 말았다. 말이 옆으로 쓰러지는 통에 조조도 굴러 떨어졌다. 즉시 엎드려서 강 저쪽을 살폈다. 무수한 횃불이 강물 위를 훤하게 비치는데 누군가 말을 타고 강을 건너오고 있었다.

'이젠 꼼짝없이 죽었구나! 그래도 갈 데까지 가 보자.'

몸을 돌려 막 내달리려 하자, 등 뒤에서 무슨 소리가 들렸다.

"아버님!"

"아니, 이게 누구냐?"

바로 자기 맏아들 조앙(曹昻)이었다.

"아버님, 제 말에 오르십시오."

"너는 어떡하고?"

"저는 염려 말고 아버님부터 빨리 피하십시오."

적의 기병 수십 기가 앞을 다투어 강을 건너오고 있었다. 그러자 조조가 급히 말에 뛰어올라 달려갔다. 그때 조앙이 가슴에 화살을 맞고 외마디 비명 소리와 함께 쓰러져 죽었다. 조조가 50리가량 달리자 날이 훤히 밝아오며 부하 장수들이 점차 조조의 주위로 모여들었다. 조조는 산을 등지고 앉아 쉬면서 장수들에게 패잔병의 수습을 지시했다.

한편, 하후돈이 이끄는 청주(靑州) 군사들이 패주하는 도중에 사방에서 약탈을 자행했다. 하후돈과 마찬가지로 조조의 부하 장수인 우금(于禁)은 이에 화가 나서 약탈자를 사정없이 처단하고 백성들을 안심시켰다. 간신히 목숨을 건져 도망쳐 온 청주 군사들이 조조에게 하소연했다.

"우금 장군이 모반하여 적군을 치기는커녕 우리 청주 군사를 마구 죽였습니다."

조조는 깜짝 놀랐다. 도무지 믿을 수가 없었다. 조조는 마침 돌아온 하후돈, 허저, 이전, 악진에게 사실여부를 물었다.

"자기 부하를 풀어 청주 군사를 보는 대로 죽였다고 합니다."

제각기 한마디씩 하자, 조조가 명령했다.

"우금이 반란을 일으켰다. 부대를 재편성하여, 즉시 우금을 쳐부수도록 하라."

우금은 진을 치고 방어 태세를 강화했다. 그러자 순욱이 우금에게 한마디 했다.

"청주 군사가 승상에게 장군이 반역했다는 허위 보고를 했다는 소문이 들리는데, 승상께 가서 해명할 생각은 않고 진지부터 구축해서야 되겠소?"

우금이 태연하게 말했다.

"적군이 우리 뒤를 추격하여 곧 여기 올 텐데, 미리 대비해 두지 않는다면 무슨 수로 적을 막겠소? 해명보다는 적을 물리치는 것이 급선무요."

이윽고 함성이 크게 일어나면서 장수의 군사가 두 갈래로 나뉘어서 쳐들어 왔다. 우금이 공격 명령을 내렸다. 적의 세력이 의외로 강한 것을 깨달은 장수가 급히 군사를 거두어 퇴각했다. 우금이 군사를 휘몰아 맹렬히 추격하자 장수는 결국 크게 패하여 100여 리를 달아났다. 장수는 패잔병을 수습해 보니 얼마 되지 않았다. 그래서 할 수 없이 유표에게 가버렸다.

조조가 대승을 거둔 뒤 군사를 수습하고 군사들의 수와 장비를 점검할 때, 우금이 와서 사실대로 보고했다. 조조가 반문했다.

"그렇다면 즉시 자초지종을 나한테 알릴 것이지, 진지부터 구축한 까닭은 뭔가?"

"적이 곧 들이닥칠 위급한 상황에서 그럴 시간이 어디 있습니까? 미리 대비하지 않고 어떻게 적과 싸울 수 있겠습니까? 해명은 사소한 일인 반면, 적을 막아 물리치는 것은 중대사이므로 진영부터 세웠습니다."

그 말을 듣자 조조가 비로소 옷깃을 바로 여미었다.

"경황이 없는 가운데서도 장군은 군사를 정돈하고 성채의 방어를 강화하여, 비방에도 흔들리지 않은 채 적과 싸워 역전승을 거두었소. 그러니 명장이 어디 따로 있겠소?"

그는 우금에게 익수정후(益壽亭侯)라는 제후 칭호와 함께 금으로 만든 그릇들을 주었다. 하후돈에 대해서는 부하를 잘못 거느린 지휘 책임을 물어 크게 꾸짖었다. 그리고 전위를 위하여 제사를 지내면서 통곡한 뒤, 장수들을 돌아보고 슬픈 어조로 말했다.

"이번 싸움에서 맏아들과 조카를 잃었어도 별로 슬프지 않소. 그러나 충성스러운 전위의 죽음만은 애석하기가 짝이 없소."

조조는 다시금 목 놓아 울었다. 그 모습을 보고 장병들이 모두 감동했다.

다음 날 조조는 군사를 거두어 허도로 돌아갔다.

4
여포가 원술의 칠로군을 무찌르다

회남의 원술은 차지한 땅이 드넓고 군량이 풍부한데다가 손책이 바친 황제의 옥새도 손에 넣었기 때문에 스스로 황제가 될 결심을 한 뒤, 문관과 장수들을 모두 한 자리에 모아 놓고 말했다.

"예전에 한 고조(漢高祖)는 사상(泗上)이란 곳의 시골 청년에 불과했으나 천하를 장악하여 황제가 되었소. 그러나 400년이 지나 한나라는 천운이 끝났소. 원씨 가문으로 말하자면 4대에 걸쳐서 대신을 셋이나 배출했소. 이제 민심이 내게 돌아왔으니 하늘의 뜻과 백성의 여망에 따라 내가 제위에 오르려고 하는데 어떻겠소?"

그러자 주부(主簿) 염상(閻象)이 만류했다.

"주공(周公)은 덕을 베풀고 공적을 쌓아 문왕이 되었고, 천하의 3분의 2를 차지했음에도 불구하고 조정을 받들다가 드디어 은나라를 타도했지요. 원씨 가문이 대대로 홍성해도 주에 미치지 못하고, 한이 쇠약하다 해도 은의 주왕처럼 포악한 정치는 없으니 황제의 칭호를 써서는 안 됩니다."

원술이 노기를 띄우고 소리쳤다.

"내가 천자가 되지 않는다면 하늘의 뜻을 어기는 것이다. 앞으로 잔소리하는 놈은 모조리 목을 벨 것이다."

원술이 중앙과 지방의 관직 및 제도를 공포하는 한편, 남교와 북교에서 천고제를 올린 뒤, 풍씨(馮氏) 부인을 황후로, 맏아들을 태자로 삼았다. 그리고 여포의 딸을 태자비로 맞이하려고 사신을 서주로 파견할 즈음, 급한 보고가 들어왔다. 여포가 한윤을 잡아 허도로 보내 조조가 처형했다는 것이다. 원술이 노발대발했다.

"여포놈 눈에는 보이는 것이 없단 말이냐?"

원술은 여포를 죽여 한을 풀기로 결심했다. 그래서 장훈(張勳)을 총사령관인 대장군으로 임명하여 20만 대군을 맡기고, 일곱 갈래 즉 칠로(七路)로 나누어 서주를 공격하게 했다.

제1군 대장군인 장훈은 서주, 제2군 장수 교유는 소패, 제3군 장수 진기는 기도, 제4군 장수 뇌박은 낭야, 제5군 장수 진란은 갈석, 제6군 장수 한섬은 하비, 제7군 장수 양봉은 준산 방면으로 각각 전진했다.

또한 원주자사 김상(金尚)에게 군량미를 바치라고 지시했다. 그러나 김상이 말을 듣지 않자 화가 나서 죽여 버리고, 원술 자신이 3만 명을 지휘하여 전방부대인 칠로군을 지원했다.

여포는 칠로군이 하루에 50리씩 전진한다는 보고에 간담이 서늘해져서 전략가들을 소집하여 의견을 물었다. 진궁이 먼저 입을 열었다.

"이 사태의 책임은 전적으로 진규 부자에게 있소. 자기들은 조조에게 아첨하여 벼슬을 바라는 한편, 장군에게 재앙을 덮어씌운 것이오. 진규 부자의 목을 베어 원술에게 바치면 그 군사가 싸우지 않고 스스로 물러갈 것이오."

"진규와 진등, 이 두 놈을 즉시 잡아 와라."

끌려온 진규는 얼굴색 하나 변하지 않았다. 그리고 아들 진등은 호탕하게 웃음을 터뜨리고 난 뒤에 여포에게 말했다.

"장군이 이렇게 겁이 많은 줄은 미처 몰랐소. 원술의 칠로군 따위는 일곱 무더기의 썩은 풀에 불과하오. 아무리 숫자가 많은들 겁낼 이유가 어디 있겠소?"

"너희가 만일 좋은 계책을 내어 적을 격퇴한다면 죽을죄라도 용서하겠다."

진등보다 한 발 앞서서 아버지 진규가 먼저 입을 열었다.

"원술의 군사는 모두가 오합지졸이오. 자기네끼리 죽이도록 만들면 우리가 이기지 못할 까닭이 어디 있겠소? 게다가 나의 계책대로 한다면, 서주 방어는 물론이고 원술마저 생포할 수 있소."

"그게 어떤 계책인데 큰 소리를 치느냐?"

"칠로군 가운데 제6군의 한섬과 제7군의 양봉은 원래 한나라 조정의 신하였는데, 조조를 겁내서 달아났다가 부득이 원술에게 몸을 의탁하는 중이오. 원술도 이들을 대수롭지 않게 여기고, 이들도 원술의 부하로 있는 것이 불만일 겁니다. 만약 장군이 한섬과 양봉에게 비밀 서신을 보내 안에서 적을 치게 하는 한편, 유비에게 사신을 보내 우리와 호응하도록 만들면, 반드시 원술을 사로잡을 수 있을 거요."

여포가 고개를 끄덕이고 진규에게 말했다.

"그러면 한섬과 양봉에게 가서 내 서신을 전달하시오."

여포가 허도의 조조에게 보고서를 보내는 한편, 예주로 사신을 보내 유비의 지원을 요청했다. 그리고 군사를 거느리고 성에서 30리 떨어진 곳까지 나아가 진을 쳤다.

대군을 거느리고 다가오던 장훈은 여포가 직접 출전한 것을 보고 크게 놀라 20리를 후퇴해서 진을 쳤다.

그날 밤 제6군 한섬과 제7군 양봉의 부하들이 사방에 불을 지르며 여포의 군사와 합세하여 장훈의 본부로 쳐들어갔다. 그러자 소스라치게 놀란 장훈이 진영을 버리고 도주했다.

여포가 바싹 추격하면서 닥치는 대로 적군을 죽였다. 날이 훤히 밝았을 때쯤 기령이 응원군을 이끌고 달려왔다.

장훈이 바야흐로 패잔병들을 수습하여 기령의 군사와 더불어 여포에게 대항하려 할 때, 좌우에서 함성이 크게 일며 한섬과 양봉의 부대가 공격해 왔다. 장훈은 다시 패배하여 기령과 함께 달아났다.

여포가 여세를 몰아 매섭게 추격하는데 갑자기 북소리가 크게 울리며 산 뒤에서 원술이 달려 나왔다. 용봉일월기를 휘날리며 황제의 근위병을 거느린 원술은 황금 갑옷을 입고 두 자루의 칼을 든 채 여포를 크게 꾸짖었다.

"네 이놈! 주인을 배반한 종놈아! 이렇게 무례할 수가 있느냐?"

화가 치민 여포가 방천화극을 꼬나들고 달려들자, 원술의 부하 장수 이풍(李豊)이 창을 빗겨 잡고 나와서 대적했다. 겨우 세 번 부딪치는가 할 때 여포의 방천화극이 번쩍하면서 이풍의 오른손 팔목을 찌르자, 이풍이 창을 떨어뜨리고 말 머리를 돌려서 달아났다. 여포가 군사를 휘몰아 그 뒤를 급히 치니, 원술의 진영이 무너졌다.

원술의 군대는 군마와 갑옷을 수도 없이 빼기고 원술이 패잔병을 이끌고 도망쳤다. 그러나 미처 5리도 못 갔을 때, 갑자기 산 뒤에서 나타난 기병대가 앞을 가로막았는데 앞장 선 장수는 관우였다.

"역적이 어디로 도망치려 하느냐?"

관우가 벼락같이 호통을 치자 원술은 부하 장수와 군사를 미처 돌볼 겨를도 없이 혼자 줄행랑을 치고, 나머지 무리도 뿔뿔이 흩어졌다. 수십 리를 물러간 뒤 간신히 패잔병을 수습한 원술은 더 이상 싸울 힘이 없어 회남으로 돌아가는 수밖에 없었다.

대승을 거둔 여포는 관우, 양봉, 한섬 등과 더불어 서주로 돌아갔다. 전승을 축하하는 술자리가 성대하게 차려지고 밤이 깊도록 주인과 손님이 다 함께 즐겼다. 부하 군사들에게도 모두 상을 주었다.

관우는 다음 날 군사를 이끌고 예주로 돌아갔다.

여포는 한섬과 양봉을 서주에 머물게 할 생각이었다. 그러나 진규가 나서서 말렸다.

"한섬과 양봉을 산동으로 보내야만 그 일대를 장군이 확실히 장악할 수 있소."

결국 여포는 한섬을 기도목사로, 양봉을 낭야목사로 임명하여 산동으로 파견했다. 진등이 아버지 진규에게 넌지시 물었다.

"두 사람을 서주에 남겨두었다가 여포를 죽이도록 하는 게 낫지 않았습니까?"

"두 사람이 여포의 심복이 된다면 오히려 호랑이에게 날개를 달아 주는 셈이지."

진등은 아버지의 그 탁월한 계책에 탄복할 따름이었다.

5
수춘성 앞에서의 전투

원술은 여포에게 당한 것을 생각하면 할수록 울분을 참을 수 없었다.

'내가 반드시 원수를 갚고야 말겠다!'

원술은 강동의 손책에게 사신을 파견해 응원을 요청했다. 그러나 원술의 서신을 읽고 난 손책은 화를 벌컥 냈다.

"원술은 내 옥새를 가지고 감히 황제라 자칭하여 한나라 황실의 역적이 되었다. 내가 바야흐로 군사를 일으켜 그 죄를 물으려 하는 판에, 적반하장으로 응원군을 보내라고? 흥! 정신나간 놈 같으니!"

사신으로부터 보고를 받은 원술이 노발대발했다.

"하룻강아지 범 무서운 줄 모른다더니! 손책 놈부터 쳐서 한을 풀어야겠다."

즉시 군사를 일으키려는 것을 양대장이 간곡하게 충고하여 말렸다.

한편 손책은 원술이 반드시 강동을 침범할 것이라고 판단하여 장강 연안 일대의 방어책을 더욱 강화했다.

그때 조조가 파견한 사신이 도착했다. 손책을 회계태수로 삼으니 군사를 일으켜 원술을 처단하라는 내용의 황제 서신을 전달하려고 온 것이다. 손책이 출전을 서두르자 전략가 장소(張昭)가 충고했다.

"원술이 최근에 패전하기는 했지만 워낙 군사가 많고 군량이 풍부하여 만만히 볼 상대가 아니오. 그러니까 조조에게 먼저 군사를 이끌고 남쪽으로 진군하라고 건의하시오. 우리는 조조 군대를 지원하는 겁니다. 양쪽 군대가 협공하면 원술의 군사를 격파하기도 쉬울 거요. 또 만일 우리 형세가 불리한 때에는 조조의 지원을 받을 수도 있소."

"참으로 좋은 계책이오."

손책이 서신을 조조에게 보냈다.

장수에게 패배하여 허도로 돌아간 뒤, 조조는 죽은 전위를 사모하는 마음이 간절하여 사당을 지어 제사를 지내고 그 아들 전만을 중랑으로 삼아 관사에서 양육했다.

어느 날 강동의 손책이 보낸 서신을 받아들었다.

"제가 뒤에서 응원할 터이니, 승상은 즉시 군사를 일으켜서 원술을 치기 바랍니다."

그때 마침 다른 보고가 들어왔다.

"요즈음 원술은 군량이 모자라서 약탈을 일삼는다고 합니다."

드디어 조조가 남쪽으로 출전하기로 결심하고 조인(曹仁)에게 허도의 수비를 맡긴 다음, 나머지 군사를 모조리 거느리고 나아가니 기병대와 보병이 17만 명이고 군량 수송 수레가 1천 대가 넘었다.

손책에게 서신을 보내 호응을 부탁하고 유비와 여포에게도 함께 원술을 치자고 요청했다. 조조의 대군이 장계산에 이르자 유비가 정중하게 맞이했다. 조조가 유비를 진영 안으로 인도했다. 그러자 유비가 관우를 시켜서 잘린 머리 두 개를 바치게 했다. 조조가 놀라서 물었다.

"누구 머리요?"

"이것이 한섬, 이것은 양봉이지요."

"어떻게 손에 넣은 것이오?"

"여포가 이들에게 기도와 낭야 두 고을을 맡겼는데 군사를 풀어 민가를 약탈하니, 두 고을에 원성이 이만저만이 아니었지요. 그래서 하루는 내가 상의할 일이 있다며 술자리에 이들을 초청했습니다. 그리고 술잔 던지는 것을 암호로 삼아서 관우와 장비를 시켜서 이들의 목을 베고 부하 군사들로부터 모조리 항복을 받았지요. 늦게나마 죄를 청하는 바입니다."

"죄라니요? 오히려 나라를 위해 큰 공을 세운 게 아니겠소?"

조조가 유비의 노고를 치하했다. 그리고 함께 서주 경계에 이르자 여포가 나와서 맞이했다. 조조가 좋은 말로 위로하고 여포를 좌장군으로 승진시키겠다고 약속하자 여포가 여간 기뻐하지 않았다. 좌장군의 공식 인장은 승전 후 허도로 돌아가서 주기로 약속했다.

조조는 여포의 군대를 왼쪽에 유비의 군대를 오른쪽에 배치하고 중앙의 대군을 지휘하면서, 하후돈과 우금을 선봉에 세워 전진했다.

원술은 장수 교유를 선봉에 내세운 채, 5만 명의 군대를 이끌고 수춘성 앞에서 대적했다. 원술의 진영에서 교유가 달려나가자 조조의 진영에서 하후돈이 이를 상대했다. 세 번 접전하고 나자 하후돈이 벼락같이 고함치면서 창으로 교유의 목을 찔러 거꾸러뜨렸다. 그러자 교유의 부하들이 다투어 성안으로 도망쳐 버렸다.

원술이 군대를 정돈하여 다시 한번 싸우려 할 때 급한 보고가 들어왔다.

"손책이 전함을 동원하여 남쪽 방면을 공격하고, 게다가 여포가 성의 동문을, 유비가 서문을, 조조가 17만 대군으로 북문을 협공하고 있습니다."

원술이 소스라치게 놀라 긴급 작전회의를 열었다. 장사 양대장이 건의했다.

"수춘은 수해로 매년 크게 피해를 본 지역이라서 양식 부족과 군사 동원으로 백성의 원성이 자자하지요. 그래서 정면 대결에는 승산이 없으니, 성의 방어를 더욱 강화하여 지구전을 펴야 하지요. 시일을 끌어서 적의 군량이 떨어지면 뭔가 좋은 수가 생길 겁니다. 폐하께서는 친위부대를 거느리고 즉시 회수를 건너가십시오. 우선은 곡식이 익기를 기다리고, 다음은 적군의 예봉을 잠시 피할 목적입니다."

원술이 고개를 끄덕였다. 이풍(李豊), 악취(樂就), 양강(梁剛), 진기(陳紀) 등 네 장수에게 군사 10만 명을 주어 수춘성을 굳게 지키게 하고, 자신은 금은패물, 군수 물자와 문서 등을 챙긴 뒤, 나머지 군대와 더불어 회수를 건넜다.

한편 조조는 은근히 걱정이 많았다. 진영에 비축한 군량은 넉넉하지 않은데 17만 대군이 날마다 소비하는 양곡은 막대했다. 게다가 인근 마을이 수해 때문에 군량을 공급할 능력이 없었다.

조조가 전투를 재촉했다. 그러나 이풍의 군사는 성문을 닫은 채 싸움에 응하지 않았다. 한 달 가량 지나자 군량이 바닥이 났다. 조조가 손책에게 사신을 보내 쌀 20만 가마를 얻어왔다. 그러나 그 정도로는 각 진영의 장수와 군사들에게 골고루 나누어 줄 도리가 없었다. 군량 관리관 임준의 부하인 창고지기 왕후가 조조에게 방침을 물었다.

"군사는 많고 양식은 적으니, 어떻게 했으면 좋을지요?"

"절반만 지급을 나눠주어 일단 굶주림이나 피하게 하라."

왕후가 난처하다는 표정을 지었다.

"군사들이 원망할 것입니다."

"시키는 대로 하라."

왕후는 지시받은 그대로 시행했다. 즉 군사 1인당 열 말씩 주기로 된 쌀을 다섯 말로 줄여서 분배했다. 조조가 은밀히 부하들을 풀어서 군사들의 반응을 수집했다.

"승상께서 군사들을 속인다고 불평이 대단합니다."

보고를 받은 조조가 고개를 끄덕인 뒤에, 왕후를 따로 불러들여 말했다.

"군량미 삭감에 대해 군사들의 원성이 자자하다. 너의 물건 한 가지를 빌려서 그것으로 진영의 불만을 잠재우려 하니 아끼지 말고 빌려주기 바란다."

"저의 물건이라면 어떤 것을 말씀하시는 겁니까?"

"바로 네 머리다."

왕후가 화들짝 놀랐다.

"저는 명령에 따랐을 뿐, 아무 죄가 없습니다."

"그런 줄은 나도 잘 안다. 그러나 너를 죽이지 않으면 군대의 불만을 가라앉힐 길이 없다. 네 가족들은 내가 잘 보살펴 줄 테니 염려 마라."

왕후가 다시 입을 열려고 할 때 조조가 호통을 쳤다.

"여봐라! 이놈을 끌어내 즉시 목을 베어라."

왕후의 머리를 장대 위에 높이 매달아 포고문과 함께 전시했다.

'왕후가 되를 속여서 군량미를 도둑질했기 때문에 군법으로 다스린 것이다.'

포고문을 읽어 본 뒤로 승상을 원망하는 소리가 순식간에 사라졌다. 다음 날 조조가 각 부대를 지휘하는 장수들에게 명령했다.

"3일 안에 성을 함락시키지 못하면 모두 목을 베겠다."

그리고는 몸소 성벽 아래로 나아가 군사들을 독촉하여 돌을 나르고 흙을 짊어져다가 성의 해자를 메우게 했다. 성벽 위에서 화살이 비 오듯 쏟아졌다. 그래도 조조는 현장에서 군사들에게 계속 호령했다. 곁에 있던 장수 두 명이 어지러운 화살을 피하여 뒤로 잠깐 물러섰다.

"이놈들아!"

조조가 크게 꾸짖으며 칼을 빼어 두 명의 목을 그 자리에서 베어 버렸다. 그리고는 말에서 뛰어내려 몸소 흙을 운반하여 해자를 메웠다. 이를 본 장수들이 모두 앞을 다투어 나섰다. 군대의 사기가 하늘을 찌를 듯이 높아지고, 얼마 후 해자 구덩이가 흙과 돌로 가득 찼다.

"성벽을 타고 넘어가라."

조조의 명령이 떨어지자 군사들은 아우성치며 앞을 다투어 성벽을 기어올랐다. 수비군은 더 이상 버티지 못하고 제각기 달아났다. 공격군이 즉시 성문을 활짝 열고 구름다리를 내렸다. 조조의 대군이 밀물처럼 안으로 몰려 들어갔다.

이풍, 진기, 악취, 양강 등 장수가 포로가 되고 그 부하 군사들도 거의 다 항복했다. 조조는 원술의 궁궐을 전부 태워버렸다. 그리고 즉시 회수를 건너 원술을 추격하려 하자 순욱이 만류했다.

"여러 해에 걸친 흉년으로 양식이 부족한 이때, 다시금 대군을 동원한다면 군사들과 백성이 견디지 못할 겁니다. 일단 허도로 돌아가시지요. 내년 봄에 보리가 익으면 넉넉히 군량을 마련한 뒤에 원술을 쳐도 늦지 않습니다."

그 말을 듣고 조조가 결단을 내리지 못하고 있을 때 전령이 급한 보고를 전했다.

"장수가 형주의 유표에게 의탁하여 다시 일어나자 남양과 장릉 일대가 반기를 들었는데, 조홍이 막지 못하고 연패했습니다."

조조는 강동의 손책에게 장강에 걸쳐 포진하여 유표가 함부로 군사를 움직이지 못하게 하라는 서신을 보냈다. 그리고 유비에게 소패에 주둔하고, 여포와 의리 관계에서 잘 협조해, 다시는 서로 싸우지 말라고 지시했다. 여포가 화해를 약속하고 군사를 거두어 먼저 서주로 떠났다. 그러자 조조가 넌지시 유비에게 말했다.

"현덕 공을 소패에 주둔시킨 것은 함정을 파 놓고 호랑이가 걸리기를 기다리는 계책이오. 앞으로 진규 부자와 연락하여 성사시키시오. 나도 지원하겠소."

유비가 군사를 거두어 소패로 돌아가자, 조조도 그날로 허도를 향해 떠나며 장수 일당을 토벌할 궁리에 몰두했다.

6
유비와 조조가 손을 잡다

다음 해 건안 3년(서기 198년) 4월. 지금 하남성의 남양에서 장수(張繡)는 조조가 대군을 거느리고 온다는 소식을 듣자, 형주의 유표에게 응원군을 요청하는 서신을 보냈다. 그리고 장선 두 장수와 함께 군사를 거느리고 성을 나섰다. 양군이 진을 치고 대치했을 때 장수는 앞으로 나서서 손을 들어 조조를 가리키며 큰 소리로 꾸짖었다.

"조조 네놈은 의리도 염치도 모르니 짐승이나 다름없다!"

조조가 격노해서 소리쳤다.

"허중강은 어디 있느냐?"

조조 진영에서 허저가 큰칼을 휘두르며 달려 나갔다. 장선이 나가서 싸웠지만 허저의 적수가 못 되었다. 겨우 세 번 충돌했을 때 어깨에서 가슴으로 칼에 맞아 떨어져 죽었다. 조조가 지휘 채를 들어 공격 명령을 내렸다. 장수는 첫 전투에서 패배하고, 즉시 성으로 퇴각한 뒤로는 농성 작전으로 버티기만 했다.

성이 포위되기는 했지만 남양성은 해자가 매우 넓고 또 물이 깊어서 쉽사리 함락시키기가 어려웠다. 조조는 군사들에게 흙과 돌을 운반해서 해자를 메우게 하는 한편, 높은 구름 사다다리를 세운 뒤 그 위에 올라가 성안의 동정을 감시토록 했다.

그리고 자신은 말을 타고 성 밖을 순찰하면서 형세를 두루 살폈다. 사흘째 되는 날, 조조가 드디어 서북쪽 성벽 밑에 장작과 나무를 높이 쌓아서 그쪽으로 성벽을 넘으려는 기색을 보였다. 성벽 위에서 그 광경을 바라보던 가후가 장수에게 말했다.

"조조가 사흘 동안 성 밖을 돌며 두루 살피다가 기병대 저지 장애물로 설치한 성 동남쪽의 예리한 목책이 허술하다고 보고, 그쪽으로 습격할 결심을 한 듯하오. 그런데도 도리어 서북쪽에 장작과 나무를 쌓은 것은 우리에게 그쪽을 지키게 해놓고, 동남쪽으로 야습하려는 계책이 분명하오."

"그렇다면 어떡하면 좋겠소?"

장수의 질문에 가후가 대답했다.

"그야 쉬운 일이지요. 내일 정예부대를 뽑아서 잘 먹이고 가볍게 무장시킨 뒤 동남쪽에 숨겨두는 겁니다. 한편 백성들을 군사처럼 변장시켜 서북쪽의 수비를 맡기십시오. 조조가 반드시 밤에 동남쪽으로 성벽을 타고 넘어올 테니, 대포 소리에 복병이 일제히 일어나면 조조를 사로잡기가 어렵지 않을 거요."

성안의 군사가 서북쪽의 수비를 강화했다는 보고를 받고, 조조가 속으로 기뻐했다.

'옳지! 네놈들이 내 계책에 속아 넘어갔다.'

비밀리에 성벽 파괴 기구를 준비하라고 명령한 뒤, 낮에는 군사를 몰고 나가서 서북쪽만 공격하다가 한밤중에 갑자기 정예부대를 거느리고 동남쪽 해자를 넘어 목책을 무너뜨리고는 군사들이 성벽을 타고 넘어갔다.

성안에는 인기척이 하나도 없고 너무나 고요했다. 그러나 누가 예측했겠는가? 저쪽에서 대포 소리가 쾅 울리더니 복병이 함성을 지르며 튀어나왔다. 소스라치게 놀란 조조가 고함쳤다.

"계교에 빠졌다! 후퇴하라!"

장수가 정예부대를 휘몰아서 조조의 뒤를 급하게 몰아쳤다. 조조는 남양성 20리 밖으로 달아났다. 날이 훤히 밝을 무렵에야 소패 잔병을 점검해 보니, 전사자가 5만 명이 넘고 적에게 빼앗긴 군량과 여물은 얼마나 되는지 알 길이 없었다.

여건과 우금 두 장수도 부상당했다. 한편 가후는 조조의 패주를 보고 장수에게 권하여, 유표에게 조조의 퇴로 차단을 부탁하는 서신을 보내도록 했다.

유표가 그 서신을 받고 군사를 일으키려 할 때 급한 보고가 들어왔다.

"손책이 호구에 주둔했습니다."

"조조를 치러 나간 사이에 손책이 강을 넘어오면 난처하지 않겠소?"

유표의 질문에 괴량이 대답했다.

"손책이 호구에 주둔한 것은 조조의 계책을 따랐을 뿐이지요. 조조가 패배하여 그 기세가 크게 꺾였으니, 이 기회에 급히 치지 않으면 반드시 후환이 있을 거요."

유표가 그 말을 받아들여 황조(黃祖)에게 애구의 방어책임을 맡긴 뒤, 몸소 군사를 거느리어 안중현으로 진출하여 조조의 퇴로를 끊기로 작정했다. 장수는 유표와 함께 즉시 조조를 추격하기로 했다.

다음 날, 허도를 지키던 순욱(荀彧)의 전령이 조조에게 도착했다.

"유표가 안중에 주둔하면서 승상의 퇴로를 끊으려고 하니 조심하십시오.”

조조가 답장을 보냈다.

“적의 추격은 나도 잘 알고 있소. 그러나 안중에서 장수를 반드시 격파할 테니 아무 염려 마시오.”

조조는 군사를 재촉하여 전진했다. 안중현 경계에 이르자 캄캄한 밤을 틈타 계곡에 기병대를 매복시켰다. 날이 채 밝기도 전에 유표와 장수가 군사를 집결하고는 규모가 그리 크지 않은 조조의 군대를 업신여기고 정면에서 공격해 왔다.

조조가 후퇴하면서 적을 계곡으로 유인해 들이자 대포 소리가 한 번 크게 들리는가 하면 복병이 벌 떼같이 일어났다. 유표와 장수의 군사들이 허둥지둥 달아나기 시작했다.

전투에서 크게 이긴 조조가 안중을 벗어나 애구 밖에다 진을 쳤다. 필승을 의심치 않았던 유표와 장수는 어이가 없었다. 그들은 패잔병을 집결시킨 뒤, 안중현에 주둔한 채 조조의 동정을 살피기만 했다.

허도로 돌아간 조조는 손책의 공로를 표창하여 토역장군의 지위와 오(吳)의 제후 작위를 내리도록 조치했다. 본부에 들어가자 순욱이 물었다.

“안중현 전투에서 반드시 이길 것이라고 어떻게 아셨소?”

“한 번 패배한 우리 군대가 더 이상 물러설 곳이 없으니 죽기를 각오하고 싸울 테고, 적군을 유인하여 기병대로 기습하면 승리는 뻔한 거요.”

순욱이 감탄했다. 그 때 곽가(郭嘉)가 들어왔다.

“무엇 때문에 이렇게 늦게 들어오는 거요?”

곽가가 소매에서 서신을 꺼내 바쳤다.

"원소가 사신을 보내왔지요. 자기가 공손찬(公孫瓚)을 치려는데 군량과 군대의 지원을 요청한다는 것입니다."

"허도에 쳐들어오려 할 때는 언제고, 내가 돌아오니 딴 수작을 하는군."

조조는 냉소를 띄우면서 서신을 읽어보았다. 오만불손하기 짝이 없는 글이었다. 조조가 곽가에게 의견을 구했다.

"이 고약한 원소 놈을 쳐부수고 말겠소. 그러나 군사력이 모자라니 어떡하면 좋겠소?"

"예전에 한 고조가 항우보다 세력이 강했기 때문에 이긴 것은 아니지요. 한 고조는 신중한 행동과 인내로 최후의 승리를 거둔 것입니다. 원소는 군사력이 강하다고는 하지만 열 가지 단점이 있어서 패배할 테고, 승상은 열 가지 장점이 있어서 승리할 것입니다."

"그게 무슨 말이오?"

"첫째, 원소는 번잡한 허례허식을 따르는 반면, 승상은 소탈하고 민심을 중요시하지요. 둘째, 원소는 생각이 낡아서 순리에 역행하지만, 승상은 시대정신에 순응하고 혁신에 치중하지요. 셋째, 환제(桓帝)와 영제(靈帝) 이래 관리들의 횡포로 나라가 이 지경이 되었는데도 불구하고 원소는 관리 중심으로 다스리는 반면, 승상은 맹약으로 통치하지요. 넷째, 원소는 관대한 척하면서 좋은 자리는 친인척에게 주로 맡기지만, 승상은 강직하고 명석하여 실력 위주로 인재를 활용하지요. 다섯째, 원소는 일을 잘 꾸며내지만 결단력이 부족하여 주저하는 반면, 승상은 계책만 서면 과감하게 행동하지요. 여섯째, 원소는 출신 가문과 명성에 따라서 사람을 쓰지만, 승상은 그런 껍데기는 따지지 않고 인재를 알아보고 등용하지요. 일곱째, 원소는 신변의 사소한 일에만 신경을 쓰고 원대한 계획을 소홀히 하는 반면, 승상은 가깝고 먼 것을 두루 살피지요. 여덟째, 원소는 의심이 많고 귀가 여려서 모함하는 말에 쉽게 넘어가지만, 승상은 판단력이 탁월하여 허위를 정확하게 구별할 줄 알지요. 아홉째, 원소는 시시비비와 상벌이 애매하지만, 승상은 법과 규칙을 엄격하게 시행하지요. 열째, 원소는 허세 부리기를 좋아하고 용병술의 핵심을 모르지만, 승상은 적은 군사를 가지고도 대군을 쳐부수는 용병술이 그 누구보다 뛰어나지요. 이렇게 열 가지 승리의 장점을 지닌 승상이 원소를 제압하는 것은 시간문제입니다."

조조가 너털웃음을 터뜨렸다.

"그건 너무 과도한 칭찬이오."

그러자 순욱이 거들었다.

"저도 곽가의 십승십패설(十勝十敗說)에 동감이오. 원소의 군대가 아무리 숫자가 많아도 두려울 게 없소."

곽가가 말을 이었다.

"서주의 여포는 뱃속에 든 살모사와 같소. 우리가 원소를 치면 여포가 그 틈을 타서 허도를 침범할 거요. 그러니까 원소가 북쪽(北平:지금의 북경)의 공손찬을 치게 하고, 이 기회에 우리는 먼저 여포를 타도하여 동남지방을 평정하고, 그 다음에 원소를 토벌하는 것이 상책이지요."

조조가 그 말에 고개를 끄덕이고 동쪽의 여포를 먼저 정벌할 결심을 세웠다. 그러자 순욱이 한마디 더 거들었다.

"유비의 협조 약속을 먼저 확보한 뒤에 군사를 일으키는 것이 좋겠소."

조조가 그 말에 따라 유비에게 서신을 띄우는 한편, 원소의 사신을 극진히 환대했다. 그리고 천자에게 건의하여 원소를 대장군 태위(大將軍太尉)에 임명함과 동시에 기주(冀州), 청주(靑州), 유주(幽州), 병주(幷州) 등의 태수도 겸하게 했다. 조조는 비밀 서신에서 이렇게 말했다.

원소는 즉시 공손찬을 토벌하라.

나도 모든 지원을 하고, 필요하면 군대도 동원할 것이다.

조조의 비밀 서신을 읽어 본 원소가 크게 기뻐하여, 즉시 군사를 일으켰다.

한편 유비에게 서신을 전하고 돌아가던 조조의 밀사가 진궁에게 잡혀 죽는 바람에 유비의 답신을 빼앗겼고, 그래서 격노한 여포가 대군을 일으켜 소패성으로 향했다.

조조는 하후돈(夏侯惇), 여건(呂虔), 이전(李典)에게 5만 명의 정예부대를 내주어 먼저 서주로 출발시켰다.

소패성 앞에서 격전이 벌어졌다. 이때 하후돈은 왼쪽 눈에 박힌 적의 화살을 뽑고, 거기에 딸려 나온 자기 눈알을 먹어 버린 뒤에도 용감하게 싸웠다. 그러나 소패성은 여포에게 유린당하고 유비는 조조에게 달아나고 말았다.

조조가 주력부대를 이끌고 제북(濟北)에 도착하자 하후돈의 동생 하후연(夏侯淵)이 마중했다. 조조는 애꾸가 된 하후돈의 병석을 몸소 찾아가 위로하고, 허도로 돌아가 특별히 치료를 받도록 조치했다.

그러고 나서 여포의 소재를 파악하라고 지시하자 척후병들이 돌아와서 보고했다. 여포가 군사의 숫자 불리기에만 급급하여 태산(泰山)의 산적들마저 끌어들이고 있다는 것이다. 조조는 조인(曹仁)에게 3천 명을 거느리고 소패성을 공격하라고 지시했다. 그리고 자신은 유비와 함께 여포에게 달려갔다.

소관(蕭關) 근처에서 태산의 산적 두목인 손관, 오돈, 윤례, 창희 등이 3만여 명의 부하를 이끌고 길을 막았다. 조조의 명령에 따라 허저가 적진으로 뛰어들더니, 손관 등 산적 두목 네 명을 한꺼번에 상대해서 싸웠다. 번개같이 휘두르는 허저의 칼에 산적 두목들이 당해 내지 못하고는 뿔뿔이 말 머리를 돌려 달아났다. 승세를 탄 조조의 대군이 소관에 이를 때까지 무섭게 추격하면서 소탕했다.

그때 소관에는 진궁이 남아서 지키는 중이고, 여포는 이미 서주로 돌아간 뒤였다. 소패성이 위태롭다는 긴급 보고를 받은 여포는 진규(陳珪)에게 서주의 수비를 맡긴 채, 진등(陳登)과 함께 소패로 출발할 작정이었다. 떠나기 전에 진규가 아들 진등을 불러 조용히 말했다.

"전에, 조조가 동쪽 일은 모두 너만 믿는다고 말했지? 여포가 반드시 패배할 테니, 이번에 여포를 잡아라."

"바깥일은 제게 맡기십시오. 여포가 패배해서 돌아오면 아버님은 미축과 함께 성을 굳게 지킨 채, 절대로 여포를 성안으로 들여 보내지 마십시오."

"그렇게 하겠지만, 여포의 처자와 친척에다가 그 심복 부하들이 성안에 많으니 걱정이다."

"제게 좋은 수가 있으니 염려 마시지요."

아무도 모르게 의논을 마친 진등이 여포에게 가서 말했다.

"이번에는 조조가 서주를 필사적으로 전력을 다해 공격할 게 분명하지요. 그러니 우리 쪽에서는 퇴각 방안을 미리 마련하는 게 좋을 듯 합니다. 군량을 하비성(下鄙城)으로 옮겨 두는 것이 상책이라고 보는데 어떨지요? 하비성에 넉넉한 군량이 있으면 적에게 포위된 서주를 쉽게 구출할 수 있지요."

여포가 고개를 끄덕였다.

"그거 아주 좋은 생각이오. 군량은 물론이고 내 가족들도 아예 하비성으로 옮기도록 하겠소."

송헌과 위속에게 가족과 금은보화와 군량을 하비성으로 안전하게 이동시키라고 명령하고 난 뒤, 여포가 진등과 함께 출발했다. 소패성으로 진군하던 여포는 소관이 위급하다는 보고에 방향을 바꾸려고 했다. 그러자 진등이 말했다.

"제가 소관으로 가서 적진의 형세를 알아보지요. 장군은 제가 돌아온 뒤에 움직이도록 하는 게 어떨는지요."

여포의 허락을 받은 진등이 소관으로 달려갔다. 진궁(陳宮)의 영접으로 성안에 들어가자 진등이 한마디 했다.

"나가서 싸우지 않는다고 여 장군이 문책하러 오는 중이오."

진궁이 말했다.

"나가서 싸우는 게 다 뭐요? 적군이 하도 강성해서 쉽게 물리칠 수가 없는 형편이오. 그래서 관문을 굳세게 수비할 뿐인 거요. 여 장군에게는 소패성 구출을 건의하는 것이 상책이라고 봅니다."

"하긴 그렇소."

진등이 고개를 끄덕였다. 밤이 되자 성벽 위로 올라간 진등이 비밀 서신 셋을 각각 화살에 매달아 발 아래 조조의 진영으로 쏘았다. 다음 날 아침 진궁에게 작별 인사를 한 뒤, 여포에게 돌아가 말했다.

"손관의 무리가 겁을 먹고 항복하려는 것을 간신히 말렸지요. 그리고 진궁에게는 소관을 굳게 수비하라고 지시했습니다. 장군은 오늘 밤 소관으로 진격하여 조조 군대를 앞뒤에서 치도록 하십시오."

"하마터면 소관이 조조 손아귀에 들어갈 뻔했군. 수고가 아주 많았소."

여포는 아무것도 모르고 진등의 노고를 치사했다. 그리고 진등을 다시 소관으로 보냈다. 횃불을 신호로 삼아 여포가 조조의 후방을 칠 때, 진궁도 성에서 나와 정면 공격을 하라고 지시한 것이다.

소관으로 달려간 진등이 숨을 헐떡거리면서 진궁에게 알렸다.

"큰일났소. 조조가 어느 틈에 샛길로 군사를 몰고 소관 안으로 들어왔소. 지금 서주가 매우 위급해서 함락 직전이라, 이곳 군사를 즉시 돌려서 서주부터 구출하라는 여 장군의 명령이오."

진궁은 꾀가 많았다. 그러나 워낙 다급한 상황이었기 때문에 진등의 거짓말에 속고 말았다. 즉시 군사를 거느리고 소관을 나섰다. 그러자 진등이 성벽 위에 올라가서 다시금 화살을 날렸다.

얼마 후 조조의 대군이 텅 빈 소관 성안으로 소리 없이 들이닥쳐 점령해 버렸다. 이어서 진등이 다섯 자루의 횃불을 높이 들어 신호를 보냈다. 바로 그때 소관을 구출하러 온 여포가 성벽 위의 횃불을 보자 공격을 개시했다.

소관에서 나온 진궁의 부대는 여포의 부대를 적군이라고 믿었고, 여포 군대도 마주 달려오는 것이 조조의 군대라고 믿었다. 그래서 캄캄한 밤에 자기네끼리 치열하게 싸웠다. 날이 훤히 밝을 무렵까지 싸우다가 그제야 깨달은 여포가 진궁과 함께 서둘러 서주로 돌아갔지만 서주는 이미 함락되어 있었다.

여포는 더 이상 버틸 길이 없다 깨닫고 동쪽으로 퇴각했다. 이제 여포에게 남은 것은 하비성뿐이었다.

다음 날 유비는 미축과 간옹을 서주성에 남겨 두고 손견, 관우, 장비와 더불어 군사를 이끌고 회남 방면의 길목을 지켰다. 그러자 조조는 친히 대군을 이끌고 하비성을 치기로 했다.

7
하비성의 마지막 날

하비성은 사수(泗水)를 끼고 있는 천연의 요새일 뿐 아니라 비축한 군량이 넉넉하여 수비에 별다른 문제가 없다고 판단한 여포는 성문을 걸어 잠근 채 나가서 싸울 생각을 하지 않았다. 그래서 보다 못한 진궁이 건의했다.

"조조의 군대가 이제 막 도착했소. 계책을 세우기 전에 우리가 먼저 공격하면 쉽게 격파할 수 있소."

그러나 여포가 고개를 가로저었다.

"여러 번 패배한 뒤인데, 나더러 또 경솔하게 정면 대결하란 말이오? 적의 공격을 기다렸다가 한꺼번에 쳐부순다면 모조리 사수의 고기밥으로 만들 수 있을 거요."

진궁이 거듭거듭 권고했지만 여포는 끝내 수락하지 않았다.

며칠 후 조조가 진영을 정비하고 나서 부하 장수들을 거느리고 성벽 아래로 다가와 외쳤다.

"여포에게 할 말이 있다."

여포가 성벽 위에 나타나서 아래를 굽어보았다. 말을 탄 채 조조가 타이르듯이 말했다.

"봉선이 원술의 사돈이 되려고 한다기에 내가 온 것이오. 원술은 조정에 반기를 든 역적이오. 그러나 공(公)은 동탁을 친 큰 공을 세웠는데 어찌하여 역적과 한 패가 된단 말이오? 하비성이 함락되는 날에는 뉘우쳐도 이미 늦을 테니, 즉시 항복하시오. 그리고 황실을 돕는다면 제후의 지위를 보존할 수 있을 거요."

여포는 마음이 흔들렸으나 결단을 내리지는 못했다.

"승상은 일단 물러가시오. 나중에 회답을 보내겠소."

조조의 말에 여포가 회유될 듯 보이자 화가 뻗친 진궁이 버럭 소리를 질렀다.

"간사한 도적 조조 놈아!"

그리고 번개같이 화살을 날려서 조조의 휘개를 적중시켰다. 노기등등한 조조가 손을 뻗어 진궁을 가리키면서 고함쳤다.

"네놈을 반드시 죽이고야 말겠다."

자기 진영으로 돌아갔던 조조가 군사를 휘몰고 와 맹공격을 퍼부었다. 그러자 진궁이 여포에게 계책을 일러 주었다.

"조조의 군대는 멀리서 행군해왔기 때문에 머지않아 지칠 거요. 장군은 정예부대를 거느리고 적진을 돌파하여 그 배후에 자리를 잡고, 저는 나머지 군사를 거느리고 성을 지키기로 합시다. 조조가 장군을 공격하는 경우에는 저도 성을 나가 적의 뒤를 치고, 적이 이 성을 친다면 장군이 적의 배후를 매섭게 공격하는 겁니다. 그렇게 하면, 불과 열흘이 못 가서 적은 군량이 바닥나고 말 것입니다. 그때 장군과 제가 양쪽에서 총공세로 나가면 쉽게 적을 격파할 수 있으니, 이것을 기각지세(掎角之勢)라고 하지요."

"그거 참 멋진 전략이오."

여포가 고개를 끄덕이면서 감탄한 뒤, 곧 본부로 돌아가서 무장을 갖추었다.

때마침 추운 겨울 날씨여서 하인에게 두터운 솜옷을 가져오라고 지시했다. 집 안에 있던 아내 엄씨가 여포에게 와서 물었다.

"어디로 가시려는 거예요?"

여포가 진궁의 계교를 자세히 일러주었다. 그러자 엄씨가 소스라치게 놀라는 표정을 지었다.

"다른 사람에게 성을 맡겨놓고 멀리 나갔다가 갑자기 봉변이라도 당한다면 어떡하겠어요?"

그 말에 마음이 약해진 여포가 결단을 내리지 못한 채 사흘 동안 집 안에만 틀어박혀 지냈다. 진궁이 다시 찾아와서 권고했다.

"조조가 사방으로 성을 포위하려고 하니, 빨리 나가서 치지 않으면 호기를 놓치고 맙니다."

"내가 적의 배후 멀리까지 나가는 것보다는 아무래도 성을 굳게 방어하는 편이 나을 듯싶소."

진궁이 다시 권했다.

"최근에 들어온 정보에 따르면, 조조 진영에 군량이 떨어져서 허도로 군량 수송을 지시했다지요. 며칠 내에 군량이 도착할 모양입니다. 장군은 정예부대를 몰고 나가서 그 수송을 차단하시지요."

"좋은 작전이오."

여포가 집안으로 들어가 출정 준비를 하면서 아내 엄씨에게 상황을 설명했다. 그러자 엄씨가 눈물을 흘리면서 만류했다.

"장군이 떠난다면 진궁과 고순만 가지고 성의 방어가 제대로 되겠어요? 한 번 일을 그르치면 후회해도 소용없어요. 예전에 제가 장안에 머물러 있을 때 당신 혼자 떠난 적이 있죠. 다행히 방서의 도움을 받아 당신과 다시 만나게 되었지만, 오늘 또 당신이 저를 버려두고 떠난다니 말이 안 돼요. 좋을 대로 알아서 하세요."

엄씨는 아예 목 놓아 울었다. 처량한 기분에 젖은 여포가 우유부단한 태도를 취했다. 그리고 초선의 방으로 들어갔다. 초선은 초선 나름대로 여포가 멀리 떠나는 것에 반대했다.

"알았다. 염려 마라. 내가 성을 떠나지 않으면 될 거 아니냐? 아무리 조조가 성을 포위해도 방천화극과 적토마가 있는 한, 아무도 나를 꺾지 못할 거야."

초선을 위로한 뒤 밖으로 나온 여포가 진궁에게 말했다.

"허도에서 군량이 온다는 정보는 아무래도 낭설일 거요. 워낙 잔꾀가 많은 조조 놈이라서 어설프게 군사를 동원했다가는 오히려 참패할 가능성이 크겠소."

진궁이 귀가 따갑도록 여러 차례 권유했는데도 불구하고 여포가 그 말을 끝내 수락하지 않았다. 밖으로 물러 나온 진궁이 하늘을 우러러보면서 길게 탄식했다.

"아아! 우리가 죽어도 고이 묻힐 땅이 없겠구나!"

그 후 여포는 날마다 엄씨와 초선만 데리고 앉아서 술로 답답한 심정을 달랠 뿐, 별다른 조치를 취하지 않았다.

하루는 전략가인 허사와 왕해(王楷)가 함께 여포에게 가서 건의했다.

"원술은 지금 회남에서 크게 세력을 떨치고 있소. 장군께서 지난번에 원술과 사돈을 맺기로 약속한 적이 있는데 왜 지원을 요청하지 않는지요? 원술의 군사가 달려와 안팎으로 협공하면 조조인들 어찌 감당하겠소?"

여포가 원술에게 보내는 서신을 마련해 주자, 허사가 말했다.

"적의 포위망을 어떻게 뚫고 나가야 할는지요."

여포가 장료와 학맹에게 1천 명을 거느리고 애구 밖까지 두 사람을 호송하되, 학맹은 수춘성까지 갔다 오라고 지시했다.

그날 밤 짙은 어둠을 타고 장료가 앞장서고 학맹이 배후를 지키면서 허사와 왕해를 호위하여 몰래 성을 나섰다.

그리고 조심조심 유비의 진영 부근을 통과했다. 보고를 받고 유비가 추격했지만 이미 이들은 애구 밖으로 빠져나간 뒤였다.

장료가 5백 명을 거느리고 애구로 돌아오자 관우가 청룡언월도를 비껴 잡은 채 길을 막았다. 바야흐로 접전이 벌어지려 할 무렵, 고순의 지원부대가 때마침 성에서 달려 나온 덕분에 장료는 성으로 무사히 들어갈 수 있었다.

한편, 허사와 왕해는 수춘성에 이르러 원술에게 여포의 서신을 전달했다. 그러자 원술이 화난 목소리로 물었다.

"지난번에는 여포가 내 부하를 죽이고 혼담을 깨더니, 이제 와서 새삼스럽게 다시 제의하는 건 뭐냐?"

허사가 입을 열었다.

"지난 일은 모두 조조의 간사한 계략에 휘말려서 잘못된 것이니 널리 양해해주기 바랍니다."

"조조의 간계를 핑계 삼으면 우물우물 다 넘어갈 줄 아느냐? 여포가 지금 조조의 공격으로 궁색한 처지가 아니었다면 딸을 내게 보내겠다는 말은 안 꺼냈을 거야."

이번에는 왕해가 정중하게 말했다.

"입술이 없으면 이빨이 시리게 되는 법이오. 여포를 구출하지 않는다면 장군도 크게 화를 입을 거요."

원술이 잠시 생각에 잠겼다가 드디어 결심한 듯 말했다.

"응원군을 보내 구출해주기는 하겠다. 그러나 여포가 신의를 지키지 않고 변심이 죽 끓듯 하니, 먼저 딸을 보내야만 나도 군사를 동원하겠다. 알겠느냐?"

허사와 왕해가 먼저 구원병을 파견해달라고 거듭 요청했지만 원술은 완강하게 고집을 부리고 응낙하지 않았다. 두 사람은 할 수 없이 학맹과 함께 수춘성을 떠나 애구까지 무사히 갔다. 그러나 유비의 진영 근처를 다시 통과할 일이 큰 문제였다.

"아무래도 낮에는 안 되겠소."

"그럼, 밤에 몰래 지나갑시다."

그날, 밤이 한참 깊어갈 때 허사와 왕해가 앞장서고 학맹이 5백 명을 지휘하여 뒤를 따랐다. 두 사람이 무사히 통과한 뒤 학맹의 부대가 지나가고 있을 때 벼락치는 호통 소리가 들렸다.

"웬놈이냐?"

앞을 가로막은 장수는 다름 아닌 장비였다. 학맹은 제대로 싸워 보지도 못하고 생포되고 말았다. 장비가 학맹을 묶어 유비에게 끌고 가자, 유비는 그를 조조의 본부로 끌고 갔다. 이내 체념한 학맹은 여포가 원술에게 구원병을 요청하기 위해 혼인을 허락한 내력을 자세히 실토했다. 조조가 격노했다.

"이놈을 끌어내 목을 베어라."

이어서 각 진영에 명령을 내렸다.

"물샐틈없는 경계망을 쳐라. 여포나 그 부하를 단 한 명이라도 놓치는 자는 군법에 따라 사형에 처할 것이다."

추상같은 그 명령에 장수들이 모두 두려움을 느꼈다. 자기 진영으로 돌아간 유비가 관우와 장비에게 단단히 주의를 주었다.

"우리는 바로 회남의 요충을 담당하고 있다. 그러니까 더욱 조심해서 조조의 군령을 위반하지 않도록 해라."

장비가 볼멘소리를 냈다.

"내가 적장을 사로잡아다 주었는데 상을 주기는커녕 오히려 군령 따위나 들먹이며 겁만 주려고 하니, 이게 무슨 심보요?"

"조조는 수십만 대군을 지휘하고 있다. 군령이 서지 않는다면 어떻게 통솔하겠느냐? 너는 말을 함부로 하는 게 아니다."

"알겠소. 염려 마십시오."

무사히 성으로 들어간 허사와 왕해가 여포에게 보고했다.

"원술은 장군이 딸을 먼저 보내야만 군사를 동원하겠답니다."

여포가 눈살을 찌푸렸다.

"성이 포위된 판에 어떻게 딸을 보낸단 말이오? 구원병이 먼저라고 해야지."

"여러 번 간청해도 허사였습니다."

"그렇다면 어떻게 보내는 게 좋겠는가?"

허사가 한마디 했다.

"학맹을 생포한 조조는 우리의 내막을 파악해서 단단한 대비를 하고 있겠지요. 그러니까 장군이 직접 딸을 호위해서 적진을 돌파할 수밖에 없소."

"오늘 밤 당장 실행하면 어떻소?"

"오늘은 불길한 날이니, 내일 떠나시지요."

여포가 장료와 고순을 불러 지시했다.

"내일 밤 수춘성으로 신부를 보낸다. 보병 3천 명을 거느리고 수레를 호위하라."

물론 수레는 적을 속이기 위한 것이었다.

다음 날 밤, 딸에게 솜옷을 두둑이 입히고 갑옷으로 싼 뒤, 여포가 등에 업고 성을 나섰다. 장료와 고순의 군대가 뒤를 따랐다.

"저기 유비의 진영만 무사히 지나면 된다."

군사들이 조심에 조심을 거듭하여 조용히 행군하는데 진영 근처에 이르자 갑자기 북소리가 크게 울리는가 싶더니, 관우와 장비의 군대가 길을 가로막았다.

"이놈들! 꼼짝 마라!"

여포는 싸울 마음이 없고 오직 적진을 돌파할 궁리만 했다. 그때 유비가 부대를 거느리고 달려와서 포위했다. 아무리 용맹을 자랑하는 여포라 해도, 등에 업은 딸이 상처를 입을까 걱정해서 몸을 마음대로 놀리지 못했다. 전투가 치열하게 벌어지고 있을 때 등 뒤에서 서황과 허저가 밀려닥쳤다.

"여포를 잡아라!"

적진을 도저히 뚫고 나갈 수 없다고 깨달은 여포가 황급히 말머리를 돌려 하비성으로 들어가 버렸다. 그러자 유비는 관우, 장비와 함께 군사를 거두었고, 서황과 허저도 각자의 진영으로 돌아갔다.

그 후 여포는 울적한 심사를 술로 달랠 뿐이었다.

한편, 조조도 초조감에서 벗어나지 못했다. 하비성을 포위하고 공격을 계속한 지, 두 달이 지났는데도 성은 여전히 난공불락(難攻不落)이었다. 군량이 넉넉지 않은데다 추위도 무서운 적이었다. 곽가가 입을 열었다.

"하비성을 함락시킬 계책이 하나 있지요. 이 계책을 쓴다면 20만 대군을 동원하는 것보다 더 효과적일 거요."

조조가 그 계책이 뭐냐고 묻기도 전에 순욱이 한마디 던졌다.

"그건 기수(沂水)와 사수의 둑을 트자는 것이지요?"

곽가가 웃으며 대답했다.

"그렇소."

조조가 크게 기뻐하며 즉시 전군에 명령했다. 2만 명의 군사가 괭이와 삽을 가지고 기수와 사수 두 강의 둑을 허물어 강물을 하비성으로 집중시켰다.

하룻밤 사이에 하비성의 동쪽을 제외한 삼면의 성벽이 격류로 둘러싸였다. 성안의 군사들이 소스라치게 놀랐다. 그러나 보고를 받은 여포는 태연했다.

"내 적토마는 강물도 평지처럼 건넌다. 겁낼 것 없다."

여포는 여전히 아내 엄씨와 초선을 데리고 계속 술을 퍼마시며 세월을 보냈다. 드디어 주색에 찌들어 몸이 말이 아니었다.

그런 어느 날, 여포는 후성을 비롯한 세 장수들을 잘못 다루어, 그들은 배신을 결심하게 되었다. 반역자들은 여포의 적토마를 훔쳐 조조에게 바친 후에 충성을 약속하고, 성 위에 백기가 꽂히는 것을 신호로 삼아 하비성의 동쪽 문을 열기로 했다. 적토마를 손에 넣은 조조의 군사는 공격 준비를 끝냈다.

8
여포의 죽음

다음 날 새벽. 성 밖에서 어마어마한 함성이 들려왔다. 깜짝 놀란 여포가 방천화극을 들고 성벽에 올라 각 부대를 순시한 뒤, 후

성을 놓친 위속을 처벌하려고 했다. 그때 성 밖의 고함 소리가 더욱 커지면서 조조의 군대가 맹렬하게 공격해 왔다. 성벽 위에 꽂혀 있는 백기를 보았기 때문이다. 여포가 직접 지휘하여 대적했다. 새벽부터 해가 서쪽에 기울 때까지 싸우고 나서야 조조의 군대가 물러갔다.

여포는 성루에서 잠시 피로를 풀려고 의자에 앉았다가 깜빡 잠이 들고 말았다. 기회를 노리고 있던 송헌과 위속이 방천화극부터 집어낸 다음, 밧줄로 여포를 단단히 묶어 생포하는 데 성공했다. 잠에서 깬 여포가 몸을 비틀고 악을 썼다.

"게 아무도 없느냐? 이놈들을 끌어내라. 나를 구해 다오."

그러나 두 장수가 가까이 오는 5, 6명을 칼로 후려쳐 죽이자 아무도 감히 달려들지 못했다. 이윽고 송헌과 위속이 백기를 들어 크게 휘둘렀다. 조조의 대군이 백기 신호를 보고는 일제히 성벽 아래로 몰려들었다. 위속이 아래를 향해 고함쳤다.

"여포를 생포했소."

그러나 성문 앞에 서 있던 하후연이 믿으려고 하지 않았다. 송헌이 여포의 방천화극을 성벽 아래로 내던지고 부하 군사들에게 성문을 활짝 열라고 소리쳤다. 그제야 조조의 군대가 아우성을 치면서 밀물처럼 안으로 밀려들었다.

서쪽 문을 지키던 고순과 장료는 뒤는 적군이고 앞은 강물이라 피하지 못하고 사로잡혔다. 진궁은 말을 달려 남문으로 달아나려다가 서황(徐晃)에게 생포되었다.

조조가 성안을 순시하는 한편, 강물을 다른 곳으로 돌려 빼도록 지시하고 포고문을 곳곳에 내붙여서 백성들을 안심시켰다. 그리고 유비와 함께 성에서 가장 큰 누각인 백문루에 올라가 자리를 잡았다. 관우와 장비가 유비 뒤에 서 있었다.

다른 장수들이 차례로 사로잡은 무리들을 이끌고 누각 아래 이르렀는데 제일 먼저 끌려온 것은 여포였다. 온몸을 어찌나 무지막지하게 묶었는지 걸음도 제대로 걷지 못할 지경이었다. 여포가 소리쳤다.

"갑갑해서 숨도 못 쉬겠소. 줄을 좀 늦추어 주시오."

조조가 코웃음쳤다.

"호랑이를 허술하게 묶는 법이 어디 있느냐?"

여포는 조조 곁에 서 있는 후성, 위속, 송헌에게 한마디 했다.

"네 이놈들! 어찌 나를 배신했단 말이냐?"

송헌이 말했다.

"계집과 첩년의 말에만 귀를 기울인 채, 우리 장수들의 계책은 거들떠보지도 않았으니 우린들 별수가 있었겠소?"

여포는 대꾸할 말이 없어서 입을 다물고 말았다. 이어서 고순이 끌려오자 조조가 물었다.

"할 말이 있느냐?"

고순이 입을 꽉 다문 채, 대꾸조차 하지 않았다.

"저놈을 끌어내 목을 베라."

고순이 끌려나간 뒤, 서황이 진궁을 앞세워서 다가왔다. 조조가 싸늘한 어조로 말을 건넸다.

"오래간만이오. 그동안 잘 지냈소?"

진궁이 태연하게 대답했다.

"그대는 속이 하도 시커멓고 엉큼하기 때문에 내가 등을 돌린 것이오."

"그렇다면 여포를 섬긴 이유는 뭐요?"

"여포가 지략은 모자라지만 그대처럼 간사하고 탐욕이 많지는 않기 때문이오."

"지략이 그토록 탁월하다더니 웬일로 오늘은 비참한 패장 신세가 되었소?"

곁에 서 있는 여포를 돌아보고 진궁이 말했다.

"여포가 내 말을 따르지 않아서 그런 거요. 내 말 그대로만 시행했다면 운명이 달라졌을 거요."

"그렇다면 그대를 어떻게 했으면 좋겠소?"

진궁이 태연자약하게 큰 소리로 대답했다.

"빨리 목을 베시오."

"그대의 늙은 어머니와 처자식은 어떡하고?"

진궁이 눈물을 뿌리며 울다가 이윽고 목소리를 가다듬었다.

"효도를 원칙으로 삼는 통치자는 남의 부모를 죽이지 않고, 어진 정치가는 남의 후손의 씨를 말리지는 않는다고 들었소. 나의 노모와 처자의 생사는 그대 마음먹기에 달린 일이 아니겠소? 그러나 이미 사로잡힌 나는 처형당하기를 바랄 뿐이오."

조조의 표정이 굳어졌다. 진궁을 살려 주고 싶은 마음이 간절했기 때문이다. 그러나 진궁은 사형틀을 향해서 걸어가기 시작했다. 조조는 좌우를 돌아보고 눈짓했다. 여럿이 달려가 진궁의 소매를 잡았지만 진궁은 뒤를 돌아보지도 않았다. 조조가 큰 소리로 지시했다.

"진궁의 노모와 처자식을 허도에 모시고 가서 잘 부양하라. 소홀히 대접하는 자는 목을 벨 것이다."

그 말이 분명히 귀에 들렸겠지만 진궁은 한마디 말도 없이 목을 형틀에 대고 칼을 받았다. 쳐다보는 사람이 모두 눈물을 뿌렸다. 조조가 관에 진궁의 시신을 넣고 정중하게 예의를 갖추어 허도에서 장례식을 치러 준 것은 훗날의 이야기다.

조조가 진궁을 따라 잠시 누각에서 아래로 내려간 틈을 타서 여포가 유비에게 말했다.

"현덕 공은 나를 위해서 어찌 한마디도 안 해 주는 거요?"

유비가 말없이 고개만 끄덕일 때, 마침 조조가 돌아오자 여포는 큰 소리로 말했다.

"내가 충심으로 항복하니 승상은 나를 부하로 써서 천하를 평정하기 바라오."

조조가 유비를 돌아보고 물었다.

"어떻게 하면 좋겠소?"

유비가 차분한 어조로 대답했다.

"여포가 양아버지 정건양(丁建陽)을 죽였을 뿐 아니라 자기가 섬기던 동탁도 사소한 일로 살해한 과거가 생각나오."

그 말에 여포의 얼굴이 붉으락푸르락해졌다.

"귀가 큰 이 악당아! 내가 베푼 은혜를 원수로 갚는단 말이냐?"

드디어 조조가 명령을 내렸다.

"여포를 끌어내 목을 베라."

여포가 무사들에게 끌려가면서 유비를 돌아다보고 외쳤다.

"방천화극의 가지를 화살로 맞혀서 너를 구출해 준 것을 잊었단 말이냐?"

그때, 장료가 끌려 들어오면서 여포를 큰 소리로 꾸짖었다.
“졸장부 여포야! 죽는 마당에 무슨 잔소리가 그리 많으냐?”
조조는 여포의 목을 벤 뒤, 그 머리를 창끝에 꿰어 광장에 전시하도록 조치했다. 그리고 장료를 가리키며 말했다.
“처음 보는 사람이군.”
장료가 말했다.
“복양성에서 우리가 만난 적이 있는데, 어찌 잊었단 말이냐?”
“참, 그렇군.”
장료가 길게 탄식했다.
“아, 분하다 분해.”
“뭐가 그렇게도 분하다는 거냐?”
조조를 똑바로 노려보면서 장료가 말했다.
“그날 복양성의 불이 거세지 못해서 너 같은 역적을 태워 죽이지 못했으니, 이 얼마나 분한 일이냐?”
“패장이 감히 나를 모욕하다니!”
격노한 조조가 칼을 빼어 직접 장료를 죽이려 했다. 그러나 장료는 조금도 두려워하는 기색 없이 죽음을 기다렸다. 그때 유비가 조조의 팔을 잡고 간청했다.
“장료는 마음씨가 올바르니 살려 주시지요.”
관우는 조조 앞에 무릎을 꿇고 빌었다.
“문원(장료의 호)의 충성심은 제가 예전부터 잘 알고 있소. 부디 살려 주기 바라오.”
조조가 칼을 내던지고 호탕하게 웃음을 터뜨렸다.
“문원의 충절은 나도 잘 알고 있소. 장난삼아 칼을 빼 본 거요.”

장료를 묶은 밧줄을 직접 풀어 주고 자기 옷을 벗어 장료에게 입힌 다음, 상석에 이끌어 앉혔다. 그러자 장료가 감격하여 드디어 진심으로 항복하고 말았다.

조조는 장료를 중랑장으로 삼고 관내후라는 관직을 내린 다음, 장패를 설득하라고 지시했다. 여포가 이미 처형당하고 장료가 항복한 것을 알게 된 장패가 부하를 모두 거느리고 와서 항복했다.

조조는 장패를 포상한 뒤, 이번에는 장패에게 손관, 오돈, 윤례 등의 항복을 권유하도록 지시했다. 마침내 창희를 제외하고는 모두 조조에게 항복했다. 조조는 장패를 낭야장으로 삼고, 손관 등에게도 각각 벼슬을 주어 청주와 서주지방의 방어를 맡겼다. 그리고 여포의 시체를 허도로 운반한 다음, 각 부대에 많은 상을 내렸다.

허도로 개선하는 길에 서주를 통과할 때 백성들이 길에 나와서 엎드려 절하면서 간청했다.

"승상께서는 부디 유비를 서주태수로 임명해 주십시오."

조조는 속에서 질투심이 꿈틀거렸지만 겉으로는 미소를 띠며 말했다.

"유비가 눈부신 공적을 이룩했으니 허도에 일단 돌아가서 천자께 보고 드린 뒤, 새로운 벼슬을 받고 다시 내려오게 하겠소."

허도에서 유비를 만나본 황제는 유비의 계보를 조사하게 했다. 경제(景帝)의 일곱째아들인 중산정왕 유승(劉勝)의 후손임을 확인하고는 좌장군 의성정후(左將軍 宜城亭侯)에 임명했다. 이때부터 사람들은 유비를 유 황숙(劉皇叔), 즉 황제의 숙부라고 불렀다.

9
영웅만이 영웅을 알아본다

유비는 새로운 취미를 찾았다. 숙소 뒷마당에 밭을 갈고 채소를 가꾸는 것이었다. 씨를 뿌리고, 거름을 주고, 풀을 뽑는 일에 몰두했다. 이것을 보고 관우와 장비가 한마디씩 불평을 토해 냈다.

"산더미 같은 천하의 중대사들은 팽개쳐 버린 채, 천한 백성이나 할 밭일에나 매달리다니 말이 됩니까?"

"형님의 이런 꼴을 보면 한심도 하고 화도 납니다."

그러나 유비는 빙그레 웃으면서 간단히 대꾸할 뿐이었다.

"너희들이 뭘 안다고 그러느냐? 가만히 있거라."

물론 유비는 마음에 내켜서 밭일을 시작한 것이 아니었다. 조조를 죽여 나라를 바로잡자고 조정의 대신 동승(董承)과 맹세한 뒤 혹시라도 조조의 의심을 살까 두려웠다. 그래서 아무런 야심이 없다는 것을 공공연하게 드러내려는 위장술을 쓴 것이다.

그러던 어느 날, 관우와 장비가 어디론가 돌아다니고 있을 때 유비가 홀로 채소밭에 물을 주고 있는데, 허저와 장료가 수십 명의 부하를 이끌고 들어와서 말했다.

"유비를 모시고 오라는 승상의 명령으로 왔소."

속으로 크게 놀란 유비가 물었다.

"무슨 일로 나를 부르는 거요?"

"모르겠습니다. 모시고 오라는 말씀만 들었습니다."

수상한 생각이 들기도 했다. 그러나 이유 없이 승상의 초청을 거절할 수는 없는 처지가 아닌가? 손을 씻고 복장을 갖추어 입은 뒤, 두 장수를 따라서 승상 관저로 들어갔다.

유비를 보자마자 조조가 불쑥 한마디 던졌다.

"집에 가만히 들어앉아서 좋은 일만 한다지요?"

유비의 머릿속으로 번개같이 스치는 한 줄기 생각이 있었다.

'벌써 일이 탄로났단 말인가?'

가슴이 덜컥 내려앉는가 하면, 얼굴빛이 자기도 모르게 창백해졌다. 조조가 유비의 손을 덥석 잡고 뒤뜰로 안내하면서 은밀히 덧붙여 말했다.

"요즈음 채소 가꾸는 취미를 즐긴다고 들었지요."

그제서야 유비가 안심했다.

"그저 무심하게 시간을 보내는 거지요."

조조는 매실이 주렁주렁 달린 매화나무 가지를 가리키며 태연하게 말했다.

"저기 매실을 보고 문득 생각나는 것이 있어서 이처럼 오시라고 했소. 작년에 장수(張繡)를 토벌하러 갔을 때 행군 도중 먹을 물이 떨어져서 군사들이 모두 갈증에 시달린 적이 있지요. 그래서 내가 꾀를 냈지요. 일부러 채찍을 들어 먼 곳을 가리키면서 저기 매화나무가 많다고 말했더니, 그 말을 듣고 모두들 입 안에 침이 가득 고여 목마르다는 말이 다시는 나오지 않았지요. 이제 저 매화를 보니 술 한잔 생각이 나서 공을 초청한 것이오."

작은 정자에 자리 잡은 유비는 조조가 권하는 대로 술을 마시며 이야기를 나누었다. 그러자 먹구름이 하늘을 뒤덮는가 싶더니 억수 같은 소나기가 쏟아졌다. 시중을 들던 하인이 하늘 한 구석을 가리키면서 소리쳤다.

"저기 하늘로 올라가는 것은 용이 아니겠습니까?"

조조가 자리에서 일어나 난간에 기대어 하늘을 쳐다보며 물었다.

"공은 용의 변화를 알고 있겠지요?"

"별로 아는 바가 없소."

"용이란 자기 마음대로 몸을 크게도 작게도 만들고, 위로 올라가는가 하면 어디든지 잘 숨는 짐승이지요. 몸을 크게 만들면 구름을 일으키고 안개를 토하고 작아지면 아무 데나 숨지요. 우주 저 높이 날아다니기도 하고, 파도 속에 깊이 숨기도 하오. 용이 자유자재로 변하는 것은 마치 웅대한 포부를 품은 사람이 천하를 누비는 것과 같소. 그래서 용은 바로 천하의 영웅이라고도 하겠지요. 현덕 공은 오랫동안 천하를 두루 돌아보아 수많은 영웅들을 알 테니, 그 이야기를 좀 들려주지 않겠소?"

"저는 영웅을 알아볼 안목이 없소."

"그건 지나친 겸손이오."

"겸손이 아니라 사실 아는 것이 없소."

"이름 정도는 듣지 않았겠소?"

유비가 마지못해 대답했다.

"글쎄요, 회남의 원술은 풍족한 군량에 대군을 거느리고 있으니 영웅이라고 할 만하겠지요."

조조가 코웃음을 쳤다.

"원술은 시골에 굴러다니는 말 뼈다귀에 불과하오. 머지않아 내가 사로잡을 테니 두고 보시오."

"하북의 원소는 이름난 가문 출신인데다가 기주(冀州)에 호랑이처럼 웅거하며 유능한 인재들을 많이 거느리고 있으니 영웅이라 하겠소."

"천만에! 원소가 겉으로 위엄을 부리지만 속이 좁은 겁쟁이요. 일은 잘 벌리지만 결단성이 없소. 중대한 일에 부닥치면 자기 몸만 아끼는 반면, 작은 이익에는 눈이 어두워 목숨도 가볍게 여기니, 어떻게 영웅이라 하겠소?"

"그러면 아홉 주를 평정하고 준걸로 소문이 난 형주의 유표(劉表)는 어떻소?"

"명성은 있지만 주색을 좋아하는 빈껍데기요."

"혈기가 넘치는 강동의 손책은 어떻겠소?"

"자기 아버지 이름을 빌려 거들먹거리는 어린애요."

"익주(益州)의 유장(劉璋)은 영웅이라 할 수 있을까요?"

"유장은 집을 지키는 개와 같소. 비록 한실 종친이기는 하나 영웅은 못 되지요."

"장수(張繡), 장로(張魯), 한수(韓遂)는 어떻게 보시오?"

조조가 손뼉을 치면서 폭소를 터뜨렸다.

"그따위 졸장부들은 고려할 가치도 없소."

"그 밖에는 아는 사람이 없소."

"영웅이란 웅대한 포부를 품고, 탁월한 지략을 갖추고, 우주의 원리에 통달하며, 천하대세를 움직여 무수한 백성을 지도하려는 인물이오."

"그런 인물이 지금 어디 있겠소?"

조조가 싱긋이 웃음을 머금은 채 말했다.

"오늘날 천하의 영웅이라고 하면, 오로지 현덕과 이 조조뿐이 아니겠소?"

그 말에 유비가 소스라치게 놀라 젓가락을 떨어뜨렸다. 그 순간 천지를 진동하는 천둥소리가 들렸다. 바닥에 떨어진 젓가락을 집으면서 유비가 혼잣말처럼 중얼거렸다.

"웬 천둥소리가 이렇게도 클까?"

조조가 호탕하게 웃었다.

"유비가 천둥 따위에 겁을 내서 떨다니!"

"대자연의 조화 앞에서는 성인도 두려움을 느낀다고 했소."

비가 억수로 퍼부었다. 두 사람이 말없이 비를 바라보았다. 유비의 처지는 호랑이 굴에 잠시 몸을 의지하고 있는 것과 같았다. 그래서 가슴이 조마조마한 판에, 조조가 영웅이라고 꿰뚫어보니 놀라지 않을 수가 없었다. 자기도 모르게 젓가락을 떨어뜨리고 때마침 크게 울린 천둥소리로 어물어물 넘겼으니, 유비의 임기응변도 대단한 것이었다. 조조는 별로 의심하지 않는 눈치였다. 비가 그쳤다. 조조와 유비가 다시 술잔을 주고받을 때 시끄러운 말소리가 들려왔다.

"어디를 함부로 들어가려는 거요?"

"이놈들아! 길을 비켜라."

크게 꾸짖는 소리가 나더니 칼을 빼어든 두 장수가 뒷마당에 나타나 곧장 정자를 향해 달려왔다. 관우와 장비였다. 두 장수는 활을 쏘러 성 밖으로 나갔다가 돌아왔는데, 허저와 장료가 조조의 지시로 유비를 데려갔다는 것이 아닌가?

헐레벌떡 조조의 관저에 이르러, 유비가 조조와 함께 뒷마당에 있다는 말을 듣고는 문에서 가로막는 군사들을 제치고 들어온 것이다. 의외로 조조와 마주 앉아 술을 마시고 있는 유비를 보자 두 장수가 칼을 거둔 뒤 정자 아래 엉거주춤하게 서 있었다. 조조가 한마디 던졌다.

"무슨 일로 여기까지 들어왔는가?"

관우가 대답했다.

"승상께서 저희 형님과 약주를 드신다기에 검무로 흥을 돋워 드릴까 했소."

조조는 빙긋이 웃었다.

"공식 연회도 아닌데 검무가 무슨 필요가 있겠는가?"

돌아보니 유비도 싱글싱글 웃고 있었다. 조조가 시중드는 하인에게 지시했다.

"저 장수들에게 술을 대접하라."

관우와 장비가 절을 하고 잔을 받았다. 얼마 후 술자리를 끝내고 셋이 숙소로 돌아가는 길에 관우가 한마디 했다.

"형님이 봉변을 당하지나 않았을까 해서 얼마나 놀랐는지 모르겠소."

조조와 함께 영웅에 관해서 논의하다가 젓가락을 떨어뜨렸다고 유비가 설명하자, 장비가 물었다.

"무슨 소린지 통 모르겠는데요?"

"나에게 웅대한 포부가 없다는 것을 조조에게 알리려고 일부러 채소밭을 가꾼 거야. 그런데 뜻밖에도 조조가 날더러 영웅이라고 하지 않겠냐? 하도 놀라서 젓가락을 떨어뜨렸지. 그리고 혹시 조조가 의심할까 두려워 천둥소리를 핑계 삼아 얼버무린 거다."

"정말 잘 하셨소."

관우가 여러 번 고개를 끄덕였다.

10
용이 바다로 들어가다

며칠 후, 조조가 술자리를 다시 마련하고 유비를 초청했다. 유비가 조조와 함께 술을 들면서 대화를 나누고 있을 때, 얼마 전에 원소의 동향을 살피러 갔던 만총(滿寵)이 돌아왔다는 보고를 받았다. 조조는 즉시 만총을 불러들여 물었다.

"원소가 공손찬과 승부를 겨루었다는데 결과가 어찌되었소?"

"원소가 대승을 거두고 공손찬은 이미 죽었습니다."

유비가 소스라치게 놀랐다.

"아니, 공손찬이 죽다니? 자세히 설명해 주시오."

"기주의 요충지대에 역경루(易京樓)라는 성을 신축하여 근거지를 옮긴 공손찬은 군량미 60만 가마를 비축한 뒤, 대군을 동원하여 원소에게 대항했지요. 그러나 전황이 날로 불리해서 곤경에 빠지자 공손찬이 허도에 구원을 요청하는 밀사를 파견했소. 그런데 그 밀사가 원소의 부하들에게 생포되었지요. 한편, 흑산(黑山)의 장연(張燕)에게는 횃불을 신호로 안팎에서 원소를 공격하자고 서신을 보냈는데 그 밀사마저도 원소의 포로가 되었소. 원소가 횃불로 거짓 신호를 보내 공손찬의 부대를 유인했는데 공손찬은 장연이 응원군을 거느리고 왔다고 믿고, 직접 군대를 지휘하여 성에서 나왔다가 크게 패배했지요. 군사를 절반이나 잃고 성으로 들어간 뒤로는 장기전을 각오하고 수비에만 전념했소. 그러자 원소는 땅굴을 파고 군대를 성안으로 잠입시켜 사방에 불을 질렀지요. 드디어 모든 것을 체념한 공손찬은 자기 손으로 처자식을 죽인 뒤 자결해 버렸소."

조조가 불쾌한 표정을 지었다.

"공손찬을 멸망시켰으니 원소의 세력이 대단하겠군."

만총이 대답했다.

"영토가 크게 확대되었고 군대의 숫자도 날로 늘고 있습니다. 그런데 회남에 있는 동생 원술은 군대와 백성의 신망을 잃어 더 이상 버티기가 힘들게 되었소. 그래서 옥새를 가지고 화북으로 가려는 중이지요. 만일 원소와 원술이 힘을 합한다면 토벌이 매우 어려워질 테니, 승상은 즉시 조치를 취해야 하오."

조조가 고개를 끄덕였다. 유비는 공손찬이 예전에 자기에게 베풀어 준 은덕을 생각하며 가슴이 찢어지는 듯한 슬픔에 잠겼다. 그리고 처음 만났을 때부터 마음이 끌렸던 조자룡의 안부가 궁금했다. 한편, 다른 생각도 들었다.

'조조의 손아귀에서 빠져나갈 기회는 바로 이때가 아닌가?'

굳게 결심한 유비가 조조에게 말했다.

"원술이 원소에게 갈 때 서주 일대를 통과하지 않을 수가 없소. 승상께서 내게 군대를 빌려 준다면 원술을 사로잡아 바치겠소. 공손찬의 원수를 갚는 것도 되고."

조조가 웃으면서 선뜻 허락했다.

"내일 천자께 건의하여 군대를 동원하겠소."

다음 날 조조와 함께 유비가 대궐에 들어가 천자에게 건의했다. 조조가 5만 명의 군대를 내 주고 자기 부하 장수인 주령(朱靈)과 노소(露昭)를 동반시켰다. 밤이 되자 유비가 군기와 군대를 정비하고 장군의 띠를 허리에 찬 뒤에 출발했다.

늙은 대신 동승이 10리 밖에까지 쫓아 나와서 배웅했다. 유비가 동승을 위로했다.

"당분간만 참고 계시지요. 이번에 반드시 큰일을 이루어 내고야 말겠소."

동승이 간곡하게 부탁했다.

"부디 몸조심하고 천자의 비밀 지시를 수행하시오."

동승이 돌아간 뒤, 서둘러 진군하는데 관우가 물었다.

"이번 출정을 바삐 서두르는 까닭이 뭐지요?"

"허도에 있을 때 내 신세는 바로 새장에 갇힌 새요, 그물에 걸린 물고기가 아니더냐? 이제는 물고기가 그물을 벗어나 바다에 들어가고, 새가 새장을 벗어나 하늘을 날아가는 것이다. 그러니 조급하게 서두르지 않을 수가 있겠느냐?"

관우와 장비에게 지시하여 주령과 노소의 부대가 한층 빨리 진군하도록 했다.

곽가와 정욱이 군량을 여러 지방에 전달하고 시찰을 마친 뒤에 허도로 돌아왔는데, 조조가 유비에게 대군을 맡겨 서주로 보냈다는 말을 듣고 깜짝 놀랐다. 그래서 허겁지겁 조조의 저택을 찾아가 따졌다.

"어쩌자고 유비에게 군사를 맡겼소?"

조조가 대수롭지 않다는 듯이 말했다.

"원술이 하북으로 간다고 해서 저지하라고 지시했소."

정욱이 입을 열었다.

"예전에 승상께서 유비를 예주태수로 임명할 때 저희가 죽이라고 건의했는데도 묵살하더니, 이번에는 5만 대군까지 내 주었소. 용이 바다에, 호랑이가 산에 들어가도록 풀어 준 거요. 나중에 무슨 수로 다시 잡겠소?"

곽가도 거들었다.

"유비를 죽이지 않는 것까지는 좋소. 그러나 풀어 준 것은 잘못이오. 하루라도 적을 놓아두면 두고두고 후환이 생긴다는 말을 듣지 못했소?"

두 전략가의 말을 듣고 난 조조는 경솔한 조치를 후회했다. 그래서 허저에게 정예 기병대 5백 기를 이끌고 뒤쫓아가서 유비를 소환시키라고 지시했다.

유비가 강행군으로 전진하고 있을 때, 등 뒤에서 구름처럼 먼지를 일으키면서 기병대가 접근해 왔다.

'조조의 군대가 추격하는 게 분명하지.'

유비가 진군을 멈추고 진을 쳤다. 그리고 관우와 장비를 좌우에 배치했다. 허저가 진영 안으로 들어서자 유비가 물었다.

"무슨 일로 왔소?"

"상의할 일이 있으니 장군을 모시고 오라는 승상의 명령이오."

유비가 정색을 하며 말했다.

"장군이 일단 출정한 뒤에는 황제의 지휘도 받지 않는 법이오. 이미 천자께 보고했고 승상의 허락도 받아 떠난 마당에, 무슨 의논할 말이 또 있단 말이오? 어서 돌아가서 승상께 내 말을 전하도록 하시오."

허저는 잠시 망설였다. 조조는 유비와 평소에 친하게 지냈고, 이번에도 그냥 소환하라고만 말했다. 유비를 살해하라는 명령은 없었던 것이다. 이윽고 허저가 군사를 되돌려 허도로 돌아갔다. 허저가 조조에게 보고하자, 곽가가 말했다.

"소환 명령을 거역하는 유비의 속셈이야 뻔하지요."

정욱도 강하게 권고했다.

"지금이라도 대군을 동원해서 추격하는 것이 좋겠소."

조조가 우물쭈물했다.

"유비가 당장 배신하지는 못할 거요. 그리고 출발시켜 놓고 나서 후회해야 무슨 소용이오?"

조조는 추격부대의 파견을 단념했다.

5장

서주성의 맹주

1
유비와 조조의 신경전

건안 4년(서기 199년) 6월. 유비가 서주에 이르자 조조의 지시로 서주를 지키던 거기장군 차주(車胄)가 영접했다. 유비는 성안에 마련된 잔치에 참석한 뒤, 손건과 미축의 인사를 받았다. 그리고 집으로 돌아가 늙은 어머니와 가족을 만났다.

이틀 후, 유비는 원술의 근황을 살펴보고 돌아온 척후병의 보고를 받았다. 원술은 사치가 지나칠 뿐 아니라 가혹한 세금과 독재로 백성들의 원망이 이만저만이 아니었다. 게다가 최근에는 부하 장수 뇌박(雷簿)과 진란(陳蘭)마저 실망하여 숭산으로 달아나 버렸다.

그래서 형 원소에게 황제의 지위를 양보하겠다고 알렸다. 옥새를 탐낸 원소가 동생을 초청했다. 원술이 드디어 군대를 정비하고 궁궐의 금은보화와 재물을 챙겨서 수백 대의 수레에 실은 채 하북을 향해 출발했다. 머지않아 서주지방을 통과할 예정이었다.

며칠 후 유비가 관우, 장비, 주령, 노소와 함께 5만 대군을 거느리고 서주성을 나섰다. 정오가 지나서 원술의 선봉 기령(紀靈)이 정면에서 나타났다. 장비가 쏜살같이 달려가 기령을 대적했다. 열 번을 채 부딪치기도 전에 벼락치듯 고함을 내지르면서 장비가 기령을 창으로 찔러 죽였다.

원술의 군대가 사방으로 도망치기 시작하자 유비의 군대는 무섭게 휘몰아 섬멸하려고 했다. 그때 멀리서 먼지가 구름처럼 피어올랐다. 원술의 대군이라고 알아챈 유비는 군대를 셋으로 나누어 주령과 노소를 왼쪽에, 관우와 장비를 오른쪽에 배치하여 학의 날개와 같이 진을 쳤다. 이윽고 원술과 대치하자 유비가 채찍을 들어 원술을 가리키며 크게 꾸짖었다.

"역적 원술은 들어라. 천자의 특명으로 왔으니 스스로 항복하면 죽음만은 면할 것이다."

원술이 격노하여 고함쳤다.

"돗자리나 짜던 천한 놈이 어느 앞이라고 감히 주둥이를 놀리느냐?"

원술은 즉시 정면 공격으로 나왔다. 유비가 지는 척하고 가운데 주력부대를 이끌고 후퇴했다. 원술이 맹렬하게 추격해 들어왔다. 그러자 북소리가 크게 울리면서 왼쪽에서는 주령과 노소, 오른쪽에서는 관우와 장비가 각각 포위망을 좁히고, 유비의 주력부대가 반격에 나섰다.

원술이 크게 패배했다. 간신히 적진을 빠져나간 원술이 패잔병을 수습하여 달아나는데 산모퉁이에서 함성이 일면서 기병들이 쳐들어왔다. 예전에 자기 부하였던 뇌박과 진란의 산적 떼였다. 원술은 군량과 재물을 실은 수레를 무수히 빼앗기고 남은 군사의 절반 이상을 또 잃었다.

정신없이 달아나 강정(江亭)에 이르렀을 때 원술을 따르는 군사는 고작해야 1천 명 정도였다. 그나마 대부분이 늙고 허약해서 쓸모가 없었다. 찌는 듯이 무더운 여름 날씨에 식량도 바닥이 났다. 그러나 고생을 모르고 귀하게 자랐고, 황제 칭호를 사용한 이후 더욱 교만해진 원술은 아무리 배가 고파도 깡보리밥을 도저히 목구멍으로 넘기지 못했다.

"여봐라. 꿀물을 가져오너라."

지시를 받은 부하가 코웃음을 쳤다. 황제고 뭐고 이제는 끝장이라고 생각했던 것이다. 그래서 원술에게 볼멘소리로 대꾸했다.

"이 판국에 꿀물이 어디 있소? 핏물이나 말 오줌이라면 몰라도……."

원술은 평상 위에서 그 말을 듣자 외마디 소리를 지르더니 아래로 굴러 떨어졌다. 그리고 피를 토하며 숨을 거두었다.

조카 원윤(袁胤)이 원술의 영구를 끌고 노강(廬江)으로 향했다. 그러나 가는 도중 광릉의 서구에게 잡혀서 원술의 처자식들과 함께 살해되고 말았다.

서구는 원윤의 몸을 뒤져서 옥새를 손에 넣어 즉시 허도로 올라가서 조조에게 바쳤다. 탐내던 보물을 얻게 된 조조는 서구를 광릉태수로 삼았다.

원술의 최후를 들은 유비는 조정에 바치는 보고서와 함께 주령과 노소를 허도로 돌려보냈다. 그러나 자기는 조조가 내 준 5만 명의 군대를 거느린 채, 서주에 주둔했다.

그러자 화가 머리끝까지 뻗친 조조가 주령과 노소의 목을 베려고 했다. 옆에서 순욱이 말렸다.

"유비에게 지휘권이 있으니, 부하인 저들이 무슨 죄가 있소?"

조조가 그 말을 받아들여 두 장수를 용서했다. 그러자 순욱이 다시 입을 열었다.

"서주태수직을 임시로 맡고 있는 거기장군 차주에게 비밀 서신을 보내 유비를 처치하는 것이 좋겠소."

조조가 즉시 서주로 특사 편에 서신을 띄웠다.

기회를 봐서 빨리 유비를 없애라.

차주가 진등에게 좋은 수가 없느냐고 물었다.

"그야 식은 죽 먹기 아니겠소? 지금 유비가 관우와 장비를 데리고 성 밖에서 흩어진 백성들을 불러모으고 있소. 며칠 후 돌아올 때 장군은 복병을 배치했다가 유비를 단칼에 베시오. 그리고 성벽 위에서 화살을 빗발같이 쏘아대 후속부대를 차단하면 그만이오."

"탁월한 계책이오."

차주가 진등의 계책을 그대로 따르기로 했다.

그날 진등이 아버지 진규에게 계책을 털어놓자 진규가 한동안 말이 없다가 이윽고 입을 열었다.

"현재 조조는 멀리 있고, 유비는 코앞에 있다. 너는 즉시 음모를 유비에게 알려라."

진등이 성을 급히 빠져나갔다.

진등이 10리를 채 못 가서 관우와 장비를 만났다. 백성들을 위로하고 돌아오던 유비는 관우와 장비를 앞서 보내고 뒤에 처진 것이다. 관우와 장비는 차주가 조조의 명령으로 유비를 처치할 계획이라고 듣자, 격노한 장비가 즉시 쳐들어가 토벌하려고 했다. 그러나 관우가 말렸다.

"복병이 숨어 있는 성안으로 함부로 들어갔다가는 낭패를 보기가 십상이다. 한 가지 좋은 수가 있다. 오늘 밤 조조의 군대가 도착한 것으로 위장해서 차주를 밖으로 끌어낸 다음에 기습해서 처치하자."

"그거 참 멋진 생각이오."

관우와 장비가 거느리는 부대에는 원래 조조의 군사들이 섞여 있었다. 그래서 성안의 군사들과 군복이 똑같았다. 한밤중에 관우와 장비가 성으로 가서 문을 열라고 외치자 성벽 위에서 물었다.

"어디서 온 부대요?"

관우가 부하에게 대답하라고 지시했다.

"승상의 명령으로 달려온 장료의 군사요. 빨리 차 장군께 보고하시오."

보고를 받고도 차주가 망설였다.

'장료가 승상의 지시로 왔다면 영접하지 않을 수가 없다. 그러나 만일 성문을 열게 하려는 적의 속임수라면 큰일이 아닌가?'

차주는 의심이 들어 직접 성벽에 올라가서 소리쳤다.

"장료의 부대라고 하지만 캄캄한 밤에 분별이 어렵다. 날이 밝은 뒤에 보자."

성벽 아래 군사들이 줄기차게 독촉했다.

"유비가 알면 큰일이니 빨리 성문을 열어 주시오."

드디어 차주가 기병 1천 기를 거느린 채 성문을 열고 나갔다. 해자 위의 들림다리를 건너가 큰 소리로 물었다.

"장료는 어디 있소?"

관우가 불빛을 받으며 달려와 목소리를 가다듬어 꾸짖었다.

"쥐새끼 같은 졸장부가 어떻게 감히 우리 형님을 해치려 든단 말이냐?"

깜짝 놀란 차주가 말 머리를 돌려 달아났다. 그러나 들림다리 앞에 이르자 성벽 위에서 진등이 군사를 지휘하여 화살을 마구 퍼부었다. 차주가 성벽을 끼고 줄행랑을 쳤다. 그 뒤를 바싹 추격한 관우가 단칼에 차주의 목을 베어들고 성문 앞으로 돌아갔다.

"역적 차주의 목을 보라. 항복하는 자는 죽음을 면할 것이다."

차주의 부하들이 앞을 다투어 투항했다.

관우가 차주의 머리를 들고 유비에게 가서 전후 사정을 자세히 설명했다. 소스라치게 놀란 유비는 걱정이 태산 같았다.

"조조가 대군을 거느리고 온다면 큰일이 아니겠느냐?"

"관우와 장비가 있으니 염려 마십시오."

수심에 잠긴 유비가 관우과 함께 서주성으로 들어갔다. 그때 장비는 이미 차주의 가족을 하나도 남기지 않고 모조리 죽여 버린 뒤였다.

"조조의 심복 차주를 죽였으니, 우리가 무사할 리 없다."

관우와 장비가 입을 다문 채 대꾸하지 못했다. 그러자 진등이 나서서 계책을 일러 주었다.

"조조가 두려워하는 사람은 원소가 아니오? 바로 그 원소가 지금 기주, 청주, 유주, 병주에서 1백만 대군을 거느리고, 그 밑에는 총명한 신하와 탁월한 장수들이 무수하오. 원소의 지원을 받는다면 조조를 겁낼 필요가 없소."

유비가 난감하다는 표정을 지었다.

"지금까지 교류가 전혀 없는데다가 자기 동생 원술을 죽게 만든 나를 위해서 응원군을 보낼 리가 있겠소?"

그러나 진등이 우겼다.

"그렇게 볼 수도 있소. 그러나 여기 서주에는 원소가 도저히 거절하지 못할 인물이 있소. 그분의 추천서를 받아서 원소에게 보낸다면 반드시 구원병을 파견할 거요."

"그 사람이 누구요?"

"그야 장군이 가장 존경하는 어른이지요."

"정현(鄭玄) 선생을 말하는 거요?"

진등이 미소를 지으며 고개를 끄덕였다. 마융의 학문을 이어받은 정현은 당시 최고 수준의 학자였다. 환제(桓帝) 때 원로대신인 상서(尙書)의 직위까지 승진했다가 십상시의 난리가 일어나자 서주로 낙향했다. 유비는 탁군에 있을 때 이미 그를 스승으로 모셨고, 서주태수가 된 뒤에도 자주 찾아가서 가르침을 받고 극진히 대접한 사이였다.

진등과 더불어 유비가 정현의 집을 방문하고 사정을 설명했다. 정현은 서슴지 않고 추천서를 써 주었다. 그래서 유비는 손건에게 서신을 맡겨 원소에게 파견했다.

한편 원소는 뜻밖에도 정현 선생의 서신을 받아 보고 곰곰 생각에 잠겼다.

'유비가 내 동생을 멸망시켰으니 응원군을 동원하는 것은 말이 안 된다. 그러나 정현 선생의 권고를 무시할 수는 없으니, 유비를 구출해 주기는 해야겠다.'

전략가와 장수들을 모두 불러 모아 조조를 타도할 방안에 관해서 회의를 열었다. 전략가 전풍(田豊)은 군사 동원을 반대했다.

"여러 해 전쟁을 계속한 결과, 백성들은 지치고 군량미 비축도 변변치 못하오. 그러니 이제 다시 대군을 동원하는 것은 바람직하지 않소. 정예부대를 더욱 양성하고 군비를 충실히 해서 힘을 기르는 것이 급선무요. 우리가 내실만 기한다면 조조는 3년 안에 무너질 것이오."

그러나 위군 출신의 장수 심배(審配)는 생각이 정반대였다.

"그것은 옳지 않소. 장군이 천하무적인 우리 대군을 동원하면 좀도둑 조조 따위의 토벌은 손바닥을 뒤집기보다 더 쉬운 일이오. 쓸데없이 3년씩이나 기다릴 필요가 전혀 없소. 지금이 가장 좋은 시기입니다."

광평 출신의 장수인 저수가 이의를 제기했다.

"군대가 강하다고 해서 반드시 승리하는 것은 아니오. 조조는 군기를 엄하게 확립했고, 용감하고 충직한 정예부대를 많이 양성했소. 그러니까 공손찬 하고는 질적으로 다른 상대요. 전풍의 상책을 따르지 않고 명분도 없는 군사 동원을 하는 것은 옳지 않소."

그러나 저수와 사이가 나쁜 전략가 곽도(郭圖)가 심배를 편들었다.

"나라의 도둑인 조조를 토벌하는 것이 왜 명분이 없는 일이오? 정현 선생 말씀대로 장군은 유비와 함께 대의를 세워서 조조를 쳐야만 하오. 이보다 더 좋은 기회는 없소."

양쪽의 의견이 팽팽하게 대립되어 원소가 주저하며 결단을 내리지 못하고 있을 때, 마침 허유와 순심(荀諶)이 들어왔다. 원소가 두 사람의 의견을 물어 보았다. 허유(許攸)가 먼저 대답했다.

"이것은 장군이 많은 군사를 가지고 적은 군사와 싸우고, 강한 세력을 가지고 약한 세력을 치는 거요. 더욱이 도적을 토벌하여 한나라 천하를 바로잡는 것이니, 마땅히 군사를 일으켜야 옳소."

순심도 허유의 의견에 찬성했다. 원소가 드디어 출병을 결심했다. 우선은 정현에게 보내는 답신을 손건에게 주었다. 그리고 심배와 봉기(逢紀)를 총사령관으로, 전풍, 순심, 허유를 전략가로, 안량(顔良)과 문추(文醜)를 선봉장으로 임명했다. 그리고 기마병 15만 명과 보병 15만 명으로 구성된 30만 대군으로 여양(黎陽)을 향해 진군하기로 결정했다. 그때 관도가 정중하게 건의했다.

"조조의 악행을 낱낱이 밝히는 포고문을 각지에 먼저 배포해야만 군사와 백성의 지지를 얻을 수가 있소."

원소의 지시로 진림이 작성한 1천4백 자의 포고문은 희대의 명문장이었다. 조조의 할아버지는 환관 십상시처럼 간악하고, 조조의 아버지는 뇌물을 주고 벼슬을 샀으며, 조조 자신은 의리가 없고 잔인할 뿐 아니라 천자를 인질로 잡은 나라의 도적이라고 공격했다.

한편 유비는 유대(劉岱)와 왕충(王忠)이 지휘하는 조조의 5만 군대가 서주에 도착했다는 소식을 듣고 진등의 의견을 물었다.

"원소가 여양에 진을 치고 있기는 하지만 부하 전략가들이 불화를 일으켜 본격적인 전투는 피하고 있소. 조조는 어디 있는지 소재지를 파악할 수가 없소. 여양의 진영에는 승상기가 없다고 하는데 조조 군대에 승상기가 휘날리는 까닭은 뭐겠소?"

"조조는 하북을 중요시해서 여양 진영에 있으면서도 일부러 자기 군기를 세우지 않고, 여기는 허세를 부려 승상기를 세우게 했을 거요. 조조는 여기 없다고 판단하오."

유비가 관우와 장비를 돌아보고 물었다.

"누가 가서 사실을 확인하겠느냐?"

장비가 먼저 자원했다. 그러나 유비는 고개를 가로저었다.

"너는 성미가 조급하고 괄괄해서 보낼 수 없다."

"조조가 저기 있다면 당장이라도 잡아오겠소."

유비가 대꾸를 하지 않자, 관우가 나섰다.

"제가 동정을 살펴보고 오겠소."

"관우가 간다면 안심이다."

관우가 3천 명의 혼합부대를 거느리고 서주성을 떠났다. 회색 구름에 뒤덮인 하늘에서 싸락눈이 쏟아졌다. 벌판에 포진하고 난 관우가 청룡언월도를 잡고 진영 앞으로 달려나가 외쳤다.

"왕충은 이리 나와라."

왕충이 창을 들고 나와서 고함쳤다.

"승상이 여기 오셨는데 왜 항복하지 않느냐?"

"승상이 정말 오셨다면 나오시라고 해라. 내가 긴히 의논할 일이 있다."

"승상께서 너 따위 졸장부나 만나 줄 만큼 한가한 줄 아느냐?"

격노한 관우가 말의 배를 차며 내달렸다. 왕충도 달려 나와 대적했다. 한두 번 싸우다가 관우가 말 머리를 돌려 달아났다. 멋도 모른 채 왕충이 추격했다. 쫓고 쫓기어 언덕 아래를 지나려 할 때 관우가 말을 획 돌리고 고함을 벼락같이 치면서 반격했다. 왕충이 깜짝 놀라서 달아나려고 했다. 청룡언월도를 왼손으로 옮겨 잡더니, 관우는 오른손으로 왕충의 갑옷 끈을 잡고 말에서 끌어내려 자신의 말안장에 차고 진영으로 돌아갔다. 왕충의 부하들은 사방으로 도망쳤다.

관우에게 생포되어 서주성으로 끌려 들어온 왕충에게 유비가 물었다.

"네가 감히 뭐라고, 승상에 관해서 함부로 거짓말을 지껄이느냐?"

왕충이 솔직하게 대답했다.

"자진해서 한 짓은 아니오. 명령에 따라 허세를 부려 위장했을 뿐이오. 승상은 여기 없소."

유비가 왕충의 밧줄을 풀어 주기는 했지만 당분간은 방에 가두어 두도록 조치했다.

관우가 한마디 던졌다.

"형님이 왕충을 설득할 생각이 있을 것 같아 생포해 온 거요."

유비가 고개를 끄덕였다.

"장비는 왕충을 죽일까 염려되어 내보내지 않았지. 왕충과 유대 따위는 죽여 봤자 우리에게 이익이 하나도 없어."

그 말에 장비가 다시 나섰다.

"이번에는 제가 유대를 사로잡아 오지요."

"유대는 연주의 총책임자로서 호로관(虎牢關)에서 동탁과 필적한 실력가다. 말랑말랑하게 볼 상대가 결코 아니니까 조심해라."

"그 까짓 놈이 뭐라고 그런 말씀입니까? 반드시 생포해 오고야 말겠소."

"까딱 잘못해서 죽이면 일을 망친다."

"그놈을 죽인다면 대신 제 목숨을 바치지요."

"틀림없겠느냐?"

"맹세하겠소."

드디어 장비가 3천 명의 군사를 이끌고 나갔다.

한편 유대는 왕충이 생포된 뒤로는 진영을 굳게 지키기만 했다. 장비가 매일 나가서 싸움을 걸었지만, 유대는 상대가 장비라는 것을 알고는 더더욱 응하지 않았다. 사흘이 지나자 장비가 계책을 쓰기로 작정했다.

그날 한밤중에 적진을 습격할 테니 준비하라고 명령을 내린 다음, 대낮부터 술을 퍼마시더니 일부러 만취한 척했다. 그리고 공연한 트집을 잡아 보병 한 명에게 곤장 50대를 치게 한 뒤 큰 소리로 지시했다.

"이놈을 투옥하라. 오늘 밤 기습하기 전에 이놈의 피로 고사를 지내겠다."

그리고는 부하를 시켜서 슬그머니 풀어 주도록 했다. 죽을 목숨을 건진 그 보병이 곧장 유대에게 갔다.

"장비가 오늘 밤 기습할 겁니다. 저는 아무 죄도 없이 장비한테 죽도록 곤장을 맞고 투옥되었다가 간신히 도망쳐 왔지요."

유대는 병사의 심한 상처를 보고 그 말을 곧이들었다.

'장비가 참다못해 드디어 쳐들어오는군.'

유대는 적의 계획을 거꾸로 이용하기로 작정하고는 즉시 진영 밖에다 전군을 매복시켰다.

한편 장비는 군사를 세 갈래로 나누었다. 좌우의 두 갈래는 적진 뒤로 돌아가서 기다렸다가 진영 안에서 일어나는 불을 신호로 삼아 공격하게 했다.

그리고 중앙부대 가운데 30명이 적의 진영을 습격하여 불을 지르고, 장비 자신은 유대의 탈출로를 차단하기로 했다.

유대의 진영으로 뛰어든 30명이 불을 질렀다. 불길을 보고 유대의 복병이 사방에서 아우성치며 포위하려 했다. 그때 뒤에서 장비의 두 갈래 부대가 일제히 공격했다. 유대의 군사들은 뜻하지 않은 기습에 당황해서 적병이 얼마나 많은지도 모르는 채 제각기 목숨을 구하려고 달아났다. 유대도 남은 군사를 이끌고 탈출로를 찾았다.

"유대 네 이놈! 어디로 도망치느냐?"

피할 길이 없게 된 유대가 장비에게 달려들었다. 정수리를 겨누고 내리치는 유대의 칼을 장비가 번개같이 몸을 틀어 피하면서 그 허리를 휘어잡아 말 아래로 떨어뜨렸다.

"이놈을 묶어라."

그러자 유대의 부하들이 앞을 다투어 항복했다. 장비가 부하를 서주성으로 먼저 보내 승전을 보고했다. 유비가 관우를 돌아보며 한마디 했다.

"장비가 원래 경솔한 사람인데 이제는 계책마저 부릴 줄 아니, 걱정할 게 없군."

"모두 형님의 복이지요."

유비가 관우와 함께 몸소 장비를 마중하러 성에서 나갔다. 장비가 의기양양하게 유비에게 말했다.

"밤낮 나더러 성미가 조급하고 괄괄하다더니 오늘은 어떻소?"

"그만큼 주의를 주었으니까 네가 머리를 쓴 것이다."

장비가 호탕하게 웃음을 터뜨렸다. 묶여서 끌려오는 유대를 보자 유비는 급히 말에서 뛰어내린 뒤, 군사들을 꾸짖어 물리치고 밧줄을 직접 풀어 주며 사과했다.

"장비가 잘못 알고 장군을 모욕했으니 용서를 바라겠소."

성안으로 들어간 유비가 유대와 왕충을 위해 술자리를 마련해 극진히 대접하면서 말했다.

"얼마 전에 차주가 나를 암살하려고 해서 부득이 죽였소. 그래서 승상은 모반을 일으켰다고 의심하여 군대를 파견했을 거요. 그러나 나는 승상을 배반할 생각이 털끝만큼도 없소. 장군들이 허도로 돌아가 잘 말씀드려 주시기 바라오."

유대가 입을 열었다.

"목숨을 살려 준 장군의 은혜를 무엇으로 보답할 수 있겠소? 우리 두 가문의 운명을 걸고서라도 장군의 뜻을 잘 전달하겠소."

다음 날, 유비는 두 사람에게 군대를 돌려주고 허도로 떠나게 했다. 유대와 왕충이 성을 나서서 10리도 채 못 갔을 때, 북소리가 크게 울리더니 장비가 부대를 지휘하여 길을 막고 큰 소리로 외쳤다.

"우리 형님은 우리 형님이고, 나는 나다. 애써서 생포한 적장을 살려 보내다니 웬 말이냐? 네놈들은 꼼짝 말고 내 창을 받아라."

유대와 왕충은 소스라치게 놀라서 대항할 엄두도 못 낸 채 부들부들 떨기만 했다. 장비가 무섭게 눈을 부릅뜨고 달려들려는 순간, 뒤에서 질주해 오는 말이 한 필 있었다.

"장비야! 이게 무슨 무례한 짓이냐?"

말을 몰고 오는 사람이 큰 소리로 꾸짖었다. 급히 돌아다보니 관우가 아닌가! 유대와 왕충은 그제야 떨리는 가슴이 진정되었다.

관우가 장비를 다시금 나무랐다.

"형님의 조치에 거역할 작정이냐?"

"이번에 놓아 주면 다음에 또 우리를 치러 오지 않겠소?"

"다시 온다면 그때 죽이면 되지 뭘 그러느냐?"

관우와 장비 사이에 오가는 말을 들은 유대와 왕충이 황급히 앞으로 나서서 말했다.

"장군! 어떠한 일이 있어도 다시는 오지 않겠소."

"승상이 우리 가문을 멸족시킨다 해도 다시 안 오겠소."

장비는 두 사람을 번갈아 노려보고 호통을 쳤다.

"조조 놈이 온다 해도 내가 모조리 죽여 버릴 테다. 오늘은 너희들 머리를 베지 않을 테니, 썩 꺼져라."

유대와 왕충이 목을 움츠린 채 허겁지겁 떠났다. 관우가 장비와 함께 성으로 돌아와서 보고했다.

"아무래도 조조가 다시 공격해 올 것 같소."

"그럼 어떻게 해야 좋단 말이냐?"

곁에서 손건이 권고했다.

"서주는 오래 버틸 곳이 못 되니까 군사를 거두어 소패에 주둔하고, 하비성을 지켜 기각지세(掎角之勢)로 조조를 막는 것이 좋을 거요."

그 말에 따라 유비는 관우에게 하비성을 맡기고 소래 출신인 감부인과 미축의 누이 미 부인을 거기 머무르게 했다. 그리고 손건, 간옹, 미축, 미방 등을 서주에 남겨 지키게 한 다음, 자신은 장비와 더불어 소패에 주둔했다.

2
삼형제 유비, 관우, 장비가 헤어지다

동승 저택의 하인 진경동의 밀고에 의해 음모를 알게 된 조조는 대궐의 한의사 길평과 원로대신 동승 일파를 처참하게 처단해 버렸다. 동승의 딸로서 천자의 총애를 받던 동 귀비마저 죽였다. 그 때 동 귀비는 임신한 몸이었다.

조조가 전략을 순욱과 상의했다.

"동승의 무리는 모두 죽였지만 아직도 유비와 마등이 버티고 있으니, 어떻게든 이들도 없애버려야겠는데 어찌해야 되겠소?"

"마등은 서량에 주둔하고 있으니까 처치하기 어렵지요. 격려의 서신을 보내 안심시킨 뒤, 나라의 축제가 있을 때 유인해서 없애버리는 것이 좋겠소. 유비 역시 서주에서 기각지세(掎角之勢)를 벌려 놓고 있으니 우습게 보면 안 되지요. 게다가 원소가 허도를 노리고 있지요. 만약 우리가 서주를 치는 경우 유비는 반드시 원소에게 구원을 요청할 테니, 원소가 빈틈을 노려서 허도에 침입하면 무슨 수로 막겠소?"

그러나 조조는 생각이 달랐다.

"그렇지만은 않소. 유비는 천하의 영웅이오. 당장 토벌하지 않고 내버려 두었다가는 기반을 완전히 잡고 말 것이오. 그러면 없애기가 더욱 어려워질 뿐이오. 원소가 세력이 강성하다고는 하지만 의심이 많고 결단성이 부족한 졸장부이니 염려할 상대가 못 되오."

그때 마침 안으로 들어선 곽가에게 조조가 질문을 던졌다.

"동쪽의 유비를 치려고 하는데 원소가 허도를 기습하지 않을까 걱정이오. 어떻게 보시는지요?"

"원소가 의심이 많은데다가 그 아래 전략가들은 서로 시기 질투가 심하니 그리 염려할 것은 없겠소. 유비의 군사력이 별 볼일이 없는 상태이니 당장 공격하면 손쉽게 격파할 수 있을 거요."

조조의 표정이 환하게 밝아졌다.

"어쩌면 내 생각과 그리도 똑같소?"

조조는 즉시 20만 대군을 다섯 부대로 나누어 서주로 진격했다.

손건은 부하에게 조조가 서주로 진격했다는 급한 보고를 받고 먼저 하비성에 가서 관우에게 알리고, 이어서 소패의 유비에게 보고했다. 유비가 손건에게 물었다.

"막을 도리가 있겠소?"

"즉시 원소의 응원군을 요청하는 길뿐이오."

유비의 서신을 받은 손건이 밤을 새워 하북으로 말을 달렸다. 전략가 전풍을 먼저 찾아가 원소에게 인도해 주기를 청했다. 그런데 원소는 안색이 몹시 창백하고 복장이 흐트러져 있었다. 뜻밖의 모습에 놀란 전풍이 물었다.

"무슨 일이라도 있는지요?"

"내가 아무래도 죽을 것만 같소."

"그게 도대체 무슨 말씀이오?"

"아들 5형제 가운데 어린 막내놈이 총명해서 특별히 아꼈는데 그 애가 병에 걸려 목숨이 오락가락하고 있소. 그러니 내가 무슨 경황에 다른 일을 의논하겠소?"

"장군! 조조가 동쪽의 유비를 공격하니 이제 허도가 텅 비었소. 하늘이 내린 이 기회에 정의로운 군사를 거느리고 수도에 입성한다면 천자를 편안하게 모실 수 있을 뿐 아니라 온 백성을 굶주림과 고통에서 구원하는 일이 되오. 이런 기회가 다시는 쉽지 않을 테니, 즉시 군대를 동원하는 것이 좋겠소."

그러나 원소는 얼이 빠진 상태였다.

"좋은 기회라는 건 잘 알고 있소. 그러나 마음이 하도 어지러워서 군사 동원이 큰 낭패로 끝날까 걱정이오."

"무엇 때문에 마음이 산란하다는 겁니까?"

"가장 똑똑한 막내가 죽기라도 한다면 내 목숨도 끝장이오."

전풍이 간곡하게 거듭 권고했지만 원소는 끝내 군사 동원을 허락하지 않고, 손건에게 말했다.

"유비에게 내 형편을 잘 전달하시오. 그리고 조조와 싸워서 위급해지면 여기 와서 지내라고 하시오."

전풍이 지팡이로 땅을 치면서 탄식했다.

"어린애의 병 때문에 마지막 기회를 놓치다니! 천하 대사도 물거품이다. 아깝기 짝이 없다."

원소는 아무런 말대꾸도 하지 않았다.

별수 없게 된 손건이 소패로 돌아가 유비에게 사실대로 보고했다. 원소의 구원병을 철석같이 믿었던 유비의 실망은 이만저만이 아니었다.

"이 지경이니, 어떡하면 좋겠소?"

손건이 대답하기도 전에 장비가 먼저 입을 열었다.

"형님은 염려 마시오. 조조의 군대는 먼 길을 행군해서 지쳐 있을 거요. 기습 작전으로 나가면 적을 격파할 수 있소."

유비가 고개를 끄덕였다.

"용맹한 장수에 불과한 줄 알았던 네가 얼마 전에 계책을 써서 유대를 생포했지. 그리고 이제 다시 계책을 내놓았는데 그게 역시 병법에 맞는 말이다."

유비는 장비의 말을 따라 기습 작전을 결정했다.

한편 조조는 대군을 이끌고 소패로 진격했다. 그런데 갑자기 거센 바람이 불더니 군기의 깃대들이 꺾어졌다. 불안감에 휩싸인 조조가 진군을 멈춘 뒤 작전회의를 열어 길흉을 따졌다. 순욱이 질문했다.

"어디서 바람이 불어 왔고, 무슨 기가 부러졌습니까?"

"동남풍이 불어서 청색과 홍색의 두 군기가 꺾였소."

"그렇다면 오늘 밤 유비가 기습한다는 전조지요."

조조가 말없이 고개를 끄덕일 때 뒤늦게 뛰어 들어온 모개가 질문했다.

"동남풍에 청색과 홍색의 군기가 부러진 것을 어떤 징조로 보십니까?"

조조가 반문했다.

"그대 생각은 어떻소?"

"아마도 오늘 밤 기습이 있을 거요."

"이것은 하늘이 내려 준 징조요. 즉시 대비책을 강구하시오."

조조는 전군을 9개 부대로 재편성한 뒤, 한 부대만 전진하여 위장으로 진영을 설치하고 나머지 군사들을 주위에 매복시켰다.

달빛이 희미하게 비치는 밤, 유비는 왼쪽에서 장비는 오른쪽에서 각각 부대를 거느리고 전진했다. 소패성의 방어는 손건에게 맡겼다. 자기 계책대로 성공을 확신한 장비가 공격 명령을 내리고 적진으로 달려 들어갔다. 그러나 이게 웬일인가? 적진이 거의 텅 빈 상태가 아닌가?

사방에서 갑자기 불길이 치솟았다. 동서남북에서 고함 소리가 천지를 뒤흔들었다. 동쪽에는 장료, 서쪽에는 허저, 남쪽에는 우금, 북쪽에는 이전, 그리고 동남쪽에는 서황, 서남쪽에는 악진, 동북쪽에는 하후돈, 서북쪽에는 하후연이 나타나 기병과 보병을 지휘하며 밀려왔다.

장비는 어느 방향이고 가릴 것도 없이 닥치는 대로 적을 베어버렸다. 그러나 장비를 따라온 군사 가운데 절반가량은 원래가 조조의 부하들이었는데 대세가 불리하게 돌아가자 앞을 다투어 항복해 버렸다.

장비가 서황과 어우러져 혈투를 벌이고 있는데 어느 틈에 악진이 뒤에서 달려들었다. 장비는 간신히 포위망을 뚫고 달렸다. 뒤를 따르는 부하는 기병 수십 기에 불과했다. 소패로 돌아갈 생각도 들었으나 적의 대군이 가로막고 있었다.

'서주나 하비성으로 가 볼까?'

그러나 그곳 또한 적군이 길을 막고 있을 듯싶었다. 이제는 돌아갈 곳이 없다고 판단한 장비는 하는 수 없이 망탕산(하남성 영성현 동쪽)을 향해 달렸다.

유비도 적진 근처에 이르러 갑자기 천지를 진동하는 함성을 듣고는 조조가 이미 대비하고 있었음을 깨달았다. 재빨리 후퇴하려고 했지만 적의 복병에게 절반 이상이나 군사를 잃었다. 엎친 데 덮친 격이라고 하후돈에게 퇴로를 차단당했다. 그래서 죽을힘을 다해 적진을 돌파하여 달아났다.

하후연이 계속 추격했다. 돌아보니 뒤따르는 부하라고는 30여 기의 기병이 고작이었다. 얼마 후 멀리 바라보이는 소패성 안에서 엄청난 불길이 솟아올랐다. 서주와 하비성을 향해 달렸다. 그러나 산과 들을 새카맣게 뒤덮은 채 밀려오는 것은 하나같이 조조의 군사였다. 조조와 싸워 위급해지면 자기에게 오라고 한 원소의 말이 떠올랐다.

'원소에게 가서 잠시 몸을 의탁하는 수밖에 없다.'

그래서 유비는 청주로 줄행랑을 쳤다. 북소리를 울리며 이전이 지휘하는 적군이 밀려와 앞길을 막았다. 유비는 홀로 북쪽으로 말을 몰았다. 하루에 3백 리를 달려 드디어 청주성에 도착했다.

"문을 열어라."

수문장이 성명을 물은 뒤, 유비의 도착을 청주자사 원담에게 보고했다. 원담은 평소에 유비를 존경하고 있었는데 단신으로 찾아왔다는 말을 듣자, 곧 성문을 열게 하고 몸소 영접해 들였다. 유비는 조조에게 패배하여 몸을 의탁하러 온 경위를 설명했다. 그리고 원담의 배려로 숙소에서 휴식을 취했다.

다음 날, 원담이 아버지 원소에게 보고서를 보내고 난후, 유비를 호위하여 떠나보냈다. 유비 일행이 평원 근처에 이르렀을 때 원소가 신하와 장수들을 거느리고 업군 밖 30리까지 나와서 영접했다. 유비가 예의를 갖추어 감사의 뜻을 전하자 원소가 대답했다.

"어린 자식의 병으로 응원군을 파견하지 못해 미안했소. 그렇지만 오랫동안 그리워하던 장군을 이렇게나마 만나게 되어 다행이오"

"이미 오래 전부터 외롭고 궁한 신세를 장군에게 의탁하려 했소. 그러나 인연이 닿지 않아 오늘에 이른 것이오. 조조에게 패배하여 일가가 멸망한 이때에 천하의 선비들을 보살피는 장군께 부끄러움을 무릅쓰고 찾아왔소. 너그러이 받아 주신다면 맹세코 은혜에 보답하겠소."

원소가 크게 기뻐하며 함께 기주로 돌아간 뒤, 유비를 극진하게 대접했다. 이렇게 해서 허창에서 조조와 싸움에 크게 패한 유비 삼형제는 뿔뿔이 헤어지게 되었다.

유비가 기주의 원소에게 몸을 의탁하고 있을 때, 장비는 망탕산에 피신해 있었고, 관우는 하비성에 고립되어 있었다. 관우는 유비의 아내인 감 부인과 미 부인을 보호하고 있었다.

조조는 평소에 관우를 존경했으므로 어떻게든 관우를 항복시켜서 자기의 부하로 삼으려 했다. 결국 관우는 조조의 힘을 꺾을 수 없게 되자, 조조가 보낸 장수 장료에게 유비 가족의 안전과 함께 언제든지 유비가 나타나면 돌아간다는 조건을 붙여 투항하고 말았다. 관우는 유비의 가족을 보호하고 시간을 벌기 위해 하비성을 열어 조조를 받아들였던 것이다.

3
천하 대장부, 관우의 충의

원소의 신세를 지고 있는 유비는 늘 얼굴에 수심이 가득했다. 그래서 하루는 원소가 물었다.

"무슨 근심이 그렇게도 많소?"

"두 동생의 생사도 모르고 처자식이 조조의 포로가 되었소. 나라에 공헌하기는커녕 집안 하나도 보전 못하는 처지이니 걱정이 없을 수가 있겠소?"

"나는 오래 전부터 장군과 더불어 허도를 치려고 생각해 왔소. 계절도 봄이 되었으니, 곧 군대를 동원할 작정이오."

원소가 소집한 작전회의에서 전략가 전풍이 이의를 제기했다.

"지난번 조조가 서주로 떠나 허도가 텅 비었을 때야말로 놓쳐서는 안 될 가장 좋은 기회였소. 그런데 서주를 정복하여 조조의 세력이 한창 왕성한 이때에 오히려 군사를 동원한단 말이오? 적을 격파하기가 쉽지 않소. 좋은 기회를 기다리는 것이 상책이오."

"그 말에도 일리가 있으니, 재고해 보겠소."

회의실에서 나온 원소가 유비를 따로 불러서 물었다.

"전풍은 군사 동원이 경솔하다고 반대를 하오."

"조조는 황제를 억압하고 나라를 망치는 도적이오. 장군께서 군사를 일으켜 치지 않는다면 천하의 대의와 민심을 잃을지도 모르겠소."

원소가 여러 번 고개를 끄덕였다.

"그 말이 조금도 틀리지 않소."

드디어 원소가 동원령을 내렸다. 그리고 다시금 만류하는 전풍에게 화를 내면서 꾸짖었다.

"쓸데없는 잔소리로 내가 천하의 대의명분을 잃게 만들려고 하느냐?"

전풍은 한층 더 간곡하게 충고했다.

"이번 출병은 반드시 불리한 결과를 초래할 거요. 제발 군사를 일으키지 마십시오."

격노한 원소가 전풍을 끌어내 목을 베라고 소리쳤다. 그러나 유비가 말리는 바람에 겨우 처형을 면하고 전풍은 감옥에 갇히고 말았다.

그런 상황을 본 전략가 저수는 일가친척을 전부 모아놓고 자기 재산을 골고루 나누어 준 뒤, 마지막 작별 인사를 했다.

"내가 이번에 종군하여 요행수로 승전한다면 위세가 더할 나위 없겠지만, 패배하는 날에는 목숨마저 보전하지 못할 거요. 그러니 어느 쪽이든 재물이 무슨 소용 있겠소?"

이 말을 듣는 일가친척들은 모두 눈물을 흘렸다.

얼마 후, 원소는 대장 안량을 선봉장으로 삼아 백마를 공격하게 했다. 그러자 저수가 충고했다.

"안량은 용맹하기는 하지만 속이 좁아서 선봉을 혼자 맡기에 부족합니다."

그러나 원소는 고개를 가로저었다.

"안량은 가장 우수한 장수요. 아무것도 모르면서 무슨 말을 그렇게 하시오?"

드디어 원소의 대군은 여양으로 진격했다.

조조의 진영에서 송헌(宋憲)에 이어서 위속(魏續)이 앞으로 나서서 목소리를 가다듬어 안량을 꾸짖었다. 안량은 아무 대꾸도 하지 않은 채 달려나가 단칼에 위속의 머리를 베어 버렸다. 조조가 좌우를 돌아보며 물었다.

"누가 나가서 싸우겠느냐?"

"제게 맡기십시오."

서황이 커다란 도끼를 휘두르며 안량을 상대로 스무 차례나 부딪쳤다. 그러나 더 이상 버티지 못하고 자기 진영으로 도망쳤다. 다른 장수들은 겁을 집어먹고 감히 나서지 못했다. 그래서 조조가 군사를 뒤로 물렸다. 안량도 군사를 거느리고 물러갔다.

하루 만에 두 장수를 잃고 근심 걱정에 사로잡혀 있는 조조에게 정욱이 나서서 말했다.

"안량에 필적하는 장수란 단 한 명밖에 없소."

"그게 도대체 누구요?"

"관우지요."

"나도 그 생각을 했소. 그러나 관운장은 공을 세운 뒤에 언젠가는 떠나가지 않겠소?"

"유비가 만일 살아 있다면 반드시 원소에게 갔을 거요. 관우를 이용해서 원소의 군사를 격파하면 원소가 유비를 의심해서 죽이고 말 거요. 유비가 죽은 뒤, 관우가 어디로 가겠소?"

조조가 부하를 파견하여 허도에 있는 관우를 불렀다. 관우가 유비의 두 부인께 작별 인사를 하자, 감 부인이 간곡하게 부탁하며 말했다.

"이번에 형님 소식을 꼭 좀 알아 오세요."

"알겠습니다."

관우는 하인 2, 3명만을 데리고 곧장 백마로 갔다. 조조가 정중히 영접했다.

"안량이 연달아 우리의 두 장수를 베었소. 그래서 관운장을 초청한 거요."

"제가 나서 보겠습니다."

조조가 관우에게 술을 권하며 이야기를 나누고 있을 때 보고가 들어왔다.

"안량이 또 싸움을 걸고 있습니다."

조조가 관우와 함께 언덕으로 올라가 나란히 자리를 잡고 앉았다. 그 뒤로 하후돈, 하후연, 장료, 서황, 허저, 이전, 악진, 우금, 여건 등의 맹장들이 둘러섰다. 조조가 손을 들어 산 아래 안량이 쳐 놓은 진영을 가리켰다.

"하북의 군대가 저렇게 웅장하다니!"

그러나 관우는 눈 하나 깜짝 하지 않았다.

"제 눈에는 흙으로 빚은 병아리나 강아지로만 보입니다."

조조는 다시 손을 들어 멀리 가리켰다.

"저기 휘장 아래 자수 도포를 입고 황금빛 갑옷으로 무장한 장수가 바로 안량이오."

관우가 그쪽을 힐끗 쳐다보고 입을 다시 열었다.

"머리를 곶감처럼 막대기에 꿰어서 팔아먹는 장사꾼 같소."

"우습게 볼 상대가 절대로 아니오."

관우가 자리에서 일어났다.

"그렇다면 이제 적진에 들어가 안량의 머리를 베어다가 바치겠으니 기다리시오."

곁에 섰던 장료가 쏘아붙였다.

"전쟁 중에는 농담이 용납되지 않소."

"농담이라고? 흥!"

노기등등하여 눈에서 살기가 뻗치는 관우가 적토마를 몰아 곧장 적진 한가운데로 파고들었다. 산이 무너지는 듯한 그 위세에 압도되어 하북의 군대가 보리밭처럼 좌우로 갈라졌다. 군기 아래 있던 안량이 누구냐고 소리쳐 물으려고 했다.

그러나 채 입을 열기도 전에 번개같이 달려든 관우가 창으로 안량의 가슴을 푹 찔러 말 아래 떨어뜨렸다. 그리고 단칼에 목을 베어 안장에 매달고는 적진을 뚫었다. 마치 아무도 없는 들판을 달리는 것과 같았다. 대장을 잃은 하북의 군대는 넋이 빠져서 우왕좌왕할 뿐이었다.

조조가 총공격 명령을 내려 적진을 마구 짓밟는가 하면, 엄청난 숫자의 군마와 무기를 뺏었다. 안량의 머리를 바친 관우의 손을 잡고 조조가 말했다.

"장군의 무술은 아무도 따를 수가 없소."

그러나 관우는 겸손한 어조로 대답했다.

"제 무술은 별게 아니지요. 동생인 장비는 백만 대군을 뚫고 적장의 머리 베기를 마치 호주머니에서 장난감 꺼내는 것처럼 하지요."

그 말에 간담이 서늘해진 조조가 좌우를 둘러보며 주의를 주었다.

"앞으로 장비를 만나면 각별히 조심하라."

한편, 안량의 패잔병들이 돌아가서 원소에게 보고했다.

"얼굴이 붉고 수염이 길며 청룡언월도를 휘두르는 장수가 혼자서 우리 진영을 쳐들어와서 안량의 머리를 베었기 때문에 대패하였소."

"그 장수는 도대체 누구인가?"

전략가 저수가 대답했다.

"유비의 동생 관우가 분명합니다."

원소가 발끈 성을 내면서 유비에게 손가락질을 했다.

"네 동생이 충성스러운 내 부하 장수를 죽였으니 틀림없이 너희들이 음모한 것이다. 너 같은 놈을 옆에 두어서 어디다 쓰겠느냐? 여봐라! 이놈을 당장 끌어내 목을 베라."

그러자 태연하게 유비가 말했다.

"근거도 애매한 보고만 믿고 장군은 우리의 우정을 저버릴 작정이오? 서주에서 뿔뿔이 흩어진 이래로 동생 관우의 생사조차 나는 모르고 있소. 이 넓은 천하에 얼굴이 비슷한 사람이 어디 하나 둘이겠소? 얼굴이 붉고 수염이 길다고 해서, 곧 관우라고 단정하는 것은 경솔하지 않겠소?"

원소는 원래 줏대가 없는 인물이었다. 그래서 유비의 차분한 설명을 듣고는 저수를 꾸짖고 나서, 유비를 다시금 단상으로 불러올렸나. 그리고 인량의 원수를 어떻게 갚을지 함께 상의했다. 그러자 한 장수가 나서서 외쳤다.

"안량의 원수는 제가 갚겠소."

팔 척이나 되는 키에 험상궂은 얼굴이 죽은 안량을 꼭 닮았다. 안량과 더불어 하북의 명장으로 소문난 문추였다. 원소가 고개를 끄덕였다.

"안량의 수치를 씻어 줄 장수는 역시 문추뿐이다. 10만 대군을 거느리고 즉시 황하를 건너 조조 도적을 전멸시켜라."

저수가 간곡하게 말렸다.

"안 될 말이오. 지금은 연진(延津)에 주둔한 채 관도를 굳게 수비하는 것이 최선책이 아니겠소? 대군이 경솔하게 황하를 건너갔다가 작전에 실패하는 경우에는 살아서 돌아올 길이 없소."

화가 머리끝까지 치솟은 원소가 발을 구르며 고함쳤다.

"글을 좀 배웠다는 것들은 번번이 군대의 사기를 떨어뜨리고 시간만 끌어서 천하 대사를 망치려 든다. 재빠른 공격으로 선수 치는 것이 제일이라는 전략도 모른단 말이냐? 썩 물러가라."

하늘을 쳐다보며 길게 탄식한 저수는 그 후 몸이 불편하다는 핑계를 댄 채 다시는 전략회의에 참석하지 않았다.

유비가 넌지시 자기 의견을 원소에게 밝혔다.

"이번 토벌 작전에 나도 참가하고 싶소. 장군의 은덕에 보답할 뿐 아니라 관우의 생사도 확인하고 싶은 것이오."

유비가 자원하자 원소는 문추에게 지시했다.

"유비와 함께 대군을 지휘하라."

그러나 문추는 이의를 제기했다.

"유비는 여러 번 패배한 장수라서 선봉에 세우기가 어렵소. 장군께서 굳이 함께 출정하라는 명령을 내렸으니, 유비에게 3만 군사를 주어 후방 지원을 맡기겠소."

결국 문추는 7만 대군을 거느리고 선봉에 서고, 유비는 3만 군사를 이끌고 뒤를 따랐다.

한편, 조조는 관우가 더욱더 마음에 들어서 조정에 건의하여 관우를 한수정후(漢壽亭侯)로 임명했다.

그러던 어느 날, 원소가 대장 문추를 파견하여 황하 건너편 연진에 진을 치게 했다는 긴급 보고가 들어왔다.

조조는 백성들을 서하(西河)로 먼저 옮긴 다음, 직접 대군을 몰아 출전했다. 그런데 후방 지원부대를 앞세우고 선봉 정예부대를 뒤에 배치했다. 다시 말하면, 군량과 여물을 실은 수레가 먼저 가고 전투부대가 그 뒤를 따르게 된 것이다. 이상하게 여긴 여건(呂虔)이 물었다.

"군량과 여물을 앞세우고 전투부대를 뒤따르게 한 이유가 도대체 뭐요?"

조조는 대수롭지 않다는 듯이 말했다.

"군량이 뒤에서 따라오면 적이 약탈할 테니 앞세운 거요."

"만약 적군이 정면에 나타나 약탈한다면 어떡하겠소?"

"그건 그때 가서 처리하면 되오."

조조 앞에서 물러간 여건은 여전히 의문에 사로잡혔다. 연진을 향해 군량과 여물을 먼저 출발시킨 조조는 후방에서 천천히 행군했다. 잠시 후, 전방부대에서 갑자기 큰 함성이 일었다. 무슨 일인가 알아보라고 했더니, 하북의 대장 문추가 정면에 나타나자 군사들이 말과 군량 등을 버리고 사방으로 흩어져 달아난다는 보고가 들어왔다.

"전방부대와 후방부대 사이의 거리가 너무 떨어져 있으니 어떻게 하면 좋겠소?"

전략가들의 질문에 조조가 양쪽 산을 가리키며 명령했다.

"잠시 저 위로 대피하라."

이어서 조조는 군마를 모조리 들에 풀어놓아 풀을 뜯게 하라고 지시했다. 얼마 후 함성이 크게 일어나며 문추의 대군이 물밀 듯이 닥쳤다. 초조해진 장수들이 조조에게 건의했다.

"빨리 군마를 수습하여 백마로, 작전상 후퇴하는 것이 좋겠소."

조조가 미처 입을 열기도 전에 전략가 순욱이 먼저 고함쳤다.

"적을 유인하는 작전을 하고 있는데 후퇴가 웬말인가?"

조조가 순욱을 돌아보며 싱긋이 웃었다. 그 뜻을 알아챈 순욱은 더 이상 아무 말도 하지 않았다.

문추의 군사들은 들에 풀어놓은 말을 뺏으려 이리 뛰고 저리 뛰는 바람에 대열이 흐트러져 스스로 수습하기 어려운 혼란에 빠져 버렸다. 바로 그때 조조가 총공격을 개시하라는 명령을 내렸다. 뜻하지 않은 습격에 문추의 대군이 우왕좌왕하면서 수없이 쓰러졌다. 문추가 아무리 호령해도 전열을 가다듬을 도리가 없었다. 그래서 말 머리를 돌려 달아나기 시작했다. 조조가 언덕 위에서 채찍을 들어 가리키며 좌우를 향하여 물었다.

"문추는 하북의 명장이다. 누가 사로잡아 오겠는가?"

조조의 말이 떨어지기가 무섭게 장료와 서황이 내달으며 고함쳤다.

"문추는 도망치지 마라."

"적장이 활을 쏜다."

서황의 고함 소리에 장료가 재빨리 고개를 숙여 피했지만 화살이 투구를 맞추어 끈이 탁 끊어졌다. 장료가 크게 화를 내며 추격하자 문추가 다시 활을 쏘아 장료가 탄 말의 뺨을 맞추었다. 말이 앞으로 곤두박질하는 바람에 장료가 땅바닥에 굴러 떨어졌다. 문추가 말 머리를 돌려 달려들었다.

서황이 큰 도끼를 휘두르며 문추와 맞붙어 싸웠다. 그러자 요란한 함성과 함께 문추의 기병대가 일제히 반격에 나섰다. 중과부적(衆寡不敵)으로 대항할 길이 없게 된 서황이 꽁무니를 뺐다. 문추가 바싹 추격하여 강가에 이르렀을 때, 어디선가 10여 기의 기병을 거느린 관우가 바람같이 나타났다.

"적장은 달아나지 마라."

관우는 순식간에 앞을 가로막더니 청룡언월도를 휘둘러 단칼에 문추의 머리를 둘로 쪼개어 버렸다. 그 광경을 언덕 위에서 바라본 조조가 전군을 휘몰아 맹렬하게 공격했다. 하북 군사의 절반이 강물에 익사하고, 조조는 빼앗겼던 군량과 여물과 말을 모두 되찾았다.

관우는 기병 4, 5기를 거느리고 닥치는 대로 적을 무찔렀다. 마침 강 건너편에 3만 군대를 거느리고 도착한 유비가 다시금 보고를 받았다.

"이번에도 얼굴이 붉고 수염 긴 장수가 문추를 죽였소."

유비는 잽싸게 앞으로 달려나가 강 건너편을 살펴보았다. 몇 명 안 되는 기병들이 쏜살같이 움직이는데 휘날리는 군기에 적힌 글자는 '한수정후 관운장'이 분명했다. 유비는 안도의 숨을 내쉬었다.

'관우가 살아서 조조 진영에 있었구나.'

유비는 소리쳐 불러 만나보려고 했지만 조조의 대군이 밀려오는 통에 하는 수없이 군사를 거두어 물러갔다.

조조는 대승을 거두고 성으로 돌아와 작전회의를 열어 관우를 어떻게 대접할지 의논했다. 그런데 관우가 조조에게 인편으로 보낸 서신을 받아보고는 소스라치게 놀랐다.

"아아, 운장이 기어이 떠나갔구나."

조조가 멍하니 하늘을 바라보고 있을 때 북쪽의 수문장이 긴급 보고를 보냈다.

"관우가 강제로 북문을 연 뒤, 20여 명을 거느리고 북쪽으로 갔소."

관우의 저택을 지키던 군사도 보고했다.

"관운장은 승상에게 받은 금은보화와 미녀 열 명을 고스란히 남겨두었소. 한수정후의 띠도 벽에 걸어 놓았고, 원래부터 따르던 하인들과 자기 재산만 챙겨서 떠난 것이오."

"아아, 운장이 기어이 갔구나."

조조가 다시금 한숨을 쉬자 채양이 앞으로 나서서 크게 외쳤다.

"기병 3천 기만 주시면 즉시 생포해 오겠소."

조조의 장수들 가운데 관우와 절친한 사람은 장료와 서황뿐이었지만 나머지 장수들도 모두 관우를 존경했다. 다만 채양이 관우를 못마땅하게 여겼다. 그래서 추격을 자원한 것이다. 그러나 조조는 오히려 채양을 꾸짖었다.

"운장이 옛 주인을 잊지 않고 도리를 분명히 지키니 천하의 대장부다. 너희도 마땅히 본받아야 한다."

전략가 정욱이 건의했다.

"승상의 극진한 대접에도 불구하고 관우가 인사 한마디 없이 떠난 것은 승상을 모독한 것이오. 게다가 원소에게 붙으면 호랑이에게 날개를 달아 주는 것이 아니겠소? 추격해서 죽여 후환을 없애야만 합니다."

"얼마 전에 운장과 내가 약속한 것이 있소. 이제 와서 내가 신의를 저버릴 수는 없는 노릇이오. 운장이 자기 주인을 위해서 한 일이니 추격은 옳지 않소."

그리고는 관우와 친했던 장료에게 지시했다.

"금은보화도 미녀도 높은 관직도 운장의 마음을 움직일 수 없소. 이런 인물을 나는 존경하오. 아직 멀리 못 갔을 테니 장료가 가서 잠시 기다리라고 하시오. 내가 노자와 함께 기념으로 도포 한 벌을 주고 싶소."

장료가 단신으로 먼저 달려가고, 조조가 기병 수십 기를 거느리고 뒤쫓았다. 관우의 적토마가 하루에 1천 리를 달리지만 유비의 두 부인들이 탄 수레를 호위해 가기 때문에 천천히 전진할 수밖에 없었다. 그때 장료가 달려와 등 뒤에서 소리쳤다.

"운장은 내 말을 좀 들으시오."

관우가 수레를 모는 하인들에게 지시했다.

"너희는 관도를 향해 계속해서 전진하라."

이어서 장료에게 물었다.

"나를 데리러 왔소?"

"천만에요. 운장이 먼 길을 떠났다는 말을 듣고 승상께서 직접 배웅하겠다며 먼저 나를 보낸 거요."

"승상이 군사를 몰고 와서 나를 생포할 작정이군. 그렇다면 목숨을 걸고 싸우는 수밖엔 없소."

관우가 청룡언월도를 잡고 다리 위에서 버틴 채 남쪽을 멀리 바라보았다. 먼지가 자욱하게 피어오르며 조조가 앞장을 서고 뒤에 허저, 서황, 우금, 이전 등 수십 명이 급히 달려오고 있었다. 다리에 접근한 조조가 장수들을 좌우로 벌려 세웠다. 관우는 아무도 군기를 갖추지 않은 것을 보고 비로소 마음을 놓았다. 조조가 물었다.

"운장, 이렇게 황급히 떠나다니 예의가 아니지 않소?"

"옛 주인이 하북에 계신다는 말을 듣고 승상께 작별 인사를 하려고 했소. 여러 번 관저를 찾아갔으나 면담하지 못해 서신으로 대신했소. 승상은 얼마 전에 한 약속을 제발 지켜 주시오."

"천하에 신의를 중요시하는 내가, 약속을 어길 리가 있겠소? 다만 장군에게 노자를 보태 드릴까 하는 것뿐이오."

조조의 지시로 한 장수가 큼직한 금화 자루를 내밀었으나 관우는 거듭 사양한 후 허리를 굽혀 인사한 뒤, 다리를 건너 북쪽으로 말을 달렸다. 허저가 항의하듯 조조에게 말했다.

"무례한 저놈을 사로잡지 않고 왜 그냥 보내지요?"

그러나 조조가 고개를 가로저었다.

"보내 주기로 약속했는데 생포할 수는 없지 않겠소?"

조조는 관우를 보내는 것이 몹시 안타까워서 계속 탄식했다.

관우는 두 부인의 수레를 호위하여 관문을 통과한 뒤 낙양으로 전진했다. 낙양태수 한복이 그 소식을 듣고는 크게 놀랐다. 부하 장수들을 모아 긴급회의를 열자, 맹탄이 먼저 입을 열었다.

"승상의 허가서도 없이 하북으로 가는 관우를 우리가 저지하지 않으면 나중에 문책을 당하지 않겠소?"

태수 한복이 말했다.

"그렇기는 하지만 관우는 천하의 용맹한 장수다. 안량과 문추마저 목숨을 잃었는데 누가 대적하겠는가?"

"힘으로 싸울 수는 없으니까 계책을 써서 사로잡아야지요. 관문에 이르는 길목을 장애물로 차단한 뒤, 제가 대적해서 싸우다가 일부러 도망쳐 오겠습니다. 관우가 반드시 추격할 테니 장군은 관문 안에 숨었다가 화살로 관우의 말을 거꾸러뜨리십시오. 그래서 관우를 생포하여 허도로 보내면 승상께서 두둑한 상을 내리지 않겠소?"

그런 결정을 내렸을 때, 관우 일행이 관문 근처에 도착했다는 보고가 들어왔다. 한복이 관문 전방에 1천 명의 군사로 진을 치고 물었다.

"장군은 누구요?"

"한수정후 관우요. 형님을 만나러 하북으로 가는 길이오."

"승상의 허가서가 있소?"

"미처 못 얻었소."

"허가서가 없다면 탈주하려는 것이 분명하오. 여기를 통과할 생각은 꿈에도 하지 마시오."

"동령관의 공수도 그런 수작을 하다가 내 손에 죽었다. 너도 죽고 싶어 환장했냐?"

한복이 좌우를 돌아보며 소리쳤다.

"누가 저놈을 사로잡아 오겠는가?"

맹탄이 칼 두 자루를 휘두르며 내달렸다. 수레를 뒤로 물린 뒤 관우가 맹탄을 상대했다. 세 번 가량 부딪쳤을 때 맹탄이 갑자기 등을 돌리고 달아났다. 태수와 미리 짠 대로 관문 앞까지 유인하려는 것이다. 그러나 적토마가 워낙 빨랐다.

맹탄이 미처 관문에 이르기도 전에 관우가 따라잡고는 한칼에 베어 버렸다. 그리고 수레 쪽으로 서서히 돌아갔다. 한복이 기회를 놓치지 않고 활을 쏘았다. 시위를 떠난 화살이 관우의 왼팔에 깊이 꽂혔다. 관우가 이빨로 화살을 물어 뽑자 상처에서 피가 줄줄 흘러나왔다. 격분한 관우가 말 머리를 돌려 관문으로 곧장 쳐들어갔다. 그 기세와 위엄에 압도된 군사들이 도망쳤다. 청룡언월도를 머리 위로 높이 치켜든 관우가 한복에게 달려들어 대항할 틈도 주지 않은 채 목을 베어 땅바닥에 떨어뜨렸다. 관우는 온갖 어려운 난관을 뚫고 형양으로 향했다.

4
삼형제의 재회

형양태수 왕식은 관우가 형양으로 떠났다는 말을 듣고 심복 부하 호반에게 은밀히 지시했다.

"승상을 배반하고 허도를 탈출한 관우가 태수와 장수들을 살해하여 그 죄가 막중하다. 다만 무술이 하도 뛰어나 우리 힘으로는 대항할 수가 없으니, 너는 오늘 밤 군사 1천 명을 인솔하여 관우의 숙소를 포위하라. 그리고 군사들마다 횃불을 준비해서 일제히 불을 질러 모조리 태워 죽여라. 나도 부대를 거느리고 응원하겠다."

호반은 마른 장작과 기름을 관우의 숙소 일대에 몰래 운반시키고 밤이 깊으면 태수의 명령대로 실시하려고 작정했다. 그러다가 문득 호기심이 생겼다.

'관운장의 명성은 오래 전부터 들었지만 아직 본 적은 없다. 이 기회에 먼발치에서나마 한번 보면 어떨까?'

그래서 숙소 안으로 들어가 하급 관리에게 물었다.

"장군은 어디 계시는가?"

"저 위에서 독서하는 분이 바로 관운장이오."

호반이 살금살금 마루 앞으로 접근했다. 관우는 촛불을 밝힌 채 왼손으로 수염을 쓰다듬으면서 책을 읽는 중이었다. 호반은 자기도 모르게 한마디 중얼거렸다.

"참으로 하늘이 낸 영웅이다."

고개를 들어 관우가 어둠 속을 노려보며 물었다.

"누구냐?"

호반이 앞으로 나서며 절을 했다.

"형양태수의 부관참모 호반입니다."

"부관참모 호반? 그렇다면 허도 성 밖에 사는 호화의 아들이 아닌가?"

관우가 즉시 하인을 불러 부탁받은 서신을 가져오라고 해서 호반에게 건네주었다. 아버지의 서신을 읽고 난 호반은 소스라치게 놀랐다.

'하마터면 큰일을 저지를 뻔했다.'

호반은 한숨을 길게 내쉰 다음, 관우에게 솔직히 고백했다.

"장군을 불태워 죽이려고 왕식이 군사를 풀어 이 숙소를 포위했소. 한밤중에 횃불을 던져 불을 지를 참이니, 장군은 즉시 여기를 떠나시오. 성문은 제가 가서 열어 놓겠소."

소스라치게 놀란 관우가 무장을 갖춘 뒤, 두 부인을 수레에 태워 숙소를 벗어났다. 어둠 속을 살펴보니 군사들마다 횃불을 만들 홰를 하나씩 들고 있었다. 관우는 수레를 재촉하여 성문으로 다가갔다. 호반이 성문을 열어 놓고 기다린 덕분에 관우 일행은 무사히 성을 탈출했다. 그러자 호반은 불을 지르려고 곧장 숙소로 달려갔다.

관우 일행이 몇 마장이나 전진했을까? 문득 등 뒤에서 말굽 소리가 요란하게 들렸다. 돌아다보니 횃불을 든 무수한 기병대가 추격해 왔다. 앞장 선 장수 왕식이 목소리를 가다듬어 외쳤다.

"비겁하게 어디로 도망치느냐?"

관우가 말을 멈추고 마주 고함쳤다.

"개만도 못한 졸장부야! 원수진 일도 없는데 나를 태워 죽이려 들 건 뭐냐?"

왕식이 창을 꼬나 잡고 맹렬히 달려들었다. 관우는 자기 가슴을 겨냥해서 힘껏 내지른 왕식의 창을, 번개같이 몸을 틀어 피하면서 단칼에 그 허리를 베어 땅바닥에 떨어뜨렸다. 왕식의 부하들이 모조리 줄행랑을 쳤다. 관우가 수레를 재촉하여 다시 전진하면서도 호반의 도움이 그렇게 고마울 수가 없었다.

관우 일행이 활주성(滑州城)에 이르자 태수 유연(劉延)이 기병 수십 기를 이끌고 성 밖에서 영접했다.

"유비가 몸을 의탁한 원소는 승상의 적이 아니겠소? 그런데도 승상께서 장군을 호락호락 떠나보냈단 말이오?"

"전에 약속한 대로 허락한 거요."

"황하의 나루터를 하후돈의 부하 진기(秦琪)가 지키고 있소. 아마도 장군을 건네주지 않을 거요."

"그렇다면 태수가 배를 한 척 마련해 주시오."

"배는 많지만 내어 줄 배는 없소."

"전에 안량과 문추를 베어서 태수를 위기에서 구해 주었는데도 이제 배 한 척도 못 주겠단 말이오?"

관우는 유연이 아무 쓸모가 없는 졸장부라고 깨닫고는 그 이상 부탁하지 않은 채 가던 길을 재촉했다. 황하 나루터에 이르자 진기가 군사를 이끌고 와서 말했다.

"승상의 허가서가 없다면 설령 날개가 돋친다 해도 이 강은 못 건너간다."

관우는 참을 수 없는 분노로 수염이 떨렸다.

"길을 막는 놈들이 모조리 내 손에 죽었다는 것을 모르느냐?"

"네가 죽인 것은 모두가 이름 없는 하찮은 장수다. 내가 누군데 네 손에 죽겠느냐?"

"너 따위는 안량과 문추와 비교도 안 된다."

기마전이 시작되자마자 관우가 번개같이 진기의 목을 베어 버렸다. 그 부하들이 달아나려고 할 때 관우가 크게 외쳤다.

"달아날 필요 없다. 얼른 배를 내서 강을 건네주면 그만이 아니냐."

그리하여 대형 목선에 두 부인을 태워서 황하를 건너갔다.

드디어 하남을 벗어나 원소가 다스리는 하북 땅에 도착했다. 관우는 지금까지 온 길을 되돌아보니 허도를 떠난 이후, 다섯 관문을 통과하면서 조조의 장수 여섯 명을 죽였다.

'죽이고 싶어서 죽인 것은 아니다. 그러나 조조는 나를 은혜도 모르는 놈이라고 욕할 테지.'

관우가 길게 탄식했다.

다시 길을 재촉하여 며칠 동안 전진하는데 반대편에서 누군가 급하게 말을 달려오면서 소리쳤다.

"운장은 거기 멈추시오."

자세히 바라보니 다름 아닌 손건이었다. 관우가 물었다.

"여남(汝南)에서 헤어진 후, 이곳의 정세는 어떻게 돌아가고 있소?"

"장군이 여남을 평정하고 떠난 뒤에 황건적의 잔당인 유벽과 공도가 여남을 다시 탈취했소. 저는 원소에게 가서 '조조 토벌 작전'을 상의할 작정이었지요. 그런데 한심하게도 원소의 심복 부하들이 서로 시기하는 게 아니겠소? 전풍은 아직도 옥에 갇혀 있고, 저수도 원소의 신임을 잃었고, 심배와 곽도는 세력 다툼만 일삼고 있지요. 원소는 의심이 많아서 뚜렷한 대책도 세우지 못하는 형편이오. 제가 현덕 공과 여기를 빠져나갈 궁리를 했고, 그래서 현덕 공은 유벽을 만나러 여남으로 갔소. 이런 사정도 모른 채 장군이 원소에게 갔다가 해를 입을까 염려되어 이렇게 달려온 거요. 장군은 곧장 여남으로 가는 게 좋겠소."

관우가 유비의 안부를 묻자 손건은 원소가 두 번이나 유비를 없애려 했다고 알렸다. 두 부인이 소매로 얼굴을 가리고 울었다. 관우는 손건의 말에 따라 하북이 아니라 여남으로 향했다. 그때 뒤에서 말굽 소리가 요란하게 들리더니 누군가가 고함쳤다.

"관우는 도망치지 마라."

뜻밖에도 하후돈이 3백여 기의 기병대를 인솔하여 추격해 왔다. 관우가 손건에게 지시했다.

"수레를 호위하여 빨리 가던 길을 계속 가시오."

그리고 하후돈과 마주 버틴 채 외쳤다.

"승상께서 넓은 도량을 모처럼 보였는데, 네가 감히 추격하려드느냐?"

"승상께서는 정식으로 허가서를 준 적이 없다. 게다가 네가 여러 사람을 죽이고 내 부하 장수마저 목을 베었다. 무례하기 짝이 없는 네놈을 생포해 바치고 승상의 처분을 기다리겠다."

하후돈이 창을 비껴 잡고 달려들려는 순간, 그 뒤에서 나는 듯이 특사가 말을 달려오며 소리쳤다.

"하후돈 장군! 관운장과 싸우지 마십시오."

관우는 말고삐를 잡고 꼼짝도 하지 않았다. 특사가 하후돈에게 공문서를 내보였다.

"승상께서 관운장의 충절과 의리를 높이 평가하여 혹시라도 길을 막는 사람이 있을까 염려하여 이 공문서를 회람시킨 거요."

하후돈이 특사에게 질문했다.

"관우가 관문 수비대장들을 살해한 것을 승상께서 아시느냐?"

"아직 모르고 계십니다."

"그렇다면 내가 사로잡아 승상께 가서 처분을 기다리겠다."

관우가 격분했다.

"네 까짓 놈을 겁낼 줄 알았냐?"

관우가 청룡언월도를 휘두르면서 하후돈에게 달려갔다. 칼과 창의 대결이었다. 열 번 가량 부딪쳐서 승부를 겨루고 있을 때 다른 특사가 도착해서 소리쳤다.

"두 분 장군은 잠깐 멈추십시오."

하후돈이 특사에게 물었다.

"저놈이 우리 장수들을 죽인 사실을 승상께서 알고 계시냐?"

"그건 모르고 계십니다."

"그렇다면 저 살인범을 그냥 보낼 수는 없다."

하후돈이 부하들을 지휘하여 관우를 포위했다. 화가 머리끝까지 치민 관우가 다시 결전을 벌이려고 할 때 장료가 달려와 소리쳤다.

"장수들은 무기를 거두시오. 승상의 특별 명령으로 내가 왔소. 승상은 관운장이 관문 수비대장들을 죽였다는 보고를 이미 받았소. 그래서 다른 관문에도 관운장을 무사히 통과시키도록 나더러 알리라고 파견한 거요."

"채양의 조카인 진기는 내가 각별한 부탁을 받고 보살피던 장수요. 저 관우 손에 죽었는데도 그냥 모른 척하란 말이오?"

"그 일은 내가 채양 장군의 양해를 구하겠소. 관운장을 놓아 보낸 승상의 뜻을 거역할 순 없지 않겠소?"

그제야 하후돈이 기병대를 거두었다. 장료가 관우에게 물었다.

"이제 어디로 가시겠소?"

"형님이 원소 곁에 없다는 소식을 들었소. 천하를 두루 돌아다니면서 찾아볼까 하오."

"유비의 소재를 모른다면 승상께 돌아가는 게 어떻겠소?"

관우가 싱긋이 웃음을 띠웠다.

"그럴 수는 없소. 승상께 내 처지를 설명하고 양해를 구해 주시면 고맙겠소."

장료에게 정중히 작별 인사를 한 뒤, 관우는 수레의 뒤를 쫓아갔다.

며칠 동안 아무 일 없이 전진했다. 그런데 갑자기 폭우가 쏟아져 모두 물에 빠진 생쥐 꼴이 되었다. 저 멀리 산기슭에 커다란 집 한 채가 보였다. 대문 앞에 이르러 두드리자 노인이 나와서 무슨 일이냐고 물었다. 관우가 자기 이름을 밝히고 하룻밤 묵어가자고 부탁했다. 그러자 노인의 얼굴이 환해졌다.

"저는 곽상(郭常)이라고 하오. 장군의 고귀한 성함을 들은 지 오래인데, 오늘 만나 뵙게 되었으니 이런 행운이 어디 있겠습니까?"

두 부인을 별채로 모신 다음, 곽상이 염소를 잡고 술을 걸러서 관우와 손건을 대접했다. 일행은 비에 젖은 짐을 말리고 말에게 여물도 주었다. 어둠이 깔리자 한 청년이 들어왔다. 곽상이 청년을 불러서 관우에게 인사를 시켰다.

"제 아들놈이오."

관우가 청년에게 물었다.

"어디 갔다 오는 길인가?"

청년을 대신해서 노인이 대답했다.

"보나마나 사냥 갔다가 돌아왔을 테죠."

청년이 형식적으로 인사한 뒤 휑하니 나가 버렸다. 뒷모양을 물끄러미 바라보던 곽상이 눈물을 흘렸다.

"우리 집안은 대대로 농사와 책읽기에 전념해 왔는데 저놈만은 사냥에 미쳐 있으니 가문의 수치가 아닐 수 없소."

"사냥도 무술의 일종이니 어지러운 세상에서 출세에 도움이 될지 누가 알겠소? 노인은 너무 신세한탄만 하지 마시오."

관우가 위로했지만 노인은 고개를 가로저었다.

"무술을 익히겠다면 누가 뭐라고 하겠소? 동네 건달패와 어울려 술과 여자와 노름에 빠져 있으니, 하루도 근심 걱정이 떠날 날이 없는 거요."

더 위로할 말이 없어진 관우는 그저 한숨만 내쉬었다. 밤이 깊었다. 곽상이 자기 방으로 물러가고, 관우도 손건과 함께 막 잠자리에 들려고 할 때, 갑자기 뒤뜰에서 말 우는 소리와 사람들이 웅성거리는 소리가 뒤섞여 들려왔다.

관우가 큰 소리로 하인을 불렀다. 그러나 아무도 대답하지 않았다. 불길한 생각이 들어 관우가 칼을 빼든 채 손건과 함께 뒷마당으로 돌아갔다. 그러자 희한한 광경이 눈에 들어왔다. 집주인 곽상의 아들은 땅에 쓰러져서 울부짖고 하인들과 건달패들이 난투극을 벌이고 있지 않은가? 관우가 호통쳤다.

"그만두지 못해? 도대체 무슨 일이냐?"

하인이 곽상의 아들을 가리키면서 보고했다.

"이놈이 적토마를 훔치려다가 말발굽에 채여 쓰러졌지요. 말울음 소리를 듣고 달려왔더니 젊은 놈들이 우리를 마구 때리지 않겠소?"

관우가 격분하여 꾸짖었다.

"쥐새끼만도 못한 놈이 감히 내 말을 훔치려 했단 말이냐?"

그때 허겁지겁 노인이 뛰어나와 관우 앞에 무릎을 꿇었다.

"못난 자식이 죽을죄를 지었소. 그러나 이놈이 없으면 하루도 못 사는 제 늙은 아내를 봐서라도 목숨만은 살려 주십시오."

"이놈은 정말 쓰레기보다 못한 인간이오. 하지만 주인의 체면을 보아서 용서해 주겠소."

관우가 젊은 도둑 패거리를 호되게 야단쳐서 쫓아버렸다.

다음 날 아침, 곽상 부부가 관우에게 와서 고맙다고 다시 절을 했다.

"훌륭한 부모 밑에 어찌 그런 자식이 다 있소? 자, 여기 데려 오시오. 내가 잘 훈계해 보겠소."

그러나 아들은 밤중에 집을 나가서 행방을 알 수가 없었다.

관우가 하룻밤 묵게 해주어 감사하다고 주인에게 인사한 뒤 그 집을 떠났다. 그리고 손건과 말 머리를 나란히 하여 수레를 호위했다. 30여 리쯤 전진했을까? 산모퉁이에서 갑자기 함성이 일어나면서 무장한 1백여 명의 산적 떼가 달려왔다. 말을 타고 앞장선 두 놈 가운데 두목은 이마에 누런 띠를 두르고 갑옷을 입었다. 황건적의 패잔병이 틀림없었다. 그런데 다른 한 놈은 바로 곽상의 아들이 아닌가? 두목이 큰 소리로 외쳤다.

"나는 천공 장군 장각의 부장 배원소다. 적토마를 내어놓지 않으면 여기를 무사히 지나가지 못한다."

관우가 호탕하게 웃었다.

"이 얼빠진 도둑놈아! 장각 따위를 쫓아다녔다니 유비, 관우, 장비 삼형제의 이름은 들었겠지?"

"얼굴이 붉고 수염이 긴 사람이 관운장이라는 말은 들었지만 아직 얼굴은 본 적이 없다. 그런데 왜 그런 말을 하느냐?"

관우가 청룡언월도를 하인에게 넘겨 준 뒤 수염을 가린 헝겊을 풀었다. 그러자 두목이 허둥지둥 말에서 뛰어내리는가 하면, 곽상의 아들을 잡아 끌어내려 목덜미를 눌러 꿇어 앉혔다. 그리고 자기는 큰절을 했다.

"이게 어찌된 일이냐?"

"장각이 죽은 뒤 의지할 곳이 없어 이곳에서 지내고 있는데 오늘 새벽 이놈이 찾아와서 천리마를 뺏자고 했지요. 그래서 함께 오다가 뜻밖에도 장군을 뵙게 되었으니 영광입니다."

곽상의 아들이 싹싹 빌었다.

"죽을죄를 지었습니다. 그저 목숨만 살려 주십시오."

"불효막심한 놈! 늙은 부모를 생각해서 용서하겠다. 다시는 내 앞에 나타나지 마라."

곽상의 아들이 걸음아 날 살려라는 듯이 달아난 뒤, 관우가 배원소에게 물었다.

"내 얼굴은 모른다면서 어떻게 이름은 알았느냐?"

"여기서 20리가량 떨어진 와우산(臥牛山) 위에 관서(關西) 출신의 주창(周倉)이 살고 있는데 힘이 천하장사지요. 원래 황건적 장보의 부하 장수였지요. 그러나 장보가 죽은 뒤 패잔병들을 모아 산으로 들어갔지요. 주창이 장군을 존경한다면서 한번 만나보는 것이 평생소원이라고 입버릇처럼 말했지요. 그래서 저도 장군을 뵙고 싶었던 것이지요."

이윽고 관우가 준엄한 어조로 타일렀다.

"장수를 자처하는 자가 산적 노릇을 하다니 말도 안 된다. 과거를 뉘우치고 앞으로는 올바른 길만 걷도록 하라."

"명심하겠습니다."

배원소가 다시금 절을 할 때, 저쪽 숲에서 한 떼의 말 탄 무리가 달려왔다.

"방금 말한 주창이 옵니다."

창을 든 채 앞장 선 주창은 검은 얼굴에 키가 매우 크고 위풍이 당당했다. 관우를 보자마자 놀라고 기뻐하면서 즉시 말에서 뛰어내린 다음, 땅에 엎드려 절을 했다.

"주창이 장군께 인사드립니다."

"나를 언제부터 알았소?"

"예전에 장보를 따라다닐 때 장군을 멀리서 바라보았지만 황건적의 처지라서 장군을 모실 수 없는 신세만 한탄했습니다. 오늘 장군을 뵌 것은 하늘이 주신 행운이니, 제발 저를 버리지 말고 부하로 삼아 주시기 바랍니다."

"네 부하들은 어떻게 하려고 그런 말을 하느냐?"

"좇아오겠다는 놈만 데리고 가지요."

부하들이 합창하듯이 외쳤다.

"여기 남고 싶은 놈이 어디 있겠소? 저희들도 데려가 주십시오."

관우가 수레 앞으로 가서 두 부인의 의견을 물었더니 감 부인이 말했다.

"얼마 전에 요화가 모시겠다고 자원할 때 산적의 무리라고 거절했소. 그런데 주창의 무리를 받아들인다면 어떤 소문이 퍼질지 걱정이오. 어쨌든 장군이 판단해서 처리하는 게 좋겠소."

관우는 수레 앞에서 물러나 주창에게 말했다.

“내가 몰인정해서가 아니라 두 부인께서 다음 기회를 보자고 하니, 그리 알라. 당분간 산에 들어가 기다리면 형님을 만난 뒤에 반드시 부르러 오겠다.”

주창이 한층 간곡하게 요청했다.

“이제 장군을 만나 뵌 이상, 죽어도 산에는 다시 가지 않겠소. 많은 무리의 추종이 내키지 않는다면 제가 혼자서라도 따르겠습니다. 부하들은 모두 배원소에게 맡기고 말이오.”

관우가 주창의 뜻을 다시금 두 부인에게 전달하자 감 부인이 말했다.

“한두 사람이 따라오는 것까지 막을 필요가 있겠어요?”

주창은 날아갈 듯이 기뻐했다. 그리고 배원소에게 자기 부하를 모두 맡아 달라고 부탁하자, 배원소가 볼멘소리로 말했다.

“나도 관운장을 따라가겠소.”

그러나 주창이 부드러운 어조로 달랬다.

“자네마저 따라나선다면 저것들이 뿔뿔이 흩어져서 백성들을 해치지 않겠느냐? 잠시만 참아라. 장군을 모시고 가서 근거지가 결정되는 대로 즉시 달려올 테니까.”

배원소는 마지못해 무리들을 이끌고 산속으로 사라졌다.

주창이 수레를 밀었다. 얼마 후 목적지인 여남 근처에 이르렀을 때 저 멀리 산 중턱에 위치한 낡은 성이 보였다. 관우와 손건은 주창이 데리고 온 마을 사람의 말을 듣고 깜짝 놀랐다. 장비가 3천 명을 거느리고 성주 노릇을 하고 있다는 것이 아닌가! 뜻하지 않은 곳에서 형제가 상봉한 것이다.

밤이 깊도록 낡은 성에서는 술자리가 벌어졌다. 회포는 풀어도 끝이 없었다. 다음 날 관우가 여남으로 떠나려고 할 때, 장비도 동행하겠다고 우겼다. 그러나 관우가 말렸다.

"너는 여기서 형수님들을 보호하는 게 좋아."

관우는 손건과 함께 기병 4, 5기만을 거느리고 여남으로 갔다. 성 밖으로 나와서 영접하는 유벽과 공도에게 관우가 물었다.

"우리 형님은 어디 있소?"

유벽이 딱하다는 표정을 지었다.

"길이 어긋났소. 유 황숙은 며칠 여기서 머물다가 이 적은 병력으로는 큰일을 할 수가 없다면서 나흘 전에 다시 하북으로 갔소."

관우가 크게 실망하자 손건이 말을 건넸다.

"걱정할 건 없소. 이왕 이렇게 된 바에는 하북으로 찾아가 볼 수밖에 없지 않겠소?"

낡은 성으로 돌아가 장비에게 상황을 설명하자 장비가 하북으로 같이 떠나자고 졸랐다. 그러나 관우는 단호하게 거절했다.

"지금 우리가 의지할 것은 이 성 하나뿐이다. 절대로 포기할 수 없다. 내가 손건과 함께 원소에게 가서 형님을 모시고 올 테니, 너는 성을 굳게 방어해라."

"형님은 안량과 문추를 죽였소. 그곳에 가서 참변이라도 당하면 어쩔 셈이요?"

"염려 마라. 임기응변으로 잘 처신하겠다."

그리고 주창을 불러서 물었다.

"와우산 배원소의 부하가 얼마나 되느냐?"

"5백 명쯤 되지요."

"그럼 좋다. 내가 유 황숙을 모시고 올 테니, 너는 와우산에 가서 그 무리들을 지휘하여 만일의 경우에 대비하라."

주창이 즉시 출발했다. 관우는 손건과 함께 기병 20기를 거느리고 하북으로 향했다. 계수 강가에 이르자 손건이 말했다.

"아무래도 장군은 하북으로 건너가지 말고 여기서 기다리는 것이 좋겠소. 황숙은 제가 모시고 오지요."

"그렇게 합시다."

손건이 혼자 떠난 뒤, 관우는 인근 마을의 한 집을 찾아갔다. 지팡이를 짚고 나온 주인 영감에게 이름을 밝히고 사정을 설명했다. 반갑게 맞이하면서 노인이 말했다.

"저는 관정(關定)이라고 하오. 장군을 만나 뵈니 더없는 영광이오."

이어서 자기 두 아들, 즉 학문에 밝은 관령(關寧)과 무술에 열심인 동생 관평(關平)을 불러서 관우에게 인사를 시켰다. 그리고 술과 음식을 푸짐하게 대접했다.

손건은 유비를 만나 그동안 있었던 일을 빠짐없이 말했다. 그리고는 간옹과 함께 원소로부터 몸을 빼낼 만한 계책을 마련하고 기주성으로 찾아가 원소를 만났다.

그리고 외교의 기량을 발휘하여 원소가 형주의 유표와 손을 잡아야만 조조에게 대항할 수 있다고 설득했다. 자기가 유표에게 특사로 가서 회유하고 관우를 만나면 원소에게 데려와 그 부하로 만들겠다고 부추겨, 마침내 원소의 승낙을 받아냈다.

유비는 손건을 다시 만나 인도하는 대로 관정 노인의 집으로 갔다. 그곳에서 관우를 만났을 때 얼마나 기뻤겠는가! 관우는 문밖으로 달려 나와 절하면서 유비의 손을 잡고 하염없이 눈물을 흘렸다. 일행이 방으로 들어가 자리를 잡고 앉자, 주인이 아들 형제를 데리고 나와서 유비에게 절을 했다. 관우가 이들을 유비에게 소개했다.

관정이 유비에게 한 가지 요청을 했다.

"둘째 놈이 관 장군을 따라가 모시도록 허락해 주십시오."

유비가 물었다.

"관평은 올해 몇 살이오?"

"열여덟 살입니다."

"그렇다면 아들이 없는 관우의 양자로 삼으면 어떻겠소?"

관정은 기꺼이 승낙하고 관평에게 관우를 아버지로, 유비를 큰아버지로 모시라고 말했다.

유비는 원소의 추격이 염려되어 서둘러 떠났는데, 관평도 관우를 따라나섰고, 관정은 한 마장이나 따라나와 배웅하고 집으로 돌아갔다.

와우산에 이르는 길을 절반가량 전진했을 때 반대편에서 주창이 수십 명을 이끌고 다가왔다. 그런데 무슨 영문인지 여러 군데 상처를 입은 몸이었다. 관우가 주창을 유비에게 소개시킨 뒤 물었다.

"어쩌다가 부상을 당했느냐? 그리고 데리고 온 군사가 왜 겨우 이것뿐이냐?"

주창이 자초지종을 설명했다.

"제가 와우산에 도착하기도 전에 어떤 장수 하나가 말을 타고 나타나더니 배원소를 단 한 번 창을 놀려 찔러 죽인 다음, 모든 부하의 항복을 받아 산채를 뺏었지 뭡니까? 제가 가서 소리치니까 겨우 이놈들만 따라나서고 다른 놈들은 겁이 나서 따라오지 않았지요. 분통이 터져서 그 장수와 한바탕 싸우다가 세 군데나 창에 찔리고 말았소."

이번에는 유비가 물었다.

"어떻게 생겼고 성명은 무엇인지 아는가?"

"맹호와 같은 모습인데 이름은 모르겠소."

관우를 앞장 세운 일행은 와우산으로 갔다. 산 아래 이르러 주창이 마구 욕을 퍼붓자 미지의 장수가 졸개들을 거느리고 달려왔다. 유비가 채찍을 휘두르며 달려나가 큰 소리로 외쳤다.

"마주 오는 장수는 혹시 조자룡이 아니오?"

유비를 쳐다보자마자 헐레벌떡 말에서 뛰어내려 넙죽 절을 하는 장수는 역시 상산 조운(趙雲)이었다. 유비와 관우가 말에서 내려 사유를 물으니 조운이 차근차근 대답했다.

모시던 공손찬이 원소에게 패배해서 죽은 뒤, 여러 번 원소의 초청을 받았지만 원소가 인재를 제대로 활용할 위인이 아니라고 판단하여 응낙하지 않았다. 서주의 유비를 찾아갈 생각도 간절했다. 그러나 서주가 이미 함락되어 관우는 조조에게, 유비는 원소에게 가서 몸을 의탁한다는 소문을 들었다. 원소 밑에 있는 유비를 만나러 가는 것은 위험하다고 보았다. 그래서 방랑하다가 우연히 와우산에 왔는데 배원소가 자기 말을 뺏으려는 바람에 화가 나서 죽였다는 것이다.

"익덕이 낡은 성에 있다는 말을 며칠 전에 듣고 찾아가려 했지만 뜬소문이 아닐까 의심이 들어서 시행하지 못했소. 이제 유 황숙을 만났으니 얼마나 기쁜지 모르겠소."

유비와 관우도 각각 그동안 어떻게 지냈는지 자세히 털어놓았다. 그리고 유비가 조운에게 한마디 덧붙였다.

"자룡을 처음 만났을 때부터 함께 일하고 싶었소."

"저도 천하를 떠돌아 여러 주인을 섬겨 보았지만 유 황숙 같은 분은 발견하지 못했소. 이제 곁에서 모시게 되었으니 여한이 없겠습니다."

조운은 도적의 산채를 불살라 버린 다음, 부하들을 이끌고 유비를 따라 장비의 성으로 갔다.

장비가 미축과 미방을 거느리고 나와서 일행을 영접했다. 유비는 성안에서 만난 두 부인으로부터 관우의 활약을 듣고 더없이 감격했다. 즉시 소와 말을 잡아 하늘과 땅에 감사의 제사를 지내고 군사들에게 상을 공평하게 내렸다.

이제 유비의 형제들이 다시 뭉쳤다. 게다가 조운까지 합세했고, 관우는 관평과 주창을 거느리게 되어 한없이 기뻤다.

잔치가 여러 날에 걸쳐서 벌어졌다. 유비, 관우, 장비, 조운, 손건, 간옹, 미축, 미방, 관평, 주창 등의 지휘를 받는 기병과 보병 5천 명가량 되었다. 유벽과 공도가 유비에게 여남을 바쳤다. 그래서 유비는 낡은 성을 떠나서 여남으로 근거지를 옮겼다. 거기서 새로이 군사를 뽑고 말을 사들이며 차츰 세를 불려 나갔다.

5
손책의 죽음, 손권의 등장

원소는 특사를 자청하고 형주로 떠난 유비가 돌아오지 않자 격노했다. 즉시 대군을 동원해서 여남을 공격하려고 하자 전략가 곽도가 간곡하게 말렸다.

"유비는 가벼운 두통에 불과한 반면, 조조는 장군의 생명을 위협하는 강적이니 하루라도 빨리 타도해야 하오. 형주의 유표는 대군을 거느리고 있긴 해도 웅대한 뜻이 없어서 동맹을 맺어 봤자 별 도움이 안 됩니다. 그러나 강동의 손책은 비옥한 영토가 광대하고 엄청난 군세를 유지할 뿐 아니라 수많은 전략가와 장수들을 거느리고 있소. 장군은 손책과 동맹하여 함께 조조를 치는 것이 옳소."

고개를 끄덕이고 난 원소가 측근인 진진(陳震)에게 친서를 주어 손책에게 특사로 파견했다. 그때 27세의 청년으로서 강동을 장악한 손책은 건안 4년(서기 199년, 고구려 산상왕, 백제 초고왕, 신라 내해왕 때)에 유훈을 격파하여 여강(廬江)을 손에 넣었고, 이어서 우번(虞翻)을 시켜 예장에 포고문을 띄우니 태수 화흠(華歆)이 항복했다. 그렇게 한창 위세를 널리 떨칠 때 장굉을 허도로 보내서 조정에 승전 보고서를 바치게 했다. 손책의 세력이 날로 강성해지는 것을 지켜보는 조조는 마음이 편하지 않아 혼자 중얼거렸다.

"사자새끼하고 싸우면 불리할 뿐이다."

결국 조인의 딸을 손책의 동생 손광(孫匡)에게 시집보내서 사돈 관계를 맺게 한 다음, 장굉은 허도에 계속 머물게 했다. 손책은 총사령관인 대사마의 자리를 탐냈지만 조조가 좀처럼 허락하지 않았다. 그래서 손책은 허도를 노리면서 때가 오기만 기다렸다. 그 눈치를 챈 오군태수 허공(許貢)이 조조에게 밀고하는 서신을 심복 부하에게 주어 강을 건너가게 했다. 손책이 반역하려고 하니, 즉시 대군을 동원해서 치라는 내용의 서신이었다. 그러나 허공의 밀사가 손책의 부하들에게 잡혔다. 격노한 손책은 허공과 그 가족을 모조리 처단했다.

허공의 집에서 신세를 지고 있다가 겨우 목숨을 건져 달아난 세 사람이 주인의 원수를 갚을 기회만 노렸다. 그런데 하루는 손책이 군사를 거느리고 오나라 군대 근처로 가, 평소에 좋아하던 사냥을 즐겼다. 자객 셋이 창과 활을 들고 숲속에서 기다렸다. 손책이 명마 오화(五花)를 몰고 큰 사슴 한 마리를 쫓아 산 위로 올라왔다.

"너희들은 누구냐?"

"한당의 부하인데 여기서 사슴을 잡고 있습니다."

손책이 의심하지 않고 그 곁을 지나치려 할 때 한 자객이 번개같이 창을 들어 왼쪽 넓적다리를 찔렀다. 소스라치게 놀란 손책이 칼을 빼어 내리찍었다. 그러나 칼날이 쑥 빠지고 칼자루만 손에 남았다. 다른 자객이 활을 쏘았다. 화살이 손책의 뺨에 꽂혔다. 화살을 뽑아서 자객에게 되쏘았다. 자객은 가슴에 화살을 맞고 쓰러졌다. 남은 두 자객이 창으로 찌르면서 소리쳤다.

"우리는 허공 태수의 가객(家客)이다. 오늘 주인의 원수를 갚는다."

다른 무기가 없는 손책이 활로 창을 막으면서 달아났지만 자객들은 끈질기게 쫓아왔다. 손책이 다섯 군데나 창에 찔리고 목숨이 위태롭게 되었을 때 정보(程普)가 달려왔다. 손책이 고함쳤다.

"이놈들을 처치하라."

자객들은 정보의 칼에 간단히 거꾸러졌다. 손책은 얼굴과 온몸이 피투성이였다. 즉시 성안으로 옮기고 모든 일을 비밀에 부쳤다. 자객들은 창과 화살에 독을 발랐으나 명의 화타의 제자가 와서 치료하자, 20일쯤 지나 상당히 회복되었다.

그러나 손책은 자만심이 지나쳐서 백성은 물론 장수들마저도 존경하는 우길선인(于吉仙人)을 사교의 교주라고 단정하여 직접 목을 베는 어리석은 짓을 했다. 그 후 중병에 걸려 허깨비에 시달리다가 죽고 말았다.

손책이 죽은 후, 19세에 불과한 동생 손권은 걸핏하면 슬피 울기만 했다. 그러자 장소가 간곡하게 충고했다.

"지금은 장군이 눈물만 흘릴 때가 아니오. 애도하는 것도 중요하지만 나라와 군대를 더욱 강성하게 만드는 일은 비할 바 없이 긴요한 것이오."

손권이 비로소 눈물을 거두었다. 장소는 손권의 숙부 손정에게 장례식과 관련된 업무를 모두 맡기고, 손권을 모시고 나와서 모든 신하와 장수들의 인사를 받도록 했다.

손권은 날 때부터 턱이 모지고, 입이 크고, 눈이 푸른데다가 수염은 붉은 색이었다. 예전에 오나라를 방문한 유완이 손씨 형제들을 살펴보고 이렇게 말했었다.

"형제들이 모두 탁월한 재주를 가지고 있지만 장수하지는 못하겠소. 허나 손권만은 가장 높은 자리에 올라 장수를 누릴 것이오."

손권이 손책의 유언에 따라 강동을 다스리게 되었는데 구체적인 통치 방침을 정하지 못하고 있었다. 마침 주유가 파구에서 돌아왔다는 보고를 받자, 손권이 한마디 했다.

"이제는 안심이다."

주유가 손책의 영구 앞에 절하고 울었다. 이어서 손권을 찾아가 회견했다.

"참된 인재가 모이는 나라는 번성하고 인재들이 숨거나 떠나는 나라는 망하는 법이오. 장군은 부디 인격이 고매하고 능력이 탁월한 인물을 극진히 대접하시오."

손권이 고개를 끄덕였다.

"돌아가신 형님이 국내 문제는 장소와 상의하고 대외 문제는 주유의 도움을 받으라고 유언했소."

"장소는 인격과 지혜를 겸비하여 당연히 스승으로 받들어야지요. 그러나 저는 자격이 없어서 다른 인재를 추천하고 싶소."

"그게 누구요?"

"임회(臨淮)의 동성(東城)에 사는 노숙(魯肅)이오. 모든 전략을 꿰뚫고 지식과 지혜가 출중한 인물이지요. 어렸을 때 아버지가 돌아가셨고 홀어머니에게 효도가 극진한데, 넉넉한 재산을 풀어 가난한 사람들을 구제합니다. 벼슬을 좋아하지 않아 친구 유자양(劉子揚)이 소호(巢湖)의 정보(鄭寶)에게 같이 가자고 해도 응낙하지 않고 있소."

손권의 지시로 다음 날 주유가 노숙을 찾아가서 말했다.

"왕이 훌륭한 신하를 선택하고, 신하도 훌륭한 왕을 선택해야만 나라가 흥성한다고 했지요. 손권은 어진 선비를 극진하게 대접하는 인물이니 함께 동오로 가는 것이 어떻겠소?"

노숙이 드디어 승복했다. 손권이 노숙을 진심으로 존경하고 받들어 밤낮을 가리지 않고 천하의 일을 의논하고 그 가르침을 받았다. 노숙은 손권의 극진한 대접에 감사하는 뜻에서 또, 한 인물을 추천하여 기용하도록 했는데, 그가 바로 제갈공명(諸葛孔明, 20세)의 형 제갈근(諸葛瑾, 27세)이었다.

손권은 제갈근의 나이가 죽은 손책과 같다고 해서 형님처럼 모셨다.

한편 조조는 손책의 사망 소식을 듣자 즉시 대군을 휘몰아 강남을 정복하려고 움직였다. 이때 허도에 머물고 있던 장굉이 나서서 충고했다.

"초상난 집을 멸망시키려는 것은 불의한 짓이오. 게다가 대승을 거두지 못한다면 공연히 평생 원수가 될 뿐이지요. 이런 때일수록 오히려 정중하게 대접해야 승상에게 유익하겠소."

그 말에 수긍한 조조가 천자께 건의하여 손권을 토로(討虜)장군 및 회계태수로 임명하는 한편, 장굉에게는 회계도위(都尉)의 직함을 주어 강동으로 내려 보냈다.

장굉의 귀환을 크게 기뻐한 손권이 국내 문제 처리를 장소와 장굉에게 전적으로 맡겼다. 얼마 후 장굉이 중랑장 채옹의 제자인 고옹을 추천하자, 손권은 과묵하고 매사에 빈틈이 없는 고옹을 승행태수사로 삼았다.

6장
적벽에서의 대승리

1
유비와 조조의 전투

건안 5년(서기 200년) 10월, 초조해진 원소가 드디어 70만 대군을 동원하여 관도(官渡)의 강을 사이에 두고 조조의 군대와 대치했다. 그러나 작전 실패와 내분으로 크게 패배했다. 전략가 저수는 조조의 화살을 맞아 죽고, 전풍은 자결했다. 원소는 다시 30만 대군으로 창정(倉亭)에서 전투를 벌였으나, 다시금 여지없이 패배했다.

대승을 거둔 조조가 공로에 따라 푸짐한 상을 준 뒤, 정보요원들을 풀어서 기주성의 동향을 조사하라고 지시했다. 정확한 보고가 들어오는 데는 그리 시간이 걸리지 않았다. 원상과 심배가 기주성의 수비에만 몰두하는 반면, 원담, 원희, 고간은 각각 시골로 돌아가 은둔했다는 것이다. 조조의 부하 장수들이 기주성 공격을 주장했다. 그러나 조조는 생각이 달랐다.

"기주는 군량이 풍족할 뿐 아니라 심배는 전술과 담력이 뛰어난 장수이기 때문에 쉽게 함락시킬 수가 없소. 더욱이 농사가 한창인 지금 민생을 돌보지 않을 수 없으니, 추수가 끝난 뒤에 군사를 동원하는 것이 바람직할 거요."

조조가 작전회의 도중에 순욱의 서신을 받아 보았는데 심상치 않은 내용이었다. 유비가 여남에서 유벽과 공도의 군사 수만 명을 인수했다. 승상께서 하북으로 출정하자 유벽에게 여남의 방어를 맡기고 직접 군사를 지휘하여 허도를 치러 출발했다. 그러니 승상은 하루라도 빨리 회군하여 유비의 군대를 막으라는 것이었다.

적지 않게 놀란 조조는 강변에 대군이 주둔한 것처럼 위장하도록 조홍에게 지시한 뒤, 대군을 이끌고 여남으로 내려가 유비와 대적하기로 결정했다.

그 무렵 유비는 관우, 장비, 조운 등과 더불어 여남을 떠나 양산에 이르렀는데 거기서 조조의 대군과 마주쳤다. 그래서 군사를 셋으로 나누어 관우는 동남쪽에, 장비는 서남쪽에, 유비 자신은 조운과 함께 남쪽에 진영을 설치했다. 조조는 채찍을 들어 유비를 가리키면서 큰 소리로 외쳤다.

"그동안 너를 극진하게 대접했는데 배은망덕한단 말이냐?"

유비도 채찍을 들어 조조를 가리키면서 소리쳐 꾸짖었다.

"네가 명색은 승상이지만 속은 한나라를 망치는 도적이 아니냐? 황실의 종친인 내가 천자의 특별 지시를 받고 역적을 처단하러 왔다."

격분한 조조가 고래고래 소리쳤다.

"저놈을 당장 사로잡아 와라."

허저가 달려나가자 유비의 뒤에 섰던 조운이 창을 겨눈 채 말을 몰았다. 두 장수가 서른 번이나 부딪쳐 싸웠는데도 실력이 비슷비슷해서 결판이 나지 않았다.

그때 함성이 크게 일어나면서 동남쪽의 관우 군대가 공격을 개시했다. 곧바로 서남쪽에서 장비가 달려 나오고, 유비 군대가 정면 공격을 해댔다. 조조의 군대는 오랜 행군 끝에 사람과 말이 다 함께 피곤한 상태였기 때문에 밀리기 시작하더니, 이윽고 무너져서 정신없이 패주했다. 첫날 싸움은 유비의 대승으로 끝났다.

다음 날 유비는 조운을 파견하여 싸움을 걸었다. 그러나 조조는 꼼짝도 하지 않았다. 그 다음 날은 장비가 나가서 욕을 퍼부었지만 적진에서는 아무런 반응이 없었다. 열흘이 지나자 유비는 불안과 의심에 사로잡혔다.

그때, 군량을 운반하던 공도가 적에게 포위되었다는 긴급 보고가 들어왔다. 즉시 달려가 구출하라고 장비를 파견했다. 그런데 이번에는 더 급한 소식이 날아들었다. 하후돈이 우회하여 여남을 공략한다는 것이다. 유비는 소스라치게 놀랐다.

'여남이 함락되면 우리는 앞뒤로 적군을 맞아 돌아갈 곳조차 없어지고 만다.'

여남성을 응원하기 위해 관우를 보냈다. 하루가 채 못 되어 기병이 달려와 보고했다. 하후돈의 공격에 대항할 길이 없어 유벽이 여남을 버리고 달아났고, 관우마저 적군에게 포위된 신세라는 것이었다. 유비는 바늘방석에 앉아 있는 기분이었다. 게다가 공도를 구출하러 간 장비마저도 포위되어 매우 위험한 지경이라는 보고가 또 들어왔다.

드디어 유비는 철군을 결심했다. 그러나 조조가 뒤에서 맹렬히 공격할까 두려워 군사를 함부로 움직일 수도 없었다. 이러지도 저러지도 못하고 있을 때, 허저가 다가와서 싸움을 건다는 보고를 들었다. 감히 나가서 대적하지 못한 채 한밤중이 되기를 기다렸다. 군사들을 배불리 먹인 뒤 보병을 앞세우고 기병을 뒤따르게 하여 조용히 철군했다.

그러나 몇 리도 가지 않았는데 토산 기슭에서 갑자기 무수한 횃불이 밝혀지면서 위에서 누군가가 크게 소리쳤다.

"유비는 도망치지 마라. 오래 전부터 승상께서 너를 기다리고 있다."

어쩔 줄을 모르는 유비에게 조운이 말했다.

"아무 염려 말고 제 뒤만 바싹 따라오십시오."

철창을 휘두르며 조운이 탈출로를 열기 시작하자 유비도 쌍고검을 빼어 든 채 그 뒤를 따랐다. 무서운 기세로 적을 물리치며 달리는데 허저가 추격해 왔다. 조운이 허저를 대적하자, 이번에는 우금과 이전마저 달려들어 위급하기 짝이 없었다.

유비가 재빨리 어디론가 혼자서 달아났다. 뒤에서 적의 함성이 점점 가까이 들렸다. 어느덧 동녘이 훤해졌다. 저쪽에서 기병대가 나타났다. 유비가 서늘해진 간담을 누르며 자세히 살펴보니 적군이 아니라 유벽이 손건, 간옹, 미방과 함께 1천여 기의 기병을 거느리고 유비의 가족을 보호하러 온 것이다. 유벽은 성을 벗어났으나 적의 추격으로 매우 위급한 순간, 다행히 관우의 응원군을 만나 위기를 모면했다는 설명이었다. 유비가 물었다.

"운장은 지금 어디 있소?"

유벽이 대답했다.

"나중에 알아보기로 하지요. 적의 추격부대가 그리 멀지 않으니 어서 떠납시다."

그러나 10여 리도 못 가서 조조의 기병대를 지휘하는 장합과 마주쳤다.

"유비는 즉시 말에서 내려 항복하라."

깜짝 놀란 유비가 말 머리를 돌려 달아나려 하자 붉은 기를 휘날리며 적장 고람이 기병대를 몰아 산에서 달려 내려왔다. 앞에도 적이고, 뒤에도 적이었다. 유비가 하늘을 우러러보며 큰 소리로 탄식했다.

"하늘도 무심하구나! 이 지경이 되었으니 죽을 수밖에는 없다."

그가 칼을 빼어 스스로 목을 찌르려고 했다. 유벽이 유비의 팔을 잡았다.

"제가 목숨을 걸고 싸워서 장군을 구출하겠소."

유벽이 달려 나갔으나 처음부터 고람의 상대가 아니었다. 세 번째 부딪쳤을 때 고람이 휘두르는 칼에 유벽이 비명을 지르며 말에서 굴러 떨어졌다. 이제는 유비 차례였다. 죽기를 각오하고 달려 나가려 할 때 고람의 기병대 뒤쪽이 무너지기 시작했다. 조운이 휘두르는 창에 적군이 낙엽처럼 떨어지는 모습을 보고 유비는 비로소 안심했다. 단숨에 고람을 거꾸러뜨린 조운이 말을 돌려 이번에는 장합과 붙었다. 30여 차례 부딪치자 장합이 견디지 못하고 달아났다. 승세를 몰아 조운이 그 뒤를 몰아쳤다.

그러나 적이 애구를 굳게 방어하고 있는데다가 길이 좁아서 통과할 수가 없었다. 조운이 혼자 힘으로 적진을 돌파해 보려고 애쓸 때, 관우가 관평과 주창 그리고 기병 3백 기를 거느리고 달려왔다. 양쪽에서 협공하여 장합을 격퇴했다. 드디어 애구를 벗어나 산 아래 진을 친 유비는, 즉시 관우에게 장비를 찾아보라고 지시했다.

한편 장비는 자기가 도착하기도 전에 이미 공도를 처치한 하후연과 맞붙어 싸웠다. 하후연이 달아나자 맹렬하게 추격했다. 그런데 갑자기 악진이 달려드는 바람에 포위되어 이만저만 위태롭지가 않았다. 때마침 관우가 패잔병으로부터 소식을 듣고 달려가 악진을 물리치고 장비를 구출했다. 장비가 관우를 따라서 유비에게 갔다.

조조의 대군이 뒤에서 몰려들었다. 유비는 손건과 간옹에게 노인과 부녀자들을 호위하여 먼저 떠나보낸 뒤 관우, 장비, 조운과 함께 적을 막았다. 그리고 한참 싸우다가 후퇴하기를 반복하는 작전을 폈다. 유비가 멀리 달아났다고 깨달은 조조는 더 이상 추격하지 않고 군대를 거두어들였다.

유비를 따르는 패잔병은 1백 명도 되지 않았다. 방향도 모른 채 무턱대고 길을 재촉하는데 강물이 앞을 가로막았다.

"여기가 어딘가?"

아무도 대답하지 못했다. 때마침 지나가는 마을 사람을 불러서 물었더니 한강이라고 했다. 우선 진영을 설치하고 휴식을 취하기로 했다. 마을 사람들은 유비라는 말을 듣자 고기와 술을 마련해서 바쳤다. 부하 장수들과 모래 위에 둘러앉아 술을 마시던 유비가 길게 한숨을 내쉬었다.

"여러분은 충절, 기개, 기량이 그 누구보다 뛰어나지만 나를 따른 것이 불행이었소. 내 팔자가 험해서 여러분을 막다른 골목에 몰아넣었고 또 나 자신도 몸 둘 곳조차 없게 되었소. 그러니까 나보다 더 훌륭한 장군을 찾아가서 이름을 떨치도록 하시오."

그 말에 모두 얼굴을 옷소매로 가린 채 울었다. 관우가 목청을 돈웠다.

“형님 말씀은 옳지 않소. 예전에 고조께서 항우와 천하를 다툴 때, 여러 번 패전했음에도 불구하고 구리산 전투에서 결정적인 승리를 거두어 한나라의 4백 년 터전을 닦았소. 이기고 지는 것은 싸움에서 항상 반복되는 것이니 너무 상심하지 마십시오.”

손건이 거들었다.

“성공과 실패는 다 그 시기가 있는 법이니 속단하면 안 되지요. 여기서 그리 멀지 않은 형주의 유표는 막강한 군대를 거느리고 군량도 풍족하지요. 게다가 장군과는 같은 황실의 종친이 아니겠소? 형주로 가서 당분간 의탁하면 어떻겠소?”

“그거 좋은 생각이오. 그러나 유표가 받아 줄까 걱정이오.”

“제가 먼저 가서 설득하겠소.”

그 말을 듣고 유비가 크게 기뻐하며 허락했다. 손건이 밤새도록 달려가서 형주의 유표를 만났다.

“유 사군은 천하의 영웅입니다. 현재 거느리고 있는 장수와 군사들이 적기는 하지만 뜻은 항상 나라의 사직을 지키는 데 있소. 그래서 유벽과 공도 같은 무리도 감동하여 따른 것이오. 조조에게 패배한 뒤, 강동의 손권에게 가겠다고 하기에 제가 만류했지요. 형주의 유 장군은 영명하여 천하의 어진 선비들이 구름같이 몰려들고, 더욱이 같은 황실의 종친이니 구차하게 손권에게 갈 것이 아니라고 했소. 결국 저를 장군께 잘 말씀드리라고 먼저 보낸 것이오.”

유표가 크게 기뻐했다.

“유비는 내 동생이오. 오래 전부터 한번 만나보고 싶었는데 나를 찾아오겠다니 이 얼마나 다행한 일이겠소?"

그러나 곁에서 채모(蔡瑁)가 유비를 비방했다.

"그렇지 않소. 유비는 여포에 이어 조조를 섬겼고, 최근에는 원소에게 갔다가 다시 배반하고 달아났으니, 어떤 인물인지 뻔하지 않겠소? 장군이 유비를 받아들이면 조조가 반드시 우리를 칠 거요. 차라리 손건의 목을 베어 조조에게 바치는 것이 좋겠소."

손건이 정색하고 쏘아붙였다.

"나는 죽음을 두려워하는 졸장부가 결코 아니오. 유 사군은 나라의 장래를 걱정하는 진정한 충신이오. 그런데 조조, 원소, 여포 따위와 어떻게 비교한단 말이오? 과거에 그런 무리에게 몸을 부친 것은 어쩔 수 없는 사정 때문이었소. 그러나 이제 종친의 정을 생각하여 먼 길에도 유 장군을 찾아오려는데 시기 질투하여 비방할 건 또 뭐요?"

그러자 유표가 채모를 꾸짖었다.

"방침을 이미 정했으니 더 이상 잔소리하지 마라."

체면이 형편없이 구겨진 채모는 은근히 원한을 품고 물러났다. 유표는 환영의 뜻을 전하라고 손건을 다시 유비에게 보냈다.

그리고 성 밖 30리까지 직접 나가서 극진한 예의로 유비를 영접했다. 건안 6년(서기 201년) 9월의 일이었다.

그 소식을 들은 조조는 즉시 군사를 이끌고 형주를 공격할 작정이었다. 그러나 정욱이 강력하게 반대하며 충고했다.

"원소가 아직 건재하고 있소. 승상이 형주를 칠 때 원소가 대군을 동원하여 공격해 온다면 승패를 예측할 수 없소. 일단 허도로 돌아가 내년 봄에 다시 군사를 일으켜, 먼저 하북을 격파한 다음에 형주를 무너뜨리면 한꺼번에 남쪽과 북쪽을 평정할 수 있을 거요."

그 말에 수긍한 조조가 군사를 이끌고 허도로 돌아갔다.

다음 해 5월, 원소가 죽고 유언에 따라 차남 원상(袁尙)이 그 뒤를 이었다. 그러나 세 아들이 반목하여 싸운 끝에 장남 원담이 조조에게 투항하고, 원상의 부하 여광(呂曠)과 여상(呂翔)도 조조의 심복이 되어 버렸다.

기주성이 함락되자 심배는 조조의 회유에 응하지 않은 채 스스로 사형을 택했다. 건안 9년(서기 204년) 7월 조조가 하북을 점령한 것이다. 조조는 차례로 원씨 일족을 없애 버렸다.

2
유비의 전략가, 서서

조조는 이제 형주를 차지하고 싶은 생각이 굴뚝 같았다. 그래서 조인과 이전 그리고 여광과 여상에게 3만 명의 군사를 번성에 주둔시킨 채, 양양을 넘겨다보며 정세를 살피라고 지시했다. 하루는 여광과 여상이 지휘 책임을 진 조인에게 건의했다.

"신야에 주둔한 유비가 군사력을 증강하고 군량미를 비축하고 있으니, 그 야망에 비추어 큰일을 도모하는 것이 분명하오. 어차피 토벌해야 할 상대라면 세력이 더 커지기 전에 선수를 쳐서 거꾸러뜨리는 것이 상책 아니겠소? 우리 둘이 승상께 항복한 이래, 아직 이렇다 할 공로가 없으니 정예부대 5천 명만 주시면 유비의 머리를 베어 승상께 바치겠소."

조인이 매우 기뻐서 공격을 허가했다.

한편, 적군의 이동을 보고받은 유비가 급하게 전략가 선복을 불러서 묘안을 물었다.

"적군을 경계선 안으로 절대 들어오게 해서는 안 되오. 관우는 왼쪽에서 적의 허리를 치고, 장비는 오른쪽에서 적의 배후를 차단하고, 장군은 조운과 함께 적의 정면을 공격하십시오."

관우와 장비를 선발대로 떠나보낸 뒤, 유비가 선복과 조운, 그리고 2천 명의 군사를 거느리고 관문을 나섰다. 불과 몇 리도 가기 전에 갑자기 산 너머 저쪽에 먼지가 자욱하게 일어나면서 여광과 여상이 다가왔다. 진을 치고 마주 보게 되자 유비가 나서서 큰 소리로 외쳤다.

"어느 놈이 겁도 없이 감히 내 땅을 침범하느냐?"

여광이 나서서 지지 않고 마주 고함쳤다.

"승상의 지시로 네 머리를 가지러 온 여광이다."

격분한 유비가 조운에게 손짓했다. 두 번이나 부딪쳤을까? 조운의 날랜 창이 여광의 가슴을 파고들었다. 유비가 군사를 휘몰아 적진을 유린하기 시작했다. 당해 낼 길이 없다고 생각한 여상이 군사를 이끌고 도망쳤다. 그러나 얼마 못 가서 관우의 기병대를 만났다. 한바탕 격전을 치른 끝에 군사를 절반이나 잃었다. 가까스로 탈출하여 여상이 10리가량 달렸을 때, 이번에는 장비와 맞닥뜨렸다.

"장비가 여기 있다."

벼락치는 호통 소리에 여상은 미처 손 한 번 놀려 보지도 못한 채, 장비의 창에 찔려 땅바닥에 떨어져 죽었다. 갈팡질팡하는 패잔병들을 유비가 절반이나 포로로 잡았다. 대승을 거둔 뒤 신야로 돌아오자, 유비는 선복을 극진히 대접하고 장수와 군사들에게 푸짐한 상을 내렸다.

여광과 여상이 죽고 많은 군사들이 포로가 되었다는 보고를 받은 조인이 크게 놀랐다. 곧 이전을 불러서 상의하자 이전이 자기 의견을 솔직하게 밝혔다.

"여광과 여상은 적을 우습게 보았다가 자멸했소. 경솔하게 군사를 동원할 게 아니라 승상께 건의하여 대군으로 단숨에 적을 격파하는 것이 상책이오."

그러나 조인이 고개를 가로저었다.

"두 장수가 전사하고 많은 군사를 잃은 마당에 설욕하지 않고 어찌 가만히 있겠소? 코딱지만 한 신야를 치는 데 굳이 대군까지 동원할 게 뭐요?"

"유비는 가볍게 볼 인물이 아니오."

"웬 겁이 그렇게도 많소?"

"적을 알고 나를 알면 싸울 때마다 이긴다고 했소. 겁이 나서 하는 말이 아니라 더 큰 낭패를 당할까 걱정이 되는 거요."

조인이 발끈 화를 냈다.

"그대는 지금 딴 마음을 품고 있는 게 아니오? 내 반드시 유비를 생포하고야 말겠소."

"장군이 굳이 출전하겠다면 저는 남아서 번성을 지키겠소."

그러나 한층 격분한 조인이 목청껏 고함쳤다.

"뒤에 남겠다? 그렇다면 배신할 생각이 분명한 거요."

사태가 그 지경이면 이전도 어쩔 도리가 없었다. 조인과 함께 2만5천 명의 기병대와 보병을 이끌고 신야를 향해 진격했다.

한편, 승리를 거두고 돌아온 유비에게 선복이 말했다.

"번성에 주둔한 조인은 여광과 여상의 죽음을 알면 반드시 대군을 끌고 올 거요."

"무슨 대책이라도 있소?"

"대군이 빠지면 번성이 텅 빌 테니, 이 기회에 우리는 그 성을 점령하는 거요."

"어떻게 뺏는단 말이오?"

선복이 유비의 귀에 대고 속삭였다.

유비 진영에서 철저하게 모든 준비를 마쳤을 때 조인의 대군이 강을 건넜다는 보고가 들어왔다.

"예측한 대로군."

선복이 한마디 던진 뒤, 유비를 따라나섰다.

조운이 도전하자, 조인은 이전을 내보냈다. 그러나 이전은 수십 번 부딪친 끝에 말 머리를 돌려 자기 진영으로 향했다. 조운이 전속력으로 추격했다. 그러나 조조 진영에서 화살이 비 오듯이 날아와 할 수 없이 되돌아갔다. 패배하고 돌아간 이전이 조인에게 회군을 권고했다.

"유비는 만만하게 볼 적이 아닙니다. 번성으로 돌아가는 게 좋겠소."

조인이 머리끝까지 화가 치밀어 고함쳤다.

"떠나기 전부터 작전을 방해하더니 이제는 전투에 패배하고 왔다. 죽어도 싸다."

조인은 즉시 끌어내 목을 베라고 호령했다. 그러나 부하 장수들이 모두 간청하는 바람에 이전을 살려둔 뒤 후방부대에 배치했다. 그리고 자신이 선봉에 섰다.

다음 날, 새로 진을 친 다음에 조인의 부하 장수가 달려나가 유비를 향해 외쳤다.

"우리가 어떤 진을 쳤는지 알겠느냐?"

선복이 높은 곳에서 살펴보고 차분한 어조로 유비에게 설명했다.

"저건 '8문금쇄진'이오. 8문이라는 것은 휴(休) · 생(生) · 상(傷) · 두(杜) · 경(景) · 사(死) · 경(驚) · 개(開)를 말하는데, 생 · 경(景) · 개문으로 들어가면 이길 수 있지만, 상 · 경(驚) · 후문으로 들어가면 실패하기 십상이고, 두 · 사문으로 들어가면 반드시 패배하는 거지요. 그런데 지금 저들의 8문 배치는 겉으로는 정확한 듯 하지만 중심이 허술하지요. 동남쪽의 생문으로 쳐들어가서 서쪽의 경문으로 나오면 적진이 반드시 일대 혼란에 빠지고 말 거요."

선복의 설명을 들은 유비는 조운에게 지시했다.

유비의 지시를 받은 조운은 기병 5백 기를 거느리고 동남쪽을 찔러 중앙부대를 공격했다. 그러자 조인이 북쪽으로 달아났다. 조운의 그 뒤를 쫓지 않고 서쪽으로 뚫고 나갔다가 다시 동남쪽으로 돌아서 공격했다. 그러자 조인의 진영이 혼란에 빠졌다. 바로 그 때 유비가 총공격을 명령했다.

쓰라린 패배를 맛보고 후퇴한 조인은 그제야 이전의 충고가 옳았음을 깨닫고, 즉시 이전을 불러서 상의했다.

"유비 진영에는 전술에 통달한 인물이 반드시 있는 것 같소. 그렇지 않다면 '8문금쇄진'을 간단히 무너뜨릴 수 있겠소?"

이전이 걱정스러운 얼굴로 말했다.

"아무래도 번성이 염려되오."

"오늘 밤 기습을 해야겠소. 이기는 경우에는 전투를 계속하고, 우리가 지는 경우에는 번성으로 즉시 퇴각합시다."

"기습이라니요? 유비가 미리 대비하고 있으면 어떻게 하겠소?"

이전의 충고를 조인이 비웃었다.

"의심이 너무 많으면 작전을 자유자재로 못하는 법 아니겠소?"

조인이 전방부대를 지휘하고 이전이 후방의 응원군을 맡아, 한밤중에 기습하기로 결정했다.

그 무렵 유비와 함께 대책을 논의하고 있던 선복이 갑자기 불어오는 돌풍을 보고 한마디 던졌다.

"오늘 밤 조인이 기습해 올 거요."

유비가 놀라서 물었다.

"어떻게 막으면 좋겠소?"

"염려 마십시오. 만반의 준비를 갖추어 두었소."

그날 밤 4시경 무렵, 조인이 유비의 진영에 몰래 접근했다. 그러자 갑자기 진영 안에서 어마어마한 불길이 치솟는가 하면, 눈 깜짝할 사이에 사방에서 횃불이 나타났다. 적이 기습에 대비했음을 알아챈 조인은 황급히 퇴각 명령을 내렸다. 바로 그때 함성이 크게 일어나면서 조운의 기병대가 덮쳤다.

군사를 미처 수습하지 못한 조인은 자기 진영으로 되돌아갈 엄두도 내지 못하고 곧장 북하를 향해 달렸다. 강가에 이르러 간신히 배를 구한 다음 건너려 할 때, 장비의 부대가 매섭게 공격해 왔다. 조인이 죽기를 각오하고 방어전을 펴는 동안, 다행히 이전의 응원군이 도착해서 위기를 모면했다. 그러나 절반 이상의 군사가 익사했다.

조인과 이전이 패잔병을 겨우 수습하여 번성으로 돌아갔다. 그러나 성 앞에 이르러 문을 열라고 소리치자 북소리가 쿵 하고 울리더니 관우가 나오면서 벼락치듯이 호령했다.

"누가 감히 문을 열라고 하느냐?"

깜짝 놀란 조인이 줄행랑을 쳤다. 관우가 무섭게 추격했다. 다시금 수많은 부하를 잃은 조인은 밤새도록 달려서 허도로 돌아갔다. 유비의 전략가가 선복이라는 말을 도중에 들어서 알게 되었다.

대승을 거두고 유비가 번성으로 들어가자 현령 유필이 나와서 영접했다. 장사 사람인 유필도 유비와 마찬가지로 황실의 종친이었다. 관청 안에다가 성대한 술자리를 마련하고 유비 일행을 대접했다. 그런데 유필의 시중을 드는 청년이 첫눈에, 유비의 마음에 들어 물었다.

"저 젊은이는 누구요?"

유필이 대답했다.

"구봉이라고 하는 제 조카 놈이지요. 부모를 여의고 저의 집에서 지내고 있소."

유비가 구봉을 양자로 삼고 싶다고 말하자 유필이 기꺼이 응낙했다. 그날로 구봉은 성을 고쳐 유봉으로 불렸다. 유비가 유봉을 관우와 장비에게 차례로 인사를 시켰다. 관우가 못마땅하다는 표정으로 한마디 던졌다.

"형님은 아들이 있는데 왜 굳이 또 양자를 얻었소? 훗날 화근이 될지도 모릅니다."

"내가 친자식처럼 아껴 준다면, 그 애도 나를 친아버지처럼 섬길 텐데 무슨 걱정이냐?"

관우는 아무래도 찜찜한 생각을 떨쳐버리지 못했다.

조운이 1천 명의 군대로 번성을 지키기로 했다. 그리고 유비는 선복, 관우, 장비와 함께 나머지 군사를 끌고 신야로 돌아갔다.

허도에서 조인은 조조 앞에 나아가자 땅에 엎드려 울며 패장의 처벌을 자청했다.

"전투를 하면 이길 수도 있고 질 수도 있는 법이다. 이번의 패배가 너 혼자만의 잘못이겠느냐? 누가 유비를 보좌했느냐?"

"선복이라는 말을 들었습니다."

"선복이 누군지 아는 사람은 없는가?"

정욱이 웃으면서 대답했다.

"선복이란 남의 원수를 대신 갚아 주고 도망다닐 때 쓰던 가명이지요. 영주 출신의 서서(徐庶)인데, 자는 원직(元直)이지요. 일찍이 수경(水鏡) 선생 사마휘(司馬徽)와 친분이 두텁소. 그 재능으로 말하자면 저보다 열 배나 뛰어나지요."

조조가 자기도 모르게 한숨을 내쉬었다.

"그렇게나 탁월한 선비가 유비를 섬기니 걱정이 아니겠소?"

"승상께서 원하신다면 서서를 불러오기는 그리 어렵지 않소."

조조는 귀가 번쩍 띄었다.

"묘수라도 있단 말이오?"

"서서는 천하에 드문 효자지요. 어렸을 때 아버지가 죽고 이제 늙은 어머니뿐인데, 최근에 동생 서강 마저 죽어서 어머니를 돌볼 사람이 아무도 없는 처지가 되었소. 승상께서 그 어머니를 속여서 여기 부르고, 이어서 어머니가 그 아들을 오라고 부르면, 서서가 반드시 제 발로 걸어 들어올 거요."

조조가 즉시 서서의 어머니를 모셔오라고 지시했다. 그리고 극진하게 대접한 다음에 좋은 말로 달랬다.

"서서야말로 천하에 뛰어난 인재인데 조정을 배신한 역적 유비를 섬기고 있으니 진주가 진흙탕에 묻힌 것과도 같소. 아들에게 허도로 오라는 서신만 써 준다면 천자께 건의하여 막대한 상금을 주겠소."

노파가 침착한 어조로 조조에게 물었다.

"내 자식이 섬긴다는 유비란 어떠한 사람이오?"

조조가 껄껄 웃고 나서 대답했다.

"이름도 없는 촌구석에서 자란 천한 놈이 감히 황숙이라 자칭하면서 신의를 헌신짝처럼 저버리지요. 성인군자인 척하지만 속은 소인배다 이거요."

그러나 조조의 말이 미처 끝나기도 전에 서서의 어머니가 큰 소리로 꾸짖었다.

"네 이놈! 누구를 속이려고 하느냐? 유비는 중산정왕의 자손이자 효경 황제의 현손인데, 마음이 너그럽고 어질고 인품이 고결하여 온 천하의 어린애까지도 그 이름을 안다고 들었다. 이러한 최고의 영웅을 내 자식이 섬긴다면 올바른 주인을 만난 것이 아니냐? 너는 승상의 자리를 차지하고 있기는 하지만 사실은 역적 놈이거늘, 오히려 유비를 역적으로 몰고 내 자식을 유비에게서 빼앗아 오려는 거냐? 부끄러운 게 뭔지도 모르는 이놈아!"

서서의 어머니는 벼루를 조조에게 던졌다. 격분한 조조가 당장 끌어내 목을 베라고 명령했다. 그러자 정욱이 허겁지겁 나서서 겨우 말렸다. 그리고 한마디 충고했다.

"서서의 어머니를 승상께서 죽인다면 불의한 짓을 했다는 지탄만 받을 뿐이오. 게다가 서서는 앙심을 품고 유비를 도와서 원수를 갚으려고 하지 않겠소? 차라리 살려두는 게 상책이오. 그러면 서서가 항상 어머니를 생각하여 자기 실력을 최대한으로는 발휘하지 못하지 않겠소? 그러다가 기회를 보아 서서를 부르는 것이 좋겠소."

사리 판단에 밝은 조조는 그 말에 수긍하여 서서의 어머니를 살려 주었다. 그 후 정욱은 날마다 찾아가서 인사하고 자기가 예전에 서서와 의형제를 맺었다고 거짓말을 했다. 그리고 친어머니처럼 모시고 서신과 함께 자주 선물을 바쳤다. 무서운 계책인 줄은 꿈에도 눈치 채지 못한 서서 어머니는 정욱에게 일일이 답장을 써서 보냈다. 정욱은 드디어 서서 어머니의 필적을 얻자, 서서에게 어머니가 보내는 것처럼 서신을 위조했다.

정욱의 심복 부하가 신야로 가서 그 서신(가짜 편지)을 서서에게 전했다. 그 편지 내용은 대략 이러했다.

승상이 나(서서의 어머니)를 허도로 불러올렸다. 그리고 네(서서)가 역적(유비)을 도와 조정을 배반했기 때문에, 나를 감옥에 처넣겠다고 했다. 다행히 정욱 덕분에 감옥 신세는 면했다. 네가 항복해야 내가 살아나겠다. 이 서신을 받거든, 즉시 고향으로 돌아가 밭이나 갈아라. 이런 내용의 가짜 편지였다.

서서는 눈물을 펑펑 쏟았다. 이윽고 편지를 유비에게 보이고 선복이란 가명으로 지내온 내력을 설명했다.

"유표가 어진 선비를 널리 모집한다기에 만나보았지만 졸장부임을 깨닫고 사직서를 내고 물러났소. 그날 밤 수경에게 가서 호소했더니 제가 주인을 알아보지 못한다고 매우 심하게 책망했지요. 유 황숙을 몰라보느냐고 말이오. 다행히 유 사군께서 중용해주시니 감격할 뿐입니다. 그러나 이제 늙은 어머니가 조조의 간계에 빠져 허도에 잡혀 있고 목숨이 위태롭다고 하오. 제가 자식된 도리로 부득이 안 갈 수가 없소. 훗날 다시 만나기를 기약하겠소."

유비도 통곡했다.

"어머니와 아들 관계는 하늘이 내린 인연이오. 내 걱정은 말고 빨리 늙으신 어머니를 만나보시오. 혹시 우리가 인연이 닿는다면 다시 만나도록 합시다."

서서는 초조했다. 작별 인사를 마치고 즉시 출발하려고 했다. 그러나 유비가 하룻밤만 더 묵어가라고 소매를 잡았다.

그때 손건이 유비에게 몰래 충고했다.

"서서는 천하에 특출한 전략가요. 우리 군대의 실정을 낱낱이 파악하고 난 이때 조조에게 보낸다면 우리가 위태롭게 될 거요. 결코 보내지 마십시오. 서서가 안 오면 조조는 반드시 그 어머니를 죽일 것이오. 그렇게 되면 서서는 복수하려고 덤비지 않겠소?"

그러나 유비는 고개를 저었다.

"옳지 않은 말이오. 남의 손을 빌려 어머니를 죽이고 그 자식을 이용한다면 이것은 어질지 못한 짓이오. 붙들어 두고 가지 못하게 하여 혈육의 인정을 끊는다면 이것은 불의한 짓이오. 내가 차라리 죽으면 죽었지, 그런 짓은 못 하겠소."

그 말에 모두 감탄했다. 유비가 곧 잔치를 베풀고 서서를 초청했다. 그러나 흥겨울 리가 없었다.

"조조에게 잡혀 있는 어머니 생각을 하면 금잔에 따른 술조차도 목구멍을 넘어가지 않소."

"그대가 나를 버리고 떠난다 생각하니 팔다리가 절단된 듯 아프기 짝이 없소. 꿀마저 쓴맛이 나오."

유비와 서서가 마주 앉아 울면서 꼬박 밤을 새웠다. 날이 밝자 모든 장수들이 성 밖으로 나가 서서를 배웅했다. 유비도 멀리까지 따라가 정자에 자리 잡고 서서에게 술을 한 잔 권했다.

"선생과 인연이 없는지 이렇게 떠나보내게 되었소. 거기 가서는 새 주인에게 충성을 바치시오."

"늙은 어머니 때문에 부득이 떠나는 것이오. 그러나 조조에게 충성을 바칠 수는 없지 않겠소? 덕망과 지혜가 뛰어난 선비를 얻어서 대업을 이루도록 하십시오."

유비는 거기서 80리 남짓을 따라갔다가 눈물을 머금고 돌아섰다. 그런데 얼마 후 서서가 되돌아왔다. 조조에게 가지 않겠다는 말인가?

서서가 유비에게 한마디 충고를 남겼다.

"중대한 일을 깜박 잊고 있었소. 양양에서 20여 리 되는 융중(隆中)에 제갈량(諸葛亮), 자는 공명(孔明)이라는 위대한 선비가 있소. 마을 사람들은 제갈량을 와룡 선생이라고 부르지요. 천하에 진귀한 인재니 직접 찾아가서 만나보십시오. 제갈량을 얻는다면 천하는 쉽게 장악할 수 있을 거요."

"얼마 전에 수경 선생이 복룡과 봉추 가운데 한 사람만 얻어도 천하를 평정한다고 했소. 이분이 혹시 그 복룡이나 봉추는 아니오?"

"봉추는 양양의 방통(龐統)이고, 복룡은 제갈공명이지요."

"드디어 복룡과 봉추가 누군지 알았소. 이렇게 출중한 선비가 가까이 있는 것도 모르고 있었다니! 선생이 일깨워 주시지 않았더라면 끝내 허송세월만 했을 거요."

서서가 채찍으로 말을 후려갈기면서 급히 떠나갔다. 서서는 도중에 곰곰 생각해 보니 유비를 사모하는 정이 더욱 깊어졌고, 한편으로는 공명이 유비의 요청을 거절하지나 않을까 염려되었다. 그래서 공명의 초가집을 찾아가서 유비를 도와 달라고 부탁했다.

그러나 공명은 불쾌한 표정을 지었다.

"나를 흙탕물에 집어던져서 희생양으로 만들 작정이오?"

더 이상 말하기 싫다는 듯이 안으로 들어가 버렸다. 무안해진 서서는 대문을 나서서 허도로 달려갔다.

3
유비가 제갈공명을 세 번 찾아가다

유비가 예물을 갖추어 융중의 제갈량을 방문하려고 할 때, 수경 선생 사마휘가 찾아왔다.

"서서를 만나러 왔소."

유비가 그동안의 사정을 설명해주자 사마휘가 탄식했다.

"서서가 조조에게 속았소. 그 어머니는 매우 어질고 올바른 분이오. 조조에게 잡혔다 해도 아들을 부르는 서신은 결코 쓸 사람이 아니지요. 위조된 서신이 분명하오. 서서가 조조에게 가지 않았다면 어머니가 살겠지만, 이제 서서가 갔으니 어머니는 반드시 죽을 것이오."

유비가 소스라치게 놀랐다.

"어째서 그렇소?"

"아들을 대하기가 부끄러울 테니까요."

"서서가 떠날 때 제갈량을 추천했는데 어떻게 보시는지요?"

사마휘가 입가에 웃음을 띠우고 대답했다.

"그냥 말없이 떠나가면 그만이지, 엉뚱한 사람을 끌어들일 건 뭔지 모르겠구만."

"무슨 말씀이지요?"

"원래 제갈공명은 박릉의 최주평, 영천의 석광원, 여남의 맹공위, 그리고 원직 서서 등 네 명과 가장 가까운 사이지요. 언젠가 모두 만나 한 잔 마시는 자리에서 공명은 네 사람이 군수나 주지사 감이라고 말한 적이 있소. 네 친구가 공명 자신은 어느 정도의 그릇인지 물었더니, 자신을 관중과 악의에게 비교했지요. 그 재주와 지혜는 한이 없소."

그 말을 듣고 곁에 있던 관우가 물었다.

"관중과 악의는 모두 춘추전국시대에 천하를 흔든 인물인데 공명 스스로가 이들과 어깨를 나란히 하겠다는 것은 지나치지 않소?"

"지나친 게 아니고 오히려 부족한 거요. 주나라 8백 년의 기틀을 잡은 강 태공이나 한나라 4백 년의 기초를 만든 장자방에게 비교하는 것이 더 낫소."

그 말에 모두 크게 놀랐다. 수경 선생은 유비에게 작별 인사를 마친 뒤 대문을 나서자, 하늘을 우러러 웃으며 한마디 던졌다.

"와룡이 훌륭한 주인은 얻었지만 적절한 시기는 만나지 못했으니 아깝다."

다음 날, 유비는 관우와 장비 그리고 하인들을 데리고 융중으로 갔다. 멀리 산 아래 2, 3명의 농부가 밭을 갈며 부르는 노랫소리가 들려 왔다.

푸른 하늘은 둥글기만 한데, 대지는 바둑판같이 분열 되었네
세상 사람들은 검은 돌과 흰 돌로 나뉘어서
부귀와 영예를 탐내어 서로 싸우기만 하네
이긴 사람은 안락함을 누리고, 진 사람은 고생바가지라네
그러나 여기 남양 땅은 별천지가 아닌가
베개를 높이 베고 아무리 잠을 자도 잠이 오히려 부족하다네

유비가 말을 멈춘 뒤 농부에게 물었다.

"그 노래는 누가 지은 것인가?"

"와룡 선생 작품입니다."

"선생 댁은 어딘가?"

"이 산 남쪽의 높은 구릉이 와룡산이지요. 그리고 와룡산 앞 소나무 숲속의 초가에 제갈 선생이 계십니다."

얼마 후 멀리서 와룡산을 바라보니 주위 경치가 역시 빼어나게 아름다웠다. 말에서 내린 유비가 사립문을 흔들자 어린 소년이 나와서 누구를 찾는지 물었다.

"한나라 좌장군 의성정후이자 예주태수이며 자는 현덕인 황숙 유비인데, 선생님을 만나고 싶어서 왔다."

"직함이 너무 길어서 외울 수가 없어요."

"신야의 유비라고만 전해라."

"선생님은 조금 전에 외출했는데요."

"어디로 가셨느냐?"

"행선지를 말씀 안 하시니, 전들 알 수가 없지요."

"언제쯤 돌아오겠느냐?"

"사흘이나 열흘이 지나야 돌아오기도 하지요."

성미 급한 장비가 한마디 던졌다.

"마냥 기다릴 수도 없으니, 그냥 돌아갑시다."

관우가 은근히 충고했다.

"다음에 사람을 먼저 보내서 계신지 확인하고 다시 옵시다."

유비는 소년에게, 유비가 다녀갔다는 말을 전하라고 했다.

그리고 융중의 경치를 다시금 둘러보았다. 아주 높지는 않지만 수려한 산이었다. 그리 깊지 않은 냇물은 그지없이 맑았다. 평탄한 들판에 소나무와 대나무가 우거진 숲에서 원숭이와 두루미가 평화롭게 어울려 살고 있었다. 속세와 전혀 다른 별천지였다.

그때 검은 도포 차림에 두건을 쓴 비범한 용모의 도사가 지팡이를 짚으며 올라오는 모습이 눈에 띄었다. 유비가 동생들에게 말했다.

"저분이 와룡 선생인지도 모르겠다."

그러나 인사를 하고 나서 성함을 물으니 공명의 친구인 박릉 최주평이었다. 유비가 제갈공명을 만나지 못해 돌아가는 길이라고 하자, 최주평이 물었다.

"장군의 명성은 일찍이 들었소. 공명을 찾아온 이유가 무엇이오?"

"천하를 바로잡고 온 백성이 안심하고 살 수 있게 만드는 방법을 듣고 싶기 때문이오."

최주평이 너털웃음을 터뜨리고 한마디 했다.

"장군의 성의만은 더없이 훌륭하오. 그러나 난세와 평화 시대는 항상 교차하는 것이 아니겠소? 한나라 고조가 무도한 진나라를 멸망시키면서 평화 시대가 시작한 것이고, 그 평화가 2백 년 지속되다가 왕망이 반역하여 난세가 시작하였소. 그리고 광무제가 다시 평화 시대를 열었고, 2백 년 뒤인 오늘날 세상이 다시 어지러워진 것이오. 일단 난세가 시작되면 한두 명의 영웅이 애쓴다고 해서 평화가 이루어지는 것이 아니라 시대의 조류가 성숙해야만 되는 것이오. 제갈공명이 비록 천지를 자유자재로 휘두르는 재주가 있다고 해도 하늘의 섭리는 좌우할 수가 없소. 어차피 장군이나 공명이나 유한한 목숨을 타고난 인간인데 공연히 헛수고만 할까 염려되오."

"그렇다고 해서 운명에만 맡기고 체념할 수는 없지 않소?"

"그런 뜻으로 한 말은 아니오."

"그건 그렇고, 공명이 간 곳을 알고 있소?"

"저도 방금 만나러 온 길이니 알 리가 있겠소?"

"선생께 도움을 받고 싶은데 같이 가 주시겠소?"

"나는 속세의 일에는 뜻이 없소."

최주평이 돌아서자 유비는 다시 말에 올랐다.

며칠 후, 유비가 부하를 융중에 파견해서 공명의 소식을 알아보니 와룡 선생이 돌아왔다는 보고가 들어왔다. 유비가 떠날 채비를 할 때 장비가 퉁명스럽게 한마디 던졌다.

"그까짓 촌놈이 뭔데, 형님이 직접 또 갈 필요가 어디 있소? 아무나 보내서 오라고 하면 그만 아니오?"

유비가 장비를 꾸짖었다.

"모르는 소리 마라. 공명은 그 누구보다도 탁월하고 위대한 선비인데, 오라 가라 할 수가 있겠느냐?"

유비가 다시 융중으로 떠났다. 관우와 장비가 뒤를 따랐다. 한겨울의 매운바람이 불더니 눈이 펑펑 쏟아졌다. 장비가 투덜거렸다.

"이런 날씨에 별 볼일 없는 촌놈을 만나러 먼 길을 갈 게 뭐요? 차라리 신야로 돌아가는 게 낫겠소."

"공명에게 극진한 성의를 표시하려는 거야. 너희가 돌아가고 싶다면 말리지는 않겠다."

도중에 석광원과 맹공위를 만나 함께 공명의 집으로 가자고 요청해 보았으나 거절당했다.

"우리는 산속에 묻혀 사는 촌사람이라서 정치 따위는 모르오. 장군 혼자서 와룡을 찾아가 보시오."

와룡장에 도착한 유비가 소년에게 물었다.

"오늘은 댁에 계시겠지?"

"네, 지금 안방에서 독서 중입니다."

유비가 안방 문틈으로 엿보니 젊은이가 화로를 끼고 앉아서 시를 읊었다.

천리를 날아가는 봉황새는 오로지 오동나무에만 앉는다네
아무리 가난해도 선비란 오로지 탁월한 주인만 섬긴다네

이윽고 유비가 공손하게 말을 걸었다.

"오래 전부터 선생을 존경하고 있는 유비라는 사람이오. 얼마 전에 서서의 권고에 따라 찾아왔으나 뵙지 못했는데, 눈보라를 무릅쓴 보람이 있어 오늘은 다행입니다."

허둥지둥 일어나면서 젊은이가 엉뚱한 소리를 했다.

"장군은 신야의 유 황숙이지요? 그럼 우리 작은형님을 찾아오셨군요. 저는 와룡의 동생 제갈균이라고 합니다. 저희가 원래 3형제인데, 큰형 제갈근은 강동의 손권에게 갔지요. 작은형은 아침에 최주평과 함께 놀러 나갔습니다."

"어디로 갔는지 모르시오?"

"뱃놀이도 하고, 절을 찾아다니기도 하고, 친구 집에서 거문고를 타거나 바둑도 두니까, 어디 있는지 알 수가 없지요."

유비가 길게 한숨을 내쉬었다.

"인연이 이렇게도 없단 말인가?"

제갈균이 차를 올리려 할 때 장비가 다시 퉁명스럽게 말했다.

"선생도 안 계시니 그만 돌아가시지요."

"넌 좀 가만히 있어라."

그리고 제갈균에게 물었다.

"와룡 선생이 육도삼략에 통달했다는데 날마다 전략에 관한 서적을 읽겠지요?"

"저는 모르는 일입니다.

장비가 또 재촉했다.

"눈보라가 심해지고 날이 저물었으니 빨리 돌아갑시다."

"잔소리 말고 가만히 좀 있어라."

제갈균이 난처한 표정을 지었다.

"형님께, 곧 장군을 찾아가 뵙도록 말씀 드리지요."

"어찌 감히 선생께서 오시기를 바라겠소? 얼마 후에 제가 다시 오겠소. 종이와 붓을 빌려주면 우선 몇 글자 적어 놓고 가겠소."

공을 뵙고자 두 번이나 찾아왔다가 만나지 못해서 섭섭하다. 나라가 어지러워 바로잡고 싶은 심정이 간절하지만 경험이 부족하고 뾰족한 묘수가 없어서 선생의 도움을 간절히 바란다. 10일간 몸과 마음을 깨끗이 한 뒤에 다시 찾아올 테니 그때는 부디 만나주었으면 한다.

그런 뜻의 글을 써서 제갈균에게 전달해 달라고 부탁했다.

이윽고 사립문을 나섰을 때, 마침 마주 오던 공명의 장인 황승언을 만나 인사를 나누었다. 그리고 우울한 심정으로 신야로 돌아갔다.

다음 해 봄, 유비가 다시 공명을 찾아가려고 하자 장비는 물론이고 관우까지도 탐탁하지 않게 여기며 말렸다.

"두 번 찾아갔으면 그것으로 예의는 충분히 차린 거요. 공명이 형님을 만나지 않으려고 일부러 피하는 것 같은데 실력도 없이 유명해져서 그런 게 아니겠소?"

"천만에! 제나라 경공이 동곽의 숨은 인재를 다섯 번 찾아가서 겨우 한 번 만나지 않았느냐? 하물며 제갈공명처럼 특출한 선비를 어떻게 쉽게 만나겠느냐?"

관우가 탄식하고 입을 다물었다. 그러나 장비는 가만히 있지 못했다.

"그까짓 촌놈이 무슨 특출한 선비란 말이오? 이번에는 심부름꾼을 보내서 그냥 불러올리는 게 낫겠소. 안 온다면 제가 달려가서 잡아오겠소."

유비가 장비를 호되게 야단쳤다.

"주나라 문왕이 강 태공을 찾아간 이야기도 모르느냐? 문왕은 강 태공의 낚시질을 방해하지 않고 해가 질 때까지 기다려서 강 태공을 감동시켰다. 그런데 너는 어찌 이렇게도 무례하느냐?"

결국 유비는 관우와 장비를 데리고 다시 융중으로 갔다. 와룡장에서 5리 가량 떨어진 곳에서 유비는 말에서 내려 걸어갔다. 마침 맞은편에서 공명의 동생 제갈균이 다가왔다. 유비가 공손하게 물었다.

"선생께서 지금 댁에 계신가요?"

"엊저녁에 돌아왔으니까 장군께서 오늘은 만나보실 겁니다."

와룡장에 이르자 소년이 나와서 말했다.

"선생님은 서재에서 낮잠을 주무시는데요."

"그렇다면 아직 알리지 마라."

관우와 장비에게 문밖에서 기다리라고 지시한 뒤, 유비가 혼자서 마당 안으로 들어갔다. 그리고 돌계단 아래 서서 기다렸다. 오후 늦게까지 공명은 잠에서 깨지 않았다. 유비가 조용히 기다리고 있는 모습을 본 장비가 화난 목소리로 관우에게 투덜댔다.

"저런 시건방진 놈이 어디 있소? 손님을 세워둔 채, 자는 척만 하고 있다니! 집에다가 불을 지를까 보다."

관우가 장비를 달랬다. 공명이 몸을 뒤척이면서 일어날 듯하다가 다시 잠이 들었다. 달려가서 깨우려는 소년을 유비가 손짓으로 저지했다. 이윽고 눈을 뜬 공명이 소년을 불러서 물었다.

"인기척이 있는데 손님이라도 찾아왔느냐?"

"벌써 오래 전에 유 황숙께서 와서 기다리고 계십니다."

"진작 깨울 것이지. 안으로 들어가 옷을 갈아 입고 나오겠다."

얼마 후 단정한 옷차림으로 공명이 유비를 서재로 맞아들였다. 공명은 키가 팔 척에 얼굴이 희게 빛났다. 두건을 쓰고 하 무늬의 장삼을 걸친 모습이 마치 신선과 같았다. 절을 한 뒤에 유비가 입을 열었다.

"탁군의 어리석은 졸장부가 선생의 빛나는 명성을 들은 지 오래되었소. 두 번 찾아왔다가 지난번에는 변변치 못한 글을 몇 자 적어두었는데 보셨는지요?"

"저는 초라한 농부에 불과하고 또 천성이 게으른데 장군께서 여러 번 오시게 해서 죄송합니다."

소년이 가져온 차를 마신 다음, 공명이 다시 입을 열었다.

"장군께서 나라와 백성을 걱정하는 심정은 충분히 이해합니다. 그러나 제가 워낙 나이도 어리고 재주가 없어서 별다른 도움이 되지 못하겠으니 유감입니다."

"천하를 구제할 재능을 지니고 있으면서도 산속에서 세월만 낭비하는 것은 대장부의 도리가 결코 아니오."

공명이 마침내 입가에 웃음을 띠우며 말했다.

"그러면 먼저 장군의 뜻을 말씀해 주시지요."

"한나라의 사직이 기울고 역적들이 천하를 짓밟고 있는 이때, 뜻이 있는 사람이 어떻게 가만히 구경만 하고 있겠소? 그래서 제가 천하에 정의와 올바른 길을 펼치려고 하지만 경륜과 지략이 모자라 선생의 도움을 받으려고 하는 거요. 부디 거절하지 말아 주시기 바라오."

공명이 옷깃을 바로 하고 나서 조용히 입을 열었다.

"동탁이 난리를 일으킨 뒤로 천하의 호걸이 벌 떼처럼 일어났는데, 그 가운데 조조가 자기보다 강성한 군대를 가진 원소를 멸망시킨 것은 하늘이 준 때를 잘 맞이하기도 했지만 참모들에게 의지한 바도 컸지요. 이제 조조가 1백만 대군을 거느리고 천자를 앞세워서 제후들에게 호령하니 대적하기가 거의 불가능한 실정이지요. 한편 손권은 강동에 웅거하여 이미 삼대를 지냈을 뿐 아니라 지형이 험하고 백성과 신하들이 충성스러우니 쉽게 무너질 나라가 아니오.

그러나 조조와 손권의 손이 미치지 못하는 땅으로 형주와 익주가 있소. 형주는 교통의 중심지라서 남쪽과 무역을 하고 북쪽의 풍부한 자원을 이용할 수 있으며, 서쪽으로는 파촉과 통하지요. 형주태수 유표는 어리석은 늙은이고, 그 아들 유기와 유종은 졸장부들이지요. 익주는 장강을 낀 비옥한 들판인데다가 난공불락(難攻不落)의 요충지마저 구비하여 한나라 고조도 여기에서 일어났소. 그런데 익주태수 유장이 대세의 흐름을 파악하지 못하고 성질도 고약하지요. 장군께서 형주와 익주를 차례로 점령하면 조조에게 대항할 수 있고, 손권에 대해서는 화해와 공격의 양면 작전을 쓰면 됩니다."

이어서 소년을 시켜 지도를 걸게 하고는 천하를 셋으로 나누는 웅대한 계획을 설명했다.

"저것이 천하 지도입니다. 북쪽의 조조는 시대의 대세를 타고, 남쪽의 손권은 풍부한 물자의 지원을 받고 있으니, 각각 내버려 두시오. 장군은 민심을 얻어서 먼저 형주를 근거지로 삼고, 나중에 서촉 54주를 차지하여 나라의 기초를 세워서, 세 나라가 안정된 형태를 이룬 다음에 천하 통일을 내다볼 수가 있는 것입니다."

유비가 두 손을 마주 잡고 인사했다.

"선생의 말씀을 듣고 나니 구름과 안개가 걷히고 푸른 하늘이 나타나는 듯 속이 시원합니다. 그러나 형주의 유표와 익주의 유장은 모두 한나라 종친인데 어떻게 그 땅을 뺏겠소?"

그러자 공명이 유비를 보며 말했다.

"중병에 걸린 유표는 머지않아 세상을 뜰 것이오. 그리고 유장은 정치에 실패하여 백성이 신음하고 있소. 형주와 익주는 반드시 장군의 몫이 되고 말 거요."

유비가 자기와 함께 산에서 내려가 도와 달라고 간청했다. 그러나 공명은 고개를 가로저었다. 유비가 눈물을 흘렸다.

"선생이 나서지 않는다면 백성들은 어떻게 살라는 겁니까?"

유비의 극진한 정성에 감동한 공명이 드디어 승낙하고 말았다. 유비는 뛸 듯이 기뻐하며 즉시 관우와 장비를 불러들여서 공명에게 인사시켰다. 유비, 관우, 장비는 그날 밤을 와룡장에서 묵었다.

다음 날 공명이 유비를 따라서 산을 내려갔다. 건안 12년(서기 207년) 당시 유비는 47세, 공명은 27세였다.

4
유비가 백성들을 이끌고 강릉으로 향하다

다음 해 7월, 조조의 명령으로 하후돈이 10만 대군을 이끌고 신야로 쳐들어갔다. 그러나 제갈공명의 작전을 우습게 본 탓에 박망파 싸움에서 여지없이 패배하고 말았다.

다음 해 조조가 80만 대군을 동원해서 형주를 공격했다. 한편 형주태수 유표는 장남 유기를 후계자로 지명하는 유언을 남기고 죽었다. 그러나 부인이 자기 오빠인 채모와 장윤과 공모하여 차남 유종을 내세우려고 해서 내분이 일어났다.

조조는 완성에 진을 치고 조인과 조홍을 총사령관으로 삼아 10만 군대를 맡기고 허저에게 정예부대 3천 명을 별도로 주어서 신야의 유비를 치게 했다. 그러나 조조의 군대는 역시 크게 패했다. 유비가 신야에서 번성으로 근거지를 옮겼을 때 조조가 서서를 특사로 파견하여 화해를 제의했다.

그런데 서서는 유비에게 늙은 어머니의 자결을 설명하고 나서 조조의 화해 제의가 간사한 꾀에 불과하다고 알려 주었다. 그리고 번성보다 더 방어가 쉬운 곳으로 근거지를 옮기라고 충고하고 돌아갔다.

그러나 제갈공명은 우선 양양으로 가자고 권고했다. 그런데 양양을 지키던 채모가 성문을 열어주기는커녕 오히려 무수한 화살을 쏘아댔다. 그러자 장수 위연(魏延)이 화가 나서 채모에게 대항했다.

"양양성에 내분이 발생했으니 들어가지 말고, 우선은 형주의 요충지 강릉으로 가서 근거지로 삼는 것이 좋겠소."

유비가 공명의 권고를 받아들여서 백성들을 이끌고 강릉을 향하여 길을 재촉했다. 그러자 양양성에서 무수한 백성들이 빠져 나와 그 뒤를 따라갔다.

그동안에도 위연은 장윤과 문빙을 상대로 계속해서 싸웠다. 그러나 부하들이 죽거나 도망쳐서 한 명도 남지 않은 사실을 깨닫고는 자신도 달아났다. 유비가 간 곳을 찾아보았지만 도무지 알 수가 없었다. 위연은 하는 수 없이 장사(長沙)태수 한현(韓玄)에게 가서 몸을 의탁했다.

한편, 유비 일행은 부지런히 전진했다. 10여만 명의 군사와 백성에다가 수천 대의 수레가 길게 늘어선 행렬이었다. 이윽고 유표의 무덤 앞을 지나가게 되었을 때 유비가 장수들을 거느리고 무덤 앞에 엎드려 간절한 뜻을 알렸다.

"제가 재주와 덕이 모자라서 형님의 부탁을 지키지 못했소. 책임은 오로지 저에게만 있는 것이니, 형님의 혼백은 백성들을 구출해 주시기 바랍니다."

모든 군사와 백성이 애절한 그 말을 듣고 눈물을 흘렸다. 그때 조조의 대군이 이미 번성에 들어와 주둔하고, 배와 뗏목을 마련하여 당장 강을 건너 추격할 것이라는 긴급 보고가 들어왔다. 장수들이 한 목소리로 건의했다.

"강릉은 든든한 요새라서 적을 막기에 충분하오. 그러나 10여만 명의 백성을 데리고 하루에 10여 리 정도 행군하다가는 언제 강릉에 도착할지 막연하오. 도중에 조조의 대군을 만난다면 대적할 길이 없소. 백성들을 버리고 먼저 달려가는 것이 상책이오."

유비는 눈물을 흘리면서 말했다.

"큰일을 성취하려면 반드시 사람을 중요시하는 법이오. 나 하나만 믿고 따라오는 백성들을 어떻게 버린단 말이오?"

그 말에 모든 백성들이 감격하고 슬픔에 잠겼다.

유비의 주장대로 백성들을 보호하여 느릿느릿 행군할 때 조조가 양양의 유종을 오라고 불렀다. 그러나 겁이 난 유종이 감히 성을 나서지 못한 채 채모와 장윤과 문빙을 대신 파견하기로 결정했다. 그러자 왕위(王威)가 유종에게 충고했다.

"장군께서 이미 항복했고 유비도 멀리 달아났기 때문에 조조가 자만에 빠지고 안심하여 방어를 소홀히 할 것이 분명하지요. 이 기회에 기습하면 조조를 쉽게 생포할 수 있소. 조조만 사로잡으면 드넓은 천하도 곧 평정이 가능하지요."

유종이 그 말을 채모에게 전하자, 채모가 왕위를 만나서 호되게 꾸짖었다.

"하늘의 뜻을 알지도 못하면서 헛소리만 하느냐?"

왕위가 격분해서 소리쳤다.

"나라를 팔아먹는 도적놈아! 산 채로 너를 씹어 먹지 못하는 게 유감이다."

화가 뻗친 채모가 왕위를 죽이려 했지만 괴월이 말리는 바람에 참았다. 그리고 장윤과 함께 번성에 가서 조조에게 인사하자, 조조가 질문했다.

"형주의 군사와 군량은 얼마나 되는가?"

채모가 대답했다.

"기병이 5만 명, 보병이 15만 명, 해군이 8만 명이니, 모두 합해서 28만 명이지요. 군량은 거의 대부분이 강릉에 있고 다른 성들도 1년치 군량을 비축해 놓고 있소."

"해군의 배들은 누가 관리했는가?"

"제가 장윤과 함께 크고 작은 7천여 척을 책임지고 있었소."

조조는 채모에게 평남후 해군사령관, 장유에게 조순후 해군부사령관의 직함을 주었다. 이어서 조조가 한마디 덧붙였다.

"유표가 죽은 뒤, 항복한 그 아들을 내가 천자께 건의하여 형주의 새 주인으로 만들겠소."

채모와 장윤이 물러간 뒤에 순욱이 조조에게 물었다.

"저놈들은 아첨꾼에 불과한데 승상은 왜 관직을 주고 해군의 사령관으로 임명하는 겁니까?"

조조가 껄껄 웃고 나서 말했다.

"사람을 몰라봐서 한 일이 아니오. 북쪽에서 온 우리 군사들이 배를 타고 싸우는 데는 서툴기 때문에 당분간 저들을 이용하려는 거요. 대승을 거둔 뒤에는 달리 조치하겠소."

조조의 속셈도 모르는 채모와 장윤은 의기양양하게 돌아가 유종에게 보고했다.

"승상이 장군을 도와서 형주의 새 주인으로 삼겠다고 하오."

그 말에 유종이 대단히 기뻐했다.

다음 날, 유표의 직인과 장군 띠를 조조에게 바치기 위해 어머니 채 부인과 함께 강을 건너 조조에게 갔다. 조조는 부드러운 어조로 위로한 뒤에 장수들을 거느리고 양양으로 갔다. 채모와 장윤이 양양 백성들을 데리고 나와서 조조 앞에서 향을 피우고 절을 했다. 조조는 그럴 듯한 말로 백성들을 안심시킨 다음, 성으로 들어가서 자리를 잡고 괴월에게 말했다.

"형주를 얻은 것은 기쁘지 않지만 괴월을 얻은 것은 한없이 기쁜 일이오."

조조는 곧 괴월을 강릉태수 번성후로, 부손과 왕찬의 무리를 모두 관내후로 삼았다. 유종에 대해서는 청주자사로 임명하여 당장 부임지로 출발하라고 명령했다. 유종은 의외의 처사에 이만저만 놀라지 않았다.

"저는 관직을 원하지도 않고, 다만 고향에 머물기만 소원입니다."

"청주는 허도와 가까운 곳이니 앞으로 조정으로 불러 높은 지위를 주려는 것이다. 그대가 형주에 머물게 되면 모함을 받을 가능성이 크지 않겠는가?"

끝내 조조가 요청을 거절했다.

유종이 어머니 채 부인과 함께 청주로 떠날 때, 따라나선 사람은 오직 왕위뿐이었다. 다른 부하들은 강나루에서 배웅하고 돌아가 버렸다. 물론 조조는 유종과 그 어머니를 청주에 도착하도록 내버려두지 않았다. 우금에게 따로 지시한 것이다.

"뒤쫓아 가서 죽여 버려라. 그래야만 후환을 깨끗이 없앨 수가 있다."

우금이 즉시 부하들을 거느리고 추격했다.

"승상의 명령이다. 얌전하게 내 칼을 받아라."

호통 소리에 채 부인이 유종을 얼싸안고 통곡했다. 충직한 왕위가 격분하여 대항했지만 맥없이 쓰러지고 말았다. 유종과 채 부인도 단칼에 목이 날아갔다. 임무를 마치고 돌아온 우금에게 조조가 푸짐한 상을 주었다. 이어서 융중으로 부하들을 파견하여 제갈공명의 가족들을 잡아오라고 했다.

그러나 미리 짐작한 공명은 이미 가족들을 전부 은밀한 장소에 숨겨버린 뒤였다. 아무리 뒤져도 숨은 곳을 알아낼 수가 없으니, 조조는 공명을 몹시 미워했다. 그러자 순유이 충고했다.

"강릉은 형주에서 가장 중요한 곳이고 군량이 풍족하니, 유비가 거기를 점령하면 함락이 어려울 거요."

"그것은 나도 생각하고 있었소."

양양 장수들 가운데서 길잡이를 선택하려고 하는데 유독 문빙이 보이지 않았다. 조조가 전령을 파견하자 그제야 문빙이 나타났다.

"왜 이리 늦게 오는가?"

"옛 주인의 목숨도 지키지 못한 몸이라서 슬프고 부끄러워 승상을 뵐 면목이 없어서 그랬소."

문빙은 말을 마치자 흐느껴 울었다.

'참으로 충신이구나.'

깊이 감탄한 조조가 문빙을 강하태수에 관내후로 삼았다.

"유비가 백성들을 이끌고 하루에 겨우 10여 리 걸어 그동안 3백 리 남짓 전진했소."

그런 긴급 보고를 받은 조조는 문빙에게 5천 명의 정예 기병대를 주어 선발대로 파견하면서 하루 안에 유비를 뒤쫓아 잡으라고 명령했다.

5
유비가 조조의 대군으로 전멸 위기에 빠지다

그 무렵 유비는 10만 명의 백성과 3천 명의 군사를 이끌고 중간중간에 쉬면서 강릉을 향하여 나아갔다. 조운이 노약자와 어린애들을 호위하고, 장비가 후방을 경계했다. 도중에서 공명이 유비에게 말했다.

"관우가 강하로 간 뒤 아무 소식이 없으니 이상한 일이오."

"공명 선생이 직접 가 보면 어떻겠소? 유표의 장남 유기는 선생 덕분에 계모 채 부인의 음모에서 벗어났으니, 공명 선생이 응원군을 요청하러 직접 온 것을 보면 가만히 있지는 않을 거요."

공명이 유봉과 함께 5백 명을 거느리고 강하로 떠났다. 이틀 후 유비가 간옹, 미축, 미방과 함께 전진하고 있을 때, 갑자기 거센 바람이 불고 홀연 일진광풍이 일어나 티끌이 하늘을 찌르며 그대로 해를 가려버렸다. 유비가 놀라서 물었다.

"이건 어떤 조짐이겠소?"

음양 이론에 관해 해박한 지식을 가진 간옹이 점괘를 보고 나서 대답했다.

"오늘 밤 대단히 불길한 일이 일어날 징조입니다. 장군께서는 백성들을 떠나 먼저 달려가야만 재앙을 피할 수 있소."

간옹의 충고를 무시한 채, 유비가 다시금 물었다.

"저기 바라보이는 곳은 어딘가?"

"당양현이고, 저것은 경산(景山)이라고 합니다."

유비는 경산에서 밤을 지내기로 작정했다. 가을이 깊을 대로 깊어서 바야흐로 겨울철이 시작될 무렵이었다. 한밤중에 서북쪽에서 함성이 천지를 뒤흔들며 점점 가까이 다가왔다. 2천 명의 정예부대를 이끌고 유비가 대적해서 전투를 벌였다. 그러나 조조 대군이 밀물처럼 계속 밀려오는 통에 당장이라도 전멸할 위기에 빠졌다. 다행히도 장비가 소규모의 부대를 휘몰아 달려와서 탈출로를 뚫어 주었다.

유비가 동쪽으로 달아날 때 문빙이 앞을 가로막았다. 그래서 유비가 말을 멈추며 목소리를 가다듬어 꾸짖었다.

"주인을 배반한 도적이 무슨 낯으로 나타났느냐?"

수치심으로 얼굴이 벌겋게 상기된 문빙이 부하를 거느리고 동북쪽으로 사라졌다. 장비는 유비를 호위하여 죽기 살기로 적진을 돌파하여 날이 훤하게 밝을 때까지 말을 달렸다. 그제야 적의 고함 소리가 점점 멀어졌다.

유비의 뒤를 따르는 것은 1백여 기의 기병대가 고작이었다. 무수한 백성들과 노약자와 어린애들은 물론 미축, 미방, 간옹, 조운 등 1천여 명의 군사들도 보이지 않았다. 유비가 통곡했다.

"10여 만명의 목숨이 나 하나를 믿고 따르다가 이 지경을 당했다. 모든 장수와 노인들과 어린애들의 생사조차 알 길이 없으니 어떡하면 좋단 말이냐!"

앞길이 막막했다. 그때 화살에 맞아 비틀거리면서 미방이 걸어와서는 조운(조자룡)이 조조에게 항복했다고 보고했다. 유비는 그 말을 믿을 수가 없었다.

"조자룡은 절대로 나를 배신할 사람이 아니다."

장비가 시큰둥하게 한마디 던졌다.

"우리가 이젠 끝장났다고 판단하여 혼자 출세하려고 조조에게 갔을지 누가 알겠소?"

"황금이나 출세 따위로 움직일 인물이 절대로 아니다."

그러나 미방이 강하게 주장했다.

"조운이 서북쪽으로 달려가는 꼴을 제가 직접 목격했소."

장비가 이를 갈았다.

"만나기만 해 봐라. 단숨에 창으로 찔러 죽일 테다."

유비가 준엄하게 타일렀다.

"남을 의심하면 못 쓴다. 전에 관우가 안량과 문추를 벤 것도 다 사연이 있었다. 조운이 조조에게 갔다면 반드시 이유가 있을 게 아니냐? 나를 배신한 것은 결코 아닐 것이다."

그래도 장비는 믿지 않았다. 20여 명의 기병대를 이끌고 장판교(長坂橋)로 나아갔다. 오른쪽의 울창한 숲을 바라다보자 퍼뜩 한 가지 꾀가 뇌리를 스쳤다. 장비는 나뭇가지를 꺾어 말 꼬리에 맨 다음, 숲속을 돌아다녀서 대군이 진을 친 것처럼 적을 속이라고 부하들에게 지시했다. 그리고 장비는 홀로 장판교 위에 서서 멀리 서쪽을 관망했다.

6
적진의 포위망을 뚫고 달리는 조자룡

한편 조운은 한밤중부터 적과 싸우다가 날이 훤히 밝은 뒤 사방을 살펴보았다. 그러나 자기를 따르는 30여 기의 기병대 이외에는 유비도 백성들도 보이지 않았다.

'감 부인과 미 부인 그리고 아들 아두(阿斗)를 책임 맡았는데 어지러운 적진에서 잃고 말았다. 도대체 무슨 면목으로 유비에게 가겠는가? 두 부인과 아두의 생사를 확인하기 전에는 죽어도 돌아갈 수가 없다.'

그렇게 결심한 조운이 소리쳤다.

"나를 따르라."

드디어 조운이 적진을 향하여 다시 달려갔다. 유비의 가족을 찾아내려고 이리저리 돌아다니고 있을 때, 신야와 번성에서 유비의 뒤를 따라온 백성들이 울부짖고 신음하는 소리가 하늘과 땅을 뒤흔들었다. 가족이나 처자식을 살필 겨를도 없이 자기 하나라도 살려고 갈팡질팡하는 사람들이 헤아릴 수도 없었다. 얼마 후 조운이 길가에 쓰러져 있는 간옹을 만났다.

"두 부인이 어디 갔는지 아시오?"

"두 분은 수레를 버리고 아들을 안고 달아났소. 내가 말을 달려 뒤따랐는데 적장을 만나 창에 찔려서 땅에 떨어진 거요."

조운은 부하의 말을 간옹에게 주고 호위병 둘을 붙여서 먼저 유비에게 가라고 했다.

"제가 목숨을 버리는 한이 있어도 장군의 두 부인과 아들을 되찾아야만 돌아가겠다고 전해 주시오."

조운이 장판교를 향하여 전속력으로 달리고 있을 때 누군가 길가에서 큰 소리로 외쳤다.

"장군은 어디로 가는 중이오?"

조운이 말을 멈추고 물었다.

"너는 누구냐?"

"유 사군 지휘 아래 수레를 호위하던 군사인데 화살에 맞아 이렇게 쓰러져 있소."

"두 부인을 보지 못했는가?"

"조금 전에 감 부인이 머리를 풀어헤치고 신발도 벗어버린 채,

피난하는 부녀자들 틈에 끼어서 남쪽으로 달아났소."

부하 기병들을 그대로 그곳에 버려두고 조운은 남쪽으로 질주했다. 앞을 다투어 도망하는 수백 명의 백성들에게 조운이 목청껏 외쳤다.

"여기 혹시 감 부인께서 안 계십니까?'

뒤에 처져 있던 감 부인이 조운을 보자 통곡하기 시작했다. 말에서 뛰어내린 조운이 창을 땅에 꽂고 눈물을 흘리며 말했다.

"이런 고생을 시켜드려 죄송합니다. 미 부인과 아두는 어디 있습니까?"

"수레를 버리고 백성들 틈에 끼어 도망치고 있을 때, 적의 기병대가 달려들어 미 부인과 아두를 잃고 혼자 떨어지게 되었어요."

적의 기병대가 함성을 지르며 달려왔다. 조운이 창을 뽑아 들고 말에 뛰어올라 바라보니, 미축이 1천여 명의 군사를 거느리고 도주해오는 중이었다. 그리고 조인의 부장 순우도(淳于導)가 칼을 휘두르며 추격했다. 조운은 벼락같이 고함치면서 단숨에 순우도를 거꾸러뜨리고 미축을 구출했다. 그리고 말을 빼앗아 감 부인을 태운 다음, 적진을 뚫고 장판교까지 인도해 주었다. 다리 위에 창을 빗겨 잡고 서 있던 장비가 버럭 화를 내면서 소리질렀다.

"자룡이는 어찌하여 우리 형님을 배반했느냐?"

조운은 기가 막혔다.

"미 부인과 아두를 못 찾아 미칠 지경인데 배반이 무슨 날벼락 같은 말이오?"

장비는 호탕하게 웃음을 터뜨렸다.

"사실은 방금 간옹의 말을 듣고 나도 알고 있소."

조운이 미축을 돌아보고 말했다.

"감 부인을 모시고 먼저 장군께 가시오. 나는 미 부인과 아두를 찾으러 다시 가 보겠소."

그 말을 남긴 채 기병 4, 5기를 거느리고 오던 길을 되돌아갔다. 얼마 후, 한 장수가 손에 철창을 들고 등에 칼을 멘 채 기병 10여 기를 이끌고 달려들었다. 조운은 아무 말 없이 창을 한 번 놀려 적장을 거꾸러뜨렸다. 죽은 장수는 조조의 심복 수심 배검장 하후은(夏侯恩)이었다.

원래 조조에게는 아끼는 보검 두 자루, 즉 '의천검'과 '청홍검'이 있었다. 의천검은 자신이 차고, 청홍검은 하후돈의 동생인 하후은에게 맡겨 등 뒤에 메고 다니도록 했다. 그런데 하후은이 자기 실력을 과신하고 부하들과 약탈을 일삼다가 조운에게 목숨을 빼앗기게 된 것이다.

조운은 적장이 등에 메고 있는 검이 아무래도 범상치 않아 칼을 빼어 보았다. 청홍검이 아닌가! 재빨리 자기 허리에 그 칼을 찼다. 그리고 다시 적진을 자유자재로 헤치며 돌아다녔다. 뒤따르는 부하는 이제 한 명밖에 남지 않았다. 그러나 후퇴할 생각은 털끝만큼도 없었다. 만나는 백성에게 일일이 미 부인의 소식을 물었는데, 드디어 어떤 사람이 알려 주었다.

"부인은 왼쪽 다리를 창에 찔려 꼼짝도 못합니다. 아기를 품에 안은 채 저기 무너진 토담 안에 앉아 있소."

역시 미 부인은 불타버린 집의 무너진 토담 안쪽 우물가에 아두를 품에 안은 채 홀로 앉아 울고 있었다. 조운이 말에서 뛰어내려 땅에 엎드렸다. 미 부인이 눈물을 거두고 말했다.

"장군을 만났으니 이제 아두는 살게 됐어요. 아두만 살아난다면 나는 죽어도 좋아요."

"얼른 말에 타십시오. 저는 걸어가면서 싸우겠소."

조운이 여러 번 권유했으나 미 부인은 듣지 않았다. 이때 적병이 몰려오는 소리가 가까워지자, 부인은 아이를 땅에 내려놓자마자 우물 속으로 몸을 날렸다. 아이를 살리기 위해서 스스로를 희생한 것이다. 조운은 기가 막히고 슬프기 이를 데 없었다. 그러나 부인의 시체를 적군에게 빼앗길까 두려웠기 때문에 토담을 무너뜨려 우물을 메워 버렸다. 그리고 갑옷 끈을 풀고 아두를 품에 안았다.

얼마 후에 조홍의 부장 안명이 칼을 휘두르며 달려들었다. 아두를 품에 안아 몸을 놀리는 데 약간 불편했지만, 조운은 세 번째 부딪쳤을 때 안명을 창으로 찔러 죽이고 그 부하들을 무찔렀다.

조운이 말을 타고 한참을 달리자, 하간 장합이 기병대를 거느리고 앞을 가로막았다. 장합과 열 번 가량 격돌해서 싸웠는데 아두가 다칠까 걱정이 되어 달아나기 시작했다. 장합은 맹렬하게 추격했다. 그런데 공교롭게도 조운의 말이 수렁에 빠지고 말았다. 장합이 창을 겨누고 달려들었다. 조운의 목숨이 바람 앞의 등불과 같이 위태로웠다. 그 순간 수렁에서 한 줄기 빛이 솟아나더니 말이 몸을 떨면서 수렁에서 벗어났다. 의외의 사태에 장합은 소스라치게 놀라 달아났다.

조운이 다시 전속력으로 말을 달린 지 얼마나 되었을까. 공교롭게도 초촉과 장남에게 앞길을, 마연과 장의에게 뒤쪽이 차단된 신세가 되었다. 넷은 원래 원소의 부하였는데 조조에게 항복한 장수들이었다. 정신을 바싹 차리고 조운이 네 장수를 상대로 싸우고 있을 때, 조조의 보병이 벌 떼처럼 밀려왔다. 그러자 조운이 한 손에 창을 쥐고 청홍검을 재빨리 빼어 썩은 무 자르듯이 적을 베었다. 드디어 포위망을 뚫고 달리기 시작했다.

마침 경산에서 정세를 살펴보고 있던 조조는 한 장수가 홀로 들판을 가득 메운 기병과 보병 사이를 자유자재로 달리면서 대나무를 쪼개듯이 군사들을 흩어지게 하는 모습을 보고 깜짝 놀라 주위의 부하들에게 물었다.

"저 장수는 누구냐?"

곁에 있던 조홍이 즉시 말을 달려 산 아래로 내려가 소리쳤다.

"장수의 성명은 무엇인가?"

조운이 기운차게 대답했다.

"나는 상산 조자룡이다."

조홍의 보고를 받은 조조가 감탄을 거듭하고 각 부대에 명령을 내렸다.

"조운은 호랑이 같은 장수다. 활을 쏘지 말고 사로잡아라."

그래서 조운이 온몸에 화살을 맞고 고슴도치처럼 죽는 신세를 면했는데, 후세 사람들은 그것이 역시 아두가 태어날 때부터 받은 복이라고 했다. 이 싸움에서 조운은 적의 군기 둘을 칼로 베고, 창 세 자루를 뺏고, 적장 50여 명을 죽였다.

드디어 적진을 벗어났을 때는 옷이 온통 피로 물들었다. 조운이 산모퉁이를 지나려고 하는데 하후돈의 부장 종진과 종신 형제가 각각 부대를 거느리고 소리쳤다.

"조운은 즉시 항복하라."

서로 세 번 부딪쳤을 때 조운이 큰 도끼를 휘두르는 종진을 창으로 찔러 거꾸러뜨리고는 달아났다. 그러자 창을 겨눈 채 종신이 빠르게 추격했다. 거리가 바싹 좁혀져서 종신이 창으로 조운의 등을 찌르자, 조운이 번개같이 말 머리를 돌리며 왼손에 든 창으로 상대의 창을 막는 한편, 오른손으로 청홍검을 빼어 위에서 힘껏 내려찍었다. 종신의 머리가 두 쪽으로 갈라져 버렸다. 지휘관을 잃은 부하들이 사방으로 달아났다.

조운이 장판교를 향하여 급히 말을 몰았다. 그러자 하늘과 땅을 뒤흔드는 고함 소리가 등 뒤에서 들렸다. 문빙이 군사를 이끌고 쫓아오는 것이었다. 다리에 이르자 장비가 말을 타고 장팔사모를 꼬나 잡은 채 기다리기만 하다가 한마디 던졌다.

"저놈들은 내게 맡기고 먼저 가시오."

조운이 다리를 건너 유비를 만나러 길을 재촉했다. 20여 리쯤 가서 드디어 나무 아래에서 부하들과 함께 쉬고 있는 유비를 만났다. 말에서 내린 조운이 땅에 엎드려 울었다.

"죽어 마땅한 죄를 지었습니다. 중상을 입은 미 부인은 아무리 권해도 말을 타지 않다가 우물에 몸을 던지고 말았습니다. 그래서 토담으로 우물을 메운 다음, 아두를 갑옷 속에 품은 채 간신히 적진을 뚫고 오는 길이지요. 조금 전까지도 우는 소리가 들렸는데, 지금은 조용하니 아기마저 잘못되었을까 걱정입니다."

그러나 조운이 갑옷의 끈을 풀고 보니, 아두는 편안하게 자고 있었다. 기쁨에 넘친 조운이 아기를 유비에게 바쳤다. 유비가 아기를 땅에 내려놓고 눈물을 흘렸다.

"이까짓 어린 자식 때문에 위대한 장군을 잃을 뻔했소."

한편 전속력으로 추격하여 다리에 이른 문빙은 조운 대신에 장비가 버티고 서 있는 것을 보고 놀랐다. 그리고 다리 건너편 숲속에서 먼지가 피어오르는 것을 보고는 복병이 숨어 있다고 의심해서 그 이상 전진하지 않았다. 얼마 후 조인, 이전, 하후돈, 하후연, 악진, 장합, 허저 등이 도착했지만 고리눈을 부릅뜨고 장팔사모를 빗겨 잡고 서 있는 장비를 보자, 혹시나 제갈공명의 계책인지 모른다고 겁을 먹고는 진격을 멈추었다.

조조가 보고를 받고 장판교로 달려가서 외쳤다.

"지난번에 관우에게 들으니 장비는 1백만 대군 속에서 주머니의 장난감을 꺼내듯이 마음대로 적장의 머리를 벤다고 했소. 이제 보니 과연 호랑이 같은 장수라서 함부로 다루기가 어렵겠는데……."

조조가 말을 마치기도 전에 장비가 더욱 눈을 부릅뜨고 천둥치듯이 버럭 소리를 내질렀다.

"연(燕)나라 출신 장비가 여기 있다. 싸우고 싶은 장수가 있으면 빨리 앞으로 나서라."

장비의 당당한 위세를 보고 조조는 퇴각할 생각을 품었다. 멀리 조조가 거느린 부대의 후방이 흔들리는 것을 바라본 장비가 장팔사모를 고쳐 잡으면서 계속 고함쳤다.

"싸우겠으면 싸우고 물러가겠으면 물러갈 것이지, 뭘 꾸물대고 있느냐?"

조조 곁에 있던 하후패가 너무 놀라 그대로 말에서 굴러 떨어지고 말았다. 조조도 간이 콩알만해져서 말 머리를 돌려 도망쳤다.

그러자 장료와 허저가 급하게 뒤를 따라가 그 말 고삐를 잡았다. 정신이 하나도 없게 된 조조는 몸을 부들부들 떨기만 했다.

"장비 따위가 뭐라고 그렇게 두려워합니까? 지금이라도 군대를 휘몰아 추격하면 유비를 생포할 수 있소."

장료의 말을 듣고 나서야 비로소 조조가 크게 놀란 가슴을 진정하고, 장료와 허저에게 장판교로 가서 상황을 알아보고 오라고 지시했다.

한편 장비는 퇴각하는 조조의 군대를 추격하지는 못하고, 다만 20여 기의 기병을 동원하여 즉시 장판교를 끊어 버린 뒤 유비에게 돌아갔다. 다리를 끊었다는 장비의 말을 듣고 난 유비가 한숨을 푹 내쉬었다.

"용기는 그 누구보다도 뛰어나지만, 꾀가 없으니 한심하다."

"꾀가 없다니 그 무슨 섭섭한 말씀을 하는 거요?"

"조조는 머리가 비상한 인물이다. 네가 다리를 끊었다는 것을 알면 반드시 우리 뒤를 다시 쫓아올 것이다."

"호통에 혼비백산해서 달아났는데 감히 추격할 리가 있겠소?"

"모르는 소리 마라. 차라리 다리를 그대로 두었다면 조조는 복병이 두려워서 추격을 단념하겠지. 그러나 다리를 끊은 것은 우리의 군사가 적어서 자기네를 겁내는 것이라고 판단할 거다. 그래서 반드시 뒤를 쫓아오고야 만다. 조조에게는 1백만 대군이 있지 않느냐? 한강마저도 손쉽게 건너올 텐데, 하물며 그까짓 조그마한 다리 하나 끊어진 게 뭐가 두렵겠느냐?"

유비가 즉시 몸을 일으켜 부하들을 재촉하여 한진(漢津)으로 달려갔다.

조조는 장료와 허저에게 장판교가 끊어졌다는 보고를 받고 나서 한마디 던졌다.

"장비란 놈도 겁이 단단히 난 거야."

조조는 1만 명의 군사를 동원해서 부교를 가설하고 밤중에 대군이 건너도록 하라고 명령했다. 그러자 이전이 충고했다.

"다리를 끊은 것이 제갈량의 꾀인지도 모르니 경솔하게 진격하지 않는 것이 좋겠소."

"장비 같은 평범한 장수가 무슨 꾀를 쓰겠소?"

조조가 이전에게 말했다.

유비가 하진 가까이 이르렀을 때, 등 뒤에서 북소리와 고함 소리가 하늘과 땅을 뒤흔들었고 먼지가 구름처럼 피어올랐다.

"앞에는 장강이 가로막고, 뒤에서는 무수한 추격부대가 달려오고 있으니 큰일났구나!"

그렇게 속으로 탄식하고 조운에게 적과 싸울 준비를 하라고 지시했다.

이때 조조는 전군에게 엄한 명령을 내렸다.

"유비는 그물에 든 물고기고 함정에 빠진 호랑이다. 이번에 사로잡지 못한다면 물고기를 바다에 놓아 주고 호랑이를 산으로 돌려보내는 것과 같다. 모든 장수는 신속히 전진하라."

조조의 대군이 유비를 거의 따라잡으려고 할 때 북소리가 크게 울리며 산모퉁이에서 기병대가 튀어나왔다. 적토마를 탄 관우가 고함쳤다.

"네놈들이 오기를 기다렸다."

강하(江夏)에 가서 만 명의 지원군을 얻어 돌아오던 관우가 장판교의 전투에 관해서 이야기를 듣고는, 즉시 그곳으로 달려와서 기다렸던 것이다.

뜻밖에 관우와 마주친 조조가 뉘우쳤다.

"아차! 또 제갈량의 계책에 빠졌구나."

그리고 즉시 퇴각하라는 명령을 내렸다. 관우는 달아나는 적군을 10여 리 가량 추격하여 타격을 주었다. 그리고 군사를 거두어 유비를 호위하고 한진에 이르렀다. 강변에는 배들이 이미 준비되어 있었다. 배를 타고 강을 건너다가 관우가 유비에게 물었다.

"미 부인은 어떻게 됐소?"

유비의 설명을 듣고 난 관우가 길게 한숨을 내쉬었다.

"천자께서 사냥할 때 내가 화살 하나로 조조를 처치하려 했소. 형님이 말리지만 않았다면 오늘 이런 꼴도 당하지 않았을 거요."

"조조의 대군이 천자마저 해칠까 염려했던 거야."

남쪽 언덕에서 북소리가 요란하게 울렸다. 그리고 거창한 규모의 전투 함대가 순풍에 돛을 높이 달고 유비 쪽으로 달려왔다. 순간적으로 유비는 간담이 서늘해졌다. 그러나 가까이 다가온 배에서 소리친 것은 유기였다.

"조카가 숙부께 큰 죄를 지었습니다."

유비가 유기를 자기 배로 맞아들였다. 유기는 울며 절했다.

"조조의 공격으로 숙부께서 곤경에 빠졌다는 말을 들었지만 너무 늦게 찾아왔습니다."

유비가 함대와 함께 하류로 내려가는데 서남쪽에서 느닷없이 다른 함대가 나타나 다가오고 있었다. 이번에는 유기가 깜짝 놀랐다.

"강하의 군사들은 제가 모두 이끌고 왔지요. 그러니 저것은 조조나 손권의 전투함들일 거예요."

유비가 자세히 쳐다보았다. 저쪽 뱃머리에 단정히 앉아 있는 사람은 윤건을 쓰고 장삼을 입은 제갈공명이 분명하고, 그 뒤에 모시고 서 있는 사람은 손건이었다. 유비가 공명을 자기 배로 급히 맞아들인 뒤, 어디서 오는 길이냐고 물었다.

"조조가 추격하는 경우에 장군께서 강릉으로 못 가고 반드시 한진으로 나온다고 보았소. 그래서 유기 장군께 먼저 장군을 맞이하도록 하고, 저는 하구로 가서 군사를 모두 거두어 오는 길이오."

유비가 양쪽 함대를 합친 뒤에 조조의 대군을 격파할 계책을 묻자 공명이 입을 열었다.

"하구는 험준한 요새라 적이 공격하기 쉽지 않고, 군량이 넉넉해서 오래 지탱할 수 있소. 그러니 장군은 하구에 주둔하는 것이 좋소. 그리고 유기 장군은 강하로 돌아가 전투함을 수리하고 군사들의 훈련을 강화하여 연합 전선을 편다면, 조조를 막을 수 있소. 그러나 두 분이 함께 강하로 간다면 세력이 약해질 것이오."

유기가 한마디 했다.

"매우 타당한 전략이오. 그러나 숙부께서는 일단 저와 함께 강하에 가서 군대를 정돈한 다음에 하구로 가도 될 겁니다."

유비가 유기의 말에 찬성했다. 그리고 관우에게 5천 명의 군사를 거느리고 하구를 지키라고 지시한 뒤, 공명과 유기와 더불어 강하로 갔다.

7
죽을 위험에 닥친 유비

조조는 동오를 위협하기 위해서 해군 83만 명을 동원해서 형 · 섬과 기 · 황 사이의 3백 리에 걸쳐서 진을 쳤다. 손권은 노숙을 유비에게 파견하여 협력하자고 제의했고, 유비는 제갈공명이 손권에게 가서 구체적인 논의를 하겠다고 건의해서 노숙과 함께 동오로 가는 것을 허락했다. 교묘한 외교 작전이 전개되었던 것이다.

동오의 진영에서는 대부분이 굴욕적이지만 조조와 평화조약을 맺어 손씨 가문의 세력을 보존하자는 주장에 기울어져 있었는데, 노숙을 비롯한 강경파는 결전을 주장하는 바람에 국론이 분열되어 손권도 결정을 내리지 못했다. 해군총사령관인 주유마저도 애매한 태도를 취했다. 그런 상황에서 동오로 건너간 공명은 탁월한 말재주와 전략으로 조조와 대결하도록 손권을 설득하는데 성공했다. 드디어 손권이 칼로 탁자를 쪼갠 뒤 앞으로 항복을 주장하는 자는 모두 그렇게 목을 베겠다고 선언했다.

한편 강하의 방어를 유기에게 맡기고 하구성(夏口城)에 주둔한 유비가 멀리 강 건너 남쪽 언덕을 바라보니, 군기가 줄줄이 늘어서고 창과 칼에 반사하는 햇빛이 눈부셨다. 동오에서 대군을 파견했다고 짐작한 유비는 강하의 군대를 모조리 번구로 이동시킨 뒤 부하 장수들에게 말했다.

"공명이 동오에 간 지가 꽤 되는데 통 소식이 없소. 사태가 어떻게 진전되고 있는지 궁금하니 누가 가서 알아 봐야 하지 않겠소?"

그러자 외교 재능이 풍부한 미축이 자원하고 나섰다. 유비가 허락하자 제갈공명을 호위한다는 구실을 붙여서 미축이 물길을 따라 하류로 내려가 주유를 만났다. 그리고 절을 두 번 한 뒤에 유비의 안부 인사와 함께 술과 예물을 바쳤다. 주유가 술자리를 마련하여 정중하게 대접했다. 그 자리에서 미축이 말했다.

"공명이 오래 전에 여기 왔으니까 이번 기회에 모시고 돌아갔으면 합니다."

그러나 주유가 허락하지 않았다.

"공명은 내 곁에 머물면서 조조 토벌 대책을 의논해야 하는데 지금 돌아간다는 것은 말도 안 되오. 오히려 유 예주가 여기 와서 다 함께 의논하는 것이 더욱 좋겠소."

미축이 돌아간 뒤에 노숙이 주유에게 물었다.

"장군은 유비와 무슨 의논을 하려는 거요?"

"유비는 뛰어난 영웅이기 때문에 부득이 처치해야만 할 인물이오. 이번에 불러들여서 죽여버리겠소. 그래야 우리 오나라의 후환을 한 가지 덜게 되는 거요."

노숙이 다시금 좋은 말로 말렸다. 그러나 주유는 끝내 고집을 굽히지 않았다. 그리고 유비가 도착하면 정예부대 50명을 매복시켰다가, 자기가 던지는 술잔을 신호로 즉시 목을 베라고 지시했다.

한편 미축이 돌아가 유비에게 주유의 초청을 전달했다.

"직접 만나서 상의할 일이 있다면서 장군께서 강을 건너 방문해 달라는 말을 했소."

유비가 범선을 준비해서 즉시 떠나려고 할 때 관우가 충고했다.

"주유는 꾀가 많고 머리가 비상한 인물이지요. 게다가 공명의 서신도 전혀 없으니 무슨 꿍꿍이 수작을 부릴지 모르겠소. 안 가는 게 좋을 것 같소."

그러나 유비의 생각은 달랐다.

"동오와 손을 잡고 조조 토벌을 위한 합동 작전을 펴려는 판에, 주유가 만나자는 것을 거절한다면, 군사 동맹은커녕 서로 의심하고 시기하는 것에 불과하지 않다. 그래서야 어떻게 큰일을 성취하겠는가?"

"형님이 기어이 가시겠다면 제가 모시고 가겠소."

장비도 따라가겠다고 나섰지만 유비가 반대했다.

"관우만 나를 따르고, 장비는 조운과 함께 진영을 수비하라."

유비는 관우와 부하 20여 명만을 거느리고 쾌속선에 올랐다. 강동에 이르러 살펴보니 늘어선 함대와 정예부대의 위세가 대단했다. 유비는 든든한 동맹군을 얻었다고 속으로 매우 기뻐했다. 유비가 도착했다는 보고를 받은 주유가 부하에게 질문했다.

"전투함을 몇 척이나 거느리고 왔느냐?"

"배 한 척에 20여 명의 부하가 고작입니다."

주유가 속으로 유비를 비웃었다.

'드디어 유비도 죽을 때가 되었구나.'

주유가 복병을 숨겨놓은 뒤에 유비를 술자리에 영접하여 유쾌하게 잔을 주고받았다. 그 무렵 우연히 강변에 나왔던 공명은, 유비가 해군총사령관 주유를 만나러 도착했다는 의외의 소식을 듣고 깜짝 놀랐다. 그래서 몰래 안으로 들어가 살펴보니, 주유의 얼굴에는 살기가 넘치고, 양쪽 벽을 따라 복병이 숨어 있지 않은가!

공명은 소스라치게 놀랐다. 유비는 죽을 위험이 닥친 줄도 모르고 웃으면서 태연하게 잔을 기울였다. 그러나 유비 등 뒤에 서 있는 관우를 보자 즉시 안심했다. 다시 밖으로 나와 강변에서 기다리기로 작정했다.

한편, 잔이 두세 번 오간 뒤 주유가 몸을 일으켜 잔을 던지려고 하다가, 유비 뒤에서 장검을 잡고 서 있는 관우를 보고는 주춤했다. 그리고 유비에게 물었다.

"저 사람은 누구요?"

"내 동생 관우라고 하지요."

"전에 안량과 문추를 거꾸러뜨린 그 장수가 맞나요?"

"그렇소."

주유는 너무나 놀라서 온몸에 식은땀이 흘렀다. 관우에게도 술을 권하는데, 마침 노숙이 들어왔다. 유비가 노숙에게 한마디 던졌다.

"공명은 어디 있소? 자경(노숙)께서 모셔오면 안 될까요?"

노숙이 미처 대답하기도 전에 주유가 먼저 입을 열었다.

"조조를 격파한 뒤에 천천히 만나시오."

주유의 말에 대꾸하지 못하고 있는 유비에게 관우가 슬쩍 눈짓했다. 무슨 뜻인지 알아차린 유비가 자리에서 일어났다.

"오늘은 이만 돌아가고 장군께서 조조를 토벌하여 큰 공을 이룬 뒤 다시 인사하러 오겠소."

주유는 만류하지 않고 진영의 정문 밖까지 배웅했다. 유비와 관우는 뜻밖에도 배에서 기다리고 있던 공명을 만났다.

"장군께서는 아까 얼마나 위태로웠는지 알고 있었소?"

소스라치게 놀란 유비가 눈을 크게 떴다.

"전혀 몰랐소."

"관우가 거기 없었다면 장군은 주유 손에 죽었을 거요."

다시금 크게 놀란 유비가 함께 번구로 돌아가자고 공명에게 요청했다. 그러나 공명은 생각이 달랐다.

"제가 비록 호랑이 굴에 들어 있기는 하지만 마음은 한없이 맑고 편안합니다. 장군께서는 돌아가자마자 전투 함대와 군사를 잘 정비하고, 11월 20일에 남쪽 강변에 배를 대고 기다리라고 조운에게 지시해 두십시오. 날짜를 반드시 지켜야 합니다."

유비가 무슨 영문인지 몰라 다시 묻자 공명이 대답했다.

"동남풍이 불기 시작하면 제가 곧 돌아가지요."

공명은 우물쭈물하는 유비를 재촉해서 즉시 출발시킨 뒤 주유 진영 쪽으로 걸어갔다. 유비의 배가 얼마 동안 물길을 거슬러 올라가는데 50여 척의 전투함대가 위에서 나타났다. 유비가 봉변을 당하면 관우 혼자서 감당하지 못할까 염려한 장비가 지원군을 데리고 온 것이다. 셋이 함께 번구로 돌아갔다. 한편 주유를 따라 안으로 들어간 노숙이 물었다.

"모처럼 유비를 유인해 왔으면서도 왜 신호를 보내지 않았소?"

"관우는 호랑이 같은 천하의 명장이오. 유비의 곁을 잠시도 떠나지 않는데 내가 신호를 보냈으면 관우가 나를 처치하지 않았겠소?"

노숙은 주유의 계획이 실패한 것이 오나라를 위해서 유익하다고 판단했다.

8
제갈공명의 뛰어난 계책으로 화살을 얻다

주유는 정당하게 제갈량을 죽이기 위해, 다음 날 제갈량을 불러 작전 토론을 했다. 모임에서 주유는 제갈량의 가르침을 청했다.

"이제 곧 우리는 조조의 대군과 싸우게 됩니다. 수군과 보병이 접전할 때 가장 중요한 무기가 무엇인지 선생께서 가르쳐 주십시오."

제갈량은 허리를 굽혀 인사하면서 말했다.

"큰 강에서 필요한 무기는 화살이지요."

주유는 바로 제갈량의 말꼬리를 잡으며 말했다.

"맞는 말이오. 마침 우리 군중에 화살이 모자라는데 수고스럽지만 선생께서 화살 10만 개의 제작을 맡아 주시오. "

제갈량은 시원하게 대답했다.

"10만 개의 화살을 만드는 데 시간을 얼마나 주시겠소?"

"열흘 주겠소."

"조조가 언제 공격할지 모르는데 열흘이면 늦지 않겠소?"

주유는 속으로 은근히 기뻐하며 또 물었다.

"그럼 며칠이면 되겠소."

"사흘이면 되겠습니다."

원래 화살 10만 개를 만들기에는 열흘도 부족했다. 주유는 제갈량에게 열흘을 주어 궁지에 몰아넣을 생각이었는데 뜻밖에도 제갈량이 사흘을 얘기하자 기뻐서 웃으며 말했다.

"허허, 군대에 농담이란 있을 수 없다는 것을 명심하시오."

"농담이라니요. 사흘 내에 화살 10만 개를 못 만들면 어떤 처벌이라도 달게 받겠다는 각서를 쓰겠소."

주유는 즉시 제갈량의 각서를 받았다. 제갈량이 술을 마시면서 말했다.

"오늘은 다 저물었으니 내일부터 사흘째 되는 날, 장군께서는 화살을 인수할 군사 5백 명을 보내시오."

제갈량은 그런 말을 하고 돌아갔다. 노숙이 주유를 보고 말했다.

"저 사람이 무슨 수로 사흘 만에 화살 10만 개를 만들어낸단 말입니까?"

주유는 쓴웃음을 지으며 말했다.

"이번엔 그가 스스로 죽기를 바란 거요. 아무튼 각서를 썼으니 내가 암암리에 일꾼들에게 시간을 질질 끌게 하겠소. 사흘만 되면 나는 어김없이 제갈량을 붙잡아다 각서대로 군령으로 그자의 목을 베겠소."

얼마 후에 노숙이 제갈량을 찾아오자 이렇게 말했다.

"내가 사흘 동안에 무슨 수로 10만 개나 되는 화살을 만들어 낸단 말입니까? 선생이 날 구해 줘야겠습니다."

"사흘은 내가 정한 기간이 아닙니다. 내가 어떻게 선생을 구한단 말이오."

"내게 가볍고 빠른 작은 배 스무 척을 빌려주시오. 배에는 각기 30명의 군사를 태우고 검은 천으로 천막을 만들어 친 다음, 제웅 천여 개를 스무 척의 배 양켠에 세워 주십시오. 그럼 내가 사흘 동안에 화살 10만 개를 만들어 내리다."

노숙은 제갈량의 말대로 모든 준비를 해놓고 기다렸다. 그러나 사흘째 되는 날 자정까지도 제갈량은 아무런 기미도 보이지 않다가 마지막 날에야 강변으로 노숙을 불러냈다.

"날 왜 불렀소."

"화살 가지러 함께 가자고 불렀소."

"어디로요?"

제갈량은 빙그레 웃으며 말했다.

"함께 가 보면 알 겁니다."

제갈량은 긴 동아줄로 배 20척을 이어 놓으라고 명령하고 나서 남쪽 기슭을 떠나 북으로 저어가게 했다. 자정이 지나 날이 어두컴컴하고 안개까지 자욱했다. 배가 강복판에 이르자 안개는 더욱 짙어 손을 내밀어도 보이지 않을 지경이었다. 노숙이 어리둥절해 있는 사이에 배는 어느덧 조조의 해안 경계선까지 접근했다. 제갈량은 스무 척의 배들을 이물은 서쪽으로 고물은 동쪽으로 나란히 세워놓게 한 다음, 북을 힘차게 두드리면서 고함을 치게 했다.

한편 조조의 수군에서는 새로 임명된 모개와 우금이 강복판에서 들려오는 북소리, 고함 소리에 당황하여 조조에게 보고했다. 그는 모개와 우금에게 나가서 대적하지 말고 수군에게 활을 쏘아 적을 물리치게 하는 한편, 보병 장료와 서황에게 각기 3천 명의 군사를 지휘하여 수군을 지원하도록 했다.

미처 조조의 명령이 하달되기도 전에 수군들은 북소리, 고함 소리가 나는 쪽으로 화살을 맹렬히 쏘아댔다. 1만여 명이나 되는 군사들이 모두 강에 대고 화살을 날렸다. 삽시간에 화살은 소낙비처럼 안개 자욱한 강을 향해 날아갔다.

제갈량은 노숙과 술을 마시며 북소리, 고함 소리 사이로 화살이 날아드는 소리를 들으며 흐뭇해하고 있었다.

한참 후 제갈량은, 이번엔 이물은 동쪽으로 고물은 서쪽으로 돌리게 한 다음, 계속 북을 두드리고 고함을 치면서 조조의 진영에 가까이 다가갔다. 강기슭과 강 위에서 북소리, 고함 소리가 하늘을 진동했다.

날이 밝아오고 안개가 걷히기 시작했다. 해가 떠오르고 안개가 사라지자 제갈량은 강남으로 돌아갈 것을 명령했다. 이때 배의 양켠에 세워놓은 제웅에는 화살이 빈틈없이 박혀 있었다. 제갈량이 노숙에게 말했다.

"20척의 배에 화살이 5, 6천 개씩은 꽂혀 있을 테니 모두 합하면 10만 개가 넘을 것입니다. 조조의 화살로 조조를 치게 되었으니 얼마나 좋습니까?"

노숙은 깊이 탄복하면서도 공명의 무서운 계략을 두려워했다.

"선생은 지난밤에 안개가 낀다는 걸 어떻게 알았습니까?"

"군사를 거느리고 싸움을 하는 장군이라면 천문, 지리에도 익숙해야 합니다. 사흘 전에 난 이미 지난밤에 안개가 끼게 되리라는 것을 관측해 냈습니다."

제갈량은 빙그레 웃었다.

9
적벽대전

방통은 전쟁을 피해 강동에 숨어 있는 이름난 선비로, 조조가 그 이름을 들은 지 오래 되었다. 조조는 방통을 친히 장막 밖으로 나와 영접했다.

"오늘 이렇게 모처럼 오셨으니 선생의 가르침을 받고 싶습니다."

방통은 조조에게 점잖게 말했다.

"승상의 군사 형편을 두루 살펴본 다음에 봅시다."

조조는 먼저 방통과 함께 말을 타고 보병의 진영을 살펴보게 했다. 높은 곳에 오른 방통은 짐짓 칭찬을 아끼지 않았다.

"군영 뒤로 청산을 등지고 옆으로 푸른 숲을 끼었을 뿐만 아니라 서로 호응할 수 있고 진공과 후퇴가 모두 편리합니다. 전국시대의 손무나 오기와 같은 군사전문가들이 군사를 배치해도 이 보다 낫지는 않겠습니다."

방통의 말에 조조는 매우 흡족해하며 이번에는 방통에게 수군을 참관시켰다. 방통은 또다시 조조를 치켜세웠다.

"승상의 지휘가 신선 같다더니 정말 거짓말이 아니었군요."

그리고는 강 남쪽에 대고 말했다.

"주유야, 넌 곧 패하게 됐구나!"

방통의 말을 들은 조조의 흐뭇한 심정은 헤아릴 수 없었다. 그는 방통과 함께 술을 마시면서 병법에 대해 담론했다. 견식이 넓고 수준이 높은 방통의 말에 조조는 그를 존경했다.

"승상에겐 용한 의사가 있습니까?"

갑작스런 방통의 질문에 조조는 어안이 벙벙했다.

"선생께서 그건 왜 묻습니까?"

"수군들 중에는 병자가 많은 것 같았습니다."

그것은 조조의 고민이었다. 이 지역의 기후와 풍토에 익숙하지 않은 북방 군사들은 병으로 죽는 사람도 많았다. 이어 방통이 그 대책을 말해 주었다.

"제가 말씀드리는 대로 하시면 수군들의 병을 막을 수 있습니다. 북방의 병사들이 왜 병에 걸릴까요? 원인은 배 타는 데 습관이 되지 않아 배멀미를 하기 때문이지요. 만약 크고 작은 배들을 30여 척씩 혹은 50여 척씩 쇠고리로 한데 묶은 다음, 그 위에 널판지를 펴면 군사들이 다닐 수 있을 뿐만 아니라 말도 달릴 수 있을 것입니다. 그 위에서 북방 병사들을 훈련시키면 파도가 일어나도 배가 흔들릴 근심이 없어질 것이며 병사들도 아프지 않을 것입니다."

조조는 방통의 말대로 모든 배들을 쇠고리로 묶도록 명령했다.

"강동의 영웅호걸들은 모두 주유한테 불만이 많습니다. 제가 강동으로 돌아가 그들을 승상께 귀순하도록 권유하겠습니다. 주유가 고립에 빠지면 유비도 무서울 것이 없습니다."

조조는 무척 기뻤다.

"만약 그렇게 되어 선생께서 공을 세우시면 내 꼭 황제께 선생을 천거하여 높은 벼슬자리에 오르게 하겠습니다."

그러자 방통이 말했다.

"저는 부귀영화를 바라지 않습니다. 그저 만백성의 평안만을 바랄 뿐입니다. 승상께서 강을 건너가시더라도 백성들에게만은 화를 입히지 말아 주십시오."

방통은 작별하고 떠났다. 조조의 명령을 받은 모개와 우금은 이틀 사이에 배들을 쇠고리로 몽땅 묶어버렸다. 북방 병사들의 훈련을 구경하려고 조조가 수군 복판에 있는 큰 배 위에 올라가 둘러보니, 머리와 꼬리가 서로 물린 배들은 배 위가 마치 평지와도 같이 평탄하고 넓었다. 그 위에서 칼과 창을 자유로이 휘두르는 군사들은 아주 용맹하고 씩씩해 보였다.

그날 마침 서북풍이 불었는데 돛을 일제히 올리고 우레 치듯 북을 두드리니 그 기세야말로 대단했다. 지휘대 위에 올라선 조조는 흐뭇한 심정으로 여러 모사들을 둘러보며 말했다.

"봉추 선생의 계책이야말로 기묘하구나. 이렇게 쇠고리로 배들을 한데 묶어놓고 강을 건너면 평지를 걷는 것처럼 쉽겠구나."

그러자 곁에 있던 정욱이 근심스럽게 말했다.

"만약 적들이 화공 전술을 쓰면 큰일입니다."

조조는 크게 웃으며 말했다.

"그건 지나친 근심이다."

이번에는 순욱이 말했다.

"정욱의 말이 맞습니다. 승상께서는 우습게만 보시지 마십시오."

그제야 조조는 웃음을 거두며 작전참모들에게 말했다.

"화공 전술을 쓰자면 바람의 힘을 빌리지 않을 수 없소. 지금은 한겨울이라 서북풍이 있을 뿐 동남풍은 없소. 그러니 동남쪽에 있는 적들이 서북쪽에 있는 우리한테 화공 전술을 쓴다면 적들은 자기들이 놓은 불에 제가 타죽고 말 것이오. 만약 봄철이거나 가을

철이라면 나도 방비를 했을 거요."

작전참모들은 이구동성(異口同聲)으로 말했다.

"승상의 고견은 우리가 따르지 못할 것입니다."

한편 주유는 조조가 연환계에 걸려들었다는 말을 듣고 장수들을 거느리고 강가에 있는 산꼭대기에 올라가 강북을 바라보았다. 주유는 자기의 계획이 척척 풀려 나가는 것을 기쁘게 생각하고 있었다. 그런데 갑자기 불어오는 서북풍에 깃대 하나가 넘어지면서 주유의 얼굴을 세차게 후려쳤다. 그때 문득 어떤 생각이 그의 머리를 스치며 지나가자, 주유는 뒤로 벌렁 넘어지며 피를 토하더니 까무러쳐버렸다.

깜작 놀란 동오의 문무관원들은 손권한테 알리고 의술이 뛰어난 의사를 수소문했다. 마음이 뒤숭숭해진 노숙이 제갈량을 찾아가서 주유가 급병에 걸린 것을 알려 주자 제갈량이 물었다.

"자경이 보시기에 어떻게 했으면 좋겠습니까?"

노숙은 방법이 없다는 듯 말했다.

"동오에 화가 떨어졌으니 조조에게는 복이 온 것이지요."

제갈량이 웃으며 말했다.

"가 봅시다."

노숙이 제갈량을 주유의 장막 안으로 안내하였다. 주유는 연신 신음 소리를 냈다. 제갈량은 웃으면서 말했다.

"저에게 장군의 병을 치료할 수 있는 처방이 있습니다."

제갈량은 사람들을 물러가게 한 다음, 붓을 들어 종이에 다음과 같은 글을 썼다.

조조를 깨뜨리려면

화공 전술을 써야 하리

모든 준비가 다 되었지만

동풍이 모자라네

제갈량은 그것을 주유에게 보였다.

"이것이 바로 장군의 병이라는 것을 제가 압니다."

그러자 주유는 크게 놀랐다.

'제갈량은 정말 신선이구나. 어찌 내 마음 속까지 다 알아낸단 말인가.'

주유는 할 수 없이 제갈량에게 말했다.

"선생은 내 병을 아셨으니 처방을 알려 주시오. 지체할 수 없습니다."

제갈량은 날씨에 대한 자신의 관측에 근거하여 동남풍이 부는 시간을 주유한테 알려 주었다. 하지만 주유를 미혹시키기 위하여 자기에게는 바람을 불게 하고, 비를 내리게 하는 재간이 있다고 말하고, 남병산 위에 자기가 동풍을 빌어 올 수 있도록 요술을 피우게 '칠성단'을 만들어 달라고 청했다.

한 헌제 건안 13년(서기 208년) 동지 11월 20일, 한밤중에 남풍이 일더니 점점 더 세차게 불기 시작했다. 주유는 기쁘면서도 무서운 생각이 들었다. 조조의 대군을 격파할 수 있으나 바람과 비를 빌 줄 아는 제갈량이 무서웠다. 주유는 먼저 정봉과 서성에게 군사 1백 명을 주면서 남병산에 가서 제갈량의 머리를 베어 오라고 명령했다.

정봉과 서성이 남병산 칠성단에 도착했을 때 제갈량은 이미 온데간데 없었다. 강변에 있는 군졸한테 물어 보니 방금 제갈량이 머리를 풀어헤친 채, 어젯밤부터 강변에서 대기하고 있던 작은 배에 앉아 떠났다는 것이었다.

그러자 서성은 수군 1백 명을 거느리고 배로 추격하고, 정봉은 보병 1백여 명을 거느리고 상류 쪽으로 추격해 갔다. 서성이 탄 배는 크고 속도가 빠른데다가 순풍에 돛을 달아 제갈량의 작은 배를 삽시에 따라잡을 수 있었다. 서성이 높은 소리로 외쳤다.

"공명 선생, 가지 마시오. 도독께서 선생님을 부르십니다."

제갈량은 배 뒤쪽에 서서 크게 웃으며 말했다.

"내 잠시 하구에 가 있을 테니 잘 싸우라고 도독께 여쭙게."

서성은 추격하면서 계속 소리쳤다.

"잠시 서 주십시오. 급히 알려드릴 일이 있습니다."

"도독이 날 해치려 한다는 걸 안 지 오래네. 지금 조자룡이 여기 있으니 장군은 따라오느라 헛수고하지 말게."

서성은 음모가 탄로난 것을 알고 부지런히 추격하기만 했다. 그런데 작은 배에서 한 장수가 나오더니 활을 들고 소리쳤다.

"난 분부를 받고 선생을 모시러 온 상산 조자룡이다. 화살 하나로 너를 얼마든지 죽일 수 있지만 화목을 위해 오늘은 그만둔다."

말이 끝나자 화살 한 대가 쌩 날아오더니 서성의 배에 있는 돛줄에 가 맞았다. 돛이 툭 떨어지며 물살에 뱃머리가 돌려지는 바람에 더는 추격할 수 없게 되었다. 조운은 그제야 돛을 올려 달렸다. 그 모든 사실을 강기슭에서 목격한 정봉은 서성에게 배를 기슭에 대게 한 다음 말했다.

"제갈량의 지모는 따를 수 없네. 게다가 장판파에서 조조의 숱한 장수를 죽인 조자룡이 있지 않는가. 우린 이대로 돌아가 도독께 아뢰야겠네."

제갈량을 죽이지 못한 주유는 미리 짜놓은 작전 계획대로 보병을 여섯 갈래로 나누어 각기 전략 요충지에 파견했으며 뒤이어 황개에게 배를 거느리고 출발하게 했다. 황개는 큰 배 20척을 준비했다. 배에는 섶과 마른 갈대를 가득 싣고 그 위에 고기 기름과 불에 잘 타는 유황을 뿌려놓은 후 검은 천으로 잘 덮어놓았다. 뱃머리에는 청룡기들을 꽂고 큰 배 뒤에는 궁수들을 실은 작은 배를 달았다. 황개의 명령이 떨어지자 이 괴상한 배 떼는 동남풍에 실려 서북쪽 기슭으로 접근해 갔다.

한편 조조는 황개가 저녁에 군량을 실은 배를 몰고 투항하러 온다는 말을 듣자, 크게 기뻐서 여러 장수들과 함께 묶어놓은 배 위쪽에 올라 남쪽을 바라보며 황개가 오기를 기다렸다. 달빛이 어린 수면은 수많은 흰뱀이 노니는 것처럼 파도가 쳤다. 조조는 바람을 안고 서서 크게 웃었다.

그때 갑자기 한 군졸이 달려와 알렸다.

"강 남쪽으로부터 많은 돛배들이 바람에 밀려 이쪽으로 오고 있습니다."

조조는 감시대 높이까지 올라갔다.

"뱃머리마다 청룡기가 꽂혀 있고 세 번째 배에는 '선봉 황개'라고 쓴 큰 기가 휘날리고 있습니다."

조조는 즐겁게 웃으며 말했다.

"하하하, 황개가 투항하러 오는구나. 이거야말로 하늘이 날 돕는 게다!"

배가 점점 가까이 다가왔다. 오는 배를 자세히 들여다보던 정욱이 조조를 보고 말했다.

"배가 수군 진영에 접근하지 못하도록 하십시오. 가짜로 투항하러 오는 배들입니다."

조조가 놀라며 물었다.

"가짜라는 걸 자넨 어떻게 아느냐?"

"만약 군량을 실은 배라면 무거워 힘겨울 텐데 저 배들은 물에 깊이 잠기지 않았을 뿐더러 아주 가볍게 떠 있습니다. 게다가 갑자기 동남풍이 불어치는 오늘 밤에 만약 정말로 놈들의 꾀임에 든다면 우리는 큰일입니다."

그 말을 듣고 조조도 자세히 보니 과연 배가 가볍게 미끄러져 오고 있었다. 조조는 급히 순찰 배를 보내어, 오는 배들을 강 복판에 멈추게 했다. 이때 황개가 거느린 배들은 조조의 수군 진영과 두 마장 남짓밖에 떨어져 있지 않았다.

황개가 큰 칼을 한 번 휘두르자 병사들은 20여 척의 큰 배들에 일제히 불을 붙였다. 바람의 도움을 받아 불은 세차게 타 번졌다. 불의 힘을 받은 배도 조조의 수군 진영을 향해 쏜살같이 내달았다.

쇠고리에 서로 맞물린 조조의 배 수천 척은 움직일래야 움직일 수도 없었다. 삽시에 수면은 온통 불바다로 변했다. 조조가 머리를 돌려 육지에 있는 군영들을 바라보니 그곳도 사나운 불길에 휩싸여 있었다.

강남 기슭으로부터는 황개를 지원하러 온 네 갈래 수군들이 덮쳐들었고, 강북 기슭에서는 주유가 미리 파견한 여섯 갈래의 보병들이 밀려왔다. 조조는 혼비백산하여 배에서 뛰어내렸다. 그가 탔던 배에도 불이 번졌다. 이때 황개가 작은 배로 추격해 왔다. 붉은 옷을 입은 조조를 알아본 황개는 큰 소리로 외쳤다.

"조조는 도망가지 말라! 황개가 있다!"

그날 밤 세찬 화공 습격을 받은 조조의 군사는 큰 참패를 당했다. 물에 빠져 죽고, 타 죽고, 밟혀 죽고, 맞아 죽은 군사가 헤아릴 수 없었다. 조조는 군사를 수습할 엄두도 내지 못하고 1백여 명의 군사를 거느린 장료의 호위를 받으면서 달아났다. 중도에서 날이 밝을 무렵까지 달리니 불빛은 아득히 멀어졌다.

10
조조가 황후를 시해하다

건안 14년 10월, 유비는 형주를 제갈공명에게 맡긴 후, 조운과 손건을 데리고 5백여 명의 군사를 쾌속선 10척에 배치하여 남서로 떠났다. 그러나 출발은 했지만 내내 마음이 매우 불안했다.

유비는 손권의 휘하에서 함께 전략을 짜며 조조와 대적했지만 손권과 그의 부하 주유의 견제가 심했고, 특히 주유는 훗날을 위해 유비를 죽이려고 온갖 획책을 다했다. 결국 유비는 몇 차례의 위기를 넘기고 주유를 따돌려 동오에서 탈출했다.

유비 일행이 시상구 땅에서 멀리 벗어나 마침내 유랑포에 이르자 겨우 안심이 되었다. 그러나 도강에 필요한 배가 단 한 척도 눈에 띄지 않았다. 동오에서 손권과 손을 잡고 조조를 물리치던 일과 호화로웠던 동오의 추억이 떠오르자 유비는 자기도 모르게 눈물을 흘렸다.

유비는 이제 주유의 손에서 벗어나기 위해서 무슨 수를 쓰든지 배를 타고 동오에서 달아나야 했다. 그때 저 멀리 뒤쪽에서 구름처럼 먼지가 피어오르고 어마어마한 대군이 들판을 뒤덮으며 달려오고 있었다.

"며칠 동안 쉬지도 못하고 달려서 우리는 모두 지쳤다. 엄청난 추격부대가 닥치니 이제는 살아날 길이 없다."

꼼짝없이 독 안에 든 쥐 꼴이 되고 말았다. 유비는 한숨만 길게 내쉴 뿐이다. 바로 그때, 갈대밭에 숨어 있던 20여 척의 범선이 나타나 유비가 있는 언덕에 닿았다. 조운은 유비를 재촉했다.

"천만다행으로 배가 왔으니 빨리 건너갑시다."

유비가 먼저 배에 오르고 조운도 5백 명의 군사를 거느리고 승선을 마치자, 갑판 아래에서 윤건 도복 차림의 공명이 호탕하게 웃으면서 올라왔다. 유비는 공명을 보자 너무 놀랐다.

"안심하십시오. 오래전부터 제가 여기서 기다리고 있었소."

자세히 살펴보니 장사꾼으로 변장하고 있는 사람들이 모두 형주의 해군들이었다. 유비는 그렇게 기쁠 수가 없었다.

이윽고 동오의 네 장수가 강변에 도달하자 장흠의 지시로 부하들이 일제히 활을 쏘았다. 그러나 유비가 탄 배는 이미 사정거리에서 훨씬 벗어나 있었다. 언덕에 남은 네 장수는 얼빠진 사람들처럼 떠나가는 배를 바라볼 뿐 속수무책이었다.

유비 일행을 태운 배가 빠른 속도로 전진했다. 강 상류에서 갑자기 함성이 일어났다. 거대한 전투 함대를 주유가 직접 이끌고 달려오는 것이 아닌가! 주유의 왼쪽은 황개, 오른쪽은 한당이 포진했는데 쏜살같이 접근해 왔다.

공명은 배를 북쪽 언덕에 대라고 지시했다. 기민한 동작으로 상륙한 뒤, 수레와 말을 동원하여 각각 형주 방향으로 달렸다. 주유가 뒤따라 상륙하여 황개, 한당, 서성, 정봉 등의 기병을 데리고 선봉에 서서 달리면서 물었다.

"여기가 어디냐?"

"황주(黃州)입니다."

그리 멀지 않은 곳에 유비의 수레가 보였다. 주유가 더욱 속력을 내서 추격하는데 산골짜기에서 북소리가 쿵 하고 울리면서 관우가 기병을 데리고 길을 막았다. 소스라치게 놀란 주유가 줄행랑을 쳤다.

관우가 매섭게 뒤를 쫓았지만 주유는 정신없이 말에 채찍질을 해서 간신히 목숨을 건졌다. 그런 와중에서도 왼쪽에서 황충이, 오른쪽에서 위연이 군사를 휘몰아 사정없이 공격했다. 동오의 군대가 참담하게 패배했고, 사상자의 숫자는 이루 헤아릴 수가 없었다.

주유가 간신히 배에 뛰어 올라갔을 때 언덕 위까지 쫓아온 형주 군사들이 비웃었다. 그 소리에 화가 머리끝까지 뻗친 주유가 외쳤다.

"다시 상륙하여 죽음을 무릅쓰고 싸워 보자."

그러나 황개와 한당이 좌우에서 팔을 붙잡고 놓아 주지 않았다.

"내 계책이 이미 물거품이 되었고, 무수한 군사를 잃었으니, 무슨 면목으로 장군을 뵙는단 말이냐?"

그런 생각이 들자 주유는 자기도 모르게 외마디 비명을 지르며 상처가 다시 찢어져 기절해 버렸다. 황개가 주유를 즉시 선실로 모셨다.

공명은 굳이 추격하지 않고 유비와 함께 형주로 돌아가 모든 장수에게 푸짐한 상을 주었다. 주유는 시상성으로 돌아갔다.

한편 장흠 일행은 남서로 돌아가 손권에게 자세히 보고했다. 격분한 손권이 정보를 해군사령관으로 삼아 즉시 형주를 공격하려고 했다. 주유도 군사 동원을 건의하는 서신을 보냈다. 그러나 장소가 반대하고 나섰다.

"조조가 적벽대전 패배의 원한을 품고 밤낮으로 이를 갈면서도 감히 군사를 동원하지 못하는 이유는 장군과 유비가 연합하여 대적할까 두려워하기 때문이오. 그런데 장군께서 일시적 분노를 못 이겨 유비를 친다면, 조조는 반드시 우리를 칠 것이오. 그러면 이 나라가 더없이 위태롭게 됩니다."

고옹도 장소의 편을 들었다.

"허도에서 파견한 간첩이 왜 여기라고 없겠소? 손씨와 유씨 양가의 불화를 조조가 알면 반드시 유비에게 동맹하자고 손을 내밀 거요. 유비로서는 동오를 두려워하여 조조에게로 붙을 것이 뻔하오. 일이 그렇게 되면 강동이 하루도 편안할 날이 없을 거요. 제 생각에는 특사를 허도로 보내서 유비를 형주목사로 추천하는 것이 상책이오. 그러면 조조는 두려워서 감히 동남쪽으로 파병하지 못할 테고, 유비도 장군을 원망하지 않을 것이오. 그런 뒤 은밀히 반간계를 써서 조조와 유비를 이간시켜 서로 공격하게 만들고, 우리는 그 기회를 이용하여 차례로 격파해야 합니다."

"누구를 허도에 파견하는 것이 좋겠소?"

고옹이 다시 입을 열었다.

"조조가 진심으로 존경하는 인물을 보내면 되지요."

"그게 누구요?"

"화흠이오."

손권이 고개를 끄덕이고 나서 즉시 화흠을 특사로 삼아 허도에 파견했다.

한편 주유는 형주를 점령하기 위해서 노숙을 두 번이나 유비에게 파견했다. 촉나라를 공격할 테니 오나라 대군이 형주를 통과하게 해 달라는 요구였다. 유비는 제갈공명의 충고대로 그 요구를 기꺼이 받아들였다. 노숙의 보고를 받은 주유가 폭소했다.

"제갈량도 이번에는 꼼짝없이 내 꾀에 속아 넘어갔소."

상처가 다 아물어서 몸에 이상이 없게 된 주유는 노숙을 남서(南徐)의 손권에게 보내 자세히 보고하는 한편, 정보가 대군을 거느리고 응원하도록 조치했다. 감녕을 선봉으로 삼고 자기는 서성과 정봉과 함께 가운데 주력부대를 맡았다. 그리고 능통과 여몽에게 후방 수비군을 지휘하게 하고는 육군과 해군의 혼합부대 5만 명을 이끌고 형주로 진군했다. 이번에야말로 공명이 자기 계책에 빠졌다고 말하면서 주유는 내내 즐거워했다.

배가 하구(夏口)에 이르자 주유가 물었다.

"형주에서 누가 영접하러 나왔느냐?"

"유비가 미축을 보냈소."

미축이 주유를 만나 인사하고 상황을 설명했다.

"유비가 장군께 드릴 군자금과 군량을 준비하고 기다리고 있소."

"유비는 지금 어디 계신가?"

"형주 성문 밖에 나와 계십니다."

"우리는 촉나라를 빼앗아 유비에게 주려고 하는 것이니, 군사들을 잘 대접해 주시오."

미축이 돌아간 뒤에 주유가 함대를 재촉하여 전진했다. 그러나 공안(公安)에 이르렀을 때에도 유비의 영접은커녕 강물 위에 배 한 척 보이지 않았다. 주유는 의아하게 생각하면서도 그대로 나아갔다. 이윽고 형주성에 백기가 꽂혀 있을 뿐 사람의 그림자는 하나도 찾아볼 수 없다는 보고가 들어왔다.

형주성 근처에서 함대를 정박시킨 뒤 주유가 상륙했다. 감녕, 서성, 정봉과 함께 정예부대 3천 명을 이끌고 형주성으로 갔다. 형주성의 문은 굳게 닫혀 있었다. 문을 열라고 외치자 성벽 위에 조운이 나타나서 물었다.

"무슨 일로 오셨소?"

"우리가 촉나라를 치러 가는 길인데 모르고 있단 말이냐?"

"공명은 장군이 길을 빌린다 하고는 풀까지 죽이는 차도고초(借道枯草)의 계책을 쓴다고 했소. 그래서 내가 여기 남은 것이오."

깜짝 놀란 주유가 말 머리를 돌려 달아나려고 할 때 전령이 달려와서 외쳤다.

"사방에서 적군이 몰려오고 있습니다. 관우는 강릉에서, 장비는 제귀(梯歸)에서, 황충은 공안에서, 위연은 이릉에서 쳐들어오는데 어마어마한 대군인 듯합니다. 주유를 잡아 죽이라는 고함 소리가 인근 백여 리 일대를 진동하고 있습니다."

분을 참지 못한 주유는 겨우 아물어가던 상처가 터져 피를 토하면서 외마디 소리와 함께 말에서 굴러떨어지고 말았다. 응급조치로 정신이 들었을 때, 유비와 공명이 가까운 산에서 술자리를 즐기고 있다는 보고가 들어왔다. 주유는 다시금 격분했다.

"서천(西川)을 반드시 점령하고야 말겠다."

파구(巴丘)에 있는 함대에 이르자, 손권의 지시로 그 동생인 손유가 지원하러 와 있었다. 주유가 전진을 명령해서 함대가 파구에 도달했을 때 유봉과 관평이 상류를 차단했다는 보고가 들어왔다. 주유는 더욱 더 화가 치밀 뿐이었다. 이윽고 자기 운명을 깨달은 주유가 떨리는 손으로 손권에게 유서를 작성했다. 그리고 부하 장수들에게 말했다.

"나는 이미 천명을 다 했소. 여러분은 오나라의 지도자에게 충성하여 큰일을 함께 이루시오."

주유는 기절했다가 깨어난 뒤, 하늘을 우러러보며 탄식했다.

"하늘이 주유를 세상에 내보내고 왜 또 제갈량을 태어나게 했단 말인가!"

마침내 주유는 36세의 나이로 세상을 떠났다. 건안 15년 12월 3일의 일이었다. 주유의 사망 소식을 듣고 손권은 목을 놓아 울었다. 그리고 주유가 유서에서 추천한 대로 노숙을 총사령관으로 임명했다. 동시에 주유의 장례식을 국상으로 치렀다. 공명이 조운을 데리고 문상을 갔다. 그리고 돌아오는 길에 봉추(鳳雛) 선생 방통을 만나 유비를 섬기라고 권고했다.

얼마 후 봉추가 유비를 찾아가자, 유비는 봉추를 공명에 다음가는 전략가의 지위, 즉 부군사 중랑장(副軍師中郎將)으로 임명했다. 유비가 촉나라로 들어가려 한다는 첩보에 따라 조조는 이를 저지할 목적으로 30만 대군을 일으켜 오나라를 공격했다. 손권은 유비의 지원을 요청했고, 공명은 서량의 마초(馬超)를 부추겨서 조조의 군대를 치게 했다. 마초가 조조에게 큰 타격을 입힌 뒤 서량으로 달아나고, 조조도 후방이 염려되어 허도로 돌아가고 말았다.

한녕(漢寧)태수 장로(張魯)가 야심을 품고 익주(촉나라)의 유장을 공격했다. 유장은 전략가 장송(張松)을 허도의 조조에게 보내서 지원을 요청했다. 그러나 장송은 조조를 격분시킨 결과 곤장 백 대를 맞고 쫓겨났다. 그래서 유비에게 가서 촉나라를 차지하여 황제가 되라고 권고했다. 그리고 촉나라에 관한 자세한 지도를 바쳤다. 유장은 주위의 강력한 반대에도 불구하고 장로와 조조에게 대항하기 위해서 유비의 지원을 요청하게 되었다.

유비는 공명에게 형주를, 관우에게 양양을, 조운에게 강릉을 수비하게 하고, 장비는 순회 책임을 맡도록 했다.

그리고 방동, 황중, 위연과 더불어 5만 명의 군대를 동원했다. 건안 16년(서기 211년) 12월, 익주의 맹달이 5천 명의 군대를 이끌고 유비의 길 안내를 했다.

조조의 40만 대군이 적벽대전의 설욕을 위해서 남쪽으로 내려

온다는 보고도 들어왔다. 손권은 수도를 건업(建業, 남경)으로 옮겼으며 조조는 스스로 위공(魏公)의 자리에 올라 손권과 손을 잡고 유비를 공격했으나, 다음 해 1월에 이르기까지도 승패가 안 났다. 2월에는 엄청난 장마를 맞았다.

사천성과 협서성 경계선에 위치한 가맹관을 중심으로 유비의 군대와 장로의 군대가 여러 달 동안 대치 상태에 있었다. 형주가 위기였다. 이어서 유비는 부성을 점령하여 전략적 근거지로 삼았다. 그러나 방통은 유비가 내어 준 백마를 타고 진군하다가 낙봉파에서 복병들의 화살에 맞아 전사했다.

공명은 파군성(破軍星)이라는 별이 떨어지는 것을 바라보고 봉추의 죽음을 알았다. 그는 장비와 함께 1만 명의 군대를 2개 부대로 나누어 낙성 공격에 나선 유비를 지원하러 형주를 떠났다.

선봉에 선 장비는 파군성(巴郡城, 지금의 중경)에 이르렀다. 그때 유비는 크게 패했으나 다행히 장비의 도움으로 부성에 도착했다. 공명도 조운과 함께 도착했다.

마침내 공명은 마초와 유장을 끌어들이는 데 성공했다. 마초는 조조의 손에 죽은 아버지 마등의 원수를 갚는 것이 소원이었기 때문에 공명의 휘하에 들어갔고, 유장은 마초의 항복 권고로 마침내 건안 19년(서기 214년) 5월에 성도는 유비의 손에 들어갔다. 그때 공명이 유비에게 충고했다.

"한 나라에 두 주인이 있어서는 안 됩니다. 종친이라는 개인 감정에 사로잡히지 말고 유장을 형주로 보내십시오."

유비는 유장을 진위장군으로 삼아 즉시 형주로 보냈다.

한편 허도에서는 조조를 위나라의 왕으로 모시자는 움직임이 일어났다. 그에 반대한 복 황후의 아버지 복완과 목순의 일가족 2백여 명이 그로 인해 처참하게 살해되었다. 복 황후는 몽둥이에 맞아서 죽고, 아들 2명도 살해되었다. 건안 19년(서기 214년) 11월의 일이었다.

다음 해 1월에는 조조가 자기의 딸을 황후로 만들었다. 조조는 조인, 가후, 하후돈을 불러서 유비를 촉나라로부터 몰아낼 방안을 협의했다. 하후돈이 먼저 입을 열었다.

"촉나라에 들어가는 입구가 한중이니, 그곳부터 점령해야 합니다."

가후도 거들었다.

"한중을 우리가 차지하면 촉나라는 창고 안에 갇힌 쥐새끼 신세지요. 그후는 뻔하지 않겠소?"

드디어 조조가 군사를 동원했다. 장로는 양평관을 중심으로 방어책을 세우고 기다렸다. 조조의 선봉이 크게 패배했으나 안개가 심한 밤에 하후연이 3천 명의 정예부대를 이끌고 기습하여 양평관을 점령했다.

이어서 조조가 한중에 부하를 잠입시켜 장로의 전략가 양송을 매수했다. 그리고 명장 방덕을 생포하여 항복을 받았다. 장로도 항복하여 한중은 조조의 손에 들어갔다. 성을 점령하고 난 뒤, 조조는 양송을 처형해 버렸다.

중군의 주부인 사마의(司馬懿)가 조조에게 건의했다.

"한중을 얻은 이때에 여세를 몰아 유비를 쳐서 완전히 무너뜨리는 것이 상책이오."

그러나 조조는 군사들에게 휴식이 필요하다는 이유로 그 의견에 따르지 않았다. 이때 위협을 느낀 촉나라의 유비가 작전회의를 열어 대책을 논의했다. 제갈공명이 한 가지 계책을 밝혔다.

"위나라의 세력을 다른 데로 돌려야지요. 형주의 3개 군을 손권에게 돌려주고, 손권이 합비성을 총공격하도록 외교전을 펴면 될 것이오."

그래서 이적(伊籍)을 손권에게 특사로 파견했다. 이적이 손권에게 가서 말했다.

"장군이 관우와 힘을 합해서 합비성을 치면, 조조는 한중에서 퇴각합니다. 그때 유비가 한중을 장악하고 형주 전체를 장군에게 돌려드리려는 것이오."

이적의 외교가 성공하여 손권이 합비성을 공격하기로 결정하고 60만 대군을 동원했다. 조조도 40만 대군을 동원하여 합비성을 응원하지 않을 수 없었다. 한 달 이상을 대치하여 전투를 벌였지만 승패는 나지 않고 지치기만 했다. 손권이 허도에 매년 조공을 바치는 조건으로 일시적인 화해를 했다. 조조의 군대는 허도로 돌아가고, 손권도 건업으로 철수했다.

건안 21년(서기 216년) 4월, 조조가 위나라의 왕이 되었다. 그리고 업군에 왕궁을 신축하고 업군을 업도라고 불렀다. 조조는 본처 정 부인에게서 자식을 얻지 못하고 후실에게서 조비(曹丕), 조창(曹彰), 조식(曹植), 조웅(曹熊) 네 명의 아들을 두었다. 조식을 후계자로 생각하고 있었는데 장남 조비는 그것이 불만이었다. 가후는 원소와 유표가 장남을 후계자로 삼지 않아 내분을 일으켜 망한 예를 들었다. 결국 조조는 조비를 후계자로 공표했다.

오나라의 노숙이 병사했다. 유비가 한중을 공격할 것이라는 보고를 받은 조조가 5만 명의 군사를 조홍에게 주어 한중에 파견했다. 그리고 하후돈에게 3만 명을 주어 허도 근처에 주둔시켰다.

다음 해 1월에 허도의 김위, 위황, 경기 등이 조조를 타도하려고 일어났다. 그러나 하후돈에게 간단히 진압되었다. 조조의 부하 왕필은 화살에 맞은 상처 때문에 얼마 후 죽었다. 조조는 황실에 충성하는 신하들을 대대적으로 숙청한 다음, 자기 마음대로 조정의 직위를 부하들에게 나누어 주었다.

한중에서 조홍의 군대는 마초의 부하인 임기와 오란의 군대와 전투를 개시했다. 임기는 전사하고 오란은 패배했다. 장합과 장비가 50여 일을 대치했다. 공명이 최고급 술 50통을 장비에게 보내자 장비가 들판에서 술을 마시는 척하고 장합을 요새로부터 유인해냈다.

장합은 3만 명 가운데 2만 명을 잃고 와구관으로 달아났다. 조홍의 호통에 장합이 다시 공격하고 유인 작전을 펴서 촉나라 장수 뇌동(雷同)을 베어 버렸다. 장비는 산길을 타고 와구관의 뒤로 돌아가 공격하여 점령했다.

장합의 공격으로 가맹관이 위험해졌다. 유비 진영에서 70세에 가까운 황충이 응원군을 끌고 가겠다고 나섰다. 공명이 엄안과 함께 떠나라고 허가했다. 조운이 말렸지만 공명은 움직이지 않았다. 황충은 일부러 다섯 번을 패배하고 퇴각하여 적을 교만하게 만드는 계책을 써서, 하후상의 군대를 기습으로 짓밟아버렸다. 엄안은 적의 군량미를 비축하고 있는 천탕산을 배후에서 기습하여 점령했다.

건안 23년(서기 218년) 7월, 법정의 충고에 따라 유비가 10만 대군을 동원하여 조운을 선봉에 세운 채, 한중을 총공격했다. 조조도 유엽의 충고를 받아들여 40만 대군을 일으켜 업도를 출발했다. 선봉부대는 하후돈이, 후방부대는 조휴가, 그리고 주력부대는 자신이 맡았다.

황충은 정군산을 공격하여 하후상을 활로 쏘아 죽이고 하후연의 목을 베어 버렸다. 장합이 두습과 더불어 한수까지 달아나 진을 쳤다. 하후연을 형제처럼 아끼던 조조는 깊은 슬픔에 젖었다.

이어서 황충은 적의 군량미 본부인 북산으로 쳐들어가 창고마다 불을 질렀다. 장합이 달려와서 공격하는 바람에 위험해진 황충과 장저를 조운이 구출해 주었다. 황충의 진지를 공격하던 서황이 참패를 당하고, 그 부하 왕평은 유비에게 투항해 버렸다.

오계산에서 유비와 조조가 정면 대결을 했다. 공명은 조조가 자기 꾀에 스스로 넘어가게 만드는 작전을 폈다. 남정에서 포주에 이르는 땅을 점령하고 조조의 군대를 양평관까지 퇴각시켰다. 양평관도 불길에 휩싸였다. 그리고 군량미를 확보하라고 조조가 파견한 허저는 중상을 입고 달아났다.

조조는 협서성 한중과 서안 사이에 위치한 사곡(斜谷)에서 아들 조창이 거느리고 온 5만 명의 응원군과 만나 유비와 다시 결전을 벌였다. 조창이 유비의 양자 유봉과 맞붙어 싸웠다. 무술이 모자라는 유봉이 달아나자 맹달이 달려나가 조창을 상대했다. 그때 조창의 후방을 오란과 마초가 공격했다. 조창은 재빨리 군사를 정돈하여 퇴각하면서 오란을 단칼에 베었다.

조조는 걱정이 태산 같았다.

'이대로 업도에 돌아간다면 천하의 웃음거리가 된다. 그렇다고 우물쭈물하다가는 여기서 죽을지도 모른다.'

하후돈이 들어와서 그날 밤의 암호를 물었다. 마침 저녁 식사로 닭갈비를 뜯던 조조가 중얼거렸다.

"계륵(鷄肋)."

영문을 모르는 하후돈이 밖으로 나가서 암호가 계륵이라고 알렸다. 행군주부 양수가 조조의 속셈을 알아채고는 부하들에게 철군 준비를 시켰다. 하후돈이 의아해서 물었더니 양수가 태연하게 대답했다.

"닭갈비란 먹어도 살이 별로 없고 버리자니 아까운 것이지요. 위왕께서는 이 전쟁이 별로 실익이 없는 닭갈비 같은 것이라고 생각해서 그만두려는 거요."

하후돈이 감탄했다. 그리고 여러 장수들에게 그 뜻을 전달하여 철군 준비를 시켰다. 나중에 그 사실을 안 조조가 자기 속을 훤히 꿰뚫는 양수에 대해서 두려움을 느꼈다. 그래서 함부로 철군 준비를 했다는 구실을 들어 목을 베라고 명령했다. 다른 장수들이 조조의 잔인성을 무서워하고 양수의 죽음을 슬퍼했다.

사곡의 전투에서 조조가 낙마하고 화살을 맞아 앞니 두 개가 부러졌다. 위나라 군대는 깨끗하게 패배했다. 경조부(京兆府)까지 달아나서야 조조는 안심이 되었다.

한중을 평정한 촉나라는 사천과 한천의 광대한 지역을 차지하여 강남의 오나라, 북쪽의 위나라와 당당히 맞서게 되었다.

11
한중왕(漢中王)이 된 유비

모든 장수들은 유비를 추대하여 황제로 삼고 싶은 마음이 간절했다. 그러나 그 뜻을 직접 유비에게 전달할 방법이 마땅치 않아서 공명과 상의했다. 공명도 사실은 같은 생각을 하고 있었다. 그래서 법정을 데리고 유비에게 가서 왕위에 오르라고 권고했다.

"유 황숙께서는 연세가 50이 넘었소. 위력이 사방에 떨치고 백성들의 신망이 매우 두터운 데다가 서천과 한천 일대를 장악했소. 그러니 왕위에 오르는 것은 하늘의 뜻이오."

유비가 펄쩍 뛰었다.

"그게 무슨 말씀이오? 한나라 종실이긴 해도 역시 천자의 신하가 아니겠소? 왕위에 오른다는 것은 역적이 되는 것이오. 앞으로 무슨 명분으로 나라의 역적인 조조를 치겠소?"

"천하가 분열되고 영웅들이 각 지방에서 패권을 잡고 있소. 장군께서 의리만 내세운다면 하늘의 뜻을 거역하고 백성들의 기대를 저버리는 것이 되오."

"허도에 천자께서 계신데 내가 어떻게 그런 짓을 할 수 있겠소?"

유비가 계속해서 사양하자 모든 장수들이 걱정스러운 듯이 말했다.

"그렇게 고집만 부리시면 중심 세력이 흩어질 우려도 있습니다."

공명도 장수들의 말을 거들었다.

"이제 형주와 양주를 장악했으니, 우선은 한중왕이 되시지요."

"천자의 허락이 없다면 강탈과 다름이 없소."

장비가 외쳤다.

"유씨 성이 아닌 다른 놈들도 왕이 되려고 설치는 판이오. 그러니까 한나라 종실인 형님은 한중왕이니 뭐니 집어치우고 황제가 되는 게 좋지 않겠소?"

유비가 장비를 심하게 꾸짖었다.

"네가 뭘 안다고 말이 그리 많으냐?"

공명이 부드러운 어조로 다시금 권고했다.

"한중왕의 자리에 오르시고 나중에 천자께 건의해도 됩니다."

그 이후에도 여러 번 공명, 법정 그리고 모든 장수들이 유비에게 권고를 계속했다. 결국 유비가 승낙하고 천자에게 보내는 건의문을 초주에게 작성하라고 지시했다.

건안 24년(서기 219년) 7월, 황건적의 반란이 일어난 지 35년 만에 유비가 면양(협서성 한중의 서쪽 지역)에서 한중왕으로 즉위했다. 아들 유선(劉禪)을 태자로 선포했다. 그리고 허정(許靖)을 태부로, 법정을 상서령으로, 제갈량을 군사로 삼아, 행정과 군사 문제를 각각 처리하게 했다. 또한 관우, 장비, 조운, 마초, 황충을 각각 대장으로 임명하고, 위연을 한중태수로 삼았다.

건의문을 받은 허도의 천자는 한중왕령대사마(漢中王領大司馬)의 직인을 내려 보냈다.

그 소식을 업도에서 듣고 조조가 격분했다.

"멍석이나 짜던 시골뜨기가 왕이 되었다고? 맹세코 이놈을 멸망시키겠다."

조조는 1백만 대군을 총동원하여, 즉시 유비와 일대 결전을 하겠다고 고함쳤다. 그러자 전략가인 중달 사마의가 옆에서 조용히 충고했다.

"일시적인 분노로 고생을 일부러 사서 하실 건 없소. 촉나라의 군사력이 스스로 쇠약해질 때까지 기다렸다가 원정군을 보내면 쉽게 무너뜨릴 수가 있습니다."

"묘수라도 있단 말이오?"

"물론이지요."

사마의가 계책을 설명했다.

"손권의 누이동생이 유비에게 시집갔다가 친정으로 돌아갔고, 유비는 형주를 점령하고 되돌려 주지 않아서 둘의 관계가 단절된 상태지요. 특사를 손권에게 파견해서 형주를 치게 부추긴다면, 유비는 응원군을 형주에 보내지 않을 수 없소. 바로 그때 대왕께서 대규모로 촉나라를 공격하면 촉나라는 생사의 위기를 만나는 것이지요."

조조가 고개를 끄덕이고는 외교에 탁월한 만총(滿寵)에게 친서를 주어서 손권에게 특사로 파견했다.

12
손권이 조조와 손을 잡다

만총이 강동에 이르자 손권이 전략가들을 모아 대책회의를 열었다. 장소가 먼저 입을 열었다.

"만총이 찾아온 것은 화해를 제의할 목적이 분명하니 극진히 대접하는 것이 좋겠소."

손권이 그 의견을 받아들여 만총을 정중하게 영접했다. 인사를 마치고 조조의 친서를 전달한 뒤 만총이 말했다.

"우리 위와 오, 두 나라는 원래 원수가 아닌데 제갈공명의 계책에 놀아나서 과거에 여러 번 전쟁을 치렀지요. 두 나라가 연합 작전을 전개하여 장군께서 형주를 치면, 위왕께선 촉나라로 진군하여 앞뒤에서 협공하고 유비를 멸망시킨 뒤, 그 땅을 절반씩 나누고 앞으로는 두 나라가 서로 침략하지 말자는 것입니다."

손권은 조조의 글을 읽고서 잔치를 베풀어 만총을 환대하고 숙소에서 쉬게 했다. 그리고 대책회의를 열었을 때, 고옹이 말했다.

"우선은 연합 작전을 수락하여 돌려보낸 후에 강 건너 관우의 의도를 확인하는 것이 좋겠소."

제갈근이 나섰다.

"관우는 형주에서 유비의 권고로 결혼하여 일남일녀를 두었소. 제가 가서 관우의 딸과 장군의 장남 사이에 중매를 서겠습니다. 만약 승낙하면 관우와 손잡고 조조를 치고, 거절하면 조조의 제의대로 형주를 공격하는 것이 상책이오."

제갈근의 의견이 채택되었다. 그래서 손권은 적당한 말로 구슬러서 만총을 허도로 돌려보내고, 제갈근을 형주로 파견했다. 제갈공명의 형인 제갈근이 도착했는데도 관우는 그리 반갑게 맞이하지 않았다.

"무슨 일로 오셨소?"

제갈근이 결혼 이야기를 꺼냈다. 그러자 관우가 격분했다.

"호랑이의 딸을 개의 아들에게 시집보낼 수는 없소. 동생 제갈량의 체면을 보아 목숨을 살려 주는 것이니 썩 물러가시오."

망신만 당하고 돌아온 제갈근의 보고를 듣고 화가 치민 손권이 소리쳤다.

"관우 그놈이 뭘 믿고 이토록 무례하게 구느냐? 두고 보자."

손권이 즉시 형주를 공격하기 위해 대군을 동원하려고 하자, 작전회의 석상에서 보질이 반대했다.

"조조는 우리 군대가 형주를 공격해서 쇠약해지기를 바라는 것이오. 그러니까 오나라의 군대를 이용해서 촉나라를 점령하려는 계책이지요. 지금 조인이 양양에서 번성에 이르기까지 진을 치고 형주를 노리고 있소. 오나라가 형주를 치면 양쪽이 지친 뒤에 쉽게 자기네가 집어먹으려는 거요. 이제 허도에 특사를 보내서 조조의 연합 작전 제의를 수락하면서, 동시에 조인으로 하여금 먼저 형주를 공격하게 만드는 것이 상책이지요. 관우가 형주를 방어하기 위해 번성을 칠 것은 뻔하오. 그때 우리가 형주를 함락시키기는 매우 쉬운 일이 아니겠소?"

손권이 보질의 의견에 따라 외교와 군사 정책을 결정했다. 촉나라를 고립시키는 것이 외교 정책의 최우선 과제였던 조조는 손권의 동맹 제의를 기꺼이 받아들였다. 그리고 조인에게 군사 동원을 명령하고 만총을 번성으로 보내서 조인의 전략가 역할을 맡겼다. 또한 오나라에 대해서는 해군으로 형주를 공격하라고 요구했다.

한중왕 유비가 놀랐다. 그러나 공명은 관우가 형주에 있으니 안심하라고 말했다.

7장
소열 황제를 위하여

1
관우 부자의 최후

관우는 조인의 대군을 격파하고 번성을 빼앗아 형주의 방어 태세를 한층 견고히 만들기로 결심했다. 그런데 출전하기 전날 밤 이상한 꿈을 꾸었다. 검은 멧돼지에게 발을 물어뜯긴 것이다. 그러나 관우는 태연히 말했다.

"나이 오십에 하찮은 꿈 따위를 염려할 건 없다."

조인과 관우의 대군이 양양에서 대결했다. 첫날 전투에서는 조인이 패배하여 간신히 목숨을 구해서 달아났지만, 하후존과 직원 두 장수를 잃었다. 양양을 점령한 관우가 육구(陸口, 한구 상류)의 오나라 군대의 동향을 신속하게 보고받기 위해 왕보의 건의에 따라 2, 30리 간격으로 봉화대를 건축하기 시작했다.

관우가 번성을 포위했다. 그때 번성에서는 수비를 주장하는 만총과 공격을 주장하는 장수 여상(呂常)이 대립한 상태였다. 조조가 우금과 방덕을 응원부대와 함께 파견했다. 관평과 관우가 차례로 방덕과 싸웠지만 승부가 나지 않았고, 관우는 방덕이 몰래 쏜 화살에 왼쪽 팔을 부상당했다.

한편 우금은 관우를 함부로 얕보지 말라고 한, 조조의 충고에 따라 신중한 작전만 거듭해서 방덕의 원한을 샀다.

관우는 양강 지류인 백강 상류의 강둑을 무너뜨려 조조가 특히 선발한 7개의 정예부대를 수장시켜 버렸다. 우금이 생포되고 방덕은 관우의 칼에 목이 날아갔다.

관우는 심한 열에 시달리면서 몸이 쇠약해지는 것을 느꼈다. 방덕의 화살에 오두라는 독약이 칠해져 있었던 것이다. 그러나 천하의 명의 화타를 불러서 마취도 없이 바둑을 두면서 수술을 받고 위기를 면했다.

관우의 대승 소식을 들은 위나라 수도 업도가 술렁거렸다. 관우가 당장 쳐들어올지도 모르니 수도를 옮기자는 말까지 나왔다. 그러나 사마의가 반대했다.

"우리가 크게 패배한 것은 홍수가 관우를 도왔기 때문이오. 손권은 관우의 세력이 더 커지는 것을 원하지 않으니, 관우의 배후를 치게 하면 됩니다."

손권은 오나라의 가장 중요한 요새인 육구(陸口, 한구 상류)를 지키는 사령관 여몽의 건의에 따라서 조조의 제의를 받아들였다. 여몽은 봉화대와 형주의 수비군이 만만치 않다고 판단하여, 자기가 중병에 걸려서 사령관 직책도 사임했다는 거짓 정보를 퍼뜨렸다. 그리고 젊은 육손(陸遜)에게 자리를 물려주었다. 이러한 행동은 관우가 안심하고 육구 일대의 군대를 번성으로 돌리게 만들려는 속임수였다. 드디어 관우가 군사를 빼서 번성 쪽으로 배치했다.

여몽이 봉화대를 기습해서 빼앗고 형주성도 손쉽게 점령해 버렸다. 공안지방을 맡은 부사인이 손권의 부하 우번에게 설득당해서 투항했다. 그리고 남군의 미방을 설득하러 갔을 때 관우가 군량미 20만 가마를 보내라는 지시를 전령을 통해서 보냈다. 부사인이 그 전령의 목을 베고 미방을 손권에게 데리고 갔다. 관우가 보냈다는 전령은 사실 우번이 꾸며낸 연극이었다.

드디어 조조가 관우를 치기 위해서 대군을 이끌고 낙양 남쪽으로 진군했다. 그 근처인 양릉파에는 미리 보낸 서황의 5만 군대가 주둔하고 있었다.

서황의 계책에 말려든 관평은 언성을 빼앗긴 뒤, 사몽을 지키는 요화에게 갔다. 관평과 요화는 사총마저 빼앗기고 번성의 관우에게 도망쳤다. 드디어 서황과 관우가 맞붙어 싸웠다. 화살에 맞은 상처가 아직 아물지 않았고 몸도 피곤한 관우가 밀리기 시작했다. 관평이 후퇴 명령을 내렸다. 관우의 군대는 여지없이 무너졌다. 양양에 도착해서 패잔병을 수습할 때, 형주 함락이 사실이라고 깨달았다. 관우를 추격하는 조인에게 조엄이 충고했다.

"관우를 더 이상 궁지에 몰아넣지 마시오. 훗날 오나라 세력을 꺾기 위해서 살려두는 것이 상책이오."

조인이 고개를 끄덕이고 군사를 돌렸다.

한편, 오나라의 여몽은 탁월한 작전으로 관우를 사로잡을 계획을 착착 진행시켰다. 관우는 겨우 수백 명을 거느리고 맥성에 들어가 잠시 숨을 돌렸다.

그러나 다음 날 수십만 명의 오나라 군대에게 성이 포위되었음을 알게 되었다. 상용성의 유봉에게 요화를 파견하여 응원군을 요청했으나, 유봉과 맹달은 상용성을 지킬 군대마저 부족한 형편이었다. 군량미도 화살도 바닥이 난 관우는 별수 없이 맥성을 탈출하여 촉나라로 달아나기로 결심했다. 그래서 달도 뜨지 않은 밤에 관우는 관평, 조루(趙累)와 함께 200여 명의 군사를 이끌고 북쪽

문을 나섰다.

북쪽의 산만 넘으면 오나라 군대를 벗어나게 되어 있었다. 그런데 사방이 쥐 죽은 듯이 고요했다. 20리 가량 전진하여 항아리처럼 생긴 분지에 이르렀다. 그때 여몽이 숨겨둔 복병이 사방에서 고함치며 일어났다. 오나라 장수 주연(朱然)이 창을 들고 선봉에서 달려오자 관우가 청룡언월도를 휘두르며 상대했다. 그러자 주연은 말 머리를 돌려 급하게 달아나기 시작했다.

'추격해서는 안 되지.'

그런 생각을 하면서도 관우는 자기도 모르게 주연의 뒤를 바싹 쫓았다. 나무꾼들조차 길을 잃고 헤맨다는 임저(臨沮)에서 다시 복병들이 벌 떼처럼 일어났다.

오나라의 반장이 소리쳤다.

"조루는 이미 목을 잃었소. 장군도 빨리 항복하시오."

격분한 관우가 반장에게 달려들었다. 그러나 반장은 세 번 부딪친 뒤에 달아나기 시작했다. 관우는 탈출이 급했기 때문에 산길을 따라 말을 계속 달리다가 관평과 만났다.

"내가 앞장 설 테니, 너는 뒤를 맡아라."

관우 뒤를 따르는 보병은 1백 명도 되지 않았다. 밀림을 통과하는 오솔길에 접어들었을 때, 양쪽에 숨어 있던 복병들이 긴 갈쿠리와 쇠줄과 쇠그물을 일제히 관우에게 던졌다. 말이 그물에 걸려 쓰러지고 관우도 땅에 굴러 떨어졌다.

아, 천운이 다 했단 말인가! 반장의 부하 마충(馬忠)과 힘센 장사들이 관우에게 달려들어 밧줄로 꽁꽁 묶어버렸다. 관평이 뒤늦게 달려와 반장, 주연과 맞서 싸웠으나 중과부적(衆寡不敵)으로 역시 생포되고 말았다.

손권은 관우 부자를 생포했다는 보고를 받고 마음이 그렇게 기쁠 수가 없었다. 다음 날 새벽, 마충이 관우를 끌고 손권 앞에 나아갔다. 관우는 포로의 몸이면서도 위풍이 당당했다. 그러나 수십 년 동안 천하를 진동시킨 명장의 얼굴에는 피로와 우울한 기색이 뚜렷했다. 손권이 먼저 입을 열었다.

"내가 일찍부터 장군의 고매한 인격을 사모하여 청혼했는데 무슨 이유로 거절했소?"

관우는 대꾸하지 않았다. 손권이 말을 이었다.

"장군은 천하에 무적인데 어찌하여 포로의 몸이 되었소? 이것도 장군이 나를 도와서 천하를 장악하라는 하늘의 뜻이 아니겠소?"

그러자 관우가 눈을 부릅뜨고 꾸짖었다.

"눈알도 아직 푸른 어린 놈, 붉은 수염이 난 쥐새끼야! 내가 일찍이 유비와 도원에서 형제의 결의를 맺고, 나라의 역적들을 소탕하자고 맹세했다. 그 맹세는 내가 비록 죽어서 저승에 가더라도 지키고야 말겠다. 한나라의 역적인 너 따위에게 항복할 줄 아느냐?"

사방이 물을 뿌린 듯 고요한데 관우의 우렁찬 음성만 울렸다.

"내가 교활한 계책에 말려들어 패배했으나 지나간 일을 후회한들 무슨 소용이 있겠느냐? 또 귀머거리와 같은 너희들에게 바른 길을 가르친들 무슨 소용이 있겠느냐? 내게는 오직 죽음만이 남았을 뿐이다."

관우는 그 이상 아무 말도 하지 않았다. 손권이 낮은 목소리로 주위의 전략가와 장수들에게 물었다.

"관운장은 천하의 영웅이오. 예의를 갖추어 극진히 대접하여 투항시킬 방법은 없겠소?"

주부 좌함(左咸)이 반대했다.

"부당한 말씀이오. 예전에 조조도 극진히 대접하고 관직까지 내렸지만 관우는 다섯 관문의 장수들을 죽이고 유비에게 돌아갔소. 이 세상에서 관우의 마음을 돌릴 방법이란 아무것도 없소. 그러니 이번에 없애버리지 않는다면 반드시 후환이 있을 겁니다."

다른 사람들도 모두 좌함의 말이 옳다고 주장했다. 천하가 두려워하고 존경하는 관우를 죽이기가 여간 망설여지지 않았다. 그러나 드디어 결심한 손권이 한숨을 내쉬고는 소리쳤다.

"좋다. 관우와 관평을 끌어내 목을 베라."

건안 24년(서기 219년) 10월, 관우 부자가 손권의 손에 죽었다. 58세인 관우는 유비가 2년 뒤에 황제의 자리에 올라 소열 황제가 되는 것을 보지 못하고, 한 발 앞서서 세상을 하직한 것이다.

손권은 관우의 적토마를 마충에게, 청룡언월도를 반장에게 상으로 주었다. 마충의 손으로 넘어간 적토마는 풀을 먹지 않고 스스로 굶어 죽었다. 맥성에 웅거하던 관우의 부하 왕보와 주창은 각각 자결했다. 그 후 관우의 혼백이 복수를 한다는 민간 신앙이 발생했다. 여몽이 얼마 후 병사한 것과 맥락을 같이하는지도 모른다.

그때부터 손권은 관우라는 이름만 들어도 겁을 냈다. 하루는 건업에서 장소가 손권을 찾아와 말했다.

"관우 부자를 살해했으니 강동에 재앙이 닥칠 것이오."

손권은 등골이 서늘해졌다.

"그들을 죽인 뒤부터 나도 마음이 산란하오. 닥쳐올 재앙이란 어떤 것이오?"

"유비, 관우, 장비는 도원에서 결의할 때 죽어도 같은 날 죽기로 맹세했지요. 그러니까 관우가 살해된 이상, 남은 형제들이 반드시 복수하려고 할 거요. 더욱이 유비에게는 촉나라의 대군이 있고, 제갈량의 탁월한 지혜와 장비, 황충, 조운, 마초 등 용맹무쌍한 장수들이 돕고 있지 않소? 이들이 죽음을 무릅쓰고 쳐들어온다면 대적하기 어려울 거요."

손권의 얼굴이 새파랗게 질렸다. 관우를 죽인 것이 너무나 후회스러웠다.

"내가 큰 실수를 저질렀소. 그러나 엎질러진 물이니 어떻게 하면 좋겠소?"

"조조가 1백만 대군을 거느리고 천하를 집어삼키려고 호시탐탐(虎視眈眈) 노리고 있소. 유비가 관우의 원수를 갚고 싶어도 조조의 침공이 두려울 테니, 촉나라의 땅을 일부 양보하면서라도 조조와 먼저 손을 잡으려고 할 거요. 만일 촉나라와 위나라가 양쪽에서 공격해오면 동오는 바람 앞의 촛불 신세가 되지요."

"그렇게 되면 정말 큰일이 아니겠소?"

"이러한 위기를 면하려면 관우의 머리를 조조에게 보내서, 관우 부자의 피살이 조조의 지시 때문이라고 유비가 믿게 만드는 것이 어떻겠소. 그리고 관우를 죽게 한 조조의 공로를 칭찬하는 소문을 퍼뜨리는 겁니다. 그러면 유비는 조조를, 함께 하늘을 우러러볼 수 없는 원수로 여기고 위나라를 총공격할 겁니다. 우리는 둘이 싸우는 것을 구경하다가 어부지리(漁夫之利)를 얻으면 그만 아니겠소?"

손권이 연방 고개를 끄덕였다. 그날로 특사가 관우의 머리를 담은 나무상자를 가지고 떠났다.

그 무렵 낙양에 머물던 조조는 그 소식을 듣고 매우 기뻐했다.

"관운장이 죽었다고? 그러면 이제부터 편안하게 잠을 잘 수가 있게 되었소."

그러나 주부 사마의가 엄숙한 어조로 한마디 했다.

"이건 장소의 계책이오. 자기네에게 닥쳐올 재앙을 우리에게 덮어씌우는 겁니다."

"그건 또 무슨 소리요?"

사마의는 오나라 장소의 속셈을 훤하게 꿰뚫어보고 있어서 그 사연을 설명했다. 그러자 조조가 무릎을 쳤다.

"중달의 말이 옳소. 그러면 무슨 대책이 있겠소?"

사마의가 자신 만만하게 미소를 지었다.

"그야 식은 죽 먹기보다 더 쉽지요. 우선 관우의 머리를 받아들이고, 향목으로 그 시체를 조각하여 머리를 몸에 붙인 뒤, 제후에 걸맞는 성대한 장례식을 치러 주는 겁니다. 그러면 촉나라는 손권에게 복수할 테지요. 우리는 손권이 노리는 것을 역이용해서 둘이 싸우게 하고, 촉나라가 우세하면 우리가 오나라를 치고, 오나라가 우세하면 촉나라를 쳐서 하나를 멸망시킨 후, 그 남은 나라도 머지않아 정복하면 됩니다."

조조가 사마의의 의견을 따랐다. 오나라의 특사로부터 나무상자를 받아 뚜껑을 열었다. 관우의 얼굴은 살았을 때와 조금도 다름이 없었다. 이제는 관우를 더 이상 겁낼 필요가 없다고 생각한 조조가 호탕하게 웃으면서 농담처럼 한마디를 던졌다.

"운장은 그동안 안녕하셨소?"

그런데 이게 웬일인가? 죽은 관우가 입을 쩍 벌리고 눈을 부릅뜬 채 사방을 흘겨보는가 하면 머리카락과 수염이 곤두섰다.

"으악!"

조조가 외마디 비명을 내지르고 기절해 버렸다. 다른 사람들도 모두 넋을 잃었다. 겨우 정신을 차려서 의사를 불러 조조를 간호했다. 얼마 후 깨어난 조조가 숨을 몰아쉬면서 말했다.

"관운장이야말로 역사에 길이 빛날 위대한 장군이오."

그러자 동오의 특사가 덧붙였다.

"관운장의 혼백이 여몽의 몸에 내려서 손 장군을 매섭게 꾸짖더니, 갑자기 쓰러져 숨을 거두었소."

자세한 이야기를 듣고 난 조조가 두려워서 몸을 떨었다. 다른 신하들도 모두 겁에 질렸다. 조조는 관우가 살아 있을 때보다 죽은 뒤에 더욱 더 무서워했다.

사마의가 장례위원장이 되었고, 침향목으로 관우의 몸을 만들어 성대하게 장례식을 거행한 뒤, 낙양성 남대문 밖에 묻었다.

조조는 1백 일 동안 음악을 금지토록 하고 스스로 상복을 입었다. 그리고 직접 그 묘 앞에서 제사를 지내고 형주왕이라는 칭호를 바쳤다.

조조가 관우를 극진히 대접한 것은 촉나라의 원한을 오나라에 돌리고 싶다는 정략적 계산도 있었지만, 형주왕으로 대접한 것으로 보아서는 진심으로 존경했다고 해석해도 될 것이다.

한편 성도의 궁궐에서 제갈공명이 중문을 나서다가 허겁지겁 들어오는 태부 허정과 마주쳤다. 허정이 당황한 목소리로 말했다.

"동오의 여몽이 형주를 점령하고 관우도 살해되었다는 소식을 방금 들었소."

그러나 공명은 조금도 놀라는 기색이 없었다.

"어젯밤 별자리를 보다가 크고 밝은 별이 형주 땅으로 떨어지는 것을 보고 이미 관운장의 죽음을 알았소. 다만 임금님이 알면 너무 슬퍼하여 몸을 상할까 두려워서 아직 말씀을 못 드린 거요."

바로 그때 유비가 밖으로 나오면서 공명의 소매를 움켜쥐었다.

"나를 속이겠단 말이오?"

공명이 달래듯이 말했다.

"지금은 소문 단계에 불과하지요. 사실이 확인되면 그때 대책을 논의하겠으니 안심하십시오."

"관운장이 없다면 내가 홀로 어떻게 살 수가 있겠소?"

마량과 이적이 들어와서 보고했다.

"형주는 이미 여몽의 손에 떨어졌고, 관운장도 패배하여 위태롭기 때문에 응원부대를 요청하러 왔습니다."

유비가 관우의 서신을 읽고 있을 때, 요화가 도착하더니 땅에 엎드려 통곡했다.

"관운장이 맥성에서 위태로운데도 유봉과 맹달이 배신하고 응원군을 보내지 않았습니다."

공명이 유비를 위로했다.

"유봉과 맹달의 처벌은 2차적인 문제고, 우선은 제가 정예부대를 끌고 가서 관운장을 구출하겠습니다."

유비가 눈물을 흘리면서 외쳤다.

"내가 직접 출전하여 관우를 구하겠소."

이윽고 유비가 장비를 급하게 불러들이는 한편, 군사 동원 명령을 내렸다. 그날 밤 성도는 발칵 뒤집혔다. 동녘이 훤하게 밝아올 무렵, 땀을 비 오듯이 흘리면서 전령이 달려와 가장 슬픈 소식을 전했다. 관우 부자가 생포된 뒤, 의리와 절개를 굽히지 않고 살해되었다는 소식이었다. 유비는 그 말을 듣고 외마디 비명을 지르며 기절했다. 얼마 후 유비는 의사의 도움으로 정신을 차리고 나서는 내내 눈물만 흘렸다. 사흘 동안 아무것도 먹지 않고 누구도 만나지 않았다. 그러나 공명만은 유비의 방에 들어가서 말했다.

"태어나고 죽는 것은 아무도 피할 수 없는 운명입니다. 임금께서 너무 슬퍼한 나머지 건강을 상한다면 관운장의 유지에 배반하는 것입니다. 복수는 앞으로 천천히 하는 것이 좋겠습니다."

"알겠소."

"오나라에서 보낸 관운장의 머리에 향나무로 시신을 만들어 붙여서 위나라가 왕처럼 대우하여 장례를 치렀다고 합니다."

"조조가 무슨 흑심을 품은 게 아니겠소?"

공명은 장소와 사마의보다 한 수 위였다. 조조의 속셈을 낱낱이 설명했다. 그러자 유비가 격분해서 외쳤다.

"대군을 즉시 동원하여 손권에게 복수하겠소."

그러나 의외에도 공명이 단호하게 반대했다.

"오나라는 우리가 위나라를 치기를 바라고, 위나라는 우리가 오나라를 공격하기를 기다리고 있지요. 그러니까 각각 음흉한 흉계를 품고 있단 말이지요. 임금께서는 오나라와 위나라가 불화하고 싸울 때까지 기다리는 것이 큰일을 성취하는 상책입니다."

공명의 말은, 손권과 조조의 뱃속을 훤하게 들여다보고, 당시 상황에도 딱 들어맞는 것이었다. 그러나 유비가 좀처럼 굽히려고 하지 않았다.

"언제까지 기다리란 말이오? 이 원통한 심정을 어떻게 참으라는 거요?"

다른 신하들도 들어와서 공명을 지지했다. 드디어 유비가 관우를 위해 국상을 선포했다.

2
조조의 죽음과 위왕에 오른 조비

조조는 '건시전이'라는 거대한 전각을 건축하고 싶어서 가후에게 설계도를 준비하라고 지시했다. 마침 낙양에서 30리 떨어진 약룡담 근처 사당 앞에 나이를 알 수 없는 배나무가 있었는데 사람들은 거기에 신령이 깃들여 있다고 믿었다.

그 나무를 베어서 시까래로 쓰려고 했으나 톱과 도끼가 나무에 먹히지 않았다. 조조가 직접 가서 칼로 나무 밑둥을 내리쳤다. 그 후부터 조조에게 허깨비가 보이기 시작했고, 두통과 고열에 시달리는 병이 점점 깊어 갔다.

신하들이 명의 화타를 불러왔지만 조조는 의사를 믿지 않고, 오히려 화타를 옥에 가두고 말았다. 그래서 조조는 수술 받을 기회를 놓쳤다. 화타는 조조의 명령으로 감옥에서 처형되었다. 그러나 죽기 전에 자기에게 친절을 베푼 간수 오압옥에게 의학의 비전인 청낭서(青囊書)를 맡긴다는 편지를 써 주었다.

오압옥은 그 책을 화타의 집에서 받은 뒤 자기 고향으로 돌아갔다. 그런데 다음 날 오압옥의 아내는 남편이 명의가 되어 화타처럼 죽는 것이 싫다면서 그 책을 낙엽과 함께 마당에서 불태워 버렸다.

하루는 조조가 꿈을 꾸었는데 말 세 마리가 구유 앞에 나란히 서서 여물을 먹고 있었다. 다음 날 조조는 가후에게 물었다.

"전에도 같은 꿈을 꾸었을 때, 마등과 마초 부자가 나를 해칠까 두려워했소. 그러나 마등이 죽은 지 오래되었는데 왜 이런 꿈을 또 꾸는지 모르겠소."

"상서로운 징조인 녹색 말이 임금께 나타난 것은 역시 좋은 일이 있을 전조지요."

그러나 밤이 깊어갈 때, 조조는 골치가 빠개지는 듯이 아프고 눈앞이 캄캄해졌다. 갑자기 날카로운 비명 소리가 들리는가 하면 참혹한 광경이 전개되었다. 그때까지 조조의 손에 죽은 한나라의 복 황후, 동 귀비, 두 황자, 복완, 동승 등 20여 명이 구름을 탄 채 온몸에 피를 흘리지 않는가! 아우성과 웃음 소리도 들렸다.

조조는 비명을 지르고 기절해 버렸다. 다음 날 밤에도 괴상한 울음 소리가 조조의 귀에 들려 꼬박 뜬눈으로 밤을 샜다. 다음 날 조조가 신하들을 불러서 처량한 목소리로 말했다.

"30여 년을 전쟁터에서 지냈지만 이런 괴상한 일을 당한 적이 없소. 그런데 요즈음 왜 내가 이런 꼴을 당하는 거요?"

"도사들이 기도하여 악귀들을 물리치면 됩니다."

그러나 조조가 고개를 모로 저었다.

"하늘에 죄를 지으면 기도해도 소용이 없다는 성현들의 말이 있소. 천명이 끝났으니 헛수고 할 필요 없소. 하후돈을 불러들이시오."

조조 앞에 이른 하후돈의 눈에도 갑자기 복 황후, 동 귀비, 두 황자, 복완, 동승 등이 구름 속에서 피를 흘리는 모습이 보였다. 기절하여 집으로 운반된 하후돈도 중병에 걸려 버렸다. 조조가 모든 신하를 병석 주위에 집합시킨 뒤에 유언을 했다.

"오나라의 손권과 촉나라의 유비를 멸망시키지 못하고 가는 것이 한이오. 유씨 소생인 장자 조앙은 완성에서 죽었고, 지금은 변씨 소생인 조비, 조창, 조식, 조웅 등 네 아들만 남았소. 내가 평소 사랑하는 셋째 조식은 근면 성실이 부족하고 술을 좋아하며 방종하니, 후계자로 적당하지 않소. 조창은 용기는 대단하나 지혜가 없고, 조웅은 병치레가 잦아 오래 살기 어려울 거요. 장자 조비가 제일 착실하고 능력이 뛰어나 후계자로 지정하니, 여러 신하들이 잘 보좌하여 남은 대업을 성취하도록 하시오."

그리고 한마디 덧붙였다.

"창덕부 강무성 밖에 나의 무덤을 만드시오. 도굴을 방지하기 위해서 그 주위에 가짜 무덤을 72개 만드는 것도 잊지 마시오."

건안 25년(서기 220년) 1월, 조조는 66세로 세상을 떠났다.

위나라 왕에 오른 조비는 조조를 무조(武祖)로 추대하고, 그해부터 연강(延康)이라는 연호를 사용했다. 조창은 장례식에 참석했는데 조식과 조웅은 참석하지 않았다. 그래서 조비가 문책하려고 하자 조웅은 자살해 버렸고, 조식은 여전히 술을 즐기기만 했다. 조비가 일곱 걸음을 걷는 동안에 시를 지으라고 조식에게 명령하자 조식이 즉흥시를 지었다.

콩깍지를 태워서 콩을 볶는구나
가마솥에 든 콩이 눈물을 흘리면서 우는 까닭은
콩도 콩깍지도 원래가 같은 뿌리에서 나왔는데
콩깍지가 타면서 너무 심하게 자기를 볶아대기 때문이네

그 시에 감격한 조비가 목숨을 살려 주고 조식을 먼 지방으로 귀양을 보냈다.

3
유비가 소열 황제가 되다

유비는 관우를 도와주지 않은 맹달과 자기의 양자 유봉을 먼저 처벌하려고 했다. 그때 팽양이 자기 친구 맹달을 구출하려고 밀서를 보냈다가 마초에게 잡혀서 오히려 목숨을 잃었다. 맹달은 위나라로 도망치고, 공명의 지시로 맹달을 추격하던 유봉이 패배해서 돌아왔다.

유비는 유봉이 양자라는 점을 고려하여 마음이 흔들렸지만 눈물을 머금고 목을 베라고 명령했다.

한편 위나라 조비는 30만 대군을 이끌고 조조의 고향인 패국 초현을 방문하고 돌아올 때, 하후돈이 병사했다는 보고를 받았다. 왕랑, 화흠, 중랑장 이복, 태사승 허지 등이 나이 39세인 헌제에게 황제의 자리를 조비에게 물려주라고 건의했다. 사실은 건의가 아니라 위협이었다. 조 황후마저 자기 오빠인 조비에게 가버려 헌제는 외톨이가 되었다.

건안 25년 10월에 조비가 드디어 헌제를 폐위하고 스스로 문제(文帝)가 되었다. 조조가 죽은 지 9개월이 지났을 때의 일이었다.

헌제는 산양(山陽)으로 유배당했다가 다음 해에 사망했다. 유비가 슬퍼하며 제사를 드리고 헌제에게 효민(孝愍) 황제라는 시호를 내려 주었다.

3월, 양양에서 어부가 최초의 진짜 옥새를 건져 제갈공명에게 바쳤다. 공명은 신하들과 함께 유비에게 가서 황제의 자리에 오르라고 권고했다. 유비는 단호하게 거절했다. 그러자 공명이 병이 들었다는 이유를 내세우고 일절 얼굴을 비치지 않았다. 문병을 온 유비에게 공명이 침통한 어조로 말했다.

"유 황숙이 작은 일의 성취에 만족하고 자기 몸의 부귀만 생각할 줄은 몰랐소. 그것은 백성들을 저버리는 일이기 때문에 제가 마음의 깊은 병을 얻은 것이오."

드디어 유비가 굴복하여 건안 26년(서기 221년) 4월에 즉위식을 거행하고 소열제(昭烈帝)가 되었다. 연호는 장무(章武)로 정했다. 유비가 회의를 열고 말했다.

"이제 전군을 동원하여 관운장의 원수를 갚겠소."

그러자 조운이 나서서 반대했다.

"한나라의 역적은 손권이 아니고 조조입니다. 그 아들 조비가 황제의 지위를 빼앗아 천하의 백성이 분노하고 있으니, 대의를 세우기 위해 조비를 먼저 멸망시켜야 합니다. 위나라를 내버려 두면 더욱 강성해져서 나중에 격파하기가 어렵습니다. 긴 안목으로 촉나라의 운명을 내다보는 것이 타당합니다."

"관운장을 살해한 손권, 미방, 반장, 마충은 씹어 먹어도 시원찮을 원수들이오. 이 원수를 갚지 않고 나더러 어쩌란 말이오?"

그러나 조운은 굽히지 않았다.

"한나라의 역적은 천하 백성의 원수이고, 폐하의 원한은 개인감정입니다. 개인감정보다는 천하의 대사가 더 중하지 않겠습니까?"

"동생의 원수를 못 갚는다면 황제의 자리인들 산더미 같은 황금인들 무슨 소용이 있겠소?"

유비가 드디어 조운의 간곡한 충고를 물리치고 오나라를 총공격하기 위해 군사를 동원하라는 명령을 내렸다. 남만(南蠻, 운남 곤명)에 특사를 보내 5만 명의 지원군을 얻었다. 그리고 낭중(중경 북쪽)에 있던 장비를 거기장군에 낭중태수로 임명했다.

4
관우의 죽음에 통곡하는 장비

관우의 죽음을 들은 장비는 밤낮으로 통곡했다. 그러자 주변의 장수들이 걱정하기 시작했다.

"저러다가는 장군의 건강마저 상하겠소."

"아무리 말로 충고해 봤자 소용없소. 장군이 술을 좋아하니 술로 위로해 봅시다."

그래서 장비는 장수들과 날마다 술판을 벌였다. 취기가 오르기만 하면 장비는, 오나라에 대한 울화를 참지 못했다. 하찮은 일에도 쉽게 격분하여 장수든 졸병이든 비위에 거슬리는 자를 매섭게 매질했고, 매를 맞아 죽는 자도 많았다. 그러나 애꿎은 부하들을 매질한다고 울분이 어떻게 풀리겠는가? 남쪽을 노려보면서 이를 갈고 눈을 부릅뜨다가 통곡하기가 일쑤였다.

그럴 때 유비의 특사가 와서 친서를 전달했다. 장비가 태수의 직책을 엄숙히 받고 특사를 극진히 대접했다.

"조정의 신하들은 우리 작은형의 원수를 갚기 위해서 군사를 동원하라고 왜 폐하께 건의하지 않는 거요?"

"오나라보다는 위나라를 먼저 치자는 것이 중론이기 때문이오."

특사의 대답에 장비가 격노했다.

"말도 안 되는 소리! 작은형이 불행히 세상을 떠난 마당에 나 혼자 어떻게 부귀를 누릴 수가 있겠소? 당장 황제에게 가서 내가 직접 출병을 건의하겠소."

그 무렵 유비는 날마다 직접 훈련장에 나가서 군사 훈련을 감독하고 있었다. 하루는 대신들이 국무총리 격인 승상 공명에게 몰려가 따졌다.

"즉위한 지 얼마 되지 않는 이때 황제께서 직접 군사를 훈련하고 지휘하는 것은 제국의 사직을 가볍게 보기 때문이 아니겠소? 그런데 승상은 어째서 충고하지 않는 거요?"

"난들 왜 충고하지 않았겠소? 관운장의 원수 갚는 일에만 몰두하니, 나로서도 속수무책이오. 자, 오늘 여러 대신들과 함께 가서 다시 한번 충고해 봅시다."

공명이 대신들을 거느리고 훈련받는 군사들의 고함 소리가 진동하는 연병장으로 가서 말했다.

"폐하께서 만일 북쪽의 역적인 조비를 친다면, 대의를 천하에 밝히는 것이라서 천하의 민심이 모두 폐하께 돌아올 것입니다. 그러나 오나라를 치겠다면, 그 일은 주요 장군에게 맡겨도 되는 것인데 폐하께서 직접 군사를 지휘할 필요가 어디 있겠소?"

유비가 잠시 입을 다문 채 대답하지 않았다. 공명과 신하들의 말에도 분명히 일리가 있었던 것이다. 원수 갚는 일이 급한가? 아니면 천하의 민심을 얻어서 대의부터 밝힐 것인가? 유비는 속으로 번민했다.

그때 성도에 도착한 장비가 연병장으로 들어서더니, 유비 앞에 엎드려 절하고는 목을 놓아 울었다. 장비는 유비의 두 다리를 끌어안고 통곡할 뿐이었다. 유비도 장비의 어깨를 쓰다듬으며 같이 울음을 터뜨렸다. 신하와 군사들도 고개를 돌린 채 모두 눈물을 흘렸다. 이윽고 장비가 입을 열었다.

"폐하께서는 황제의 자리에 오르고 나서 지난날 복숭아밭의 맹세를 잊으셨소? 작은형의 원수를 왜 아직도 갚지 않는 거요?"

"모든 신하들이 일에는 앞뒤가 있다고 충고하기 때문에 내가 경솔하게 움직이지 못하는 것이니 그리 알아라."

"남들이 우리 형제들의 맹세를 어떻게 이해하겠소? 나 혼자라도 오나라를 치겠소. 적의 손에 죽으면 죽었지 다시는 폐하 앞에 나타나지 않겠소."

"알았다. 너는 군사를 거느리고 낭중에서 남쪽으로 전진해라. 나도 대군을 이끌고 곧 갈 테니, 강주(江州)에서 합류하자. 그래서 오나라를 쳐부수고 원한을 씻자."

유비의 승낙을 받은 장비가 기뻐 날뛰면서 곧장 낭중으로 돌아가려고 할 때 유비가 부드러운 목소리로 충고했다.

"너는 술만 취하면 부하를 매질한다. 그건 재앙을 스스로 불러들이는 짓이다. 이제는 마음을 너그럽게 하고 매사에 조심하라."

"염려 마십시오."

장비는 낭중으로 돌아갔다.

5
장비의 죽음

학사 진복(陳宓)이 유비의 출정을 한사코 말렸다. 격노한 유비가 진복을 감옥에 가두라고 명령했다. 소식을 들은 공명이, 즉시 유비에게 건의문을 써서 바쳤다. 한나라를 멸망시킨 역적 위나라를 먼저 정복해야 옳고, 그렇게 하면 오나라는 저절로 항복할 것이라는 내용이었다.

유비가 공명의 건의문을 땅에 내팽개치면서 소리쳤다.

"내가 이미 결심했으니 더 이상 건의하지 마라. 길을 막는 자는 목을 벨 것이다."

유비는 마치 딴 사람으로 변한 듯이 보였다.

7월 하순, 드디어 유비가 75만 명의 대군을 거느리고 성도를 출발했다. 승상 제갈량에게 태자를 보호할 임무를 맡겼다. 선봉에 황충과 그 부장인 풍습과 장남이 서고, 중앙부대 호위는 조융과 요순이 맡았다.

표기장군 마초와 마대 형제는 진북장군 위연을 도와서 군량미 기지로 중요한 한중을 수비하면서 위나라의 군대를 견제하도록 했다. 그리고 후방부대 지휘와 군량미 감독은 호위장군 조운이 맡았다. 작전은 황권과 정기, 문서는 마량과 진진이 담당했다.

그런데 낭중에서는 슬픈 일이 벌어지고 말았다. 낭중으로 돌아온 장비가 부하 장수 범강(范疆)과 장달(張達)에게 엉뚱한 명령을 내리는 바람에 중대한 혼란이 발생한 것이다.

"이번 전쟁은 작은형의 원수를 갚기 위한 것이다. 작은형에게 조의를 표시하는 의미에서 모든 장막, 깃발, 갑옷, 도포 등을 흰색으로 통일하라. 사흘간 여유를 줄 테니 준비하라."

그것은 불가능한 지시였다.

다음 날, 두 장수가 작전회의 중인 장비를 찾아가서 사정했다.

"사흘 동안에는 도저히 어려우니 열흘의 여유만 주십시오."

그러자 장비가 격분했다.

"내일이라도 당장 원수의 땅으로 쳐들어가지 못하는 것이 한이다. 그런데 네놈들은 한가로운 소리나 지껄인단 말이냐?"

장비의 호령에 못 이겨 무사들이 두 장수를 나뭇가지에 매달았다. 그리고 직접 매질을 했다. 두 장수는 매질의 아픔보다도 참을 수 없는 모욕감에 몸을 떨었다.

"이놈들 맛이 어떠냐? 기한 내에 물건을 장만하지 못한다면 네놈들을 죽여서 시범을 보이겠다."

장달이 끙끙 신음 소리를 내면서 내뱉었다.

"장비 손에 죽을 바에야, 오히려 우리가 장비를 죽이는 수밖에 없지 않겠소?"

"그러나 무슨 수로 감히 장비에게 접근하겠소?"

"운명에 맡깁시다. 우리가 살 팔자라면 장비가 술에 취해서 쓰러져 잘 게 아니겠소?"

한편 장비는 웬일인지 머리가 어지럽고 생각의 갈피를 잡을 수 없었다. 하도 이상해서 부하 장수에게 물었다.

"공연히 속이 떨리고 몸마저 떨리는 이유가 뭘까?"

"돌아가신 관운장을 너무 생각해서 그럴 테지요."

마음이 우울해진 장비가 술을 가져오라고 해서 부하 장수와 더불어 만취하도록 마셨다. 그리고 쓰러져 잠이 들었다.

범강과 장달은 하루 종일 장비의 거동만 살피다가 드디어 소식을 듣고는 서로 의미 있는 눈짓을 교환했다. 한밤중에 두 장수가 단도를 각각 품에 품고 조용히 접근했다. 문지기가 소리쳤다.

"누구요?"

"긴급히 비밀 보고를 하러 왔소."

"그렇다면 들어가십시오."

천명이었던가? 아니면 장비의 천운이 다 했던 것인가? 자객들이 침대 곁에 이르렀다. 장비는 원래 눈을 부릅뜬 채 잠을 자는 습관이 있었다. 자객들은 감히 달려들지 못하고 주저했다. 바로 그때 장비가 우레 소리처럼 코를 골았다. 자객들이 비로소 안심하고 달려들어 장비의 목을 베어 버렸다. 슬프게도 천하의 맹장 장비는 55세의 나이로 그렇게 허무하게 세상을 떠났다. 형인 관운장의 원수도 갚지 못한 채!

범강과 장달은 장비의 머리를 가지고 일가족과 함께 오나라로 달아나 버렸다.

성도에서 10리 밖까지, 출사하는 유비를 배웅하고 돌아온 공명은 장비의 소식을 듣고 우울하기 짝이 없어 탄식했다.

"법정이 여기 있었다면 무슨 수를 써서라도 막았을 텐데."

유비는 그날 밤, 잠이 안 오고 갑자기 가슴이 답답하고 온몸이 와들와들 떨렸다. 불안한 생각에 못 이겨서 벌떡 일어났다. 장막을 나와 거닐면서 하늘을 바라보자 주먹만큼 큰 별이 서북쪽에서 휘익 땅으로 떨어졌다.

유비는 버쩍 의심이 들었다. 즉시 공명에게 전령을 보내서 별이 떨어진 이유를 물었다. 다음 날 공명의 회답이 왔다.

'나라의 기둥인 장군 한 명이 세상을 떠났습니다.'

유비가 더욱 불안하여 전진을 멈추고 초조하게 보고를 기다렸다.

"낭중에서 부장 오반이 도착했습니다."

그 말을 듣자 유비가 발을 구르며 소리쳤다.

"아아! 막내동생을 잃었구나!"

오반의 보고는 장비의 죽음을 확인해 주었을 뿐이다. 유비는 목놓아 울다가 그 자리에서 기절해 쓰러졌다. 부하들이 손발을 한참 주물러 준 뒤에 비로소 눈을 떴다.

다음 날, 하얀 도포에 은으로 된 갑옷을 입고 장비의 장남인 장포(張苞)가 부대를 거느리고 유비에게 달려왔다. 유비가 장포를 얼싸안고 통곡했다.

그날부터 유비는 음식을 일절 입에 대지 않고 시름에만 잠겨 있자, 신하와 장수들의 걱정이 이만저만이 아니었다.

"폐하께서 몸을 이렇게 학대한다면 어떻게 동생들의 원수를 갚을 수가 있겠습니까?"

그 충고에 비로소 유비가 눈물을 거두고 마음을 모질게 먹은 다음 음식을 들었다. 복수심만 활활 타오르는 심정이었다.

이윽고 장포를 오반과 함께 선봉에 세웠다. 역시 흰 도포에 흰 갑옷을 입고 달려온 관우의 아들 관흥(關興)도 선봉에 세웠다. 유비의 지시에 따라 관흥과 장포가 의형제가 되었는데 관흥이 한 살 위였다.

기관에 이른 유비가 백제성(白帝城)을 본부로 삼았고, 선봉부대는 이미 천구(川口) 부근까지 진출했다. 오나라의 손권이 화해를 시도하려고 제갈근을 특사로 유비에게 파견했다. 제갈근은 관우의 죽음이 모두 위나라 조조의 계책 때문이라고 설득했다. 그러나 유비는 꿈쩍도 하지 않았고, 제갈근의 외교도 실패했다.

손권은 또 한편으로 코가 약간 비뚤어지고 키가 아주 작은 조자(趙咨)를 조비에게 특사로 파견했다. 조자가 성공해서 조비는 손권에게 오왕(吳王)의 칭호를 주며 지원을 약속했다. 신하들이 반대하자 조비가 말했다.

"나는 촉나라도 돕지 않고 오나라도 구출하지 않겠소. 둘이 지칠 때까지 기다릴 참이니 가만히들 있으시오."

그 무렵 남만의 사마가가 수만 명을 이끌고 유비 군대에 새로 합류했고, 동계의 장수 두로와 유녕도 가담했다. 그리고 해군은 무구(사천성 무산)로, 육군은 자귀로 이미 진출한 뒤였다.

바람 앞의 촛불과 같은 위기감에 휩싸인 오나라의 손권은 주연과 조카 손환에게 5만 명의 군사를 내주어 의도(호북성)까지 진격시켰다. 그러나 의도의 전투에서는 관흥과 장포의 활약으로 촉나라가 대승을 거두었다.

또한 75세의 노장군 황충이 적진을 단독으로 유린하여 대승을 거둔 뒤 부상을 당해서 죽었다. 유비는 효정(호북성 의도의 서쪽)까지 진격해서 오나라의 한당 부대와 접전했다. 거기서 장포는 한당의 부하 하순을, 관흥은 주태의 동생 주평을 베었다. 그러자 유비가 손뼉을 치며 기뻐했다.

"호랑이새끼는 결코 개새끼가 되지 않는다."

오나라의 해군을 통솔하던 감녕은 남만의 복병을 만나 패배하고 사마가가 쏜 화살에 맞아서 죽었다. 효정 남쪽에서 전투가 계속되고 있을 때, 관흥이 적을 추격하다가 아버지를 죽인 원수 반장을 만났다. 그러나 아깝게 놓치고 밤중에 길을 헤매다가 산속의 인가에서 다시 만나 드디어 그 목을 베었다.

오나라 군사들의 사기가 떨어지고 동요하기 시작하자, 위험을 느낀 미방과 부사인이 마충의 목을 베어 가지고 촉나라로 도망쳤다. 그러나 유비의 명령으로 관흥이 두 장수의 목을 베어 버렸다.

손권은 잇단 패전에 위기를 느끼고 범강과 장달을 묶어 장비의 머리와 함께 유비에게 보냈다. 장포가 범강과 장달의 목을 베어 아버지 영전에 바쳤다. 특사로 파견되었던 정병이 넋이 빠진 채로 건업으로 돌아갔다. 유비가 오나라를 멸망시키겠다고 호통을 쳤기 때문이다.

손권은 화해 정책이 실패로 돌아가자 대책회의를 열었다. 나라를 구출할 인물을 찾아야만 했다. 그때 감택이 육손을 추천했다. 그러자 육손이 당당하게 말하기를 자기가 실패하면 자기 목을 자르라고 말했다. 장소와 고옹이 비웃으면서 반대했다. 손권은 여몽이 생전에 육손을 추천한 일이 기억에 떠올라 드디어 육손을 총사령관으로 발탁했다.

유비가 파견한 마량이 한중에서 공명을 만나 보고했다.

"우리 군대는 7백 리에 걸친 전선에 강과 산을 따라서 40여 개의 진지를 구축했고, 선봉부대는 전진하는 중이오."

공명이 탄식하면서 물었다.

"누가 이런 전법을 권고했소?"

"황제께서 지시한 것이오."

"한나라 황실의 운명도 이것으로 끝이 나는구나. 급히 돌아가서 황제에게 전하시오. 위급한 경우에는 백제성으로 후퇴하라고 말이오. 그곳의 어복포에는 내가 이미 10만 명의 복병을 숨겨 두었소. 육손이 경솔하게 추격한다면 거기서 생포할 수 있을 거요.”

육손이 시험 삼아서 촉나라의 군대 일부를 기습했다가 실패로 끝났다. 그러나 그것은 육손이 적의 정세를 확인하려는 계책이었다.

“적진에 제갈공명이 없다는 것은 하늘이 우리에게 내린 기회다.”

육손이 화공법으로 유비의 진을 유린했다. 풍습의 목을 벤 서성이 무섭게 추격했고, 정봉의 복병도 유비를 공격했다. 부동과 장포가 달려오지 않았더라면 유비의 목숨은 거기서 끝장이 났을지도 몰랐다. 마안산 꼭대기에 이르러 겨우 안도의 숨을 몰아쉬었다.

“육손은 과연 무서운 놈이다.”

마안산도 오나라 군대에게 포위되고 불길이 사방에서 올라오고 있었다. 불길이 약한 곳으로 달려나가 산골짜기로 내려갔을 때, 공명의 서신을 받고 달려온 상산 조자룡의 응원부대를 만나 다시 위기를 넘겼다. 그래서 수백 기의 기병대의 호위를 받으며 간신히 백제성으로 들어갔다. 유비의 대군은 무참하게 참패한 것이다.

촉나라의 장수들이 차례로 목숨을 잃었다. 남만의 사마가도 포로가 되었다가 처형되었다. 두로와 유녕은 적에게 항복했다. 드디어 자신만만해진 육손이 대군을 직접 지휘하여 어복포로 진격했다. 지형을 살핀 육손은 복병이 있을 거라는 의심이 들었다. 그러나 아무리 조사를 해 봐도 복병은 없었다. 그러나 공명의 돌로 만든 석진(石陳)에 빠졌음을 깨닫고는 재빨리 오나라로 철수해 버렸다. 조비의 대군이 쳐들어올 것을 염려했기 때문이기도 했다.

과연 위나라 조휴가 동구로, 조진이 남군으로, 조인이 유수로 공격해 왔다. 육손의 지휘로 오나라는 방어를 잘 했다. 조인은 왕쌍과 제갈건에게 5만 명을 주어 오나라 수도 건업과 가까운 유수를 포위했다. 그러나 유수를 지키던 27세의 장수 주환에게 결정적인 패배를 당하고 철수해 버렸다.

6
유비의 마지막 날, 유언

다음 해(서기 223년) 4월에 유비는 백제성의 영안궁에서 병이 들어 온갖 약을 썼지만 점점 악화될 뿐이었다. 신하들이 기회 있을 때마다 말했다.

"성도에 돌아가서 몸조리를 하시지요."

"패배하고 군사를 다 잃은 몸이 무슨 면목으로 백성을 대하겠소?"

유비는 자기의 목숨이 얼마 남지 않았다고 깨달았다. 울분과 슬픔에 잠긴 채 죽은 관우와 장비를 그리워하면서 날마다 통곡하니 병세는 더욱 위독해졌다. 드디어 두 눈이 잘 보이지 않게 되었다. 쇠약해질수록 신경질만 늘었다. 가까운 신하들마저 만나기 싫어해서 혼자 누워 있을 뿐이었다.

어느 날 밤, 축축하고 괴상한 바람이 갑자기 일어나더니 촛불이 모두 꺼졌다. 그런데 곧 촛불이 다시 켜지지 않는가? 관우와 장비가 나타난 것이다. 관우가 공손하게 말했다.

"옥황상제께서 우리 둘이 평생에 신의를 잃지 않았다면서 신으로 만들어 주었소. 형님을 모실 날이 얼마 남지 않았으니 그리 아십시오."

유비가 통곡하다가 잠에서 깨어났다. 다음 날 공명을 불러오라고 지시했다.

"승상 제갈량과 상서령 이엄에게 즉시 이곳으로 달려오라고 전하라. 유언을 하겠다."

며칠 후 공명이 유비의 차남인 노왕 유영과 삼남인 양왕 유리를 데리고 영안궁에 도착했다. 태자 유선은 성도에 남겨 두었다. 창백한 유비의 얼굴을 본 공명이 엎드려 울었다. 유비가 공명의 등을 어루만지면서 말했다.

"승상을 만나 황제의 대업을 성취하는가 했더니, 승상의 건의를 무시한 탓으로 대패하고 몸도 이렇게 중병에 들었소. 태자를 승상에게 부탁하오."

유비가 좌우를 둘러보다가 마량의 동생 마속에게 물러가라고 손짓했다. 마속이 나가자 공명에게 물었다.

"승상은 마속의 재능을 어떻게 평가하오?"

"나이는 젊지만 앞으로 영웅이 될 소질이 있습니다."

"그렇지 않소. 실천력과 용기가 부족하니 큰 인물감은 아니오."

그러고 나서 유비가 모든 신하들을 불러들이라고 지시했다. 태자 유선에게 주는 마지막 훈계를 적은 종이를 공명에게 주었다. 그리고 한숨을 내쉰 뒤 말했다.

"승상은 내 말을 태자에게 전하여 잘 지키도록 선도해 주시오."

그리고 공명의 귀에만 대고 속삭이듯이 말했다.

"승상의 재능은 조비보다 열 배 이상이오. 만일 태자가 황제의 자격이 있다면 도와주고, 그렇지 않고 인물이 모자란다면 승상이 촉나라의 황제가 되어 천하를 평정하기 바라오."

말을 마친 유비가 눈물을 흘렸다. 유비로서는 얼마나 기막힌 심정이며, 또 얼마나 비장한 마지막 부탁이었던가? 공명이 땅바닥에 엎드려 통곡하면서 머리를 찧으니 피가 흘러내렸다. 이어서 유비는 어린 유영과 유리에게 말했다.

"내가 죽은 후에 너희 삼형제는 승상을 아버지로 섬겨라."

그리고 공명에게 절을 하라고 명령했다. 공명이 맹세했다.

"목숨을 다 바쳐서 폐하의 유지를 받들겠습니다."

그리고 난 후 유비는 신하들과 특히 조운에게 끝까지 태자와 사직을 도와 달라고 부탁하며 눈을 감았다. 장무 3년(서기 223년) 4월 24일, 유비의 나이 63세였다.

7
소열 황제의 칭호

유비가 세상을 떠나자 조정의 관료들은 모두 통곡했다. 공명이 대신들과 함께 시신을 모시고 성으로 돌아가자, 태자 유선이 성에서 나와 관을 받아 대궐에 모시고 대성통곡을 하며 예를 마쳤다.

그때 공명이 유비의 유언을 펼쳐들고 읽었다.

내 나이 육십을 살았는데 무슨 여한이 있겠느냐.
다만 남은 너희 형제가 걱정이 될 뿐이다.
내가 남길 말은 부디 악한 일은
아무리 사소한 일이라도 행하지 말 것이며,
선한 일은 아무리 작은 일이라도 주저없이 행하라는 것이다.
사람은 현명하고 덕이 있어야만
사람을 복종케 할 수 있는 것인즉
니 애비는 덕이 부족하여 본받을 바 없으나
내가 죽은 후에는
승상에게 모든 일을 묻고 지시를 받으며
부모처럼 섬기기를 바란다.

제갈공명은 유서를 다 읽은 후에 말했다.

"나라에는 하루라도 황제가 없으면 안 되니, 나는 태자를 모시어 한나라 대통을 계승케 할 것이오."

마침내 17세인 황태자 유선이 황제에 올라 연호를 건흥(建興)이라 고치고, 제갈량을 무향후(武鄕侯)에 익주태수로 삼았다.

유선은 곧 아버지를 혜릉에서 장례를 치루고 '소열 황제'라는 칭호를 내렸으며, 황후 오씨를 황태후로 삼고 어머니 감 부인은 소열 황후, 미 부인에게도 황후를 내렸다. 모든 군신들도 승진을 시키고 대사면령을 내렸다.

그때 위나라 세작이 그 사실을 즉시 조비에게 알리자 크게 기뻐하며 껄껄 웃었다.

"이제 유비마저 죽었으니 내가 무슨 걱정이 있겠느냐. 촉나라에 주인이 없는 이 기회에 총공격을 개시하겠다."

그러나 가후가 나서서 말했다.

"비록 유비는 죽었으나 제갈량이 유비의 유언을 받들어 총력을 다해 유선을 도울 것입니다. 폐하께서는 급히 서두르시면 안 될 것입니다."

가후의 말이 끝나자 갑자기 한 사람이 반대 의견을 꺼냈다.

"아닙니다. 기회는 지금입니다. 이 좋은 기회를 놓치고 언제 공격을 하겠단 말이오."

크게 소리친 사람은 사마의였다. 조비는 크게 기뻐하며 물었다.

"공에게 어떤 계략이 있소?"

"지금이야 말로 오로(五路) 대군을 동원하여 촉나라를 사면에서 협공한다면, 제갈량은 전후좌우를 돌볼 여유가 없을 것입니다."

조비는 사마의의 말을 듣자 구미가 바짝 동했다.

"오로 대군이란 무엇이오?"

사마의의 작전 구상은 그 규모가 방내했다.

"첫째, 요동 선비국 국왕 가비능을 뇌물로 사로잡고 요서의 강병 10만 명의 군사를 일으켜 먼저 서평관을 치도록 하는 것입니다. 둘째, 사신을 남만에 보내 만왕 맹획을 포섭하여 10만 명의 병력으로 익주·영창 등 네 고을을 치게 하는 것이오. 셋째, 손권과 화친을 맺어 땅을 나누기로 하고 10만 명의 군사를 일으켜 부성을 치게 합니다. 넷째, 맹달에게 10만 명의 군사를 일으켜 서편으로 한중을 공격케 하는 것입니다. 그런 후에 다섯째, 대장군 조진의 지휘로 10만 명의 군사를 거느려 경조와 양평관으로 쳐들어가 서천을 점령케 하는 것입니다. 이렇게 50만 대군을 다섯 갈래로 나누어 일제히 공격하게 되면, 제갈량이 아무리 날고 기는 재주가 있더라도 두 손을 들 수밖에 없을 것입니다."

조비는 그 말을 듣고 천하를 금세 주먹 안에 쥔 것 같아 너무 기뻤다. 조비는 곧 외교적 수완이 뛰어난 네 사람을 뽑아 서신을 주고 다섯 갈래로 나누어 떠나게 하는 한편, 조진을 대장군으로 삼아 10만 명의 군사로 하여금 양평관을 공격하도록 명령을 내렸다.

8
육손의 전략이 통하다

그때 동오의 왕은 위군을 물리친 육손을 보국장군 강릉후라는 벼슬에 올리고 동시에 형주를 다스리도록 했다. 따라서 모든 군사력은 육손이 거머쥐게 되었다.

어느 날 위나라로부터 사신이 와서 손권이 그들을 맞았다.

"전에 촉나라가 도와 달라고 했을 때 저희는 사태를 잘못 판단해서 귀국과 싸운 적이 있지만, 지금은 그때 일을 크게 후회하고 있습니다. 우리가 이제 촉나라를 치고자 하니, 귀국에서도 동조하시어 촉나라를 차지하면 저희와 땅을 나누시는 것이 어떤지 제안하는 것입니다."

손권은 즉시 결단을 내리지 못하고 참모들과 그 문제를 상의했다. 먼저 장소가 말했다.

"이번 일은 육손에게 고견을 듣는 것이 좋겠습니다."

며칠 후에 육손이 와서 손권에게 의견을 얘기했다.

"조비는 지금 중원을 차지하고 있어서 촉나라를 쉽게 공격하지 못할 것입니다. 하지만 중상께서 조비의 요청을 거부하시면 반드시 원수가 될 것입니다. 제 생각에는 위나라나 오나라나, 제갈량과 겨룰 만한 뛰어난 인재가 없어서 촉나라와 싸울 처지가 못 됩니다. 그러니 겉으로는 위나라의 청을 받아들여 군사를 준비하고 있다가, 위나라가 촉나라를 쳐서 제갈량이 위험한 지경에 이르면 그때를 틈타 공격을 하되, 먼저 성도를 점령하시는 것이 상책입니다. 만일 조비가 패하면 그때 다시 상의합시다."

육손의 말을 듣고 손권은 답답하던 마음이 풀렸다. 손권은 다시 위나라의 사신을 불러들여 말했다.

"우리는 아직 준비가 안 되었으니, 훗날 날짜를 다시 잡아 알려드리겠습니다. 위왕께 그렇게 전하시오."

위나라 사자들은 손권이 허락한 줄로 알고 기뻐하며 감사한 후에 돌아갔다.

9
조비가 오나라에 대패하다

드디어 촉나라에 대한 조비의 대공격이 시작되었으나 뜻대로 되지 않았다. 서평관(西平關) 싸움에서 조비군은 마초를 만나자 싸워보지도 못하고 물러났고, 남만(南蠻)의 맹획(孟獲)은 싸움에서 패해 돌아갔으며, 맹달은 도중에 병을 얻어 철수하고 말았다. 조비군의 조진 역시 양평관에서 조자룡의 수비를 뚫지 못하고 퇴각해 버렸다. 그로 인해 조비가 다섯 갈래로 촉나라를 포위하고 총공세를 시도했던 작전은 실패로 돌아가고 말았다.

전시 상황을 수시로 보고받고 있던 손권은 조비의 열세를 알고 출병하지 않았다. 바로 그때 촉나라에서 사신이 와서 오나라가 촉나라와 위나라 중에서 어느 나라와 손을 잡을 것인지 여부를 물어왔다. 결국 손권은 제갈량의 동맹 제의를 받아들이고 말았다. 그 말이 조비의 귀에 들어가자 조비는 크게 노했다.

"손권이 내 뜻에 따르지 않고 촉나라와 손을 잡은 것은 반드시 중원을 칠 야심이 있기 때문이다. 우리는 손권을 먼저 치겠다."

마침내 조비는 먼저 손권을 친 여세를 몰아 촉나라를 칠 전략을 세웠다. 조비는 지상군과 수군 병력 30만 명을 거느리고 채·영(蔡·潁)에서 회(淮) 땅에 들어가 광릉에서 강을 건너 공격할 작전을 세웠다. 조비는 용주(龍舟)라는 전함 10여 척을 건조하고 남은 배들을 끌어모아 모두 3천 척의 배를 거느리고 오나라 공략에 나섰다.

손권은 조비가 대군을 이끌고 공격해 온다는 말을 듣고 크게 놀라, 즉시 대신들을 불러 모아 대책을 강구했다. 그때 고옹이 의견을 내놓았다.

"우리가 촉나라와 동맹을 맺었으니, 우선 제갈량에게 도움을 청해 적을 함께 나누어 막아야 합니다. 촉나라가 군사를 내면 위나라는 군사를 나눌 수밖에 없습니다. 그때 우리가 남서(南徐)에서 조비를 막으면 됩니다."

그러나 손권은 고옹의 말을 즉각 듣지 않았다. 손권이 머뭇거리고 있을 때 서성(徐盛) 장군이 나섰다.

"제가 위군을 막겠습니다. 만일 조비가 강을 건너오면 기필코 산 채로 잡아 전하께 바치겠습니다. 만일 강을 건너오지 않을지라도 위나라 군사를 강에서 격퇴하여, 감히 우리를 넘보지 못하게 기를 꺾어놓겠습니다."

손권이 서성에게 말했다.

"만일 장군이 강남만 막아 준다면 무슨 걱정이 있겠는가."

드디어 손권은 서성을 안동장군(安東將軍)에 임명하고 건업과 남서 두 곳의 군사를 지휘하도록 했다. 서성은 곧 군사를 동원하여 강을 방어할 준비를 갖추기 시작했다. 그때 손권의 조카 손소(孫韶)가 서성에게 말했다.

"대왕께서 장군에게 중임을 맡겨 위군을 격파하고 조비를 사로잡도록 명하셨는데, 장군은 왜 군사를 강 너머까지 진격시켜 회(淮)에서 적과 맞서려고 하지 않으십니까. 조비의 군사가 여기 올 때까지 기다리면 성사가 어려울 것입니다."

손소의 벼슬은 양위장군이었다. 그는 아직 젊어서 혈기가 왕성하고 용기와 담력은 좋았지만 아직은 지혜가 모자랐다. 서성은 곧 손소에게 말했다.

"조비의 군사는 강하다. 게다가 유명한 명장들을 선봉에 내세우고 있어 우리가 강을 건너가 대적하기란 아주 어려운 일이다. 우리는 놈들의 배가 북쪽 언덕에 모두 모이기를 기다렸다가 깨뜨릴 작전을 짜놓았으니 그리 알라."

손소는 서성의 작전이 맘에 안 들어 비꼬는 듯 말했다.

"제 휘하의 3천 군사는 광릉 땅의 지세에 밝습니다. 제가 강을 건너가 죽음을 각오하고 조비와 맞서겠습니다. 만일 제가 이기지 못하면 책임을 지고 군령을 달게 받겠으니 싸우게 해 주십시오."

서성은 고개를 흔들며 끝내 허락하지 않았다. 그러나 손소 역시 고집을 굽히지 않고 출전을 우기자 서성은 마침내 크게 화를 냈다.

"네놈이 내 말을 듣지 않으면 내가 어떻게 군사를 통솔하겠느냐. 이놈을 당장 끌어내 목을 베어라."

서성의 추상 같은 명령이 떨어지자 근위병들이 손소를 원문 밖에 끌어내어 군기가 펄럭이는 단 아래 묶어 세웠다. 그때 손소의 부하 장수가 그 사실을 급히 손권에게 알렸다. 손권은 급보를 듣고 놀라서 황급하게 손소를 구하러 달려갔다. 손권은 손소의 목이 막 달아나기 직전에 그를 구했다. 근위병들이 손소를 풀어 주자 손소가 통곡했다.

"폐하, 신은 광릉의 지리를 잘 압니다. 제가 조비와 맞서 싸우겠다는데도 서성 장군은 강에서 조비를 기다리겠다는 것입니다. 그게 말이 됩니까. 참으로 오나라의 앞날이 걱정됩니다."

손권은 곧 진영에서 서성을 만났다.

"폐하께서는 제게 전권을 위임하셨고, 양위장군 손소는 상관의 명령을 불복종한 죄로 군법에 의거하여 처형을 시키려던 참이었습니다만 폐하께서는 어찌 그를 구하십니까."

손권은 무안한 듯 웃으며 대답했다.

"손소는 혈기만 믿고 군법을 어긴 것이니 너그럽게 용서하시오."

"법은 폐하가 만든 것도 아니요, 제가 만든 것도 아닙니다. 법이란 국가의 본보기이거늘 폐하께서 스스로 법을 어기신다면 어떻게 나라를 다스리시겠습니까."

서성의 말은 해와 달처럼 공정했으며 추호의 비굴함도 없었다. 그러자 손권은 서성에게 간곡히 말했다.

"손소가 군령을 어겼으니 죄를 받아야 함은 마땅한 일이오. 허나, 내 조카는 본래 성이 유(劉)씨였지만 형님이 생전에 몹시 사랑하시어 손(孫)씨로 개명까지 한 것이오. 그간 형님께서는 나라를 위해 많은 공적도 세우셨는데 그런 일로 조카를 죽인다면 나는 형님께 의리를 저버리게 되지 않겠소. 그러니 장군께서는 나를 봐서 한 번만 용서해 주시기 바라오."

그러자 서성은 한참 후에 말했다.

"좋습니다. 이번만은 폐하의 면목을 보아 살려 주겠습니다."

서성은 임숙히 말했다. 그때 손권은 즉시 손소를 불러들여 서성에게 사죄하라 명했다. 그러나 손소는 사죄는커녕 오히려 큰소리를 쳤다.

"나는 군사를 이끌고 강을 건너가 조비와 맞서 싸우겠습니다. 저는 이미 죽음을 각오하고 있으므로 복종치 않겠습니다."

서성의 얼굴은 노기로 가득 찼다. 그러자 손권이 소리를 높였다.

"냉큼 물러가지 못하겠느냐."

손권은 손소를 꾸짖어 내쫓고 나서 서성에게 말했다.

"그놈이 없다고 해서 나라에 무슨 손실이 되겠소. 앞으로는 저 놈을 다시는 기용하지 마시오."

손권은 그 말을 남기고 돌아가 버렸다. 그날 밤 한 사람이 진영에 와서 서성에게 전했다.

"손소가 3천 명의 병력을 이끌고 몰래 강을 건너갔습니다."

서성은 곧 정봉 장군을 불러 은밀히 군사 3천 명을 주어 강을 건너 손소를 돕도록 했다.

그때 조비의 군사들은 광릉에 이르렀다. 조비가 강에 도착하자 조진에게 물었다.

"강 연안에는 오나라 군사가 얼마나 있는가?"

조진이 대답했다.

"언덕을 보니, 사람새끼라고는 보이지 않습니다."

"그렇다면 무슨 속임수를 쓰는 모양이구나. 내가 가서 자세히 살펴보고 오겠다."

드디어 조비가 탄 용주는 강물을 따라 언덕에 정박했다. 배 위에 세운 용과 봉황을 그린 그림과 해와 달을 그린 오색 깃발들이 휘황찬란하게 휘날려 눈이 부실 지경이었다. 조비는 배에 앉아 강남을 바라보았다. 정말 사람의 인적이라고는 찾아 볼 수가 없었다. 그는 유엽, 장제를 돌아보며 물었다.

"강을 건너는 것이 좋겠소, 아니면 좀 더 두고 보는 게 좋겠소?"

유엽이 대답했다.

"병법대로라면 놈들은 우리 대군이 진격해오는 것을 뻔히 알고 있을 텐데, 어찌 방어 태세가 없겠습니까. 서두르지 마시고 며칠간 적의 동정을 살피는 것이 좋겠습니다."

"경의 말이 내 뜻과 같다."

조비는 고개를 끄덕였다.

그날 밤 강물에는 달빛이 어려 검푸르게 빛났다. 군사들이 모두 등을 밝혀 주위가 대낮같이 밝았지만 저 멀리 강남 쪽은 반딧불 하나 보이지 않았다. 조비가 좌우를 돌아보며 물었다.

"적진에 불빛이 없는 이유가 뭔가?"

곁에 있던 참모가 대답했다.

"폐하의 군사가 온단 말을 듣고 모두 달아났나 봅니다."

조비는 소리 없이 웃었다.

어느덧 밤이 되었다. 새벽 하늘에 짙은 안개가 가득 차 올라 서로 얼굴을 대하고도 지척을 분간할 수 없을 지경이었다. 그때 문득 바람이 일면서 안개가 걷히고 구름이 흩어지기 시작했다. 순간 걷힌 안개 사이로 강남 일대의 성벽이 나타났다. 성루마다 창검이 아침 햇빛에 영롱히 번쩍이며, 군 부대의 깃발이 가득히 꽂혀 바람에 펄펄 나부끼고 있었다. 연락병이 황급히 와서 보고했다.

"폐하, 남서쪽에서 강을 따라 석두성(石頭城)에 이르기까지 수백 리가 모두 성곽과 배와 군사들로 끝없이 이어졌습니다. 이 모두가 하룻밤 사이에 이루어진 일입니다."

"그게 무슨 말이냐?"

조비는 팔다리가 떨리도록 크게 놀랐다. 제 아무리 귀신 같은 재주가 있더라도 하룻밤 사이에 이런 조화를 부릴 수는 없을 것이다. 그것은 서성이 강변의 갈대를 베어 사람처럼 만들고 거기다 모조리 푸른 옷을 입혀 기를 잡게 한 후에 성처럼 만든 곳에 허수아비처럼 세워둔 것이었다. 그러나 강을 사이에 두고 멀리서 이것을 바라본 위나라 군사들은 성벽 위의 엄청난 군사들을 보고 두려움에 사로잡혔다. 조비는 긴 탄식을 했다.

"비록 우리 군사가 많아도 강남의 인재들이 저 정도라면 우리가 어찌 감히 공격을 서두를 수가 있겠느냐."

조비가 탄식을 하고 있을 때 갑자기 큰 바람이 일어 강물의 파도가 높이 일기 시작하면서 조비의 옷을 적시고 큰 배들이 금세 뒤집힐 듯 요동을 쳤다.

조진은 급히 문빙을 불렀다. 문빙은 작은 배를 띄워 조비를 구하러 떠났다. 조비의 용주에 탄 군사들은 배가 기우는 바람에 안절부절이었다. 문빙은 용주로 뛰어올라 조비를 들쳐 업고 작은 배로 뛰어내려 간신히 항구로 배를 몰았다. 조비는 겨우 목숨을 건지고 한숨을 돌리는데 척후병이 달려와 급보를 전했다.

"폐하, 조자룡이 지금 군사를 이끌고 양평관을 거쳐 직접 장안으로 쳐들어가고 있다고 합니다."

조비는 오나라 손권을 치려다가 장안이 위태롭게 될 줄은 미처 예상치 못했던 일이었다. 그는 얼굴색이 변한 채 입술을 부들부들 떨 뿐이었다.

"어서 군사를 장안으로 돌려라!"

조비는 급히 명령을 내렸다. 그러자 위나라 군사들은 사기를 잃고 싸울 생각도 못하고 저마다 달아나려 했다. 그 순간 배 위에서 난데없이 오나라 잠복병들이 나타나 번개같이 공격해 왔다. 조비는 그만 혼백을 잃고 군사들에게 말했다.

"모두 버리고 급히 후퇴하라!"

조비가 탄 용주가 겨우 선착장에 도착했을 때 어디선가 호각 소리와 함께 일제히 함성이 일어나며 한 떼의 군마가 밀려왔다. 적군의 대장은 바로 서성의 명령에 불복하고 군사를 몰고 온 손소였다.

위나라 군사들은 오나라 군사들의 기습 공격을 당해 내지 못하고 대부분이 강물에 빠져 죽었는데, 그 수를 헤아릴 수가 없을 정도였다. 조비는 뭍에 오르지도 못하고 다시 배를 돌려 회하를 지났다. 조비가 강물을 따라 불과 30리쯤 갔을 때 강 위에 가득 덮인 갈대밭에서 불길이 일어났다.

이미 오나라 군사들이 갈대에 기름을 뿌려놓고 기다리고 있었던 것이다. 갈대에 붙은 불은 삽시간에 퍼져 순풍을 따라 불꽃이 하늘을 핥는 듯 치솟았다. 곧 이어 조비가 탄 뱃머리까지 불길에 휩싸였다. 조비는 급히 작은 배로 뛰어내려 겨우 언덕으로 기어 올라갔다. 그 순간 그가 탄 배는 불길에 휩싸여 큰 폭음을 내며 강물 속에 침몰했다.

조비는 안도의 숨을 쉴 여유도 없이 말에 올라탔다. 그가 달아나고 있을 때 언덕 위에서 또다시 난데없는 군사들이 달려들었다. 대장은 오나라의 장군 정봉이었다. 위나라 장군 장료가 급히 말을 몰아 오나라 군사와 맞섰다. 그러자 정봉은 반달 같은 활을 힘껏 당겨 달려오는 장료를 향하여 쏘았다. 그때 장료는 정봉의 화살을 허리에 맞고, 말 아래로 굴러 떨어졌다.

조비군 장수 서황이 급히 달려가서 장료를 구하고 조비와 함께 달아났다. 조비의 군사들은 모두 흩어져 달아나고 오나라 군사에 죽은 자의 수효가 헤아릴 수 없었다. 손소, 정봉은 위나라 군사의 뒤를 쫓으며, 그들이 버리고 간 말과 수레와 배와 무기와 군량들을 산더미같이 거두어 모았다.

오나라의 대승이었고, 위나라의 대패였다. 손권은 승전 장군들에게 큰 상을 내렸다.

10
제갈량이 남만 정벌 길에 오르다

장안 공략에 나선 조자룡은 싸우기도 전에 제갈량으로부터 편지를 받았다. 편지의 내용은 다음과 같았다.

익주의 옹개가 맹획(孟獲)과 짜고
10만 대군으로 4군(四郡)을 쳐들어오니 급히 회군하라.
양평관은 마초가 지킬 것이고,
남쪽의 만족(蠻族)들은 내가 직접 평정할 것이다.

조자룡은 승상의 연락을 받고 급히 군사를 거두어 성도(成都)로 달렸다. 당대의 사람은 물론 후세 사람도 제갈공명(제갈량)의 선견지명에 감탄하지 않는 자가 없다. 이번에도 공명의 전략은 눈에 보이게 뛰어난 것이었다. 촉나라와 오나라의 동맹을 성사시켜 놓고도 오나라와 함께 조비를 즉각 쳐서 중원을 장악하지 않았던 이유가 이제야 드러난 것이다.

공명은 이미 남만이 기세를 떨칠 것이라는 것을 미리 꿰뚫어보고 있었다. 따라서 공명은 남만으로 인해 천하 평정이 그리 쉽게 이루어지지 못할 것이라는 것까지 내다보고 있었다. 촉나라와 오나라의 동맹이 이루어지기 직전에 조비와 남만이 동시에 공격해온 것을 격퇴한 것만으로도 아슬아슬한 일이었다.

만약 공명이 훗날 생각을 하지 않고 조급하게 조비를 쳤다면, 어려운 상황에서 그 후의 남만 공격을 어떻게 감당해냈을 것인가. 공명은 이미 그것을 계산해 놓고 있었던 것이다.

참으로 제갈공명의 선견지명은 뛰어났다. 유비가 세상을 떠난 후 공명은 큰일이나 작은 일이나 친히 다스렸다. 따라서 백성들은 평화와 자유를 마음껏 누리며 살았다. 밤에는 문을 닫지 않아도 도둑이 없었고, 길에 흘린 물건도 줍는 자가 없었다. 더구나 다행히도 해마다 풍년이 들어, 남녀노소가 배불리 먹었으며 나라에서 할 일이 있으면 사람들은 앞을 다투어 서로 나섰다. 그래서 군수품이며 일상생활용품들이 다 갖추어졌고, 곡식은 창고마다 가득 쌓이고 재물은 넘쳐났다.

그러나 건흥 3년, 익주에서 나쁜 소식이 날아들었다.

"맹획이 10만 대군을 이끌고 국경을 넘고 있습니다. 특히 건령태수 옹개는 한나라 때 십방후 옹치의 후손이건만 이번에 맹획과 손을 잡고 반역을 도모한 것입니다. 또한 장가군 태수 주포와 월

전군 태수 고정(高定) 두 사람도 역적 옹개에게 성을 바쳤습니다. 단지 영창군 태수 왕항(王伉)만 변하지 않고 버티고 있습니다. 지금 옹개, 주포, 고정 세 사람의 군사가 모두 맹획의 휘하에 들어가 영창군 공격에 나섰습니다. 왕항은 여개와 함께 성을 사수하고 있습니다."

공명은 이 소식을 듣자, 놀라기보다는 드디어 올 것이 오고야 말았구나 하고 생각했다. 공명은 곧 궁궐로 들어가 황제를 뵙고 말했다.

"저는 남만이 기회만 엿보고 폐하께 복종치 않는 것을 오래 전부터 눈여겨 지켜보면서 앞으로 그들이 국가에 큰 환란을 끼칠 것을 예상하고 있었습니다. 이제 제가 직접 대군을 거느리고 나가 맹획의 무리들을 소탕하고 오겠습니다."

황제는 공명의 말을 듣고 근심어린 어조로 말했다.

"동쪽에는 손권이 있고, 북쪽에는 조비가 있어 항상 우리를 칠 틈만 노리고 있는데. 이제 승상께서 싸우러 나간 사이에 손권이나 조비가 쳐들어온다면 어쩌겠소."

공명이 허리를 굽히며 다시 말했다.

"오나라의 손권은 우리와 연맹을 맺었으니 딴 마음을 품지 않을 것입니다. 혹시 그렇더라도 이엄(李嚴) 장군이 백제성(白帝城)을 지키고 있어서 육손을 막아낼 수 있습니다. 또 조비는 이번 싸움에 크게 패해 여력이 크게 꺾였으므로 함부로 우리를 넘보지 못할 것입니다. 혹시 조비가 오더라도 마초가 한중의 중요한 관(關)을 지키고 있으니 걱정하지 마시기 바랍니다. 혹시 만일의 사태가 발생하면 관흥과 장포 두 장수를 배치하여 폐하를 보호하도록 조치를 취해 놓았습니다. 이제 저는 이 기회를 놓치지 않고 속히 남쪽 오랑캐들을 소탕한 후에 북쪽을 치고 중원을 차지하여, 선제께서 제게 베풀어 주신 은혜와 폐하를 저에게 부탁하신 무거운 책임에 보답할 것입니다."

유선은 제갈공명(제갈량)의 말을 듣고 안심했으나 마음은 허전하기 짝이 없었다. 바로 그때 한 사람이 나서며 말했다.

"승상께서 몸소 가시다니 무슨 말씀이오."

모든 대신들이 돌아보니 그는 남양 사람으로 왕과 국정을 논의하는 간의대부(諫議大夫)라는 지위에 있는 왕련(王連)이었다. 그는 계속해서 말했다.

"남방은 불모지이며 무서운 열병이 많은 곳입니다. 승상께서는 국가 대사를 맡고 있는데 대단치도 못한 부스럼 딱지 정도에 지나지 않는 옹개를 소탕하는데 승상께서 몸소 가실 것까지 없습니다. 우리 장군 중에서 한 분을 보내도 충분할 것입니다."

공명이 대답했다.

"남만은 왕의 통치를 받아 보지 못한 미개한 나라로, 싸워서 항복 받기가 아주 까다롭소. 내가 직접 가서 강하게 맞서고 부드럽게 달래야 겨우 말귀를 알아들을 것이오. 이번 싸움은 하찮은 것 같지만 국가의 앞날에 아주 중대한 일이라 다른 장군에게 부탁할 수가 없는 입장이라는 것을 이해해야 하오."

왕련이 거듭 간청했지만 공명의 계획과 결심을 꺾을 수가 없었다.

그날 공명은 유선과 작별하고 궁궐에서 나오면서 바로 장완(蔣琬)을 참모로, 비위(費禕)를 장사로, 동궐과 번건을 연사로, 조자룡과 위연을 대장으로 삼아 군사를 지휘케 했다. 그리고 왕평(王平)과 장익(張翼)을 부장으로 거느리고, 촉나라 군사 50만 명을 일으켜 익주를 향해 출발했다.

마침내 제갈공명은 고정을 익주태수로 삼아 세 군을 맡아 다스리게 하고, 악환을 아장(牙將)으로 내세웠다. 공명은 첫 싸움에서 고정 · 옹개 · 주포의 삼군을 평정했다. 이에 공명은 군사를 거느리고 남만의 경계선 깊이 들어갔다. 그날도 역시 행군 중인데, 한 장수가 보고를 했다.

"천자께서 보내신 사신이 왔나이다."

공명은 일단 행군을 멈춘 후에 사신을 맞아들였다. 그는 상복 차림을 한 마속이었다. 그의 형 마량이 최근에 세상을 떠났던 것이다. 마속이 천자의 명을 전했다.

"주상의 명령으로 군사들에게 줄 술과 비단을 가지고 왔습니다."

공명은 왕이 내린 하사품을 군사들에게 모두 나누어 주고 나서 마속과 함께 얘기를 나누었다. 공명이 마속에게 물었다.

"난 지금 천자의 명령을 받고 남쪽 오랑캐를 소탕하러 가는데 이번 일을 어떻게 해결해야 하는지 자네가 좀 가르쳐 주게."

"어리석은 소견입니다만 승상께서는 잘 들으십시오. 남만이, 멀리 떨어져 있고 산이 험한 것을 믿고 오래 전부터 천자께 복종하지 않았습니다. 비록 승상께서 오늘 놈들을 굴복시켜도 내일은 또 배반할 것이 뻔한 사실입니다. 승상의 대군이 가면 오랑캐가 소탕될 것은 틀림없지만 회군하면 그날로 북쪽 조비를 치러 떠나야 할 것입니다. 그때 오랑캐들은 우리가 없는 틈을 타서 다시 군사를 일으킬 것입니다. 무릇 용병술이란 힘보다는 마음으로 굴복시키는 것이 으뜸이며, 성을 공격하기보다는 적의 마음을 공격하여 굴복시키는 것이 으뜸이라 했습니다. 원컨대 승상께서는 그 점을 헤아리시어 오랑캐들의 마음을 사로잡아 복종케 하신다면 그 보다 더 바랄 게 무엇이 있겠습니까."

이 말을 듣고 공명은 깊이 감탄했다.

"참으로 자네는 내 속을 꿰뚫어보고 있구려."

공명은 마속을 참모로 삼아 대군을 이끌고 전진을 계속했다. 어려운 가운데 싸움은 계속되었다. 적장 맹획은 싸울 때마다 위연에게 사로잡혀 왔다. 그러나 공명은 지난번 옹개를 풀어 주었을 때처럼 네 번이나 놓아 주었다. 마속의 말대로 힘으로 굴복시키는 것보다 마음으로 사로잡기 위해서였다. 그러나 그때마다 맹획은 공명을 배반하고 돌아섰다. 공명이 무더위 속에 대군을 통솔하는 중에 문득 초마가 달려와 보고했다.

"맹획은 독룡동(禿龍洞)에 깊이 들어가 나오지 않고, 더구나 중요한 길목을 모조리 끊고 막았으며 파수병을 배치하였을 뿐 아니라, 산이 높고 길이 험악하여 우리가 전진할 수 없습니다."

공명은 여개(呂凱)에게 지형을 물었지만 여개조차도 독룡동 가는 길은 자세히 모르고 있었다. 그때 장완이 입을 열었다.

"맹획이 네 번이나 사로잡혀 혼이 났는데 다시 나올 까닭이 없습니다. 더구나 지금은 불볕 더위로 모두 허덕대고 있으므로 더 이상의 진군은 무립니다. 여기서 군사를 돌리는 것이 어떤지요."

공명은 좌우로 천천히 머리를 흔들었다.

"그것이 바로 맹획이 바라는 바다. 우리가 한 번 물러서면 그들은 기회를 놓치지 않고 추격할 것이다. 어찌 여기까지 와서 그냥 돌아갈 수 있겠느냐."

공명은 왕평으로 하여금 선봉에 서게 하고 항복해 온 오랑캐에게 길 안내를 맡게 하여 더위를 무릅쓰고 서북쪽 길로 들어섰다. 얼마쯤 갔을 때 앞서 가던 왕평의 군사들이 소리쳤다.

"여기 물이 있다."

군사들은 환호성을 올리며 앞 다투어 물을 마시고 목마른 말들에게도 물을 주었다. 왕평이 겨우 길을 찾아 돌아왔을 때 물을 마신 군사들이 모두 말을 못하고 손가락으로 입만 가리키고 있었다. 이 소식을 들은 공명은 병사들이 독극물에 중독된 것을 알았다.

공명이 달려가 보니 연못에는 맑고 깊은 물이 고여 있었다. 공명은 수레에서 내려 언덕으로 올라가 사방을 둘러보았다. 산봉우리에는 산새들 한 마리도 날지 않았다. 문득 먼산을 바라보니 옛 무덤이 보였다. 공명이 넝쿨을 헤치며 칡뿌리를 붙들고 따라가 보니 돌로 만든 집이 나타났다. 안에는 장군의 석상이 있고 비석도 서 있었다.

비문을 읽어 보니 복파(伏波)장군 마원(馬援)의 사당이었다. 마원 장군이 옛날 이곳을 평정하러 왔던 것이 틀림없었다. 그 후로 토착민들이 그를 위해 사당을 짓고 제사를 올리는 곳이었다. 공명은 예를 갖추어 절을 하고 공손히 말했다.

"본인은 돌아가신 선제의 명을 받들어 중임을 맡아 남만 평정에 나서 이곳까지 왔습니다. 이곳을 평정한 후에는 즉시 위나라 조비를 치고 한나라 황실을 안정시키고자 합니다. 허나 지금 우리 군사들이 길을 잘 몰라 헤매던 중 독극물을 잘못 마셔 모두 벙어리가 되고 말았으니, 바라건대 존귀하신 장군께서는 황실의 은혜와 의리를 생각하셔서 신령을 나타내어 저를 도우소서."

공명은 기도를 마치고 사당에서 나왔다. 그때 산에서 한 노인이 지팡이를 짚고 나타났다. 그 모습이 고귀했다. 공명은 노인을 영접하여 다시 사당으로 들어가 예를 마치고 들에서 마주 앉아 노인에게 물었다.

"어르신께서는 누구십니까?"

"나는 촉나라의 승상 이름을 들은 지 오랩니다만 이제야 뵙게 되었군요. 더구나 만방의 사람들이 승상께서 목숨을 구해 준 은혜를 입고 있음을 잘 알고 있어 감사하는 바이오."

"저희 군사들이 독약에 중독된 것을 풀고 싶습니다."

공명은 우선 급한 것부터 물었다. 그러자 노인은 웃으며 도사가 사는 곳을 일러 주었다. 노인은 산신이었다.

이튿날 공명은 신향과 예물을 갖추어 왕평과 벙어리가 되어 버린 군사들을 거느리고 산신이 가르쳐 준 곳을 찾아갔다. 산골로 접어들면서 한 가닥의 길을 더듬어 20여 리를 찾아가자, 큰 소나무와 잣나무, 무성한 대나무와 기이한 꽃들이 피어 있는 울타리 속에 한 채의 집이 보이면서 그윽한 향내가 사람의 코를 찔렀다. 공명은 크게 기뻐하며 정원 문을 두드리자 한 아이가 나왔다. 공명이 아이에게 이름을 말하자, 대나무 관에 짚신을 신고 눈이 푸르고 수염이 노란 사람이 달려 나왔다.

"촉나라에서 오신 승상이 아니십니까?"

공명이 웃으며 대답했다.

"도사는 어떻게 저를 아십니까?"

그러자 도사는 비록 초면이지만 오랜 친구를 대하듯 말했다.

"승상이 남만 정벌 길에 오르신 지 오래 되었는데 왜 모르겠습니까."

도사는 친구를 영접하듯 초당으로 안내했다. 서로 인사가 끝나자 예의를 갖추고 자리를 정했다. 공명이 자신이 찾아온 뜻을 말하자 그는 군사들에게 샘물을 마시게 했다. 그러자 군사들은 샘물을 마시기가 무섭게 누런 침들을 한바탕 토하더니 서로 입을 벌려 왁자지껄 떠들며 좋아했다. 아이가 군사들을 만안계로 안내하자 모든 군사들이 개구리처럼 즐거워하며 물속에 뛰어들어 목욕을 했다.

그때 도사는 암자에서 잣차와 송화차로 공명을 대접하며 말했다.

"독룡동에는 독사와 전갈이 많고, 버들꽃이 개울물에 떨어져 있어 물을 마실 수 없으니 땅을 파서 샘물을 마시면 됩니다."

"해엽운향이 있다는 말도 들었습니다. 좀 주시겠소."

"집에 얼마든지 있으니 마음대로 가져가시지요."

모든 군사들은 즉시 해엽운향을 뜯어 각기 한 잎씩 입에 물고 산골에 오지 못한 군사들을 위해 몸에 지녔다. 공명이 곧 도사에게 이름을 물었다.

"나는 바로 맹획의 형 맹절(孟節)입니다."

그 말에 공명은 크게 놀랐다. 그러자 도사가 웃으며 말했다.

"승상은 의심하지 말고 내 말을 들으시오. 우리 부모 슬하에 삼형제가 있으니 장남이 바로 저 맹절이며, 둘째가 맹획이고, 막내가 맹우입니다. 부모님은 이미 세상을 떠나셨고, 두 동생은 성질이 거세고 모질어 왕의 통치를 받아들이지 않았습니다. 제가 여러 번 달랬으나 말을 듣지 않아서 저는 이름과 성을 바꾸어 이곳에 은거하고 있습니다. 이제 동생들 때문에 승상께서 이런 험한 곳까지 오셔서 큰 고생을 하시니 괴롭고 송구스러울 뿐입니다. 제가 먼저 승상께 죄를 빌겠습니다."

공명이 탄식했다.

"이제야 내가 도척과 유하혜(柳下惠) 같은 일을 믿겠습니다. 그 일이 바로 여기도 있구료."

공명은 말을 끊고 무엇인지 한참 생각했다.

"내가 천자께 말씀드려 공을 이곳 왕으로 삼으면 어떻겠소."

맹절은 웃으며 손을 설레설레 흔들었다.

"제가 이름을 내세우는 것이 싫어 이곳에 숨었는데 어찌 부귀영화를 탐하겠습니까."

공명이 금과 은을 내렸지만 맹절은 사양했다.

진영으로 돌아온 공명은 군사들에게 물이 나올 때까지 땅을 파라고 분부를 내렸다. 군사들이 이십여 길을 팠으나 물이라곤 한 방울도 나지 않았다. 그렇게 십여 군데를 팠지만 마찬가지였다. 군사들이 헛수고만 하자 공명은 당황했다. 그날 밤 공명은 분향하고 하늘에 고했다.

"제가 재주와 덕망이 없는 몸으로 나라의 복록을 입고, 천자의 명을 받들어 만방을 평정하러 왔으나 물이 없어 병사와 말이 목이 말라 죽을 지경이 되었습니다. 만일 하늘이 나라를 사랑하신다면 곧 샘물을 주십시오. 허나, 만일 촉나라의 운명이 끝났다면 저야말로 이곳에서 깨끗이 죽게 하소서."

공명이 축원을 마치고 단정히 앉아 기다렸다.

어느덧 날이 밝았다. 그러자 기적이 일어났다. 물 한 방울 나지 않던 샘에 맑은 물이 가득가득 고여 넘실거리지 않는가. 공명의 군사들은 물 걱정이 없어지자 유유히 길에서 빠져나와 독룡동 앞까지 와서 진영을 구축했다.

맹획의 병사들은 공명의 군사가 온 것을 보자, 몹시 놀라 즉시 그 사실을 맹획에게 보고했다.

"독물에도 기운을 잃지 않고, 기갈도 없이 무사히 돌아온 것을 보니 촉나라 군사들에게는 독물도 소용없는 것 같습니다."

그러나 맹획은 그들의 보고를 의심했다.

"촉군이 오다니 믿을 수가 없다."

타사 대왕(朶思大王) 역시 그 말을 곧이듣지 않았다.

"믿고 안 믿고는 나중에 하고 우선 나가 봅시다."

타사 대왕은 맹획과 함께 높은 산에 올라갔다. 그들은 놀라움에 사로잡혀 어쩔 줄을 몰랐다. 아무리 다시 눈을 닦고 보아도 촉나라 군사들이 산 밑에 주둔하고 있었다. 그뿐이 아니었다. 군사들은 유유히 큰 통을 메고 어디에선가 물을 운반해오고 말을 먹이고 밥도 짓고 있었다.

타사 대왕은 이것을 보자 온몸의 피가 거꾸로 치솟는 두려움에 사로잡혔다. 타사가 맹획을 돌아보며 떨리는 목소리로 말했다.

"저들은 사람이 아니라 귀신들이 아니오?"

맹획은 입을 악물고 앙칼지게 대답했다.

"일이 이렇게 된 바에야 우리 두 형제는 죽음을 각오하고 싸우겠소. 이렇게 앉은 자리에서 다시 사로잡힐 수야 없습니다."

"만일 대왕이 패하면 우리 처지도 끝장입니다. 그러니 우선 소와 말을 잡아 병정들을 잔뜩 먹인 후, 물불 가릴 것 없이 한번 맞부닥쳐 싸워 보겠습니다."

그들은 즉시 산에서 내려와 병사들을 먹이며 싸움 준비에 바빴다. 이때 병사 중의 하나가 들어와 맹획에게 보고했다.

"우리 동(洞) 뒤에 있는 은야동(銀冶洞)의 스물한 번째 동주 양봉(楊鋒)이 군사 3만 명을 이끌고 도우러 왔습니다."

맹획이 크게 기뻐하며 말했다.

"이웃 병사가 우리를 도우러 왔으니 반드시 이길 것이다."

그는 곧 타사 대왕과 함께 동구로 나가 양봉을 영접했다. 양봉이 병사를 이끌고 들어와 말했다.

"내가 거느린 정병 3만 명은 모두 철갑으로 무장했으며, 모두들 나는 듯이 산을 넘어왔으니 촉나라 병사 1백만 명을 능히 대적할 것이오. 또 내 다섯 아들은 모두 무예가 뛰어나니 무엇이 두렵겠소."

양봉은 다섯 아들을 불러 맹획과 타사 대왕에게 절을 시켰다. 양봉의 다섯 아들은 호랑이같이 위풍이 늠름했다. 맹획은 잔치를 크게 베풀어 접대했다. 술이 얼큰하게 취하자 양봉이 말했다.

"군막에 소일거리가 없어서 제가 놀이패를 데려왔소. 그들은 칼과 방패로 춤을 추어 한바탕 여러분의 흥을 돋굴 것이오."

그러자 타사와 맹획도 덩달아 좋아하며 보여 주기를 원했다. 이윽고 수십 명의 패거리들이 머리를 풀고 맨발로 장외에서 멋들어지게 춤추며 들어왔다. 그때 병사들은 일제히 손뼉을 치며 노래를 불러 장단을 맞추었다.

양봉은 두 아들을 시켜 장군께 잔을 권하게 했다. 두 아들은 술잔을 가지고 맹획, 맹우의 앞으로 갔다. 그러자 맹획과 맹우가 얼굴에 웃음을 띠고 잔을 받아 마시려 할 즈음이었다.

"저 두 놈을 어서 잡아라."

느닷없이 양봉이 그렇게 외치자 그의 두 아들은 순식간에 맹획과 맹우에게 달려들어 뒤로 결박 지웠다. 맹획과 맹우는 어찌 된 영문인지 놀라서 눈만 휘둥그레 떴다. 바로 그때 타사 대왕은 사태가 수상한 것을 깨닫고 슬그머니 꼬리를 빼고 뒤로 달아났다.

그러나 때는 이미 늦었다. 양봉이 벌떡 일어나 타사의 뒷덜미를 나꿔챘다. 동시에 놀이패들이 무서운 기세로 장막을 에워쌌다. 그때 맹획이 처량한 목소리로 물었다.

"토끼가 죽으면 여우도 슬퍼하는 법이다. 같은 무리가 다치면 그 종류도 온전할 수 없다 했는데 나와 그대는 모두 만방의 동주(洞主)로, 지난날 서로 원수진 일이 없는데 어찌 나를 해치려 드느냐?"

양봉이 꾸짖으며 대답했다.

"내 형제와 조카들이 모두 제갈승상의 은혜로 살고 있는데 어찌 지금 그 은혜를 보답하지 않을 수 있겠느냐. 더구나 너는 까닭 없이 왕명을 배반하여 무수한 생명을 도탄에 빠뜨렸으니 너를 사로잡아 승상께 바치지 않을 수 없다."

그 말을 듣자, 모든 병사들도 슬며시 꼬리를 빼며 각자 고향으로 떠나버렸다.

양봉은 맹획, 맹우, 타사 대왕을 결박하여 공명의 진영으로 끌고 갔다. 양봉은 공명에게 깊이 절하고 말했다.

"제 형제와 조카들이 모두 승상의 은덕을 입었기에, 이제 이 자들을 사로잡아 바치는 것입니다."

공명은 양봉 부자에게 큰 상을 내리고 맹획을 끌어내라 명령했다. 맹획이 들어오자 공명은 껄껄 웃었다.

"네놈이 이래도 항복을 못 하겠느냐?"

맹획은 머리를 쳐들고 말했다.

"그대가 나를 잡은 것이 아니라 우리 패가 나를 배반해서 이 지경을 만들었다. 죽이려면 죽여라. 허나, 나는 귀신이 될지라도 항복은 할 수 없다."

"네가 나를 물 없는 곳에 끌어넣고, 또 아천, 멸천, 흑천, 유천의 독한 곳으로 끌어넣은 것도 나를 속인 것이 아니고 무엇이냐. 그러나 너도 보다시피 우리 군사들은 아무 해를 입지 않고 돌아왔다. 이것은 하늘의 뜻이 우리에게 있음을 알린 것이다. 그런데 너는 왜 그다지도 어리석게 고집을 부리느냐."

"우리 조상은 대대로 은갱산(銀坑山) 속에서 살았소. 그곳은 세 갈래 강이 있고, 험하고 견고한 산이 있어, 지키기는 쉬우나 들어가기는 어려운 곳이오. 당신이 만일 한 번만 저를 살려 주신다면 그곳에 들어가 여생을 보내며 자자손손(子子孫孫) 대대로 마음을 기울여 섬기며 살겠소."

그 말을 듣자 공명이 말했다.

"내가 너를 다시 살려 주겠다. 병마를 정돈하고 가서 만인들을 구하면, 내가 천자께 여쭈어 후하게 보상할 것이다."

공명은 맹획의 결박을 풀어 주고 돌려보냈다. 맹획이 큰절을 하고 떠나자 공명은 맹우와 타사 대왕을 불러 결박을 풀어 주고 술을 권했다. 맹우와 타사 대왕은 공명의 극진한 대우를 받고 송구스러워 감히 얼굴도 쳐들지 못했다. 공명은 그들의 말에 안장까지 얹어 주고 돌려보냈다. 공명은 만인 포로들을 석방하고 양봉 부자에게는 벼슬을 내리고, 군사들에게도 큰 상을 내렸다.

그리고 공명은 남만을 평정하고, 위연을 선봉으로 삼아 먼저 촉나라로 길을 재촉하도록 했다. 노수에 이르렀을 때였다. 갑자기 검은 구름이 몰려오고 물 위로 큰 바람이 몰려와 모래가 날리고 돌들이 굴렀다. 군사들은 감히 한 걸음도 옮기지 못했다. 위연은 할 수 없이 군사를 돌려 공명에게 돌아와 함께 떠나기로 했다.

때는 9월 중순이었다. 공명이 고국을 향해 회군 길에 오르자, 맹획은 동주와 추장과 모든 부락민들까지 거느리고 나와 절하며 전송했다. 공명이 맹획에게 노수를 건너는 비법을 물었다.

"원래 그 강에는 미친 귀신이 있어서 장난이 심하므로 왕래하는 사람들은 반드시 제사를 지내지요."

"제사 물건은 무엇으로 쓰오."

"예전에 나라 안에 귀신이 화를 일으켜 사람의 살로 만든 고기를 채워 삶아서 만두(饅頭)를 만들어 제사를 지냈더니, 그 길로 바람이 자고 물결은 고요해졌으며 풍년까지 들었습니다."

공명은 노수 강변에 가 보았다. 직접 보니 정말 음산한 바람이 불고 물결이 무섭게 일어났다. 사람뿐만 아니라 말까지 놀라서 앞발굽을 높이 들며 돌아서려고 했다.

"승상께서 이곳을 지나신 후로는 밤마다 강에서 귀신들의 울부짖는 소리가 일어나기 시작했는데, 황혼녘에서 새벽까지 울음소리가 그치지 않고 산과 들에 음산한 귀신들이 자욱하여 아무도 감히 건너지 못하고 있습니다."

공명이 말했다.

"아, 이것은 모두 내 죄로구나. 전에 마대가 촉병 1천여 명을 거느리고 이곳을 건너가다가 빠져 죽고, 다시 남인들을 죽여 모두 여기 버렸더니, 원한이 맺힌 귀신들의 한이 풀리지 않아 그런 것이다. 내가 오늘 밤에는 물가에서 제사를 올릴 것이다."

그러자 옆에서 토착인들이 말했다.

"좋은 말씀입니다. 제사를 지내실 때는 옛날식대로 사람의 살로 만든 만두 마흔아홉 개를 바치면 원귀들이 스스로 물러 갈 것입니다."

공명이 그 말을 듣고 점잖게 꾸짖었다.

"본래 사람이 죽어 원귀가 된 것인데 어찌 또 생사람을 죽이겠느냐. 내게 좋은 방법이 있다."

공명은 드디어 사람을 불러 소와 말을 잡고 국수를 반죽하여 사람의 머리처럼 만들게 하고, 그 속에다 소와 양들의 고기를 넣어 만두를 빚게 했다. 만두는 이와 같은 제갈공명의 노수 제사가 그 첫 유래로 알려지고 있다.

그날 밤 노수에서는 큰 제사가 벌어졌나. 향불을 피우고 제물을 차리며 등불 마흔아홉을 밝히고 깃대를 세운 다음 혼을 불렀다. 만두를 비롯해서 모든 제물을 땅에 펼쳤다.

공명은 3경에 금으로 만든 관을 쓰고 흰 제사 옷을 입고 나와 몸소 제사를 지냈다. 그때 동궐(董厥)에게 제사의 글을 읽게 했다.

"대한(大漢) 건흥 3년 가을 9월 1일에 무향후 익주목 제갈량은 제사의 예물을 베풀어 나라를 위해 목숨을 바친 촉나라 장교와 남쪽 사람에게 말씀을 올리나이다. 우리 대한 황제께서 위력으로 다섯 번의 싸움에 이겨 천하를 제패하고 나라를 밝게 이끄시었습니다. 그러나 멀리서 오랑캐들이 국경을 넘고 외지에서 군사를 일으켜 요사한 짓을 일삼으며, 이리 떼와 같은 마음으로 나라를 함부로 희롱하므로 제가 왕명을 받들어 죄를 물어 다스렸습니다. 이제 대군으로 땅강아지와 개미 떼 같은 놈들을 깨끗이 토벌하고 웅장한 군사가 구름같이 모여 미친 도적들을 마치 대를 쪼개듯 확실히 척결했습니다. 그러나 군사들은 싸우는 중에 간사한 계교에 떨어져 더러는 활에 맞고, 혹은 칼이나 창에 찔려 그 혼백들이 어둠 속으로 돌아가니 살아서는 용기를 떨치고 죽어서는 그 이름을 남겼습니다. 이제 승전의 노래를 부르며 귀가하면서 죽은 그대들에게 적장들을 바치노니 그대들의 영혼이 슬기롭다면, 우리의 기도를 듣고 내가 휘날리는 깃발을 따라 촉나라 고향으로 돌아가 친지들의 제사를 받으시기를. 결코 타향의 귀신이 되지 말고 이역의 외로운 넋이 되지 마소서. 제가 마땅히 천자에게 여쭈어 그대들의 고향 집에 나라의 은덕이 미치게 할 것이며 해마다 옷과 양식을 주고, 달마다 녹봉을 내려 그대들의 마음을 위로할 것이오. 아울러 이 땅의 귀신과 남쪽에서 죽은 넋에게도 반드시 피의 대가가 있을 것이오. 산 사람이 이미 천자의 위엄을 입었으며 죽은 자도 또한 왕의 치하에 돌아가 다시는 울부짖지 마시라. 적으나마 정성을 바쳐 삼가 제사를 지내나이다. 바라건대 모든 혼령들은 받으소서."

제사의 글이 끝나자 공명은 목놓아 울었다. 그 애통해 하는 모습이 산과 들을 덮어 군사들도 눈물을 흘리지 않는 자가 없었다. 따라왔던 맹획의 무리들도 소리치며 울자 구름과 안개 속에 있던 수천의 귀신과 혼령들마저 모두 바람 따라 흩어졌다.

공명은 좌우의 장수들에게 명하여 제물들을 노수 가운데 뿌리게 하고, 그 이튿날 대군을 거느리고 함께 물을 건너 노수 남안에 도착했다.

이미 구름은 흩어지고 안개는 걷혀 바람은 고요하고 물결은 잔잔하여 촉나라 병사들은 마음놓고 물을 건널 수 있었다. 공명은 군사가 영창에 이르자 왕황과 여개를 그곳에 남겨 사군을 지키게 했다. 그리고 거기까지 따라온 맹획으로 하여금 무리들을 거느리고 돌아가게 했다. 공명은 맹획과의 이별에 앞서 신신당부를 했다.

"부디 나라를 잘 다스려 백성들을 편하게 하고 농사의 때를 잊지 말도록 하라."

맹획과 그의 무리들은 울며 절하고 돌아갔다. 공명도 군사를 이끌고 성도로 돌아갔다.

11
노익장, 조자룡의 맹활약

조비가 위나라 제위에 오른 지 7년째 되는 해, 촉한(蜀漢)은 건홍 4년이었다. 그해 조비는 한여름에 한질(寒疾)에 걸렸다. 의원들이 아무리 정성을 들여 치료를 해도 병이 낫지가 않았다. 조비는 이미 천명을 다한 것을 알고 진 부인이 낳은 아들 조예(曹叡)와 조진 · 진군 · 사마의를 불러 말했다.

"짐은 병이 깊어 천명을 다한 듯싶다. 올해 들어 허창(許昌)의 성문이 이유 없이 무너지는 것을 보고 그 뜻을 알았다. 그대 세 장군은 어린 조예를 도와 짐의 뜻을 저버리지 말라."

조비는 그 말을 남기고 눈물을 주르르 흐르면서 곧 숨을 거두었다. 그때 조비의 나이 40세이었고, 천자에 오른 지 7년째였다. 조비가 죽자 대신들은 장례를 치르고 조예를 받들어 대위 황제로 삼았다.

그러나 오랫동안 태평을 누리던 낙양에는 검은 전쟁의 기운이 짙게 드리우기 시작했다. 제갈량(공명)이 30만 대군을 거느리고 조자룡을 선봉에 내세워 쳐들어온다는 소식이 전해진 것이다. 백성들은 밤에 잠을 이루지 못하고 불안해했다. 촉나라 군사가 낙양성을 앞두고 있을 때 조예에게 급보가 날아왔다. 조예는 곧 군신들을 불러모아 대처 방안을 의논했다.

"누가 나가 촉병을 물리치겠느냐?"

그때 한 사람이 나서서 말했다.

"제 부친께서 한중에서 죽어 원한을 아직 갚지 못한 터에, 폐하께서 제게 관서의 군사를 주신다면 촉군을 깨어, 위로는 나라에 보국하고 아래로는 제 아버지의 원수를 갚겠습니다."

그는 곧 하후연의 아들 하후무였다. 그는 성질이 몹시 급하고 인색했다. 어려서 하후돈의 양자가 되었는데, 훗날 아버지 하후연이 황충에게 칼을 맞아 죽었을 때 조조가 불쌍히 여겨 딸 청하 공주와 짝을 지어 그를 부마로 삼았었다. 그때부터 그는 군권을 쥐고 있었으나 아직 한 번도 싸움에 나간 적이 없었다. 이날 하후무가 출정을 원하자 조예는 곧 허락했다. 그런데 사도 왕랑(王郎)은 어명이 내리자 고개를 가로저었다.

"폐하, 안 됩니다. 하후무는 일찍이 싸운 경험이 없어 그런 큰 임무를 수행할 수가 없습니다. 촉나라의 제갈량으로 말하면 천하가 다 아는 전략가인데 어떻게 당해 낼 수가 있겠습니까."

그 말을 듣고 하후무는 크게 화를 냈다.

"사도가 제갈량과 결탁하지 않았다면 어찌 그런 말을 한단 말이오. 나는 어려서 아버지를 따라 전략을 배우고 병법을 익혔소. 그대는 왜 어림짐작으로 나를 평하려는 것이오. 내가 만일 제갈량을 사로잡아 오지 못하면 다시 돌아와 천자를 뵙지 않을 것이오."

하후무가 장담을 하고 방 안을 살피자 왕랑을 비롯하여 아무도 시비를 거는 자가 없었다. 하후무는 곧 관서의 군사 20만 명을 거느리고 공명과 대적하게 되었다.

그때 제갈공명은 면현(沔縣)에 있는 마초의 무덤을 지나면서 그의 아우 마대에게 상복을 입히고 친히 제사를 지냈다. 진영에 돌아와 전략을 논의하는데 갑자기 위병(衛兵)이 급보를 전했다.

"위나라 조예가 부마 하후무를 보내 공격해 옵니다."

그 말을 듣고 위연이 계책을 말했다.

"하후무는 고생을 모르고 자라서 약하고 무능하니 제게 정예병 5천 명을 주시면 포중(褒中)에서 진령(秦嶺) 동으로 돌고, 자오곡

(子午谷)으로 빠져 북쪽으로 가면 불과 열흘 안에 장안을 칠 수 있습니다. 더구나 하후무는 내가 온다는 말을 들으면 필연코 성을 버리고 후문으로 달아날 것입니다. 그때를 틈타 저는 동쪽에서 몰고 승상께서는 하후무를 쫓아 사곡(斜谷)으로 나가면 함양 서쪽을 모두 얻을 수 있을 것입니다."

위연의 계략을 듣고 나자 공명은 웃으며 말했다.

"좋은 의견이나 사태를 모두 살핀 전략은 아니다. 중원에는 인물이 없는 줄 아느냐. 만일 산골에서 길을 끊고 복병으로 급습하면 5천 명의 군사는 어떻게 살아 남겠느냐. 우리의 예봉이 꺾이는 작전은 안 된다."

그러나 위연은 뜻을 굽히지 않았다.

"승상께서 큰길로 가시면 하후무는 반드시 관중의 모든 군사를 동원하여 맞을 것입니다. 그렇게 되면 싸움은 오래 끌게 될 것이고, 중원은 언제 얻으시겠습니까."

공명은 역시 위연의 말을 듣지 않았다.

"내 농서를 뺏고 평탄 대로를 따라 법대로 진군하면 왜 이기지 못하겠느냐."

공명은 끝내 위연의 계책을 물리치고 조자룡(조운)에게 진군 명령을 내렸다.

그때 하후무는 장안에서 관서의 군사를 모으고 있었다. 마침 서량(西凉)장군 한덕(韓德)이 8만 명의 군사를 끌고 그를 돕기 위해 찾아왔다. 한덕은 도끼를 잘 쓰고 힘이 세고 용맹한 장군으로 정평이 나 있었다. 하후무는 한덕을 선봉으로 삼았다.

한덕의 네 아들은 모두 무예와 궁마에 뛰어났다. 맏아들은 한영, 둘째는 한요, 셋째는 한경, 넷째는 한기였다. 한덕은 이 네 아들과 함께 봉명산에서 촉나라 병사와 만났다. 한덕은 네 아들을 양쪽으로 거느리고 앞으로 나가 큰 소리로 꾸짖었다.

"나라의 역적들아, 어찌 감히 남의 땅을 넘보느냐."

조자룡이 한마디 대꾸도 없이 그대로 창을 휘두르며 달려나갔다. 맏아들 한영이 조자룡과 서른 번 맞선 끝에 마침내 창에 찔려 죽었다. 그러자 차남 한요가 달려들었다.

"이 늙은 놈아, 내 칼을 받아라."

한요가 소리를 지르고 칼을 휘두르며 달려왔다. 조자룡과 다시 맞서 싸웠으나 한요는 계속 위기에 빠졌다. 그러자 셋째 한경이 방천극을 잡고 협공해 왔다. 그러나 조자룡은 조금도 두려워하지 않고, 정교한 창법으로 한경과 한요를 요리하고 있었다.

형들의 형세가 불리한 것을 안 막내 한기는 두 자루의 일월도를 휘두르며 조자룡을 에워쌌다. 조자룡은 세 장수에 포위된 채 싸웠다. 마침내 한기가 창에 맞아 말에서 떨어지자, 같은 편의 장군이 달려나와 한기를 구해 돌아갔다.

조자룡이 지체없이 창을 잡고 쫓아가자, 한경이 방천극을 놓고 활을 뽑아 연달아 세 번을 날렸으나, 조자룡은 창으로 막아 떨어뜨렸다. 한경은 크게 당황하고 놀랐다. 그는 다시 방천극을 휘두르며 달려오다가 조자룡의 화살에 맞아 그대로 말에서 떨어졌다. 한요가 칼을 쳐들고 조자룡을 베려는 순간, 조자룡은 창을 땅으로 던지고 날아오는 칼끝을 번개같이 피하며, 한요를 사로잡아 진중에 맡기고 다시 창을 잡고 달려왔다.

한덕은 기가 막혔다. 삽시간에 네 아들이 조자룡의 손에 쓰러지는 것을 보자 그는 외마디 소리를 지르며 진영으로 달아나 버렸다.

서강 병사들은 일찍이 조자룡의 명성을 알고 있었다. 위나라 군사들은 조자룡의 무술을 보고 감탄하면서 감히 나가 맞서려는 장군이 없었다. 조자룡의 말발굽이 닿는 곳마다 진지가 무너졌다. 조자룡은 한 필의 말과 한 개의 창만으로 적진을 무인지경(無人之境)으로 만들었다.

한편 등지(鄧芝)는 조자룡이 크게 이기는 것을 보자, 곧 촉나라 병사를 몰아 적을 쳤다. 서량병들은 크게 패하고 달아났다. 한덕은 하마터면 조자룡의 손에 잡힐 뻔했다가 갑옷을 벗어던지고 말도 뺏긴 채 겨우 달아났다.

조자룡과 등지는 군사를 거두어 진지로 돌아왔다. 그때 등지가 조자룡에게 찬사의 말을 했다.

"장군께서는 나이가 이미 칠순이신데도 싸움에서 젊은 시절과 다름이 없으십니다. 오늘 적진에서 적장 네 명을 한꺼번에 베신 일은 세상에서 흔치 않은 일입니다."

조자룡은 얼굴에 홍조를 띄우며 말했다.

"승상께서 내가 나이가 많다고 기용하지 않으려고 하시기에 내가 더욱 힘을 낸 것뿐입니다."

조자룡은 사로잡은 한요와 함께 전승 보고서를 공명에게 올렸다. 한덕은 패병을 거느리고 돌아와 하후무 앞에서 네 아들을 한꺼번에 잃었다고 울면서 하소연했다. 그러자 하후무는 몸소 군사를 거느리고 조자룡을 찾아나갔다. 하후무가 나왔다는 말을 들은 조자룡은 다시 창을 잡고 말에 올라 군사 1천여 명을 거느리고 봉명산 앞에 진을 쳤다.

하후무는 황금의 투구를 쓰고 백마를 높이 탄 채 손에 큰 칼을 잡고 깃발 아래 서서 조자룡을 바라보았다. 하후무가 참지 못하고 나가려고 하자 한덕이 말렸다.

"저놈이 내 아들을 넷이나 죽인 놈이오. 내가 어찌 아들의 원수를 갚지 않을 수가 있겠소."

한덕이 외치며 큰 도끼를 휘두르며 조자룡과 맞섰다. 그러나 불과 서너 번 맞선 끝에 한덕은 칼에 찔려 말 아래로 굴러 떨어졌다. 조자룡이 그 길로 말 머리를 돌려 하후무를 공격하자, 그는 혼비백산하여 진영으로 달아났다. 등지가 때를 놓치지 않고 군사를 휘몰았다. 위나라 군사는 기세가 꺾여 10여 리나 후퇴했다.

8장

제갈공명의 마지막 날

1
철저하게 가정(街亭)을 사수하라

위나라를 떠난 사마의의 군사는 20만 명이 넘었다. 그 수가 관(關)에서 진영을 치자 위세가 하늘을 찌를 듯했다. 사마의는 조용히 장합을 불렀다.

"제갈량(공명)은 사람됨이 평생 동안 근신하여, 감히 위태로운 일을 피합니다. 내가 만일 제갈량이었다면 먼저 자오곡에서 곧바로 장안을 쳤을 것이오. 허나 제갈량이 지략이 없어서 그렇게 안 한 것이 아니라 단지 실수가 두려워 안전한 방법을 취한 것입니다. 이제 그는 반드시 사곡(斜谷)에서 나와 미성을 칠 것이오. 미성을 잡으면 군사를 둘로 나누어 하나는 기곡(箕谷)을 뺏으려고 할 것이오. 내가 이미 격문을 보내 조진에게 미성를 지키되, 비록 촉군이 나타나도 나가서 싸우지 말고 방어만 하라 했소. 또한 손례(孫禮)와 신비(辛毗)에게 기곡 길에 매복했다가 촉병이 오면 기병으로 물리치라 했소."

사마의의 말을 듣고 장합이 물었다.

"그렇다면 장군은 어느 곳으로 가실 겁니까?"

사마의가 웃으면서 말했다.

"진령 서편에 가정(街亭)이라는 곳을 지나는 길인데 그 옆에 열류라는 성이 있소. 두 곳은 모두 한나라로 가는 목구멍이나 다름 없는 곳입니다. 제갈량은 조진의 준비가 없는 것을 이미 알고 그곳으로 올 겁니다. 내가 장군과 함께 가정을 차지하면 거기서 양평관은 그리 멀지 않아요. 내가 가정을 지켜 적의 보급을 끊어버리면, 적은 농서를 지키지 못하고 반드시 밤을 이용하여 한중으로 달아날 것이오. 그때 적을 치면 승리는 우리 것이오. 만일 공명이 돌아가지 않는다고 해도 여러 소로를 차단한 채 한 달만 버티면 촉나라 병사들은 군량이 없어 모두 굶어 죽을 것이며 제갈량마저 사로잡을 수 있을 것이오."

사마의의 말을 듣고 장합은 크게 감탄하며 땅에 엎드려 절했다.

"도독은 과연 신과 같은 지혜를 가지셨습니다."

그러나 사마의는 겸손했다.

"비록 일이 뜻대로 이루어진다 해도 제갈량은 맹달과 견줄 수 없으니, 장군도 선봉이라 해서 가볍게 나가지 말고 여러 장수들과 긴밀히 연락하며 산의 서쪽 길로 돌아 멀리서 경계를 늦추지 말고 복병이 없거든 가셔야 합니다. 만일 그렇게 하지 않으면 반드시 제갈량의 계책에 빠질 것입니다."

장합은 사마의의 계책을 명심하고 군사를 거느리고 갔다.

공명은 그때 기산(祈山)에서 신성으로 보낸 첩자를 기다리고 있었다. 곧 이어 첩자가 돌아와 보고했다.

"사마의가 급히 달려 여드레 만에 신성을 차지했다 합니다. 맹달은 손도 못 쓰고 싸우다 죽었으며 지금 사마의의 군사들은 장안에서 장합과 더불어 이쪽으로 오고 있습니다."

공명은 소식을 듣자 크게 놀랐다.

"맹달이 일을 그르쳤으니 이제 사마의가 가정을 차지하고 우리의 숨통 같은 길을 끊어버리겠구나."

공명이 군사들에게 물었다.

"누가 가정에 가서 성을 굳게 지키겠느냐?"

그 말이 끝나기도 전에 참군 마속이 앞으로 나섰다.

"제가 가겠습니다."

공명은 한참동안 그를 보고 말했다.

"가정은 비록 작은 성이나 작전의 요충지다. 만일 우리가 그곳을 잃으면 대군이 모두 위태롭다. 그대는 비록 작전에는 능하나 거기에는 성곽도 하나 없고 막힌 곳이 없어서 지키기가 매우 어려울 것이다."

마속이 말했다.

"저는 어려서부터 병서(兵書)를 익혔는데 어찌 가정 하나 지키지 못하겠습니까. 걱정 마십시오."

그러나 공명은 마음이 놓이지 않았다.

"사마의는 결코 만만한 적수가 아니며 장합 역시 위나라의 명장이니, 그대가 쉽게 대적하기어려울 것이다."

그러나 마속은 장담했다.

"사마의나 장합의 무리는 대단치 않은 족속들이옵니다. 비록 조예가 온다 해도 놀랄 제가 아닙니다. 승상께서는 만약 제가 실패하면 온 가족의 목을 베십시오."

공명은 그 말을 듣고 점잖게 꾸짖었다.

"군대에서는 말장난이란 없다. 어찌 그런 말을 함부로 하느냐!"

"승상! 저를 정 못 믿으시면 군령장(軍令狀)을 쓰겠습니다."

공명은 마속의 간곡한 고집을 이기지 못하고, 드디어 군령장을 받기로 했다.

"나는 그대에게 2만5천 명의 정예병을 주고 장군 한 사람을 붙여서 돕게 하겠다."

공명은 곧 왕평을 불러 분부했다.

"내 본디 그대가 평생 근신함을 알고 있어 이런 중대한 임무를 맡기는 것이다. 그대는 신중히 처신해야 할 것이다. 그리고 그곳의 중요 도로에는 반드시 복병을 세워 적병이 통과하지 못하게 할 것이며, 군사가 주둔하면 그곳 지리를 도본으로 그려 보내라. 내가 살필 것이다. 모든 일을 상의할 것이며 부디 경솔하지 말 것이다. 만일 그곳만 잘 지키면 우리가 장안을 치는 데 큰 힘이 될 것이니 그리 알라."

두 사람은 공명의 간절한 당부를 받고 나갔다. 그러나 공명은 안심이 안 되었다. 그는 두 사람을 보내고도 불안하여 다시 고상(高翔)을 불러들였다.

"가정의 동북쪽에는 열류라는 작은 성이 있다. 그곳은 산속의 좁은 길을 끼고 있어 군사를 매복할 수 있다. 내가 그대에게 군사 1만 명을 줄 테니, 그곳에 주둔하고 있다가 만일 가정이 위태롭거든 즉각 달려가 그들을 도와라."

고상은 군사를 거느리고 열류성을 향해 떠났다. 그래도 공명은 아직 불안했다. 그는 다시 곰곰이 생각했다.

'고상은 장합의 적수가 못된다. 반드시 한 장수를 가정의 오른편에 주둔시켜야 막을 수 있을 것이다.'

공명은 마침내 위연을 불러 본부병을 거느리고 가정의 뒤쪽에 군사를 주둔시키도록 했다. 위연은 명령을 받고 자못 섭섭한 어조로 물었다.

“제가 마땅히 전위부대로 먼저 적병을 맞아 격파함이 이치에 맞지 않겠습니까. 저를 왜 그런 한가로운 곳에 파견하십니까?”

공명은 당치도 않다는 듯이 말했다.

“그게 무슨 말이오. 선봉이 되어 적병과 맞서는 일은 부하 장수에게 맡기는 것이오. 이제 내가 그대를 가정에 보내는 것은 양평관의 요충을 막기 위해서요. 그대 손에 한중의 숨통을 맡긴 것이니 그처럼 큰 책임이 어디 있겠소.”

공명은 거듭 그를 격려했다.

“그대가 만약 이번 일을 소홀히 여겨 국가의 중대사를 그르쳐서는 안 될 것이오. 부디 최선을 다해 일을 수행하시오.”

공명은 위연에게 신신당부를 했다. 위연은 그 말을 듣고 자신의 중책을 깨닫고 크게 기뻐하며 군사를 거느리고 떠났다.

위연을 보내고 나서야 공명은 약간 마음을 놓을 수 있었다. 그러나 얼마 후 다시 안심이 되지 않아 조자룡과 등지를 불러 분부했다.

“이번 사마의의 출병은 지난날의 싸움과는 다르다. 장군들은 각기 군사를 거느리고 기곡으로 나가 주둔하되, 만일 위나라 군사를 만나면 치고 빠지면서 그들을 현혹시켜라. 그때 내가 사곡으로 나가 바로 미성을 빼앗으면 장안은 이제 손아귀에 든 것과 같다.”

두 사람도 군사를 거느리고 떠났다.

공명은 곧 강유를 선봉으로 삼아 사곡으로 군사를 몰고 나갔다.

마속과 왕평은 가정에 도착하자 곧 사방 지세를 살폈다. 마속은 웃으면서 말했다.

"승상은 왜 그렇게 걱정이 많은지 모르겠군. 이런 산간벽지에 위나라 군사들이 감히 어떻게 온단 말인가."

그러나 왕평의 생각은 달랐다.

"비록 지세가 험준하지만 이곳은 다섯 갈래의 길이 갈라지는 요충지입니다. 어서 진지를 구축하고 군사들에게 나무를 찍어 울타리를 세우고 방어벽을 치도록 해야겠습니다."

"무슨 소리요. 나는 지금까지 길에 진지를 만든다는 얘기는 듣지 못했소. 다행히 이곳은 한쪽에만 산이 있고 수목이 무성하니 이것은 하늘이 내린 험한 요새인 것 같소. 산 위에 군사를 머물도록 하는 게 좋겠소."

왕평은 마음이 답답해서 왜 마속이 그런 말을 하나 싶었다.

"아닙니다. 군사를 산에 두다니요. 우리가 이 길에 성을 쌓고 목책을 두르면 비록 적병 십만 명이 와도 방비할 수가 있을 것이오. 그런데 이 중요한 길목을 두고 산 위에 진을 쳤다가 만일 위군이 포위해서 습격해 오면 무슨 수로 막아 내겠습니까."

마속은 웃으며 말했다.

"허허, 참 별소리 다 듣겠군 그래. 그따위 여자 같은 소견으로 어떻게 적병과 싸우겠소. 병법에 이르기를 높은 곳을 차지하고 아래를 굽어보면 그 기세가 마치 대나무를 쪼개듯 하나 하시 않았소. 만일 위군이 나타나면 한 놈도 살려서 돌려보내지 않을 것이오."

마속은 왕평을 비웃으며 큰 소리를 쳤다. 그러나 왕평도 가만있지는 않았다.

“나는 여러 차례 승상을 따라 싸움을 겪어 왔소. 그때마다 승상께서는 마음을 다하여 가르치셨기에 진지 세우는 법을 압니다. 지금 산을 보면 너무 가파릅니다. 만약 우리가 마실 물을 위나라 병사가 끊어버리면 싸우지도 못하고 손을 들게 될 것이오.”

“실없는 소리! 손자병법에, 궁지에 몰려야 살 길이 트인다고 했소. 만약 적군이 급수를 끊으면 우리는 가만히 지켜보고만 있단 말이오? 우리 촉병들은 일당백이니 걱정 마시오. 내가 일찍이 병서를 읽어 승상께서도 내게 묻는 일이 많았소. 장군은 왜 내 뜻을 막는 거요.”

“좋소. 정 그렇다면 참군께서는 산 위에 진지를 세우시오. 허나 내게 군사를 나누어 주어 산 아래에 진지를 세우게 해 주시오. 위군이 오면 서로 도울 수 있을 거요.”

마속은 끝내 고집을 내세워 왕평의 말을 듣지 않았다. 그때 갑자기 산속에 사는 사람들이 몰려와 말했다.

“위군이 옵니다!”

그들은 각기 한마디씩 외치며 달아났다. 왕평은 마속으로부터 군사 5천 명을 받아 10리 밖으로 물러나 진지를 차렸고, 곧 가정의 지리와 형세를 그린 도본을 승상께 바쳤다. 그리고 마속이 산 위에 군사를 주둔하고 있다는 말도 전했다.

2
거문고를 타는 제갈공명

가정(街亭)을 공략 중이던 위나라 사마의는 군중(軍中)에서 둘째 아들 사마소에게 분부를 내렸다.

"너는 전방을 탐색하되, 만일 가정에 촉군이 있거든 군사를 멈추고 나가지 말라."

사마소는 말을 타고 나는 듯이 한 바퀴 돌고 오더니 가정에는 촉군들이 지키고 있다고 보고했다. 그러자 사마의는 탄식했다.

"과연 제갈량은 귀신이구나. 내가 당해 낼 수가 없구나."

사마의는 두려운 빛을 띠었다. 그러자 아들 사마소가 웃었다.

"아버님께서는 왜 스스로 기운을 꺾으십니까. 소자의 생각으로는 가정을 차지하기는 아주 쉽습니다."

사마의는 그 말을 듣고 어이가 없었다.

"어찌 그렇게 큰 소리를 치느냐."

사마의가 꾸짖었지만 사마소는 굽히지 않았다.

"소자가 살펴보니 길에는 군 진지가 없고 군사들은 모두 산 위에 있었습니다."

사마의가 깜짝 놀랐다.

"뭐라구? 군사들이 산에 있다고 했느냐?"

"그렇습니다."

사마소의 말을 듣고 사마의는 크게 기뻤다. 그는 벌떡 일어나 옷을 갈아입으며 말했다.

"하늘이 내게 공을 이루게 하는구나!"

사마의는 곧 1백여 기의 정예병을 거느리고 가정으로 달려갔다. 그날 밤 하늘은 맑게 개었고, 달빛이 환하게 비쳐 산과 들은 그림같이 아름다웠다. 사마의는 산 밑에 이르자 둘레를 돌아보았다. 그때 마속이 산 위에서 그 모습을 보고 크게 웃으며 말했다.

"네놈들의 목숨이 아깝거든 이 산을 에워싸지 못하리라."

마속은 곧 뭇 장수들에게 전령을 내렸다.

"만일 적병이 오면 산 위에서 붉은 기가 움직이는 쪽으로 내려가 적을 공격하라."

사마의는 진지로 돌아와 지금 가정에 촉나라 병사 중 어느 장수가 지키고 있는지 알아보게 했다. 얼마 후에 첩보병이 돌아와 마량의 아우 마속이라고 보고했다. 그 말에 사마의는 껄껄 웃었다.

"마속이라는 자는 허영심이 많은 보잘것없는 재주를 가진 작자니라. 공명이 그런 인물에게 가정을 맡기다니 믿을 수 없구나."

사마의는 다시 물었다.

"가정 좌우에 다른 군사가 있더냐?"

그러자 첩보자가 다시 보고했다.

"산 저쪽 10리쯤 밖에는 왕평의 진지가 있습니다."

사마의는 곧 장합에게 왕평의 길을 차단하도록 영을 내린 다음, 신탐과 신의에게 군사를 거느리고 산을 에워싸되, 먼저 촉병의 식수 공급을 끊도록 명했다. 촉병들이 목이 말라 혼란이 일어나면 그 기회에 공격할 것도 다짐해두었다.

다음 날, 날이 밝자 장합은 군사를 이끌고 산 뒤로 갔다. 왕평의 군사를 막기 위한 조처였다.

사마의는 대군을 이끌고 사방에서 산을 에워쌌다. 마속이 산 위에서 내려다보니 산과 들이 위나라 군사들로 가득 덮여 있었다. 촉나라 병사들은 자신들이 산에서 포위된 것을 보고 겁부터 먹었다. 마속이 아무리 붉은 기를 흔들어도 병사들은 서로 쳐다볼 뿐 아무도 감히 하산할 생각을 못 했다. 마속은 크게 노하여 그 자리에서 두 장수의 목을 베었다. 겁을 먹은 병사들이 그제서야 산을 내려갔으나 이상하게도 위나라 군사들은 그림자도 보이지 않았다. 촉병들은 어처구니가 없어서 다시 산으로 올라갔다. 마속은 일을 그르친 것을 깨닫고 군사들에게 성문을 굳게 닫도록 했다.

왕평은 가정에서 멀리 떨어져 있다가 위군이 온 것을 알고, 곧 군사를 거느리고 가다가 위나라 장수 장합을 만났다. 왕평은 장합과 수십여 차례 겨루다가 힘이 달려 달아나 버렸다.

그때 위나라 군사들은 진시(辰時:오전 7시부터 9시까지)에서 술시(戌時:오후 7시부터 9시까지)까지 마속을 포위하고 기다렸다. 산 위의 물독에는 물이 떨어져 군사들은 기갈을 이기지 못해 술렁거리기 시작했다.

한밤중에 산 남쪽에 있던 촉병들이 성문을 활짝 열고 산에서 내려와 항복을 했지만 마속은 막을 길이 없었다. 이때를 틈타 사마의는 산불을 놓았다. 불길이 산 위로 기어올라가 촉병들은 더욱 혼란에 빠졌다.

마침내 마속은 남은 군사를 모아 달아났다. 사마의는 마속이 달아나자 큰 길을 열어 통과시키고 장합에게 그 뒤를 추격하도록 했다. 마속이 30여 리쯤 달아났을 때 앞에서 북소리가 일제히 울렸다. 위나라 장합이 놀라 돌아보니 위연이었다. 위연이 칼을 휘두르며 달려들자 장합은 몇 번 맞서지 못하고 달아나기 시작했다.

위연은 나는 듯이 뒤를 쫓아, 다시 가정을 탈환하고 그 승세를 이용하여 50여 리나 진군했다. 그때 갑자기 큰 함성이 일며 양쪽에서 복병이 나타났다. 왼편에는 사마의였고, 오른편에는 사마소였다. 그들이 위연을 포위하자 달아나던 장합도 되돌아와서 합세하니, 위연 혼자 좌충우돌 싸웠으나 빠져 나가지 못하고 혼란에 빠져 군사를 반이나 잃었다. 형세가 위급할 때에 왕평이 군사를 이끌고 나타났다.

"이제는 내가 살았다!"

왕평이 위연과 합세하여 위나라 병사들을 치자 견디지 못하고 다시 달아났다. 그들은 진영으로 돌아왔으나 뜻밖에도 본부는 모두 위나라 깃발로 뒤덮여 있었다. 그곳은 신탐과 신의가 지키고 있었다. 왕평과 위연은 후퇴하여 고상이 지키고 있는 열류성으로 몸을 피했다.

고상은 열류성을 지키고 있다가 가정이 함락되었다는 소식을 듣고 군사를 몰고 오다가 위연과 왕평을 만난 것이다. 두 장수가 가정의 사태를 보고하자 고상이 말했다.

"오늘 밤 우리는 위군의 본부를 습격하여 가정을 되찾아야 합니다."

세 사람은 산기슭에서 작전을 짜고 날이 저물기를 기다려 군사를 세 갈래로 나누어 가정 공격에 나섰다. 그러나 위연이 가정에 도착하자 뜻밖에도 그곳에는 인적이 고요했다. 위연은 이상히 여겨 진격을 못하고 길가에 군사를 매복시킨 채 정세를 살폈다. 바로 그때 고상의 군사가 나타났다.

두 사람은 서로에게 물었다.

"위병들은 어디로 갔소?"

"모르겠소. 혹 적의 계략에 걸려들었는지 몰라서 여기 있는 거요."

둘이 머뭇거리고 있는 사이에 갑자기 포성이 울리면서 불빛이 하늘을 찌르며 북소리가 떠나갈 듯 울렸다. 위나라 병사들이 일제히 위연과 고상을 포위한 것이다. 두 장수는 힘을 다해 싸웠으나 적의 포위망을 뚫기가 어려웠다. 그들이 위기에 빠졌을 때 다시 산기슭에서 북소리가 우레처럼 울리면서 한 떼의 군사가 나타났다. 왕평의 군사였다. 왕평은 위연과 고상을 구하고 열류성을 향해 달렸다. 그들이 열류성에 도착했을 때 또 다른 사태가 벌어져 있었다.

성 근처에서 쏟아져 나오는 군사들이 앞세운 깃발에는 '위 도독 곽회'라는 다섯 글자가 씌어 있었다. 곽회는 조진과 상의하여 혹시 사마의가 전승의 공로를 독차지할까 싶어 가정으로 왔다가, 사마의와 장합이 성을 접수한 것을 보고 군사를 몰아 열류성으로 오다가, 세 명의 촉나라 장수와 마주친 것이다.

뜻밖의 적과 마주친 위연, 왕평, 고상은 대적을 못하고 쫓기게 되었다. 그들은 양평관이 걱정되어 곧 그곳으로 달려갔다.

한편 마속을 보내 가정을 지키게 한 제갈공명은 결과를 지켜보고 있다가 왕평이 보낸 지형도본을 보고 탁자를 내리쳤다. 마속이 산 위에 진을 친 것을 보고 화가 났던 것이다.

'마속, 이놈이 우리 군사들을 모두 죽음으로 몰아넣었구나.'

공명이 가정에 연락병을 보내어 진지를 바꾸도록 지시하려고 할 때 가정과 열류성이 적의 손에 함락되었다는 보고가 들어왔다.

"마속이 끝내 큰일을 망쳤구나. 모두가 내 허물이다."

공명은 탄식만 하고 있을 수가 없었다. 그는 곧 관흥과 장포를 불러 각기 3천 명의 정예병을 준 다음, 샛길을 이용하여 무공산(武功山)으로 가게 했다.

"너희는 거기서 위나라 병사를 만나도 싸우지 말고 그저 북소리와 함성만 요란하게 내거라. 적이 달아나더라도 추격하지 말라. 적군이 물러나기를 기다려 양평관으로 가는 것이 목적이다. 알았느냐."

이어 공명은 장익을 불러 군사를 검각(劍閣)으로 급파했다. 모든 배치가 끝난 후 공명은 군사 5천 명을 이끌고 서성(西城)으로 가서 군량과 말이 먹을 풀들을 실어 날랐다. 그때 연락병이 헐떡이며 달려왔다.

"사마의가 15만 대군을 이끌고 서성으로 몰려오고 있습니다."

공명은 그 말을 듣는 순간 눈앞이 캄캄했다. 곁에는 쓸 만한 장수가 하나도 없고 문관들만 있을 뿐이었다. 게다가 군사는 단지 5천 명뿐인데, 그나마 반은 군량을 싣고 성 밖에 나가 있어서 남은 군사는 2천5백 명에 지나지 않았다. 그러나 공명의 얼굴색은 변하지 않았다. 그가 성벽 위에 올라가 보니 멀리 자욱한 먼지가 일면서 위나라 대군이 두 갈래로 나누어 몰려오는 모습이 보였다. 공명은 장수들에게 지시를 내렸다.

"모든 깃발을 감추고 군사들은 성안의 길목을 지키되 목소리를 높이는 자는 목을 베어라. 성문을 활짝 열고 문마다 20명의 군사에게 민간인 옷을 입혀 빗자루를 들려 청소를 시켜라. 위병이 가까이와도 움직여서는 안 된다."

공명은 성루 높은 곳의 난간에 기대앉아 향을 사르게 한 다음 거문고 줄을 고르고 있었다. 사마의 군사들이 성 밑에 도착해 보니 도무지 이해할 수 없는 광경들이 나타났다. 그들은 멍하게 입을 벌리고 공명의 거문고 뜯는 모습을 바라보며 서 있었다. 보고를 받은 사마의는 그 말을 듣고 껄껄 웃으며 말했다.

"아니, 그럴 수가 있나?"

사마의는 믿을 수 없는 말을 듣고 몸소 말을 달려 성 앞으로 갔다. 멀리서 보니 그 말이 틀림없었다. 공명은 혼자 성루에 앉아 15만 대군 앞에서 두려운 빛은커녕, 웃는 얼굴로 향을 피우며 거문고를 뜯고 있었던 것이다.

사마의는 의아하게 여겨 눈을 부릅뜨고 자세히 살폈다. 공명의 곁에는 아이가 있었는데 하나는 왼쪽에서 보검을 들고 서 있었고, 또 한 아이는 오른쪽에서 먼지떨이를 들고 서 있었다. 성문 안팎에는 20명쯤 되는 민간인들이 머리를 숙인 채 길을 쓸거나 물을 뿌리고 있었다. 그들은 적군을 눈앞에 두고도 곁에 사람이 없는 듯 행동하고 있었다. 사마의는 아무래도 사태가 심상치 않다고 생각했다. 이는 분명 무슨 계교가 있는 것이다. 상대는 천하의 제갈공명이다. 드디어 사마의는 말 머리를 돌려 군사들에게 명령을 내렸다.

"후군은 전군과 교체하여 북쪽 산길을 향해 물러나라!"

순간 15만 대군이 물처럼 빠져 북산을 향해 물러났다. 그때 사마의의 둘째 아들 사마소가 말했다.

"제갈량이 군사가 없어 저런 연극을 벌이고 있는데 아버지께서는 왜 군사를 후퇴시키시는 것입니까?"

그때 사마의는 아들을 꾸짖었다.

"모르는 소리 마라. 제갈량으로 말하면 평소에는 신중하여 위험한 일에 모험을 걸지 않는다. 성문을 활짝 열어놓은 것을 보면 반드시 매복이 있을 것이다. 우리가 지금 공격하면 반드시 그 계책에 빠진다."

공명은 위군들이 자취를 감추자 손바닥을 쓰다듬으며 회심의 미소를 지었다. 그때 문관들이 모두 크게 놀라 물었다.

"사마의가 15만 대군을 끌고 왔는데도 승상을 보고 말없이 물러간 이유가 뭡니까?"

공명이 웃으며 대답했다.

"사마의는 내가 평생 신중하여 위험한 도박을 안 한다는 것을 알고 있다. 그자는 내 모습을 보고 복병을 의심하여 물러간 것이다. 나는 지금 우리가 너무 약해 부득이 이 같은 계책을 쓴 것이다. 그들은 반드시 군사를 북산으로 끌고 갔을 것이다. 내가 이미 관흥과 장포에게 위군을 기다리게 했노라."

공명의 말을 듣고 관원들은 모두 놀라 깊이 탄복했다.

"승상의 헤아림은 귀신도 측량하지 못할 것입니다. 저희들 같았으면 모두 성을 버리고 달아났을 것입니다."

공명은 또 한 번 웃으며 말했다.

"모르는 소리다. 군사 겨우 2천5백 명인데 어디까지 달아난단 말이야. 반드시 멀리 못가서 사로잡혔을 것이다."

공명은 말을 마치고 크게 웃었다.

"내가 만일 사마의였다면 물러가지 않았으리라!"

공명은 곧 사마의가 돌아올 것을 믿고 서성 사람들과 관료들을 데리고 한중으로 달아났다. 그 뒤를 이어 천수, 안성, 남안의 세 고을 군사와 백성들도 한중으로 피했다.

한편 공명의 꾀임에 자충수를 둔 사마의가 무공산으로 후퇴하고 있을 때, 산 뒤에서 돌연 함성이 일어나며 북소리가 땅을 흔들었다. 사마의가 두 아들을 바라보았다.

"보아라! 이것이 제갈량의 함정이었다."

그때 깃발에는 '우호위사(右護衛使) 호익(虎翼)장군 장포'라는 글이 씌어 있었다. 위군들은 퇴각 명령을 받고 잔뜩 긴장하고 있던 터에, 깃발을 보자 지레 겁을 먹은 나머지 갑옷을 벗어던지고 창과 칼까지 팽개치고 달아났다. 그들이 얼마쯤 달아나 가쁜 숨을 몰아쉬고 있을 때, 산속에서 또 한 번 큰 함성이 일며 북소리가 하늘을 찔렀다. 깃발에는 '좌호위사(左護衛使) 용양장군 관흥'의 이름이 씌어 있었다.

산골에서 일어난 함성으로 미루어보아 촉병의 수는 헤아릴 수 없이 많은 듯싶었다. 위군들은 모두 달아나기에 바빴다. 관흥과 장포 두 장수는 승상의 명령을 지켜 적병을 치지 않고, 버리고 간 무기와 군량을 산같이 거두어 돌아왔다.

사마의는 산속에 촉나라 병사들이 가득 차 있는 것을 보고 큰길로 나오지 못하고 가정으로 돌아갔다.

이때 조진은 공명이 물러났다는 소식을 듣고 급히 군사를 이끌어 뒤를 쫓았다. 얼마 후 그의 배후에서 큰 포향이 울리면서 촉병들이 나타났다. 그들은 강유와 마대였다. 조진이 크게 놀라 급히 퇴군하려 했으나 선봉 진조는 이미 마대의 칼에 쓰러졌다. 조진은 손수 군사를 호령하여 쥐구멍을 찾듯 달아났다. 그때서야 촉병들은 쉬지 않고 한중으로 달아났다.

조자룡(조운)과 등지는 기곡 산장에서 기다리고 있다가 공명의 전령을 받고 부득이 퇴군했다. 조자룡이 등지에게 말했다.

"우리가 퇴군하는 줄 알면 위군이 반드시 우리 뒤를 쫓을 것이오. 내가 군사를 세울 터이니 공이 먼저 군사를 거느리고 떠나시오. 그러면 내가 뒤를 지키면서 따라가겠소."

위나라 장군 곽회는 기곡으로 돌아갔지만 도중에 선봉장 소옹에게 말했다.

"촉나라 장수 조자룡은 용맹하기 그지없습니다. 부디 조심하시오. 만일 그들 군사가 물러간다면 반드시 무슨 계교가 있을 것입니다."

소옹이 대답했다.

"도독께서 싸우시겠다면 내가 마땅히 조자룡을 사로잡겠소."

마침내 소옹은 3천 명의 군사를 거느리고 기곡으로 가서 촉나라 병사를 살폈다. 산 뒤로 붉은 기가 삐죽삐죽 나와 있고, 기에는 '조자룡'이라는 글이 적혀 있었다. 소옹은 와락 겁이 나서 한 번 겨누어 볼 생각도 없이 군사를 거두어 물러났다. 그때 문득 큰 함성이 일어나며 조자룡이 나타났다.

"네 이놈, 섰거라!"

소옹은 깜짝 놀라며 소리쳤다.

"무슨 조자룡이 여기에도 있단 말인가."

그는 손 한번 놀릴 틈도 없이 조자룡의 창에 찔려 죽었다. 그러자 남은 군사들은 뿔뿔이 흩어지고 말았다. 조자룡은 곧 인마를 호송하여 한중을 향해 갔다.

촉병들이 한중으로 돌아간 뒤, 사마의는 서성으로 돌아와서야 공명이 퇴군 당시 군사가 불과 2천5백 명밖에 없었다는 사실과 무장은 없고, 단지 몇몇 문관들뿐이었다는 것을 알았다. 또한 무공산에는 관흥과 장포의 군사가 3천 명뿐이었으며, 모두들 이산 저산으로 옮겨 다니며 북을 치며 떠들었을 뿐이었다는 것을 알게 되었다. 그때서야 사마의는 크게 후회하며 하늘을 우러러 탄식했다.

"내가 정녕 공명을 따를 수 없구나."

사마의는 관민을 위로하고 군사를 거느려 장안으로 돌아갔다.

한편 제갈공명은 부하 단속을 끝내고 보니, 남은 것은 뼈아픈 죄책감뿐이었다. 그는 가정에서 명령을 어겨 일을 크게 그르친 마속을 엄한 군율로 다스려 목을 베고, 크게 울면서 옛날 유비가 마속을 무겁게 쓰지 말라고 했던 당부를 잊은 것을 후회했다.

공명은 곧 유선 앞에 나가 자신의 죄를 고했다.

"폐하, 저는 본래 보잘것없는 재주로 분수도 모르고 군사를 지휘했습니다. 그로 인해 군사 훈련도 군법을 세우는 일도 실패했습니다. 큰일을 앞두고 사람을 잘못 쓴 것도 제 잘못입니다. 이 큰 죄를 어떻게 면할 수 있겠습니까. 바라건대 폐하께서는 저를 꾸짖으시어 벼슬을 3등으로 깎아내리십시오."

그러자 유선이 말했다.

"싸움에서 이기고 지는 것은 흔히 있는 일인데 승상께서는 어찌 그런 말을 하시오."

그러나 다스림의 형평을 위해 유선은 어쩔 수 없이 공명을 우장군(右將軍)으로 강등시켰으나, 승상의 일을 계속 보게 했으며 군권도 그대로 두었다. 이어 공명은 군사력을 키워 용사 수십만을 거느려 다시 위나라를 칠 수 있는 힘을 쌓았다.

"지난번 싸움에서 기산과 기곡에 대군을 주둔시켰을 때 우리 군사가 적보다 많았지만 패했다. 이것은 병력의 수가 문제가 아니라 지휘관의 역량이 문제였다. 이제 나는 군사와 장수를 줄이고 군의 기강을 바로잡겠다. 내 잘못을 깨닫고 보완하면 어느 적인들 두렵겠는가."

공명의 말에 비위를 비롯한 모든 장수들이 깊이 감탄했다. 비위는 성도로 돌아가고, 공명은 한중에 머물러 군사를 아끼고 백성을 사랑하며 성을 구축하고, 배를 만들며 군량을 모아 싸움에 대비했다.

그때 위나라 첩자들은, 촉나라 군사가 강해졌다는 사실을 낙양에 전했다. 위나라 조예는 그 말을 듣고, 즉시 사마의를 불러 촉나라를 무찌를 대책을 의논했다.

"아직은 시기가 아닙니다. 날씨가 더워 촉나라 병사들이 성에서 나오지 않을 것입니다. 만일 우리가 지금 공격하면 적병들은 험한 요새의 방어에 주력하여 어려움을 겪을 것입니다."

조예가 다시 말했다.

"허나, 촉병이 재침략하면 어찌겠소."

사마의가 대답했다.

"제갈량은 옛날 한신(韓信)의 계교를 본받아 은밀히 진창(陳倉)

을 건너올 것입니다. 그곳에 성을 쌓고 지키도록 하겠소."

"진창을 누구에게 맡기겠소."

"태원 사람 학소입니다. 그는 지금 하서(河西)에 있습니다."

사마의가 추천한 학소는 키가 구 척에 팔이 길어 활을 잘 쏘고 지략이 뛰어나 제갈량을 당해 낼만한 인물이었다. 조예는 학서를 진서(鎭西)장군에 임명하고, 진창을 사수하라는 명령을 내렸다.

한편 동오의 손권은 그때 무창(武昌)에 있었다. 손권은 여러 대신들을 모아놓고 긴급회의를 열었다.

"파양태수 주방의 말에 의하면, 위나라 도독 조휴(曹休)가 우리 오나라에 쳐들어올 기미를 보인다 했소. 주방은 일곱 가지 흉계를 꾸며 위나라 병사를 유인한 후 복병을 놓아 사로잡을 계획인 것 같소. 위군들이 세 갈래로 온다니 경들의 생각은 어떻소."

그때 고옹이 나와서 말했다.

"그 일은 육손이 해낼 수 있습니다."

손권은 곧 육손을 보국대장군 평북원수로 임명하여 왕의 친위대를 통솔시키면서 그의 권위를 인정하는 뜻으로 육손과 함께 채찍을 잡았다.

육손은 주환(朱桓)과 전종(全琮) 두 사람을 좌우에 기용하여 강남 81주와 형주의 병마 70만 대군을 이끌게 되었다. 육손은 제갈근에게 강릉을 지켜 사마의와 맞서게 하고, 주환과 전종을 불러 말했다.

"두 사람은 3만 명의 군사를 이끌고 석정(石亭) 산길을 따라 조휴의 진영 뒤로 가라. 불을 놓아 신호하면 내가 곧 공격하겠다."

그날 황혼녘에 두 장수는 계획대로 석정으로 향했다. 어두워지자 주환은 군사를 거느리고 조휴의 배후에 도착했다. 그때 위나라 장수 장보가 매복해 있다가 주환의 칼에 쓰러졌다.

주환은 곧 후군에 명령하여 불을 질러 신호를 보냈다.

한편 전종도 위병의 배후로 접근하다가 위나라 장수 설교를 무찌르고 진격을 계속했다. 주환과 전종이 두 길로 나누어 위군 진영을 엄습하자 위병들은 혼란에 빠져 모두 달아나기 시작했다.

조휴가 크게 놀라 좁은 돌길을 따라 달아나다가 대장 가규를 만났다. 가규는 조휴의 말을 가로막고 말했다.

"어서 이 길로 빠져나가시오. 만약 오나라 군사가 나무와 돌로 길을 막으면 우리가 모두 위태롭습니다."

조휴는 그 길로 말을 달려 달아나고, 가규는 적을 막으며 뒤따랐다. 가규는 숲이 무성한 곳과 험준한 곳에 깃발을 꽂아 매복병이 있는 것처럼 꾸몄다. 뒤쫓는 적을 속이기 위해서였다. 오나라 장군 서성은 그들을 뒤쫓다가 산골마다 깃발이 보이자, 복병이 있는 것으로 알고 군사를 거두어 돌아갔다. 그로 인해 조휴는 겨우 목숨을 구할 수 있었다.

사마의는 조휴가 패했다는 소식을 듣고, 곧 군사를 이끌고 퇴각했다. 육손이 첩보만 기다리고 있다가 서성, 주환, 전종의 장수들이 돌아와 승전을 전하자 크게 기뻐하며 태수 주방과 뭇 장수들과 함께 오나라로 돌아갔다.

손권이 대신들을 거느리고 무창성에서 그들을 맞았다. 군사들이 오자 손권은 육손을 맞아 성으로 들어갔다. 손권은 주방이 머리를 자른 것을 보고 위로했다.

"경이 머리를 자르고 이번 싸움에 임해 승리를 얻었으니, 그 사실을 마땅히 써서 후세에 남길 것이오."

손권은 주방을 관내후(關內侯)로 봉하고 크게 연회를 베풀어 군사를 위로하고 승전을 축하했다. 연회가 한창일 때 육손은 손권에게 말했다.

"적장 조휴가 대패하여 위병들의 간담이 서늘해졌을 테니, 어서 촉나라의 제갈량에게 편지를 보내어 우리 오와 촉이 함께 위나라를 치는 것이 어떤지 알아보십시오."

손권은 육손의 말을 듣고 촉나라에 사자를 보냈다.

3
조자룡의 죽음

위나라 도독 조휴는 석정 싸움에서 동오의 육손에게 크게 패하고 낙양에 돌아오자 분함과 부끄러움이 병이 되어 등창이 나서 죽고 말았다. 그때가 바로 촉한 건흥 6년 가을 9월이었다. 조예는 조휴의 장례식을 후하게 치러 주었다. 뒤이어 사마의도 낙양으로 돌아왔다. 그러자 장수들이 사마의에게 물었다.

"조(曹) 도독이 패했으니 원수(元帥)께서 적을 막아야 할 텐데 왜 이렇게 급히 돌아오셨습니까?"

사마의가 대답했다.

"만일 제갈량이 우리가 패한 줄 알면 그 틈을 타서 장안을 공격할 것이오. 만약 농서가 위험하면 누가 구하겠소."

사마의의 대답에, 어떤 사람은 두려워하고 어떤 이는 비웃었다.

한편 오나라 사신은 손권의 편지를 가지고 촉나라로 달려갔다. 동오가 노리는 것은 두 가지였다. 하나는 조휴를 대패시킨 것을 촉에게 알려 위세를 내세우며 촉나라에게 위나라를 치도록 하는 것이며, 또 하나는 화친을 맺자는 것이었다. 유선은 손권의 편지를 받고 기뻐하며 그 사실을 공명에게 전했다. 공명은 그때 군사력을 완벽하게 길러 두고 오나라를 칠 기회를 엿보고 있던 터라 손권의 제의에 반색했다.

공명은 잔치를 베풀고 여러 장수들에게 출전을 논의했다. 술기운이 얼마쯤 올랐을 때 갑자기 동북쪽에서 큰 바람이 일어나더니 뜰에 있는 커다란 소나무가 꺾였다. 사람들이 모두 놀라 수군거렸다. 공명은 좌석을 진정시키며 점을 쳐 보더니 한 괘를 얻었다.

"이것으로 우리 주상께서 한 장군을 잃으시겠구나."

공명이 그 말을 하자마자 문득 진남장군 조자룡의 장남 조통과 차남 조광이 달려왔다. 공명은 그들을 보자 소스라치게 놀라며 잔을 들어 땅을 치며 부르짖었다.

"아, 자룡이 갔구나."

이윽고 조자룡의 두 아들이 공명에게 절하며 통곡했다.

"아버님께서 병이 중해 어젯밤 삼경(三更:밤 12시 전후)에 돌아가셨습니다."

공명은 크게 탄식했다.

"자룡이 갔다면 이 나라 동쪽 기둥 하나가 꺾인 것이며 내게는 팔 하나가 달아난 것이다. 아, 자룡이 가다니!"

평소에 냉정하던 공명이었지만 그때만은 소리 높여 울었다. 좌중의 장수들도 모두 눈물을 흘리며 슬퍼했다. 한참 울고 난 후 공명은 두 아들에게 성도로 나가 왕에게 아뢰도록 했다. 유선 역시 조자룡의 죽음을 듣자 방성대곡을 했다.

"짐이 어렸을 때 자룡이 아니었다면 살아나오지 못하였으리라."

왕은 곧 조자룡을 대장군에 진급시키고 순평후(順平侯)라는 시호를 내렸으며 금병산의 동녘에 무덤과 묘당을 짓고 제사를 지내게 했다. 촉한 건흥 7년 4월이었다.

제갈공명은 마침내 군사를 일으켜 위나라를 공격했다. 그는 기산에서 군사를 세 갈래로 나누어 위나라 군사가 오기를 기다리고 있었다. 위나라 사령관 사마의는 장합을 선봉으로, 대릉을 부장으로 삼은 다음 10만 대군을 거느리고 기산에 도착하여 위수 남쪽에 진영을 차렸다. 곽회와 손례가 사마의를 맞았다.

"촉병이 공격해 오던가?"

두 사람이 대답했다.

"아직 없습니다."

"촉병은 지금 천 리를 달려와서 지쳤을 것이다. 놈들이 아직도 공격을 안 했다면 무슨 계략이 있을 것이다. 농서는 어떤가."

곽회가 대답했다.

"첩자를 보내 탐지해 보니 농서는 조용합니다. 무도와 음평에서는 아직 소식이 없습니다."

"내가 공명과 맞붙을 때 너희들은 무도와 음평으로 가서 촉병을 덮쳐라. 그러면 저들은 혼란에 빠질 것이다."

곽회와 손례는 사마의의 명령을 받고 군사 5천 명을 거느린 채, 농서를 통해 무도와 음평으로 떠났다. 진군 도중에 곽회가 손례에게 물었다.

"사마의와 제갈공명을 비교하면 누가 더 뛰어난가?"

손례가 대답했다.

"그야 제갈공명이 훨씬 낫지."

"하지만 이번 작전은 사마의가 앞서지 않소?"

그들이 얘기를 주고받을 때 척후병이 보고했다.

"장군님, 음평은 이미 촉나라의 왕평이 접수했고, 무도는 강유에게 함락되었답니다. 조금 가면 초나라 군사들이 있습니다."

손례는 놀라며 말했다.

"적군이 성을 뺏고 나서 무슨 일로 나왔을까? 아무래도 간계가 있을 듯하니 물러가는 것이 어떻겠소."

곽회가 손례의 말을 듣고 군사를 돌리려는데 갑자기 산 뒤에서 한 떼의 군마가 '한 승상 제갈량'이라고 쓴 깃발을 휘날리며 달려오고 있었다. 군마 한가운데 사륜거에는 공명이 단정히 앉아 있고 좌우에 관흥과 장포가 서 있었다. 손례와 곽회는 크게 놀랐다.

"허허, 손례와 곽회는 들어라."

공명은 웃음 섞인 말로 두 장수를 불러 말했다.

"사마의의 계교가 어찌 나를 당하겠는가. 사마의가 날마다 내 앞에서 싸움을 걸고 뒤로는 너희들을 보냈구나. 허나 음평과 무도가 이미 내 손안에 있는데, 어찌 항복할 줄 모르고 겨루려 드는가."

두 장수는 공명의 말에 어쩔 줄을 몰랐다. 그때 난데없이 함성이 울리면서 그들 등 뒤로 왕평과 강유의 군사가 달려오고 관흥과 장포의 군사가 협공하자, 손례와 곽회는 말을 버리고 산으로 달아났다.

장포가 말을 달려 추격하다가 실수하여 낙마를 하고 말았다. 그러나 뒤따르던 군사가 그를 구해 냈는데, 머리를 다쳐 피를 흘리자 공명은 그를 성도로 보냈다. 겨우 목숨을 건진 손례와 곽회는 진영으로 돌아와 사마의에게 형세를 보고했다.

"그게 어디 그대들의 잘못인가. 그것은 제갈공명의 지혜가 나보다 앞선 탓이다. 걱정 말고 너희들은 곧바로 옹(雍)과 미 두 곳으로 가서 성을 굳게 지켜라. 촉군들이 싸움을 걸어도 결코 나가서 맞서지 말라. 내게 따로 계책이 있다."

사마의는 그들을 격려하여 새 임지로 보냈다. 그리고 나서 사마의는 장합과 대릉을 불러 분부했다.

"내 짐작에 지금 공명이 무도와 음평을 차지하고 나서 백성들을 무마시키고 민심을 안정케 하기 위해 틀림없이 성안에 있지 않을 것이다. 그대들은 각기 1만 명의 정예군을 이끌고 오늘 밤에 촉병의 배후를 어지럽혀라. 그러면 나는 그 기회를 이용하여 성을 공격해 들어갈 것이다."

두 장수는 명령을 받고 곧 군사를 이끌고 갔다. 대릉은 왼편, 장합은 오른편으로 각기 작은 길을 따라 촉군의 배후 깊이 짐입했다. 삼경(三更:밤 12시 전후) 무렵에 그들은 서로 만나 촉나라 병사들을 덮쳐 30여 리나 쫓았다. 장합과 대릉이 추격을 계속하는데 갑자기 풀을 실은 수백 대의 수레가 길을 막아섰다.

"적의 수레다! 군사를 돌려야겠다."

장합이 후퇴를 명령하는 순간, 별안간 산에서 불빛이 터지면서 북소리가 천지를 흔들고 복병들이 사방에서 뛰쳐나와 두 사람을 에워쌌다. 두 장수가 놀라 당황하고 있을 때 기산 위에서 공명의 위엄 있는 목소리가 들려왔다.

"장합과 대릉은 들으라. 사마의는 내가 성에 없는 줄 알고 너희들을 보냈지만 너희들은 이미 함정에 빠졌다. 허나 내가 어찌 너희들을 죽이겠느냐. 어서 썩 말에서 내려 항복하라."

장합이 그 말을 듣고 크게 노하여 공명을 꾸짖었다.

"시골 촌놈이 외람되게 우리 국경을 넘어와서 어찌 그런 방자한 말을 지껄이는가. 내가 너를 잡아 칼로 난도질하리라."

장합이 탄 말이 공명을 향해 달려들자 산 위에서 돌들이 빗발치듯 쏟아졌다. 장합은 더 이상 올라가지 못하고 창을 휘두르며 포위망을 뚫고 있었다. 그때 대릉 역시 촉병에게 포위되어 빠져나가지 못하고 위기에 빠졌다. 장합이 그것을 보고 겹겹이 에워싼 포위망을 뚫고 대릉을 구했다. 공명은 산 위에서 장합의 무술 솜씨를 보며 속으로 놀랐다.

'오래 전 장합이 장비와 겨루어 사람을 놀라게 했다는 말을 들었는데, 오늘에야 그 솜씨를 보는구나. 저놈을 그냥 두면 우리에게 큰 해를 끼칠 것이니 반드시 없애야겠다.'

공명은 마음속으로 다짐했다. 마침내 장합과 대릉은 촉군의 포위를 뚫고 달아났다. 그들은 사마의에게 돌아가 전황을 보고했다.

"제갈공명이 우리의 계교를 미리 알고 있었습니다."

그 말에 사마의는 크게 놀라며 말했다.

"제갈공명은 참으로 귀신이구나."

사마의는 길게 탄복하고 군사들에게 진영을 지키고 출전하지 말도록 명령했다.

4
사마의, 제갈공명의 계략에 대패하다

촉나라와 위나라의 싸움은 오랫동안 대치 국면에 접어들어 서로가 기회만 엿볼 뿐 맞서 싸우지 않았다. 오랜 긴장과 초조 속에서 나날을 보내던 공명은 천자의 시중 비위의 방문을 받았다. 공명은 비위가 가져온 천자의 편지를 읽었다.

가정지역의 싸움은 마속의 잘못으로 패한 것인데
승상이 그 허물을 끌어안아 스스로 물러난 것이었다.
과인은 공의 뜻을 이기지 못하여 책임을 물었지만
이제 승상은 지난해에 군사력을 키워
그 위세를 천하에 떨쳐 공적을 빛내지 않았는가.
아직 천하는 어지럽고 우리의 뜻은 이루어지지 않았지만
승상께서 지금 국가의 대임을 수행하고 있으니
과인은 다시 승상을 옛 지위로 복귀할 것이니, 사양하지 말라.

공명은 편지를 다 읽고 비위에게 말했다.

"내가 아직 국가의 대사를 이루지 못했는데 어떻게 지금 승상의 직을 다시 받을 수가 있겠소."

공명이 사양하자 비위가 말했다.

"승상이 직책을 사양한다면 그것은 곧 천자의 명을 어기는 것이며 장수들의 마음을 서운하게 하는 것이오. 어서 쾌히 받으시오."

공명은 그 말에 더 사양하지 못하고, 마침내 촉나라의 승상직에 다시 올랐다. 싸움의 대치가 지리하게 계속되는데도 사마의가 싸우러 나오지 않자, 공명은 마침내 군에 명령을 내려 진영을 철수하도록 했다. 그 소식을 들은 사마의는 말했다.

"공명에게 반드시 큰 계교가 있을 것이니 움직이지 말라."

그는 군사를 단속했다. 그러나 장합의 생각은 달랐다.

"적은 군량이 떨어져 물러나는 것이오. 계교는 무슨 계교요."

장합은 공격을 주장했으나 사마의는 듣지 않았다.

"아니오. 작년에도 공명은 풍년을 거두었소. 이제 또 보리가 익었으니 군량은 풍부하오. 비록 운반이 힘들긴 하지만 반 년은 지탱하고도 남을 것이오. 촉나라 군사가 철수하는 것은 군량이 없어서가 아니라 우리를 밖으로 유인하기 위한 작전일 뿐이오."

사마의는 곧 첩자를 보내 촉나라의 진영을 염탐시켰다. 첩자가 돌아와 공명이 30여 리쯤 진영을 퇴각했다는 보고를 했다. 사마의는 경계를 늦추지 않고 다시 열흘을 보냈지만 촉군은 싸움을 걸지도 나타나지도 않았다. 사마의가 다시 첩자를 보냈더니 이번에는 촉군이 진지를 아예 철수해서 보이지 않더라고 말했다.

"이것이 바로 공명의 계략이니 나가서는 안 되오."

사마의는 성을 굳게 지키며 다시 열흘을 보낸 다음 궁금증이 나서 염탐을 해 보았다. 첩자가 돌아와 다시 말했다.

"촉병이 지난번 진지에서 30리나 더 물러났습니다."

그 말에 장합은 초조하기만 했다. 생각 같아서는 당장 공격하고 싶었다. 그는 마침내 사마의에게 말했다.

"공명이 아주 천천히 후퇴하는 작전을 쓰는데 장군께서는 왜 의심만 하면서 공격을 망설이고 있습니까. 당장 군사를 이끌고 나가게 해주시오."

장합이 출전을 애원했지만 사마의는 오직 고개만 가로저었다.

"공명의 간계는 무섭습니다. 만일 추호라도 실수가 있다면 우리의 예봉이 꺾일 것이오. 결코 가볍게 여겨서는 안 되오."

"정 그렇다면 내가 자리를 내놓고 싸우겠소."

마침내 사마의는 장합의 주장에 꺾여 출전을 결심했다.

"정 그렇다면 허락하겠소. 먼저 일부의 군사만 거느리고 나가 싸우시오. 내가 곧 뒤따라가 돕겠소."

다음 날 장합과 대릉은 부장 수십 명과 정예병 3만 명을 거느리고 출전했고, 사마의는 정예병 5천 명으로 뒤따랐다. 그리고 후진으로 물러난 촉나라의 네 장수 마충, 장의, 오반, 오의가 교대로 출전하여 맞섰다. 촉나라 병사들은 싸우다 달아나고 달아나다 싸우는, 치고 빠지는 전략을 썼다. 위나라 병사들이 달아나는 촉나라 병사들을 20리나 추격했다.

때는 6월, 한여름이라 군사와 말들은 땀을 비 오듯 흘렸다. 촉군이 50여 리 밖까지 달아나자 위군들은 온몸이 땀에 젖은 채 말과 함께 가쁜 숨은 쉬며 허덕거리기 시작했다. 그때 산 위에서 붉은 깃발이 한 번 나부꼈다.

촉나라 장수 관흥이 깃발을 신호로 위병을 덮치자, 달아나던 마충 등 네 장수도 일제히 말을 돌렸다. 그러나 장합과 대릉은 물러서지 않고 다가오는 촉병들과 맞아 싸웠다. 양군이 한참 접전을 벌이는 중에 갑자기 함성이 크게 일어나며, 왕평과 장익 두 장수가 위나라 군사의 후미를 끊었다. 장합은 형세가 급해지자 장수들에게 외쳤다.

"자아, 때가 왔다. 우리가 여기서 목숨을 걸고 싸우지 않고 어느 때를 기다리겠는가!"

위나라 군사들은 사력을 다해 싸웠으나 촉나라 병사들의 포위를 당해 낼 수가 없었다. 장합이 정신을 못 차리고 있을 때 갑자기 등 뒤에서 북소리가 크게 울리면서 사마의의 원군이 정예병을 거느리고 나왔다. 그들은 순식간에 왕평과 장익을 에워쌌으나 두 장수는 조금도 놀라지 않았다. 마치 미리 예상을 했다는 투로, 장익이 말했다.

"승상의 계략이 여기 있다."

그들은 공명의 계교대로 곧 군사를 둘로 나누어, 왕평은 장합과 대릉을 막고 장익은 사마의와 맞섰다. 칼소리, 창소리가 요란하고, 함성과 북소리가 천지를 뒤흔드는 대접전이 벌어졌다. 창에 찔려 죽고 칼에 맞아 죽고 말굽에 밟혀 죽는 군사들이 헤아릴 수 없이 많았다.

바로 그때 강유와 요화는 산 위에서 전세를 관망하고 있었다. 두 장수는 손에 땀을 쥐고 산 아래서 벌어지는 혼전을 유심히 살폈다. 싸움은 점차 위병들의 세력에 촉병들이 밀리는 양상이었다.

촉나라 병사들이 위기에 빠지자 장유가 요화에게 말했다.

"비단주머니를 열어 봅시다."

요화가 승상에게 받은 비단주머니를 열어 보니, 그 속에는 작전 지시가 적힌 종이가 담겨 있었다.

사마의가 나타나 왕평과 장익을 에워싸거든

너희들은 군사를 나누어 사마의 진영을 습격하라.

그러면 사마의가 필연코 물러간다.

비록 진지를 얻지는 못해도 전승을 거두리라.

두 사람은 즉시 군사를 두 길로 나누어 사마의의 진영을 공격했다. 그러나 사마의도 만만한 장수는 아니었다. 그는 공명의 계교를 미리 읽기 위해 길에 첩자들을 매복하여 급보를 전하도록 했다. 사마의가 한창 싸움을 재촉하고 있을 때 연락이 왔다.

"촉나라 병사들이 두 길로 나뉘어 진영을 급습합니다!"

"아! 내가 또 공명의 꾀에 빠졌구나!"

그제서야 공명의 계교를 깨달은 사마의는 크게 놀라 장수들을 불렀다.

"우리가 공명의 간계에 또 놀아났구나. 내가 그렇게 타일렀건만 네놈들 성화에 따라와서 대사를 그르치다니!"

사마의는 장수들을 황황히 꾸짖고 나서, 급히 군사를 돌렸다. 위군들은 사마의가 갑자기 돌아서자 모두들 겁을 먹고 달아났다. 장익이 달아나는 위군을 뒤쫓아가 치니, 위나라 병사는 대패하고 장합과 대릉은 위험에 빠지자 산길로 도주했다.

사마의가 진영으로 돌아오니 촉병들은 스스로 물러간 후였다. 사마의는 패군을 수습하고 뭇 장수를 모아 크게 꾸짖었다.

"네놈들이 병법도 모르고 고집만 부려 억지로 출전했다가 이런 꼴을 당하지 않았느냐. 이제부터 나는 결단코 네놈들의 경거망동(輕擧妄動)을 용서치 않겠다. 앞으로 내 말에 따르지 않는 자는 군법으로 다스리겠다."

위나라 장수들은 고개를 숙이고 감히 한마디도 못하고 물러갔다. 그 싸움으로 위나라는 많은 군대와 군마를 잃는 대참패를 기록했고, 공명은 크게 이겨 전승을 자축했다. 공명은 성도로 돌아와 군기를 다스리고 장수들을 훈련시키면서 3년 후에 다시 출정하겠다는 것을 백성들에게 선포했다. 모든 백성과 군사들이 오직 그의 은덕을 존경하며 따랐다.

어느덧 세월이 흘러 건흥 13년 봄 2월에 제갈공명은 조정으로 들어가 황제 유선을 만났다.

"폐하, 제가 군사력을 강화한 지 3년이 지나, 그동안 군량이 풍족하게 되고 군비가 완벽하여 위나라를 정벌할 만한 힘을 비축했습니다. 이번에 우리가 간신의 무리들을 척결하고 중원을 회복치 못한다면 맹세코 폐하를 다시 뵙지 않겠습니다."

유선은 그 말을 듣고 공명에게 말했다.

"지금은 천하가 조용하고 오나라와 위나라의 침범도 없는데, 승상께서는 어찌하여 이런 태평을 누리지 않고 또 출전을 서두르시오."

유선은 은근히 그의 출정을 막으려 했다. 그러자 공명이 다시 말을 이었다.

"제가 선왕으로부터 받은 우정과 은혜를 어찌 꿈엔들 잊을 수 있겠습니까. 폐하를 위해 중원을 회복하고 한의 황실을 복원하는 일만이 오로지 제가 원하는 일입니다."

공명이 말을 마치자 천문(天文)에 지식이 밝은 태사(太史) 초추가 입을 열었다.

"신이 하늘을 살피는 천문대에 직책이 있어 좋은 일과 궂은 일을 말씀드리지 않을 수 없습니다. 최근 새 떼 수만 마리가 남쪽에서 날아와 강물에 떨어져 죽었습니다. 이는 상서롭지 못한 징조이며, 하늘을 살피니 규성(奎星)이 태백(太白)의 경계를 넘어 성한 기운이 북쪽에 서려 있습니다. 이것은 지금 위나라를 치는 것이 불리하다는 징조입니다. 또한 제가 듣건대 최근 백성들이 밤에 잣나무가 운다고 떠들고 있습니다. 이런 재액이 그치지 않으니 승상께서는 삼가 지키고 움직여서는 안 됩니다."

그러나 공명은 그 말을 듣지 않았다.

"내가 선제께서 유언으로 남긴 무거운 말씀을 받들어 마땅히 힘을 다하여 중원의 도적 떼들을 척결하려는 때에 어찌하여 허망하고 요사스런 말로 국가의 큰일을 그르치려는 것인가."

공명은 초추의 말을 가볍게 물리친 다음, 곧 소열 황제의 사당에 제사를 올렸다. 공명은 제단에서 눈물을 흘리며 말했다.

"제가 다섯 번이나 기산을 쳤으나 아직 한 지의 땅도 얻지 못했으니 그 죄가 가볍다고 말할 수 없습니다. 이제 제가 다시 전군을 거느리고 기산으로 출전하는 마당에 맹세코 힘을 다하여 적을 소멸하고 중원을 회복하되, 이 몸이 닳고 시들어 죽은 후에야 그만

두겠습니다."

공명은 제사를 지낸 후 황제 유선에게 작별을 고했다. 공명이 장수들을 모아 작전을 논의하고 있는데 관흥이 죽었다는 슬픈 소식이 날아들었다. 관흥은 오랫동안 병으로 누워 있다가 마침내 세상을 떠나고 만 것이다. 공명은 목놓아 슬피 울었다.

"하늘이 충성스러운 사람을 모르고 데려갔으니 내가 이번 출전에 또 한 사람의 장수를 잃게 되었구나!"

공명은 이어 34만 명의 대군을 다섯 갈래로 나누었다. 강유와 위연은 선봉으로 기산에 보내고, 이회(李恢)에게는 사곡(斜谷)에 군량을 운반하도록 했다. 기산에는 다시 군사들이 들끓었다. 대진영 다섯이 가운데 자리 잡고, 그 좌우와 전후로 사곡에서 검각 사이에 14개의 진지를 세웠다. 그때 위나라 곽회와 손례가 군사를 이끌고 북원에 진지를 세웠다는 소식이 들려왔다. 공명은 곧 계교를 꾸몄다.

"위나라 군사가 북원에 진영을 세운 것은 우리가 농서를 끊을까 두려워서다. 우리는 북원을 치는 체하다가 위빈을 뺏기로 한다. 군사들에게 큰 뗏목을 엮게 하고 군사 5천 명을 뽑아 태우고 기다려라. 내가 밤중에 북원을 치면 사마의가 군사를 이끌고 구원하러 올 것이니, 그때를 틈타 후군은 먼저 강을 건넌다. 그 다음에 빈 뗏목을 풀어 강물에 띄우고 거기 실은 마른 풀에 불을 질러라. 불이 붙은 뗏목은 위나라 군사들이 세운 부교를 태울 것이니, 후군은 그때 위군을 쳐라. 나는 곧 군사를 거느리고 적의 진영을 뺏을 것이다. 우리가 위수 남쪽을 얻으면 진격에 큰 도움이 될 것이다."

여러 장수들은 공명의 분부를 받았다.

그 소식이 첩자의 귀에 들어갔다. 급보를 받은 사마의는 장수들을 불렀다.

"공명이 뗏목을 만든다면 아마 북원을 치는 척하고 불길로 부교를 뺏으려는 작전이 분명하다. 그리고 곧 우리 배후를 혼란에 빠뜨린 다음, 우리 앞을 공격할 것이다."

사마의는 앉아서 적국의 계략을 환하게 꿰뚫고 있었다. 그는 곧 하우패와 하후위를 불렀다.

"너희 두 사람은 북원에서 함성이 일어나면, 즉시 군사를 거느리고 위수 남쪽 산에서 기다렸다가 촉병이 오면 쳐라."

사마의는 다시 장호와 악침에게 명령했다.

"너희들은 활 쏘는 궁사 2천 명을 거느리고 부교 북쪽에 매복했다가 촉병이 뗏목을 타고 나타나면 일제히 쏘아 다리에 접근하지 못하도록 하라."

다시 곽회와 손례에게 말했다.

"공명이 북원에 오려면 은밀히 강을 건너올 것이다. 지금 새로 지은 진영에 군마가 많지 않으니, 우선 중간에 매복했다가 만약 촉병이 오후에 강을 건너면 패한 척 달아나라. 촉병이 추격하면 화살을 쏘아라. 나는 강과 뭍으로 나갈 것이니, 적이 도착하면 그때 내 지휘를 받도록 하라."

사마의는 작전 지시를 마치자, 두 아들 사마사와 사마소에게 군사를 거느리고 앞 진영을 돕게 하고 자기는 북원을 돕기로 했다.

공명이 다시 장수들을 모아 작전을 논의하고 있을 때 뜻밖에 적장 한 명이 항복했다고 알려왔다. 공명은 위나라 장수에게 물었다.

"이름이 뭐냐."

"위군 편장군 정문입니다."

"왜 항복했는가."

"최근 사마의가 진랑을 전장군을 삼고, 저를 마치 초개처럼 여겨 불만을 품고 투항하게 되었습니다. 아무쪼록 승상께서는 돌아갈 곳 없는 저를 거두어 주옵소서."

정문은 거듭 애걸했다. 그때 병사가 들어와 보고했다.

"진랑이 군사를 거느리고 와서 정문을 내놓으랍니다."

공명은 정문을 향하여 물었다.

"진랑의 무예가 너와 비견할 만하더냐."

"그깐놈 쯤은 단칼에 벨 수 있소."

"네가 진랑을 벤다면 너를 의심치 않고 받아 주마."

정문은 분연히 말을 타고 나가 진랑과 맞섰다. 공명은 그들이 싸우는 모습을 바라보았다. 진랑이 창을 잡고 큰 소리로 꾸짖는다.

"이놈 반역자야. 내 말까지 훔쳐가다니, 내 말을 내놓아라."

정문의 칼이 한 번 번쩍 빛나더니 진랑의 목이 땅에 떨어졌다. 진랑이 죽자 따라왔던 위나라 군사들이 모두 달아났다. 정문은 의기양양하게 진랑의 머리를 들고 들어왔다. 공명은 정문이 들어오자 크게 노하여 외쳤다.

"저놈을 끌어내어 목을 베어라. 내가 전에 진랑을 본 적이 있는데, 네가 진짜 진랑을 베었단 말이냐. 여기가 어딘 줄 알고 함부로 날뛰는 것이냐."

정문은 드디어 고개를 숙였다.

"사실 이놈은 진랑의 아우 진명입니다."

공명은 껄껄 웃으며 말했다.

"사마의가 그렇게 하라더냐? 네가 나를 속일 수 있다고 생각했느냐? 바른 말을 안 대면 지체없이 목을 베리라."

드디어 정문은 자백하며 눈물을 흘리면서 목숨을 애걸했다.

"정말 네 목숨이 아깝거든 지금 편지를 써서 사마의가 이곳에 오게끔 하라. 그러면 내가 네 목숨을 구해 줄 것이다. 만약에 사마의를 사로잡아 온다면 너를 중용하겠다."

마침내 정문은 사마의에게 쓴 편지를 공명 앞에 내놓았다. 곁에 있던 번건이 물었다.

"승상은 그가 거짓 항복한 줄 어떻게 아셨습니까."

공명이 웃음을 띄우며 말했다.

"사마의는 가볍게 사람을 쓰지 않는다. 정문 말대로 진랑을 전장군으로 삼았다면 필연코 그의 무예가 뛰어날 터인데, 정문과 싸운 녀석이 어찌 진랑이겠는가."

공명은 말솜씨가 좋은 군사를 뽑아 조용히 계교를 가르쳐, 정문의 편지와 함께 사마의의 진영으로 보냈다. 사마의는 군사가 가지고 온 편지를 읽고 나자 물었다.

"너는 어디 사람이냐?"

"저는 원래 중원 사람으로 촉나라에서 살았습니다. 거기서 고향 사람 정문을 만났습니다. 이번에 정문이 공을 세워 공명이 그를 선봉으로 삼았으며, 정문은 제게 부탁하여 편지를 올리게 했습니다. 오늘 밤 불을 피워 신호를 보내겠으니 도독께서 친히 대군을 거느리고 적 진영을 습격하시면 정문이 안에서 적을 치겠다 합니다."

사마의는 여러 번 이것저것 물어 보고 편지를 거듭 살펴보았으나 거짓은 없는 듯싶었다. 그는 즉시 군사에게 명령을 내렸다.

"수고 많았다. 내가 오늘 이경(二更:밤 10시 전후)에 습격할 것이니, 일이 성공하면 너를 크게 쓰리라."

사마의는 군사를 돌려보냈다.

제갈공명은 그 소식을 자세히 들은 다음에 칼을 잡고 축문을 외워 무운을 빈 후, 왕평과 장의를 불러 계교를 일러 주더니, 다시 마충과 마대를 불러들여 은밀히 계책을 주고, 다시 위연에게도 계교를 준 다음, 스스로 수십 명을 거느리고 높은 산 위에 앉아 중군을 지휘하기로 했다.

사마의는 진랑을 불러 1만 명의 군사로 촉나라의 진영을 급습하게 하고, 자신은 그 뒤를 따라 사태 변화에 대응하기로 했다.

그날 밤 큰 비가 내렸다. 사마의는 기습의 기회가 왔다고 생각했다. 그런데 진랑이 군사를 이끌고 촉나라의 진영에 이르렀으나 촉군 진영에는 개미 새끼 한 마리도 보이지 않았다. 순간 사마의는 속았다는 생각이 들었다.

진랑이 군사를 후퇴시키려는 순간, 어디서 나타났는지 전후좌우에서 촉나라 장수들이 물밀 듯 포위망을 좁히며 다가왔다. 촉군 진영에서 불길이 솟았으나 뒤따르던 사마의는 형세를 판단할 수가 없었다. 그때 진랑은 촉군에 포위되어 1만 명의 군사와 함께 비 오듯 쏟아지는 화살에 맞아 목숨을 잃었고, 사마의는 패잔병을 이끌고 겨우 진영으로 돌아갈 수 있었다.

5
군량미를 나르는 호로곡의 목마

제갈공명은 그날부터 매일 싸움을 걸었으나 위나라 군사는 기가 죽어 꼼짝도 하지 않았다. 마침내 공명은 작은 수레를 타고 기산으로 가서 길잡이를 앞세워 위수의 지리를 살피기 시작했다. 그는 곧 한 골짜기에 군사 천여 명을 주둔시킬 수 있는 호로병 같은 지형을 발견했다. 양쪽의 두 산을 합치면 골짜기에 4, 5백 명은 더 수용할 수도 있었고, 두 산이 둘러 있지만 작은 길이 있어서 사람이나 말 한 마리가 다닐 수 있었다. 공명은 속으로 기뻐서 길잡이에게 물었다.

"이곳 땅 이름이 뭔가?"

"여기는 상방곡(上方谷)인데 호로곡(葫蘆谷)이라고도 합니다."

공명은 비장 두예와 호충에게 은밀히 지시하여 공병(工兵) 1천여 명을 뽑아 호로곡에 보내 목재로 말과 소를 만들게 하고, 마대에게 군사 5백 명을 주어 호로곡을 지키게 했다.

"호로곡에 가면 공병들과 외인들의 출입을 일절 차단시키고 철저한 보안을 유지해라."

공명은 여러 차례 간곡히 부탁했다. 따라서 호로곡은 갑자기 큰 공장으로 변했다. 두예와 호충은 공병들에게 나무로 소와 말의 형상을 만들도록 독촉하고, 공명 역시 호로곡에 들러 일을 독려했다. 그런 어느 날 장사(長史) 양의가 물었다.

"우리 군량미가 모두 검각에 있는데 수송이 아주 힘듭니다."

양의가 난색을 표하자 공명이 웃었다.

“이미 대책을 세워 놨다. 지난번 실어온 재목과 서천에서 구한 나무로 공병들이 바퀴가 달린 목우(木牛)와 유마(流馬)를 만들고 있으니 걱정 말라. 우리가 만든 우마는 물도 안 마시고 꼴을 먹지 않아도 밤낮을 가리지 않고 군량미를 운반할 수 있다.”

그 말을 듣고 있던 사람들이 모두 놀라며 말했다.

“옛부터 나무로 만든 소와 말을 들어 본 적이 없는데 승상께서는 무슨 생각으로 그런 것들을 만드십니까?’

“지금 만들고 있어서 아직 보여 줄 수 없으나 그 형상이나 크기를 알려 줄 수는 있다.”

며칠이 지나자 목우와 유마가 수없이 만들어졌다. 그 모습은 마치 산짐승 같지만 작은 바퀴들이 달려 있어서 마음대로 산을 기어 오르고 내렸다. 군사들은 기뻐서 소리쳤다.

공명은 우장군 고상(高翔)에게 군사 1천 명으로 목우와 유마를 몰아, 검각과 기산의 진영을 왕래하며 양식을 나르게 했다.

한편 사마의는 싸움에 크게 패한 후, 기가 꺾여 깊은 번민 속에서 날을 보내고 있었다. 하루는 첩자가 와서 촉나라 병사들이 목우, 유마라는 것을 만들어 군량과 말의 먹이를 나르는데 사람은 힘이 안 들뿐 아니라 그 우마는 먹지도 마시지도 않는다고 보고했다. 사마의는 크게 놀라 가슴이 무너질 듯 탄식했다.

“내가 이렇게 싸우지 않고 지키기만 하는 것은 오직 적의 군량이 떨어져 굶어 죽기를 기다리고 있는 것인데, 저들이 그런 신기한 방법으로 식량을 수송한다면 앞으로 어떻게 할 것이랴.”

사마의는 급히 장호, 악침, 두 장수를 불러들여 분부했다.

"너희들은 각각 군사 5백 명을 거느리고 사곡에 가서 촉병들이 사용하는 목우와 유마를 네댓 마리만 뺏어오너라."

두 사람은 곧 밤을 틈타 산골에 숨어서 촉병을 기다렸다가 목우와 유마를 탈취해 가지고 왔다. 사마의가 자세히 보니, 과연 목우와 유마는 정밀하게 만들어졌으며 움직임이 빠르고 좋았다.

"우리도 이것을 못 만들라는 법이 없지."

사마의는 회심의 웃음을 띄고, 곧 재주 있는 장인들 백여 명을 모아 목우와 유마를 그대로 본떠 만들게 했다. 불과 보름이 안 되어 그들은 2천여 개를 만들어 냈다. 그것은 촉병들이 만든 것과 다름없었다.

사마의는 장군 잠위(岑威)에게 목우, 유마로 농서에 있는 양식을 수송시켰다. 위나라 병사들은 그것을 보고 신기해서 모두 크게 기뻐했다.

한편 제갈공명은 고상이 위군의 습격을 받아 목우, 유마를 몇 마리 빼앗겼다는 보고를 들었다. 그러나 공명은 오히려 웃음을 지으며 말했다.

"내가 기다렸던 일이다. 이번에 뺏긴 목우를 미끼삼아 머지않아 내가 더 많은 군수품들을 확보할 터이니 두고 보아라."

장수들은 공명의 말뜻을 이해하지 못했다.

"어떻게 하시겠습니까."

며칠이 지나 공명은 왕평, 장의, 위연, 강유를 위시한 여러 장수들에게 계교를 지시했다. 위나라 장수 잠위는 2천 개가 넘는 목우와 유마에 양식을 가득 싣고 농서에서 돌아오고 있는 중이었다.

잠시 후, 전면에서 뜻밖의 군사 1천여 명이 나타났다. 잠위가 놀라서 다시 보니 모두가 위나라 군사들이었다. 그는 두 군사를 합쳤다. 그러자 잠시 후에 갑자기 함성이 일며 나중에 합류한 위군들이 '촉나라 대장 왕평이다'라고 소리치며 함께 가던 위군들을 일제히 칼로 찔렀다.

위군들은 그 기습 작전에 손 한번 못 쓰고 모두 죽었다. 잠위는 달아난 군사를 모아 싸우다가 왕평에게 죽고, 위군 졸개들은 뿔뿔이 흩어졌다.

왕평은 위군이 버리고 달아난 목우와 유마를 거두어 돌아갔다. 패잔병들이 북원으로 가서 그 소식을 전하자 곽회는 목우, 유마를 찾기 위해 군사를 몰고 나타났지만 곽회 역시 공명의 계교에 빠져 위기를 맞았다.

사마의는 그 말을 듣고 급히 군사를 이끌고 나갔다. 바로 그때 험한 산속에 매복해 있던 촉나라 병사들이 도처에서 뛰쳐나왔다. 군사들의 함성이 하늘을 찌를 듯했다. 사마의의 군사가 놀란 눈으로 바라보니, 나부끼는 깃발에는 '한장 장익(漢將 張翼)'이라고 씌어 있었다.

위나라 군사들은 칼 한번 변변히 써 보지도 못하고 사방으로 흩어졌다. 사마의는 장익에게 크게 패하고 간신히 말 한 마리를 타고 단신으로 숲속을 향해 달아났다. 장익은 뒤처져 군사를 거두고, 요화는 부지런히 사마의를 추격했다. 그들의 쫓고 쫓기는 추격전이 숲속에서 한참동안 계속되었다. 요화의 말이 거의 사마의의 등 뒤로 바짝 추격했을 때 사마의는 너무 급한 나머지 큰 나무를 안고 돌았다. 요화는 칼을 들어 사마의의 등을 겨누며 달려들다가 큰 고함을 지르며 칼을 날렸다. 칼은 쇳소리를 내며 나무에 꽂혔고, 사마의는 겨우 목숨을 구해 달아났다. 요화가 나무에서 다시 칼을 뽑았을 때 사마의는 숲을 벗어나고 있었다. 요화는 사마의를 쫓다 두 갈래의 길과 마주쳤다.

'어느 쪽일까.'

요화는 주위를 살피다가 동쪽 길에 금투구 하나가 떨어져 있는 것을 보았다. 사마의는 너무 급한 나머지 금투구를 동쪽에 던져두고 서쪽으로 달아났던 것이다. 요화는 금투구를 들고 돌아왔다.

촉군이 그날 위군으로부터 약탈한 곡식은 만여 석이 넘었다. 공명은 요화가 얻은 금투구를 이번 싸움의 공적으로 기록했다.

6
큰 별 하나가 지다

사마의는 성을 굳게 닫고 나오지 않았다. 그런 어느 날, 밤하늘을 보던 사마의는 얼굴에 희색이 돌았다. 하후패가 무슨 일이냐고 그에게 물었다.

"저것을 보게나. 큰 별 하나가 떨어졌네. 아마 제갈공명이 반드시 큰 병이 들어 머지않아 죽을 걸세."

"그렇다면 첩자를 보내 보지요."

사마의는 하후패를 내보내 오장원(五丈原)을 탐색케 했다. 만일 촉나라 병사들이 나와 싸우지 않으면 틀림없이 공명에게 큰 병이 들었으리라 생각한 것이다.

한편 공명은 기도를 올린 지 엿새가 되었다. 그가 정성껏 기도하면서 켜놓은 등불을 살펴보니, 가장 큰 등불이 여전히 빛을 잃지 않고 밝게 타고 있었다. 공명은 속으로 기뻤다. 강유가 장막 안에 들어가 보니, 공명은 머리를 풀고 칼을 짚은 채 깊은 기도에 빠져 있었다. 이때 갑자기 진영 밖에서 떠드는 소리가 났다. 강유가 무슨 일인지 알아오게 했다. 위연이 허둥지둥 뛰어들어와 말했다.

"위나라 병사가 나타났습니다!"

위연은 너무 급하게 뛰어들었기 때문에 공명이 켜놓은 가장 큰 등불을 발로 차버렸다. 순간 공명은 억, 하는 소리를 내며 칼을 땅에 던졌다.

"사람이 죽고 사는 것은 하늘의 뜻에 달린 것인데, 내가 칼에 빈다고 해서 목숨을 얻는 것은 아닐 것이다."

공명은 길게 탄식하면서 멍하니 서 있을 뿐이었다. 위연은 황공하여 땅에 엎드려 사죄했다. 강유는 위연의 경솔한 행동에 화가 치밀어 칼을 빼어 위연을 치려 했으나 공명이 손을 들어 강유를 막았다.

"위연의 탓이 아니라 내 명이 다한 것이다."

공명은 그렇게 말하고 피를 토하며 침상에 쓰러졌다. 이윽고 공명은 위연을 불러 말했다.

"지금 사마의는 내가 병들었다는 것을 알고 첩자를 보낼 것이니 어서 나가 맞아 싸워라."

공명이 손을 저어 나가도록 했다.

위연은 명령을 받고 뛰쳐나갔다. 위나라 장수 하후패는 위연이 기세 좋게 달려오는 것을 보고 황급히 군사를 돌려 달아났다. 위연은 20여 리나 그를 추격하다가 진영으로 돌아오자, 공명은 위연에게 진영을 한층 엄하게 지키라 이르고 강유를 불러들였다.

"나는 충성을 다하여 중원을 회복하고 한나라 황실을 다시 일으키려 했으나 하늘이 돕지 않아 운명이 다하게 되었다. 내가 평생 배운 것을 24편 14만1천1백14자의 책으로 만들었다. 거기에는 꼭 해야 할 여덟 가지 행위와 일곱 가지 경계할 일, 여섯 가지 두려워할 일과 다섯 가지 겁내야 할 일들이 씌어 있다. 내가 이것을 전해줄 사람은 너밖에 없으니 잘 받아 소홀히 여기지 말라."

공명은 침대 곁에 서 있는 강유의 손을 힘주어 잡으면서 책자를 전해 주었다. 강유는 한마디 말도 못하고 흐느껴 울며 두 손으로 책자를 받았다. 공명이 다시 말했다.

"내가 연노(連弩)라는 무기를 만들었지만 아직 한 번도 써 보지는 못했다. 그것은 화살 길이가 8촌이요, 한 번으로 10개의 화살을 날릴 수 있는 신무기다. 여기 그 설계를 그려두었으니, 후에 만들어 쓰도록 해라."

강유는 고개를 숙여 설계도를 받았다.

"우리 촉나라로 들어오는 길은 모두 험해서 염려할 바는 없겠으나, 다만 음평 땅을 눈여겨 잘 봐두거라. 그 땅은 험준하지만 나중에 잃게 될 수도 있다."

공명은 강유에게 훗날을 부탁했다. 그는 마대가 장막에 들어오자 귀에 대고 밀계를 내렸다.

"내가 죽고 난 후에 내가 말한 대로 해라."

공명이 당부하자 마대가 물러났다. 잠시 후에 양의가 들어왔다. 공명은 침대 앞으로 양의를 불러 이불 밑에서 비단주머니 하나를 꺼내며 말했다.

"내가 죽으면 위연이 반드시 반란을 일으킬 것이다. 그때 이 주머니를 열어 보아라. 위연의 목을 벨 사람이 나타날 것이다."

공명은 양의에게 비단주머니를 쥐어 주었다. 공명은 일일이 사람을 불러 부탁하고 다시 의식을 잃었다가 늦게야 깨어났다. 공명은 밤새워 황제 유선에게 편지를 썼다.

유선은 편지를 받고 크게 놀라 상서 이복를 보내 후사를 묻도록 했다. 이복이 명령을 받고 오장원에 도착하여 공명을 문안하자 공명은 눈물을 흘리며 말했다.

"내가 불행하게도 명이 다하여 국가의 큰일을 그르치게 되었으니 큰 죄를 지었다. 내가 죽은 후에도 공들은 마땅히 충성을 다해 나라를 지켜야 하며, 국가의 모든 체제를 고치지 말고 내가 쓰던 사람들을 바꾸지 말라. 이미 내가 쓰던 병법은 남김없이 강유에게 전해 주었으니, 그가 능히 내 뜻을 이어받아 어김없이 행할 것이다. 내 목숨은 이미 조석에 달렸으니 글을 남겨 천자께 올릴 것이다."

이복은 공명의 말에 눈물을 흘리며 하직하고 황제에게 돌아갔다. 공명은 몸이 쇠약할 대로 지쳤지만 병든 몸을 좌우로 부축 받아 수레에 올라 여러 진영을 두루 살폈다. 가을바람은 사정없이 불고 냉기가 뼈에 스며 견디기 어려웠다. 공명은 하늘을 우러러 말했다.

"언제 다시 도적들을 칠 것인지, 유유한 하늘이여 말하라."

공명이 크게 탄식하고 막사로 돌아오자 병세는 더욱 위중해졌다. 공명은 양의를 불러 분부했다.

"마대, 양평, 요화, 장의, 장익 같은 이들은 모두가 충성스러운 장군들이다. 오래 전쟁을 겪고 공을 쌓았으니, 내가 죽은 후에도 모든 일은 옛법대로 천천히 싸움에 임하라. 달아날 때도 급히 서둘지 말라. 그대들은 지혜와 전략을 깊이 알고 있으므로 더 부탁할 말은 없다. 하지만 강백약(姜伯約)은 슬기와 용기를 갖추었으니 그에게 적을 막게 하라."

양의는 공명의 지시를 잘 명심해 들었다.

그날 밤, 공명은 다시 장수들의 부축을 받으며 밖으로 나갔다. 그 모습은 비장하기 그지없었다. 공명은 하늘의 북두성을 손가락으로 가리켰다.

"내 별이 저것이다."

여러 사람이 공명의 떨리는 손가락을 따라 하늘에 떠 있는 큰 별을 바라보았다.

"저 별이 나의 장성(將星)이다."

이윽고 공명은 칼을 뽑아 별을 가리키며 주문처럼 외웠다. 별이 짙은 밤, 별빛 아래서 공명은 마지막 힘을 다하여 하늘에 빌었다. 얼마나 시간이 갔는지 아무도 몰랐다. 단지 공명의 목소리만 꿈결처럼 들렸다. 공명의 기원이 끝나자 사람들은 비로소 정신이 번쩍 들었다.

사람들은 공명을 부축하여 안으로 모셨다. 마침내 공명은 의식을 잃었다. 사람들이 어쩔 줄 몰라 서성일 때 상서 이복이 다시 막

사로 들어왔다. 이복은 승상이 혼수상태에 빠져 있는 것을 보고 크게 울면서 말했다.

"아, 내가 국가의 대사를 그르쳤구나!"

이복이 부르짖었을 때 갑자기 공명은 다시 눈을 떴다. 그는 이복을 바라보며 낮은 목소리로 말했다.

"자네가 왜 왔는지 알고 있네."

이복은 공손히 말했다.

"제가 폐하의 어명을 받들어 누구로 하여금 승상의 뒤를 이어 나라 일을 맡길 것인지 여쭙고자 하여 다시 왔습니다."

그러자 공명이 말했다.

"내가 죽거든 대사를 맡을 자는 장완밖에 없다."

이복은 다시 물었다.

"장완 이후에는 누가 좋겠습니까?"

"비위가 좋지……."

이복은 또 물었다.

"비위 후에는 누가 좋습니까?"

"비위 후에는……."

이복이 재차 묻자 공명은 더 이상 말이 없었다. 마침내 공명이 눈을 감았다. 그때가 건흥 12년 가을 9월 23일, 공명의 나이 54세였다. 그날 밤 하늘은 수심이 가득하고 땅은 소리없이 흐느껴 달빛마저 빛을 잃었다. 공명이 눈을 감고 하늘로 돌아간 것이다.

강유와 양의는 공명의 유언을 받들어 감히 울지도 못하고 공명이 시킨 대로 염을 마치자, 감실에 고이 모셔 심복 3백 명에게 지키게 했다. 그리고 밀명을 내려 위연에게 뒤쫓는 적을 막게 하고 진영을 하나씩 뜯어 물러났다.

사마의는 그날 밤 하늘을 보다가 무수하게 크고 작은 별들 가운데 난데없이 큰 별 하나가 붉은 빛으로 타오르더니, 동북방에서 서남방으로 흘러 촉나라 군대 진영에 떨어졌다가 순식간에 다시 솟아나는 것을 보았다. 사마의가 숨을 죽이고 바라보자 별은 여러 번 떨어졌다 솟았다 하면서 하늘이 은은히 울고 별이 눈물짓는 듯했다. 사마의는 크게 놀라며 기뻐했다.

"제갈공명이 죽는구나."

그는 쓴웃음을 띄우고, 곧 군사를 동원하여 총공격령을 내려 성 밖에 나가려다가 잠시 생각이 바뀌었다. 갑자기 머릿속에 의심이 들었던 것이다.

'내가 공명의 술법을 잘 아는데 꾀에 속아 넘어가는 것이 아닐까. 내가 오랫동안 성 밖에 죽치고 앉아 응대를 안 하자 일부러 술책을 써서 거짓 죽은 채, 우리를 꼬여내는 것은 아닐까? 만일 이대로 나가면 반드시 공명이 파놓은 함정에 빠질지도 모른다.'

사마의의 생각이 거기에 미치자, 곧 말 머리를 돌려 진영으로 돌아가 하후패로 하여금 군마 10여 기를 끌고 오장원에 나가 염탐을 하게 했다.

그때 촉나라 장수 위연은 잠을 자다가 머리 위에 난데없이 뿔 두 개가 돋아난 꿈을 꾸었다. 그는 그게 좋은 꿈인지 악몽인지 알 길이 없어 가슴을 태우고 있었다. 다음 날, 그는 군마를 지휘하는 장군 조직(趙直)이 들어오자 은근히 물었다.

"장군께서는 주역(周易)을 잘 푼다고 들었는데 해몽 하나 해주시오. 지난 밤 꿈속에 내 머리 위로 뿔 두 개가 돋았소. 그게 도대체 어떤 꿈인지 풀어 주시겠소?"

조직은 잠시 생각에 잠겼다가 대답했다.

"큰 운세가 열릴 징조입니다. 기린이 머리에 뿔이 있고, 용도 뿔이 있으니, 이것은 장군께 큰 변화가 와 용이 하늘로 치솟는 것 같은 형국이 아닌가 생각됩니다."

조직의 말을 듣자 위연은 그의 손을 덥썩 잡았다.

"고맙소, 만일 장군의 말이 맞다면 후하게 사례하겠소."

위연과 헤어져 길을 떠난 지 불과 몇 리 안 가서 조직은 상서 비위를 만났다. 비위가 반가워 물었다.

"어디서 오는 길이오?"

조직 역시 반가이 인사하고 말했다.

"아까 위연 장군의 진영에 들렀더니 장군께서 꿈에 머리 위로 뿔이 돋았다며 내게 길흉을 판단해달라고 했습니다. 그게 사실은 좋은 꿈은 아니잖소. 그렇다고 흉몽이라고 말할 수도 없어서 일부러 기린과 용의 비유를 들어 풀어 주었소."

"그럼 사실대로 풀면 왜 불길하단 말이오?"

"칼 도(刀)와 아래 쓸 용(用)을 더한 것이 뿔 각(角) 아니오? 그렇다면 머리 위에 칼을 쓰는 일인데 그보다 나쁜 꿈이 어디 있겠소?"

비위는 조직에게 당부했다.

"이 일은 심상치 않으니, 누구에게도 누설하지 마시오."

"염려 마시오."

두 사람은 각자 길을 떠났다. 비위는 위연의 진영에 도착하자 좌우의 사람들을 물러나게 하고 나직히 말했다.

"어젯밤 삼경(三更:밤 12시 전후)에 승상께서 세상을 떠나셨소."

위연은 말을 잇지 못하고 머리를 숙였다. 비위가 계속 말했다.

"승상께서 임종 시에 부탁하시기를 장군께서 적의 후방을 막아 사마의를 당해 내야 하며 천천히 물러나되 발상치 말라 하셨소. 여기 병부를 가지고 왔으니, 장군은 곧 기병하시오."

비위가 이렇게 말하자, 위연은 몹시 궁금하다는 듯이 물었다.

"그렇다면 누가 승상의 대사를 대신하여 다스리오?"

"승상이 말씀하기를 대사는 모두 양의에게 부탁하셨고, 용병하는 법은 전부 강백약에게 전하셨소. 이 병부는 양의의 명령으로 가져온 것이오."

비위의 대답을 들은 위연은 언성을 높이며 호령하듯 소리쳤다.

"그 무슨 일이 그렇단 말이요. 비록 승상이 없다 해도 위연, 내가 살아 있지 않소. 양의로 말하자면 한갖 장사(長史)에 지나지 않는데, 어찌 이 같은 대임(大任)을 당한단 말이오. 그렇다면 양의에게 승상의 영구를 모시고 성도로 돌아가 장례나 잘 치르라 이르시오. 나는 대군으로 사마의를 물리치고 공을 이루도록 힘쓰겠소. 어찌 승상 한 사람으로 해서 국가 대사를 폐해야 된단 말이오."

비위는 위연을 달래며 좋은 말로 말했다.

"그렇다면 곧 승상의 뜻에 거역함이 되지 않소? 그러니 이 길로 군사를 물리기로 합시다."

위연은 소리를 버럭 질렀다.

"내가 누구라고 그따위 어린애 다루는 말을 한단 말이오. 승상이 지난번에 내 계교대로만 했던들 장안을 취한 지가 오래였겠소. 그리고 내가 지금 전장군 정서대장군 남정후 벼슬에 있는데, 어이 한낱 장사(長史)를 위해서 즐겨 뒤를 끊으란 말이오."

비위는 더욱 부드럽게 말했다.

"장군 말씀이 옳은 줄이야 누가 모르겠소마는, 다만 우리가 여기서 가볍게 움직여서 적의 비웃음을 사는 일이 있다면, 그것은 또 뭣이 좋겠소. 내가 곧 돌아가 양의를 만나보고 이해로 타일러, 그로 하여금 장군께 병권을 돌리도록 할 터이니 잠깐 기다리시오."

"옳은 말씀이오. 내 기다릴 터이니 빨리 다녀오시오."

위연은 만면의 웃음을 띄우며 쾌히 승낙했다.

비위는 위연과 작별하고 길을 재촉하여 급히 진영으로 돌아와 양의에게 위연의 말을 전했다. 양의는 그 말을 듣고 말했다.

"승상께서 돌아가실 때 위연이 필연 딴 뜻을 품을 것이라고 말씀하시기에 내가 군령을 보내어 그의 마음을 떠 본 것이오. 과연 승상의 말씀이 틀림없소. 그렇다면 그 일은 강유를 시키겠소."

양의는 공명의 관을 모시고 가고, 강유가 군사의 후방을 막으며 공명의 유언대로 천천히 철수했다.

한편 위연은 비위를 보낸 후에 그가 좋은 소식을 가지고 오기만 기다리고 있었다. 그러나 며칠이 지나도 비위는 나타나지 않았다. 위연은 크게 의혹이 일어 마대를 시켜 소식을 탐지시켰다. 이윽고 마대가 돌아와 말했다.

"후군은 강유가 맡고, 전군은 이미 산골짜기로 철수했습니다."

위연은 그 말을 듣고 크게 노했다.

"비위 놈이 나를 속여 빼돌렸구나. 내가 이놈을 잡아 죽이리라."

그는 한바탕 호통을 하고, 마대를 향해 말했다.

"장군은 나를 도와 주겠소?"

마대는 천연스럽게 말했다.

"나 역시 양의에게 불만이 많소. 장군을 돕겠소."

위연은 크게 기뻐하며 마대의 손을 덥썩 잡았다. 마대는 곧 군사를 이끌고 남쪽으로 갔다.

한편 위나라의 장수 하후패가 촉군을 치기 위해 오장원에 이르렀는데 사람의 그림자를 볼 수 없었다.

그 보고를 들은 사마의는 발을 굴렀다.

"제갈공명이 진짜 죽은 줄 몰랐구나. 어서 촉병을 쫓자."

사마의는 속은 것을 알고 분해서 곧 출전할 준비를 차렸다. 그러자 하후패가 말했다.

"장군이 직접 가시지 마시고 장수를 먼저 보내십시오."

"아니다. 이번에야말로 내가 가야겠다."

사마의는 두 아들과 함께 오장원으로 향했다. 거기에는 얘기들은 대로 촉병의 그림자도 없었다. 사마의는 두 아들에게 말했다.

"너희들은 군사를 재촉하여 뒤를 따르라."

사마의가 앞서고 사마사와 사마소는 촉나라 병사들을 쫓기 시작했다. 어느 산모퉁이를 지나자 그리 멀지 않은 곳에서 한 떼의 촉병이 가고 있는 것을 발견했다. 사마의가 힘을 다해 쫓아나가는데, 난데없이 산 뒤에서 대포 터지는 소리와 함성이 일었다. 쫓겨

가던 촉병이 깃발을 돌리고 북을 치며 몰려왔다. 사마의는 바람에 나부끼는 깃발에서 '한 승상 무향후 제갈량'이라는 글씨를 읽고 경악했다.

사마의는 눈을 거듭 비비며 살폈다. 나부끼는 깃발 한가운데는 수십여 명의 장수들이 한 대의 수레를 호위하고 있었다. 수레 안에는 놀랍게도 검은 띠를 두르고 학창의에 윤건을 쓰고 깃털 부채를 든 공명이 앉아 있었다. 사마의는 큰 소리로 부르짖었다.

"제갈공명이 살아 있었는데 내가 너무 적진 깊숙이 들어왔구나."

사마의는 급히 말 머리를 돌려 허둥지둥 달아났다. 그의 등 뒤로 강유가 추격했다. 강유가 소리쳤다.

"네놈은 우리 승상의 계책에 빠졌다. 게 섰거라."

형편이 그 지경에 이르자 위나라 군사들은 갈피를 잡지 못하고 갑옷과 투구를 벗어던지고 창과 칼을 버리고 달아났다. 그때 자기들끼리 밟혀 죽은 자들도 헤아릴 수가 없었다. 사마의는 졸개들이야 죽건 말건 정신없이 50여 리나 달아났다가 겨우 진영으로 돌아왔다.

사마의는 곧 여러 장수를 시켜 적진을 탐색시켰다. 이틀이 지나서 소식이 들렸다. 촉병들이 산중에 들어갈 때, 우는 소리가 땅을 울렸으며 군사들이 백기를 달았으니 틀림없이 공명이 죽었다는 것이었다.

"허나 지난번에 분명히 공명이 수레에 타고 있는 것을 보았다."

"그것은 나무로 깎은 사람이라 합니다."

사마의는 그 말을 듣고 길게 탄식했다.

"아, 내가 또다시 공명의 계교에 속았구나."

그때부터 촉나라에서는 죽은 제갈량이 살아 있는 사마천을 달아나게 했다는 말이 떠돌았다. 사마의는 공명이 확실히 죽은 것을 믿고 다시 군사를 정비하고 촉병을 뒤쫓았다. 그러나 그때는 이미 촉나라 병사들이 멀리 사라진 후였다.

"제갈공명이 죽었으니 우리들은 이제 걱정이 없다."

마침내 사마의는 군사를 거두어 낙양으로 돌아갔다.

7
비단주머니 속의 작전

제갈공명을 대신해 촉나라 병사를 거느리게 된 양의는 뒤쫓는 적을 강유에게 막게 하고, 자신은 공명의 관을 모시고 천천히 진영에서 후퇴하기 시작했다. 그들이 서천을 지나 잔도(棧道) 가까이 왔을 때 양의는 상복을 갈아입고 공명의 죽음을 전군에 알렸다. 군사들은 그 소식을 듣고 모두들 땅을 치며 슬퍼했다.

그러나 또 다른 위기가 그들을 기다리고 있었다. 위연은 미리 잔도를 치고 불을 지른 뒤 군사를 남곡에 주둔시켰다. 그는 이미 패권을 잡은 듯했다.

그때 양의와 강유가 군사를 이끌고 남곡 뒤에 나타났다. 양의는 한중이 위태하다고 생각하여 선봉장 하평에게 군사 3천 명을 먼저 보내고, 자기는 강유와 함께 승상의 관을 모시고 한중을 향해 갔다. 하평이 군사를 몰아 남곡 뒤로 나타나자, 위연은 양진을 나가 싸우게 했다. 하평이 적진을 향해 크게 외쳤다.

"승상이 돌아가셔서 아직 그 뼈가 식지도 않았는데 네놈이 어찌 배반을 한단 말이냐. 너희들은 모두 서천 사람으로 고향에 부모, 처자, 형제, 친구들을 두고 왔다. 더구나 승상께서 살았을 때 네놈들에게 은혜를 베풀었는데 이제 와서 역적놈을 돕다니 말이 되느냐. 어서 고향으로 돌아가 상을 기다려라!"

"옳소!"

위연의 군사들은 속에 품었던 말을 하평이 해주자, 서로 앞을 다투어 호응하여 달아났다. 위연은 크게 노하여 칼을 휘두르며 하평과 몇 차례 맞서 싸우다가 말을 되돌려 달아났다. 하평의 추격에 위연의 군사들이 일제히 활을 쏘아대자 하평은 할 수 없이 되돌아갔다. 그 사이에 많은 부하들이 진영에서 달아났다. 그러나 그 소란 가운데 마대가 거느린 3백 명의 군사는 움직이지 않았다. 위연은 마대 앞에 와서 말했다.

"내 결코 장군의 은혜를 잊지 않겠소. 허나 형편이 이 지경이 되었으니, 이 길로 위나라에 투항하는 것이 어떻겠소."

그러자 마대가 펄쩍 뛰며 말했다.

"장군은 왜 이런 기회에 패권을 잡을 생각은 하지 않고 그런 어리석은 말을 하시오. 장군께서는 지혜와 용기를 겸하셨으니 촉나라 병사 중에서 누가 감히 장군과 겨룰 수 있겠소."

위연은 마음이 흡족하여 말했다.

"장군께서 정말 나를 그렇게 보시오?"

위연은 마대의 손을 덥석 잡았다. 마대는 다시 말을 이었다.

"내 맹세코 장군을 도와 한중을 친 후 서천을 뺏겠소."

위연은 드디어 마대와 함께 남정(南鄭)을 공격했다. 그때 남정은 강유가 지키고 있었다. 강유는 성 위에서 위연과 마대가 공격하는 것을 보자 성문을 굳게 닫아버렸다.

"강유는 어서 문을 열고 항복하라!"

위연과 마대는 강유에게 항복을 재촉했다. 강유는 곧 양의에게 연락병을 보내 위연의 군사를 물리칠 대책을 물었다.

"승상께서 돌아가실 때 비단주머니를 한 개 주시며 '훗날 위연이 반역하여 싸우게 되면 열어 보아라. 반드시 위연을 벨 계교가 있다'고 말씀하셨습니다. 그것을 꺼내 보기로 합시다."

강유가 비단 주머니를 열어 보니 겉봉에 '위연과 맞서 싸울 때 말 위에서 열어 볼 것'이라고 씌어져 있었다. 강유는 크게 기뻐 군사 3천 명을 거느리고 성문을 활짝 열고 나가 창을 잡고 큰 소리로 꾸짖었다.

"역적 위연은 들어라. 일찍이 승상께서 네놈에게 은혜를 베풀었거늘, 어찌 지금 와서 승상을 배반한단 말이냐."

위연은 창을 잡고 말을 멈추며 말했다.

"강유야. 네놈과는 말하기 싫다. 어서 양의를 보내라."

그때 양의는 강유의 진영에 와 있다가 때가 된 것을 알고, 위기 가운데 떨리는 마음을 겨우 진정하고 비단주머니를 열었다. 그는 공명의 계교를 읽어 내려가면서 얼굴에 기쁨이 가득 찼다. 이윽고 양의는 위연 앞에 나갔다.

"승상께서 살아계셨을 때 네놈이 늘 수상하다 하시더니 그 말씀이 무슨 뜻인지 이제야 알겠다!"

위연은 그 말에 발끈 성을 냈다.

"네놈이 사내대장부라면 어서 나와 한 판 붙자. 무슨 말이 그렇게 많으냐!"

양의는 더욱 웃으며 덧붙였다.

"네놈이 진정 사내대장부라면 말탄 채라도 좋으니, '나를 죽일 자가 누구냐' 하고 세 번만 외쳐 봐라. 그렇게 하면 내가 네놈이 원하는 것을 모두 들어 주마."

위연은 그 말을 듣고 어처구니가 없어서 웃었다.

"이놈이 별소릴 다 하는구나. 승상이 살았을 때는 내게 두려운 마음이 조금은 있었지만 지금은 천하에 누가 나를 감히 대적하겠다는 것이냐. 그따위 말은 세 번이 아니라 삼만 번이라도 하겠다. 이놈아, 어디 내가 말할 테니 들어 봐라."

위연은 말고삐를 잡은 채 큰 소리로 외쳤다.

"나를 죽일 자가 누구냐."

그가 딱 한 번 크게 외쳤다.

"내가 너를 죽이겠다."

위연의 말이 끝나기도 전에 그 뒤에 섰던 한 장수가 소리를 버럭 지르며 단칼에 위연을 내려쳤다. 위연은 뒤에서 당하는 바람에 한마디 말도 못하고 칼에 맞아 말 아래로 거꾸러졌다. 양쪽 군사들이 모두 놀라 바라보니, 그는 다름 아닌 마대였다. 마대는 공명이 죽기 직전에 밀명을 받은 대로 실행했을 뿐이었다.

"위연이 나를 배반하면 너는 위연의 편에 가담하고 있다가, 위연이 양의와 맞서게 되어 '나를 죽일 자가 누구냐'고 외칠 때 뒤에서 놈의 목을 쳐라."

마대가 위연의 편에 선 것은 공명의 유언이었던 것이다. 양의는 비단주머니 속에 든 승상의 계략이 모두 이루어진 것을 그때서야 깨달았다.

마대는 강유와 함께 군사를 모으고, 양의는 모든 사실을 글로 써서 천자에게 올렸다. 황제 유선은 공명의 장례를 성대히 치르고 유언대로 정군산(定軍山)에 고이 묻었다.

위연의 죄는 씻을 수 없으나 지난날의 전공을 생각하여 무덤에 묻어 주었다.

8
사마의와 손권의 죽음 이후, 2세대로 교체되다

촉나라의 제갈공명이 죽은 후에 촉(蜀) · 위(魏) · 오(吳) 세 나라는 싸움을 그쳐 얼마간 평화가 지속되었다. 그때가 촉한이 나라를 세운 지 13년이었다.

위나라는 조조의 손자 조예가 패권을 쥐고 있었지만 그는 천하 제패의 야망이 없었고, 술과 사치와 여자에 빠져 서른여섯의 나이에 죽었다. 그후 당시 여덟 살의 태자 조방(曹芳)이 황제의 자리에 올랐다.

그러자 사마의는 병을 핑계로 벼슬을 버리고 두 아들과 함께 시골로 들어가 버렸다. 그때 위나라는 조상(曹爽)이 정권을 쥐고 흔들어 나라꼴이 말이 아니었다. 그것을 본 사마의는 참지 못하고 조상의 무리와 그 삼족을 척결하고 승상의 자리에 올랐다. 사마의와 두 아들이 다시 정계에 복귀한 것이다.

어느 날 사마의가 주마등처럼 흐르는 과거를 회상하고 있다가 문득 멀리 옹주성을 지키고 있는 하후패 생각이 났다. 지금 위나라에서 자신을 견제할 수 있는 가장 큰 강적은 하후패였다. 하후패의 일족은 멸족을 당했지만 혼자 살아남아 있었다. 그가 만일 반란을 일으키면 위나라의 정국은 다시 혼란에 빠질 것이 분명했다.

사마의는 하후패를 처치할 궁리를 하기 시작했다. 그는 곧 폐하의 명령을 내려 하후패를 낙양으로 불러들였다. 하후패는 그것이 사마의가 꾸민 계략이라는 것을 알고 놀랐다. 만일 낙양으로 가면 자신의 운명이 끝이라는 것은 불을 보듯 환한 일이었다. 하후패는 이제 사마의에 대항하여 싸우는 길밖에 없다는 것을 깨달았다.

마침내 하후패는 본부 병력 3천 명을 거느리고 반란을 일으켰다. 그러나 옹주태수 곽회는 하후패를 지지하지 않고 사마의 편을 들었다. 하후패는 할 수 없이 곽회와 먼저 싸울 수밖에 없었다. 곽회는 즉시 군사를 끌고 하후패 앞에 와서 큰 소리로 꾸짖었다.

"너는 이미 황족이고, 천자께서 네게 은혜를 베풀었는데 무슨 까닭으로 낙양에 가지 않고 반역을 한단 말이냐."

그러나 하후패도 가만히 있지 않았다.

"내 조부께서도 국가에 공로가 많았다. 허나 사마의는 우리 조씨 가문을 멸족시키고도 모자라서 나까지 해치려는 것이다. 사마의는 머지않아 역적이 될 것이므로, 내가 의리를 중히 여겨 싸우려는 것이다."

곽회와 하후패는 열 번을 맞섰는데 곽회가 견디지 못하고 패해서 달아났다. 하후패를 잡기 위한 곽회의 작전이었다. 하후패가 곽회를 쫓는데, 갑자기 등 뒤에서 군사들의 고함 소리가 일어났다.

"아차, 내가 꾀임에 빠졌구나."

하후패는 급히 말을 돌렸지만 진태가 군사를 이끌고 나타났다. 하후패는 견디지 못하고 크게 패하여 군사를 반이나 잃었다. 이미 대세는 기울어졌고, 혼자 힘으로 사마의와 겨루는 것은 역부족이었다. 그는 남은 군사를 거느리고 촉나라로 투항하고 말았다.

하후패가 귀순해 왔다는 말을 들은 촉나라 강유는 처음에는 믿지 않았다. 적국 위나라의 명장 하후패가 왜 귀순한단 말인가. 그러나 위나라의 권력 투쟁에서 하후패가 사마의에게 패한 것을 안 강유는 성문을 열고 그를 맞아들였다. 하후패는 강유 앞에서 예를 갖추며 울음을 터뜨렸다. 강유는 좋은 말로 그를 위로했다.

"옛날에 미자는 주나라에 가서 크게 이름을 떨친 것을 알고 있소? 만일 장군이 우리 촉한을 도울 수 있다면 그보다 더 큰 공이 어디 있겠소. 그러나 한마디 묻겠소. 사마의가 위나라 권력을 장악한 것은 우리 촉한을 치기 위해서가 아니오?"

"그 늙은 도적놈은 역적질에 눈이 어두워 다른 일에는 정신이 없으니 걱정 마시오. 허나 아주 마음을 놓아서는 안 될 것이오."

"그럼 시기를 봐서 우릴 치겠다는 말이오?"

"지금 위나라에는 새로운 장수가 둘이 있는데, 만일 그들이 군권을 잡게 되면 촉나라에게는 큰 위험이 될 것이오."

"두 사람이 누구요?"

"한 사람은 태부 종유의 아들로, 지금 비서랑에 있는 영주 출신 종회(鍾會)입니다. 어려서부터 대담하고 총명하기로 명성이 높았는데, 나이가 들면서 군사에 관한 책들을 읽어 전략에 밝아 사마의와 장제가 모두 입이 마르게 칭찬을 했습니다."

"또 한 장수는 누구요?"

"의양 출신 등애(鄧艾)입니다. 어려서 애비를 잃고 말을 더듬긴 하지만 지형을 파악하고 이용하는 전략이 뛰어나서 사마의가 그의 재능을 알아 주었습니다."

하후패의 말을 듣고 강유는 껄껄 한바탕 웃었다.

"나는 무슨 대단한 위인인가 했더니, 그따위 비린내 나는 애들이 뭐가 무섭단 말인가."

강유는 그의 말을 흘려듣고 말았다. 강유는 하후패를 데리고 성도로 들어가 촉나라의 황제 유선 앞에 섰다.

"사마의가 조상(曹爽)을 죽이고 하후패마저 해치우려 하자 우리에게 귀순해 왔습니다. 지금 위나라는 사마의 부자가 권력을 장악하고 있고, 천자 조방은 어리고 약해 나라가 어지러운 형국입니다. 이제 저는 군사가 강하고 군량도 풍부한 이때, 폐하의 큰 은혜를 갚고 승상의 뜻을 받들어 중원을 빼앗아 한실을 중흥하겠습니다."

강유의 말이 끝나자 옆에 있던 비위가 말했다.

"좋은 말씀이오만, 최근 우리 촉한은 장완과 동윤이 잇달아 죽어 정치가 지극히 불안합니다. 그러니 장군께서는 섣불리 군사를 동원하지 말고 잠시 때를 기다리는 것이 좋겠습니다."

강유는 비위의 말을 듣지 않았다.

"무슨 말씀이오. 세월은 마치 흰 기러기가 문틈에 얼핏 지나가는 것처럼 덧없이 빨리 흐르고 있는데, 우리가 언제까지 기다려야 중원을 회복할 수 있단 말이오."

그러나 비위는 다시 간곡하게 말했다.

"손자병법에 나를 알고 적을 알면 백 번을 싸워도 백 번을 이긴다 했습니다. 게다가 우리들의 힘과 재주가 제갈 승상에 비하면 까마득하게 미치지 못한 터에, 승상도 이루지 못한 중원 회복을 우리들이 무슨 수로 이룰 수 있겠습니까."

그때 잠자코 듣고만 있던 황제 유선이 마침내 결단을 내렸다.

"장군의 마음이 그렇게 굳으시다면 뜻을 꺾지 마시오."

천자는 마침내 강유의 출병을 허락했다.

강유는 곧 하후패와 함께 성도를 떠나 한중으로 돌아왔다. 그는 위나라의 출전에 앞서 만반의 준비를 게을리하지 않았다. 우선 그는 강인(羌人)들에게 사신을 보내 동맹을 맺고, 서평(西平)으로 나가 옹주 가까이 있는 국산(麴山) 기슭에 두 성을 쌓고 군사를 주둔시켰으며, 천구(川口)에서 군량을 거두었다.

그해 가을 8월, 마침내 강유는 우선 촉나라 장군 구안(句安)과 이흠(李歆)에게 군사 1만5천 명을 주어 구안에게는 동쪽 성을 지키게 하고, 이흠에게는 서쪽 성을 지키게 했다.

사마의가 늙고 병들어 죽은 것은 바로 그해 8월이었다. 한때 촉한의 제갈량과 겨루며 중원의 늑대처럼 기세를 떨치던 사마의도,

늙고 병들자 죽음 앞에서는 꼼짝할 수 없었다. 사마의가 죽자 큰 아들 사마사는 대장군이 되고, 둘째아들 사마소는 표기장군이 되어, 사마의가 죽은 후에도 위나라의 권력은 여전히 사마의 두 아들 손아귀에 잡혀 있었다.

태화 원년 가을 8월 초하루, 갑자기 큰 바람이 불며 강과 바다의 물결이 넘치면서 대홍수가 나서 오나라 선릉의 나무뿌리가 모두 뽑혀버렸다.

바로 그즈음, 마치 날씨가 나라의 길흉을 보여 주듯 손권은 마침내 병석에 눕게 되어 시름시름 앓더니, 그는 이듬해 4월에 태부 제갈각(諸葛恪)과 대사마 여대(呂岱)에게 나라의 일들을 모두 맡기고 눈을 감았다. 그때 손권의 나이 71세로 왕위에 오른 지 24년째였다.

오나라 손권 역시 이렇게 허망하게 죽자, 제갈각은 태자 손량(孫亮)을 천자로 내세워 나라에 대사면령을 내리는 동시에 연호를 대흥(大興) 원년으로 고치고, 손권에게 대황제라는 시호를 올리며 장릉(蔣陵)에서 성대한 장례식을 치러 주었다.

따라서 촉한의 제갈량이 죽고, 위나라 사마의와 오나라 손권이 병사함으로써 삼국을 일으킨 영웅 1세대는 역사의 무대에서 자취를 감추었다. 그리고 삼국은 2세대에게 그 무대를 넘겨주게 되었다.

오나라 손권이 죽었다는 소식은 곧 낙양의 위나라 사마사에게 알려졌다. 사마사는 그 말을 듣고 즉시 군사를 일으켜 오나라를 치려고 했다. 그러자 상서 부하가 말렸지만 동생 사마소가 형을 지지하는 바람에 부하의 말은 곧 철회되었다.

마침내 사마사는 진동장군 제갈탄(諸葛誕)에게 수춘성(壽春城)을, 정남대장군 왕창(王昶)에게는 동흥을, 진남도독 관구검에게는 10만 명의 군사를 주어 무창(武昌)을 치도록 하는 한편, 군사를 셋으로 나누어 아우 사마소로 하여금 군사를 총지휘하게 했다. 그리하여 그해 겨울 10월에 사마소의 군사는 동오의 변방 경계선에 도착했다.

위나라 장수 호준(虎遵)이 먼저 출전했다. 그러자 오나라 제갈각은 즉시 정봉에게 위나라 군사들과 맞서 싸우게 했다. 정봉은 수병 3천 명을 배 30척에 나누어 태우고 동흥을 향해 떠났다. 정봉은 모든 배를 나란히 뭍에 대놓고 장수들에게 크게 외쳤다.

"사내대장부들은 오늘 공을 세우는 날이다. 모두 갑옷을 벗어라."

정봉의 명령이 떨어지자 군사들은 재빨리 갑옷과 투구를 벗어버렸다. 그러자 정봉이 다시 호령했다.

"모두들 큰 칼과 긴 창은 버리고 단검들만 몸에 지녀라."

군사들은 모두 갑옷을 벗은 채 단검만 손에 들었다. 그때 연주포 소리가 세 번 터졌다. 정봉은 그것을 신호삼아 칼을 휘두르며 앞장 서 언덕으로 뛰어올랐다. 그러자 갑옷을 벗은 3천 명의 군사가 모두 단검을 뽑아들고 언덕으로 뛰어올라가 위군 진영을 향해 총공격을 개시했다.

그때 방심하고 있던 위나라 군사들은 당황한 채, 오나라 군사들을 맞았다. 정봉의 군사들이 앞장서서 위군의 진영으로 뛰어들었다. 그때 위나라 장수 한종이 큰 도끼를 들고 맞섰다가 정봉에게 맞아 쓰러졌고, 위나라 장수 환가도 다시 뛰쳐나와 창으로 정봉의 옆구리를 찔렀으나 정봉은 날쌔게 몸을 피해 환가의 창을 잡았다. 창 자루가 두 동강이 날 듯 팽팽하게 힘이 실렸다. 정봉과의 힘겨루기 끝에 마침내 환가가 힘이 빠져 창을 놓고 달아나 버렸다.

정봉은 환가를 향해 단검을 날렸다. 시퍼런 칼날은 뱀같이 날아가 환가의 왼팔에 꽂혔고, 환가는 외마디 비명을 내지르고 쓰러졌다. 정봉은 달려가 쓰러진 환가의 등에 칼을 박았다. 이어 3천여 명의 수병들이 위나라 진영을 무섭게 뛰어다니며 위나라 군사들을 쓰러뜨리자, 위군 지휘관 호준은 황망히 말을 잡아타고 달아나 버렸다.

이어 위나라 군사들은 모두 뿔뿔이 흩어져 부교로 달아났다. 그러나 하늘같이 믿었던 부교마저 이미 끊어져 있었다. 위군들은 대부분 익사하고, 미처 부교까지 못 온 군사들은 오나라 수병들의 단검에 대부분 희생되고 말았다.

그날 싸움에서 오나라 군사들이 거둔 위군들의 군장이며 마필과 군기는 산더미 같았다. 사마소를 비롯한 왕창, 관구검은 참패 소식을 듣자 놀라서 군사를 거두고 물러갔다.

9장
삼국통일

1
인과응보, 제갈각의 최후

오나라 제갈각은 싸움에서 크게 이긴 후에는 병을 핑계로 집에만 처박혀 있었다. 어느 날 그는 마음이 산란하여 바람을 쏘이러 중당에 갔다가 삼베옷을 입은 이상한 사람을 만났다. 제갈각은 그를 보자 크게 꾸짖었다.

"네놈은 누군데 여기 와 있느냐?"

그러자 그 남자는 당황해서 말했다.

"제 집안에 상을 당해 장례를 치러 줄 스님을 찾아 나섰다가 이곳이 절인 줄 알고 잘못 들어온 것입니다. 이곳이 태부의 집인 줄 알았으면 제가 어찌 감히 들어왔겠습니까."

제갈각은 화가 났으나 얘기를 들어 보니 그의 잘못이 아니라 그를 들여보낸 보초병의 잘못이라는 것을 알았다. 그는 곧 보초병을 불렀다.

"네 이놈, 너는 왜 이 상주를 집 안에 들여보냈느냐."

보초병은 벌벌 떨면서 말했다.

"저도 모르는 일입니다. 저희들은 창을 들고 철통같이 문을 지켰을 뿐만 아니라 문간에는 사람의 그림자도 얼씬하지 않았습니다."

"이놈아, 그럼 이자가 어떻게 들어왔단 말이냐."

제갈각이 더욱 성이 나서 발을 구르며 언성을 높였다. 그러나 보초병들은 너무 억울해서 제각기 한마디씩 했다.

"하늘에 맹세코 이놈을 들여보낸 적이 없습니다."

"이놈들이 누굴 놀리느냐. 이놈들을 모두 목을 베어라."

제갈각의 호령에 군사들이 보초병을 끌어내 모조리 목을 베어 죽이고 말았다.

이튿날 아침 제갈각이 세수를 하는데 물에서 피비린내가 났다. 그는 하인을 꾸짖어 다시 물을 떠오게 했다. 그러나 그 물에서도 역시 고약한 피비린내가 났다. 제갈각은 또다시 물을 떠오게 했으나 마찬가지였다. 그렇게 수십여 차례 끝에 제갈각은 문득 두려운 마음이 들었다.

"이건 심상치 않은 일이구나!"

제갈각이 마음을 달래고 있을 때 천자로부터 대궐 잔치에 오라는 연락이 왔다. 제갈각이 옷을 갈아입고 수레를 타고 대궐로 떠나려고 할 때, 난데없이 누런 개 한 마리가 나타나 그의 옷자락을 덥썩 물면서, 마치 사람처럼 슬프게 울었다. 제갈각은 버럭 화가 났다.

"이놈의 개가 나를 놀리는 거냐!"

하인들이 여럿 몰려와서 개를 쫓아버렸다. 그가 수레를 타고 얼마 안 가서 수레 앞 땅에서 흰 무지개가 솟아 흰 명숫발처럼 하늘로 뻗어 올라갔다. 제갈각은 더욱 놀랐다. 이때 심복 장약이 수레 앞으로 오며 낮은 목소리로 말했다.

"주공께서는 이번 대궐 잔치에 빠지는 것이 좋겠습니다."

제갈각은 그 말을 듣자 자신도 불길한 예감이 들어 곧 수레를 돌려 집으로 돌아가는데 손준과 등윤이 달려왔다.

"태부께서는 왜 되돌아가십니까?"

제갈각은 대답할 말이 궁하자 딴 핑계를 댔다.

"갑자기 복통이 나서 되돌아가는 길이네."

그때 등윤이 한 걸음 다가서며 말했다.

"오늘 천자께서 베푸시는 연회는 지난번 태부께서 전쟁에서 귀환하신 후, 상면하지 못한 것이 섭섭하셔서 특별히 날을 잡아 여는 것입니다. 게다가 이번에는 천자께서 큰일도 의논하실 예정인데 빠지시면 안 됩니다. 몸이 불편해도 가셔야 합니다."

제갈각은 그 말을 듣고 안 갈 수가 없게 되었다. 그는 할 수 없이 수레를 돌려 손준, 등윤과 함께 대궐로 들어갔다. 제갈각의 부하 장군 장약은 마음이 놓이지 않아 뒤따라 들어갔다.

제갈각이 천자 손량을 만나 예를 마치고 자리에 물러 앉았다. 잔치 중에 천자는 제갈각에게 술을 권했다. 제갈각은 의심이 들어 말했다.

"폐하, 저는 병이 들어 술은 못 마십니다."

그것을 보고 손준이 말했다.

"그렇다면 태부께는 집에서 드시는 약주를 가져오게 하는 것이 어떨까요?"

제갈각은 그 말에 고개를 끄덕거렸다.

"그게 좋겠군."

그는 곧 사람을 시켜 집에서 빚은 약주를 가져오게 했다. 그때부터 제갈각은 마음 놓고 술잔을 들었다. 술이 얼큰히 취했을 때 천자는 먼저 자리를 떴다. 그때 손준이 갑자기 시퍼런 칼날을 빼들고 큰 소리로 외쳤다.

"천자께서 역적을 베라는 분부를 내리셨다."

제갈각은 크게 놀라, 쥐었던 잔을 땅에 던지고 칼을 뽑고 일어섰으나 때가 늦었다. 손준의 칼날은 순식간에 제갈각의 머리를 땅에 떨어뜨렸다. 그때 제갈각의 부하 장약이 손준에게 달려들었다. 손준은 급히 몸을 피하다가 칼 끝에 왼쪽 손가락을 다쳤으나, 몸을 날려 단칼에 장약의 팔을 찔렀다. 그때 무사들이 일제히 뛰쳐나와 몰매로 장약을 죽였다.

이윽고 손준은 제갈각과 장약의 시체를 거두어 갈대 자리로 싸서 성남문 밖 석자강에 버렸다.

그때 제갈각의 아내는 방에 있다가 이유없이 마음이 불안하여 안절부절 못하고 있었다. 그때 마침 하녀가 방문을 열고 들어오는데 하녀의 몸에서 피비린내가 났다.

"웬일이냐? 무슨 피 냄새냐."

제갈각의 아내가 물었다. 그러나 여종은 갑자기 두 눈을 부릅뜨고 이를 갈면서 머리로 대들보를 받으며 큰 소리로 부르짖었다.

"나, 제갈각은 간교한 적 손준에게 피살되었다."

그 말에 제갈각의 온 집 안 사람들이 놀라 날뛰며 통곡했다. 머지않아 군사들이 몰려와 제갈각의 모든 가족들을 끌어내 사정없이 목을 베었다. 그때가 대흥 2년 겨울 10월이었다.

2
사마소가 대권을 장악하다

위나라는 사마의의 아들 사마사와 사마소 형제가 정권을 장악하고 황제 조방을 멋대로 농락하고 있었다. 이에 황제 조방은 사마사 형제를 제거하기 위해 장 황후(張皇后)와 결탁하여 음모를 꾸몄으나 사전에 발각되었다. 그러자 사마사는 황후를 끌어내 흰 비단으로 목을 졸라 죽인 후, 나중에는 결국 황제 조방마저 폐위시키고 조모를 황제에 앉혔다.

황제 조모는 사마사에게 먼저 큰절을 올리고 나서야 태극전에 올랐으니, 사실상 황제가 아니라 사마사의 꼭두각시에 불과했다.

따라서 조조가 세운 위나라는 그의 손자인 조방의 실각으로 사실상 멸망한 것이나 다름이 없었다. 그로 인해 위나라의 뜻있는 장군들은 사마사에게 등을 돌리게 되었다.

오나라 동오지역 역시 황제의 권력이 무력하기는 마찬가지였다. 동오는 승상 손준이 병으로 죽고, 그의 동생 손침이 정권을 잡고 있을 때였다. 손침은 본래 난폭한 사람으로 휘하의 장군들을 모두 무참하게 죽이고 권력을 장악한 자였다.

오나라 천자 손량(孫亮)은 비록 나이 열일곱 살의 총명한 군주였으나, 무법자 손침을 통제할 만한 힘이 없었다.

그때 위나라 사마사의 부하 장수였던 제갈탄은 아들 제갈정을 볼모로, 동오에 보내면서 손침을 만나게 했다. 손침이 제갈정을 볼모로 데려온 오강에게 물었다.

"위나라 장군 제갈탄이 무슨 일로 아들을 내게 보냈는가?"

오강은 무릎을 꿇고 공손히 말했다.

"저희나라 제갈(諸葛)로 말하면, 본래 촉한 제갈공명의 동생으로 오랫동안 나라에 충성을 바쳤지만 위나라 사마사 형제가 천자를 폐위시키고 모든 권력을 하루아침에 박탈해 버렸습니다. 부디 장군께서 군사를 일으켜 저희 나라를 구해주시기 바랍니다."

오강이 청하자 손침은 즉각 군사를 보내기로 약속했다. 손침은 대장 전역과 전단을 선봉장으로 내세워 군사 7만 명을 파병했다. 오강의 소식을 들은 제갈탄은 크게 기뻐하며 사마소를 공격했다.

한편 낙양의 사마소는 제갈탄이 쳐들어온다는 말을 듣고 크게 화가 나서 즉시 군사를 동원했다. 그러자 가충이 충고했다.

"천자께서는 제위에 올랐으나 아직 그 은덕이 온 국민에게 고루 이르지 못했습니다. 만일 지금 천자를 버리고 갔다가 변란이라도 당하면 그때 후회한들 무슨 소용이 있겠습니까. 바라건대 장군께서는 태후와 천자를 모두 데리고 출전하여 근심이 남지 않도록 하십시오."

사마소는 무릎을 치며 말했다.

"과연 그대 말이 맞다."

사마소는 궁으로 들어가 태후를 만나 싸움에 함께 나가자고 말했다. 태후와 위 황제 조모는 그 말을 듣고 몹시 놀랐다.

'세상에, 황제를 싸움터에 끌고 가다니.'

그러나 어린 황제 조모는 사마소의 말을 거역할 수가 없었다. 결국 위나라 황제 조모는 사마소의 협박에 못이겨 군사 20만 명을 거느리고 회남을 향해 공격을 개시했다. 선봉장 주이가 가장 먼저 사마소의 군사와 만났다.

그 싸움에서 오나라의 군사들은 사마소에게 크게 패하고 50여 리나 후퇴했다. 위나라는 회남을 평정했으나 그 싸움에서 눈을 다친 사마사는 허창으로 돌아간 후, 깊은 병에 들자 동생 사마소(司馬昭)에게 전권을 맡기고 죽었다. 따라서 사마소는 형의 뒤를 이어 위나라의 대권을 쥐게 되었다.

3
사마소가 회남 땅을 모두 평정하다

위나라 사마소는 제갈탄이 오나라와 동맹을 맺었다는 말을 듣고 종회를 불러들여 대처 방안을 의논했다. 종회가 먼저 말했다.

"오나라가 제갈탄을 돕는 이유는 뻔합니다. 우리도 동오를 적대하지 말고 잘 달래는 것이 좋습니다."

사마소는 종회의 말을 믿기로 했다.

그는 석포와 주태에게 먼저 군사를 이끌고 나가 석두성에 매복시킨 다음, 왕기와 진건에게는 정예병을 거느려 뒤를 치게 하고, 다시 편장 성수에게 군사 수만 명을 거느리고 앞으로 나가 적을 유인케 했다. 또 진준에게는 소, 말, 당나귀, 노새 등에 군사들이 좋아할 만한 물품들을 가득 싣고 가다가 적군이 나타나면 길에 모두 버리도록 했다.

제갈탄은 오나라에서 지원 나온 장수 주이(朱異)와 문흠에게 적을 즉시 공격하도록 했다. 그때 위나라 편장 성수는 제갈탄과 싸움에서 견디지 못하고 후퇴했다. 그러자 제갈탄은 군사들을 독려하여 위나라 군사들을 쫓게 했다. 제갈탄의 군사들은 들판을 달리면서 소와 말과 당나귀와 노새들이 벌판에 마구 버려져 있는 것을 보았다. 군사들은 이것을 보자 싸움은 뒷전에 미루고 가축들을 잡기에 정신이 없었다. 바로 그때 매복해 있던 석포와 주태가 양쪽에서 나타났다. 제갈탄은 크게 놀라 급히 후퇴하는데 뜻밖에도 왕기와 진건의 정예병들이 달려들었다.

제갈탄은 변변히 싸워 보지도 못한 채 크게 패해 달아나는데, 이번에는 사마소가 군사를 이끌고 나타났다. 제갈탄은 패잔병을 이끌고 수춘성에 들어가 성문을 굳게 닫아버렸다. 사마소는 수춘성을 포위해 버렸다.

그때 오나라의 군사들은 안풍에 주둔하고 있었고, 사마소를 따라 싸움터에 나왔던 위나라 황제 조모는 항성에 머물러 있었다.

종회가 사마소에게 말했다.

"제갈탄은 비록 패했지만 수춘성은 군량이 많고, 오나라의 군사들이 안풍에서 외곽을 지원하고 있으니, 우리가 비록 수춘성을 포위하고 있다고는 하지만 놈들이 성을 굳게 지키고 있는 동안 오군들이 공격해오면 우리에게 불리합니다. 그러니 성의 삼면으로 공격하고 남문을 내주어 적들이 달아날 길을 터주었다가 도주로를 끊어 기습공격을 해야 합니다. 오군들은 멀리서 오느라 아마 군량이 떨어졌을지도 모르니, 우리가 그 후방을 치면 승산이 있습니다."

종회의 말을 듣고 나자, 사마소는 그의 등을 두드려 주며 말했다.

"그대의 전략은 과연 뛰어나구나."

사마소는 종회의 작전대로 남문을 터주고, 제갈탄의 군사들이 남문을 통해 달아나도록 했다. 종회의 예측은 들어맞았다. 제갈탄의 군사들은 성안에서 속전속결(速戰速決)을 주장하는 파와 방어파로 갈려 서로가 죽고 죽이는 자중지란(自中之亂)이 일어났다. 그 바람에 오나라의 장군 주이는 같이 지원 나온 손침에게 죽고, 손침은 수천여 명의 오군들과 함께 사마소에 투항해 버렸다. 그리고 제갈탄의 일부 군사들은 성문을 열고 달아나버렸다. 그 틈을 타서 사마소는 성을 공격하여 수춘성에 입성했다.

제갈탄은 수백 명의 군사와 맞서 싸우다가 위나라 군사 호준에게 단칼에 목을 잃었다. 사마소는 제갈탄의 가족들을 모두 잡아 삼족을 멸하고, 제갈탄의 부하 장군 수백 명을 묶고 호통을 쳤다.

"너희들은 항복하면 목숨은 살려 주마."

그러나 제갈탄의 휘하 장군과 군사들은 뜻밖에도 사마소에게 대들었다.

"우리를 어서 죽여라, 우리는 제갈탄 장군과 함께 죽겠다."

그들은 모두 죽기를 원했다. 그러자 사마소는 수백 명을 모두 죽이고 무거운 마음으로 그들을 모두 묻어 주었다. 이어 오나라 군사들도 사마소에 패하여 대부분이 위나라 군사로 항복해 왔다. 이로써 사마소는 회남 땅을 모두 평정했다.

4
위나라의 대공격

촉나라의 강유는 사마사가 죽고 사마소가 대권을 쥐고 회남 땅을 평정했다는 말을 듣고, 황제 유선에게 이번 기회에 위나라를 쳐서 중원을 평정하겠다는 결심을 밝혔다. 이윽고 강유는 장수들을 모아놓고 말했다.

"내가 여러 번 출전을 했으나 그때마다 군량이 부족하여 실패했다. 이제 나는 군사 8만 명을 거느리고 답중에 주둔하여 농사를 지어 군량미를 확보하고 출전 준비를 할 것이다. 그대들 역시 오랜 싸움에 지쳐 있으니, 일단 군사를 거두고 곡식을 모아 한중을 지켜라. 위나라 군사들은 천 리 길을 군량을 싣고 험한 산들을 넘어오면 지칠 것이다. 우리는 먼저 공격하지 않고 적들이 오기를 기다렸다가 급습하여, 이번에는 반드시 전승을 거둘 것이다."

종회는 작전 계획을 설명하고 호제(胡濟)에게 한수성(漢壽城)을, 왕함(王含)에게는 낙성(樂城)을, 장빈(蔣斌)에게는 한성(漢城)을, 장서와 부첨에게는 관애(關隘)를 지키게 했다. 그리고 강유는 스스로 8만 명의 군사를 거느리고 답중으로 나가, 밭을 갈고 보리를 심어 군량 준비를 착실히 했다.

위나라 장수 등애는 촉나라 장군 강유가 싸우지 않고 답중에 주둔하고 있다는 말을 듣고 첩자를 보내 지형을 그려오도록 했다. 지도가 완성되자 등애는 곧 사마소에게 보고했다. 그러자 사마소는 크게 노하며 소리쳤다.

"강유가 여러 차례 중원을 엿보고 있었는데 그자를 없애지 못하니, 실로 내 배와 가슴에 든 모진 병과 같구나."

그러자 옆에서 가충이 계교를 말했다.

"강유는 제갈공명의 지략을 터득한 자이므로 우리가 쉽게 물리치기는 어려울 것입니다. 우선 지혜롭고 용감한 첩자를 적진에 보내 그자를 은밀히 제거한 다음 공격하는 것이 좋겠습니다."

그러자 다시 종사중랑 순욱이 한마디 했다.

"아닙니다. 지금 촉나라 황제 유선은 주색에 빠진 지 오래입니다. 유선은 지금 오직 간신배 황호(黃皓)의 말만 들어, 대신들은 모두 화를 피할 생각만 하고 있습니다. 강유가 지금 답중에 숨어 있는 것도 화를 피하려는 것이니 우리가 장군 한 사람을 보내 치면 될 텐데, 왜 어려운 자객을 쓰려고 하십니까."

그 말을 듣자 사마소는 웃으며 말했다.

"그게 바로 내 뜻과 같다. 하면 누가 이번에 나서겠느냐."

순욱이 대답했다.

"우리 위군에는 두 영웅이 있지요. 그들이 곧 등애와 종회입니다. 둘을 보내면 이미 대사를 이룬 것이나 다름없습니다."

사마소는 크게 기뻐하며 말했다.

"참으로 좋은 의견이오."

사마소는 곧 종회를 불렀다.

"내가 그대를 대장으로 삼아 오나라를 치고자 하는데 어떤가?"

"주공의 뜻은 오나라가 아니라 촉나라가 아닌지요."

종회의 대답이 선뜻 나오자, 사마소는 크게 웃었다.

"바로 내 마음을 알았구나. 그렇다면 경에게 무슨 좋은 계책이 있는지 말해 보아라."

종회는 기다렸다는 듯이 사마소에게 말했다.

"제가 이미 주공의 뜻을 알고, 촉나라를 치는 작전 지도를 그려 놓은 지 오랩니다."

종회는 소매에서 한 폭의 그림을 꺼냈다. 사마소는 그림을 펼쳐보았다. 지도에는 촉나라로 가는 길에 진영을 세울 곳과 군량을 숨길 곳 그리고 공격 장소와 후퇴하는 길을 조목조목 표시해 놓았다. 사마소는 지도를 보고 무릎을 쳤다.

"참으로 훌륭한 지도다. 내가 자네와 등애와 조를 이루어 촉나라를 치고 싶은데 어떤가."

"촉나라로 가는 길은 여러 갈래니, 등애와 함께 가는 것보다는 각기 군사를 나누어 출전하는 것이 좋을 것입니다."

사마소는 그의 의견을 받아들여 종회를 진서(鎭西)장군에 임명하고 대군을 주어 청주, 서주, 예주, 형주, 양주 등의 여러 고을에서 군마를 모으도록 하는 한편, 등애를 정서(征西)장군에 임명하고 관외와 농성을 다스리게 한 다음, 날을 정해 촉나라의 서쪽을 치게 했다.

다음 날, 사마소는 그 일을 대신들과 의논했다. 그때 전장군 등돈이 말했다.

"강유가 여러 차례 중원을 침범했을 때마다 우리 군사가 수없이 패했습니다. 우리는 지금 지키기도 힘든데 하물며 산천이 위험한 그곳으로 스스로 깊이 들어가 왜 화를 자초하시려는 것입니까."

등돈이 출전의 무모함을 말하자 사마소는 크게 노하여 소리쳤다.

"내가 의로운 마음으로 촉나라 왕을 치고자 하는데, 네가 어찌 하여 감히 내 뜻을 거역한단 말이냐."

사마소는 등돈을 끌어내 목을 베어버렸다. 등돈의 목이 계단에 구르자 주위 대신들의 얼굴빛이 하얗게 질렸다. 이윽고 사마소는 목소리를 가다듬고 말했다.

"내가 오나라를 정벌하고 돌아온 이래, 몸을 쉰 지 6년 동안 군사를 키우고 갑옷을 깁고 고쳐 지금은 부족함이 없게 되었다. 그것은 오직 촉과 오를 치기 위함이었다. 나는 이제 먼저 서쪽의 촉나라를 평정하고 그 기세를 몰아 동쪽의 오나라를 칠 것이다. 내 짐작에 서쪽의 촉을 지키는 장수는 8~9만, 변방을 지키는 자가 4~5만, 강유가 가진 군사 역시 6~7만에 불과할 것이다. 등애가 관외와 농우의 군사 10여만 명으로 답중의 강유를 치게 하여 그로 하여금 동쪽을 돌볼 틈을 주지 않고, 그때 종회는 관중의 정예병 20만 명을 거느리고 남곡으로 나가 군사를 세 길로 나누어 곧바로 한중을 치게 하겠다. 그러면 촉나라 유선은 반드시 망하고 말 것이다."

사마소의 말을 듣고 있던 대신들은 모두 감동했다. 종회는 진군에 앞서 촉나라에 기밀이 누설되지 않도록 오나라를 친다는 소문을 냈다. 이어 청주를 비롯하여 연주, 예주, 형주, 양주 등 다섯 곳에 큰 배를 만들도록 명령을 내리고, 등래주 등 바닷가 여러 고을에서 해선을 모으게 했다. 사마소는 종회를 불러들였다.

"장군은 촉나라를 치면서 왜 배를 만드느냐."

"촉나라에서 우리가 온다는 소문을 들으면 반드시 오나라에 원군을 청할 것입니다. 우리는 오나라를 치는 척 요란을 떨어 오나라 군사를 묶어놓고 촉나라를 칠 것입니다. 1년 안에 우리는 촉나라를 정벌하고, 그동안 배가 완성되면 그때 다시 오나라를 치는 것입니다."

사마소는 그 말을 듣고 크게 기뻐했다.

드디어 대작전의 날이 다가왔다. 그때가 위나라 경원 4년 가을 7월 3일이었다. 종회가 군사를 거느리고 떠나는 날 사마소는 종회를 따라 성 밖 10여 리까지 전송했다.

5
유비가 이룩한 촉나라가 멸망하다

위나라 대군이 밀려온다는 소식이 전해지자 촉나라는 세상이 뒤집힌 듯 민심이 소란해지기 시작했다. 촉나라 백성들은 남녀노소를 가리지 않고 피난길에 올랐다. 황제 유선은 성도(成都)에서 위나라 장수 등애가 이미 면죽을 점령했고, 촉나라 장수 제갈첨의 부자가 죽었다는 소식을 듣자 크게 놀랐다. 유선은 대신들을 모아놓고 상의를 했지만 주위에는 간신배들과 무사안일에 빠진 관료들뿐이어서 뾰족한 대책이 나오지 않았다. 그러는 사이에 위나라 군사들이 성도 가까이 왔다는 급보가 전해졌다.

"우리는 군사도 약하고 장수도 없는데 무슨 수로 적군을 맞아 싸우겠소. 어서 성을 버리고 남중 칠군으로 피난해야 합니다. 그곳은 산세가 험하여 지킬 만한 곳입니다. 거기서 군사를 빌려 다시 중원을 회복해도 늦지 않을 것이오."

신하 중에 누군가 그렇게 말하자 광록대부 초주가 말했다.

"천만에, 그럴 수 없소. 우리가 남만 사람들에게 평소에 아무 은혜도 베풀지 않았는데, 지금 섣불리 갔다가는 큰 화를 당할지도 모릅니다."

그러자 신하들이 다른 의견을 내놓았다.

"형세가 급하니, 우선 우리와 동맹을 맺은 오나라로 피하는 것이 어떻습니까."

그러자 또 초주가 반대하고 나섰다.

"천만 부당한 말이오. 자고로 천자는 남의 나라에 가서 몸을 붙이는 법이 없습니다. 제 생각에 위나라는 오나라를 정벌할 수 있지만 오나라는 위나라를 이길 수 없습니다. 만일 폐하가 오나라에 피신하면 첫 번째 치욕이 되고, 후에 위나라가 오나라를 차지하면 다시 두 번째 치욕이 되니, 그럴 바에는 차라리 처음부터 아예 위나라에 항복하는 것이 낫습니다. 위나라는 틀림없이 폐하에게 땅을 떼어 줄 것이니, 그때 폐하께서는 종묘를 지키고 백성들을 보호하시는 것이 좋을 것입니다."

촉나라 황제 유선은 신하들의 말이 엇갈리자 쉽게 결단을 내리지 못하고 대궐 안으로 들어가버렸다.

이튿날도 역시 마찬가지였다. 신하들의 의견은 분분하고 주장이 구구했다. 황제 유선은 사태가 급박해지자 위나라에 항복하고 여생이나 안락하게 보낼 생각을 했다. 그러자 태자 유심(劉諶)이 나서서 말했다.

"폐하, 항복이란 말도 안 됩니다. 성도에는 아직 수만 명의 군사가 있고, 검각에도 강유의 군사가 있습니다. 강유 장군은 중원이 위험하다는 말을 들으면 반드시 달려와 구원할 것입니다. 어찌 폐하께서는 한낱 썩은 신하들의 말만 듣고 조부님이 세운 촉국을 그렇게 가볍게 넘겨주신단 말입니까?"

유심이 울면서 하소연했으나 황제 유선은 끝내 아들의 말을 듣지 않았다.

"너 같은 어린것이 어찌 천명을 알겠느냐."

"폐하, 저는 차라리 죽을지언정 항복은 않겠습니다."

그러나 황제 유선은 아들을 끌어내고 초주에게 항복 문서를 쓰게 했다. 이윽고 시중 장소, 부마 등량, 초주 세 사람이 항복 문서와 옥새를 가지고 낙성에서 나가 항복을 청했다. 위나라 장군 등애는 항복 문서와 옥새를 받아들고 그들 세 사람에게 말했다.

"세 사람은 어서 성으로 돌아가 백성들을 안심케 하라."

마침내 운명의 날이 왔다. 황제 유선은 태사를 비롯하여 제왕과 군신 60여 명을 거느리고 북문 밖 10리까지 몸을 스스로 결박한 채 상여를 타고 나가 등애 앞에 무릎을 꿇고 항복했다. 위나라 장군 등애는 유선이 오자 황망히 달려가 안아 일으키며 상여를 불태워버린 뒤에, 유선을 수레에 태워 성안으로 나란히 들어왔다.

유비가 이룩한 촉나라는 하루아침에 멸망을 자초하고 말았다.

당시 촉나라의 인구는 94만 명이었고, 창고에는 곡식이 40만 섬에 금은보화가 3천 근, 비단이 20만 필이 있었다.

유선이 항복하자 유심은 어린 세 아들을 죽인 후에 처자의 목을 베고 조부인 유비 소열 황제의 묘소에 엎드려 피눈물을 쏟으며 자결하고 말았다.

성도에 모여 있던 촉나라 백성들은, 등애가 유선과 함께 나타나자 향불을 피워 영접했다. 등애는 그날 황제 유선을 표기(驃騎)장군으로 삼고 나머지 대신들에게 각기 지위에 따라 벼슬을 내려 주었다. 그리고는 유선에게 방 하나를 내주고 대궐을 접수했다.

결국 유선은 선왕인 소열 황제 유비의 명예를 지키지 못했을 뿐 아니라 아들 유심만도 못한 비열한 행위로 촉나라 역사에 영원한 불명예를 안겨주고 말았다.

한편 태상 장준과 장소는 강유에게 사람을 보내어 황제의 항복을 알리고 그 역시 항복하도록 권했다. 강유는 황제 유선의 항복 소식을 듣고 비통한 마음을 금할 수 없었다. 그는 가슴 속에 깊은 결심을 하고 위나라 장군 종회에 사신을 보내어 백기를 들었다.

종회는 강유 같은 촉나라 장군이 끝까지 싸우지 않고 자신에게 투항해 온 데 감격하여 그를 높이 평가하고 형제의 의를 맺었다.

촉나라 황제의 항복을 받아낸 등애와 촉나라 장군 강유의 항복을 받아낸 종회는 자신들의 강력한 힘을 바탕으로 권력 투쟁을 시작했다. 그 싸움에서 종회와 등애는 결국 죽게 되고, 촉한의 황제 유선을 재기시키기 위해 두 장군의 싸움을 부추긴 강유 역시 천명이 다했는지 끝내 자신의 뜻을 이루지 못하고 59세의 나이에 죽었다.

강유가 위나라 장군 종회에게 백기를 든 것은 마지막 전략적인 계략이 숨어있었으나 이미 서산에 지는 촉나라의 운명을 다시 일으키기에는 역부족이었다. 그로써 촉한은 유비 이후 황제가 된 유선을 끝으로 50여년 만에 역사의 무대에서 자취를 감추게 되었다.

촉나라의 멸망으로 바로 80년 전, 유비 · 관우 · 장비 삼형제가 복사꽃이 흐드러지게 핀 도원에서 의형제를 맺었던 그 원대한 야망과 꿈이 허망하게 사라지게 되었다.

6
사마염의 진(晋) 건국

촉나라의 멸망은 너무도 허망한 것이었다. 그러나 촉나라를 평정했던 위나라도 허망하기는 마찬가지였다. 당시 위나라 황제 조환은 명색이 천자였지만 실권이 없었고, 정권은 사마소의 손에서 요리되고 있었다.

사마소가 촉나라 정벌에 성공하고 대궐로 돌아오자 장안의 대신들은 그가 거둔 공로를 높이 받들어 사마소를 왕으로 옹립했다. 무력한 황제 조환은 대신들의 강력한 주장에 밀려 할 수 없이 사마소를 진왕(晋王)으로 임명했다. 따라서 사마소는 일개 장군에서 위나라 천자를 받드는 진왕으로 즉위하게 되었다.

그와 함께 아버지 사마의에게는 선왕(宣王)의 시호가 붙었고, 형 사마사는 경왕(景王)으로 높임을 받았다. 사마소는 아들 사마염을 세자로 세운 다음 날, 위급한 병세로 갑자기 세상을 떠났다.

대신들은 그날로 사마염을 다시 진왕으로 삼고 하증(何曾)을 승상, 사도는 사마망(司馬望), 석포(石苞)는 표기장군, 진건은 거기장군으로 삼았다.

사마염은 부친 사마소의 장례를 치른 후에 신하 가충과 배수를 불러 물었다.

"내가 한 가지 물어 볼 일이 있소. 위국 태조 조조께서 말씀하시기를 내게 천명이 있다면 주문왕(周文王)이 될 수 있다고 했는데 그게 사실이오?"

가충이 대답했다.

"조조 황제로 말하면 대대로 한나라의 대궐에서 녹을 먹은 사람으로 역적의 누명을 씌울까 싶어 겁이 나서 일부러 그런 말을 한 것입니다. 그것은 아들 조비를 천자로 앉히게 하려는 뜻이었습니다."

사마염이 다시 물었다.

"그렇다면 고(孤)의 부왕은 조조에 비하면 어떤가."

그 말은 사마염의 품은 뜻이 빤히 들여다보이는 매우 중대한 질문이었다. 가충은 왕의 뜻을 알아차리고 좋은 말만 골라서 했다.

"조조로 말씀드리면 비록 그 공로가 천하를 뒤덮고 백성들은 모두 그의 위세에 두려워했으나 마음으로는 그분의 덕망을 존경하지 않았습니다. 그 아들 조비 역시 부친의 뒤를 이어 백성을 모질고 혹독하게 다루고, 늘 이웃과 싸움을 벌여 하루도 편안한 날이 없었습니다. 그 후 선왕(사마의)과 경왕(사마사)께서 여러 차례 큰 공을 세우시고 은혜를 널리 베푸시어 천하의 인심이 돌아온 지 오래됩니다. 더구나 문왕(사마소)께서는 서쪽의 촉나라를 평정하시어 그 공로가 천하를 덮었는데, 어찌 조조 따위와 비교할 수가 있겠습니까?"

그 말을 듣고 나자 사마염은 재차 물었다.

"그렇다면 조조 따위가 감히 한나라의 왕통을 이었는데, 내가 어찌 위나라의 왕통을 잇지 못하겠소."

드디어 결정적인 말이 떨어졌다. 사마염의 욕심이 마침내 세상 밖으로 드러난 것이다. 가충과 배수는 사마염의 결심을 듣자 곧 그 자리에서 두 번 절하고 말했다.

"지당하신 말씀입니다. 전하께서는 마땅히 조조가 한나라 대궐의 계통을 이었던 옛일을 본받아 수선대(受禪臺)를 쌓아 천하에 널리 알리고 대위(大位)에 오르십시오."

"알았다. 내게 생각이 따로 있으니, 그대들은 때를 기다려라."

사마염은 크게 기뻐하며 장담을 했다. 다음 날 사마염은 허리에 칼을 찬 채 대궐로 들어섰다.

그 무렵 위나라 황제 조환은 마음이 어지러워 정처를 못 두고 식사조차 제대로 못하고 있었다.

그날도 사마염이 후궁으로 들어오자, 황제 조환은 어좌에 앉아 있다가 황망히 자리에서 일어나 그를 맞이했다. 사마염은 당돌하게 물었다.

"오늘 위나라가 천하를 제패한 것은 누구의 덕입니까?"

조환은 정신이 번쩍 났다.

"그야 물론 진왕의 덕이 아니겠소."

조환은 사마염의 얼굴을 살폈다. 사마염은 입가에 웃음을 띄운 채 한마디 불쑥 내뱉었다.

"그런 줄 아신다면 내가 보기에 폐하는 글이 능하지도 못하고, 도(道)를 논하지도 못하고, 그렇다고 무예도 뛰어나지 못하면서 어찌 나라를 다스린다고 하시오. 재능과 덕을 겸비한 사람에게 황제의 자리를 양보하시는 것이 옳지 않겠소?"

그 말에 황제 조환은 깜짝 놀랐다. 그는 너무 놀라 손발이 떨리고 눈을 멍하게 뜬 채 아무런 대꾸도 하지 못했다. 이때 옆에 있던 황문시랑(黃門侍郎) 장절이 눈을 부릅뜨고 큰 소리로 외쳤다.

"진왕은 이 자리가 어디라고 감히 그따위 말을 입에 담으시오? 옛날에 위무 황제(조조)께서 동서남북을 어렵게 무찌른 대업으로 천자에 오르셨고, 오늘의 천자께서는 덕이 많고 죄가 없거늘 어찌 주인의 자리를 내놓으라 하시오."

장절은 목청이 터져나갈 듯 크게 호령했다. 사마염은 크게 화가 나서 장절을 꾸짖었다.

"이놈아, 네놈이 무슨 말을 하고 있느냐. 네놈은 내 말을 들어보아라. 이 나라 황제의 자리는 너도 알다시피 원래 대한(大漢)의 사직이 아니더냐. 그것을 조조가 천자를 끼고 제후를 호령하다가 마침내 스스로 위나라 왕에 올라 한나라 황실을 빼앗지 않았느냐. 우리 조부께서는 삼대에 걸쳐 위나라를 도와 오늘날 천하를 얻은 것이다. 이것은 조씨 가문의 재주와 힘으로 이룬 것이 아니라 사실은 사마씨의 힘으로 이룬 것임은 세상 천하가 다 알고 있다. 그런데 내가 왜 이 자리를 이을 수 없다고 하느냐."

"그것은 곧 나라를 빼앗는 역적이 아니고 무엇이오."

장절의 언성이 높자 사마염은 더욱 크게 노하고 말했다.

"어쨌든 나는 한나라의 원수를 갚아야겠다."

사마염은 장절을 꾸짖고 무사들에게 호령했다.

"저놈을 당장 끌어내어 몽둥이로 매우 쳐라."

그때서야 조환은 정신을 차리고 울면서 무릎을 꿇고 빌었다.

"진왕은 내 얼굴을 보아서라도 진정하시오."

그러나 사마염은 황제의 말을 들으려고도 하지 않았다.

"그놈을 죽도록 쳐라. 놈을 살려 둘 필요가 없다."

사마염은 큰 소리를 치며 성난 걸음으로 밖으로 나가버렸다. 조환은 멍하니 사마염의 뒷모습만 바라보다가 이윽고 가충과 배수를 향해 물었다.

"일이 급하게 되었는데 어쩌면 좋겠소."

그러나 대권은 이미 사마씨에게 기울어진 지 오래였다. 가충과 배수가 무력한 황제를 위해 할 수 있는 말은 아무것도 없었다. 그들은 오히려 사마씨에게 유리한 말을 잊지 않았다.

"폐하, 대세는 이미 기울어졌습니다. 천명을 어찌 거스를 수가 있겠습니까."

"음, 그대도 그렇게 생각하는가?"

황제 조환은 걷잡을 수 없는 마음으로 목이 메어 한탄했다.

"무슨 도리가 없겠소?"

"폐하, 아뢰옵기 황공하오나 길은 한 가지밖에 없습니다."

"그게 무엇이오?"

"옥체를 보존하시는 길입니다. 지난날 한나라 헌제를 본받아 수선대를 마련하고 대례를 갖추어 진왕에게 자리를 물려드리는 길밖에는 도리가 없겠습니다."

그때 마당에서는 장절이 무사들의 몽둥이에 맞아 비명을 지르는 소리가 그치지 않았다. 가충과 배수는 황제의 결심을 재촉했다.

"폐하, 그래야만 위로는 하늘의 마음을 달래고 아래로는 민심을 좇는 것이 됩니다. 결심을 굳히십시오."

"……."

"폐하, 폐하께서는 옥체를 보전하셔야 합니다."

신하 가충과 배수는 사마염 못지 않는 지독한 협박을 계속했다. 그때 고문을 받던 장절이 크게 울부짖으며 피를 토하고 사지를 뻗었다. 그 모습을 바라보던 조환의 두 눈에서는 눈물이 비 오듯 흐르고 있었다. 마침내 그는 힘없이 말했다.

"그대들의 생각대로 행하여라."

따라서 가충은 크게 공을 이루고 수선대를 쌓아 올렸다. 그해 12월 갑자일(甲子日)에 조환은 몸소 국새를 받들고 대 위로 올라가 대궐의 문무대신들을 모았다. 조환은 마침내 진왕 사마염을 수선대 위에 오르게 했다. 문무대신이 둘러싼 수선대 위에서 조환은 사마염과 맞섰다.

조환은 전신에 힘이 빠지고 눈물이 앞을 가려 단 위에서 쓰러질 듯 휘청거렸으나, 가까스로 이를 악물고 대례를 지내 옥새를 사마염에게 전해 주었다.

이로써 위 황제 조환은 한나라로부터 제위를 뺏은 지 45년 만에 멸망하고, 진(晋) 제국이 시작되었다.

사마염은 드디어 황제의 제위에 앉아 가충과 배수는 좌우로 세워 각각 칼을 잡게 하고 폐위된 조환에게 두 번 절하고 땅에 엎드리게 했다. 그때 가충은 목청을 가다듬어 사마염의 명령을 전했다.

"한나라가 나라를 세운 지 25년, 위가 한에게 제위를 물려 준지 이미 45년이 지나 마침내 천명이 진으로 돌아왔다. 사마씨의 공덕과 그 융성함이 하늘에 뻗치고 땅에 가득하여 황제 정위에 나가 위나라의 통치를 잇는 바, 오늘 그대를 진류왕(陣留王)으로 삼으니 물러나 금용성(金墉城)에 살도록 할 것이다. 그곳에 한 번 들어간 후에는 부르지 않거든 경성에는 오지 못하노라."

사마염의 명령은 이로써 끝났다. 위나라 황제 조환은 눈물을 흘리며 은혜를 사례하고 시키는 대로 금용성을 향해 떠났다.

7
오나라의 멸망 위기

오나라의 손휴(孫休)는 위나라의 사마염이 나라를 빼앗아 진나라를 세웠다는 말을 듣고, 곧 오나라로 쳐들어 올 것을 예견했다. 손휴는 걱정이 되어 잠을 못 이루다가 마침내 병을 얻어 자리에 눕고 말았다. 병세가 위독해지자 손휴는 승상 복양홍을 불러들여 태자 손령에게 두 번 절을 하도록 했다. 손휴는 힘이 빠진 손으로 승상의 팔을 잡고 아들을 가리키며 말없이 숨을 거두고 말았다. 승상은 손휴의 마음을 짐작하고, 곧 군신들을 모아 태자 손령을 임금으로 세우기로 했다. 그러자 좌전군(左典君) 만욱(萬彧)이 나서서 말했다.

"태자는 너무 나이가 어려 정사를 돌볼 수 없으니 오정후 손호(孫晧)를 세우시는 것이 어떻겠소?"

그가 좌우의 동의를 바랐다.

"좋은 의견이오. 그분은 재주와 식견이 뛰어나서 황제가 될 만한 분이십니다."

좌장군 장포가 찬성하자 승상 복양흥은 결단을 내릴 수가 없어 궁중으로 들어가 대궐의 가장 어른인 태후(太后)에게 물었다.

"나는 늙은 과부인데 어떻게 천자를 세우는 일에 간섭하겠소. 경들이 신중히 참작하여 세우도록 하시오."

다시 다른 의견이 없자 모처럼 태후의 뜻이라는 이유로 대신들은 태자를 세우려던 의논을 중단하고, 마침내 손호를 천자로 세웠다. 손호는 본래 손권의 태자 손화의 아들이므로 손권의 손자가 된다.

그러나 오나라도 천명이 끝났는지 황제가 된 손호는 나랏일에는 마음을 두지 않고, 흉폭해질 뿐 아니라 주색에 빠져 매일 잠만 자는 것이 일과였다. 신하 복양흥과 장포는 몇 번이나 충고를 했지만, 손호는 신하들이 귀찮게 군다는 이유로 두 사람을 죽이고 그 가족까지 멸족시키는 잔인한 일을 저지르고 말았다.

그 이후부터 대신들은 왕이 무슨 일을 하든지 간섭하지 않고 굳게 입을 다물어버렸다. 손호는 얼마 후에 연호를 보정(寶鼎)으로 고치고, 육개와 만욱을 좌우 승상으로 임명했다. 당시 손호는 무창에 살고 있었는데 양주 백성들은 손호의 사치와 향락을 감당하느라고 여간 고역이 아니었다. 손호는 궁녀를 수천여 명이나 거느렸으며 재물을 탕진하여 대궐 살림은 바닥이 날판이었다. 보다 못해 승상 육개가 왕에게 글을 올렸다.

아무 재앙이 없는데 백성들은 죽어가고, 아무것도 한 일이 없는데 국고가 바닥났으니 실로 괴롭습니다. 옛날 한나라 황실이 기울어질 때 세 나라가 일어났으나 그 중 조조와 유비가 세운 두 나라는 그 후손 황제들이 방탕하여 지금은 모두 진나라가 차지해 버렸습니다. 이것은 본보기나 다름없습니다. 저는 오직 폐하와 국가를 아끼는 심정에서 말씀드립니다. 이제 무창은 토성이 보잘것없어서 왕자(王者)의 도읍지가 될 수 없습니다.

지금 이 나라는 재정이 바닥나서 1년을 지탱할 저축이 없고, 위기에 처했지만 관리들은 가혹하게 굴어 백성을 구하지 않으며 대제(손권) 때에는 후궁에 여자가 백 명이 되지 않았으나 경제(景帝) 이후로는 1천 명이 넘어 재물 탕진이 심해졌습니다. 또한 폐하의 좌우에는 있어서는 안 될 간신배들이 많고 벼슬아치들은 서로 작당하여 충신을 죽이고 어진 이를 멀리하니, 모두 정사를 그르치고 백성을 병들게 합니다.

폐하께서는 앞으로 백성의 부역을 줄이고, 궁녀들을 줄이고, 대궐의 백관들을 깨끗한 사람만 골라 쓰시면 곧 하늘이 기뻐하고 백성이 따를 것이오. 이는 나라를 태평케 하는 길입니다.

손호는 육개의 상소문을 읽자 크게 언짢게 생각했다. 그는 다시 토목 공사를 시작해서 소명궁(昭明宮)을 짓게 했다. 물론 공사에는 백성은 말할 것 없고 관원들까지 동원시켰다. 손호는 문무백관에게 명령을 내려 모두 산에 가서 나무를 베게 하는 한편, 마술사

상광(尙廣)을 불러 천하의 일을 점치게 했다. 상광은 점을 치고 나서 말했다.

"폐하의 괘가 길조입니다. 경자년에는 푸른 일산이 낙양에 들어가겠습니다."

손호는 크게 기뻐했다. 그는 중서승(中書丞) 화핵을 불렀다.

"선제께서 경의 말을 받아들여 장수를 연강 일대의 수백 곳에 주둔시키고 노장 정봉으로 지휘토록 하셨거니와 이제 내가 한나라 땅을 정벌하여 촉나라 황제의 원수를 갚고자 하는 바이니, 경의 생각은 어떤가."

화핵은 묻는 데는 대답치 않고 오히려 손호의 무모함을 간했다.

"촉나라는 성도를 지키지 못해 사직이 무너졌습니다. 사마염은 반드시 우리 오나라에 쳐들어 올 것입니다. 폐하께서는 덕을 닦으시고 우리 백성을 편안케 하시는 것이 상책입니다. 만일 무리하게 군사를 동원하면 이것은 마치 삼베옷을 걸치고 불에 뛰어드는 것과 같습니다."

손호는 그 말을 듣고 크게 노했다.

"네 어찌 감히 그따위 말로 내 기운을 꺾느냐. 네놈의 오랜 경력을 보아 오늘만은 특별히 살려 준다."

손호는 추상같이 호령하고 무사를 시켜 그를 궁전 문밖으로 끌어내 버렸다. 화핵은 길게 한탄했다.

"아깝다. 이 나라 금수강산이 머지않아 남의 손에 들어가겠구나."

그 후 화핵은 깊이 숨어 밖에 나오지 않았다.

손호는 마침내 군사를 동원했다. 진동장군 육항(陸抗)에게 군사를 강에 배치하고 양양을 치게 했다. 그 소식이 곧 낙양에 전해졌다.

진 황제 사마염은 그 소식을 듣자, 곧 중관을 모아 놓고 상의했다. 가충이 앞으로 나와 말했다.

"동오의 손호는 덕을 쌓지 못하여 못된 군주로 소문이 났습니다. 폐하께서는 도독 양호(羊祜)에게 오군을 막도록 하셨다가, 오나라에 내분이 일어나기를 기다려 치시면 오나라 따위는 손바닥 뒤집듯 쉽게 얻을 수 있을 것입니다."

사마염은 즉시 양호에게 군마를 점검하여 적을 맞도록 했다. 양양의 군비는 엄했다. 더구나 양호는 군민들에게 큰 인심을 얻고 있었다. 오래 전 오나라에서 항복해 온 자들이 귀국을 원하면 모두 보내주었고, 국경 수비대의 수를 줄여 논밭 8백여 경(頃)을 개간했다. 따라서 양호가 양양에 부임했을 때는 군량미가 없었지만 금년에는 군사들이 10년 먹을 쌀이 쌓였다.

양호는 진중에 있으면서 항상 가벼운 옷을 입고 느슨한 띠를 매고 다녀 군사들을 겁주지 않았다. 또 장막을 지키는 군사도 세 명만 두었다. 어느 날 한 장수가 양호에게 말했다.

"요즈음 오나라 병사들이 모두 태만하다 하니 우리가 이 기회에 치면 어떻습니까."

양호는 장수의 말을 듣고 웃었다.

"너는 오나라 장수 육항을 아주 얕보는구나. 그자의 지혜는 당해내기 힘들다. 잘못 알고 덤볐다가는 큰코 다친다."

모든 장수들은 양호의 말에 입을 다물었다. 그 후로 양호는 방어에만 전념했다. 어느 날 양호는 여러 장수들과 함께 사냥을 나갔다가 우연히 사냥을 나온 육항을 만났다. 그때 양호는 장수들에게 엄명을 내렸다.

"우리 군사는 누구라도 경계를 넘지 말라."

진나라 장수들은 호령에 따라 진나라 국경 안에서만 사냥을 했다. 그때 육항이 그것을 보고 탄식했다.

"양호 장군의 군사가 저렇게 규율이 엄격한데 어찌 이길 수 있겠는가."

그날 양호는 사냥에서 돌아와 잡힌 짐승들을 일일이 조사해서 오나라 사람들이 먼저 쏜 것을 골라 오군에게 보냈다. 뜻밖의 선물을 받은 오나라 군사들은 기뻐서 그 사실을 육항에게 알렸다. 육항은 진나라 병사를 불러 물었다.

"너의 장군께서는 술을 잘 하시느냐."

진나라 병사가 대답했다.

"잘 빚은 술이라면 드십니다."

육항은 한 번 웃고 나서 말했다.

"내게 오래 묵은 술이 있으니 도독에게 갖다 드려라. 이 술은 육아무개가 친히 빚어 마시던 것으로 어제 함께 사냥한 정으로 드리는 것이라고 말씀드려라."

진나라 병사가 자리를 뜨자 여러 부장들이 물었다.

"장군께서 그에게 술을 주신 뜻은 무엇입니까."

육항은 대수롭잖게 말했다.

"그야 저쪽에서 내게 선물을 했는데 내가 아무런 보답을 하지 않을 수 있겠느냐."

심부름 갔던 진나라 병사가 술병을 들고 돌아와 양호에게 육항이 묻던 이야기와 술을 보내던 말을 보고했다. 이후로 육항이 병이 들자 양호는 약을 보냈다. 두 장군은 싸움을 앞두고 친교를 이루면서 서로 공격하지 않고 방어에만 진력했다.

그러던 어느 날, 갑자기 오나라 왕의 사자가 육항의 진지에 나타났다.

"천자께서 장군께 공격 명령을 내리셨습니다. 진나라가 쳐들어오기 전에 먼저 선제공격을 하라는 분부십니다."

육항은 그 말을 듣고 말했다.

"알았다. 내가 곧 폐하께 상소문을 쓸 것이다."

육항은 곧 천자에게 글을 써서 건업의 오주에게 보냈다. 오나라 황제 손호가 육항의 상소문을 읽어 보니, 진나라를 성급하게 치지 못할 여러 조건을 적은 글이었다. 게다가 육항은 황제에게 덕을 닦고 벌을 삼가하여 나라를 편히 다스리며 싸움을 일삼지 말라는 충고를 했다. 손호는 상소문을 읽고 크게 노했다.

"육항이 국경에서 적과 통한다는 말이 과연 사실이구나."

손호는 곧 사람을 양양으로 보내 육항의 지휘권을 박탈하고 벼슬을 사마로 강등시키는 동시에, 좌장군 손기(孫冀)에게 육항의 군사를 맡겼다.

손호가 그런 조치를 취해도 신하 중에 말리는 자가 없었다. 손호가 제멋대로 각처에 수많은 군사를 주둔시키자, 군사는 물론 백성들의 원망이 나라 안에 가득했다. 형편이 너무 딱하사 승상 만욱(萬彧)과 장군 유평(留平), 대사농 누현(樓玄) 세 사람이 손호에게 바른 말을 했다가 모두 그 자리에서 죽음을 당했다.

손호가 나라를 잡은 지 10여 년 만에 충신 40여 명이 죽었다. 손호는 거동할 때마다 철기군 5만 명을 거느리고 다녀서 모든 신하들은 오직 공포에 떨 뿐이었다.

8
진(晋)의 통일로, 세 나라가 한 나라로 통일하다

양호는 육항이 파면되고 손호가 날이 갈수록 인심을 잃고 있다는 것을 알고, 이때가 오나라를 칠 좋은 기회라는 것을 깨달았다. 양호는 곧 낙양에 사람을 보내 진군을 청했다.

무릇 나라의 운세는 천명이더라도
그 공적은 반드시 사람의 힘으로 이루는 것이니,
이제 강회(江淮)의 험악한 지형은 검각(劍閣)만 못하고,
손호의 횡폭함은 마지막 촉나라 황제 유선보다 더 하며,
오나라 사람들의 고생은 촉나라보다 심한 실정입니다.
이때에 우리 대 진나라 군사는 왕성하니,
지금 기회를 놓치지 않고 천하를 평정하고
나라를 태평케 하겠습니다.

사마염은 상소문을 읽고 크게 기뻐하며 곧 진군을 결정했지만 가충 · 순욱 · 풍순 세 사람은 한사코 싸움을 말렸다. 사마염은 충

신들의 말에 진군을 단념했다. 양호는 사마염이 자기의 청을 들어 주지 않음을 알자 길게 한탄했다.

"천하는 뜻대로 되지 않는 일이 열이면 여덟 아홉이다. 이제 하늘이 주는 것을 얻지 않으니 이보다 아까운 일이 어디 있으랴."

그리하여 양호는 몇 년 후에 마침내 대궐로 돌아가 병을 핑계로 벼슬을 내놓고 말았다. 그러자 사마염은 양호를 붙들었다.

"경은 내게 나라를 평안케 할 계획을 알려 주시오."

"손호는 포악한 군주라 지금 우리가 싸우면 이길 수가 있지만, 손호가 죽고 어진 군주가 오르면 그때 폐하는 오나라를 쉽게 얻지 못할 것입니다. 내가 드릴 말씀은 이것뿐입니다."

"그렇다면 경이 다시 군사를 맡아 싸워 주오."

"아닙니다. 저는 병이 있어 큰일을 맡기 어렵습니다."

사마염은 할 말이 없었다. 지난번 양호의 말을 듣지 않은 것이 뼈아픈 후회였다. 사마염의 모습을 보자, 양호는 차마 자리를 물러나지 못하고 한마디 더 했다.

"폐하, 우장군 두예(杜預)에게 임무를 맡겨 보십시오."

양호는 사마염과 작별하고 고향으로 떠났다.

이윽고 사마염은 양호의 말을 받아들여 두예를 도독으로 삼아 동오를 치게 했다. 두예는 무슨 일을 맡겨도 익숙하고 막힘이 없으며 무엇이든 배우기를 좋아하는 부지런한 장군이었다. 그는 양양에 도착하자 주지(周旨)를 부르고 분부를 내렸다.

"너는 수병 8백 명을 거느리고 작은 배로 몰래 장강(長江)을 건너, 낙향(樂鄕)을 야습하여 숲이 많은 곳에 깃발을 많이 세워 나부끼게 하고, 낮에는 대포를 쏘고 북을 치고 밤이면 각처에 횃불을 올려라."

주지는 명령을 받고 강을 건너 파산(巴山)에 매복했다. 이튿날 두예는 대군을 거느리고 물과 뭍으로 진격했다. 얼마 후에 척후병들이 돌아와 알렸다.

"오나라 황제는 오연(伍延)을 육지로, 육경(陸景)을 수로로 보내고 손흠이 선봉이 되어 세 갈래로 우리를 막게 하고 있습니다."

그러나 두예는 대군을 그대로 진격시켰다. 척후병의 보고대로 오나라 군사가 나타나고 손흠의 배가 도착했다. 두 군사는 어지럽게 화살을 쏘며 한바탕 싸웠다. 얼마쯤 싸우다가 두예는 기를 흔들어 군사를 빼돌렸다. 그 기회를 놓치지 않고 손흠은 전군을 추격시켰다. 20여 리쯤 갔을 때 큰 포소리가 나며 사방에서 진나라 군사들이 쏟아져 나왔다. 크게 놀란 손흠은 곧 군사를 거두어 달아나기 시작했다.

두예는 그 승세를 타고 뒤를 쫓아 오나라 군사들은 참패를 당하고 그 시체는 산과 들에 즐비하게 깔렸다. 손흠은 성을 향해 달아났으나 성문 앞 가까이 오니, 어느 틈에 진나라 주지의 군사 8백 명이 성 위에 불을 질렀다. 손흠은 소스라치게 놀랐다.

"아, 북에서 온 군사가 강을 건넜구나."

손흠이 급히 군사를 돌려 달아나는데 주지가 달려들어 손흠의 머리를 단칼에 떨어뜨렸다. 그때 육경이 배 위에서 강남을 바라보니, 갑자기 기슭에서 한 가닥 불길이 일어나면서 파산 위로 바람에 펄럭이는 깃발이 산을 이루었다. 깃발에는 '진남장군 두예(鎭南將軍 杜預)'라고 씌어 있었다. 육경은 가슴이 철렁 내려앉았다. 배가 금세 물속에 가라앉을 듯했다. 그는 급히 배를 언덕에 대고 뛰어내려 달아나기 시작했다.

그러나 그의 등 뒤로 말굽 소리가 요란하게 일어나면서 진나라 장수 장상의 성난 칼날이 다가와 눈 깜짝할 사이에 육경의 목을 날리고 말았다. 오나라 장군 오연은 기가 막혔다. 너무나 허무하게도 장수들이 패할 줄은 생각지도 못했던 일이었다. 오연은 싸울 엄두도 못 내고 성을 버리고 달아났다. 가까스로 살았나 싶었을 때 어디선가 매복해 있던 진나라 군사들이 달려들었다.

"이놈, 게 섰거라."

진나라 군사가 사방에서 덮쳐왔다. 복병이 있을 줄 전혀 몰랐던 오연은 그만 맥이 풀려 그 자리에 주저앉고 말았다. 군사들이 힘 안 들이고 오연을 잡아 결박한 후, 두예 앞으로 끌고 나갔다.

"무엇이냐?"

두연는 끌려오는 오연을 노려보며 소리쳤다.

"사로잡은 적장 오연입니다."

그러자 두예는 거들떠보지도 않고 말했다.

"그따위를 묶어다가 무슨 소용이 있느냐 목을 잘라라."

그로 인해 원·상에서 황주에 이르는 고을의 모든 수령들이 두예 앞에 항복해 왔다. 두예는 그들을 너그럽게 용서해 주었다.

두예는 다시 군사를 거느리고 무창으로 갔다. 무창성 역시 문을 활짝 열고 두예에게 항복했다. 그것으로 두예의 군위는 크게 떨쳤다. 이제 남은 것은 오나라 황제 손호를 잡는 일밖에 없었다. 두예는 마침내 장수를 모아 진군회의를 열었다. 그때 호분이 말했다.

"오나라로 말하면, 우리와 원수 된 지 백 년이 넘었는데 어떻게 하루아침에 모두 정복할 수가 있겠습니까. 이번 봄에는 강물이 불어나 오래 군사를 머물게 할 수 없으니 돌아갔다가 내년 봄에 치는 것이 좋을 것입니다."

두예는 그 말을 듣고 언성을 높였다.

"옛날에 악의(樂毅)는 제서(濟西)에서 한 번 싸워 강한 제나라를 무찔렀는데, 지금 군사의 위세가 마치 대쪽을 쪼개는 기세다. 무엇이 무서운가. 여기서 물러나면 마음이 풀어져서 안 된다."

두예는 장수들을 독려하여 일제히 오나라의 수도 건업을 진격하게 했다. 하루는 전초가 돌아와 말했다.

"큰일났습니다. 오나라 군사들이 철사를 만들어 강을 가로막고, 쇠막대를 박아 배를 막으려 하고 있습니다."

두예는 그 말에 한바탕 껄껄 웃으며 우선 배를 머무르게 하고 군사들에게 큰 뗏목을 수십만 개 만든 다음, 그 위에 풀로 만든 사람을 붙들어 매고, 다시 갑옷 입혀 노를 잡게 하여 뗏목 주위에 세워 물길 따라 아래쪽으로 흘려보냈다. 오나라 군사들은 까맣게 강을 덮고 내려오는 수십만 개의 뗏목을 보자, 모두가 겁을 먹고 앞을 다투어 달아났다.

그뿐만이 아니었다. 오나라 군사들이 박아놓은 쇠말뚝은 모두 뗏목에 걸려 물에 흘러가 버렸다. 두예는 다시 꾀를 내어 뗏목에 큰 횃불을 만들었다. 그 길이는 십 척이었고 둘레는 열 아름이 넘었다. 두예는 거기에 삼기름을 흥건히 부어 철사에 걸리면 기름불로 녹여서 끊어버렸다.

이제 진나라 군사들에게는 거칠 것이 없었다. 두예는 군사를 두 길로 나누어 큰 강을 따라 내려가 오나라 군사를 무찔렀다.

오나라 승상 장제는 좌장군 심영과 우장군 제갈정에게 진나라 군사와 싸우게 했다. 심영이 제갈정에게 말했다.

"상류에 있는 군사들이 적군을 막아내지 못하였으니 진나라 군사들이 틀림없이 여기까지 올 것이오. 우리 힘껏 싸웁시다. 여기서 이기면 강남은 편안할 것이지만 만일 강을 건너가 싸우다 패하면 오나라의 운명은 끝날 것이오."

"옳은 말씀이오, 우리 힘껏 버팁시다."

두 사람이 말을 주고받고 있을 때 벌써 진나라 군사들이 하류를 따라 내려오고 있었다. 그 기세는 너무나 커서 막을 방법이 없었다. 두 사람은 황망히 장제를 찾아 상의했다. 제갈정이 말했다.

"동오가 위태롭습니다. 달아나야겠소."

제갈정은 조금 전 한 말은 아랑곳도 없이 겁먹은 말을 했다. 그러자 장제가 눈물을 흘렸다.

"오나라가 망할 것이라는 것은 다 알고 있었던 사실이오. 그렇다고 지금 군신들이 모두 항복하고 단 한 사람도 나라를 위해 목숨을 바치는 사람이 없다면 얼마나 치욕스러운 일입니까."

"승상, 죄송합니다만 저는 이만 물러가겠습니다. 난 여기서 죽고 싶지 않습니다."

제갈정은 겁에 질린 채 울면서 그 자리를 떠났지만, 장제와 심영은 달아나지 않고 군사를 지휘하여 끝까지 싸웠다. 그러나 구름처럼 밀려드는 진나라 군사들을 당해 낼 수가 없었다. 마침내 진나라 장수 주지는 칼을 휘두르며 공격해왔다. 상제는 혼자 힘을 다하여 싸우다가 난군 속에서 최후를 마쳤으며, 심영은 주지와 겨루다가 결국 목숨을 잃고 말았다.

그때부터 오나라 군사들은 모두 흩어져 달아나기 시작했다. 진나라 군사들은 우저(牛渚)를 함락하고 진격을 계속했다.

왕준은 승전 소식을 급히 사마염에게 알렸다. 사마염은 승리에 취해 한없이 기뻐했다. 그러나 가충은 생각이 달랐다.

"우리 군사들이 너무 오랫동안 싸움에 지치고 물과 풍토가 맞지 않아 반드시 몹쓸 병에 걸릴 것입니다. 그만 군사를 불러들였다가 훗날을 기약하는 것이 좋겠습니다."

가충의 회군 요청에 옆에 있던 장화가 몹시 언짢은 어조로 반대했다.

"지금 우리 대군이 이미 적의 둥지에 들어가 오나라 사람들의 간담이 떨어졌고, 이제 한 달이면 손호를 사로잡을 터인데 이 마당에 회군을 하다니 무슨 말이오. 지금까지 쌓은 전적이 아깝지 않소?"

사마염이 말을 꺼내기도 전, 가충은 장화를 노려보며 꾸짖었다.

"네 감히 하늘의 때와 땅의 이치도 헤아리지 못하고 망녕된 욕심에 빠져 우리 군사들을 지치고 피곤케 하려느냐. 비록 너를 목베어 죽여도 네 잘못을 용서하기 어렵겠다."

사마염이 손을 들어 말렸다.

"아니다. 장화의 말은 바로 내 뜻과 같다. 다투지 말라."

가충은 무안해서 씨근거리고 있었고, 장화는 안도의 숨을 쉬고 있을 때 마침 두예가 보낸 보고서가 올라왔다. 두예의 의견은 진격을 멈추지 않고 공격을 계속하겠다는 주장이었다. 사마염은 조금도 주저없이 진격 명령을 내렸다.

사마염의 명령을 받은 장수 왕준은 육지와 강을 한꺼번에 공략해 나갔다. 진나라 군사의 기세는 바람과 우레처럼 대단했다. 천지를 뒤엎을 듯 요란한 북소리에 오나라 군사들은 깃발만 나부끼면서 싸우지도 않고 모두 손을 들었다.

오나라 황제 손호는 군사들이 싸우지도 않고 항복하고 백성들이 백 년 원수도 몰라보자 가슴이 떨리도록 두려운 마음이 앞섰다. 이윽고 여러 대신들이 말했다.

"진나라 군사들이 가까워지면서 강남의 군민들이 싸우지 않고 항복한다 하니, 장차 이 일을 어찌하면 좋습니까."

손호는 다시 물었다.

"왜 군민들이 싸우지 않고 항복하는가."

그 말을 기다린 것처럼 여러 대신들이 대답했다.

"폐하, 오늘의 이 모든 화는 간신배 잠혼(岑昏)의 죄입니다. 폐하께서는 주저마시고 그자를 베십시오. 그러면 저희들은 성을 나가 목숨을 걸고 싸우겠습니다."

그러나 손호는 듣지 않았다.

"알 수 없는 말이다. 어찌 그따위 환관이 나라를 그르친단 말인가."

대신들이 다시 소리를 높였다.

"폐하는 촉나라의 간신배 황호를 모르십니까?"

대신들은 마침내 황제의 명령을 거역하고 잠혼을 잡았다. 잠혼은 무슨 까닭인 줄도 모르고 대신들의 뭇매를 맞고 죽었다. 대신들은 오랜 울분을 참지 못하고 잠혼의 사지를 갈기갈기 찢고 그 살점을 뜯었다. 이윽고 소동이 끝나자 도준이 말했다.

"제게 군사 2만 명과 큰 배를 주시면 적을 물리치겠습니다."

손호는 도준에게 황실 수비병을 주어 적을 상류에서 막게 하고,

전장군 장상(張象)에게 수병을 거느리고 하류에서 적군과 맞붙게 했다. 두 사람이 군사를 거느리고 떠나려고 할 때 갑자기 서북풍이 크게 불었다. 오나라 군사들은 모두 배 안에 쓰러졌다. 불길한 징조를 느낀 군사들은 모두 배를 타지 않고 달아나 버렸다. 남은 것은 장상을 비롯한 군사 수십여 명이었다.

진나라 장수 왕준은 의기충천하여 돛대를 높이 올리고 삼산(三山)을 지나는데 바람이 사납고 물결이 급했다. 마침내 배를 잡고 있던 군사가 견디지 못하고 말했다.

"이렇게 풍파가 심하고 급하니 기다렸다가 갑시다."

왕준은 그 말을 듣고 크게 노하여 칼을 뽑아 들었다.

"석두성이 눈앞에 있다. 어서 가자!"

왕준은 크게 꾸짖고 다시 호령했다.

"북을 크게 쳐라."

이배 저배에서 하늘까지 솟구칠 듯 북소리가 요란했다. 그 기세에 눌린 오나라 장상은 바람 소리, 북소리에 정신은 착란하고 몸이 떨려 군사 수십 명을 데리고 왕준 앞에 나타나 항복을 청하고 말았다. 장상이 항복하자 왕준은 그를 가까이 불러 물었다.

"항복이라구? 거짓이냐, 진실이냐?"

장상은 당황했다.

"항복에 무슨 거짓이 있겠습니까."

"듣기 싫다. 네가 진정 항복을 원한다면 앞장서서 공을 세워라."

장상은 비로소 적에게 공을 세워야 항복이 되며 그래야만 구차한 목숨이 살아난다는 것을 깨닫고, 곧 진영으로 되돌아가 석두성 아래서 외쳤다.

"성문을 열어라."

그때 성안에 있던 군사들은 장상의 명령에 아무 의심도 하지 않고 성문을 열었다. 마침내 오나라 최후의 성문이 열리고, 진나라 군사들은 장상의 안내를 받아 거침없이 성안으로 밀려들어갔다.

오나라 황제 손호는 진나라 군사가 석두성을 점령했다는 말을 듣고 너무 다급하여 칼을 뽑아 스스로 제 목을 찌르려고 했다. 그러자 중서령 호충(胡庶)과 광록훈 설영이 팔을 잡으며 말렸다.

"폐하께서는 왜 촉나라 황제 유선의 본을 받지 않으십니까."

손호는 그 말을 듣고 살 길이 있음을 알았다. 손호는 마침내 몸을 밧줄로 묶고 상여를 타고 문무관원을 거느리고 왕준의 군사 앞에서 항복을 청했다.

왕준은 손호의 결박을 풀어 주고 타고 온 상여를 태우게 하며 왕의 예를 갖추어 대접했다. 이로써 오나라는 진나라의 수중에 들어가고 말았다. 왕준은 마침내 항복한 손호를 데리고 회군했다.

그날 진나라는 승전군들을 환영하며 축제에 빠졌다. 낙양으로 돌아온 왕준은 손호를 사마염 앞에 안내했다. 손호는 사마염 앞에 무릎을 꿇고 머리를 조아렸다.

"듣건대, 그대는 남쪽에서 사람의 눈알을 뽑고 얼굴 가죽을 벗겼다는데, 그게 무슨 형벌이냐?"

가충의 놀림을 받자, 손호는 쌀쌀한 말로 대답했다.

"그런 소문까지 들으셨소? 그 형벌은 임금을 죽이거나 간사하고 아첨하여 충성치 못한 자에게만 내리는 형벌이오."

진나라 황제 사마염은 손호에게 귀명후(歸命侯)라는 벼슬을 주고, 아들과 손자에게는 중랑(中郞)의 벼슬을 내렸다. 그것으로, 갈라져 있던 세 나라는 진(晋)의 통일로 한 나라가 되었다.

그 후 위나라 황제 조환은 진나라 태강 원년에 죽었고, 오나라 황제 손호는 태강 4년에 죽었으며, 촉나라 황제 유선은 태강 7년에 죽었다.

이제 중국의 후한 12대 영제 때부터 진무제가 천하를 통일할 때까지 97여 년 간의 파란만장한 제국의 흥망사는 여기서 그 장대한 막을 내리게 되었다.

아울러 그 시대의 역사는 세월이 흐르는 동안 많은 사람들의 입과 노래를 통해서 전해졌다. 그 노래의 첫 구절은 한나라 고조가 칼을 빼들고 함양으로 입성하는 장면부터 시작해, 제국의 흥망성쇠가 끝나는 52행으로 되어 있다. 그 끝 구절은 인생의 허무한 꿈을 이렇게 노래하고 있다.

어지러운 세상사 끝 간 데를 알 수 없고,
하늘의 뜻은 너무 커서 헤아릴 길이 없구나.
천하가 솥발처럼 갈라져서 싸우던 일이
이제는 한낱 어제 밤의 꿈처럼 허망하건만,
후세 사람들은 슬픔을 빗대어
부질없이 떠들기만 하는구나.

끝

평역자 이동진 작가 연보

1945년	황해도 신천군 남부면 비봉리 출생
1948년	서울 거주(영등포구 상도동)
1950년	대구 거주(대명동 피난민촌)
1952년	대구 복명초등학교 입학
1955년	서울 강남초등학교 전학(상도동)
1961년	경기중학교 졸업(2월) 시 〈나는 바다로 가지 않을 테야〉 발표(2월, 교지 “경기” 제2호)
1964년	성신고등학교 (小신학교) 졸업
1964년	가톨릭대학 (신학교) 철학과 입학
1965년	성균관대학교 영문과 2학년 편입
1966년	서울대 법과대학 법학과 입학 시 〈‘앙젤루우즈’를 울리라는〉 발표, 서울대 교지 大學新聞 (8.29.) 시 〈갈색 어항 속의 의식〉 발표, 대학신문(11.7)
1967년	단편소설 〈위선자, 그 이야기〉 발표(10월, 법대 교지 Fides) 시 〈10월의 대지–광시곡 1〉 발표, 대학신문(10.2.)
1968년	단편소설 〈최후 법정〉 발표(2월, Fides) 학훈단 (R.O.T.C.) 간부 후보생(3월) 『가톨릭시보』 현상문예작품모집 시 당선(10월)
1969년	시 〈韓의 숲〉 발표(현대문학 5월호) 제2회 외무고시 합격(6월) 학훈단 (R.O.T.C.) 간부 후보생, 폐결핵으로 제적(8월) 외무부 근무 개시 (9월, 외무사무관) 시 〈눈물〉 발표, 대학신문(6.2.) 시 〈지혜의 뜰〉 발표, 대학신문(9.1.) 시 〈비극의 낙엽을 쓸어내는 시간〉, 대학신문(12.15.) 제1 시집 《韓의 숲》 발간(12월, 지학사)

1970년 〈현대문학〉 시 추천 3회 완료로 등단(2월, 추천위원 박두진)
서울대 법과대학 법학과 졸업(2월)
서울대 경영대학원 입학(3월)
월간 상아(象牙) 창간, 편집장(6월, 발행인: 나상조 신부)

1971년 월간 상아 폐간(2월, 발행인이 교회 내부 사정으로 사퇴)
극단 〈상설무대〉 창단, 극단 대표(3월)
제2 시집 《쌀의 문화》 발간(5월, 삼애사)
희곡 〈베라크루스〉 공연 (6월, 극단 상설무대, 혜화동 소재 가톨릭학생회관)
희곡 〈써머스쿨〉 공연(11월, 극단 상설무대, 가톨릭학생회관)

1972년 주일대사관 근무(2등서기관, 영사)
희곡 〈금관의 예수〉 공연(2월~3월, 극단 상설무대)
– 서강대학교 캠퍼스 야외 초연(2월), 서울 드라마센터 공연 이후 1개월간 전국 순회공연 실시
– 관련 기사 : 가톨릭시보(3.12.), "풍자극 금관의 예수, 위선적 그리스도인을 질책", 유치진 연극평 "간결해도 깊은 우수작, 격하돼가는 교회 신랄히 비판"
극단 〈상설무대〉 해산(12월)

1976년 외무부 아주국 동북아1과 근무(2월, 외무서기관)
장편소설 《그림자만 풍경화》 출간(11월, 세종출판공사)

1977년 희곡집 《독신자 아파트》 출간(3월, 세종출판공사)
희곡 〈카인의 빵〉 공연(6월, 충남대 한밭극회)
희곡 〈독신자 아파트〉 공연(12월, 강원대 극단 영그리 26)

1978년 외무부 법무담당관(3월), 행정관리담당관(9월)
제3 시집 《우리 겨울 길》 출간(3월, 신서각)
번역 《나를 찾아서》 출간(9월, 웨인 W. 다이어, 자유문학사)
번역 《버찌로 가득 찬 세상》 출간(12월, 에마 봄베크, 자유문학사)
기증: 극단 "연우무대"에 연극관련 외국어 서적 200여권 기증(12월)

1979년 번역 《미래의 확신》 출간(1월, 허먼 칸, 자유문학사)
제4 시집 《뒤집어 입을 수도 없는 영혼》 출간(1월, 자유문학사)
희곡 〈자고 니러 우는 새야〉 발표 (1월, 심상사, 별책 부록)
인터뷰, 경향신문(1.10.), "시집, 희곡집, 번역서 등 출간"
희곡 〈배비장 알비장〉 공연 (3월~4월, 극단 민예, 이대 앞 민예극장)
인터뷰: 일간 스포츠(4.21.), 선데이 서울(5.6.)
희곡집 《당신은 천사가 아냐》 출간(3월, 심상사)
희곡집 《참 특이한 환자》 출간(3월, 심상사)
주이탈리아 대사관 근무 (4월, 참사관)
번역 《왜 사는가 왜 죽는가》 출간(9월, 죤 포우웰, 자유문학사)

1980년　제5 시집 《꿈과 희망 사이》 출간(5월, 심상사)
번역 《하느님, 오, 하느님》 출간(8월, 죤 포우웰, 지유문학사)

1981년　이탈리아어로 번역된 시 5편 특집 게재(문학 및 정치평론 월간지 L'Osservatore Politico Letterario, 1월호)
– 관련 기사: 한국일보 및 일간스포츠(2.27.);
서울신문 및 경향신문(3.3.); 조선일보(3.5.); 문학사상 4월호
제6 시집 《Sunshines on Peninsula》 출간(3월, Pioneer Publishing Co., LA)
번역 《왜 사랑하기를 두려워하는가》 출간(4월, 죤 포우웰, 자유문학사)
국제극예술협회(I.T.I.) 마드리드 총회, 한국대표단 참가(6월)
이탈리아 시인 쥬세페 롱고(Giuseppe Longo)의 시 5편 번역 발표
(심상, 7월호)
기행문집 《천사가 그대를 낙원으로》 출간(이탈리아 및 유럽 기행문집, 9월, 우신사)
주바레인 대사관 근무 (9월, 참사관)
개인 영어 시화전 개최 (10월, 장소: 로마 Galleria Astrolabio Arte)

1982년　인터뷰 : 바레인 영어일간지 Gulf Daily News(6.2.), 영역 시 3편 게재
번역 《악마의 사전》 출간(9월, 앰브로즈 비어스, 우신사)
번역 《교황님의 구두》 출간(11월, 모리스 웨스트, 우신사)
바레인 시인 이브라힘 알 아라예드(Ibrahim Al Arrayed) 대사의 詩論
"컴뮤니케이숀의 단계, 시인과 수학자" 번역 발표(심상, 11월호)

1983년　사우디 아라비아 시인 가지 알고사이비(Ghazi A.Algosaibi) 대사의
시집 "동방과 사막으로부터" 번역 발표(심상, 4월호.)
번역 《악마의 변호인》 출간(6월, 모리스 웨스트, 우신사)
제7 시집 《신들린 세월》 출간(7월, 우신사)

1984년　단편소설 〈자유의 대가(代價)〉 발표(주부생활, 3월호)
희곡 〈배비장 알비장〉 공연(12월, 극단 노라)

1985년　제8 시집 《Agony with Pride》 출간(1월, Al Hilal Middle East Co.Ltd., Cyprus)
– 관련 기사: 코리아 헤랄드(2.20.), 코리아 타임즈(2.26.)
인터뷰: 경향신문(3.15.), 조선일보(3.19.)
단편소설 〈허망한 매듭〉 발표(소설문학, 2월호)
단편소설집 《로마에서 띄운 작은 풍선》 출간(5월, 자유문학사)
– 관련 서평: 주간 조선(10.13.)
사진집 〈Rhapsody in Nature〉에 영역 시 10편 발표(9월, 서울국제출판사)
인터뷰: 소설문학(10월호), "외교관 작가"
번역 《예수님의 광고술》 출간(11월, 브루스 바톤, 우신사)

1986년 번역 《매디슨카운티의 추억》 출간(2월, 제이나 세인트 제임스, 문학수첩)
번역 《장미의 이름으로》 출간(3월, 움베르토 에코, 우신사, 국내 최초 번역)
하버드대 국제문제연구소 연구원(Fellow), 외무부 파견 연수(6월)
제9 시집 《이동진 대표시 선집》 출간(8월, 동산출판사)
제10 시집 《마음은 강물》 출간(8월, 동산출판사)
제8 시집 《Agony with Pride》 국내 출간(8월, 서울국제출판사)
번역 《이탈리아 민화집》 출간(10월, 이탈로 칼비노, 샘터사)
번역 《덴마크 민화집》 출간(12월, 스벤트 그룬트비히, 샘터사)
번역 《하느님의 어릿광대》 출간(12월, 모리스 웨스트, 삼신각)

1987년 뉴질랜드 시인 루이스 존슨(Louis Johnson) 의 시 5편 및 미국 여시인 패트리셔 핑켈(Patrisia Garfingkel)의 시 7편 번역 발표(심상, 2월호)
주네덜란드 대사관 근무(6월, 참사관)
희곡 번역: 빌 C.데이비스 작, 매스 어필(Mass Appeal), 극단 바탕골 창단기념 공연(9월)

1988년 번역 《아버지에게, 아들에게》 출간(5월, 엘모 줌발트 2세, 삼신각)
인터뷰: 네덜란드 격월간지 Driemaster(5월호)
제11 시집 《객지의 꿈》 출간(8월, 청하사)
제12 시집 《담배의 기도》 출간(11월, 혜진서관)

1989년 영역 시 11편 발표(Korea Journal, 5월호, 7월호)
장편소설 《우리가 사랑하는 죄인》 출간(5월, 삼신각)
– KBS TV, 12부작 미니시리즈로 제작, 1990.8~10.방영, 1991.2. 재방영
인터뷰 특집: 주간조선(8.6.), "인간 내면과 공직 수행"
중편소설 〈암스텔담 공항〉 발표 (민족지성, 10월호)
중편소설 〈펭귄과 갈매기의 대화〉 발표 (민족지성, 12월호)
희곡 〈금관의 예수〉, 한국 희곡작가 협회, "1989년도 연간 희곡집"에 수록

1990년 제13 시집 《바람 부는 날의 은총》 출간(1월, 문학아카데미)
주일 대사관 근무 (3월, 총영사)
번역 《무자격 부모》 출간(5월, 삼신각)
번역 《중국 황금살인 사건》 출간(7월, 로베르트 반 훌릭, 삼신각)
대담 특집 : 일본 마이니찌 신문 논설부위원장과 대담(언론과 비평, 8월호)
인터뷰 특집: 일본의 인기가수 아그네스 챤이 취재 (일본 월간지 "家庭の友", 10월호)
인터뷰: 시사 저널(10.4.), "우리가 사랑하는 죄인 소설의 원작자"
– 관련 기사: 일간스포츠(8.2.); 조선일보(8.22.); 국민일보(9.2.)

장편소설 《민주화 십자군》 출간(11월, 삼신각)
제14 시집 《아름다운 평화》 출간(12월, 언론과 비평사)
희곡 〈베라크루스〉, 한국 희곡작가 협회, "1990년도 연간 희곡집"에 수록

1991년 희곡 〈베라크루스〉 발표(월간 민족지성 1월호)
인터뷰: 일본 일간지 東洋經濟日報 (7.26.)
희곡집 《누더기 예수》 출간(8월, 동산출판사)
– 관련 기사: 동아일보(8.8.),"희곡 금관의 예수 원작자"; 가톨릭신문(9.1.)
인터뷰: 국민일보(8.17.), "문화 외교, 희곡 금관의 예수";
일간스포츠(8.19.) ; 코리아 타임즈(8.22.)
번역 《꼬마 호비트의 모험》 출간(8월, J.R.R.톨키엔, 성바오로출판사)
주벨기에 대사관 근무(9월, 공사)
번역 《귀향》 출간(11월, 앤 타일러, 삼신각)
번역 《이런 사람이 무자격 부모다》 출간(12월, 수잔 포워드, 삼신각)

1992년 세계시인대회 (벨기에 리에쥬), 한국대표로 참가(9월)
– 주제 발표:한국 시의 현황
번역 《성난 지구》 출간(10월, 아이작 아시모프, 삼신각)
번역 《마술반지(1)》 출간(11월, J.R.R. 톨키엔, 성바오로출판사)

1993년 번역 《꼬마 호비트의 모험》 출간(2월, 톨키엔, 성바오로출판사)
인터뷰: 국민일보(2.2.), "문화 알려야"
국방대학원 안보과정, 외무부 파견 연수(2월)
– 논문 "미국 신행정부의 대한 외교정책 연구" 발표
인터뷰: 주간조선(3.4.), "외교관 시인"
제15 시집 《우리가 찾아내야 할 사람》 출간(3월, 성 바오로 출판사)
인터뷰 특집: 월간 퀸(4월호), "금관의 예수 원작자"
인터뷰: 스포츠서울(8.4.), "현직외교관 47권 출간"
인터뷰: 주간여성(8.26.), "이런 남자"
외무부 외교안부연구원 근무(12월, 연구관)

1994년 번역 《숨겨진 성서 1, 2, 3(전 3권)》 출간(1월, 3월, 윌리스 반스토운, 문학수첩)
번역 《마술반지(2)》 출간(1월, 톨키엔, 성바오로출판사)
수필 〈동숭동 캠퍼스의 추억과 나의 길〉 발표(1월, 서울대 법대 동창 수상록(2) 하늘이 무너져도 정의는 세워라, 경세원)
번역 《희망의 북쪽》 출간(2월, 존 헤슬러, 우리시대사)
번역 《일본을 벗긴다》 출간(5월, 가와사키 이치로, 문학수첩)
번역 《Starlights of Nirvana》(석용산 시선집 "열반의 별빛") 영역 출간 (12월, 문학수첩)

1995년 번역 《지상 60센티미터 위를 걸으며》 출간(3월, 미국 시인협회 회장 제노 플래티 시집, 책만드는 집)
대구시 국제관계 자문대사(4월)
중편소설 〈추억의 유전〉 발표(계간 작가세계, 95. 여름호)
번역 《공포 X 파일》 출간(7월, 추리단편선, 문학수첩)
번역 《괴기 X 파일》 출간(7월, 추리단편선, 문학수첩)
제16 시집 《오늘 내게 잠시 머무는 행복》 출간(10월, 문학수첩)
칼람 연재 : 동아일보, "이 생각 저 생각" 주간연재(1월~4월)
매일신문, "매일춘추" 주간연재(5월~6월)
주간 불교, "세간과 출세간 사이" 주간연재(6월)
라디오 대담: MBC-FM, "여성시대"(11.25. 사회: 손숙)

1996년 번역 《에로 판타지아 1, 2 (전2권)》 출간(1월, 단편소설집, 문학수첩)
번역 《매디슨 카운티의 다리, 그 추억》 출간(2월, 제이나 세인트 제임스, 문학수첩)
라디오 대담: KBS 제2라디오(2.1.), "한밤에 만난 사람 대담"(사회: 박범신)
교통방송(2.27.), "임국희 대담, 라디오광장"
번역 《학교에서 일어나는 폭력문제》 출간(3월, 단 올베우스, 삼신각)
주나이지리아 대사 부임(3월), 주시에라 레온, 주카메룬, 주챠드 대사(겸임)
시집 〈Agony With Pride〉 서평, 나이지리아 일간지 The Guardian(10.14.)
시 "1달러의 행복" 영역 발표, 나이지리아 일간지 The Guardian(12.19.)

1998년 시 "1달러의 행복" 발표(월간조선, 2월호)
제17 시집 《1달러의 행복》 출간(4월, 문학수첩)
제18 시집 《지구는 한방울 눈물》 출간(4월, 동산출판사)
– 관련 기사: 중앙일보(4.28.), "현직 외교관이 펴낸 두 권의 시집"
가톨릭신문(5.17.), "일상 소재 121편 소박한 시 담아"
중앙일보(7.9.), "한국문학 세계로 날개짓"
한국일보(7.15.), "한국문학 유럽에 번역 소개"
해누리기획 출판사 공동 설립에 참여(9월)
번역 《예수 그리스도 제2복음》 출간(12월, 조제 사라마고, 문학수첩)

1999년 외교통상부 본부 대사(1월)
번역 《바로 보는 왕따: 대안은 있다》 출간(2월, 단 올베우스, 삼신각)
희곡 《Jesus of Gold Crown》(금관의 예수) 영역 출간(3월, Spectrum Books Ltd., Nigeria)
기행문집 《아웃 오브 아프리카》 출간(8월, 모아드림)
– 관련 인터뷰: KBS제1라디오 (8.28.); KBS 라디오, 봉두완 (8.30.); SBS라디오(8.31.); SBS라디오 이수경의 파워(9.5.)
제19 시집 《Songs of My Soul》 출간(10월, Peperkorn Edition, Germany)

번역 《The Floating Island》(김종철 시선집 “떠도는 섬”) 영역 출간(12월, Peperkorn Edition, Germany)
희곡 〈딸아, 이제는 네 길을 가라〉 발표(화백문학 제9집, 99년 하반기호)
라디오 대담: 이케하라 마모루(맞아죽을 각오로 쓴 한국, 한국인 저자)와 한일관계 대담 1시간, 기독교방송(8.13.)
칼람 연재: 가톨릭신문, “방주의 창”(9월~12월)
인터뷰: 중앙일보(11.4.), “이득수 교수 공동 인터뷰”,
조선일보(11.8.), “한국시 라틴문학론으로 포장해 유럽수출”,
동아일보(11.9.), “한국문학 유럽에 소개; 교수–대사 의기투합”

2000년 평저 《에센스 삼국지》 출간(2월, 해누리출판사)
번역 《The Sea of Dandelions》(이해인 시선집 “민들레의 바다”) 영역 출간(2월, Perperkorn Edition, Germany)
번역 《아담과 이브의 생애》 출간(5월, 고대문서, 해누리출판사)
대담: 평화방송 TV (6.26.), 방영 1시간, 김미진 대담, 5회 방영
인터뷰: KBS라디오(6.29), 방송 40분, 2회 방송, “나의 삶, 나의 보람”, 최영미 아나운서 대담
외교통상부 퇴직 (7월)
– 관련 기사: 매일신문, 연합통신, 대한매일, 한국일보(6.26.), 뉴스피플(6.28.), “자동퇴직에 항의”
번역 《예수의 인간경영과 마케팅 전략》 출간(10월, 브루스 바톤, 해누리출판사)
번역 《예언자》 출간(10월, 칼릴 지브란, 해누리출판사)

2001년 해누리출판사 인수, 발행인(1월)
번역 《걸리버 여행기》 출간(1월, 조나탄 스위프트, 해누리출판사)
희곡 〈가장 장엄한 미사〉 발표(화백문학 제11집, 2001년 상반기 호)
번역 《제2의 성서, 신약시대, 구약시대(전 2권)》 출간(9월, 해누리출판사)
장편소설 《외교관 1, 2 (전 2권)》 출간(9월, 우리문학사)
– 관련 기사: 조선일보, 중앙일보, 세계일보(8.31.), “소설 외교관 출간, 외교부 인사정책 비판”; 동아일보(9.1.), “말, 말, 말”(소설 외교관 인용)
인터뷰: MBC 라디오 “MBC초대석 차인태입니다”(9.29.)

2002년 번역 《권력과 영광》 출간(4월, 그레이엄 그린, 해누리출판사)
번역 《이솝 우화》 출간(7월, 해누리출판사)
번역 《사포》 출간(10월, 알퐁스 도데, 해누리출판사)
번역 《군주론; 로마사 평론》 출간(12월, 마키아벨리, 해누리출판사)
수필 〈나는 부자아빠가 싫다〉 등 8편 발표(12월, 국방부 “마음의 양식” 제80집)

2003년 번역 《짜릿한 님 하나 물어와》 출간(4월, 동화집, 해누리출판사)
특강: "21세기 문화의 흐름", 추계예술대학(4.9.)
월간 〈착한 이웃〉 창간, 발행인(5월)
– 노숙자 등을 무료로 치료하는 〈요셉의원〉 돕기 활동, 2008년 4월까지
잡지 발행, 매년 연말에 자선미술전 개최, 수익금 전액 기증
번역 《新 군주론》 출간(7월, 귀차르디니, 해누리출판사)
제20 시집 《개나라의 개나으리들》 출간(9월, 해누리출판사)

2004년 번역 《Sunlight on the Land Far From Home》(홍윤숙 시선집
"타관의햇살") 영역 출간(1월, Perperkorn Edition, Germany)
편저 《동서양의 고사성어》 출간(3월, 해누리출판사)
편저 《동서양의 천자문》 출간(4월, 해누리출판사)
번역 《세상의 지혜》 출간(4월, 발타사르 그레시안, 해누리출판사)
장편소설 《사랑은 없다》 출간(12월, 해누리출판사)

2005년 번역 《주님과 똑같이》 출간(3월, 성 샤를 드 푸코 일기, 해누리출판사)
편저 《세계명화성서, 신약, 구약(전 2권)》 출간(5월, 해누리출판사)
제15회 한국가톨릭 매스컴상, 출판부문상 수상 (12월)

2006년 번역 《아무도 모르는 예수》 출간(3월, 해누리출판사)

2007년 편역 《세계의 명언 1,2(전 2권)》 출간(1월, 해누리출판사)
서평: 《세계의 명언》, 배인준 칼럼, 동아일보(2.27.)
인터뷰 특집: 우리들의 '착한 이웃' 이동진 시인", 글 박경희, 방송문예(4월호)
특강: "이웃에게 봉사하는 삶", 레이크사이드 CC(5.7.)
제21 시집 《사람의 아들은 이렇게 말했다》 출간(6월, 해누리출판사)
번역 《링컨의 일생》 출간(8월, 에밀 루드비히, 해누리출판사)
번역 《천로역정》 출간(12월, 존 번연, 해누리출판사)

2008년 번역 《좋은 왕 나쁜 왕-帝鑑圖說》 출간(1월, 중국고전, 해누리출판사)
편저 《에센스 명화 성경-구약 1,2, 신약 1,2 (전 4권)》 출간(1월, 해누리출판사)
서평: "에센스 명화성경-구약 1,2, 신약 1,2 (전 4권) 발간", 가톨릭시보(2.17)
월간 〈착한 이웃〉 폐간(4월)
번역 《터키인들의 유머》 출간(8월, 해누리출판사)

2009년 제22 시집 《Songs of My Soul》 출간(11월, 해누리출판사)
제23 시집 《내 영혼의 노래-등단 40주년 기념시집》 출간(11월, 해누리출판사)
번역 《명상록》 출간(9월, 아우렐리우스, 해누리출판사)

2010년 번역 《성서 우화》 출간(1월, 중세 유럽 우화집 "Gesta Romanorum"의
국내 최초 번역, 해누리출판사)

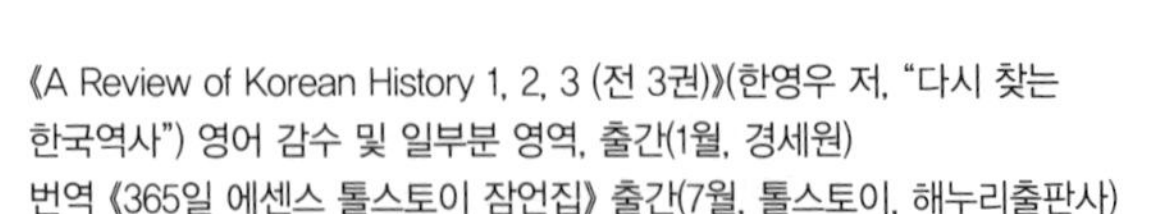

《A Review of Korean History 1, 2, 3 (전 3권)》(한영우 저, "다시 찾는 한국역사") 영어 감수 및 일부분 영역, 출간(1월, 경세원)
번역 《365일 에센스 톨스토이 잠언집》 출간(7월, 톨스토이, 해누리출판사)

2011년 칼럼 연재: 원자력위원회 회보 "원우"(1월~12월)
일본 일간지에 이동진 소개 칼럼: "브랏셀의 가을", 글 오이카와 고조. 日本經濟新聞(3.2.)

2012년 인터뷰 특집: "책벌레 외교관 30년, 책장수는 내 운명", 일간 아시아경제(9.11)
인터뷰 특집: "출판사대표가 된 전직 대사 이동진". 기아자동차 사보 "마침표"(12월호)

2014년 번역 《Rose Stone in Arabian Sand》(신기섭 시집 "사막의 장미) 영역 출간(3월, 해누리출판사)
편저 《영어속담과 천자문》 출간(8월, 해누리출판사)
제24 시집 《개나라에도 봄은 오는가》 출간(12월, 해누리출판사)

2015년 대화마당 "공영방송, 국민의 기대와 KBS의 현실"에 질문자로 참여 (5.16~28., 주최 KBS이사회)
편저 《영어속담과 고사성어》 출간(7월, 해누리출판사)
번역 《성공 커넥션》 출간(12월, 제시 워렌 티블로우, 이너북)

2017년 제25 시집 《굿 모닝, 커피!》 출간(12월, 해누리출판사)
번역 《영어속담과 함께 읽는 세상의 지혜》 출간(2월, 발타사르 그라시안, 해누리출판사)

2018년 번역 《역사를 바꾼 세계 영웅사》 출간(7월, 해누리출판사)

2019년 번역 《세상을 어떻게 이해할 것인가》 출간(1월, 니체, 해누리출판사)
번역 《1분 군주론》 출간(8월, 마키아벨리, 해누리출판사)
제26 시집 《얼빠진 세상–등단 50주년 기념시집》 출간 (12월, 해누리출판사)

2020년 제27 시집 《얼빠진 시대》 출간(4월, 해누리출판사)